Patrick Ness

CHAOS WALKING

PATRICK NESS

CHAOS WALKING

Der Roman zum Film

Buch 1

Aus dem Amerikanischen
von Petra Koob-Pawis

cbt

Bei diesem Buch wurden die durch das verwendete Material und die Produktion entstandenen CO_2-Emissionen ausgeglichen, indem der cbj-Verlag ein Projekt zur Aufforstung in Brasilien unterstützt. Weitere Informationen zu dem Projekt unter: www.ClimatePartner.com/14044-1912-1002

FSC
www.fsc.org
MIX
Papier aus verantwortungsvollen Quellen
FSC® C083411

Wir produzieren
Klimaneutral
ClimatePartner.com/14044-1912-1002
Druckprodukt

Penguin Random House Verlagsgruppe
FSC® N001967

1. Auflage 2021
Erstmals als cbt Taschenbuch Februar 2021

Die Originalausgabe erschien 2008 unter dem Titel
»Chaos Walking 1 – The Knife of Never Letting Go« bei Walker Books Ltd, London

Ursprünglich erschienen unter dem Titel »New World 1 – Die Flucht«
bei Ravensburger Verlag
Übersetzung: Petra Koob-Pawis
Umschlaggestaltung: geviert.com
Unter Verwendung des Bildes und der Gestaltung von:

MP · Herstellung: UK
Satz: Buch-Werkstatt GmbH, Bad Aibling
Druck: CPI books GmbH, Leck
ISBN 978-3-570-31308-4
Printed in the Czech Republic

www.cbj-verlag.de
Dieses Buch ist auch als E-Book erhältlich

Für Michelle Kass

Könnten wir unser alltägliches Leben in seinem ganzen Reichtum wahrnehmen, dann hörten wir das Wachsen des Grases und den Herzschlag des Eichhörnchens, und wir würden an dem ungeheuren Lärm vergehen, der jenseits des Schweigens liegt.

George Eliot, »Middlemarch«

TEIL I

1

DAS LOCH IM LÄRM

Das Erste, was du herausfindest, wenn dein Hund sprechen lernt, ist, dass Hunde nicht viel zu sagen haben. Und das in jeder Beziehung.

»Muss kacken, Todd.«

»Halt die Schnauze, Manchee.«

»Kacken. Kacken, Todd.«

»Ich hab gesagt, du sollst die Schnauze halten.«

Wir gehen über die verwilderten Felder im Südwesten der Stadt, die sanft zum Fluss abfallen und sich bis zum Sumpfland hinziehen. Ben hat mich hergeschickt, damit ich ihm ein paar Sumpfäpfel hole, er hat gesagt, ich solle Manchee mitnehmen, obwohl jeder weiß, dass Cillian ihn nur gekauft hat, um sich gut mit Bürgermeister Prentiss zu stellen, und plötzlich ist er da, dieser neue Hund, ein Geschenk zu meinem Geburtstag im letzten Jahr, obwohl ich mir niemals einen Hund gewünscht habe. Was ich mir dagegen wirklich gewünscht habe, war, dass Cillian endlich das Atomkraftrad repariert, damit ich nicht mehr zu jedem gottverlassenen Platz in dieser blöden Stadt zu Fuß gehen muss, aber nein, alles Gute zum Geburtstag, Todd, hier hast du ein niedliches Hundebaby, und obwohl du es gar nicht haben wolltest, rate mal, wer es jetzt füttern und erziehen und waschen muss und wer mit ihm Gassi geht und wer sich sein Geplapper anhört, jetzt da es in das Alter kommt, in dem der Redebazillus seine Schnauze nicht mehr stillstehen lässt? Dreimal darfst du raten.

»Kacken«, bellt Manchee leise vor sich hin. »Kacken, kacken, kacken.«

»Dann kack doch, und hör endlich auf, davon zu kläffen.«

Ich reiße ein Büschel Gras neben dem Weg aus und schlage damit nach ihm. Ich treffe ihn nicht, ich will ihn gar nicht treffen, aber er bellt sein kurzes Lachen und rennt weiter den Weg entlang. Ich laufe hinter ihm her, schlage mit dem Büschel rechts und links ins Gras, blinzle, weil mir die Sonne in die Augen sticht, und versuche an rein gar nichts zu denken.

Die Wahrheit ist: Wir brauchen gar keine Äpfel aus dem Sumpfland. Wenn Ben wirklich welche brauchte, könnte er sie auch im Laden von Mr Phelps kaufen. Ebenso wahr ist: In den Sumpf zu gehen, um ein paar Äpfel zu klauben, ist keine Arbeit für einen Mann, denn Männer dürfen nicht faulenzen. Na gut, offiziell bin ich erst in dreißig Tagen ein Mann. Ich bin zwölf Jahre alt, zwölf Jahre mit je dreizehn langen Monaten und zwölf Monate dazu, und das bedeutet, dass es noch einen vollen Monat hin ist bis zu dem einen, dem wichtigen Geburtstag. Die Pläne dafür sind schon geschmiedet, die Vorbereitungen getroffen, es wird wohl eine Party geben, obwohl mich bei dem Gedanken daran merkwürdige Vorstellungen beschleichen, Bilder, die ganz düster und ganz strahlend zugleich sind, aber egal, ich werde bald ein Mann sein, und Äpfel im Sumpfland zu klauben ist keine Arbeit für einen Mann oder für einen, der schon beinahe ein Mann ist.

Aber Ben weiß, dass er mich darum bitten kann und dass ich dann Ja sage, denn der Sumpf ist der einzige Flecken in der Nähe von Prentisstown, an dem man sich halbwegs erholen kann von dem Lärm, der aus den Männern hervorsprudelt, von ihrem Schnattern und Plappern, das nicht einmal aufhört, wenn sie schlafen. Männer und ihre Gedanken. Gedanken, von denen sie nicht einmal wissen, dass sie sie denken, selbst wenn jedermann sie hört. Männer und ihr Lärm. Ich weiß nicht, wie sie das anstellen, wie sie es miteinander aushalten.

Männer sind lärmende Wesen.

»Eichhörnchen!«, ruft Manchee, und schon ist er auf und davon, rennt querfeldein, egal, wie laut ich hinter ihm herrufe. Also laufe auch ich querfeldein, über die (ich schaue mich um, ob auch wirklich niemand in der Nähe ist) gottverdammten Felder, denn Cillian wird sicher der Schlag treffen, wenn Manchee in ein gottverdammtes Schlangenloch fällt, und natürlich ist es dann meine gottverdammte Schuld, obwohl ich mir diesen gottverdammten Hund eigentlich verdammt noch mal gar nicht gewünscht habe.

»Manchee! Komm zurück!«

»Eichhörnchen!«

Ich muss mich durch das Gras kämpfen, kleine Raupen bleiben an meinen Schuhen hängen. Ich will eine davon abschütteln und zerquetsche sie dabei, sie hinterlässt eine grüne Schleimspur auf meiner Trainingshose, die sich erfahrungsgemäß nicht mehr auswaschen lässt.

»Manchee!«, schreie ich wutschnaubend.

»Eichhörnchen! Eichhörnchen! Eichhörnchen!«

Er rennt bellend um den Baum herum, und das Eichhörnchen saust über den Baumstamm, macht sich lustig über ihn. **Komm schon, Zappler,** sagt sein Lärm. **Komm schon, fang mich, komm schon, Zappler fang mich. Zappler, Zappler, Zappler.**

»Eichhörnchen, Todd! Eichhörnchen!«

Verdammt, sind Tiere blöd.

Ich packe Manchee am Kragen und schlage ihn auf die Hinterbeine. »Aua, Todd? Aua?« Ich verpasse ihm noch einen Schlag. Und noch einen. »Aua? Todd?«

»Komm jetzt endlich!«, sage ich, und mein eigener Lärm tobt so laut, dass ich mich selbst kaum denken höre, was ich recht bald bereuen werde, glaub mir.

Zappeljunge, Zappeljunge, denkt das Eichhörnchen über mich. **Fang mich doch, Zappeljunge.**

»Du kannst dich auch verplustern«, sage ich, nur dass ich nicht »verplustern« sage, sondern das andere Wort.

Aber ich hätte verdammt gut daran getan, mich noch einmal umzuschauen.

Denn auf einmal steht Aaron vor mir, wie aus dem Nichts ist er plötzlich aufgetaucht, reckt sich und schlägt mir mitten ins Gesicht, schlägt mir mit seinem großen Ring die Lippe blutig, dann holt er wieder aus, diesmal mit der geballten Faust, er streift mein Jochbein, verfehlt zum Glück die Nase, denn ich lasse mich blitzschnell ins Gras fallen, versuche noch im Fallen seinem Schlag auszuweichen, und dabei lasse ich Manchee los, der dem Eichhörnchen hinterherrennt und sich die Seele aus dem Leib bellt, der Verräter, und ich falle mit Knien und Händen voran ins Gras, und das bedeutet noch viel mehr Flecken von den Raupen.

Ich bleibe liegen, schnappe nach Luft.

Aaron steht drohend über mir, sein Lärm bedrängt mich, es sind Fetzen aus der Heiligen Schrift und aus seiner nächsten Predigt und achte auf deine Worte, junger Todd und ein Opfer erwählen und der Heilige sucht sich seinen Weg und Gott hört es und dazu all die unscharfen Bilder, die sich in jedermanns Lärm befinden, von ganz alltäglichen Dingen, aber hie und da auch ein Aufblitzen von …

Von was? Was zum Teufel …?

Aber da wird der Gedanke bereits von einem lauten Predigtschwall zugedeckt, ich schaue hoch in seine Augen, und mit einem Mal will ich es gar nicht mehr wissen. Ich schmecke Blut, wo sein Ring meine Lippe aufgerissen hat, und ich will es gar nicht wissen.

Er kommt doch sonst *nie* hierher, kein Mann kommt jemals hierher, sie haben alle ihre Gründe, die Männer, mit Sicherheit. Nur ich und mein Hund, wir sind die Einzigen, die herkommen, aber hier steht Aaron nun, und ich will es einfach nicht wissen.

Er lächelt mich durch seinen Bart hindurch an, lächelt herab zu mir, der ich im Gras sitze.

Eine Faust, die lächelt.

»Unsere Worte, junger Todd«, sagt er, »sind es, die uns nach unten ziehen wie die Kette den Gefangenen. Hast du denn in der Kirche nichts gelernt, Bursche?« Und dann sagt er den Satz, den er immer und immer wieder predigt: »Wenn einer von uns fällt, fallen wir alle.«

Ja, Aaron, denke ich.

»Sprich es aus, Todd.«

»Ja, Aaron«, sage ich.

»Und all die liederlichen Worte?«, sagt er. »Und all die lästerlichen Flüche? Glaube ja nicht, ich hätte sie nicht gehört. Dein Lärm verrät dich. Er verrät uns alle.«

Nicht alle, denke ich, während ich gleichzeitig laut sage: »Es tut mir leid, Aaron.«

Er beugt sich zu mir, seine Lippen sind ganz nah an meinem Gesicht, ich rieche den Atem, der schwer wie Blei seinem Mund entströmt, Atem wie eine Hand, die sich nach mir ausstreckt. »Gott hört es«, sagt er. »Gott hört es.«

Wieder hebt er seine Hand und ich zucke zusammen. Er lacht und dann geht er, einfach so, geht in die Stadt zurück und nimmt seinen Lärm mit sich.

Ich zittere am ganzen Leib, weil ich geschlagen wurde, zittere, weil ich so überrumpelt wurde und weil ich so wütend bin und weil ich diese Stadt und die Männer, die darin leben, so sehr hasse. Ich zittere so sehr, dass ich eine Weile brauche, ehe ich wieder aufstehen und meinen Hund einfangen kann. Was, verdammt noch mal, hat er hier draußen überhaupt zu suchen? Ich bin so sauer, ich schäume so sehr vor Wut und Hass (und Angst, ja, auch vor Angst, halt bloß die Klappe), dass ich mich nicht einmal umschaue, ob Aaron meinen Lärm gehört hat. Ich schaue mich nicht um. Ich schaue mich einfach nicht um.

Und dann drehe ich mich doch um und fange meinen Hund ein.

»Aaron, Todd? Aaron?«

»Sag nie wieder diesen Namen, Manchee.«

»Blutet, Todd. Todd? Todd? Todd? Blutet?«

»Ich weiß. Halt die Schnauze.«

»Zappler«, sagt er gedankenlos, er hat einfach gar nichts im Kopf.

Ich verpasse ihm einen Schlag aufs Hinterteil. »Sag das nicht noch mal.«

»Aua? Todd?«

Wir gehen weiter, halten Abstand zum Fluss zu unserer Linken. Im Osten der Stadt fließt er durch einen Talkessel, er kommt von Norden, führt an unserer Farm vorbei und an der Stadt, wird dann immer breiter und morastiger, bis er allmählich in Sumpfland übergeht. Mann sollte sich besonders von dem Teil fernhalten, der dem Sumpfwald vorgelagert ist, denn dort gibt es Krokodile, die so groß sind, dass sie spielend einen Beinahe-Mann samt seinem Hund umbringen können. Die Zacken auf ihren Rücken sehen aus wie Schilf, und wenn du ihnen zu nahe kommst – ZACK! –, schießen sie aus dem Wasser, werfen sich mit gespreizten Klauen und weit aufgerissenem Maul auf dich, und du hast nicht die geringste Chance mehr.

Wir lassen das morastige Ufer hinter uns und ich versuche die Stille des Sumpfes in mich aufzunehmen. Hier unten gibt es gar nichts mehr zu sehen, wirklich gar nichts, das ist auch der Grund, warum niemand hierherkommt. Und wegen des Gestanks. Ich behaupte ja gar nicht, dass es hier gut riecht, aber es ist längst nicht so schlimm, wie die Leute tun. Sie riechen ihre Erinnerungen und nicht, wie es jetzt hier ist, sie haben den Gestank der Vergangenheit in der Nase. Den Gestank der Toten. Die Spackle und die Menschen hatten nämlich unterschiedliche Vorstellungen davon, wie jemand begraben werden sollte. Spackle gingen in den Sumpf, warfen ihre Toten einfach ins Wasser und versenkten sie, kein Wunder, sie waren geschaffen dafür, im Sumpf beerdigt zu werden. Sagt jedenfalls Ben. Wasser und Dreck und die Haut der Spackle passen gut zusammen, nichts wurde verschmutzt, sie düngten nur den Sumpf, so wie Menschen die Erde düngen.

Doch dann gab es auf einmal viel mehr Spackle, die beerdigt werden mussten, mehr, als selbst ein Sumpf dieser Größe verdauen konnte, und es ist wirklich ein verdammt großer Sumpf. Und dann gab es plötzlich gar keine lebenden Spackle mehr. Nur Berge von Spackle-Körpern, die sich im Sumpf auftürmten, verwesten und stanken, und es dauerte lange, bis der Sumpf wieder ein Sumpf war statt eines Durcheinanders aus Fliegen und Gestank und wer weiß welchen Krankheitskeimen, die die Spackle uns sonst noch zurückgelassen haben.

In diese wirre Zeit bin ich hineingeboren worden, in den überfüllten Sumpf und den überfüllten Friedhof und in die Stadt, in der zu wenige Menschen leben, aber ich erinnere mich nicht mehr daran, ich erinnere mich nicht mehr an eine Welt ohne Lärm. Mein Pa starb an einer Krankheit, noch bevor ich auf die Welt gekommen bin, und dann starb auch meine Mutter, was natürlich kein Wunder ist. Ben und Cillian nahmen mich bei sich auf und zogen mich groß. Ben sagt, meine Mutter sei die letzte Frau gewesen, die gestorben ist, aber das sagt jeder von seiner Mutter. Kann sein, dass Ben die Wahrheit sagt, zumindest glaubt er daran, aber wer weiß das schon?

Ich jedenfalls bin der Jüngste in der ganzen Stadt. Sonst war ich immer mit Reg Oliver unterwegs (sieben Monate und acht Tage älter als ich), wir haben mit Steinen nach den Krähen auf den Feldern geworfen. Liam Smith (vier Monate und neunundzwanzig Tage älter als ich) war auch dabei, und Seb Mundy, der nach mir der Jüngste ist, er ist drei Monate und einen Tag älter, aber nicht einmal er spricht jetzt noch mit mir, seit er ein Mann ist.

Kein Junge macht das, wenn er erst einmal dreizehn ist.

So ist das nun mal in Prentisstown. Jungen werden zu Männern, und dann gehen sie in Männerversammlungen, in denen sie über Gott weiß was reden und zu denen Jungs keinen Zutritt haben, und wenn du der letzte Junge in der ganzen Stadt bist, dann musst du eben ganz alleine warten.

Na ja, allein mit einem Hund, den du gar nicht haben wolltest.

Aber egal, hier ist der Sumpf, und wir gehen hinein, bleiben auf den Pfaden, die an den schlimmsten Morastlöchern vorbeiführen, sich vorbeischlängeln an den großen, knolligen Bäumen mit ihren Nadeldächern, die Meter um Meter aus dem Sumpf in die Höhe wachsen. Die Luft ist stickig, dunkel und schwer, aber diese stickige, dunkle Schwere hat nichts Beängstigendes an sich. Hier gibt es jede Menge Leben. Leben, das sich keinen Deut um die Stadt schert, Vögel und grüne Schlangen und Frösche und Kivits und beide Arten von Eichhörnchen und (ungelogen) ein oder zwei Cassors, und natürlich gibt es auch rote Schlangen, vor denen man sich in Acht nehmen muss. In die Düsternis hier unten dringen immer wieder einzelne Lichtstrahlen durch, sie fallen durch Öffnungen im Blätterdach, und wenn du mich fragst, was du aber auch lassen kannst, mir kommt der Sumpf vor wie ein großes, gemütliches, ruhiges Zimmer. Düster, aber lebendig, lebendig, aber freundlich, freundlich, aber nicht vereinnahmend.

Manchee hebt sein Bein buchstäblich überall, bis ihm wahrscheinlich die Pisse ausgeht, dann rennt er unter einen Busch, plappert etwas vor sich hin und sucht sich einen Platz, wo er, nehme ich an, sein großes Geschäft machen kann.

Aber dem Sumpf macht das nichts aus. Wie sollte es auch? Es

ist alles Leben, es vergeht, kehrt immer und immer wieder, verschlingt sich selbst, um zu wachsen. Das heißt aber nicht, dass es hier keinen Lärm gibt. Man kann vor dem Lärm nicht weglaufen, so viel ist sicher, aber hier ist es ruhiger als in der Stadt. Die Geräusche sind anders, sie entspringen nur der Neugier, sie kommen von Tieren, die wissen wollen, wer du bist und ob du eine Gefahr darstellst. Die Stadt dagegen weiß schon alles über dich und möchte immer noch mehr wissen und möchte dich mit dem, was sie weiß, in die Knie zwingen, was soll denn da überhaupt noch von einem Menschen übrig bleiben?

Aber der Lärm im Sumpf, das sind nur die Vögel, die ihre ängstlichen, kleinen Vogelgedanken denken. **Wo ist Futter? Wo ist das Nest? Wo bin ich sicher?** Und dann die wachsbleichen Eichhörnchen, kleine Rabauken, die dich necken, wenn sie dich sehen, wenn nicht, dann necken sie einander, und die rotbraunen Eichhörnchen, die wie einfältige kleine Kinder sind, und manchmal sieht man auch Sumpffüchse im Gebüsch, sie ahmen den Lärm der Eichhörnchen nach, die sie fressen, und ab und zu sieht man sogar Maven, die ihre eigentümlichen Maven-Lieder singen, und einmal, ich schwör's, habe ich sogar einen Cassor auf seinen zwei langen Beinen staksen sehen, aber Ben glaubt das nicht, Ben sagt, es gibt schon lange keine Cassors mehr im Sumpf.

Ich weiß nicht. Ich habe beschlossen, meinen eigenen Augen zu trauen.

Manchee kommt wieder aus den Büschen und setzt sich neben mich, weil ich so unvermittelt stehen geblieben bin. Er schaut sich um, will herausfinden, was ich entdeckt haben könnte, und sagt dann: »Gut gekackt, Todd.«

»Darauf wette ich, Manchee.«

Wenn ich Geburtstag habe, möchte ich lieber nicht noch einen räudigen Hund. Was ich mir dieses Jahr wünsche, ist ein Jagdmesser, eines, wie Ben immer hinten an seinem Gürtel stecken hat. Das ist ein Geschenk für einen Mann.

»Kacken«, sagt Manchee leise.

Wir gehen weiter. Die meisten Apfelbäume stehen ein Stück im Sumpf; um sie zu erreichen, muss man verschlungene Pfade gehen und über einen umgestürzten Baum springen, Manchee muss ich immer hinüberhelfen. Als wir dort sind, fasse ich ihn um den Bauch und stelle ihn auf den Stamm. Obwohl er schon weiß, was ich mit ihm mache, zappelt er wie wild, fast wie eine Spinne, die von der Decke fällt, und führt sich auf wegen nichts und wieder nichts.

»Halt doch still, du Armleuchter!«

»Runter, runter, runter!«, jault er und strampelt wie verrückt.

»Blöder Hund.«

Ich setze ihn unsanft oben auf den Stamm und klettere selbst hinauf. Dann springen wir beide auf der anderen Seite hinunter, Manchee bellt »Spring!«, während er schon weiterrennt.

Dort, wo man über den Baumstamm springen muss, fängt der düstere Sumpf erst richtig an, und das Erste, was man sieht, sind die alten Hütten der Spackle, sie tauchen aus dem Halbdunkel auf und sehen aus wie geschmolzene Kugeln aus brauner Eiscreme, nur dass sie so groß sind wie eine Hütte. Niemand kann sich mehr daran erinnern, wozu sie einst gedient haben, aber die beste Erklärung hat Ben geliefert, der einfach für alles eine Erklärung parat hat. Er hat gesagt, es hat etwas damit zu tun, wie sie ihre Toten begraben. Vielleicht waren die Hütten so etwas wie eine Kirche – obwohl die Spackle, soweit sich jemand in Prentisstown überhaupt daran erinnern kann, gar keine Religion hatten.

Ich mache einen weiten Bogen um die Hütten und gehe in den kleinen Hain aus wilden Apfelbäumen. Die Äpfel sind reif, beinahe schon schwarz, Cillian würde sagen: einigermaßen essbar. Ich pflücke einen vom Ast und beiße hinein, der Saft läuft mir übers Kinn.

»Todd?«

»Was ist, Manchee?« Ich ziehe die Plastiktasche heraus, die ich zusammengefaltet in meiner hinteren Hosentasche mitgebracht habe, und fange an, sie mit Äpfeln zu füllen.

»Todd?«, bellt er wieder, und diesmal fällt mir auf, wie verändert er meinen Namen bellt, und ich drehe mich um, und er schaut zu den Spackle-Häusern, mit gesträubtem Rückenfell und gespitzten Ohren.

Ich richte mich auf. »Was ist los, alter Junge?«

Er knurrt jetzt, fletscht die Zähne. Mein Blut rauscht. »Ist dort ein Krokodil?«, frage ich.

»Ruhig, Todd«, knurrt Manchee.

»Was ist da?«

»Ist ganz ruhig, Todd«, knurrt er. Er bellt kurz, und es ist ein richtiges Hundebellen, das nichts anderes bedeuten soll als »Wuff!«, und ich stehe noch ein bisschen mehr unter Strom, meine Haut fängt schon zu knistern an. »Horch«, knurrt er.

Also horche ich.

Und horche.

Ich drehe den Kopf ein wenig und horche weiter.

Da ist ein Loch im Lärm.

Was unmöglich sein kann.

Es ist seltsam, wirklich seltsam, und es ist irgendwo hier versteckt. Verdeckt von den Bäumen oder von sonst was, ist da ein Fleck, von dem die Ohren und der Verstand sagen, dass er keinen Lärm aussendet. Es ist wie eine unsichtbare Hülle, man sieht nur, wie alles von außen an ihr abprallt. Wie Wasser in einer Tasse, nur, dass da gar keine Tasse ist. Es ist ein Loch, und alles, was hineinfällt, hört auf, Lärm zu sein, hört überhaupt auf zu sein, ist einfach verschwunden. Das ist etwas anderes als die Stille, die im Sumpf herrscht, die ja niemals wirklich still ist, sondern nur weniger lärmend. Aber das hier ist ein Gebilde aus Nichts, ein Loch, in dem der ganze Lärm aufhört.

Was schlichtweg unmöglich ist.

Diese ganze Welt ist voller Lärm, erfüllt vom Gedankenfluss der Männer und dem anderer Kreaturen, die Gedanken strömen auf mich ein und strömen und strömen, seit damals, als die Spackle im Krieg diesen Lärmbazillus in die Welt gesetzt haben, diesen Bazillus, der die Hälfte der Männer und jede einzelne Frau getötet hat, meine Mutter eingeschlossen, diesen Bazillus, der die restlichen Männer zum Wahnsinn getrieben hat, diesen Bazillus, der den Untergang der Spackle besiegelte, kaum dass die Menschen in ihrem Wahn zum ersten Mal die Waffen erhoben hatten.

»Todd?« Manchee ist verängstigt, das höre ich deutlich. »Was, Todd? Was ist das, Todd?«

»Riechst du irgendetwas?«

»Riecht ruhig, Todd«, bellt er und dann lauter: »Ruhig! Ruhig!«

Da. In der Nähe der Spackle-Hütten bewegt sich die Stille. Das Blut in meinen Adern pocht so stark, dass es mich beinahe umwirft. Manchee rennt kläffend um mich herum, bellt und bellt und jagt mir damit nur noch mehr Angst ein, deshalb gebe ich ihm wieder einen Klaps aufs Hinterteil (»Aua, Todd?«), um mich selbst zu beruhigen.

»Es gibt keine Löcher«, sage ich. »Kein Nichts. Also muss es etwas sein, oder?«

»Etwas, Todd«, bellt Manchee.

»Hörst du, wohin es gegangen ist?«

»Ist ruhig, Todd.«

»Du weißt, was ich meine.«

Manchee nimmt Witterung auf, tapst vorsichtig ein, zwei Schritte auf die Hütten zu und läuft dann in diese Richtung weiter. Also sollten wir wohl besser mal dort nachsehen. Langsam gehe ich auf die größte der geschmolzenen Eiskugeln zu. Ich habe keine Lust, in die Nähe dessen zu kommen, was aus der kleinen, krummen, dreieckigen Tür herausschauen könnte. Manchee schnüffelt am Türrahmen, aber er knurrt nicht, also hole ich tief Luft und schaue hinein.

Drinnen ist alles ausgestorben. Der Raum ist fast doppelt so hoch wie ich. Auf dem Boden liegt Dreck, Sumpfpflanzen haben sich dort ausgebreitet, Kletterpflanzen und solches Zeug, aber sonst gar nichts. Will heißen: kein wirkliches Nichts, kein Loch, keine Spur davon. Nichts deutet auf das hin, was vielleicht vorher hier gewesen ist.

Es mag albern sein, aber ich muss das jetzt sagen.

Ich frage mich, ob die Spackle zurückgekommen sind.

Aber das ist unmöglich.

Ein Loch im Lärm ist allerdings auch unmöglich.

Also muss es etwas, was eigentlich unmöglich ist, dennoch geben.

Ich höre, wie Manchee draußen herumschnüffelt, deshalb gehe ich langsam nach draußen und wende mich der zweiten Kugel zu. Auf deren Außenwand steht etwas geschrieben, es sind die einzigen Wörter, die jemals in der Sprache der Spackle aufgeschrieben wurden, soweit man weiß. Wahrscheinlich waren es die einzigen Wörter, die sie für wert hielten, aufgeschrieben zu werden. Es ist die Schrift der Spackle, und Ben sagt, die Wörter klängen wie »es' Paqili« oder so ähnlich, das heißt »Spackle« oder, wenn man den Namen mehr ausspuckt, als dass man ihn spricht: »Spaeks«. Und so sprechen ihn alle aus seit dem Unglück. Der Name bedeutet »Menschen«.

Die zweite Hütte ist ebenfalls leer. Ich gehe wieder nach draußen in den Sumpf und lausche mit gesenktem Kopf, ich strenge all meine Gehörnerven an und horche und horche und horche.

»Ruhig! Ruhig!«, bellt Manchee zweimal ganz schnell hintereinander und rast auf die letzte Hütte zu. Ich laufe hinterher, fange an zu rennen, mein Puls trommelt, denn dort ist es, dort ist das Loch im Lärm.

Ich kann es hören.

Na ja, ich kann es nicht hören, das ist es ja gerade, aber als ich darauf zulaufe, klatscht die Leere gegen meine Brust, und die Totenstille zerrt an mir, und es liegt so viel Ruhe, so viel Stille darin, eine so große, unglaubliche Stille, dass ich mich völlig zerschlagen fühle, so als wäre ich im Begriff, das Wertvollste, was ich besitze, zu verlieren, so als wäre er genau da vorn, der Tod. Ich fange an zu rennen, und meine Augen tränen, und meine Lunge zerspringt, und niemand ist zu sehen, aber ich passe immer noch auf, und dann fangen meine Augen an zu tränen, meine scheißbescheuerten Augen, und ich bleibe eine Minute lang stehen und beuge mich vornüber, verdammt noch mal, halt jetzt bloß die Klappe, aber ich verplempere eine ganze blöde Minute, eine ganze stinkig blöde Minute, in der ich vornübergebeugt stehen bleibe, während sich das Loch fortbewegt und fortbewegt, bis es verschwunden ist.

Manchee ist hin- und hergerissen, er will dem Loch nachrennen, aber er will auch zu mir zurückkommen. Schließlich kommt er zu mir zurück.

»Weinen, Todd?«

»Halt die Schnauze«, sage ich und trete nach ihm. Ich trete daneben, absichtlich.

2

PRENTISSTOWN

WIR MACHEN UNS DAVON und schlagen den Rückweg zur Stadt ein. Die ganze Welt kommt mir schwarz und grau vor, egal was die Sonne sagt. Sogar Manchee sagt kaum etwas, als wir über die Felder laufen. Mein Lärm zischt und brodelt wie ein Eintopf auf der Herdplatte, bis ich schließlich für eine Minute stehen bleibe, um mich ein wenig zu beruhigen.

Vollkommene Stille gibt es einfach nicht. Hier nicht und woanders nicht. Nicht, wenn man schläft, und nicht, wenn man wach ist, einfach nie.

Ich bin Todd Hewitt, denke ich leise mit geschlossenen Augen. Ich bin zwölf Jahre und zwölf Monate alt. Ich lebe in Prentisstown in New World. In genau einem Monat werde ich ein Mann sein.

Das ist ein Kniff, den mir Ben beigebracht hat, um meinen Lärm zu beruhigen. Man schließt die Augen, und dann sagt man so deutlich und so ruhig wie nur möglich zu sich selbst, wer man ist, denn das vergisst man in all dem Lärm.

Ich bin Todd Hewitt.

»Todd Hewitt«, murmelt Manchee leise, der neben mir hertrottet.

Ich hole tief Luft und mache die Augen wieder auf.

Genau der bin ich. Ich bin Todd Hewitt.

Wir laufen bergauf, weg vom Sumpf und dem Fluss, den Hang mit den brachliegenden Feldern hinauf bis zu dem kleinen Hügel im Süden der Stadt, wo sich einst für kurze Zeit und völlig nutzloserweise die Schule befunden hat. Als ich noch nicht auf der Welt war, wurden die Jungen von ihren Müttern zu Hause unterrichtet, und später, als es nur noch Jungen und Männer gab, setzten wir uns vor den Videoapparat und schauten Unterrichtsstunden an, bis Bürgermeister Prentiss derlei als »unserer geistigen Disziplin abträglich« brandmarkte.

Der Bürgermeister hat seine Grundsätze, wie man sieht.

Deshalb sammelte der stets schwermütig dreinblickende Mr Royal fast ein albernes halbes Jahr lang alle Jungen regelmäßig ein und sperrte sie hier draußen in ein Nebengebäude, weit ab vom gröbsten Lärm der Stadt. Nicht dass es was geholfen hätte. Niemand kann in einem Klassenzimmer unterrichten, das voll vom Lärm der Jungen ist, und es ist völlig ausgeschlossen, irgendwelche Prüfungen abzuhalten. Die Schüler schummeln, selbst wenn sie's gar nicht wollen, aber wer will schon nicht schummeln?

Und dann hat Mr Prentiss eines Tages beschlossen, alle Bücher zu verbrennen, jedes einzelne Buch, sogar die Bücher, die die Leute zu Hause stehen hatten, denn offensichtlich waren Bücher ebenfalls schädlich, und Mr Royal, ein sanfter Mann, der einen harten Kerl aus sich machen wollte, indem er selbst im Klassenzimmer Whisky trank, gab auf, nahm eine Flinte und setzte seinem Leben ein Ende, und dann war's vorbei mit meinem Schulunterricht.

Alles Weitere hat mir Ben zu Hause beigebracht. Handwerken und Essen kochen und Kleider flicken, dazu die wichtigsten Dinge, die ein Farmer wissen muss, und dergleichen mehr. Auch jede Menge zum Überleben in der Wildnis, übers Jagen zum Beispiel. Er hat mir beigebracht, welche Früchte genießbar sind, wie man anhand der Monde die Himmelsrichtung bestimmt, wie man mit einem Messer und einem Gewehr umgeht, was gegen Schlangenbisse hilft und wie man seinen Lärm so gut wie möglich kontrolliert.

Er hat auch versucht, mir Lesen und Schreiben beizubringen, aber Bürgermeister Prentiss hat eines Morgens durch meinen Lärm davon Wind bekommen und Ben für eine Woche eingebuchtet, und das war's dann mit meiner Schulgelehrsamkeit. Und weil ich auch noch die vielen anderen Dinge lernen und auf der Farm arbeiten musste, was ich noch immer tagein, tagaus tue, weil man einfach überleben muss, deshalb habe ich nie richtig lesen gelernt. Aber das macht nichts. Kein Mensch in Prentisstown wird jemals ein Buch schreiben.

Manchee und ich gehen am Schulhaus vorbei und den kleinen Hügel hinauf und schauen nach Norden. Vor uns liegt sie, die besagte Stadt. Nicht dass von ihr noch allzu viel übrig geblieben wäre. Ein Geschäft, früher waren es mal zwei. Eine Kneipe, früher waren es mal zwei. Ein Krankenhaus, ein Gefängnis, eine Tankstelle, die außer Betrieb ist, ein großes Haus für den Bürgermeister, eine Polizeiwache. Dann die Kirche. Ein kleines Stück Straße, das durch die Ortsmitte verläuft, sie ist vor vielen Jahren gepflastert und seither niemals repariert worden, sie verfällt jetzt schnell zu Sand und Kies. All die Häuser und dergleichen liegen weitverstreut, Farmen, die nur so aussehen, als wären sie Farmen, einige sind es tatsächlich noch, andere sind verlassen, wieder andere sind nicht nur verlassen, sondern auch verfallen.

Mehr gibt es nicht in Prentisstown. Einwohnerzahl: 147, und die sinkt und sinkt und sinkt. 146 Männer und ein Beinahe-Mann.

Ben sagt, es habe noch andere Siedlungen gegeben, die über ganz New World verstreut lägen, und dass alle Raumschiffe ungefähr zur selben Zeit gelandet seien, ungefähr zehn Jahre bevor ich auf die Welt gekommen sei, aber dann habe der Krieg gegen die Spackle angefangen, und die Spackle hätten die Krankheitserreger freigesetzt, und alle anderen Siedlungen seien ausgelöscht worden. Auch Prentisstown wäre beinahe ausgelöscht worden, es hat nur dank des militärischen Geschicks von Bürgermeister Prentiss überlebt, und obwohl Bürgermeister Prentiss wie ein immer wiederkehrender Albtraum ist, verdanken wir letztlich ihm, dass wir als Einzige in der großen, frauenlosen Welt überlebt haben, in einer Welt, die nichts Gutes zu bieten hat, in einer Stadt mit 146 Männern, die mit jedem Tag, der ins Land geht, ein kleines bisschen mehr stirbt.

Denn manche Männer halten es einfach nicht aus und man kann's ihnen nicht mal verübeln. Sie hauen ab wie Mr Royal, manche von ihnen verschwinden einfach wie Mr Gault, unser alter Nachbar, der die zweite Schaffarm im Ort besaß, oder wie Mr Michael, unser zweitbester Zimmermann, oder wie Mr Van Wijk, der an demselben Tag abtauchte, an dem sein Sohn zum Mann wurde. Das ist gar nicht so ungewöhnlich. Wenn die ganze Welt nur aus einer einzigen lärmenden Stadt besteht, die keine Zukunft hat, dann muss man manchmal einfach gehen, selbst wenn es gar keinen Ort mehr gibt, an den man gehen könnte.

Während ich, der Beinahe-Mann, auf die Stadt schaue, höre ich die 146 Männer, die noch da sind. Ich höre sogar den Allerletzten, Lausigsten von ihnen. Ihr Lärm überspült den Hang wie eine Flutwelle, wie ein Feuer, wie ein Ungeheuer, das bis zum Himmel reicht und das dich holt, weil du nirgendwohin fliehen kannst.

So wie hier ist es immer. So wie hier war jede Minute an jedem Tag meines blöden, beschissenen Lebens in dieser blöden, beschissenen Stadt. Und man braucht gar nicht erst zu versuchen, sich die Ohren zuzuhalten, es hilft rein gar nichts.

as Ende Ben Cillian HÜBSCHER KERL,
Es tut weh, wenn ich atme
DD?
NN KOMMEN WIR VON HIER WEG? LUMPEN
Gottes Ordnung
ÄZILLEN, EIN BAZILLUS, DER BAZILLUS
Äpfel Es ist nicht fair. meine hübsche
infach nicht fair Der
Julie
enerator stottert 1 2 3 4
habe ich zu ihm gesagt du hättest die beiden
sehen sollen ich kannte
nen Mann Das Ende ein BAZILLUS. DER SPACKLE
in einem Monat
Bitte, Gott, steh Tomas bei
, du da Junge Ruhig Todd? Äpfel
EIN PUNKT AUF EINEM KREIS AUF EINEM PUNKT Äpfel
UF EINEM KREIS ICH PACK DICH
EICH AM GENICK eine Krankheit Wo
bleibst du denn?
h, meine Julie OH, MEINE KAREN Oh, meine Lilly
meine kostbare Perle DAS ENDE verdammte Spacks und
ESE ihre verdammten Bazillen TODD?
NZIG KLEINE, DIESES KOSTBARE
D AUFREGENDE SCHNITTE UND
umpen BEULEN, SCHNITTE UND BEULEN

zwei mal zwei ist vier zwei mal vier ist
acht zwei mal acht ist sechzehn
ES REICHT NUR FÜR MEINE FAMILIE UND SON
NIEMAND
Jungs, die glauben, Männer zu sein
Äpfel Öle die Trommel, aber pas
auf das Gehäuse auf
Was gäbe ich nicht für einen Beefburger w
wenn er nach den Schafen fragt? Fessle die H
mit einem Seil BITTE, MACH, DASS DAS FIEBER MEINEN JUS
Oh, meine Esther, meine
NICHT UMBRI
Esther oh mein schönes Kind
ICH BIN DA UN
ALLES UNTERLIEGT GOTTES URTEIL prentiss
darf als Erster ein Monat WIE KOMMEN WIR
JEMALS WIEDER RAUS? Äpfel Todd? WIE KOMMEN
WIR JEMALS WIEDER RAUS?
WAS HABEN WIR GETAN, OH HERR? Eine
Krankheit von den Spackle
ICH BRING IHN UM, JA DAS TUE IC
Ich bin ein Punkt und der Punkt ist mein Ich
Ach je nur noch einen letzten Versu
CILLIAN zehn Reihen HUNDERTNEUNZEHN
TAGE OHNE REGEN Sieh dir die
winzigen Hände an
Natürlich nicht, Doc DAS ENDE langsam ti
einatmen Sie sind ein Lügner, sag ich
ICH HABE IHR GESICHT VERGESSE
ORDNE DEINE GEDANKEN IN REIH UND GLIED,
IN REIH UND GLIED NICHTS ALS BIESTER Äpfel 4 3 2
Lieber Gott, mach, dass sie den Jungen nicht zu fassen
kriegen LUMPEN NUR EINE KRANKHEIT,
MEHR NICHT das Holz in meinen Händen Oh, meine Ke
Oh, meine Norma die geheiligte Still
WIE KOMMEN WIR HIER
JEMALS WIEDER RAUS? OH, MEINE JA
DIE HIRSE GEHT NOCH VOR DEM WINTER ZUR NEIGE
Der Tag rückt immer näher EIN HELIGES SAKRAMENT, GEFUN
UND VERLOREN UND WIEDERGEFUN

Oh, meine Carla Schweig, Gott, bitte, schweig
isziplin, Männer! mal zwei mal sechzehn ist zweiunddreißi
i mal zweiunddreißig ist vierundsechzig SCHMUTZIG Ich habe dir
agt, wir haben keine Schmerzmittel mehr dein Hals, ja dein
s IN EINEM MONAT, IN EINEM MONAT und auch keine Erdbeeren
Winter LEG DEN HEBEL UM UND ZIEH DEN ABZUG Nagel, eins, zwei, drei,
gel eins, zwei, drei DAS ENDE ICH BIN DA
) ALLES UNTERLIEGT GOTTES URTEIL hier ist noch einer, Charlie
o ein verdammter Mist 1 2 3 4 4 3 2 1
ODD? dieser Hewitt-Junge Gott hört es DIE ART, WIE SIE
keine Spackle mehr da, um sie zu töten zehn schlägt die
Stunde, dann zehn nach in einem Monat
DIE GEWEHRE SIND BEREIT WIE KOMMEN WIR
JEMALS WIEDER HIER RAUS?

Und das sind nur die Worte, die Stimmen, die sprechen und klagen und singen und weinen. Aber da sind auch noch die Bilder. Sie drängen sich in deine Gedanken, egal, wie sehr du dich dagegen sträubst, Bilder von Erinnerungen und Fantasien und Geheimnissen und Plänen und von Lügen, Lügen und nochmals Lügen. Denn man kann in seinem Lärm auch lügen, selbst wenn jedermann weiß, was man denkt, man kann Dinge unter anderen verstecken, oder noch viel einfacher, man braucht sich die Gedanken einfach nicht so genau auszumalen, oder man redet sich ein, dass das Gegenteil von dem, was man zu verbergen sucht, wahr ist, und wer ist dann noch in der Lage, in dieser ganzen Flut zu unterscheiden, welcher Gedanke Wasser ist und dich benetzt und welcher nicht.

Männer lügen und sich selbst belügen sie am meisten.

Beispielsweise habe ich noch nie eine leibhaftige Frau oder einen leibhaftigen Spackle gesehen. In Videofilmen natürlich schon, die stammen aus den Zeiten, in denen die Spackle noch nicht geächtet waren, aber im Lärm der Männer sehe ich sie immerzu, denn was haben Männer anderes im Kopf außer Sex und ihre Feinde? Im Lärm sind die Spackle viel größer und gemeiner als in den Filmen, stimmt's? Und die Frauen haben blondere Haare, größere Brüste, sind spärlicher bekleidet und gehen mit ihren Gefühlen viel freier um als in den Videos. Man darf also nie vergessen, dass der Lärm nicht die Wahrheit zeigt. Im Lärm hört man jene Wahrheit, die die Männer sich wünschen, und zwischen Wahrheit und Wunsch ist ein großer Unterschied, so groß, dass er dich verdammt noch mal umbringen kann, wart's nur ab.

»Nach Hause, Todd?« Manchee bellt ein bisschen lauter zu meinen Füßen, denn anders geht es nicht bei diesem Lärm.

»Ja, wir gehen«, sage ich. Wir wohnen auf der anderen Seite, im Nordosten, und um dorthin zu kommen, müssen wir quer durch die ganze Stadt gehen, deshalb kann ich dich, wenn du willst, auf eine kleine Besichtigungstour mitnehmen, die so lange dauert, wie ich für den Weg brauche, wenn ich ganz schnell gehe.

Als Erstes kommen wir zum Geschäft von Mr Phelps. Der Laden steht kurz vor dem Aus, so wie der Rest der Stadt auch, und Mr Phelps verbringt seine Zeit damit, verzweifelt zu sein. Selbst wenn man Sachen bei ihm kauft und er die Freundlichkeit in Person ist, sickert die Verzweiflung aus ihm heraus wie Eiter. **Vorbei**, sagt sein Lärm, **vorbei, alles ist vorbei** und **Lumpen und Lumpen und nochmals Lumpen** und **meine Julie, meine liebe, liebe Julie.** Julie war seine Frau und in Mr Phelps Lärm trägt sie überhaupt keine Kleider.

»He, Todd!«, ruft er uns zu, als Manchee und ich vorbeigehen.

»Hallo, Mr Phelps.«

»Wunderschöner Tag heute, nicht wahr?«

»Das kann man laut sagen, Mr Phelps.«

»Wunder!«, bellt Manchee, und Mr Phelps lacht, aber sein Lärm sagt nur vorbei und Julie und Lumpen und zeigt mir Bilder von dem, was er an seiner Frau vermisst und weshalb sie so einzigartig oder was auch immer war.

In meinem Lärm denke ich an nichts Besonderes, wenn ich an Mr Phelps denke, nur das Übliche, und dass man ohnehin nichts gegen seinen Schmerz tun kann. Obwohl ich zugeben muss, dass ich mich dabei ertappe, dass ich das alles ein bisschen lauter denke als sonst, um damit die Gedanken an das Loch, das ich im Sumpfland gefunden habe, zu übertönen, sie durch noch lauteren Lärm unhörbar zu machen.

Ich weiß nicht, warum ich das eigentlich tue. Keine Ahnung, weshalb ich diese Gedanken verbergen will.

Aber ich verberge sie.

Manchee und ich laufen ziemlich schnell weiter, denn daneben sind die Tankstelle und Mr Hammar. Die Tankstelle ist nicht mehr in Betrieb, denn der Atomgenerator, der uns mit Treibstoff versorgt, hat im letzten Jahr den Geist aufgegeben, und jetzt steht er da, neben der Tankstelle, wie ein klobiger, hässlicher wunder Zeh, und keiner will in seiner Nähe wohnen, außer Mr Hammar, und Mr Hammar ist viel schlimmer als Mr Phelps, denn er zielt mit seinem Lärm genau auf dich.

Und es ist ein hässlicher Lärm, ein böser Lärm, du siehst in ihm Bilder von dir selbst, die du lieber nicht sehen würdest, gewalttätige Bilder, blutrünstige Bilder. Alles, was du dagegen tun kannst, ist, deinen eigenen Lärm so laut zu machen wie möglich und Mr Phelps' Lärm auch noch mit hineinzunehmen und ihn direkt zu Mr Hammar zurückzuschicken. Äpfel und Ende und eins nach dem anderen und Ben und Julie und

Wunder, Todd? und der Generator stottert und Lumpen und halt die Klappe, halt endlich die Klappe und schau mich an, Junge.

Ich blicke ihn an, obwohl ich das gar nicht will. Aber manchmal ist man so überrumpelt, deshalb drehe ich den Kopf, und da steht Mr Hammar an seinem Fenster, schaut mich an und denkt einen Monat, und in seinem Lärm ist ein Bild, in diesem Bild stehe ich ganz alleine da, und ich weiß nicht, was das zu bedeuten hat, ist es wahr, oder lügt er absichtlich, und so muss ich unwillkürlich an einen Hammer denken, der wieder und wieder auf Mr Hammars Kopf niedersaust, und er lächelt mich einfach nur aus seinem Fenster an.

Die Straße führt in einem Bogen um die Tankstelle herum und dann am Krankenhaus vorbei. Ich höre Dr. Baldwin und das Jammern und Stöhnen, mit dem sich die Männer vor den Ärzten wichtigmachen, wenn ihnen eigentlich nichts fehlt. Heute ist es Mr Fox, der sich darüber beklagt, dass er keine Luft bekommt, was wirklich schlimm wäre, wenn er nicht so viel rauchen würde. Wenn man am Krankenhaus vorbei ist, dann, großer Gott, hört man den Lärm aus der widerlichen Kneipe, sogar zu dieser Tageszeit schwillt er zu einem einzigen Brüllen an. Denn dort drinnen lassen sie die Musik dröhnen, damit sie allen Lärm erstickt, aber das funktioniert nicht richtig, und so hört man ohrenbetäubende Musik und ohrenbetäubenden Lärm und, was noch schlimmer ist, betrunkenen Lärm, der auf einen niedersaust wie ein Holzhammer. Er setzt sich zusammen aus den Rufen, dem Heulen und dem Weinen von Männern, die sonst nie eine Miene verziehen. Es ist, als würden sie vor der Vergangenheit erschaudern und all den Frauen, die es einmal gab. Ja, da ist jede Menge zu hören über die Frauen, die es einmal gab, aber alles ist unverständlich, denn betrunkener Lärm ist wie ein betrunkener Mann: lallend, langweilig und gefährlich.

Es ist nicht leicht, durch die Mitte der Stadt zu gehen, es ist nicht leicht, sich immer auf den nächsten Schritt zu konzentrieren, denn der Lärm lastet bleischwer auf den Schultern. Ich weiß ehrlich nicht, wie die Männer das aushalten, ich weiß nicht, wie ich das aushalten soll, wenn ich ein Mann bin, falls sich an meinem Geburtstag nicht etwas Entscheidendes ändert, von dem ich jetzt noch nichts weiß.

Die Straße steigt an und biegt dann nach rechts ab, vorbei an der Polizeistation und dem Gefängnis, die ein und dasselbe sind und häufiger benutzt werden, als man in einer so kleinen Stadt glauben sollte. Der Polizist ist Mr Prentiss junior. Er ist kaum zwei Jahre älter als ich und war noch gar nicht lange ein Mann, als er Polizist wurde, aber er hat sich rasch in seinem Job hervorgetan, denn in seiner Gefängniszelle landet jeder, an dem Bürgermeister Prentiss ein Exempel statuieren will. Zurzeit ist das Mr Turner, der nicht genug von seinem Getreide »zum Wohle der ganzen Stadt« abgeliefert hat, was einfach heißt, dass er kein Getreide umsonst an Mr Prentiss und seine Leute abgeben wollte.

Jetzt bist du also durch die Stadt gegangen mit deinem Hund und hast schon diesen ganzen Lärm hinter dir gelassen, den von Mr Phelps und von Mr Hammar und von Dr. Baldwin und von Mr Fox und dann diesen Überlärm aus der Kneipe und den Lärm von Prentiss junior und das Gejammer von Mr Turner, und du bist immer noch nicht fertig mit dem Lärm der Stadt, denn jetzt kommt die Kirche.

Die Kirche ist natürlich der Hauptgrund, weshalb wir in New World sind, und so gut wie jeden Sonntag kann man Aaron darüber predigen hören, weshalb wir die verdorbene und sündige alte Welt hinter uns gelassen und uns aufgemacht haben, ein neues Leben in Reinheit und Brüderlichkeit in einem zweiten Garten Eden zu beginnen.

Hat ja auch großartig geklappt, was?

Die Leute gehen trotzdem in die Kirche, hauptsächlich weil sie müssen, obwohl der Bürgermeister selbst sich kaum jemals die Mühe macht, er überlässt es lieber uns anderen, Aarons Predigten zu hören. Darüber, dass wir hier draußen nur einander haben, wir Männer, und dass wir zu einer verschworenen Gemeinschaft werden müssen.

Bei der alle fallen, wenn einer fällt.

Das sagt er oft.

Manchee und ich laufen so leise wie möglich an der Eingangstür vorbei. Gebetslärm dringt nach draußen, er hat etwas Besonderes, etwas Blutrotes, Krankhaftes, als ob die Männer das Gebet wie Blut ausschwitzen würden, obwohl es immer dieselben Worte sind, aber das dunkelrote Blut rinnt weiter und weiter. Hilf uns, errette uns, vergib uns, errette uns, vergib uns, führe uns von hier weg, bitte, lieber Gott, bitte, Gott, bitte, Gott, obwohl von dem Burschen da oben, soweit ich weiß, noch keiner das geringste Tönchen zur Antwort bekommen hat.

Aaron ist auch dort drinnen, er ist von seinem Spaziergang zurück und predigt und betet. Ich kann seine Stimme hören, nicht nur seinen Lärm, es geht um Opfer, Wort Gottes, um Segen und Heiligkeit und so weiter. Sein Geplapper ist so fad und sein Lärm wie ein graues Feuer, dass man gar nicht weiß, worauf er hinauswill, aber er muss doch auf etwas hinauswollen. Seine Rede mag ja sogar einen Sinn haben, und ich beginne mich zu fragen, welcher das sein könnte.

Und dann höre ich Junger Todd? in seinem Lärm, und ich sage: Beeil dich, Manchee, und wir hauen so schnell wie möglich ab.

Wenn man ganz oben auf dem Hügel von Prentisstown steht, ist das Haus des Bürgermeisters das letzte, an dem man vorbeikommt. Aus ihm dringt der seltsamste und lauteste Lärm überhaupt, denn Bürgermeister Prentiss ...

Nun, Bürgermeister Prentiss ist ein bisschen anders als die anderen.

Sein Lärm ist schrecklich deutlich, und wenn ich schrecklich sage, dann meine ich schrecklich. Er ist überzeugt, dass man den Lärm ordnen, ihn sogar für sich nutzen kann, wenn man ihn nur irgendwie bändigt. Und wenn man am Haus des Bürgermeisters vorbeiläuft, kann man ihn hören, ihn und seine engsten Vertrauten, seine Stellvertreter und all solche Leute, und immer machen sie diese Gedankenübungen, sie zählen Sachen, stellen sich vollkommene Formen vor, sprechen im Chor diesen Singsang, wie zum Beispiel ICH BIN DER KREIS UND DER KREIS IST DAS ICH, was immer das heißen soll. Es ist, als knete sich Bürgermeister Prentiss eine kleine Armee nach seinen Vorstellungen zurecht, als bereite er sich auf irgendetwas vor, als schmiede er eine Lärmwaffe.

Und das macht irgendwie Angst, es ist, als würde sich die Welt verändern und man selbst bliebe zurück.

1 2 3 4 4 3 2 1 ICH BIN DER KREIS UND DER KREIS

IST DAS ICH. 1 2 3 4 4 3 2 1 WENN EINER VON UNS FÄLLT, FALLEN WIR ALLE.

Bald werde ich ein Mann sein, und Männer rennen nicht ängstlich davon, aber ich gebe Manchee einen Klaps, und wir beide laufen jetzt sogar noch ein klein wenig schneller als zuvor, machen einen möglichst großen Bogen um das Haus des Bürgermeisters, bis wir daran vorbei sind und wieder auf dem Kiesweg, der zu unserem Haus führt.

Nach einer Weile ist die Stadt hinter uns verschwunden, der Lärm ebbt ein wenig ab (wenngleich er niemals ganz verstummt), und wir beide atmen etwas freier.

Manchee bellt: »Lärm, Todd.«

»Und wie«, sage ich.

»Ruhig im Sumpf, Todd«, sagt Manchee. »Ruhig, ruhig, ruhig.«

»Ja«, sage ich, dann fällt mir etwas ein, und ich laufe schneller und sage dann: »Halt die Schnauze, Manchee«, und ich schlage ihn einmal auf den Rücken, und er sagt: »Aua, Todd?« Ich schaue mich um, zur Stadt zurück, aber wenn Lärm erst einmal in der Welt ist, gibt es kein Zurück, oder? Wenn man den Lärm sehen könnte, wie er sich durch die Luft bewegt, dann könnte man auch das Loch im Lärm sehen, wie es aus mir herausfliegt, wie es aus meinen Gedanken herausfliegt, obwohl ich es doch beschützen wollte. Es ist so ein armes, kleines bisschen Lärm, und man könnte es in dem allgemeinen Getöse so leicht überhören, aber nun geht es dahin, dahin, dahin – zurück in die Welt der Männer.

3

BEN UND CILLIAN

»Wo habt ihr so lange gesteckt?«, fragt Cillian, als Manchee und ich über den Kiesweg trotten. Er liegt auf dem Boden, steckt halb im Atomgenerator drin, der draußen vor dem Haus steht, und repariert, was in diesem Monat daran kaputtgegangen ist. Seine Arme sind voller Schmiere, seine Miene ist finster, und sein Lärm summt wie ein Schwarm wild gewordener Bienen.

Ich spüre, wie Wut in mir aufsteigt, dabei bin ich noch nicht einmal richtig zu Hause.

»Ich war im Sumpf und habe Äpfel für Ben geholt«, antworte ich.

»Hier ist jede Menge Arbeit zu tun und der Junge geht weg zum Spielen.« Er schaut wieder in den Generator. Irgendetwas kracht, und er flucht: »Verdammt!«

»Ich war nicht weg zum Spielen, aber natürlich hörst du mir wieder mal nicht zu!«, antworte ich, eigentlich schreie ich es mehr. »Ben wollte Äpfel, also habe ich ihm ein paar von den verdammten Äpfeln geholt!«

»Aha«, sagt Cillian und schaut mich an. »Und wo sind sie dann, diese Äpfel?«

Und natürlich habe ich keine Äpfel dabei, ich kann mich nicht mal mehr daran erinnern, wo ich die Tüte fallen gelassen habe, bestimmt habe ich sie fallen lassen, als …

»Als was?«, fragt Cillian.

»Hör auf, mich zu belauschen«, fauche ich ihn an.

Cillian seufzt, wie er immer seufzt, und dann geht's los.

»Es ist ja nicht so, als müsstest du hier bei uns so viel arbeiten, Todd« – was glatt gelogen ist – »aber wir beide schaffen die Arbeit auf der Farm nicht alleine« – was stimmt – »und selbst wenn du ein einziges Mal alle deine Aufgaben erledigst, was ja nie vorkommt« – noch eine Lüge, sie lassen mich hier wie einen Sklaven schuften – »dann stehen wir trotzdem auf verlorenem Posten.« Und das ist wahr. Die Stadt kann nicht mehr wachsen, sie kann nur noch schrumpfen, und Hilfe ist nicht in Sicht.

»Hör zu, wenn ich mit dir rede«, sagt Cillian.

»Örzu!«, bellt Manchee.

»Halt die Klappe«, sage ich.

»Sprich nicht so mit deinem Hund«, sagt Cillian.

Ich habe nicht mit dem Hund gesprochen, denke ich, laut und deutlich genug, dass er es hören kann.

Cillian starrt mich zornig an, und ich schaue zornig zurück, und so geht es immer, in unserem Lärm pochen Wut und Streit und Ärger. Mit Cillian war es nie so schön, nie, Ben war immer netter zu mir gewesen, und Cillian war immer das Gegenteil von ihm, und seit meine Aufnahme in die Welt der Männer näher rückt, ist es noch schlimmer geworden, aber lange muss ich mir seinen Mist nicht mehr anhören.

Cillian schließt die Augen und schnaubt einmal laut durch die Nase. »Todd …«, beginnt er, jetzt etwas leiser.

»Wo ist Ben?«, frage ich.

Seine Miene wird noch ein bisschen eisiger. »Die Schafe werden in einer Woche ihre Jungen bekommen, Todd.«

Aber ich frage noch einmal: »Wo ist Ben?«

»Du wirst die Schafe füttern und in ihre Pferche sperren, und dann möchte ich, dass du endlich das Gatter auf dem östlichen Feld reparierst, Todd Hewitt. Ich habe dich schon mindestens zweimal darum gebeten.«

Ich wippe mit den Füßen. »Nun, wie war dein Ausflug in den Sumpf heute, Todd?«, frage ich und gebe mir Mühe, meine Stimme so beißend wie möglich klingen zu lassen. »Ja, es war schön, erstklassig, Cillian, danke der Nachfrage. – Ist dir im Sumpf was Interessantes begegnet, Todd? – Ja, ulkig, dass du mich danach fragst, Cillian, aber mir ist tatsächlich etwas Interessantes zugestoßen, das vielleicht diese aufgeplatzte Lippe erklären könnte, die dich scheinbar überhaupt nicht interessiert, aber ich denke, das muss warten, bis die Schafe gefüttert sind und ich diesen gottverdammten Zaun repariert habe!«

»Pass auf, was du sagst«, erwidert Cillian. »Ich habe keine Zeit für deine Spielchen. Geh und kümmere dich um die Schafe.«

Ich balle die Fäuste und stoße einen Laut aus, der wie »Aaah« klingt und der Cillian klarmachen soll, dass ich seine Sturheit keine Sekunde länger aushalte.

»Komm mit, Manchee«, sage ich.

»Die Schafe, Todd«, ruft Cillian, als ich weggehe. »Kümmere dich zuerst um die Schafe.«

»Ja, ich kümmere mich um die verdammten Schafe«, murmle ich. Ich laufe jetzt schneller, mein Blut rauscht, und vom Dröhnen meines Lärms wird Manchee immer aufgeregter. »Schafe!«, bellt er. »Schafe, Schafe, Todd! Schafe, Schafe, ruhig, Todd! Ruhig, ruhig, im Sumpf, Todd!«

»Halt die Klappe, Manchee«, sage ich.

»Was war das?«, fragt Cillian. In seiner Stimme ist etwas, was uns beide herumfahren lässt. Er sitzt jetzt aufrecht neben dem Generator, seine ganze Aufmerksamkeit gilt uns, sein Lärm ist wie ein Laserstrahl auf uns gerichtet.

»Ruhig, Cillian«, bellt Manchee.

»Was meint er mit ›ruhig‹?« Cillian mustert mich mit den Augen und mit seinem Lärm.

»Weshalb interessiert dich das?«, entgegne ich und wende mich ab. »Ich muss jetzt die verdammten Schafe füttern.«

»Warte, Todd!«, ruft er, doch dann fängt der verflixte Generator zu piepsen an, und Cillian knurrt: »Verdammt noch mal!« Und er muss sich wieder um den Apparat kümmern, und ich spüre, dass sein Lärm voller Fragezeichen ist, die immer schwächer werden, je weiter ich mich entferne.

Der Teufel soll ihn holen, denke ich, etwa in diesen Worten, wenn nicht gar in schlimmeren, während ich über die Farm stapfe. Wir wohnen etwa einen Kilometer nordöstlich der Stadt, auf einer Hälfte der Farm züchten wir Schafe, auf der anderen Hälfte bauen wir Weizen an. Der Getreideanbau ist mühevoller, obwohl Ben und Cillian den Großteil der Feldarbeit übernehmen. Seit ich alt genug und größer als die Schafe bin, passe ich auf sie auf. Ich sage bewusst »ich« und nicht »Manchee und ich«, denn das war auch eine von diesen verlogenen Ausreden, weshalb sie mir den Hund geschenkt haben. Sie meinten, ich könnte ihn zum Schafehüten abrichten. Daraus ist, aus den verschiedensten Gründen, will sagen: wegen seiner völligen Blödheit, nie etwas geworden.

Ich füttere und tränke die Schafe, ich schere sie, helfe, sie auf die Welt zu bringen, kastriere und schlachte sie sogar – all das ist meine Arbeit. Wir sind eine von drei Farmen, die Fleisch und Wolle an die Stadt liefern, früher waren es einmal fünf Höfe, bald werden es nur noch zwei sein, denn Mr Majoribanks kann jeden Tag an seiner Trunksucht sterben. Wenn es so weit ist, werden wir seine Schafherde übernehmen. Besser gesagt: Ich werde dann seine Herde übernehmen, so wie ich es gemacht habe, als Mr Gault im vorletzten Winter verschwand, und ich werde neue Schafe haben, die ich schlachten, kastrieren und scheren muss, Böcke, die ich zur richtigen Zeit mit den Mutterschafen in die Pferche sperren muss, und werde ich dafür jemals auch nur ein Dankeschön bekommen? Nein, werde ich nicht.

Ich bin Todd Hewitt, denke ich, weil der Tag offensichtlich alles aufbietet, um meinen Lärm in Aufruhr zu versetzen. Ich bin beinahe ein Mann.

»Schaf!«, sagen die Schafe, als ich, ohne stehen zu bleiben, an ihrer Koppel vorbeigehe. »Schaf!«, sagen sie und schauen mir nach. »Schaf! Schaf!«

»Schaf!«, bellt Manchee.

»Schaf!«, blöken sie zurück.

Schafe haben sogar noch weniger zu sagen als Hunde.

Ich habe mich auf der ganzen Farm nach Bens Lärm umgehört, und schließlich habe ich ihn unten, an einer Ecke des Weizenfelds ausfindig gemacht. Die Aussaat ist vorüber, bis zur Ernte sind es noch Monate hin, im Augenblick gibt es nicht viel zu tun mit dem Weizen, man muss nur dafür sorgen, dass die Generatoren und der Atomtraktor und die elektrischen Dreschmaschinen bereit zum Einsatz sind. Aber wenn du glaubst, dass ich deshalb ein bisschen Unterstützung bei der Arbeit mit den Schafen bekomme, irrst du dich.

Ben summt in seinem Lärm ein kleines Liedchen vor sich hin, es kommt von dort, wo die Düsen der Bewässerungsanlagen sind, also mache ich einen Bogen und laufe dann quer über das Feld auf ihn zu. Sein Lärm ist nichts im Vergleich zu Cillians Lärm. Er ist gleichmäßiger und klarer, und auch wenn man Lärm nicht sehen kann, so kommt mir Cillians Lärm rötlich vor und Bens Lärm blau, manchmal sogar grün. Sie sind vollkommen verschieden, wie Feuer und Wasser, so sind Ben und Cillian, meine Mehr-oder-weniger-Eltern.

Es heißt, meine Ma und Ben waren bereits Freunde, ehe sie nach New World aufbrachen, und dass sie beide Mitglieder von *Unserer Kirche* waren, als das Angebot kam, fortzugehen und eine neue Siedlung zu gründen. Ma überzeugte meinen Pa, und Ben überzeugte Cillian, und als die Raumschiffe gelandet waren und eine neue Siedlung gegründet war, züchteten meine Ma und mein Pa Schafe auf der Farm gegenüber von Ben und Cillian, die Weizen anbauten, und alle waren Freunde, und alles war schön, und die Sonne ging niemals unter, und Männer und Frauen sangen gemeinsam Lieder und lebten zufrieden und liebten sich, und niemals wurde jemand krank und starb.

Das ist die Geschichte, die mir der Lärm erzählt, aber wer weiß, wie es tatsächlich war? Denn damals, als ich auf die Welt kam, änderte sich alles. Die Spackle setzten Erreger frei, die Frauen töteten, und das war's dann für meine Ma, und dann begann der Krieg. Wir gewannen zwar den Krieg, aber für den Rest von New World war es aus und vorbei. Und mittendrin bin ich, ein Baby, das von nichts etwas weiß, und natürlich bin ich nicht das einzige

Kind, es gab damals jede Menge Kinder, aber mit einem Mal war nur noch eine halbe Stadt da, die aus lauter Männern bestand, um auf uns Babys und die kleinen Jungen aufzupassen. Viele von uns starben, aber ich zählte zu denen, die Glück hatten, denn für Ben und Cillian war es selbstverständlich, mich aufzunehmen, mir zu essen zu geben, mich großzuziehen, mir etwas beizubringen und im wahrsten Sinne des Wortes mein Überleben zu sichern.

Deshalb bin ich für die beiden sozusagen wie ein Sohn. Na ja, eigentlich mehr als nur sozusagen, wenn auch weniger als ein richtiger Sohn. Ben sagt, Cillian streitet deshalb so viel mit mir, weil er mich so gernhat, aber wenn das stimmt, ist es schon eine komische Art, jemandem seine Zuneigung zu zeigen, denn unter Zuneigung stelle ich mir was anderes vor.

Ben ist ein ganz anderer Mensch als Cillian, ein gütiger Mensch. Das macht ihn zu etwas Besonderem in Prentisstown. Für 145 Männer dieser Stadt, sogar für diejenigen, die erst vor Kurzem Geburtstag hatten und gerade erst Männer geworden sind, ja sogar für Cillian, wenn er das auch nicht so deutlich zeigt, bin ich jemand, den man bestenfalls nicht zur Kenntnis nimmt und schlimmstenfalls verprügelt, deshalb verbringe ich den größten Teil meiner Zeit damit, möglichst wenig aufzufallen, damit ich ignoriert und nicht verprügelt werde.

Aber Ben ist anders, ich kann ihn nicht genauer beschreiben, ohne mir gefühlsduselig und dumm und wie ein kleiner Junge vorzukommen, deshalb lasse ich es. Ich will nur so viel sagen, dass ich meinen Pa niemals kannte, aber wenn ich eines Tages aufwachen würde und mir einen Vater aussuchen dürfte, wenn jemand käme und zu mir sagte, hier, Junge, nimm dir, wen du willst zum Vater, dann wäre Ben gewiss keine schlechte Wahl.

Er pfeift vor sich hin, während Manchee und ich auf ihn zulaufen, und obwohl weder ich ihn noch er mich sehen kann, stimmt er eine andere Melodie an, sobald er meine Anwesenheit spürt, eine Melodie, die ich kenne, Frü-ü-üh am Mo-horgen, wenn die So-ho-honn aufgeht, er sagt, es sei das Lieblingslied meiner Ma gewesen, aber ich glaube, es ist eigentlich sein Lieblingslied, denn er pfeift und singt es mir vor, seit ich denken kann. Mein Blut kocht noch wegen des Streits mit Cillian, aber bei Bens Lied werde ich ruhiger.

Obwohl es natürlich nur ein Kinderlied ist, ich weiß, halt die Klappe.

»Ben!«, bellt Manchee und flitzt um die Bewässerungsanlage herum.

»Hallo, Manchee«, höre ich, als ich um die Ecke biege. Da ist Ben und er krault Manchee hinter den Ohren. Der Hund hat die Augen geschlossen und scharrt vor Vergnügen, und obwohl Ben aus meinem Lärm weiß, dass ich wieder mit Cillian gestritten habe, sagt er nichts, nur: »Hallo, Todd.«

»Hi, Ben.« Ich schaue zu Boden, trete mit dem Fuß gegen einen Stein.

Bens Lärm sagt Äpfel und Cillian und Wie groß du schon geworden bist und wieder Cillian und mich juckt's unter der Achsel und Äpfel und Abendessen und Mensch, ist das eine Hitze, und das alles ist so lässig und so selbstverständlich, wie wenn man sich an einem heißen Tag an einem kühlen Bach ausruht.

»Na, ist der Zorn verraucht, Todd?«, fragt er schließlich. »Sagst du dir vor, wer du bist?«

»Ja«, antworte ich, »aber warum muss er immer so über mich

herfallen? Warum kann er nicht einfach Hallo sagen? Nur einmal ein freundliches Wort und nicht immer: ›Ich weiß, dass du etwas angestellt hast, und ich werde dich nicht in Ruhe lassen, bis ich rausgekriegt habe, was es ist.‹«

»Das ist nun mal seine Art, Todd. Das weißt du doch.«

»Das sagst du jedes Mal.« Ich zupfe einen Halm aus einer jungen Weizenähre und stecke ihn zwischen die Zähne.

»Hast du die Äpfel im Haus gelassen?«

Ich schaue ihn an. Kaue auf dem Halm. Er weiß, dass ich sie nicht dort gelassen habe. Er kennt mich zu gut.

»Und du hast auch einen Grund dafür«, sagt er und krault Manchee weiter geduldig hinter den Ohren. »Es gibt einen Grund dafür, auch wenn ich ihn noch nicht klar genug erkenne.« Er versucht, in meinem Lärm zu lesen, schaut, was er an Wahrem herausziehen kann. Die meisten Männer sind der Ansicht, dass solche Aushorcherei eine Tracht Prügel rechtfertigt, aber bei Ben macht es mir nichts aus. Er legt den Kopf in den Nacken und hört auf, Manchee zu kraulen. »Hat es etwas mit Aaron zu tun?«

»Ja, ich habe ihn getroffen.«

»War er es, der dir die Lippe blutig geschlagen hat?«

»Ja.«

»Der Hurensohn.« Er zieht die Stirn in Falten und macht einen Schritt auf mich zu. »Vielleicht sollte ich mal ein Wörtchen mit ihm reden.«

»Tu's nicht«, bitte ich. »Tu's nicht! Das gibt nur noch mehr Ärger und es tut ohnehin schon so weh.«

Er legt mir die Finger unters Kinn und hebt meinen Kopf leicht an, damit er die Wunde besser betrachten kann. »Der

Hurensohn«, sagt er wieder, ganz leise. Mit den Fingerspitzen streicht er über die Wunde und ich zucke zusammen.

»Es ist nicht schlimm«, sage ich.

»Nimm dich vor diesem Menschen in Acht, Todd Hewitt.«

»Meinst du, ich bin durch den Sumpf gerannt, weil ich ihm in die Arme laufen wollte?«

»Er hat unrecht mit dem, was er sagt.«

»Heilige Scheiße, vielen Dank, dass du mir das sagst, Ben«, erwidere ich, und dann fange ich etwas von seinem Lärm auf, ein Körnchen, das sagt einen Monat, und es ist etwas Neues, etwas ganz Neues, was er schnell mit anderem Lärm zu ersticken versucht.

»Was ist los, Ben?«, frage ich sofort. »Was ist da los an meinem Geburtstag?«

Er lächelt, und eine Sekunde lang scheint sein Lächeln besorgt, aber danach ist es so unbeschwert wie immer. »Es ist eine Überraschung«, sagt er, »also sei nicht so neugierig.«

Obwohl ich beinahe ein Mann und inzwischen fast so groß wie er bin, beugt er sich ein kleines Stück zu mir herab, sodass wir uns direkt in die Augen sehen können, aber nicht so nahe, dass es unangenehm wäre, gerade so nahe, dass ich mich nicht bedrängt fühle. Ich weiche seinem Blick aus. Und obwohl es Ben ist, obwohl ich Ben mehr vertraue als sonst jemandem in dieser beschissenen kleinen Stadt, obwohl es Ben war, der mir das Leben gerettet hat und der es, ich bin mir sicher, jederzeit wieder tun würde, zögere ich ein wenig, ihn meinen Lärm lesen zu lassen, damit er sieht, was im Sumpf geschehen ist. Und das liegt hauptsächlich daran, dass es mir jedes Mal die Luft abschnürt, wenn ich daran denke.

»Todd?«, sagt Ben und betrachtet mich aufmerksam.

»Ruhig«, bellt Manchee, leise. »Ruhig im Sumpf.«

Ben schaut auf Manchee, dann wieder auf mich, seine Augen blicken noch immer sanft und fragend und voller Anteilnahme. »Wovon redet er, Todd?«

Ich seufze. »Wir haben etwas gesehen. Mitten im Sumpf. Na ja, eigentlich haben wir es nicht gesehen, weil es sich versteckt hat, aber es war wie ein Loch im Lärm, wie ein Riss ...«

Ich höre auf zu reden, denn er hört nicht mehr auf das, was ich sage. Ich habe meinen Lärm für ihn geöffnet, und ich erinnere mich so gewissenhaft, wie ich mich nur erinnern kann, aber er schaut mich plötzlich so wild an, und weit hinter mir höre ich, wie Cillian kommt, er ruft »Ben?« und »Todd?«. Aus seiner Stimme und aus seinem Lärm spricht Sorge, woraufhin auch Bens Lärm zu brodeln beginnt, und ich denke noch immer so wahrhaftig, wie ich kann, an das Loch, das ich im Lärm entdeckt habe, aber auch so leise wie nur möglich, leise, ganz leise, denn ich will die Stadt um keinen Preis an dieser Entdeckung teilhaben lassen, und Cillian kommt auf uns zu, und Ben schaut mich einfach nur an, schaut mich so lange an, bis ich schließlich nicht mehr anders kann und es wissen muss.

»Sind es die Spackle?«, frage ich. »Sind es die Spackle? Sind sie zurückgekommen?«

»Ben?« Cillian schreit den Namen, während er quer über die Felder gerannt kommt.

»Sind wir in Gefahr?«, frage ich. »Gibt es wieder Krieg?«

Aber Ben sagt nur: »Oh mein Gott!« Er sagt es ganz leise, und dann sagt er noch einmal: »Oh, mein Gott!« Und dann, ohne sich zu rühren oder aufzublicken, sagt er: »Wir müssen dich von hier wegbringen. Wir müssen dich sofort von hier wegbringen.«

4

DENK NICHT DARAN

CILLIAN KOMMT HERBEIGELAUFEN, aber ehe er etwas sagen kann, zischt Ben ihn an: »Denk nicht daran!«

Er wendet sich mir zu. »Und du auch nicht. Vergrab es unter deinem Lärm. Verbirg es, so gut es geht.« Und er packt mich an den Schultern, während er das sagt, und drückt mich so fest, dass mein Blut noch mehr rauscht als vorher.

»Was ist los?«, frage ich.

»Bist du nach Hause durch die Stadt gegangen?«, will Cillian wissen.

»Natürlich bin ich durch die Stadt nach Hause gegangen«, sage ich patzig. »Welchen anderen Scheißweg gibt es denn sonst?«

Cillians Miene versteinert, aber nicht, weil ich ihn angeblafft habe und er eingeschnappt ist, seine Miene versteinert aus Furcht, einer Furcht, die wie ein Schrei aus seinem Lärm herausdringt. Die beiden schimpfen nicht einmal mit mir, weil ich »Scheißweg« gesagt habe, was es in gewisser Weise nur noch schlimmer macht. Manchee bellt wie verrückt: »Cillian! Ruhig! Scheiße! Todd!«, aber niemand macht sich die Mühe und sagt ihm, dass er die Schnauze halten soll.

Cillian schaut Ben an. »Wir müssen es jetzt tun.«

»Ich weiß«, sagt Ben.

»Was ist los?«, wiederhole ich, diesmal ganz laut. »Was müssen wir jetzt tun?« Ich befreie mich aus Bens Griff und starre die beiden aufgebracht an.

Ben und Cillian tauschen einen Blick, dann sagt Ben zu mir: »Du musst weg aus Prentisstown.«

Meine Augen wandern von einem zum anderen, aber die beiden geben nichts preis in ihrem Lärm, da ist nichts zu spüren als tiefe Sorge. »Was soll das heißen: Ich muss weg aus Prentisstown?«, frage ich. »Es gibt doch in New World nichts außer Prentisstown.«

Die beiden werfen sich noch einen Blick zu.

»Hört auf damit!«, schreie ich sie an.

»Komm«, sagt Cillian. »Wir haben deine Tasche schon gepackt.«

»Wie kann es sein, dass ihr meine Tasche schon gepackt habt?«

Cillian sagt zu Ben: »Wahrscheinlich bleibt uns nicht mehr viel Zeit.«

Und Ben sagt zu Cillian: »Er könnte hinunter zum Fluss gehen.«

Und Cillian sagt zu Ben: »Du weißt, was das heißt.«

Und Ben sagt zu Cillian: »Das ändert nichts an unserem Plan.«

»WAS, VERFLIXT NOCH MAL, GEHT HIER VOR?«, brülle ich. Aber natürlich sage ich nicht »verflixt«, denn die Situation verlangt nach einem Ausdruck, der ein bisschen schärfer ist. »VON WELCHEM SCHEISSPLAN REDET IHR?«

Aber sie werden noch immer nicht wütend.

Ben dämpft seine Stimme, und ich sehe, wie er versucht, seinen

Lärm unter Kontrolle zu bringen: »Es ist sehr, sehr wichtig, dass du das, was da draußen im Sumpf passiert ist, so gut wie möglich in deinem Lärm versteckst.«

»Warum denn? Kommen die Spackle zurück, um uns zu töten?«

»Denk nicht daran!«, herrscht mich Cillian an. »Begrab diese Gedanken, behalte sie ganz tief und lautlos in dir, bis du so weit von der Stadt weg bist, dass dich niemand mehr hören kann. Und jetzt komm!«

Er macht sich auf den Weg zurück zum Haus, er rennt sogar, tatsächlich, Cillian rennt.

»Komm schon, Todd!«, drängt Ben.

»Nicht ehe mir jemand erklärt, was hier vor sich geht.«

»Du wirst deine Erklärung bekommen«, versichert er, packt mich am Arm und zieht mich mit sich fort. »Du wirst mehr erfahren, als du jemals wissen wolltest.« Als er das sagt, liegt so viel Trauer in seinen Worten, dass ich verstumme, ihm nur hinterherrenne, während Manchee sich mal wieder die Seele aus dem Leib bellt.

Als wir endlich beim Haus sind, stelle ich mir vor, dass ...

Ich weiß nicht, was ich mir vorstelle. Eine Armee von Spackle, die aus dem Wald kommt, eine Abordnung von Bürgermeister Prentiss' Leuten, in Reih und Glied und schussbereit, das Haus in Flammen, keine Ahnung. Aus dem Lärm von Ben und Cillian werde ich nicht recht schlau, meine eigenen Gedanken werden herausgeschleudert wie das Magma aus einem Vulkan, und Manchee hört nicht auf zu bellen, also wer soll sich in einem solchen Lärm auskennen?

Niemand ist da. Das Haus, unser Haus, ist wie immer, ein ruhiges Farmhaus. Cillian stürmt durch die Hintertür, geht in den

Gebetsraum, den wir niemals benützen, und fängt an, Dielen aus dem Boden zu reißen. Ben rennt in die Vorratskammer und wirft getrocknete Lebensmittel in einen Leinensack, dann geht er zur Toilette, holt ein kleines Erste-Hilfe-Päckchen und wirft es ebenfalls in den Sack.

Ich stehe herum wie ein Idiot und frage mich, was in drei Teufels Namen hier vorgeht.

Ich weiß, was du jetzt denkst: Wie kann man so etwas nicht wissen, wenn man tagein, tagaus jeden einzelnen Gedanken der beiden Männer hört? Aber so ist es eben. Lärm ist einfach Lärm. Da ist Krach und Geklapper, und für gewöhnlich fügt er sich zu einem einzigen, großen Brei aus Lärm und Gedanken und Bildern, und die Hälfte der Zeit ist es völlig unmöglich, aus alledem schlau zu werden. In den Gehirnen der Männer geht es schlampig zu, und Lärm ist wie das lebendige, atmende Antlitz dieses schrecklichen Durcheinanders. Lärm ist das, was wahr ist, und das, was man glaubt und was man sich nur einbildet und was man nur vor sich hin fantasiert. Der Lärm sagt etwas, und im selben Moment sagt er das Gegenteil, und obwohl man sicher sein kann, dass die Wahrheit irgendwo darin verborgen ist, wie soll man wissen, was wahr ist und was nicht, wenn doch immer alles zur selben Zeit auf einen einstürzt.

Lärm ist ein Mensch ohne Filter und ein solcher Mensch ist das Chaos auf zwei Beinen.

»Ich werde nicht gehen«, sage ich entschlossen, während Ben und Cillian mit den Vorbereitungen für meine Flucht fortfahren. Sie achten überhaupt nicht auf mich. »Ich werde nicht gehen«, wiederhole ich.

Ben läuft an mir vorbei in den Gebetsraum und hilft Cillian

dabei, die Dielenbretter aufzustemmen. Sie finden, wonach sie gesucht haben; Cillian zieht einen Rucksack hervor, einen alten Rucksack, von dem ich glaubte, ich hätte ihn längst verloren. Ben macht ihn auf und wirft einen schnellen Blick hinein. Ich sehe einige Kleidungsstücke, die mir gehören, und etwas, was aussieht wie …

»Ist das ein Buch?«, frage ich. »Schon vor Jahren hättest du alle Bücher verbrennen müssen.«

Aber sie beachten mich nicht, die Luft scheint stillzustehen, als Ben das Buch aus dem Rucksack nimmt. Er und Cillian betrachten es, und mir fällt auf, dass es kein Buch im eigentlichen Sinne ist, mehr so etwas wie ein Tagebuch mit einem hübschen Ledereinband, und als Ben das Buch durchblättert, sehe ich, dass die Seiten cremefarben und bis zum Rand von Hand beschrieben sind.

Beide schauen mich an.

»Ich werde nirgendwohin gehen«, sage ich.

Im selben Moment klopft es an der Vordertür.

Einen Augenblick lang sagt niemand ein Wort, jeder ist wie erstarrt. Manchee will so viele Dinge auf einmal bellen, dass er sich eine Minute lang für gar nichts entscheiden kann, dann bellt er schließlich: »Tür!«, aber Cillian packt ihn mit einer Hand am Kragen, und mit der anderen hält er ihm das Maul zu und bringt ihn so zum Schweigen. Wir schauen uns an, keiner weiß, was er jetzt tun soll.

Es klopft wieder und dann hört man eine Stimme um die Hausecke. »Ich weiß, dass ihr dort drin seid.«

»Verflixt und zugenäht«, sagt Ben.

»David Schwachkopf Prentiss«, sagt Cillian.

Ja, es ist die Stimme von Prentiss junior, unserem Gesetzeshüter.

»Ihr glaubt wohl, ich kann euren Lärm nicht hören?«, ruft er durch die geschlossene Tür. »Benison Moore. Cillian Boyd.« Er macht eine kurze Pause. »Todd Hewitt.«

»So viel zum Thema Verstecken«, sage ich und verschränke die Arme vor der Brust, denn ich bin noch immer ein bisschen verärgert über die ganze Angelegenheit.

Cillian und Ben werfen einander einen Blick zu, dann lässt Cillian Manchee los und sagt zu uns beiden: »Bleibt, wo ihr seid«, und geht auf die Tür zu. Ben stopft den Proviantbeutel in den Rucksack und schnürt ihn zu. »Setz ihn auf«, sagt er leise.

Ich will ihn anfangs nicht nehmen, aber Ben gibt mir ein Zeichen und macht dabei ein so ernstes Gesicht, dass ich ihn schließlich doch nehme und aufsetze. Er scheint eine ganze Tonne zu wiegen.

Wir hören, wie Cillian die Vordertür öffnet. »Was willst du, Davy?«

»Für dich immer noch Sheriff Prentiss, Cillian«, schnarrt Prentiss junior.

»Wir sind gerade beim Mittagessen, Davy«, sagt Cillian. »Komm später wieder.«

»Ich glaube nicht, dass ich das tun werde. Ich glaube, ich werde zuerst ein Wörtchen mit dem jungen Todd wechseln müssen.«

Ben schaut mich an, in seinem Lärm hört man deutlich die Sorge.

»Todd hat auf der Farm zu tun«, antwortet Cillian. »Er geht gerade zur Hintertür raus. Ich kann ihn hören.«

Das soll eine Aufforderung sein für mich und Ben, oder? Aber ich möchte verdammt noch mal mitkriegen, was hier vor sich geht, und ich kümmere mich nicht um Bens Hand, die auf meiner Schulter liegt und versucht, mich zur Hintertür zu schieben.

»Du hältst mich wohl für einen Narren, Cillian?«, fragt Prentiss junior.

»Willst du wirklich eine ehrliche Antwort auf diese Frage haben, Davy?«

»Ich kann seinen Lärm hören, er ist keine zehn Meter hinter dir. Ich höre auch Bens Lärm.« Sein Tonfall ändert sich. »Ich möchte nur mit ihm reden. Er hat nichts zu befürchten.«

»Warum hast du dann eine Waffe dabei, Davy?«, fragt Cillian.

Ben drückt mich ganz fest an der Schulter, wahrscheinlich ohne darüber nachzudenken.

Die Stimme und der Lärm von Prentiss junior ändern sich erneut. »Bring ihn raus, Cillian. Du weißt, warum ich hier bin. Dein Junge hat, so scheint es, ein kleines, lustiges Wort verlauten lassen, ganz unschuldig, und das macht jetzt die Runde durch die Stadt, und wir wollen uns einfach davon überzeugen, was dran ist, mehr nicht.«

»Wir?«, fragt Cillian.

»Unser ehrenwerter Herr Bürgermeister würde gern ein Wörtchen mit dem jungen Todd wechseln.« Prentiss junior wird lauter. »Ihr kommt jetzt alle raus, verstanden? Ihr kriegt keinen Ärger. Es geht hier nur um einen Plausch unter Freunden.«

Ben deutet mit dem Kopf zum Hinterausgang, jetzt ganz energisch, und es scheint, diesmal hat es keinen Sinn, mit ihm zu diskutieren. Wir schleichen uns Richtung Tür, aber Manchee kann nicht länger die Klappe halten und bellt: »Todd?«

»Ihr denkt doch nicht etwa daran, euch durch den Hintereingang fortzustehlen, oder?«, schreit Prentiss junior. »Geh mir aus dem Weg, Cillian.«

»Verschwinde von meinem Grund und Boden, Davy«, entgegnet Cillian.

»Ich sag's dir nicht zweimal.«

»Ich glaube, du hast es schon dreimal gesagt, Davy. Wenn du mir drohen willst, dann kann ich dir nur sagen: Es funktioniert nicht.«

Eine Pause entsteht, aber der Lärm der beiden wird lauter. Ben und ich wissen, was jetzt kommt, und mit einem Mal geht alles ganz schnell, wir hören einen lauten Schlag, gleich darauf zwei weitere, und ich und Ben und Manchee rennen zur Küche, aber als wir dort ankommen, ist schon alles vorbei. Prentiss junior liegt auf dem Boden, presst die Hand auf den Mund, Blut quillt hervor. Cillian hält das Gewehr des Sheriffs in der Hand und hat es auf Prentiss junior gerichtet.

»Ich habe gesagt: Verschwinde von meinem Grund und Boden, Davy«, wiederholt er.

Prentiss junior schaut erst ihn an, dann uns, die Hand noch immer gegen den blutenden Mund gepresst. Wie schon gesagt, er ist nicht einmal zwei Jahre älter als ich, er bringt kaum einen Satz hervor, ohne dass seine Stimme bricht, aber er ist nach seinem letzten Geburtstag zum Mann erklärt worden, und nun ist er unser Sheriff.

Das Blut aus seinem Mund tropft auf die feinen braunen Härchen auf seinem Kinn, die er selbst »Bart« nennt und über die alle anderen höchstens lachen.

»Du weißt, das beantwortet nicht meine Frage.« Er spuckt Blut und einen Zahn auf den Boden. »Du weißt, dass die

Angelegenheit damit noch nicht erledigt ist.« Er schaut mir direkt in die Augen. »Du hast etwas entdeckt, nicht wahr, Junge?«

Cillian richtet das Gewehr auf seinen Kopf. »Raus«, sagt er nur.

»Wir haben etwas mit dir vor, Junge.« Prentiss junior sieht mich mit seinem blutverschmierten Gesicht an und steht mühsam auf. »Der Junge, der als Letzter dran ist. Einen Monat noch, stimmt's?«

Ich schaue zu Cillian, aber der lässt nur den Abzug des Gewehrs knacken und macht damit seine Meinung zu diesen Plänen deutlich.

Prentiss junior schaut uns noch einmal an, spuckt noch einmal auf den Boden und sagt mit einer Stimme, die sich überschlägt: »Wir sehen uns noch.« Dann geht er hinaus.

Cillian knallt die Tür hinter ihm zu. »Todd muss sofort gehen. Zurück in den Sumpf.«

»Ich weiß«, entgegnet Ben, »ich hatte nur gehofft ...«

»Ich auch«, sagt Cillian.

»Hey, nun mal langsam, ich gehe nicht in den Sumpf zurück. Dort gibt es Spackle!«

»Lass niemanden deine Gedanken hören«, sagt Cillian scharf. »Das ist viel wichtiger, als du glaubst.«

»Das ist nicht schwer, ich weiß ja nichts«, sage ich. »Ich werde nirgendwohin gehen, ehe mir nicht jemand sagt, was hier vor sich geht.«

»Todd ...«, setzt Ben an.

»Sie werden zurückkommen, Todd«, erklärt Cillian. »Davy Prentiss wird zurückkommen und dann wird er nicht alleine sein. Wir können dich auf keinen Fall vor der ganzen Meute schützen.«

»Aber ...«

»Keine Widerrede!«, unterbricht er mich.

»Komm jetzt, Todd«, drängt Ben. »Manchee muss mit dir gehen.«

»Oh Mann, das wird ja immer besser«, stöhne ich.

»Todd«, sagt Cillian. Er wirkt verändert. In seinem Lärm höre ich etwas Neues, eine Trauer, die wie Verzweiflung klingt. »Todd«, sagt er wieder, und dann packt er mich und drückt mich an sich, so fest er kann. Ich schürfe mir die angeschlagene Lippe an seinem Kragen auf, sage »Aua!« und schiebe ihn von mir weg.

»Vielleicht wirst du uns hassen für das, was wir tun, Todd«, sagt er, »aber glaub mir, bitte: Wir tun es nur, weil wir dich lieben, in Ordnung?«

»Nein«, antworte ich. »Nichts ist in Ordnung. Überhaupt nichts ist in Ordnung.«

Doch Cillian hört mir nicht zu, wie üblich. Er steht auf und sagt zu Ben: »Geht, ich halte sie auf, solange ich kann.«

»Ich kehre auf einem anderen Weg zurück«, sagt Ben. »Mal sehn, ob ich sie in die Irre führen kann.«

Sie drücken einander die Hände, eine ganze lange Minute lang, dann sagt Ben zu mir: »Komm!«, und er zieht mich zur Hintertür. Ich sehe, wie Cillian wieder das Gewehr zur Hand nimmt, er mustert mich von Kopf bis Fuß, schaut mir in die Augen, sein Blick spricht Bände und wiederholt nur seine Gedanken: Dies ist ein Abschied für eine viel längere Zeit, als es jetzt den Anschein hat. Er sagt, dass er nun gekommen ist, jener Augenblick, an dem er mich zum letzten Mal sieht, und ich mache den Mund auf, will etwas sagen, aber dann fällt die Tür zwischen uns zu, und er ist verschwunden.

5

ALLES, WAS DU WEISST

»ICH BRINGE DICH JETZT ZUM FLUSS«, sagt Ben, während wir zum zweiten Mal an diesem Morgen quer über unsere Felder rennen. »Folge seinem Lauf bis zu der Stelle, wo er in den Sumpf übergeht.«

»Es gibt keine richtigen Wege, Ben«, protestiere ich. »Und es wimmelt von Krokodilen. Willst du mich umbringen?«

Er dreht sich im Laufen zu mir um. »Es geht nicht anders, Todd.«

»Krokodile! Sumpf! Ruhe! Kacken!«, bellt Manchee.

Da mir anscheinend niemand ein Sterbenswörtchen sagen will, habe ich inzwischen aufgegeben zu fragen, was hier los ist, also laufen wir einfach an den Schafen vorbei, die immer noch nicht in ihren Pferchen sind und es vielleicht niemals sein werden. »Schaf!«, sagen sie und schauen uns nach, als wir vorbeirennen. Weiter geht's, an der großen Scheune vorbei, bis zu einem großen Entwässerungsgraben, dann nach rechts, einen kleineren Wassergraben entlang, bis dorthin, wo die Wildnis anfängt, was so viel heißt wie »der Rest dieses ganzen, öden Planeten«.

Erst als wir die Ausläufer des Waldes erreicht haben, redet Ben wieder. »In deinem Rucksack ist Proviant, er wird eine Weile reichen, aber du solltest mit deinen Vorräten so sparsam wie möglich umgehen. Iss alle Früchte, die du findest, und alles, was du jagen kannst.«

»Wie lange muss der Proviant denn reichen?«, frage ich. »Wie lange wird es dauern, bis ich zurückkommen kann?«

Ben bleibt stehen. Wir sind gerade bei den Bäumen angelangt, die uns Schutz bieten. Bis zum Fluss sind es noch dreißig Meter, aber man hört ihn bereits, denn genau hier ergießt er sich talabwärts in die Sümpfe.

Ich habe das Gefühl, als sei dies der verlassenste Ort auf der ganzen, weiten Welt.

»Du wirst nicht zurückkommen, Todd«, sagt Ben ruhig und gefasst. »Nie mehr.«

»Weshalb nicht?« Meine Stimme klingt schwach wie die einer jungen Katze, aber ich kann nichts dagegen machen. »Was habe ich denn getan, Ben?«

Ben stellt sich vor mich hin. »Du hast gar nichts getan, Todd. Überhaupt nichts.« Er drückt mich ganz fest, und ich spüre, wie sich auch meine Brust ganz fest an seine presst, ich bin verwirrt, und in mir sind Angst und Wut zugleich. An diesem Morgen, als ich aufstand, war die Welt wie an jedem anderen Tag, und nun bin ich hier, werde weggeschickt, und Ben und Cillian tun so, als würde ich jeden Moment sterben, und das ist nicht in Ordnung, ich weiß nicht, weshalb, aber das ist einfach nicht in Ordnung.

»Ich weiß, dass es nicht in Ordnung ist«, sagt Ben und reißt sich von mir los. »Aber es gibt einen Grund dafür.« Er dreht mich um, öffnet meinen Rucksack, und ich spüre, wie er etwas herausnimmt.

Das Buch.

Ich schaue ihn an und gleich wieder weg. »Du weißt, dass ich nicht besonders gut lesen kann, Ben«, sage ich verlegen und komme mir dumm vor.

Er beugt sich zu mir, sodass unser beider Augen auf gleicher Höhe sind. Sein Lärm ist mir unangenehm, so nah ist er.

»Ich weiß«, sagt er sanft. »Ich habe mir immer vorgenommen, endlich Zeit zu finden ...« Er hält mir das Buch hin. »Es gehörte deiner Mutter. Es ist ihr Tagebuch und beginnt an dem Tag, an dem du geboren wurdest, Todd. Und es endet an dem Tag, an dem sie starb.«

Mein Lärm öffnet sich gierig.

Meine Mutter. Ein Buch, das meine Mutter eigenhändig geschrieben hat.

Ben streicht mit der Hand über den Einband. »Wir haben ihr versprochen, auf dich aufzupassen. Wir haben es versprochen, deshalb mussten wir jeden Gedanken daran aus unserem Gedächtnis verbannen, damit unser Lärm niemandem verriet, was wir vorhaben.«

»Nicht einmal mir«, sage ich.

»Wir mussten auch vor dir schweigen. Wenn auch nur ein kleines bisschen davon in deinen Lärm gelangt wäre und sich in der Stadt verbreitet hätte ...«

Er spricht den Satz nicht zu Ende.

»So wie die Stille, der ich heute Morgen im Sumpf begegnet bin«, sage ich. »Die hat sich in der Stadt herumgesprochen. Sie ist der Grund für dieses ganze Chaos.«

»Nein, das kam völlig unerwartet.« Er blickt zum Himmel auf, wie um zu zeigen, wie unglaublich unerwartet das alles war. »Niemand hätte gedacht, dass so etwas passiert.«

»Es ist gefährlich, Ben. Ich konnte es spüren.«

Aber er hält mir nur das Buch hin.

Ich schüttle den Kopf. »Ben …«

»Ich weiß, Todd«, sagt er. »Streng dich an, so gut du kannst.«

»Nein, Ben …«

Er schaut mich an, weicht meinem Blick nicht aus. »Vertraust du mir, Todd Hewitt?«

Ich kratze mich am Kopf. Ich weiß nicht, was ich antworten soll. »Natürlich vertraue ich dir. Zumindest habe ich dir vertraut, ehe du damit angefangen hast, Taschen für mich zu packen, von denen ich nichts wusste.«

Sein Lärm ist gebündelt und sticht wie ein Sonnenstrahl. »Vertraust du mir?«, fragt er wieder.

Ich schaue ihn an, und ja, ich vertraue ihm, sogar jetzt. »Ich vertraue dir, Ben.«

»Dann glaub mir auch, Todd, wenn ich dir sage, dass alles, was du zu wissen glaubst, nicht wahr ist.«

»Was denn?«, frage ich, und meine Stimme wird eine Spur lauter. »Warum sagst du mir nicht einfach die Wahrheit?«

»Weil Wissen gefährlich ist«, antwortet er so ernst wie nie zuvor.

Und als ich in seinem Lärm suchen will, was er vor mir verbirgt, brüllt der Lärm auf, und ich pralle zurück.

»Wenn ich es dir jetzt erzähle, würde es in deinen Gedanken lauter dröhnen als in einem Bienenstock bei der Honigernte, und Bürgermeister Prentiss und seine Leute würden dich im Handumdrehen finden«, stößt er hervor. »Du *musst* von hier verschwinden. Du musst weg von hier, und zwar so weit, wie du kannst.«

»Aber wohin denn?«, frage ich. »Es gibt doch keinen Ort, an den ich gehen könnte!«

Ben holt tief Luft. »Es gibt einen«, sagt er. »Es gibt ein Anderswo.«

Seine Worte verschlagen mir die Sprache.

»Im vorderen Umschlag des Buches findest du eine zusammengefaltete Karte«, fährt Ben fort. »Ich habe sie selbst gezeichnet, aber schau sie dir nicht an, nicht, solange du nicht ganz aus der Stadt heraus bist, okay? Geh in den Sumpf. Wenn du dort bist, wirst du schon wissen, was zu tun ist.«

Aber in seinem Lärm höre ich, dass er sich ganz und gar nicht sicher ist, ob ich das weiß. »Was werde ich dann dort finden?«

Er gibt mir keine Antwort, was mich ins Grübeln bringt.

»Wie konntest du wissen, was passieren würde, und mein Bündel packen?«, frage ich ihn. »Wenn dieses Ding im Sumpf wirklich so überraschend kam, warum bist du dann so erpicht darauf, mich noch heute in die Wildnis hinauszujagen?«

»Diesen Plan hatten wir schon, seit du ein kleiner Junge warst.« Ich sehe ihn schlucken, höre die Traurigkeit in seinen Worten. »Sobald du alt genug sein würdest, um es allein zu schaffen ...«

»Heißt das, ihr wolltet mich fortjagen, damit mich die Krokodile fressen?« Ich weiche einen Schritt zurück.

»Nein, Todd ...« Das Buch in der Hand, macht er wieder einen Schritt auf mich zu. Ich weiche erneut vor ihm zurück. Mit einer Handbewegung gibt er sich geschlagen.

Er schließt die Augen und lässt mich an seinem Lärm teilhaben.

In einem Monat ist das Erste, was ich höre ...

Es geht um meinen Geburtstag ...

Der Tag, an dem ich ein Mann werde ...

Und dann ...

Und dann ...

Und da sehe ich es, alles ist da ...

Ich sehe, was geschieht ...

Was die anderen Jungen getan haben, die Männer wurden ...

Ganz allein ...

Nur auf sich gestellt ...

Ich sehe, wie auch das letzte Fünkchen Kindheit abgetötet wird ...

Und ...

Und ...

Und was in Wirklichkeit mit den Leuten geschah, die ...

Ach du meine Scheiße ...

Ich möchte nichts mehr davon hören.

Und ich kann beim besten Willen nicht sagen, wie mir jetzt zumute ist.

Ich schaue Ben an, er ist jetzt ein völlig anderer, er ist nicht mehr der Ben, den ich kannte.

Wissen ist gefährlich.

»Deshalb sagt es dir keiner«, erklärt er mir. »Damit du nicht wegläufst.«

»Ihr hättet mich nicht davor beschützt?«, frage ich, wieder mit der mickerigen Stimme einer jungen Katze (halt bloß die Klappe).

»Aber genau das tun wir doch, Todd!«, sagt er. »Wir beschützen dich, indem wir dich wegbringen. Wir mussten aber erst sicher sein, dass du dich auf eigene Faust durchschlagen kannst, deshalb haben wir dir all diese Dinge beigebracht. Aber jetzt, Todd, musst du gehen ...«

»Wenn es das ist, was in einem Monat passiert, warum habt ihr dann so lange gewartet? Warum habt ihr mich nicht früher weggebracht?«

»Wir können nicht mit dir kommen. Das ist das Problem. Und wir haben es nicht übers Herz gebracht, dich ganz alleine wegzuschicken. Wir konnten nicht zusehen, wie du uns verlässt, nicht so jung, wie du warst.« Er streicht mit den Fingern über den Einband des Buchs. »Wir haben auf ein Wunder gehofft. Ein Wunder, das uns nicht gezwungen hätte …«

Dich zu verLieren, sagt sein Lärm.

»Aber es ist kein Wunder geschehen«, sage ich nach einer Weile.

Er schüttelt den Kopf. Dann streckt er mir das Buch entgegen. »Es tut mir leid. Es tut mir leid, aber es geht nicht anders.«

Da ist so viel Trauer in seinem Lärm, so viel Kummer und Sorge, dass ich weiß, er sagt die Wahrheit. Sosehr ich es auch hasse, er kann das, was passiert, nicht ändern, also nehme ich das Buch aus seinen Händen entgegen und stecke es wieder in den Rucksack.

Wir schweigen. Was sollte man in so einem Augenblick auch sagen? Alles und nichts. Und wenn man nicht alles aussprechen kann, sagt man besser nichts.

Er zieht mich zu sich heran, meine verletzte Lippe streift seinen Kragen so wie bei Cillian, aber diesmal lasse ich es zu. »Denk immer daran«, sagt er. »Als deine Ma starb, bist du unser Sohn geworden, und ich liebe dich, und Cillian liebt dich auch. Jetzt und für alle Zeit.«

Ich mache den Mund auf, um zu sagen: »Ich will nicht fort«, aber es kommt nichts heraus.

Weil es nämlich ganz laut »Bang!« macht in Prentisstown. Es hört sich an wie eine Riesenexplosion.

Und dieser Knall kann eigentlich nur von unserer Farm kommen.

Ben lässt mich unwillkürlich los. Er sagt kein Wort, aber sein Lärm schreit gequält: **CiLLiaN!**

»Ich geh mit dir zurück«, sage ich hastig. »Wir kämpfen zusammen.«

»Nein!«, sagt Ben ganz laut. »Du musst weg von hier. Versprich es mir. Geh in den Sumpf und verschwinde!«

Einen Augenblick sage ich nichts.

»Versprich es mir«, wiederholt Ben beharrlich.

»Versprich es!«, bellt Manchee, und sogar er klingt ängstlich.

»Ich verspreche es«, sage ich.

Ben greift hinter seinen Rücken und fingert an etwas herum. Er zieht und zerrt, bis es lose ist. Dann reicht er es mir. Es ist sein Jagdmesser, das große, sorgfältig geschärfte Messer mit dem Elfenbeingriff und der gezackten Klinge, das durch alles hindurchschneidet, was du dir denken kannst. Das Messer, das ich mir zu jenem Geburtstag gewünscht habe, an dem ich ein Mann werde. Es steckt in der Scheide, die ich mir umschnallen kann.

»Nimm es«, sagt er. »Nimm es mit in den Sumpf. Du könntest es brauchen.«

»Ich habe noch nie gegen einen Spackle gekämpft, Ben.« Er hält mir schweigend das Messer hin und ich nehme es. »Bang!« Von der Farm dröhnt es ganz laut. Ben sieht sich kurz um, dann wendet er sich wieder mir zu. »Geh! Folge dem Flusslauf bis in den Sumpf und noch weiter. Lauf, so schnell du kannst, und dreh dich am besten nicht mehr um, Todd Hewitt.« Er umklammert meinen Arm. »Wenn es irgendwie geht, werde ich dich finden, das schwöre ich. Aber du darfst nicht anhalten, Todd. Du hast es versprochen.«

Das ist er. Das ist der Abschied. Ein Abschied, den ich nicht gewollt habe.

»Ben ...«

»Geh!«, schreit er mich an und rennt los. Nur einmal schaut er kurz zu mir zurück, dann rennt er zurück zur Farm und zu dem, was dort, am Ende der Welt, geschieht.

6

DAS MESSER VOR MIR

»Komm mit, Manchee«, sage ich, obwohl jede Faser in mir Ben folgen will, der über die Felder in die entgegengesetzte Richtung läuft, so wie er gesagt hat. Er will alle in die Irre führen, die nach einer einzelnen Lärmquelle suchen.

Ich bleibe kurz stehen, als ich kleinere Explosionen höre, die aus der Richtung unseres Hauses kommen, vielleicht sind es Gewehrschüsse. Ich muss an die Waffe denken, die Cillian Prentiss junior abgenommen hat, und an all die Gewehre, die Bürgermeister Prentiss und seine Leute in der Stadt unter Verschluss halten, und daran, dass Cillian diesen Gewehren auf Dauer nicht standhalten kann, und ich frage mich, was der Grund für diese lauten Explosionen gewesen sein könnte, und mir wird klar, dass Cillian die Generatoren in die Luft gejagt hat, um die anderen zu verwirren und ihren Lärm zu einer solchen Lautstärke herauszufordern, dass sie von meinem hier draußen nicht einmal ein leises Flüstern mitbekommen.

All das, nur damit ich fliehen kann.

»Komm mit, Manchee«, sage ich noch einmal, und wir rennen die letzten paar Meter bis zum Fluss. Dann wenden wir uns nach rechts und folgen seinem Lauf, halten uns aber immer fern von dem Schilfdickicht am Ufer.

Vom Dickicht, in dem die Krokodile sind.

Ich ziehe das Messer aus dem Futteral und halte es gezückt, während wir schnell weiterlaufen.

»Was, Todd?«, bellt Manchee in einem fort, was bei ihm so viel heißt wie: »Was ist hier los?«

»Keine Ahnung, Manchee. Halt die Klappe und lass mich nachdenken.«

Der Rucksack schlägt gegen meinen Rücken, während wir rennen, aber wir schlagen uns durch, so gut es geht, kämpfen uns durchs Ufergebüsch, springen über umgestürzte Baumstämme.

Ich werde zurückkommen. Genau das werde ich tun. Ich werde zurückkommen. Sie haben gesagt, mir würde schon einfallen, was zu tun ist, und jetzt ist es mir eingefallen. Ich werde in den Sumpf gehen und die Spackle töten, und dann werde ich zurückkommen und Cillian und Ben helfen, und dann können wir alle zu diesem Irgendwo gehen, von dem Ben gesprochen hat.

Ja, das werde ich tun.

»Versprochen, Todd«, sagt Manchee und klingt besorgt, denn der Grat, auf dem wir gehen, kommt dem Schilfdickicht gefährlich nahe.

»Halt die Klappe!«, sage ich. »Ich habe versprochen wegzulaufen, aber vielleicht muss man, um wegzulaufen, erst einmal zurückkommen.«

»Todd?«, bellt Manchee. Er hat recht, ich glaube selbst nicht, was ich da sage.

Inzwischen sind wir außer Hörweite der Farm. Der Fluss verläuft in einer leichten Krümmung nach Osten, ehe er mitten in den Sumpf führt, er führt uns weg von der Stadt, und nach einer Minute folgt uns nichts als mein Lärm und Manchees Lärm und das Plätschern fließenden Wassers, das gerade laut genug ist, um das Geräusch eines jagenden Krokodils zu übertönen. Ben behauptet, das ist Evolution, aber er sagt, man solle in Aarons Nähe besser nicht an so etwas denken.

Mein Atem geht schwer, und Manchee schnappt nach Luft, als würde er jeden Moment die Besinnung verlieren, aber wir bleiben nicht stehen. Die Sonne steht schon tief am Horizont, trotzdem ist es noch angenehm hell, allerdings auch so hell, dass man sich nicht verstecken kann. Das Gelände wird flacher, und wir sind fast auf Uferhöhe, wo der Fluss sich im Sumpf verläuft. Der Boden wird schlammiger und wir kommen nur noch langsam vorwärts. Auch das Dickicht wird undurchdringlicher, aber wir haben keine andere Wahl.

»Achte auf die Krokodile«, sage ich zu Manchee. »Sperr die Ohren auf.«

Der Fluss strömt hier langsamer, und wenn man seinen eigenen Lärm nur gut genug unterdrückt, kann man sie dort draußen hören. Der Untergrund wird immer rutschiger. Wir kommen nur noch im Schritttempo voran, wir waten tief durch den Matsch. Ich umklammere das Messer fester und halte es vor mich.

»Todd?«, sagt Manchee.

»Hörst du sie?«, flüstere ich und versuche darauf zu achten, wohin ich trete, versuche auf das Uferdickicht zu achten und darauf, was Manchee tut.

»Krokodile, Todd«, bellt Manchee, so leise er kann. Ich bleibe stehen und lausche angestrengt.

Dort draußen höre ich sie.

Fleisch, sagen sie.

Fleisch und **Festschmaus** und **Zahn**, sagen sie.

»Scheiße«, sage ich.

»Krokodile«, sagt Manchee.

Wir waten weiter, wir sind jetzt mitten im Sumpf. Mit jedem Schritt sinken meine Schuhe ein, und Wasser läuft aus ihnen heraus, aber es gibt keinen anderen Weg als den durchs Schilf. Ich fuchtle mit dem Messer herum und versuche jeden Schilfhalm zu kappen, der vor mir auftaucht.

Das Gelände steigt ein wenig an und wir halten uns rechts. An der Stadt sind wir vorbei, wir sind dort, wo die Brache, die bei der Schule beginnt, in den Sumpf übergeht, und wenn wir es schaffen, durch diese schlammigen Stellen zu kommen, sind wir auf sicherem Boden und können auf Wegen weiterlaufen.

War es wirklich erst heute Morgen, als ich zum letzten Mal hier war?

»Beeil dich, Manchee«, sage ich, »wir sind gleich da.«

Fleisch und **Festmahl** und **Zahn.**

Ich schwöre, ihr Lärm kommt näher.

»Komm weiter!«

Fleisch.

»Todd?«

Ich haue einen Weg durchs Schilf und ziehe meine Füße aus dem Schlamm. Und da ist es wieder.

Fleisch und **Festmahl** und **Zahn.**

Und dann höre ich auf einmal **Zappelhund.**

Und ich weiß, jetzt sind wir erledigt.

»Lauf!«, schreie ich.

Wir rennen los, Manchee kläfft ängstlich und jagt neben mir

her. Plötzlich bäumt sich vor ihm ein Krokodil auf, aber Manchee hat solche Panik, dass er sogar noch höher springt als das Krokodil, wahrscheinlich weiß er selbst nicht, wie hoch er eigentlich springen kann, und die Zähne des Krokodils beißen ins Leere. Mit einem Platschen landet es neben mir und schaut völlig verdattert, und ich höre, wie es in seinem Lärm zischt: Zappel-junge, da renne ich los, denn jetzt schnappt es nach mir, und ich denke überhaupt nicht nach, ich drehe mich um und strecke die Hand aus, und das Krokodil klatscht auf mich herab, sein Maul steht sperrangelweit offen, und seine Klauen sind ausgefahren, und ich bin überzeugt, dass ich so gut wie tot bin, und ich kämpfe mich frei aus dem Schlamm, finde ein trockenes Fleckchen. Das Krokodil hat sich auf die Hinterbeine gestellt, folgt mir nach, und ich schreie eine ganze Minute lang aus Leibeskräften, Manchee bellt so ohrenbetäubend, dass er fast den Verstand verliert, ehe ich merke, dass mir das Krokodil gar nicht mehr folgt, dass es tot ist, dass mein Messer in seinem Kopf steckt und dass es sich nur deshalb windet und krümmt, weil auch ich mich noch winde und krümme. Also ziehe ich das Messer heraus, das Tier plumpst auf den Boden, und ich falle beinahe darüber, vor lauter Freude, nicht auch tot zu sein.

Ich schnappe nach Luft, weil mein Blut wieder so rauscht, und Manchee bellt und bellt, und wir beide sind ganz aus dem Häuschen vor Erleichterung, und da erst merke ich, dass wir viel zu laut waren, um etwas Wichtiges zu hören.

»Wohin des Wegs, junger Todd?«

Aaron. Er steht direkt über mir.

Ehe ich überhaupt etwas tun kann, hat er mir schon einen Schlag ins Gesicht versetzt.

Ich stürze rückwärts zu Boden, der Rucksack gräbt sich in meine Schultern, und ich sehe aus wie eine Schildkröte, die auf dem Rücken liegt. Meine Wange und mein Auge brennen wie Feuer. Ehe ich eine Bewegung machen kann, packt Aaron mich schon wieder am Hemdkragen und an der Haut darunter und zerrt mich auf die Füße. Ich schreie auf, so weh tut es.

Manchee bellt wütend: »Aaron!«, und will sich in seine Beine verbeißen, aber Aaron würdigt ihn keines Blicks, sondern versetzt ihm einen derben Tritt.

Aaron hält mich hoch, damit ich ihm ins Gesicht sehe. Ich kann nur das Auge offen halten, das nicht so arg schmerzt, um ihn anzusehen.

»Was, im Namen des gepriesenen Gartens Eden, hast du, Todd Hewitt, hier in diesem Sumpf zu suchen?«, fragt er. Sein Atem stinkt nach Fleisch, und sein Lärm ist so entsetzlich, dass man ihn eigentlich gar nicht hören mag. »Solltest du nicht auf der Farm sein, Junge?«

Mit seiner freien Hand schlägt er mir in den Bauch. Ich möchte mich am liebsten krümmen vor Schmerz, aber er hält mich noch immer am Hemdkragen und an der Haut darunter gepackt.

»Du solltest nach Hause gehen«, sagt er. »Dort gibt es etwas, was du unbedingt sehen musst.«

Der Ton, in dem er das sagt, lässt mich aufhorchen, und ein Flimmern in seinem Lärm lässt mich ein Körnchen Wahrheit erkennen.

»Du hast sie geschickt«, stoße ich hervor. »Nicht mich haben sie gehört, sondern dich.«

»Aus pfiffigen Jungen werden nutzlose Männer«, sagt er und würgt mich.

Ich schreie auf, aber ich rede, verdammt noch mal, weiter. »Sie haben die Stille in meinem Lärm gar nicht gehört. Sie haben sie in deinem Lärm gehört, und du hast sie auf mich gehetzt, damit sie dich in Ruhe lassen.«

»Oh nein, Todd«, erwidert er. »Sie haben es in deinem Lärm gehört. Dafür habe ich schon gesorgt. Ich habe dafür gesorgt, dass sie ganz genau wissen, wer die Gefahr in unsere Stadt gebracht hat.« Er fletscht die Zähne unter seinem Bart zu einem breiten Grinsen. »Und wer für diese Mühe belohnt werden sollte.«

»Du bist verrückt«, sage ich, und oh Mann, wenn jemals etwas wahr gewesen ist, dann dies, auch wenn ich wünschte, es wäre anders.

Sein Lächeln wird starr und er beißt die Zähne zusammen. »Es gehört mir, Todd«, sagt er. »Mir.«

Ich weiß nicht, was er meint, aber es kümmert mich auch nicht sonderlich, denn in diesem Moment merke ich, dass sowohl Aaron als auch ich etwas Wichtiges übersehen haben.

Ich habe noch das Messer in der Hand.

Und dann passiert alles auf einmal.

Aaron hört »Messer« in meinem Lärm und bemerkt seinen Fehler. Er holt mit seiner freien Hand aus, um mir einen Schlag zu versetzen.

Ich ziehe die Hand zurück, in der ich das Messer halte, und überlege, ob ich es wirklich schaffe, ihn zu erstechen.

Etwas knackt im Schilf, und Manchee bellt: »Krokodil!«

Und zur gleichen Zeit hören wir alle: ZappeLMaNN.

Ehe Aaron sich umdrehen kann, hat ihn das Krokodil schon gepackt, die Zähne in seine Schultern gegraben und ihn ins

Dickicht gezerrt. Aaron hat mich losgelassen, ich stürze hin und versuche dabei, mit den Händen all die schmerzenden Stellen zu schützen, die er auf meiner Brust hinterlassen hat. Ich schaue hoch und sehe, wie Aaron im Schlamm verzweifelt um sich schlägt und mit dem Krokodil kämpft, während ihm die Rückenzacken weiterer Krokodile immer näher kommen.

»Weg hier!«, bellt Manchee, seine Stimme überschlägt sich beinahe.

»Du hast verdammt recht«, keuche ich und versuche aufzustehen. Das Gewicht des Rucksacks nimmt mir fast wieder das Gleichgewicht. Ich bemühe mich verzweifelt, mein verletztes Auge aufzureißen. Und währenddessen rennen wir und rennen und rennen.

Wir lassen den Morast hinter uns und laufen am Rande der Felder entlang, dorthin, wo der Pfad durch den Sumpf beginnt, und wir folgen diesem Weg, und als wir zu dem umgestürzten Baumstamm kommen, über den ich Manchee immer hinüberhelfen muss, fliegt er ohne Zaudern darüber hinweg, ich dicht hinter ihm her, und wir rennen bis zu den Spackle-Hütten, geradeso wie heute Morgen.

Ich halte noch immer das Messer in der Hand. Mein Lärm dröhnt so laut, und ich habe Angst, und ich bin verletzt und völlig außer mir, trotzdem habe ich nicht die Spur eines Zweifels: Ich werde den Spackle finden, der sich in dem Loch im Lärm versteckt, und ich werde ihn tot, tot, totschlagen, um ihm alles heimzuzahlen, was heute passiert ist.

»Wo ist sie?«, frage ich Manchee. »Wo ist die Stille?«

Manchee schnüffelt wie verrückt herum, er rennt von einer Hütte zur nächsten, und ich versuche, so gut es geht, meinen inneren Lärm zu dämpfen, aber scheinbar hat das überhaupt keinen Zweck.

»Schnell!«, sage ich. »Bevor es wegläuft …«

Kaum habe ich das gesagt, höre ich ihn. Den Riss im Lärm, so groß und so schrecklich wie das Leben selbst, ich höre ihn, ein klein wenig entfernt, hinter einer der Spackle-Hütten, hinter ein paar Büschen.

Und diesmal läuft das Wesen nicht davon.

»Ruhig!«, bellt Manchee völlig überdreht und rennt in Richtung der Stille.

Sie bewegt sich, und obwohl ich die Beklemmung in meiner Brust wieder spüre und all die schrecklichen, traurigen Ereignisse wieder vor Augen habe, bleibe ich diesmal nicht stehen, diesmal laufe ich hinter meinem Hund her, und ich halte nicht an, und ich hole tief Luft, und ich schlucke das beklemmende Gefühl hinunter, und ich wische mir die Tränen aus den Augen und packe das Messer fester, und ich höre, wie Manchee bellt, höre die Stille, sie kommt direkt hinter diesem Baum hervor, direkt hinter diesem Baum, direkt hinter diesem Baum, und ich schreie laut und gehe um den Baum herum, und ich renne auf die Stille zu, und ich fletsche die Zähne, und ich schreie, und Manchee bellt und …

… und ich bleibe stehen.

Ich bleibe wie angewurzelt stehen.

Nein, ich lasse das Messer um keinen Preis los.

Da ist es, es schaut uns an, schwer atmend kauert es an einem Baumstamm, duckt sich vor Manchee, seine Augen sind fast leblos vor Angst, nur mit den Armen versucht es mit kümmerlichen Drohgebärden, uns einzuschüchtern.

Und ich bleibe einfach stehen.

Ich halte mein Messer fest.

»Spackle!«, bellt Manchee, ist jedoch zu feige, um anzugreifen, jetzt, da ich stehen geblieben bin. »Spackle! Spackle!«

»Halt die Schnauze, Manchee«, befehle ich ihm.

»Spackle!«

»Ich habe gesagt, du sollst die Schnauze halten!«, schreie ich ihn an, und endlich ist er still.

»Spackle?«, fragt Manchee wieder unsicher.

Ich schlucke, versuche den Kloß in meinem Hals loszuwerden, die unbeschreibliche Traurigkeit, die mich befällt, die auf mich einstürmt, als ich das Etwas betrachte, das mich anblickt. Wissen ist gefährlich, und Männer lügen, und die Welt dreht sich weiter, ob es mir passt oder nicht.

Denn es ist kein Spackle.

»Das ist ein Mädchen«, sage ich.

Es ist ein Mädchen.

TEIL II

7

STELL DIR VOR, DA IST EIN MÄDCHEN

»Es ist ein Mädchen«, wiederhole ich, noch immer nach Atem ringend, noch immer mit dem Druck auf der Brust und ganz eindeutig noch immer mit einem weit vorgestreckten Messer.

Ein Mädchen.

Es sieht uns an, als rechne es damit, dass wir es töten. Zusammengerollt kauert es da, versucht sich so klein wie möglich zu machen und wendet den Blick kaum von Manchee, es sei denn, um kurz zu mir herüberzuschauen.

Zu mir und dem Messer.

Manchee hechelt und schnauft, sein Nackenfell ist gesträubt. Er hopst umher wie auf glühenden Kohlen und sieht dabei so verstört und aufgeregt aus wie ich in meinem völlig aussichtslosen Bemühen, irgendwie ruhig zu bleiben.

»Was ist Mädchen?«, bellt er. »Was ist Mädchen?«

Natürlich meint er: »Was ist ein Mädchen?«

»Was ist Mädchen?«, bellt er wieder, und als das Mädchen plötzlich Anstalten macht, mit einem Satz hinter die große Wurzel zu flüchten, vor der es kauert, verwandelt sich Manchees

Bellen in ein bedrohliches Knurren. »Bleib, bleib, bleib, bleib, bleib …«

»Braver Hund«, sage ich, obwohl ich nicht weiß, was an dem, was er macht, brav sein soll, aber was könnte ich denn sonst sagen? Das alles ergibt keinen Sinn, überhaupt keinen, es ist, als würde alles wegrutschen, als wäre die Welt eine schiefe Tischplatte und alles purzelt herunter.

Ich bin Todd Hewitt, denke ich bei mir, aber wer weiß, vielleicht stimmt das ja gar nicht mehr?

»Wer bist du?«, frage ich schließlich, für den Fall, dass das Mädchen mich trotz meines tobenden Lärms und Manchees aufgeregtem Kläffen hören kann. »Wer bist du?«, wiederhole ich lauter und deutlicher. »Was machst du hier? Woher kommst du?«

Sie sieht mich an, endlich, wendet den Blick von Manchee, sogar länger als eine Sekunde. Sie schaut auf mein Messer und dann auf mein Gesicht über dem Messer.

Sie schaut mich an.

Sie schaut.

Sie.

Ich weiß, was ein Mädchen ist. Klar weiß ich das. Ich habe sie gesehen, im Lärm ihrer Väter in der Stadt, die ihre Ehefrauen betrauerten und die Töchter, wenn auch bei Weitem nicht so oft. Außerdem habe ich sie in Videos gesehen. Mädchen sind zierlich und höflich und lächeln gern. Sie tragen Kleider, ihr Haar ist lang und hinter dem Kopf zusammengebunden, oder es hängt rechts und links herab. Sie machen all das, was im Haus zu erledigen ist, während Jungs sich um die Sachen draußen kümmern. Wenn sie dreizehn sind, werden sie Frauen, so wie Jungs in dem Alter Männer werden, und später werden aus ihnen Ehefrauen.

So ist das in New World – oder zumindest in Prentisstown. So war es. So sollte es eigentlich sein. Nur dass es keine Mädchen mehr gibt. Sie sind alle tot. Sie sind zusammen mit ihren Müttern gestorben, und ihren Großmüttern und Schwestern und Tanten. Sie sind wenige Monate nach meiner Geburt gestorben. Alle, es gab keines, das überlebte.

Aber hier ist eines.

Die Haare sind allerdings nicht lang. *Ihre* Haare. Ihre Haare sind überhaupt nicht lang. Und sie hat auch kein richtiges Kleid an, sondern Zeug, das aussieht wie eine neuere Version meiner eigenen Sachen; sie sind nagelneu, sie sehen fast wie eine Uniform aus, wenn auch zerrissen und schmutzig, und das Mädchen ist auch nicht klein, sondern ungefähr so groß wie ich, grob geschätzt, und es lächelt, zum Teufel noch mal, kein bisschen.

Nein, kein bisschen.

»Spackle?«, bellt Manchee leise.

»Würdest du zum Teufel noch mal endlich die Schnauze halten?«, blaffe ich ihn an.

Tja, woher weiß ich es? Woher weiß ich, dass es ein Mädchen ist?

Zum einen, weil sie kein Spackle ist. Spackle sehen aus wie Männer, nur dass alles an ihnen ein wenig aufgebläht ist; alles ist ein wenig länger und seltsamer als bei einem Mann. Der Mund ist etwas weiter oben, als er eigentlich sein sollte, und die Ohren und Augen sind nun wirklich ganz anders als bei uns. Spackle wächst die Kleidung direkt auf der Haut, man kann sie sogar scheren – wie Wolle, die man in Form trimmt. Das kommt vom Leben in den Sümpfen, behauptet zumindest Ben, und das ist wieder eine seiner kühnen Vermutungen; aber das Mädchen sieht nicht so aus, und seine Kleider sind ganz normal, und daher kann es auch kein Spackle sein.

Zum anderen weiß ich es eben. Einfach so. Keine Ahnung, warum, aber ich schaue hin, und ich sehe, und ich weiß. Sie sieht nicht aus wie die Mädchen in den Videos oder im Lärm, und ohnehin habe ich noch nie ein leibhaftiges Mädchen gesehen, aber da steht sie – ein Mädchen und sonst gar nichts. Frag mich nicht, aber da ist irgendetwas an ihrem Aussehen, an ihrem Geruch, irgendwas, was ich nicht benennen kann. Wie auch immer, da ist sie, und sie ist ein Mädchen.

Wenn es je ein Mädchen gegeben hat, dann muss sie eines sein.

Ein Junge ist sie jedenfalls nicht. Nie und nimmer. Sie ist nicht so wie ich, oh nein. Sie ist so total anders, keine Ahnung, woher ich das weiß, aber ich kenne mich, ich bin Todd Hewitt, und ich weiß, wer ich bin, und ich bin nicht wie sie.

Sie sieht mich an. Sie betrachtet mein Gesicht, meine Augen. Sie schaut und schaut.

Und ich, ich höre rein gar nichts. Oh Mann. Meine Brust. Es ist, als würde ich in die Tiefe fallen.

»Wer bist du?«, wiederhole ich, aber meine Stimme stockt, als wollte sie gleich brechen, weil ich so traurig bin (halt bloß die Klappe). Ich knirsche mit den Zähnen und drehe fast durch, und trotzdem frage ich noch mal: »Wer bist du?«, und dabei strecke ich das Messer noch ein Stück weiter nach vorn. Mit der anderen Hand wische ich mir hastig über die Augen.

Irgendwas muss passieren. Irgendjemand muss einen Schritt tun. Jemand muss was unternehmen.

Aber da ist kein Jemand, nur ich, ganz egal, was sonst noch vor sich geht.

»Kannst du sprechen?«, frage ich.

Sie sieht mich nur an.

»Still«, bellt Manchee.

»Schnauze, Manchee!«, knurre ich ihn an. »Ich muss nachdenken.«

Und immer noch sieht sie mich an. Ohne jeden Lärm.

Was mache ich jetzt? Das ist nicht fair. Ben hat mich in die Sümpfe geschickt, und ich dachte, ich wüsste, was zu tun ist, aber in Wahrheit habe ich keinen blassen Schimmer. Von einem Mädchen hat er kein Wort gesagt und auch nicht, wieso die Stille so wehtut, dass ich glatt anfangen könnte zu heulen, so als würde mir etwas so verdammt fehlen, dass ich nicht mehr geradeaus denken kann, es ist, als wäre die Leere in mir und nicht in ihr und als ließe sich absolut nichts dagegen machen.

Was soll ich denn bloß tun?

Was soll ich denn bloß tun?

Sie scheint sich ein wenig zu beruhigen. Sie zittert nicht mehr so sehr, reißt die Arme nicht mehr hoch, und sie sieht auch nicht mehr so aus, als würde sie bei der erstbesten Gelegenheit abhauen, aber wie soll man das so genau wissen bei jemandem, der keinen Lärm aussendet?

Ob sie mich hören kann? Kann sie das? Kann ein Mensch, der keinen Lärm hat, überhaupt hören?

Ich sehe sie an, und ich denke so laut und deutlich, wie ich nur kann: Kannst du mich hören? Kannst du's?

Doch sie verzieht keine Miene, zuckt nicht einmal mit der Wimper.

»Okay«, sage ich. »Okay. Bleib einfach da stehen, ja? Bleib einfach stehen.«

Ich weiche ein paar Schritte zurück, behalte sie jedoch im Auge, ebenso wie sie mich. Dann lasse ich das Messer sinken, streife den Rucksack über die Schulter, beuge mich vor und stelle ihn auf dem Boden ab. Das Messer fest umklammert, öffne ich mit der freien Hand den Rucksack und fische das Buch heraus.

Das Ding ist schwerer, als ich dachte, und das obwohl es nichts weiter als Wörter enthält. Es riecht nach Leder. Vor mir habe ich Seiten über Seiten, gefüllt mit der Handschrift meiner Mutter …

Nein, nicht jetzt. Das muss warten.

»Pass auf sie auf, Manchee«, befehle ich meinem Hund.

»Pass auf!«, bellt er zurück.

Ich sehe mir die Innenseite des Buchdeckels an, und da ist das gefaltete Blatt Papier, so wie Ben gesagt hat. Ich falte es auseinander. Auf der Vorderseite ist eine von Hand gezeichnete Landkarte, auf der Rückseite lauter Geschreibsel, ein Gestrüpp aus Buchstaben, aber mein Lärm gibt einfach nicht genug Ruhe, also versuche ich mich erst gar nicht daran, sondern beschränke mich auf die Karte.

Unser Haus ist oben am Rand eingezeichnet und die Stadt gleich darunter, ebenso der Fluss, an dem Manchee und ich entlanggegangen sind auf unserem Weg in den Sumpf. Aber da ist noch mehr, nicht wahr? Der Sumpf erstreckt sich noch weiter, bis er irgendwann wieder ein Fluss ist, und am Flussufer sind lauter Pfeile eingezeichnet, also wollte Ben wohl, dass Manchee und ich diesen Weg einschlagen, und ich folge mit dem Finger den Pfeilen, und sie führen aus dem Sumpf heraus und direkt zur …

Rumms! Für eine Sekunde ist die Welt in grelles Licht getaucht, als mich etwas seitlich am Kopf trifft, genau an der Stelle, an der mich Aaron geschlagen hat, und ich stürze vornüber, aber während ich falle, reiße ich das Messer hoch, und ich höre einen leisen Schmerzensschrei, und im letzten Moment fange ich mich ab und drehe mich zur Seite, sodass ich auf die Erde plumpse und dasitze, mir mit dem Handrücken über den schmerzenden Kopf fahre, ohne dabei das Messer fallen zu lassen, und schaue, woher der Angriff kam. Und da lerne ich auch schon meine erste Lektion: Dinge ohne Lärm können sich an einen ranschleichen. Sie können sich ranschleichen und du merkst nichts davon.

Auch sie ist auf ihrem Hinterteil gelandet und jetzt hockt sie in einiger Entfernung von mir auf dem Boden und presst die Hand auf den Oberarm. Zwischen den Fingern rinnt Blut hervor. Sie hat den Holzstecken fallen gelassen, mit dem sie mir eins übergezogen hat, und ihr Gesicht ist richtig eingefallen, so weh tut die Schnittverletzung.

»Was, zum Teufel, sollte das?«, schreie ich und taste mein Gesicht ganz vorsichtig ab. Mann, ich hab's echt satt, geschlagen zu werden!

Das Mädchen sieht mich stirnrunzelnd an und presst die Hand auf die Wunde.

Die wie verrückt blutet.

»Stecken, Todd«, bellt Manchee.

»Und wo zum Teufel warst du?«, blaffe ich ihn an.

»Kacken, Todd.«

»Gaaah«, gurgle ich und schleudre mit dem Fuß Dreck auf ihn. Er weicht ein Stück zurück, und dann fängt er an, unter ein paar Büschen zu schnüffeln, so als wäre alles in bester Ordnung. Hunde haben eine Aufmerksamkeitsspanne von der Länge eines Streichholzes. Blöde Viecher.

Es wird langsam dunkel, die Sonne geht unter, der ohnehin schon düstere Sumpf wird noch düsterer, und ich warte immer noch auf eine Antwort. Die Zeit verrinnt, und ich dürfte mich keinen Augenblick länger hier aufhalten und noch viel weniger umkehren, vor allem aber dürfte hier kein Mädchen sein.

Junge, dieser Schnitt blutet wie wild.

»Hey …« Meine Stimme zittert, weil in mir alles drunter und drüber geht. Ich bin Todd Hewitt, denke ich. Ich bin fast ein Mann. »Hey«, wiederhole ich und versuche etwas ruhiger zu sein.

Sie schaut mich an.

»Ich werde dir nicht wehtun.« Mein Atem geht genauso keuchend wie ihrer. »Hörst du mich? Ich werde dir nicht wehtun. Solange du nicht wieder versuchst, mir eine überzubraten, okay?«

Sie schaut mir in die Augen. Dann auf mein Messer.

Versteht sie mich?

Ich nehme die Hand vom Gesicht, lasse das Messer sinken, lege es aber nicht weg. Mit der freien Hand wühle ich im Rucksack, bis ich auf das Erste-Hilfe-Päckchen stoße, das Ben mir mitgegeben hat. Ich halte es hoch.

»Erste-Hilfe-Päckchen«, sage ich. Sie rührt sich nicht. »Ers-te Hil-fe«, wiederhole ich langsam. Ich deute auf die Stelle an meinem Oberarm, wo sich bei ihr die Schnittwunde befindet. »Du blutest.«

Nichts.

Seufzend rapple ich mich hoch. Sie weicht zurück, rutscht mit dem Hintern von mir weg. »Ich werde dir nicht wehtun.« Ich halte das Erste-Hilfe-Päckchen hoch. »Das ist Medizin. Sie stillt das Blut.« Immer noch keine Regung. Vielleicht weil nichts in ihr ist, das sich regen könnte.

»Sieh mal«, sage ich und öffne es. Ich fummle darin herum, ziehe schließlich ein blutstillendes Pflaster hervor und reiße mit den Zähnen die Schutzhülle auf. Vermutlich blute ich an der Stelle, an der Aaron mir den Hieb versetzt hat und danach auch noch das Mädchen, deshalb nehme ich es und tupfe damit über mein Auge und die Braue. Ich nehme es wieder weg und ja, da ist Blut. Ich halte ihr das Pflaster hin. »Siehst du? Es stillt Blut.«

Dann wage ich einen Schritt auf sie zu, nur einen. Sie weicht zurück, aber nicht mehr ganz so weit. Ich mache einen zweiten Schritt, dann noch einen, und dann stehe ich vor ihr. Sie hört nicht auf, mein Messer anzustarren.

»Ich lege es nicht weg, das kannst du vergessen«, sage ich und betupfe ihren Arm. »Auch wenn der Stich tief ist, das hier schließt die Wunde, okay? Ich will dir helfen.«

»Todd?«, bellt Manchee, und es schwingen lauter Fragezeichen mit.

»Einen Augenblick«, sage ich. »Hör zu, du blutest ziemlich stark. Ich kann dir helfen, okay? Aber komm bloß nicht auf dumme Ideen mit irgendwelchen blöden Holzstöcken, ja?«

Sie beobachtet mich. Und beobachtet mich. Und beobachtet mich. Ich bemühe mich, so ruhig wie möglich zu bleiben, obwohl ich mich gar nicht danach fühle. Keine Ahnung, warum ich ihr helfe, obwohl sie mir auf den Kopf gehauen hat, aber ich kenne mich sowieso nicht mehr aus. Ben hat gesagt, die Antworten auf meine Fragen würde ich im Sumpf finden, aber da sind keine, da ist nur dieses Mädchen, das blutet, weil ich es verletzt habe, auch wenn ihm recht geschieht, aber wenn ich die Blutung stille, dann kommen wir vielleicht irgendwie weiter.

Ich weiß nicht. Ich weiß nicht, was ich machen soll, also verarzte ich sie.

Sie sieht immer noch zu, atmet immer noch schwer. Aber sie

läuft nicht weg, und sie zuckt auch nicht zusammen, und dann, man merkt es kaum, so unmerklich ist die Bewegung, dreht sie den Oberarm ein wenig zu mir hin, damit ich besser an die Wunde komme.

»Todd?«, bellt Manchee.

»Pst«, weise ich ihn zurecht, denn ich möchte sie nicht noch mehr erschrecken. So nah an ihrer Stille zu sein, bricht mir fast das Herz. Ich kann sie fühlen, sie zieht mich in einen bodenlosen Abgrund, sie lockt mich, damit ich falle und falle und falle.

Aber ich behalte die Nerven, ja, das tu ich. Ich bleibe ruhig, und ich presse das blutstillende Pflaster auf ihren Arm, betupfe die Schnittwunde, die ziemlich tief ist, bis sie aufhört zu bluten und sich ein wenig schließt.

»Du musst vorsichtig sein«, sage ich. »Ich habe die Wunde zwar versorgt, aber sie ist natürlich noch nicht verheilt. Das muss dein Körper selbst schaffen, okay?«

Und sie schaut mich nur an.

»Okay«, sage ich ebenso zu mir selbst wie zu Manchee und zu ihr, denn was soll ich nach der Verarztung tun?

»Todd?«, bellt Manchee. »Todd?«

»Und keine Stöcke mehr, einverstanden?«, sage ich zu ihr. »Schluss mit Kopfeinschlagen, okay?«

»Todd?« Manchee gibt einfach keine Ruhe.

»Und wie du dir denken kannst, heiße ich Todd.«

Und da, genau da, im dämmrigen Abendlicht, da ist es, das erste Lächeln – oder doch nicht?

»Kannst du …?«, fange ich an und schaue ihr dabei so tief in die Augen, wie der Druck auf meiner Brust es zulässt. »Kannst du mich verstehen?«

»Todd.« Manchees Bellen klingt jetzt schriller.

Ich drehe mich zu ihm. »Was ist denn?«

»Todd! Todd!!!«

Und dann hören wir es alle drei. Trampeln zwischen Gebüsch und Geäst, hämmernde Fußschritte und Lärm, ja Lärm, oh verflucht noch mal, vor allem Lärm.

»Steh auf«, sage ich schnell zu dem Mädchen. »Los! Beeil dich!«

Ich schnappe meinen Rucksack und schultere ihn, sie sieht erschrocken aus, auf eine lähmende, wenig hilfreiche Weise, und ich schreie: »Schnell!« Und packe ihren Arm, ohne einen Gedanken an ihre Verletzung zu verschwenden, ich will sie auf die Füße zerren, aber da ist es schon zu spät, denn da ertönen ein schriller Schrei, ein lautes Brüllen und ein Geräusch, als krachten Bäume um; und ich und das Mädchen können uns nur noch umdrehen, denn da ist Aaron, er ist total durchgeknallt und kommt direkt auf uns zu.

8

DIE WAHL, DIE DIR DAS MESSER LÄSST

Er braucht nur drei Schritte, dann ist er da. Ehe ich auch nur den Versuch machen kann zu fliehen, springt er mir mit ausgestreckten Pranken an die Kehle und stößt mich gegen einen Baum.

»Du kleiner Dreckskerl!«, schreit er und drückt seine Daumen gegen meinen Hals. Ich versuche seine Arme zu packen, will ihn mit dem Messer angreifen, aber der Rucksack ist heruntergerutscht, und der Gurt presst meinen Arm gegen den Baumstamm, und so kann Aaron mich würgen, geradeso, wie es ihm passt.

Sein Gesicht ist ein einziger Albtraum, einfach grauenhaft, ich werde es immer vor mir sehen, selbst wenn ich hier heil rauskomme. Die Krokodile haben sich sein linkes Ohr geholt und ein Stück vom Gesicht weggerissen, einen langen Streifen, bis runter zur linken Wange. Durch die klaffende Wunde sieht man seine Zähne, und das linke Auge quillt hervor, als würde sein Kopf jeden Augenblick explodieren. An Kinn und Hals klaffen ebenfalls Wunden, seine Kleider sind zerfetzt, überall ist Blut, und an der Schulter klebt ein Hautfetzen, in dem noch der Zahn eines Krokodils steckt.

Ich ringe nach Luft, krieg aber keine, es ist kaum zu glauben, wie weh das tut, die Welt dreht sich im Kreis, in meinem Kopf ist alles ganz komisch, und es kommt mir dummerweise für einen Augenblick so vor, als hätte Aaron die Krokodilattacke gar nicht überlebt, als sei er vielmehr schon tot, hätte aber so eine Stinkwut auf mich, dass er sich nicht mal von seinem eigenen Tod davon abhalten ließe, mich ebenfalls umzubringen.

»WARUM GRINST DU SO DÄMLICH?«, schreit er und spuckt dabei Blut, Speichel und Gewebe in mein Gesicht. Er drückt mir den Hals noch fester zu, und ich verspüre den Drang, mich zu übergeben, aber es kann nirgendwo raus, ich kann nicht atmen, alle Lichter und Farben fließen ineinander, und ich sterbe, ja, ich bin schon halb tot.

»Aah!« Mit einem Mal lässt Aaron mich los. Ich sacke zusammen, muss mich in einem Schwall übergeben und hole dann so tief Luft, dass ich mir fast die Eingeweide heraushuste. Ich blicke hoch und sehe, dass Manchee sich in Aarons Oberschenkel verbissen hat, als wolle er ihn nie wieder loslassen.

Braver Hund.

Aber Aaron schleudert Manchee so heftig zur Seite, dass der Hund ins Gebüsch fliegt. Ein dumpfer Aufprall ist zu hören und dann ein Jaulen und: »Todd?«

Aaron wirbelt zu mir herum, und ich muss immerzu sein Gesicht anstarren, das auseinanderklafft, das sind Wunden, die kein Mensch überlebt, keiner, das ist einfach unmöglich.

Vielleicht ist er tatsächlich schon tot.

»Wo ist das Zeichen?«, fragt er, und sein zerschundenes Gesicht nimmt einen furchtsamen Ausdruck an.

Das Zeichen?

Das … was?

Das Mädchen.

Ich schaue mich um.

Sie ist verschwunden.

Aaron dreht sich suchend im Kreis herum, und er hört es im selben Moment wie ich, das Rascheln und Knacken, es ist das Mädchen, das wegläuft, es ist die Stille, die sich von uns entfernt. Ohne mich noch eines Blickes zu würdigen, rennt er los, und dann ist er auch schon weg.

Von einem Augenblick zum nächsten bin ich allein.

Allein und zurückgelassen, so als hätte ich mit der ganzen Sache nichts zu tun.

Was für ein bescheuerter Tag das ist.

»Todd?« Manchee kommt zwischen den Büschen hervorgehumpelt.

»Mit mir ist alles in Ordnung, Kumpel«, stoße ich hustend hervor, auch wenn es nicht wahr ist. »Alles in Ordnung.«

Ich versuche zwischen den Hustenanfällen Atem zu holen, die Stirn auf den Boden gepresst, spucke ich Speichel und Kotze.

Ich atmete immer weiter und dabei überfallen mich die Gedanken. Sie kommen ungewollt, eingeladen habe ich sie jedenfalls nicht.

Aber es könnte doch sein, oder? Es könnte tatsächlich vorbei sein, so einfach ist das. Aaron ist ganz offensichtlich hinter dem Mädchen her, was immer er auch mit »Zeichen« gemeint hat. Die Stadt will das Mädchen, alle waren ja ganz aus dem Häuschen wegen dieser Stille in meinem Lärm. Wenn Aaron sie also kriegt, wenn die Stadt sie kriegt, dann wäre die Sache ausgestanden, oder? Sie bekämen das, was sie wollten, und würden mich in Ruhe lassen, ich könnte zurückgehen, und alles wäre so wie vorher, und, na ja, vielleicht wäre es nicht unbedingt gut für sie, aber es könnte Bens und Cillians Rettung sein.

Es könnte meine Rettung sein.

Ich denke ja nur mal drüber nach, okay? So ist das mit Gedanken, sie drängen sich einfach auf. Der Gedanke, dass alles schon vorbei sein könnte, ehe es richtig angefangen hat.

»Vorbei«, brummt Manchee.

Und dann höre ich den schrecklichen, schrecklichen Schrei, natürlich hat sie geschrien, er hat sie erwischt, und damit ist die Entscheidung auch schon gefallen.

Der nächste Schrei kommt nur eine Sekunde später, aber da bin ich bereits auf den Beinen, ohne es recht zu wissen; ich streife den Rucksack ab, suche kurz nach Halt, und dann, hustend, atemlos, aber das Messer in der Hand, renne ich los.

Sie sind leicht zu verfolgen. Aaron stapft durch das Gebüsch wie ein Ochse, sein Lärm ist ein Brüllen, und immer, immer, immer ist da ihre Stille, sogar als sie schreit, was alles irgendwie noch unerträglicher macht. Ich laufe, so schnell ich kann, hinter ihnen her, Manchee folgt mir auf dem Fuß, und es dauert keine halbe Minute, dann habe ich sie eingeholt, und ich, das Genie, habe auf einmal nicht die geringste Ahnung, was ich machen soll.

Aaron hat sie in einen knöcheltiefen Tümpel gejagt und da steht sie mit dem Rücken an einen Baumstamm gepresst. Er hat ihre Handgelenke gepackt, aber sie wehrt sich, sie kämpft und tritt, so gut sie kann, ihr Gesicht zeigt so viel nackte Angst, dass es mir fast die Kehle zuschnürt.

»Lass sie los!«, krächze ich.

Niemand achtet auf mich. Aarons Lärm plärrt so laut, ich bezweifle, dass er mich hören würde, selbst wenn ich schrie. DAS HEILIGE SAKRAMENT und ein ZEICHEN VON GOTT und DER WEG DES HEILIGEN und Bilder von dem Mädchen in einer Kirche, Bilder von dem Mädchen, wie es Wein trinkt und die Hostie isst, Bilder von dem Mädchen als Engel.

Das Mädchen als Opfergabe.

Aaron packt ihre beiden Handgelenke mit einer Hand, reißt die Kordel seines Gewands herunter und fesselt sie damit. Sie tritt ihn fest an die Stelle, wo Manchee ihn gebissen hat, worauf er sie mit dem Handrücken ins Gesicht schlägt.

»Lass sie los!« Diesmal versuche ich, etwas lauter zu sprechen.

»Los!«, bellt Manchee, noch immer humpelnd, noch immer grimmig entschlossen. Was für ein verdammt braver Hund.

Ich gehe einen Schritt vorwärts. Aaron wendet mir den Rücken zu, so als schere er sich überhaupt nicht darum, dass ich hinter ihm bin, so als stellte ich für ihn nicht die geringste Bedrohung dar.

»Lass sie los!« Ich versuche zu schreien, muss aber nur noch heftiger husten. Keine Reaktion. Weder von Aaron noch von sonst jemandem.

Ich muss es wohl tun. Ich muss es tun. Oh Mann, oh Mann, oh Mann, ich muss es tun.

Ich muss ihn töten.

Ich zücke das Messer.

Jetzt ist es gezückt.

Aaron dreht sich um, nicht hastig, sondern wie einer, der seinen Namen hört. Er sieht mich dort stehen, mit erhobenem Messer, ich stehe da wie ein verdammter Idiot, wie der Feigling, der ich bin, und er lächelt, und, Junge, ich kann dir gar nicht sagen, wie scheußlich das Grinsen in seiner zerfetzten Fratze aussieht.

»Dein Lärm verrät dich, junger Todd«, sagt er und lässt das Mädchen los, das so zusammengeschnürt und fertig ist, dass es nicht einmal den Versuch unternimmt abzuhauen. Aaron macht einen Schritt auf mich zu.

Ich weiche einen Schritt zurück (halt die Klappe, halt bloß die Klappe).

»Der Bürgermeister wird enttäuscht sein, wenn er von deinem frühzeitigen Ableben erfährt, Kleiner«, sagt Aaron und macht noch einen Schritt auf mich zu. Wieder weiche ich zurück, das gezückte Messer ist absolut nutzlos.

»Aber Gott hat keine Verwendung für einen Feigling«, fährt Aaron fort. »Nicht wahr, mein Junge?«

Flink wie eine Schlange holt er aus und schlägt mir mit seiner Linken das Messer aus der Hand. Mit dem flachen Handrücken seiner Rechten versetzt er mir einen Hieb ins Gesicht und ich stürze ins Wasser. Ich spüre seine Knie auf meiner Brust und seine Hände an meinem Hals, er will die Sache zu Ende bringen, aber diesmal ist mein Gesicht unter Wasser, also wird es wohl schneller gehen.

Ich wehre mich, aber ich habe verloren. Ich hatte meine Chance, und ich habe sie verpasst, ich verdiene es nicht anders, ich kämpfe dagegen an, aber ich bin nicht mehr so stark wie früher, und ich spüre, dass es aus ist. Ich spüre, wie ich aufgebe.

Das ist das Ende.

Das Ende.

Und dann ertasten meine Hände im Wasser einen Felsbrocken.

WUMM! Ich packe ihn und stoße ihn gegen Aarons Schläfe, ehe ich noch nachdenken kann.

WUMM! Und noch einmal.

WUMM! Und wieder.

Ich spüre, wie er von mir wegrutscht, ich hebe den Kopf, verschlucke mich an Wasser und Luft, setze mich auf und hebe den Stein, um noch einmal zuzustoßen, aber Aaron liegt vornüber im Wasser, das Gesicht halb drin, halb draußen, seine Zähne blitzen durch die klaffende Wangenwunde. Auch als ich von ihm wegkrieche, hustend, spuckend, bleibt er da. Er sinkt ein wenig tiefer ins Wasser und rührt sich nicht.

Meine Kehle fühlt sich an wie entzweigerissen. Ich würge Wasser hoch und kann endlich ein wenig besser atmen.

»Todd? Todd? Todd?«, bellt Manchee. Er kommt zu mir, japst und will mich abschlecken wie ein kleiner ungestümer Welpe. Ich kraule ihn zwischen den Ohren, weil ich noch nicht sprechen kann.

Und dann bemerken wir beide die Stille und schauen hoch, und da ist sie auf einmal, sie steht vor uns, mit gefesselten Händen.

Zwischen den Fingern hält sie das Messer.

Einen Augenblick lang sitze ich wie erstarrt da, und Manchee fängt an zu knurren, aber dann begreife ich. Ich hole ein paarmal tief Luft, dann nehme ich ihr das Messer ab und zerschneide das Seil, mit dem Aaron ihre Hände zusammengebunden hat. Die Fessel fällt zu Boden. Sie reibt sich die wunden Stellen, starrt mich an, sagt kein Wort.

Sie weiß es. Sie weiß, dass ich es nicht fertiggebracht habe.

Verdammt noch mal, denke ich bei mir. Verdammt noch mal.

Sie blickt auf das Messer. Sie blickt zu Aaron, der im Wasser liegt.

Er atmet noch. Bei jedem Atemzug gurgelt er Wasser, aber er atmet noch.

Ich packe das Messer etwas fester. Sie sieht mich an, dann das Messer, dann Aaron, dann wieder mich.

Will sie es? Fordert sie mich tatsächlich auf, es zu tun?

Er liegt da, wehrlos, vermutlich am Ertrinken.

Und ich habe ein Messer.

Ich stehe auf, falle wieder hin, so taumelig bin ich, und stehe wieder auf. Dann gehe ich auf ihn zu. Ich hebe die Hand mit dem Messer. Wieder einmal.

Sie schnappt nach Luft, und ich spüre genau, wie sie den Atem anhält.

Manchee fragt: »Todd?«

Das Messer schwebt über Aaron. Noch einmal bietet sich mir die Chance. Noch einmal habe ich das Messer gezückt. Ich könnte es tun. Niemand in New World würde es mir verdenken. Ich hätte alles Recht dazu.

Ich könnte es tun.

Aber ein Messer ist nicht einfach irgendein Gegenstand. Es stellt einen vor die Wahl, es ist etwas, mit dem man Dinge tut. Ein Messer sagt Ja oder Nein, stößt zu oder nicht, gibt den Tod oder nicht. Ein Messer führt deine Entscheidung aus, trägt sie in die Welt, sodass sie nie mehr rückgängig gemacht werden kann.

Aaron wird sterben. Sein Gesicht ist zerfetzt, sein Kopf eingeschlagen, er sinkt immer tiefer in das seichte Wasser, ohne noch einmal aufzuwachen. Er hat versucht mich zu töten, er wollte das Mädchen töten, er ist verantwortlich für den Aufruhr in der

Stadt. Nur er kann den Bürgermeister auf die Farm geschickt haben, und deshalb ist er schuld an dem, was mit Ben und Cillian geschehen ist. Er verdient es zu sterben. Er verdient es.

Aber ich schaffe es nicht, zuzustechen und die Sache ein für alle Mal zu erledigen.

Wer bin ich?

Ich bin Todd Hewitt.

Ich bin der größte, nutzloseste Scheißkerl, den die Menschheit kennt.

Ich schaffe es nicht.

Verdammt noch mal, denke ich wieder.

»Komm mit«, sage ich dann zu ihr. »Wir müssen weg von hier.«

9

WENN DAS GLÜCK NICHT MIT DIR IST

ZUERST SCHEINT SIE NICHT mitkommen zu wollen. Sie hat auch gar keinen Grund dazu, ebenso wenig wie ich einen Grund habe, sie aufzufordern, aber als ich ein zweites Mal »Komm mit« sage, nun etwas drängender, und dazu gestikuliere, folgt sie mir und Manchee, und das ist es dann, keine Ahnung, ob es richtig ist, aber genau das ist es, was wir tun.

Inzwischen ist die Nacht wirklich da. Der Sumpf wirkt noch undurchdringlicher und so schwarz, wie's schwärzer nicht mehr geht. Wir eilen zurück zu der Stelle, wo ich meinen Rucksack habe liegen lassen, laufen ein wenig im Kreis und versuchen möglichst viel Abstand zwischen uns und Aarons Leiche (bitte, lass es eine Leiche sein) zu bringen. Wir klettern über Baumstämme und über Wurzelgeflecht und dringen immer tiefer in den Sumpf ein. Als wir auf eine schmale Lichtung gelangen, die eben ist und ohne Baumdickicht, lasse ich unseren kleinen Trupp anhalten.

Ich habe das Messer noch in der Hand. Es ruht dort, funkelt mich an wie eine Anklage, blinkt mir das Wort »Feigling« zu. Es fängt das Licht der beiden Monde ein, und mein Gott, es ist wirklich ein Gegenstand von großer Macht. Ein Gegenstand, der eher mich besitzt als umgekehrt.

Ich verrenke mich und stecke das Messer in die Scheide, die zwischen meinem Rücken und dem Rucksack klemmt, damit ich es wenigstens nicht dauernd vor Augen habe.

Dann streife ich den Rucksack ab und durchsuche ihn nach einer Taschenlampe.

»Weißt du, wie man so etwas benutzt?«, frage ich das Mädchen und knipse die Lampe ein paarmal an und aus.

Wie immer schaut sie mich nur stumm an.

»Macht nichts«, sage ich.

Mein Hals tut weh, mein Gesicht tut weh, meine Brust tut weh, und mein Lärm dröhnt mich mit düsteren Bildern voll, von der Auseinandersetzung auf der Farm zwischen Ben, Cillian und den anderen und davon, wie lange wohl Prentiss junior braucht, um herauszufinden, wohin ich geflohen bin, wie lange es dauert, bis er mir auf den Fersen ist, bis er uns auf den Fersen ist (nicht sehr lange, wenn er's nicht ohnehin bereits ist) – also wen, verflucht noch mal, kümmert es, ob sie sich mit einer Taschenlampe auskennt oder nicht. Natürlich tut sie's nicht.

Ich hole das Buch aus dem Rucksack, die Taschenlampe spendet mir gerade genug Licht. Wieder falte ich die Karte auf und fahre mit dem Finger Bens Pfeile nach, von unserer Farm bis zum Fluss und weiter durch den Sumpf und dann wieder hinaus und den Fluss entlang.

Es ist nicht schwer, aus dem Sumpf herauszufinden. In der Ferne am Horizont sieht man immer drei Berge, einer liegt näher, die anderen beiden etwas weiter entfernt, aber dicht nebeneinander. Der Fluss auf Bens Karte führt zwischen dem vorderen

Berg und den beiden anderen hindurch, also brauchen wir nur in diese Richtung zu marschieren, dort werden wir auf den Fluss stoßen und seinem Lauf folgen.

Wir gehen dorthin, wo die Pfeile hinzeigen.

Zu einer anderen Siedlung.

Da ist es. Ganz unten auf der Karte.

Ein anderer, ein fremder Ort.

Als gäbe es nicht schon genug Neues, über das ich mir den Kopf zerbrechen muss.

Ich sehe sie an, sie starrt mich an, ohne auch nur einmal zu blinzeln. Ich leuchte mit der Lampe in ihr Gesicht. Sie zuckt zusammen und dreht sich weg.

»Woher kommst du?«, frage ich sie. »Von da?«

Ich leuchte die Karte an und deute auf die eingezeichnete Stadt. Sie rührt sich nicht. Ich winke sie zu mir her, aber sie rührt sich nicht. Mit einem Seufzer nehme ich das Buch, gehe zu ihr und halte ihr die Karte hin.

»Ich«, sage ich und deute dabei auf mich selbst, »ich komme von da.« Ich zeige auf den Hof nördlich von Prentisstown. »Das«, ich mache eine ausholende Armbewegung, »das ist der Sumpf.« Dann deute ich auf die Stelle in der Karte. »Wir müssen dahin.« Ich deute auf die andere Stadt. Ben hat den Namen der Stadt danebengeschrieben, aber ... Ach, ist ja auch egal. »Bist du von dort?« Ich deute zuerst auf sie, dann auf die Stadt, dann wieder auf sie. »Bist du von dort?«

Sie starrt auf die Karte, aber das ist auch schon alles.

Mit einem Seufzer drehe ich mich weg. Es ist unangenehm, ihr so nahe zu sein. »Na ja, ich hoffe, du kommst von dort«, sage ich und blicke auf die Karte. »Denn genau da gehen wir hin.«

»Todd«, bellt Manchee. Ich blicke hoch. Sie hat angefangen im Kreis zu laufen und sieht sich suchend um.

»Was machst du da?«, frage ich.

Sie schaut zu mir her, dann auf die Lampe in meiner Hand, und schließlich deutet sie auf eine Gruppe Bäume.

»Was ist? Wir haben keine Zeit …«

Wieder deutet sie in dieselbe Richtung und dann stapft sie einfach los.

»Hey!«, rufe ich. »Hey!«

Ich schätze, ich werde ihr nachlaufen müssen.

»Wir müssen uns an die Karte halten!« Ich ducke mich unter Zweigen weg und folge ihr, der Rucksack verfängt sich mal rechts, mal links. »Hey! Warte auf mich!«

Ich stolpere weiter, Manchee dicht hinter mir. Die Taschenlampe nützt nicht viel im Kampf gegen all die verdammten Zweige und Wurzeln und Pfützen in einem riesengroßen Sumpf. Ständig muss ich mich ducken und den Rucksack losmachen, sodass ich kaum nach vorne schauen und sie im Auge behalten kann. Doch dann bleibt sie vor einem umgestürzten, verkohlt aussehenden Baum stehen und wartet auf mich.

»Was ist?«, frage ich, als ich sie endlich eingeholt habe. »Wohin …«

Und dann sehe ich es.

Der Baum ist verbrannt, frisch verbrannt, und erst vor Kurzem umgestürzt, denn die Späne sind sauber und weiß wie neu geschlagenes Holz. Und da sind noch weitere gefällte Bäume, in einer langen Reihe, auf beiden Seiten eines breiten Grabens mitten durch den Sumpf, der sich bereits mit Wasser gefüllt hat und an dessen Rändern sich Morast und verbrannte Pflanzen auftürmen, so als sei jemand mitten hindurchgepflügt und habe eine Riesenfurche hinterlassen.

»Was ist passiert?« Ich leuchte mit der Taschenlampe die Spur der Verwüstung entlang. »Wer hat das gemacht?«

Sie schaut nach links, wo die Furche in der Dunkelheit verschwindet. Ich leuchte in die Richtung, aber die Taschenlampe ist nicht hell genug, dass ich sehen kann, ob dort etwas ist. Was keinesfalls heißt, dass ich nicht immer noch das Gefühl habe, als sei dort etwas.

Das Mädchen geht geradewegs hinein in die Dunkelheit, hin zu dem Ding, was sich dort befinden mag.

»Wo willst du hin?«, frage ich, ohne eine Antwort zu erwarten und ohne eine zu bekommen. Manchee drängt sich zwischen mich und sie, so als würde er nun ihr folgen statt mir, und schon sind sie in die Nacht verschwunden. Ich bleibe ein wenig zurück, folge ihnen aber weiter. Von ihr geht noch immer eine Stille aus, die mich noch immer beunruhigt. Es ist, als ob diese Stille jeden Augenblick die ganze Welt verschlingen könnte und mich dazu.

Ständig leuchte ich mit der Taschenlampe das Wasser aus. Für gewöhnlich wagen sich Krokodile nicht so tief in den Sumpf, aber eben nur für gewöhnlich, außerdem gibt es rote Schlangen, die giftig sind, und Wasserwiesel, die beißen, und überhaupt, das Glück scheint heute keinen von uns zu lieben; wenn also etwas schiefgehen kann, dann tut es das vermutlich auch.

Wir gehen immer weiter, ich richte die Taschenlampe nach vorn, und plötzlich leuchtet etwas zurück, etwas, was weder Baum noch Busch noch Tier noch Wasser ist.

Etwas aus Metall. Etwas Großes aus Metall.

»Was ist das?«

Wir gehen näher heran, und zuerst denke ich, es ist nur ein großes Atomkraftrad, und ich frage mich, welcher Idiot auf die Idee kommt, damit in den Sumpf zu fahren, weil man diese Räder ja kaum auf ebenen Feldwegen zum Laufen bringt, ganz zu schweigen auf Wasser und Wurzeln.

Aber es ist kein Atomkraftrad.

»Halt an.«

Sie bleibt stehen.

Ist das zu fassen? Sie bleibt tatsächlich stehen.

»Also verstehst du mich doch?«

Keine Reaktion, wie immer.

»Einen Augenblick mal«, sage ich, denn mir ist ein Gedanke gekommen. Wir sind noch ein Stück entfernt, aber ich lasse den Lichtschein über das Metall gleiten. Und dann wieder zurück auf die schnurgerade Furche. Und dann wieder auf das Metall. Und über all das verbrannte Zeug rechts und links des Grabens. Und der Gedanke geht mir nicht aus dem Kopf.

Sie will offenbar nicht mehr warten, sie läuft weiter und ich hinterher. Wir müssen einen großen verkohlten Baumstamm umrunden, bei dem an einigen Stellen noch immer Rauch aufsteigt, um zu dem Metallding zu gelangen, und als wir davorstehen, ist es viel größer als das allergrößte Atomkraftrad, das ich kenne, und dabei sieht es aus, als wäre es lediglich ein Teil von etwas noch Größerem. Es ist an vielen Stellen beschädigt und verkohlt, und auch wenn ich nicht weiß, wie es zuvor ausgesehen hat, so handelt es sich doch ganz offensichtlich um ein Wrack.

Genauer, um das Wrack eines Schiffs.

Eines Luftschiffs. Meinetwegen auch eines Raumschiffs.

»Ist das deines?«, frage ich und leuchte sie an. Wie üblich sagt sie kein Wort, aber sie schweigt auf eine Weise, die Zustimmung bedeuten könnte. »Bist du hier abgestürzt?«

Ich lasse den Lichtkegel an ihr auf- und abgleiten, auf und ab, an ihrem Körper, ihrer Kleidung, die, zugegeben, zwar ein wenig anders aussieht als das, was ich kenne, aber doch nicht so fremd, als dass ich sie nicht selbst irgendwann hätte tragen können.

»Woher kommst du?«

Natürlich sagt sie nichts, sondern blickt nur auf eine Stelle in der Dunkelheit. Dann verschränkt sie die Arme und geht in diese Richtung. Diesmal folge ich ihr nicht. Ich sehe mir stattdessen das Schiff an. Denn um nichts anderes handelt es sich. Ich meine, man muss es sich doch nur anschauen. Es ist zwar schlimm zerstört, aber man erkennt noch immer den Rumpf und auch den Motor, ja sogar eine Art Fenster.

Die ersten Behausungen in Prentisstown wurden nämlich aus den Schiffen gemacht, mit denen die ursprünglichen Siedler hier gelandet sind. Klar, später bauten sie ihre Häuser aus Holz, aber Ben sagt, nach der Landung muss man als Erstes einen Unterschlupf errichten mit dem, was man gerade zur Hand hat. Die Kirche und die Tankstelle in der Stadt bestehen auch heute immer noch aus Teilen des Metallrumpfs, aus Laderäumen oder Kabinen. Und obwohl dieses Wrack hier ein ziemlicher Trümmerhaufen ist, könnte man bei näherer Betrachtung glauben, es sei ein altes Haus von Prentisstown, das geradewegs vom Himmel gefallen ist. Mitten aus einem Feuerhimmel.

»Todd!«, bellt Manchee von irgendwoher. »Todd!«

Ich renne dorthin, wo das Mädchen verschwunden ist. Im

Vorbeilaufen sehe ich eine Tür in der Metallwand, die offen steht, und dahinter ein Licht.

»Todd!«, bellt Manchee.

Ich leuchte mit der Taschenlampe in die Richtung, aus der das Bellen kommt. Er ist bei ihr. Sie steht reglos da und blickt auf etwas herab, deshalb richte ich den Lichtkegel dorthin und bemerke zwei längliche Kleiderhaufen.

Nur dass es in Wirklichkeit zwei Leichen sind.

Ich trete näher heran, richte die Lampe auf sie. Da liegt ein Mann, seine Kleider und sein Körper sind von der Brust abwärts fast völlig verkohlt. Auch sein Gesicht weist Brandwunden auf, trotzdem kann ich erkennen, dass es sich um einen Mann handelt. Er hat eine Verletzung an der Stirn, an der er wohl auch ohne die Verbrennungen gestorben wäre, aber das ist ja eigentlich egal, denn tot ist er sowieso. Er ist tot und liegt mitten im Sumpf.

Ich lasse den Lichtstrahl weitergleiten.

Neben ihm liegt eine Frau – oder?

Es ist die erste Frau aus Fleisch und Blut, die ich je gesehen habe. Und sie sieht genauso aus wie das Mädchen. Ich habe noch nie zuvor eine echte Frau gesehen, aber wenn es je eine Frau gab, dann diese.

Sie ist tot, natürlich; allerdings entdecke ich weder Verbrennungen noch andere Wunden, auf ihren Kleidern ist nicht mal Blut, vielleicht hatte sie innere Verletzungen.

Aber es ist eine Frau. Wirklich und wahrhaftig eine Frau.

Ich leuchte mit der Lampe das Mädchen an. Diesmal zuckt es nicht zurück.

»Das sind deine Ma und dein Pa, nicht wahr?«, frage ich leise.

Sie sagt kein Wort, aber bestimmt habe ich recht.

Ich leuchte das Wrack an und denke an die aufgewühlte Erde dahinter und dass dieser Fund nur eines bedeuten kann: Sie und ihre Eltern sind abgestürzt. Ihre Ma und ihr Pa sind gestorben. Sie hat überlebt. Ob sie von einem anderen Ort aus New World kommt oder von ganz woanders, spielt keine Rolle. Die beiden sind gestorben, sie hat überlebt und war seither ganz allein hier.

Bis Aaron sie aufgespürt hat.

Wenn das Glück nicht mit dir ist, dann ist es gegen dich.

Auf dem Boden sind Spuren, wo das Mädchen die Leichen aus dem Wrack geschleift hat. Aber der Sumpf eignet sich nicht als Grab, außer für einen Spackle, denn nach zwei Zoll Morast stößt man nur noch auf Wasser, deshalb liegen sie immer noch so da. Ich hasse es, das zu sagen, aber sie riechen schon, was aber bei all dem Sumpfgestank nicht allzu sehr auffällt, deshalb lässt sich auch nur schwer sagen, wie lange sie hier schon liegen.

Sie sieht mich an, sie weint nicht, sie lächelt nicht, ihre Miene ist so ausdruckslos wie immer. Dann geht sie an mir vorbei, zurück zu den Schleifspuren und bis zur Tür des Wracks, klettert hinauf und verschwindet darin.

10

ESSEN UND FEUER

»Hey!«, rufe ich ihr nach. »Wir können hier nicht länger rumtrödeln …«

Ich erreiche die Tür, gerade als sie den Kopf rausstreckt. Erschrocken weiche ich zurück. Sie wartet, bis ich ihr den Weg frei gemacht habe, dann klettert sie wieder herunter und geht an mir vorbei, in der einen Hand eine Tasche und in der anderen ein paar kleine Päckchen. Ich stelle mich auf die Zehenspitzen, um einen Blick durch die Tür ins Innere zu erhaschen. Wie zu erwarten, herrscht dort ein heilloses Durcheinander, vieles ist kaputtgegangen.

»Wie bist du da lebend rausgekommen?«, frage ich sie.

Aber sie ist sehr beschäftigt. Sie hat die Tasche und die Päckchen zur Seite gelegt und ein kleines, flaches grünes Kästchen hervorgeholt. An einer halbwegs trockenen Stelle stellt sie es ab und schichtet Holzstücke darüber.

Ungläubig schaue ich ihr zu. »Wir haben wirklich keine Zeit, um …«

Sie drückt einen Knopf an der Seite des grünen Kästchens – wusch! –, und wir haben ein richtig schönes Lagerfeuer.

Mit offenem Mund stehe ich da und komme mir vor wie ein Idiot.

Ich muss dieses Feuerding haben.

Sie sieht mich an und massiert sich leicht die Arme, und erst da merke ich, dass ich pitschnass bin und mir kalt ist und alles wehtut und dass ein Feuer so ziemlich der größte Segen ist, den ich mir jetzt vorstellen kann.

Mein Blick gleitet hinaus in die Schwärze des Sumpfs, als würde ich jemanden kommen sehen. Aber da ist nichts, natürlich ist da nichts, auch kein Geräusch. Niemand ist in der Nähe. Noch nicht.

Ich blicke wieder aufs Feuer. »Aber nur für einen Augenblick«, erkläre ich.

Dann trete ich näher und fange an, mir die Hände zu wärmen. Den Rucksack behalte ich auf dem Rücken. Sie reißt eines der Päckchen auf und wirft es mir zu. Ich starre es ratlos an, bis sie ihr eigenes Päckchen aufmacht und etwas hervorholt, das aussieht wie getrocknete Früchte, und anfängt zu essen.

Sie hat mir etwas zu essen gegeben. Und Feuer.

Ihr Gesicht ist immer noch ausdruckslos, blank wie ein Stein, während sie da am Feuer steht und isst. Ich fange ebenfalls an zu essen. Die Früchte, oder was immer es ist, sehen aus wie kleine geschrumpfte Kügelchen, sie sind süß und zäh, und es dauert keine halbe Minute, da habe ich die ganze Packung aufgegessen, ehe mir auffällt, dass Manchee mich anbettelt.

»Todd?«, sagte er und leckt sich die Lefzen.

»Oh«, antworte ich. »Tut mir leid.«

Sie sieht erst mich an, danach Manchee, dann nimmt sie eine Handvoll aus ihrer eigenen Packung und hält sie Manchee hin.

Als er auf sie zutrottet, weicht sie unwillkürlich ein wenig zurück und lässt die Früchte auf den Boden fallen. Manchee ist das egal. Er schlingt sie sofort hinunter.

Ich nicke ihr zu. Sie nickt nicht zurück.

Inzwischen ist es tiefe Nacht, außerhalb unseres kleinen Lichtkreises ist alles dunkel. Sogar die Sterne sind nur durch das Loch in den dichten Baumkronen zu sehen, das von dem abgestürzten Schiff stammt. Ich denke an die vergangene Woche zurück, versuche mich daran zu erinnern, ob ich ein Krachen aus dem Sumpf gehört habe, aber ich nehme an, selbst ein so lautes Geräusch würde auf die Entfernung hin im Lärm von Prentisstown untergehen, also wird es wohl keiner gehört haben.

Da fällt mir ein ganz bestimmter Priester ein.

Fast keiner.

»Wir können nicht bleiben«, sage ich. »Tut mir leid wegen deiner Leute und so, aber es gibt noch andere, die hinter uns her sind, auch wenn Aaron tot ist.«

Bei der Erwähnung des Namens zuckt sie zusammen. Offenbar hat er ihr seinen Namen genannt.

»Tut mir leid«, wiederhole ich, obwohl ich selbst nicht genau weiß, was ich damit meine. Ich rücke den Rucksack auf meinen Schultern zurecht. Er fühlt sich schwerer an als je zuvor. »Danke für das Futter, aber jetzt müssen wir los.« Ich schaue sie an. »Du kommst doch mit?«

Sie betrachtet mich einen Augenblick lang, dann stößt sie mit der Stiefelspitze das Feuerholz von dem kleinen grünen Kästchen. Sie bückt sich, drückt den Knopf und nimmt es in die Hand, ohne sich zu verbrennen.

Mann, so was muss ich unbedingt auch haben.

Sie verstaut das Ding in der Tasche, die sie aus dem Wrack geholt hat, und hängt sie sich um. Sie hat also ohnehin vorgehabt mitzukommen.

»Gut«, sage ich, während sie mich wortlos anstarrt. »Ich schätze, wir sind so weit.«

Keiner von uns beiden rührt sich vom Fleck.

Ich werfe einen Blick auf ihre Ma und ihren Pa und sie ebenfalls, aber nur eine Sekunde lang. Ich möchte ihr etwas sagen, irgendwas, bloß was? Ich mache den Mund auf, aber sie fängt an, in ihrer Tasche zu kramen. Vermutlich will sie irgendwas machen, eine Art Abschiedsritual für ihre Leute, irgendeine Geste, aber dann hat sie gefunden, was sie gesucht hat, und es ist nur eine Taschenlampe. Sie knipst sie an – also weiß sie, wie's geht – und läuft los, zuerst zu mir, dann an mir vorbei, so als wären wir schon auf unserem Fußmarsch.

Und das war's dann. Als würden ihre Ma und ihr Pa nicht tot im Sumpf liegen.

Ich blicke ihr einen Moment lang nach, ehe ich ihr zurufe: »He!«

Sie dreht sich um.

»Nicht in diese Richtung«, ich deute nach links, »sondern in diese.«

Ich stapfe los, Manchee dicht hinter mir, und als ich mich umdrehe, sehe ich, dass sie uns nachkommt. Ein letzter Blick zurück – wie gern würde ich noch bleiben und das Wrack genauer untersuchen, bestimmt gibt's da noch mehr interessantes Zeug, oh Junge, das würde ich verdammt gern sehen –, aber wir müssen los, auch wenn's mitten in der Nacht ist, auch wenn keiner von uns Schlaf abbekommen hat, müssen wir los.

Also tun wir's auch. Hin und wieder erhaschen wir durch die Bäume einen Blick auf den Horizont und gehen darauf zu, auf den Zwischenraum zwischen dem vorderen Berg und den zwei entfernteren. Beide Monde sind fast voll, und der Himmel ist klar, daher haben wir wenigstens ein klein wenig Licht beim Gehen, trotz des Sumpfbaldachins, trotz der nächtlichen Stunde.

»Sperr die Ohren auf«, sage ich zu Manchee.

»Wozu?«, bellt Manchee.

»Um rauszukriegen, ob uns jemand folgt, du Blödmann.«

Bei Nacht in einem Sumpf herumzurennen, ist schwierig, wir gehen, so schnell wir können, ich leuchte mit der Taschenlampe, wir steigen über Wurzelwerk und versuchen, nicht allzu tief im Morast zu versinken. Manchee läuft voraus, kehrt wieder zurück, schnüffelt eifrig und bellt gelegentlich, aber ohne triftigen Grund.

Sie hält gut mit, fällt nie zurück, kommt aber auch nie zu nah an mich heran. Das ist gut, denn auch wenn mein Lärm im Augenblick gedämpfter ist als während des Tages, bedrängt mich ihre Stille immer noch, sobald sie mir ein wenig zu nahe kommt.

Es ist eigenartig, dass sie nicht mehr Aufhebens um ihre Ma und ihren Pa gemacht hat. Sie hat nicht geweint oder sich verabschiedet oder sonst was. Oder sehe ich das falsch? Ich jedenfalls würde alles dafür geben, Ben und sogar Cillian noch mal zu sehen, selbst wenn sie ... na ja, falls sie ...

»Ben«, sagt Manchee unten bei meinen Knien.

»Ich weiß.« Ich kraule ihn zwischen den Ohren.

Wir gehen weiter.

Ehrlich gesagt, ich hätte sie begraben wollen. Ich hätte irgendwas tun wollen, keine Ahnung, was.

Ich bleibe stehen und drehe mich nach ihr um, aber ihr Gesicht ist unverändert, so wie immer. Vielleicht weil sie abgestürzt ist und ihre Eltern tot sind? Vielleicht weil Aaron sie gefunden hat? Vielleicht weil sie von anderswo herkommt?

Hat sie denn gar keine Gefühle? Ist sie womöglich innendrin leer?

Sie sieht mich an, wartet darauf, dass ich weitergehe.

Und nur einen Augenblick später tue ich's auch.

Stunden. Stunden vergehen langsam und doch schnell in nächtlichem Schweigen. Viele Stunden. Wer weiß, wie weit wir gehen müssen. Wer weiß, ob wir den richtigen Weg eingeschlagen haben oder sonst was, aber es sind Stunden. Hin und wieder höre ich den Lärm eines Nachttiers, die Rufe der Sumpfeulen auf ihrem Weg zur Mahlzeit, wenn sie herabstoßen und sich irgendwelche kurzschwänzigen Mäuse schnappen, deren Lärm so schwach ist, dass man ihn kaum eine Sprache nennen kann. Meistens jedoch höre ich nur den sich schnell entfernenden Lärm der Nachttiere, die von dem Krach, den wir auf unserem Weg durch den Sumpf machen, in die Flucht geschlagen werden.

Am merkwürdigsten finde ich, dass hinter uns immer noch nichts zu hören ist, niemand verfolgt uns, da ist nirgendwo ein Lärm, kein Knacken von Zweigen, nichts. Vielleicht haben Ben und Cillian die anderen auf eine falsche Fährte gelockt. Vielleicht ist alles gar nicht so schlimm, und ich muss nicht wegrennen, vielleicht …

Gerade hält sie inne, um ihren Schuh aus dem Schlamm zu ziehen …

Sie.

Nein. Sie werden kommen. Das einzige »Vielleicht« ist, dass sie womöglich bis zum Morgengrauen warten, um danach umso schneller voranzukommen.

Also gehen wir weiter und weiter, werden immer müder und halten nur ein einziges Mal an, als wir beide in den Büschen verschwinden, um ungestört zu pinkeln. Dann hole ich etwas von dem Proviant, den Ben mir mitgegeben hat, aus dem Rucksack und verteile kleine Portionen an alle, denn diesmal bin ich an der Reihe, fürs Essen zu sorgen.

Danach: weiterlaufen und weiterlaufen.

Aber dann, in der Stunde vor der Morgendämmerung, kann keiner von uns mehr.

»Wir müssen anhalten«, sage ich und lasse den Rucksack am Fuß eines Baumstamms fallen. »Wir müssen ausruhen.«

Sie braucht nicht erst überredet zu werden, sie stellt ihre Tasche an einem anderen Baum ab, dann brechen wir beide mehr oder weniger zusammen. Rucksack und Tasche sind unsere Kissen.

»Fünf Minuten«, sage ich. Manchee rollt sich zu meinen Füßen ein und macht sofort die Augen zu. »Nur fünf Minuten«, rufe ich zu ihr hinüber, sie hat eine kleine Decke aus der Tasche geholt und sich damit zudeckt. »Mach's dir aber bloß nicht zu gemütlich.«

Wir müssten eigentlich weiter, keine Frage. Ich will nur mal kurz die Augen zumachen, nur eine Minute oder zwei, nur mal kurz ausruhen, danach wird es umso schneller gehen.

Nur eine kleine Pause, mehr nicht.

Ich schlage die Augen auf und die Sonne ist aufgegangen. Noch nicht sehr lange, aber sie ist verdammt noch mal da.

Mist. Wir haben mindestens eine Stunde verloren, vielleicht zwei.

Und dann wird mir klar, dass mich ein Geräusch geweckt hat.

Fremder Lärm.

Erschrocken denke ich an die Männer, die uns womöglich aufgespürt haben, und springe auf …

Um gleich darauf zu sehen, dass es kein Mann ist.

Es ist ein Cassor, er hat sich vor mir, Manchee und dem Mädchen aufgebaut und blickt auf uns herunter.

Futter?, sagt sein Lärm.

Wusste ich's doch, dass es noch ein paar dieser Viecher in den Sümpfen gibt.

Ich höre ein kurzes Keuchen, es kommt von der Stelle, wo sie schläft. Besser gesagt: nicht mehr schläft. Der Cassor dreht sich zu ihr um. Und dann ist Manchee da und bellt und bellt. »Fangen! Fangen! Fangen!« Der Hals des Cassors schwingt zurück in unsere Richtung.

Stell dir den größten Vogel vor, den du dir denken kannst, stellt ihn dir so groß vor, dass er nicht mal mehr fliegen kann, wir sprechen hier von zweieinhalb oder sogar drei Metern, mit einem wahnsinnig langen, biegsamen Hals, der dir weit über den Kopf reicht. Der Vogel hat zwar noch Federn, aber sie sehen eher aus wie Fell, und die Flügel taugen im Grunde genommen nur noch dazu, die Beute zu umklammern. Tatsächlich sind es die Füße, vor denen du dich in Acht nehmen musst. Lange Beine, vom Rumpf abwärts bis zu den Klauenfüßen, deren Tritt dich, wenn du nicht aufpasst, mit einem Schlag ins Jenseits befördern kann.

»Keine Angst«, sage ich beruhigend. »Sie sind gutmütig.«

Klar sind sie das. Zumindest sagt man so. Es heißt, sie fressen

Nagetiere und treten nur, wenn sie angegriffen werden. Unterlässt man diese Schikane, so behauptet jedenfalls Ben, sind sie freundlich und etwas einfältig und lassen sich sogar füttern. Aber sie selbst schmecken auch gut, und beide Eigenschaften zusammen genommen waren auch der Grund, weshalb die ersten Siedler von Prentisstown so wild darauf waren, sie zu jagen, sodass zu der Zeit, als ich geboren wurde, meilenweit kein einziger Cassor mehr zu finden war. Wieder so etwas, was ich nur durch Videos oder aus dem Lärm erfahren habe.

Die Welt wird größer und größer.

»Fangen! Fangen!«, bellt Manchee und rennt im Kreis um den Cassor herum.

»Beiß ihn bloß nicht!«, rufe ich warnend.

Der Hals des Vogels schwingt hin und her wie eine Weinranke im Wind. Und wie eine Katze den Käfer lässt der Cassor Manchee nicht aus den Augen. Futter?, fragt sein Lärm immer wieder.

»Kein Futter«, sage ich, und sofort schwingt der lange Hals in meine Richtung.

Futter?

»Kein Futter«, wiederhole ich. »Nur ein Hund.«

Hund?, denkt der Cassor und versucht Manchee mit dem Schnabel zu piksen. Das wirkt nicht sonderlich furchteinflößend, eher wie das Schnappen einer Gans, aber Manchee ist nicht gerade begeistert, er macht einen Satz zur Seite und bellt und bellt und bellt.

Ich muss lachen. Es ist so lustig.

Da höre ich plötzlich ein kleines Lachen und es kommt nicht aus meinem Mund.

Ich drehe mich um. Sie steht neben dem Baum und sieht zu, wie der Riesenvogel meinen dämlichen Hund herumscheucht, und lacht dabei.

Sie lächelt.

Sie bemerkt meinen Blick und verstummt sofort.

Futter?, höre ich, und als ich mich umdrehe, sehe ich, wie der Cassor mit dem Schnabel in meinem Rucksack wühlt. »He!«, rufe ich und scheuche ihn weg.

Futter?

»Hier.« Ich hole ein kleines, in ein Tuch gewickeltes Stück Käse hervor, das Ben mir mitgegeben hat.

Der Cassor riecht daran, beißt hinein und schlingt den Käse hinunter, sein langer Hals scheint dabei Wellen zu schlagen. Er klackert ein paarmal mit dem Schnabel, so wie ein Mensch sich die Lippen leckt. Aber dann schlägt sein Hals erneut Wellen, diesmal in die andere Richtung, dann hört man ein lautes Würgen, und dann kommt der Käse direkt auf mich zugeflogen, voller Speichel zwar, aber noch in einem Stück. Er klatscht gegen meine Wange und hinterlässt eine Schleimspur auf meinem Gesicht.

Futter?, sagt der Cassor und stakst langsam in den Sumpf zurück, so als wären wir für ihn so uninteressant wie ein Baumblatt.

»Fangen! Fangen!«, bellt Manchee hinter ihm her, folgt ihm jedoch nicht. Mit dem Ärmel wische ich den Schleim weg und merke, wie sie schmunzelt.

»Findest du das etwa lustig?«, brumme ich. Sie gibt vor, nicht zu lächeln, aber sie tut es doch. Dann dreht sie sich um und hält ihre Tasche hoch.

»Ja«, sage ich entschlossen, um wieder Herr der Lage zu sein. »Wir haben zu lange geschlafen. Wir müssen weiter.«

Also setzen wir unseren Weg fort, ohne ein Wort, ohne ein Lächeln. Bald darauf ist der Boden nicht mehr so flach, aber etwas trockener. Die Bäume stehen weniger dicht und immer öfter scheint die Sonne direkt auf uns. Nach einer Weile erreichen wir eine schmale Lichtung, die fast so frei ist wie ein kleines Feld, das ansteigt bis zu einem Felsvorsprung über den Baumwipfeln. Wir klettern hinauf und bleiben oben stehen. Sie kramt etwas von dem Früchtezeugs hervor. Frühstück. Wir essen im Stehen.

Ein Blick über die Baumkronen verrät uns, welchen Weg wir einschlagen müssen. Am Horizont erhebt sich der größere Berg, und dahinter, in leichten Dunst gehüllt, die beiden kleineren.

»Da müssen wir hin«, sage ich und deute in die Richtung. »Wenigstens nehme ich das an.«

Sie legt ihr Fruchtzeugs weg und wühlt erneut in ihrer Tasche. Dann zieht sie das zierlichste Fernglas hervor, das man sich vorstellen kann. Mein altes Fernglas zu Hause, das ich vor Jahren zerbrochen habe, war im Vergleich dazu so groß wie ein Brotkasten. Sie hebt es an die Augen und blickt eine Weile hindurch, ehe sie es an mich weiterreicht.

Ich nehme es und schaue in die Richtung, in die wir gehen wollen. Alles ist so klar und deutlich. Das Land erstreckt sich vor uns als grüner Wald, der hügelabwärts in eine Landschaft aus Tälern mündet, richtiges Land, mit festem Boden, nicht mehr diese Schlammschüssel, ja man sieht sogar, wo sich das Marschland in einen Fluss zurückverwandelt, der immer tiefere Schluchten gräbt, je weiter er auf die Berge zufließt. Man kann sogar sein Rauschen hören. Ich schaue und schaue, sehe aber nirgends eine Siedlung. Doch wer weiß schon, was sich hinter der nächsten Kurve verbirgt? Wer weiß schon, was vor uns liegt?

Ich blicke zurück, dorthin, von wo wir gekommen sind, aber es ist noch früh am Tag, und fast der ganze Sumpf ist in Morgennebel eingehüllt, der alles verdeckt, nichts offenbart.

»Nettes Gerät«, sage ich und reiche ihr das Fernglas. Sie steckt es in ihren Rucksack und dann stehen wir eine Minute lang da und essen.

Wir sind auf Armeslänge voneinander entfernt, denn ihre Stille macht mich immer noch nervös. Ich kaue auf einem Bissen getrockneter Früchte herum und frage mich, wie es wohl ist, keinen Lärm zu haben, wie es ist, von einem Ort zu kommen, an dem es keinen Lärm gibt. Wie soll man sich das vorstellen? Was für ein Ort ist das? Ist es dort wunderbar? Oder schrecklich?

Angenommen, man steht auf einem Hügel mit jemandem, der keinen Lärm hervorbringt. Wäre es dann so, als sei man dort allein? Wie würde man das Erlebnis miteinander teilen? Würde man das überhaupt wollen? Ich meine, hier stehen wir, sie und ich, auf der Flucht vor schrecklichen Gefahren, einer Flucht ins Unbekannte, und da ist kein Lärm, der sich mit anderem Lärm mischt, nichts, was uns darüber Aufschluss gibt, was der andere gerade denkt. Ist das Leben von Anfang an genauso gedacht gewesen?

Ich esse die Früchte auf und zerknülle das Päckchen. Sie streckt die Hand aus, nimmt es und stopft den Abfall in ihre Tasche. Kein Wort, nicht die kleinste Bemerkung, lediglich mein eigener Lärm ist zu hören und von ihr ein riesengroßes Nichts.

Ob es wohl damals auch so war für meine Ma und meinen Pa, als sie hier gelandet sind? War New World ein stiller Ort, ehe … ich meine, davor.

Ich starre das Mädchen an.

Davor.

Oh nein.

Was für ein Idiot ich doch bin.

Was für ein bescheuerter, gottverdammter Idiot.

Sie sendet keinen Lärm aus. Und sie ist mit einem Schiff gekommen. Das bedeutet, sie kam von einem Ort, an dem es keinen Lärm gibt, ist doch logisch, du Blödmann.

Das bedeutet, sie ist hier gelandet und hat sich noch nicht mit dem Lärmbazillus angesteckt.

Das bedeutet, dass, wenn sie es tut, er bei ihr die gleichen Folgen haben wird wie bei allen anderen Frauen.

Der Bazillus wird sie töten.

Er wird sie töten.

Ich schaue sie an, und die Sonne scheint auf uns herab, und ihre Augen werden immer größer und größer, während ich nachdenke, und da begreife ich es, dumm, wie ich bin, da es doch so offensichtlich ist.

Denn nur weil ich bei ihr keinerlei Lärm höre, heißt das noch lange nicht, dass sie nicht jedes Wort meines Lärms versteht.

11

DAS BUCH, DAS KEINE ANTWORTEN GIBT

»NEIN!«, SAGE ICH RASCH. »Hör nicht auf mich! Es stimmt nicht, was ich sage. Es stimmt nicht! Ich habe mich getäuscht! Es stimmt nicht!«

Aber da weicht sie schon vor mir zurück, lässt das leere Proviantpäckchen fallen und sieht mich mit weit aufgerissenen Augen an.

»Nein, du darfst nicht ...«

Ich mache einen Schritt auf sie zu, sie macht noch viel schneller einen Schritt zurück. Ihre Tasche fällt zu Boden.

»Es ist ...«, fange ich an, aber was soll ich sagen? Etwa: Ich habe mich geirrt, total geirrt, ich habe an jemand anderen gedacht?

Das ist ja wohl das Dämlichste, was man sich ausdenken kann. Sie kann meinen Lärm hören, oder? Also weiß sie auch, wie ich mich abzapple und nach einer Ausrede suche, und auch wenn mein Lärm ein einziges Durcheinander ist, kriegt sie's dennoch mit. Außerdem weiß ich inzwischen, dass man nichts mehr zurücknehmen kann, wenn es erst mal in die Welt hinausposaunt wurde.

Verdammt. Verdammt und zur Hölle.

»Verdammt!«, bellt Manchee.

»Warum hast du nicht gesagt, dass du mich verstehst?«, schreie ich sie an und vergesse dabei völlig, dass sie ja bisher überhaupt noch nichts gesagt hat.

Sie weicht noch etwas weiter zurück, hält die Hand vor den Mund und ihre Augen feuern Fragezeichen auf mich ab.

Ich überlege, suche nach einer Antwort, irgendeiner Antwort, damit alles wieder gut wird, aber ich finde keine. Da ist nur mein Lärm und der ist voller Tod und Verzweiflung.

Sie wirbelt herum und rennt los, den Hügel hinab, weg von mir, so schnell wie möglich.

So ein Mist.

»Warte!«, schreie ich und renne hinterher.

Sie nimmt den Weg, den wir gekommen sind, über das schmale Feld, und verschwindet zwischen den Bäumen, aber ich bin dicht dran und Manchee hinter mir ebenfalls. »Bleib stehen!«, brülle ich. »Warte!«

Aber warum sollte sie? Welchen Grund sollte sie haben, auf mich zu warten?

Wirklich, sie ist erstaunlich schnell, wenn sie will.

»Manchee!«, rufe ich. Er versteht sofort und rast wie der Blitz davon. Dabei kann sie mir ebenso wenig entwischen wie ich ihr. So unentrinnbar mein Lärm sie verfolgt, so laut ist ihre Stille vor mir, denn sogar jetzt, da sie weiß, dass sie sterben muss, schweigt sie wie ein Grab.

»Bleib stehen!«

Ich stolpere über eine Wurzel und lande schmerzhaft auf den Ellenbogen; mein Körper, der ohnehin schon an so viel Stellen wehtut, ächzt. Aber es hilft nichts, ich muss weiter. Ich muss aufstehen und ihr folgen.

»Verdammt!«

»Todd!«, höre ich Manchee bellen. Ich stapfe noch ein paar Schritte weiter, umrunde ein hohes und dichtes Gebüsch, und da seh ich sie auf einem großen flachen Felsblock sitzend, die Knie an die Brust gezogen, und sie wiegt sich vor und zurück, vor und zurück. Ihre Augen sind riesig, aber so ausdruckslos wie immer.

»Todd!«, bellt Manchee erneut, als er mich erblickt, dann springt er auf den Felsen und fängt an, sie zu beschnüffeln.

»Lass sie in Ruhe, Manchee«, sage ich, aber er gehorcht nicht. Stattdessen schnüffelt er an ihrem Gesicht, leckt ein- oder zweimal darüber, dann hockt er sich hin und drängt sich gegen sie, während sie weiter vor- und zurückschaukelt.

»Hör mal«, sage ich, aber natürlich habe ich keine Ahnung, was ich sagen könnte. »Hör mal ...« Mehr bringe ich nicht heraus.

Ich stehe nur da, schnappe nach Luft und sage nichts mehr, und sie sitzt da, wiegt sich vor und zurück, so lange, bis mir nichts anderes mehr einfällt, als mich neben sie auf den Felsen zu setzen, allerdings mit etwas Abstand, aus Respekt vor ihr und zu meiner Sicherheit vermutlich. Sie wiegt sich und ich sitze da und bin ratlos.

Etliche Minuten verstreichen so, etliche Minuten, in denen wir eigentlich fliehen müssten und während derer im Sumpf um uns herum die Zeit vergeht.

Bis ich eine Idee habe.

»Vielleicht stimmt's ja auch gar nicht«, platze ich heraus. »Ich könnte mich doch gut irren, oder?« Ich schaue sie an und die Worte sprudeln hervor. »Man hat mich bei fast allem belogen, und wenn du mir's nicht glaubst, kannst du meinen Lärm belauschen.« Ich springe auf und rede noch schneller. »Es hieß, es gäbe keine andere Siedlung. Prentisstown, so hieß es, sei der einzige Ort auf diesem blöden Planeten. Aber da ist dieser Punkt auf der Landkarte! Also vielleicht ...«

Ich überlege und überlege und überlege.

»Vielleicht war der Bazillus ausschließlich in Prentisstown. Und wenn du nicht in der Stadt gewesen bist, hast du ihn nicht aufgeschnappt. Denn eines ist klar, ich höre bei dir absolut nichts, was nach Lärm klingt, und krank bist du auch nicht. Also ist vielleicht alles okay.«

Sie schaut mich an, schaukelt weiter, und ich frage mich, was sie wohl denkt. »Vielleicht« ist nicht gerade ein tröstendes Wort, wenn der ganze Satz lautet: Vielleicht stirbst du gar nicht.

Ich überlege weiter, gewähre ihr Zugang zu meinem Lärm, so frei und ungehindert wie möglich. »Vielleicht haben wir ja alle diesen Erreger abbekommen und ... und ... und ... ja!« Ein neuer Gedanke streift mich und diesmal ist es ein guter. »Vielleicht haben wir uns absichtlich abgeschottet, damit andere Siedler sich nicht anstecken! So muss es gewesen sein! Wenn du also im Sumpf bleibst, bist du in Sicherheit.«

Sie wiegt sich nicht mehr ganz so heftig und sieht mich weiter an. Ob sie mir glaubt?

Aber dann, wie der allerletzte Blödmann, der nicht weiß, wann er's besser sein lässt, denke ich den Gedanken weiter. Denn wenn es stimmt, dass Prentisstown abgeriegelt wurde, werden die Bewohner der anderen Siedlung nicht gerade erfreut darüber sein, wenn ich einfach so bei ihnen hereinspaziere, oder? Vielleicht haben sie selbst ja Prentisstown abgeriegelt, weil man sich dort anstecken konnte.

Und wenn Lärm tatsächlich ansteckend ist, dann kann das Mädchen sich ja bei mir infizieren, oder?

»Oh Mann«, seufze ich und stütze die Hände auf die Knie. Mein Körper fühlt sich an, als würde ich abstürzen, obwohl ich auf festem Boden stehe. »Oh Mann.«

Das Mädchen schlingt wieder die Arme um sich und alles ist schlimmer als zuvor.

Das ist nicht fair. Ich sag dir was, das ist kein bisschen fair. *Wenn du im Sumpf bist, wirst du wissen, was zu tun ist, Todd. Du wirst es wissen.* Ja, vielen Dank auch, Ben, danke für deine Hilfe und Fürsorge, aber jetzt bin ich hier und habe nicht den leisesten Schimmer, was zu tun ist. Es ist einfach nicht fair. Ich bin von zu Hause vertrieben worden, man hat mich zusammengeschlagen, die Leute, die behaupten, es liege ihnen etwas an mir, haben mich jahrelang belogen, ich muss nur mithilfe einer dämlichen Landkarte eine Siedlung finden, von deren Existenz ich bis vor Kurzem noch gar nichts wusste, ich muss rausfinden, was in einem dämlichen Buch …

Das Buch.

Ich streife den Rucksack ab und hole das Notizbuch hervor. Ben hat gesagt, ich würde darin alle Antworten finden, und womöglich stimmt das ja. Es ist nur so, dass …

Mit einem Seufzer schlage ich das Notizbuch auf. Es ist vollgeschrieben, lauter Wörter, in der Handschrift meiner Mutter, Seiten über Seiten über Seiten, und ich …

Ach, was soll's.

Ich widme mich erneut der Landkarte, schaue mir an, was Ben auf die andere Seite geschrieben hat. Zum ersten Mal betrachte ich sie nicht im Schein der Taschenlampe, deren Licht eignet sich ohnehin nicht besonders zum Lesen. Bens Worte stehen ganz oben auf der Seite. »Gehe« ist das erste Wort, es ist eindeutig das erste Wort, und dann stehen da noch ein paar längere Wörter, die ich so schnell nicht rauskriege, dann folgen einige längere Absätze, für die ich erst recht keine Zeit habe, aber am unteren Rand hat Ben ein paar Wörter dick unterstrichen.

Ich sehe das Mädchen an, das sich wiegt. Ich drehe ihm den Rücken zu und lege den Finger unter das erste unterstrichene Wort.

Mal sehn. *D…? Du,* es muss *du* heißen. *Du.* Okay, und was ist mit mir? *M… Mu? Murr. Murrt. Du murrt?* Was zum Teufel soll das heißen? *Si. Si…e.* Vielleicht *siehe? Wan… Wan…nen?* Du murrt siehe wannen? Nein, Moment mal.

Sie. Es heißt einfach *sie.* Klar heißt es das, du Idiot.

Habe ich schon erwähnt, dass Ben mir das Lesen beigebracht hat? Und dass ich mich nicht besonders geschickt dabei angestellt habe? Hier ist also der Beweis.

Ach, was soll's.

Du murrt sie wannen.

Idiot.

Ich nehme das Buch und blättre die vielen Seiten um. Es gibt Dutzende davon, Dutzende und Aberdutzende, gefüllt mit Wörtern, die mir alle nichts sagen, die alle keine Antworten geben.

So ein blödes, beknacktes Buch.

Ich stecke die Karte in das Notizbuch zurück, schlage den Deckel zu und werfe es auf den Boden.

Du Idiot.

»So ein blödes, beknacktes Buch«, sage ich diesmal laut und befördere es mit einem Tritt mitten in die Farne. Ich drehe mich zu ihr um, sie wiegt sich immer noch, vor und zurück, vor und zurück, und ja, schon gut, ich weiß es, ich weiß es, aber es geht mir trotzdem langsam auf die Nerven. Wenn das hier eine Sackgasse ist, dann weiß ich nämlich auch nicht weiter und sie offensichtlich ebenso wenig.

Mein Lärm fängt an zu knistern.

»Ich hab mich nicht um das alles hier gerissen, hörst du?«, sage ich. Sie schaut nicht einmal hoch. »Hey! Ich rede mit dir!«

Nichts. Nichts, nichts, nichts.

»ICH WEISS NICHT WEITER!«, schreie ich und stampfe auf. Stampfe und schreie, bis meine Stimme nur noch ein Krächzen ist. »ICH WEISS NICHT WEITER! ICH WEISS NICHT WEITER! Und es tut mir LEID! Es tut mir leid, dass dir all diese schlimmen Dinge zugestoßen sind, aber ich weiß nicht, was ich tun soll, und HÖR ENDLICH MIT DER VERDAMMTEN SCHAUKELEI AUF!«

»Schreien, Todd«, bellt Manchee.

»Aaah!«, schreie ich und schlage die Hände vors Gesicht. Als ich sie wieder runternehme, ist alles beim Alten. Ich bin gerade dabei zu lernen, was es heißt, auf sich allein gestellt zu sein. Keiner macht irgendetwas für dich. Wenn du selbst nichts tust, bleibt alles so, wie es ist.

»Wir müssen weiter.« So richtig wütend nehme ich meinen Rucksack. »Du hast dich bisher noch nicht angesteckt, also hältst du dich am besten von mir fern. Keine Ahnung, mehr weiß ich auch nicht, deshalb machen wir es einfach so.«

Schaukel, schaukel, schaukel.

»Wir können nicht zurück, also müssen wir weiter, und damit basta.«

Schaukel, schaukel.

»Ich weiß genau, dass du mich verstehst!«

Sie zuckt nicht einmal zusammen.

Mit einem Mal bin ich todmüde. »Also gut«, seufze ich. »Ganz wie du willst. Dann bleib hier und schaukle weiter. Wen kümmert das schon? Wen, verdammt noch mal, kümmert auch nur irgendwas?«

Mein Blick fällt auf das Buch. Blödes Ding. Aber es wurde für mich geschrieben, also bücke ich mich, hebe es auf, stecke es in den Plastikbeutel, stopfe es in den Rucksack und setzte ihn wieder auf.

»Komm, Manchee.«

»Todd?!«, bellt er, und sein Blick springt zwischen mir und dem Mädchen hin und her. »Nicht weggehen, Todd.«

»Sie kann ja mitkommen, wenn sie will«, sage ich zornig, »aber ...«

Dabei weiß ich selbst nicht, was für ein Aber das sein soll. Aber was, wenn sie hierbleiben und sterben will? Aber was, wenn sie zurückgehen und von Prentiss junior geschnappt werden will? Aber was, wenn sie es riskiert, sich bei mir anzustecken, und am Lärm zugrunde geht?

Was für eine bescheuerte Welt das ist.

»Hey«, sage ich und versuche, ein wenig sanfter zu klingen, doch es hat keinen Zweck, mein Lärm ist so wütend laut. »Du weißt doch, wo wir hinwollen, nicht wahr? Zu dem Fluss zwischen den Bergen. Folg einfach dem Fluss, bis du auf eine Siedlung stößt, okay?«

Vielleicht hört sie, was ich sage, vielleicht auch nicht.

»Ich werde Ausschau nach dir halten«, versichere ich. »Ich kann verstehen, dass du mir nicht zu nahe kommen willst, aber ich behalte dich im Auge.«

Dann stehe ich eine Minute lang da und warte darauf, dass sie begreift.

»Okay dann«, sage ich schließlich. »Nett, dich kennengelernt zu haben.«

Ich stapfe los. Bei den Büschen angelangt, drehe ich mich noch einmal um, ich will ihr eine letzte Chance geben. Sie hat sich nicht vom Fleck gerührt, sondern schaukelt und schaukelt.

Das war's dann. Ich gehe weiter. Manchee folgt mir widerwillig, dreht sich dabei ständig um und bellt immerzu meinen Namen: »Todd! Todd! Weggehen, Todd? Todd! Nicht weggehen, Todd!« Bis ich ihm einen Schlag gegen die Seite versetze. »Aua, Todd?«

»Ich versteh's auch nicht, Manchee, also hör auf mir Löcher in den Bauch zu fragen.«

Wir gehen zurück, zwischen den Bäumen hindurch, bis zu der Stelle, wo der Morast in trockenen Untergrund übergeht, bis zu der Lichtung und dann die Anhöhe hinauf, wo wir unser Frühstück gegessen und uns an diesem schönen Tag erfreut haben, bis mir glorreicherweise einfiel, sie könne vom Tod bedroht sein.

Die kleine Anhöhe, wo ihre Tasche achtlos hingeworfen auf dem Boden liegt.

»Oh, verdammt noch mal!«

Ich starre die Tasche einen Augenblick an und dabei jagt ein Gedanke den andern in meinem Kopf. Soll ich sie ihr bringen? Oder darauf hoffen, dass sie die Tasche selbst findet? Bringe ich sie in Gefahr, wenn ich es tue? Bringe ich sie in Gefahr, wenn ich es nicht tue?

Die Sonne steht nun am Himmel, der blau schimmert wie frisches Fleisch. Die Hände in die Seiten gestemmt, lasse ich den Blick langsam schweifen, so wie Männer es tun, wenn sie nachdenken. Ich blicke zum Horizont und dann wieder zum Weg, den wir gekommen sind. Der Dunst hat sich inzwischen fast verzogen und der Sumpfwald ist in helles Sonnenlicht getaucht. Von dieser Anhöhe aus kann ich das Gelände gut überblicken, das wir bis zur Besinnungslosigkeit durchwandert haben. Bei klarer Luft und mit einem richtig guten Fernglas könnte man vermutlich sogar die Stadt ausmachen.

Mit einem richtig guten Fernglas.

Mein Blick fällt auf ihre Tasche am Boden.

Gerade strecke ich die Hand danach aus, als ich etwas höre. Es klingt wie ein Flüstern. Mein Lärm wird kurz unterbrochen, und ich blicke hoch, um zu sehen, ob sie nachkommt. Worüber ich erleichterter bin, als ich zugeben mag.

Aber sie ist es nicht. Da höre ich das Geräusch wieder. Ein Flüstern. Mehr als eines. Der Wind trägt es zu mir herüber.

»Todd?«, murmelt Manchee und streckt die Nase in die Luft.

Ich blinzle gegen das Sonnenlicht und lasse den Blick über den Sumpf schweifen. Ist da draußen jemand?

Ich wühle in der Tasche nach dem Fernglas. Sie ist voller Krimskrams, aber mich interessiert nur das Fernglas. Ich halte es hoch und schaue hindurch.

Ich erkenne nichts als Sumpf und Baumwipfel, dazwischen hin und wieder schlammige Rinnsale, die sich allmählich zu einem Fluss formen. Ich setze das Fernglas wieder ab und betrachte es genauer. An mehreren Stellen sind kleine Knöpfe. Ich drücke einige davon und stelle fest, dass man sich damit den Bildausschnitt noch näher heranholen kann. Diesen Trick wiederhole ich mehrmals, denn inzwischen bin ich ganz sicher, dass ich ein Flüstern höre. Vollkommen sicher.

Ich nehme die aufgewühlte Erde, den Graben und das Wrack ins Visier, aber weiter kann ich nichts entdecken. Ich spähe über den Rand des Fernglases hinweg und frage mich, ob sich da unten nicht doch etwas bewegt hat. Dann blicke ich wieder durch das Glas, konzentriere mich aber auf eine Stelle in der Nähe, wo Bäume rascheln.

Aber das ist vielleicht nur der Wind.

Ich suche und suche, drücke Knöpfe, um das Bild näher ranzuholen und dann wieder wegzudrehen, doch immer wieder kehre ich zu der Stelle mit den raschelnden Bäumen zurück. Ich richte das Fernglas auf eine Art Senkloch zwischen mir und den Bäumen.

Ich richte es genau dorthin.

Ich schaue hindurch, und mein Magen verkrampft sich, während ich überlege, ob ich wirklich ein Flüstern höre.

Ich schaue und schaue.

Bis das Rascheln die Senke erreicht und ich den Bürgermeister sehe, wie er hinter den Bäumen hervorreitet, gefolgt von weiteren Männern zu Pferd.

Sie reiten genau in unsere Richtung.

12

DIE BRÜCKE

Der Bürgermeister. Nicht nur sein Sohn, sondern der Bürgermeister höchstpersönlich. Mit seinem sauberen Hut und seinem sauberen Gesicht und seinen sauberen Kleidern und seinen sauberen Stiefeln und seiner kerzengeraden Haltung. Wir kriegen ihn nicht oft zu sehen in Prentisstown, jetzt nicht mehr, es sei denn, man gehört zu seinem verschworenen kleinen Zirkel. Doch bei den wenigen Gelegenheiten sieht er genauso aus wie jetzt durchs Fernglas. Nämlich so, als wolle er dir zeigen, wie sehr er auf sich achtet, du hingegen nicht.

Ich drücke wieder auf ein paar Knöpfe, bis ich so nah dran bin, wie's nur geht.

Es sind insgesamt fünf, nein sechs, ebenjene Männer, deren Lärm man hört, wenn sie ihre verrückten Zusammenkünfte im Haus des Bürgermeisters abhalten. ICH BIN DER KREIS UND DER KREIS IST DAS ICH, so Zeug eben. Mr Collins, Mr MacInerny, Mr O'Hare und Mr Morgan. Sie sind alle zu Pferd – ein seltener Anblick, denn Pferde sind in New World schwer zu halten, der Bürgermeister lässt seine eigene Herde sogar von Männern mit Gewehren bewachen.

Auch der dämliche Prentiss junior darf nicht fehlen, an der Seite seines Vaters, er hat ein dickes Veilchen an der Stelle, wo Cillian ihm einen Schlag verpasst hat. Gut so.

Aber dann wird mir klar: Was auch immer auf der Farm passiert ist, es lässt sich nicht mehr ungeschehen machen. Was auch immer Ben und Cillian zugestoßen ist. Ich lege das Fernglas weg und muss ganz fest schlucken.

Dann nehme ich es wieder hoch und schaue hindurch. Die Männer haben einen Augenblick angehalten, um sich zu beraten, sie beugen sich über eine große Landkarte, die bestimmt viel besser ist als meine.

Oh Mann.

Das kann doch nur ein Witz sein.

Aaron.

Hinter ihnen taucht Aaron auf.

Der stinkende, dämliche, verpisste Aaron.

Sein Kopf ist fast völlig von einer Bandage verdeckt, aber er stapft zu Fuß hinter dem Bürgermeister her und fuchtelt mit den Händen. Er predigt, selbst wenn keiner ihm zuhört.

Wie ist das möglich? Wie hat er überlebt? Krepiert dieser Mann denn nie?

Es ist meine Schuld. Meine verfluchte Schuld. Weil ich ein Schlappschwanz bin. Ich bin schwach und ein Feigling. Nur aus diesem Grund ist Aaron noch am Leben und führt den Bürgermeister durch den Sumpf. Weil ich ihn nicht umgebracht habe, ist er nun da, um mich umzubringen.

Mir ist schlecht. Ich presse die Hand gegen den Magen und kann dabei ein leises Stöhnen nicht unterdrücken. Mein Blut rauscht, und ich merke, wie Manchee sich von mir wegduckt.

»Es ist meine Schuld, Manchee«, sage ich. »Ganz allein meine.«

»Deine Schuld«, wiederholt er verwundert und trifft damit den Nagel auf den Kopf.

Ich zwinge mich dazu, wieder durchs Fernglas zu schauen, und sehe gerade noch, wie der Bürgermeister Aaron zu sich ruft. Seit die Menschen die Gedanken der Tiere hören können, ist Aaron davon überzeugt, dass Tiere unrein sind, und meidet sie deshalb. Also muss der Bürgermeister ihn erst noch überreden, aber schließlich wagt Aaron sich näher heran, um einen Blick auf die Karte zu werfen. Er hört angestrengt zu, während der Bürgermeister ihm Fragen stellt.

Und dann hebt er den Kopf.

Blickt über die Sumpfbäume hinweg in den Himmel. Blickt herauf zu dieser Anhöhe.

Blickt direkt in meine Augen.

Er kann mich unmöglich sehen. Niemals. Nicht ohne ein Fernglas wie dieses hier. Ich habe bei keinem der Männer eines gesehen, ich habe überhaupt noch nie eines in Prentisstown gesehen. Nein, es ist vollkommen ausgeschlossen. Er kann mich nicht sehen.

Aber die große, erbarmungslose Kreatur hebt den Arm und deutet. Deutet direkt auf mich, so als säße ich am Tisch gegenüber.

Ohne lange nachzudenken, renne ich los, den Hügel hinunter, zurück zu dem Mädchen, ich renne, so schnell ich kann, und im Laufen ziehe ich mein Messer aus der Scheide. Dicht hinter mir Manchee, der bellt und bellt.

Sie sitzt immer noch auf dem Felsen, aber zumindest blickt sie auf, als sie mich bemerkt.

»Komm!«, sage ich und packe sie am Arm. »Wir müssen weg!«

Sie will meine Hand abschütteln, aber ich lasse nicht los.

»Nein!«, schreie ich sie an. »Wir müssen weg! SOFORT!«

Sie fängt an, mich mit Fäusten zu traktieren, und trifft mich ein paarmal im Gesicht.

Aber ich lasse und lasse nicht los.

»HÖR ZU!«, schreie ich und erlaube ihr, meinen Lärm zu hören. Sie schlägt mich noch ein weiteres Mal, aber dann schaut sie, schaut und lauscht auf meinen Lärm, sieht, was uns im Sumpf erwartet.

Falsch, denn es wartet nicht auf uns, es unternimmt vielmehr alles, um uns einzuholen. Aaron, der einfach nicht sterben will und nur den einen Gedanken hat, uns ausfindig zu machen. Aaron, der diesmal berittene Männer bei sich hat, die viel schneller sind als wir.

Ihr Gesicht ist verzerrt, so als litte sie schlimme Schmerzen, sie macht den Mund auf, will schreien, aber es kommt nichts. Noch immer nichts. Noch immer kein Lärm, kein Geräusch, kein gar nichts.

Ich kapier das einfach nicht.

»Ich weiß nicht, was vor uns liegt«, sage ich. »Ich weiß überhaupt nichts. Aber was immer es auch ist, es ist allemal besser als das, was uns verfolgt. Es kann gar nicht anders sein.«

Bei diesen Worten verändert sich ihr Gesicht. Es wird so ausdruckslos wie schon zuvor und sie presst die Lippen fest zusammen.

»Weg! Weg! Weg!«, bellt Manchee.

Sie streckt die Hand nach ihrer Tasche aus. Ich reiche sie ihr. Sie steht auf, verstaut das Fernglas, schultert die Tasche und sieht mich an.

»Dann los«, sage ich.

Und so kommt es, dass ich zum zweiten Mal innerhalb von zwei Tagen wie ein Bekloppter auf einen Fluss zurenne, und wieder ist mir Manchee dicht auf den Fersen, aber diesmal auch noch sie.

Na ja, eigentlich rennt sie eher vor mir her, sie ist verflucht schnell, keine Frage.

Es geht den Hügel hinauf und auf der anderen Seite wieder hinunter und allmählich verschwindet der Sumpf und macht einem richtigen Wald Platz. Der Boden wird fester, man kann besser darauf laufen, und überhaupt geht es viel häufiger abwärts als aufwärts, wenigstens in dieser Hinsicht haben wir Glück. Ab und zu erhaschen wir einen Blick auf den Fluss links vor uns. Mein Rucksack klatscht mir bei jedem Schritt gegen den Rücken und ich kriege kaum noch Luft.

Aber ich habe das Messer in der Hand.

Ich schwöre. Ich schwöre es hier und jetzt vor Gott oder vor wem auch immer. Falls ich Aaron je wieder zu fassen kriege, bringe ich ihn um. Dann gibt's kein Zögern und Zaudern. Nein, diesmal nicht. Ich schwöre es.

Ich werde ihn töten.

Ich werde ihn verflucht noch mal töten.

Du wirst schon sehen.

Jetzt wird es steiler, die Bäume werden lichter trotz des dichten Blätterwerks, und mal ist der Fluss näher, mal weiter entfernt. Manchee lässt hechelnd die Zunge aus dem Maul hängen, sie hüpft bei jedem seiner Schritte auf und ab. Mein Herz schlägt in rasendem Takt, und meine Beine fühlen sich an, als würden sie jeden Augenblick abfallen. Trotzdem rennen wir weiter.

Und wieder einmal geht es näher an den Fluss heran. »Warte!«, rufe ich.

Das Mädchen, das einen ziemlich großen Vorsprung hat, bleibt stehen. Ich laufe ans Ufer, halte kurz nach Krokodilen Ausschau, dann beuge ich mich vor und schöpfe einige Handvoll Wasser. Es schmeckt süßer, als es sollte. Wer weiß, was da drin ist, immerhin kommt das Wasser direkt aus dem Sumpf. Aber trinken muss schließlich jeder mal. Ich spüre die Stille des Mädchens neben mir, als es sich niederbeugt und ebenfalls trinkt. Ich rutsche ein kleines Stück von ihm weg. Auch Manchee will seinen Anteil, und so hört man uns drei, wie wir im Wechsel tief Atem holen zwischen den Schlucken.

Ich blicke in die Richtung, in die es weitergehen soll, und wische mir über den Mund. Direkt am Ufer ist das Gelände so felsig und steil, dass wir dort unseren Weg auf keinen Fall fortsetzen können, aber da ist ein Pfad, der vom Flussufer hinauf bis zu den Felsen der Schlucht führt.

Ich blinzle überrascht.

Da ist ein Pfad.

Jemand hat einen Pfad geschlagen.

Das Mädchen dreht sich ebenfalls um und schaut. Der Pfad führt immer weiter nach oben, während sich der Fluss unten sein Bett gräbt und immer tiefer und schneller wird, bis Stromschnellen ihn durchziehen.

Jemand hat einen Pfad geschlagen.

»Das muss der Weg zu der anderen Siedlung sein«, sage ich. »Ganz bestimmt ist er das.«

Da hören wir in der Ferne Hufschläge. Gedämpft und trotzdem unverkennbar.

Ehe ich ein Wort sage, sind wir beide schon aufgestanden und losgerannt. Wir entfernen uns immer weiter vom Fluss, er verläuft nun direkt unter uns, aber am gegenüberliegenden Ufer sind die Berge sogar noch höher. Auf unserer Seite erstreckt sich ein dichter Wald die Klippen entlang. Der Pfad ist zweifellos angelegt worden, damit man von dem Hügelrücken zum Fluss hinuntergelangt.

Er ist breit genug für Pferde, mehr als breit genug; wohl an die fünf oder sechs Pferde haben hier Platz.

Eigentlich ist es gar kein Pfad. Es ist ein richtiger Weg.

Wir rennen weiter, folgen jeder Biegung, jeder Kehre, vorneweg sie, dann ich und zuletzt Manchee.

Bis ich sie fast über den Haufen renne.

»Was soll das?« Ich packe sie an den Armen, damit wir nicht abstürzen, und versuche, sie nicht versehentlich mit dem Messer zu erstechen.

Dann sehe ich, was sie gesehen hat.

Eine Brücke, noch ziemlich weit weg. Sie überspannt den Fluss und ist etwa dreißig, vierzig Meter über uns. Der Weg oder Pfad oder was auch immer führt direkt zu ihr, weiter oben befindet sich nur unwegsames Felsgestein und dichter Wald. Es gibt also keinen anderen Fluchtweg außer den über die Brücke.

Eine Idee drängt sich mir auf, ganz unausgegoren noch.

Die Hufschläge sind jetzt schon etwas lauter. Ich blicke zurück und sehe Staubwolken, wo der Bürgermeister und seine Männer uns nachreiten.

»Komm mit!« Ich überhole das Mädchen und renne Richtung Brücke. Wir hetzen weiter, wirbeln unsere eigenen Staubwolken auf. Manchee hat die Ohren flach angelegt und macht Riesensätze.

Dann sind wir da, und die Brücke ist weit mehr als nur ein schmaler Steg, fast zwei Meter breit. Trotzdem besteht sie überwiegend aus Seilen, die man an auf beiden Seiten an Holzpfählen befestigt hat, die in den Hang gehämmert wurden. Über die Seile wurden Holzbretter in einer Reihe gelegt.

Prüfend setze ich einen Fuß darauf, aber die Konstruktion ist so fest, dass sie kein bisschen wackelt. Mich, das Mädchen und einen Hund hält sie locker aus.

Ebenso Männer auf Pferden.

Wer immer sie gebaut hat, wollte, dass sie lange hält.

Ich spähe zum Fluss hinunter. Noch mehr Staub, noch mehr Pferdetrappeln, dazu das Flüstern im Lärm der Verfolger. Fast meine ich, ich junger Todd zu hören, aber da muss ich mich täuschen; Aaron ist zu Fuß unterwegs, er kann unmöglich mit den Reitern Schritt halten.

Eines steht fest: Die Brücke ist meilenweit die einzige Möglichkeit, den Fluss zu überqueren.

Vielleicht kriegen wir ja noch eine weitere Portion Glück ab.

»Lass uns hinübergehen«, sage ich entschlossen.

Wir gehen über die Brücke, und nirgendwo ist auch nur ein Spalt zwischen den Brettern, so hervorragend ist sie gebaut. Wir könnten ebenso gut noch festen Boden unter den Füßen haben. Auf der anderen Seite bleibt sie stehen und dreht sich erwartungsvoll zu mir um. Zweifellos hat sie meine Idee schon in meinem Lärm gelesen und wartet darauf, dass ich sie in die Tat umsetze.

Das Messer liegt immer noch in meiner Hand. Es ist Macht in meinen Fingern.

Vielleicht kann ich damit wenigstens einmal etwas Vernünftiges tun.

Ich inspiziere die an den Holzpfählen verknoteten Seile. Das Messer hat eine Furcht einflößend gezackte Klinge, die ich jetzt an einen Knoten ansetze. Dann fange ich an mit dem Messer zu säbeln.

Ich schneide und schneide.

Die Hufschläge werden lauter, ihr Echo hallt in der Schlucht wider.

Wenn die Brücke auf einmal weg wäre ...

Ich schneide weiter.

Und weiter.

Und weiter.

Und ich komme so gut wie gar nicht voran.

»Was zum Teufel ist da los?« Ungläubig starre ich auf die Schnittstelle. Man sieht kaum mehr als einen Kratzer. Ich fahre mit dem Finger über die gezackte Klinge. Er fängt sofort an zu bluten. Ich schaue mir das Seil genauer an. Sieht aus, als wäre es in eine Art Harz getaucht worden.

Irgendein blödes, eisenhartes Harz, das man nicht schneiden kann.

»Das gibt's doch nicht!«, sage ich zu dem Mädchen gewandt.

Sie setzt das Fernglas an und blickt in die Richtung, aus der wir gekommen sind.

»Siehst du sie?«

Ich schaue ebenfalls hinunter zum Fluss. Ein Fernglas ist gar nicht nötig, ich sehe sie mit bloßen Augen. Kleine Punkte, die immer größer werden, aber leider nicht langsamer, hufedonnernd, als gäbe es kein Morgen mehr.

Wir haben drei Minuten. Vielleicht vier.

So ein Mist.

Ich säble weiter, so schnell und fest ich kann, zwinge meinen Arm vor und zurück, vor und zurück. Der Schweiß bricht aus allen Poren und neue Schmerzen gesellen sich zu den alten. Ich schneide und schneide und schneide, bis das Wasser von der Nase auf die Klinge tropft.

»Komm schon, komm schon«, knurre ich mit zusammengebissenen Zähnen.

Ein Blick auf die bearbeitete Stelle sagt mir, dass ich nur ein winziges Bröckchen Harz durchstoßen habe an einem winzig kleinen Knoten an einer riesengroßen Brücke.

»Verdammt!«

Ich säge weiter und weiter und weiter. Und immer noch weiter und weiter. Der Schweiß rinnt mir in die Augen und brennt fürchterlich.

»Todd!«, bellt Manchee. Seine Warnung ist weithin zu hören.

Ich schneide und schneide.

Da verkantet sich das Messer, und ich schürfe mir die Fingerknöchel am Holzpfahl auf, dass sie bluten.

»VERDAMMT!« Ich schleudre das Messer beiseite. Es schlittert über den Boden und bleibt vor den Füßen des Mädchens liegen. »VERDAMMT NOCH MAL!«

Das war's dann wohl, oder?

Das ist das Ende.

Unsere einzige bescheuerte Chance, die in Wahrheit gar keine war.

Wir können den Berittenen nicht entkommen, und wir können auch nicht die Seile dieser vermaledeiten Brücke kappen, deshalb werden sie uns schnappen, und Ben und Cillian sind tot, und wir werden auch sterben, und das ist das Ende der Welt und fertig.

Mein Lärm färbt sich so rot wie niemals zuvor, unvermittelt und rau; er ist ein glühendes Brandzeichen in meinem Fleisch, ein grelles Rot für all das, was mich geschmerzt hat und immer noch schmerzt, ein gellender Zornesschrei gegen all die Ungerechtigkeit und die Lügen.

Und das alles hat einen gemeinsamen Ursprung ganz in meiner Nähe.

Ich starre das Mädchen so wild an, dass es erschrocken einen Schritt zurücktritt.

»*Du*«, sage ich, denn nichts und niemand wird mich jetzt aufhalten. »Das ist alles nur wegen *dir*! Wenn du nicht in diesem blöden Sumpf aufgetaucht wärst, wäre all das nicht passiert. Ich wäre JETZT in diesem Moment zu Hause. Ich würde mich um meine bescheuerten Schafe kümmern und in meinem bescheuerten Haus wohnen und in meinem eigenen BESCHEUERTEN BETT schlafen!«

Außer dass ich nicht »bescheuert« sage.

»Aber NEIN!«, schreie ich lauter. »Da bist DU! Da bist DU und deine STILLE! Und schon geht die ganze Welt zum TEUFEL!«

Ich merke gar nicht, wie ich auf sie zugehe, bis sie zurückweicht und mich stumm ansieht.

Aber natürlich höre ich keinen Laut von ihr.

»Du bist NICHTS!«, brülle ich also. »NICHTS! Du bist nichts als LEERE! In dir ist nichts! Du bist LEER und ein NICHTS und aus diesem Grund werden wir STERBEN. Für nichts und wieder nichts!«

Ich habe die Fäuste so fest geballt, dass die Nägel in meine Handflächen schneiden. Ich bin zornig, mein Lärm wütet so laut, so rot, dass ich die Fäuste ballen muss, um sie zu schlagen, sie zu prügeln, um ihre widerliche Stille zu ERSTICKEN, ehe sie MICH VERSCHLINGT UND DIE GANZE VERDAMMTE WELT DAZU!

Ich balle die Faust und versetze mir einen Schlag ins Gesicht.

Und dann noch einen, auf das Auge, das von Aarons Hieb noch geschwollen ist.

Und ein drittes Mal, auf die Lippe, dahin, wo Aaron gestern früh einen Treffer gelandet hat und wo die Haut jetzt aufplatzt.

Du *Schwachkopf*, du *nutzloser, verpisster Schwachkopf*. Ich schlage noch einmal zu, und zwar so fest, dass ich das Gleichgewicht verliere. Ich falle hin, stütze mich gerade noch mit den Händen ab und spucke Blut.

Dann schaue ich das Mädchen an, keuchend und nach Atem ringend.

Nichts. Sie erwidert meinen Blick und sonst ... nichts.

Wir schauen beide auf die andere Seite des Flusses. Die Verfolger sind inzwischen so nah herangekommen, dass sie die Brücke klar erkennen. Dass sie uns klar erkennen. Und auch wir sehen ihre Gesichter. Hören das Geplapper ihres Lärms, der zu uns herüberdringt. Mr MacInerny, des Bürgermeisters bester Mann zu Pferd, führt die Schar an, dicht gefolgt vom Bürgermeister selbst, der so gelassen aussieht, als befände er sich auf einem Sonntagsausritt.

Wir haben vielleicht eine Minute, womöglich nicht einmal das. Mühsam rapple ich mich auf. Aber ich bin so müde. So schrecklich müde. »Wir können genauso gut weiterrennen«, sage ich und spucke noch mehr Blut. »Einen Versuch ist's wert.«

Plötzlich verändert sich ihr Gesichtsausdruck. Sie sperrt Mund und Augen auf, fängt an, wie verrückt in ihrer Tasche zu wühlen.

»Was machst du da?«

Sie holt das Feuerkästchen hervor und blickt sich suchend um, bis sie einen großen Stein entdeckt. Sie stellt das Kästchen ab und holt ihn sich.

»Nein, warte, wir können das Ding noch brauchen ...«

Sie lässt den Stein fallen und das Kästchen bekommt einen Riss. Sie nimmt es und verdreht es kräftig, bis es noch mehr Risse gibt. Eine Flüssigkeit tropft heraus. Sie geht zur Brücke und fängt an, die Flüssigkeit über die Knoten an einem der Pfähle zu kippen, einen Rest schüttet sie um den Holzpfosten herum.

Die Reiter preschen auf die Brücke zu, kommen näher, näher, näher ...

»Schnell!«, rufe ich.

Sie gibt mir mit einer Geste zu verstehen, dass ich zurücktreten soll. Ich packe Manchee am Kragen und ziehe ihn mit mir weg. Auch sie selbst weicht zurück, so weit es geht, dabei hält sie das ramponierte Kästchen auf Armeslänge von sich weg und drückt einen Knopf. Ein Klicken ist zu hören. Sie wirft das Ding hoch in die Luft und rennt dann zu mir her.

Die Pferde sind kurz vor der Brücke ...

Sie landet fast auf mir drauf, und gemeinsam schauen wir zu, wie das Kästchen fällt.

Es fällt ...

Und fällt ...

... fällt auf die kleine Pfütze herab und klickt ganz laut ... Mr MacInernys Pferd setzt einen Fuß auf die Brücke ...

Das Kästchen landet in der Pfütze ...

Ein allerletztes Klicken ...

Und dann ...

RUMMS!!!

Die Luft wird mir aus der Lunge gepresst, als ein Feuerball, der viel größer ist, als man bei so wenig Flüssigkeit erwarten würde, die Welt für eine Sekunde zum Stillstand bringt, und dann ...

WUMM!!!!

... sprengt er die Seile und Pfähle weg, gießt einen Funkenregen über uns und erstickt jeden Gedanken, jeden Lärm, jedes Geräusch.

Als wir wieder etwas erkennen können, steht die Brücke bereits in Flammen und hängt schief. Mr MacInerys Pferd scheut. Es weicht zurück und prallt mit vier oder fünf anderen Pferden zusammen, die direkt hinter ihm sind.

Das Feuer spuckt ein seltsames Grün aus, und die plötzliche Hitze ist fast so unerträglich wie der schlimmste Sonnenbrand, den man sich vorstellen kann. Bestimmt werden auch wir von dem Feuer versengt, denke ich in dem Moment, als die Brücke auf unserer Seite herunterkracht und Mr MacInerny auf seinem Pferd mit in die Tiefe reißt. Wir richten uns auf, sehen ihn fallen und fallen und fallen, bis ins Wasser, ein Sturz, so tief, dass er ihn unmöglich überlebt haben kann. Die Brücke hängt zwar noch auf der gegenüberliegenden Seite fest, aber sie knallt gegen die Felswand und brennt bereits lichterloh. Sicher wird es nicht lange dauern, bis nur noch Asche von ihr übrig ist. Der Bürgermeister, Prentiss junior und all die anderen müssen ihre Pferde zurückreißen.

Das Mädchen kriecht ein Stück von mir weg, einen Augenblick lang liegen wir nur da, keuchend und hustend, und versuchen einen klaren Kopf zu bekommen.

Heiliger Bimbam!

»Bist du okay?«, frage ich Manchee, den ich noch immer festhalte.

»Feuer, Todd!«, bellt er.

»Ja«, krächze ich. »Großes Feuer. Bist *du* okay?«, frage ich nun das Mädchen, das auf dem Boden kauert und hustet. »Mann, was war das für ein Zeug?«

Aber natürlich sagt es kein Wort.

»TODD HEWITT!«, schallt es von der anderen Seite herüber.

Es ist der Bürgermeister, er richtet zum allerersten Mal seine Worte direkt an mich, durch dichte Rauchschwaden und eine Hitzewand hindurch, hinter der er ganz verschwommen aussieht.

»Wir sind noch nicht fertig miteinander, Todd«, ruft er. »Noch lange nicht.«

Er ist ganz ruhig und immer noch makellos sauber und sieht aus, als würde er seinen Willen durchsetzen, egal was kommt.

Ich stehe auf, strecke den Arm aus und zeige ihm zwei Finger, aber da ist er bereits hinter den dicken Rauchwolken verschwunden.

Ich huste und spucke wieder Blut. »Wir müssen weiter«, sage ich krächzend. »Vielleicht kehren sie um, und es gibt tatsächlich keinen anderen Weg über den Fluss, trotzdem sollten wir es nicht drauf ankommen lassen.«

Mein Blick fällt auf das Messer im Staub. Sofort überfällt mich die Scham, ein neuer Schmerz, der sich zu den anderen gesellt. Was habe ich nur für Sachen gesagt! Ich hebe es auf und stecke es in die Scheide zurück.

Sie hält den Kopf gesenkt, hustet in sich hinein. Ich hebe ihre Tasche auf und reiche sie ihr.

»Komm«, sage ich. »Lass uns wenigstens von dem Rauch weggehen.«

Sie blickt zu mir hoch.

Ich sehe sie an.

Mein Gesicht brennt und das kommt nicht von der Hitze.

»Tut mir leid.« Ich wende den Blick ab, weg von ihren Augen und ihrem Gesicht, das ausdruckslos ist wie immer.

Dann drehe ich ihr den Rücken zu.

»Viola«, höre ich da plötzlich hinter mir.

Ich wirble herum.

»Was?«

Sie schaut.

Öffnet den Mund.

Spricht.

»Mein Name«, sagt sie. »Mein Name ist Viola.«

TEIL III

13

VIOLA

EINE MINUTE LANG ENTGEGNE ICH gar nichts und auch sie sagt kein Wort. Das Feuer brennt, der Rauch steigt auf, Manchee hechelt atemlos und lässt die Zunge aus dem Maul hängen, bis ich schließlich sage: »Viola«.

Sie nickt.

»Viola«, wiederhole ich.

Diesmal nickt sie nicht.

»Ich bin Todd.«

»Ich weiß.«

Sie schaut um Haaresbreite an mir vorbei.

»Du kannst also reden?«

Sie wirft mir nur einen flüchtigen Blick zu. Ich drehe mich um und spähe zur Brücke, die immer noch brennt, blicke auf den Rauch, der sich wie eine Nebelbank zwischen uns und das Flussufer gelegt hat, und ich weiß nicht, ob ich mich jetzt besser fühlen soll. Ich weiß nicht, ob es besser ist, den Bürgermeister und seine Leute zu sehen oder nicht. »Das war ...«, setze ich an, sie aber steht auf und streckt die Hand nach der Tasche aus.

Erst jetzt merke ich, dass ich die Tasche noch in der Hand halte, und reiche sie ihr.

»Wir sollten weitergehen«, sagt sie. »Weg von hier.«

Ihre Aussprache ist komisch, ganz anders als meine, anders als in Prentisstown. Sie bewegt ihren Mund so seltsam, wenn sie die Laute formt, so als ob ihre Lippen von oben auf die Laute herabgleiten, sie in die richtige Form pressen, als ob sie ihren Lippen erst beibringen müsse, was sie zu sagen haben. In Prentisstown spricht jeder, als müsse er sich von hinten an die Worte heranschleichen. Als wolle er sie aus dem Hinterhalt erschlagen.

Manchee ist Viola noch immer nicht ganz geheuer. »Weg«, sagt er und schaut an ihr hinauf, als könne man sie fressen.

Jetzt scheint der Augenblick gekommen, in dem ich sie alles Mögliche fragen könnte. Jetzt, da sie spricht, könnte ich sie mit jeder Frage löchern, die mir einfällt, könnte sie fragen, wer sie ist, wo sie herkommt, was ihr zugestoßen ist, und diese ganze Fragerei würde meinen Lärm übertönen, würde auf sie einprasseln wie eine Salve Schrotkügelchen. Aber ich will so viel auf einmal fragen, alles will zur selben Zeit aus meinem Mund sprudeln, lauter völlig unbedeutende Worte, sodass am Ende überhaupt kein Laut hervordringt.

Sie hängt sich die Tasche über die Schulter und steht einen Augenblick mit gesenktem Kopf da, dann geht sie an mir vorbei, geht an Manchee vorbei, geht einfach weiter.

»Hey!«, rufe ich.

Sie bleibt stehen und dreht sich um.

»Warte auf mich.«

Ich schultere den Rucksack und taste nach dem Messer

im Futteral. Dann rücke ich den Rucksack zurecht und sage: »Komm weiter, Manchee«, und los geht's, den Weg hinauf, ihr hinterher.

Auf dieser Seite des Flusses verläuft der Pfad in einer leichten Kurve von den Klippen weg, er führt in eine Art Buschland und beschreibt einen Bogen um den großen Berg, der links über uns aufragt.

Wo der Pfad eine Biegung macht, bleiben wir stehen und blicken zurück, ohne dass wir es abgesprochen haben. Es ist unglaublich, aber die Brücke brennt noch, sie klebt wie ein feuriger Wasserfall am gegenüberliegenden Flussufer, die Flammen kriechen mittlerweile über ihre ganze Länge, wütend und grünlich gelb. Der Qualm ist noch immer so dick, dass man nicht erkennen kann, was der Bürgermeister und seine Leute tun, was sie getan haben, ob sie schon verschwunden sind oder was auch immer. Ein Flüstern im Lärm könnte über die Schlucht hinüberdringen, aber genauso gut könnte es sein, dass gar nichts zu hören ist, bei dem Feuer, das zischt, und dem Holz, das prasselt, und dem Wildwasser unter uns. Während wir noch zusehen, hat das Feuer seine Arbeit an den Pfählen auf der anderen Seite beendet, und mit einem lauten Krachen stürzt die brennende Brücke, stürzt und stürzt, zerschmettert am Abhang, fällt schäumend in den Fluss, schickt noch mehr Wolken aus Rauch und Dampf zum Himmel, taucht alles um uns herum in ein noch stumpferes Licht.

»Was war in dem Kästchen?«, frage ich sie.

Sie blickt mich an, öffnet den Mund, schließt ihn wieder und wendet sich ab.

»Schon gut«, sage ich. »Ich tu dir nichts.«

Wieder schaut sie mich an, und mein Lärm ist so laut wie vor ein paar Minuten, als ich sie wirklich verletzen wollte, als ich gerade dabei war …

Wie auch immer. Wir sagen kein Wort mehr. Sie geht weiter und ich und Manchee folgen ihr.

Zu wissen, dass sie sprechen kann, hilft gar nichts bei der Stille, die sie umgibt. Zu wissen, dass sie Worte in ihrem Kopf hat, bedeutet gar nichts, wenn man diese Worte nur hören kann, wenn sie spricht. Wenn ich beim Gehen ihren Hinterkopf betrachte, spüre ich, wie die Stille mein Herz berührt, und ich habe noch immer das Gefühl, dass ich einen schrecklichen Verlust erlitten habe, fühle mich noch immer so traurig, dass ich weinen möchte.

»Weinen«, bellt Manchee.

Ihr Hinterkopf entfernt sich weiter.

Der Weg ist noch immer ziemlich breit, breit genug für Reiter, aber das Gelände um uns herum wird immer felsiger, der Pfad windet sich immer weiter hinauf. Wir hören den Fluss tief unter uns, aber es scheint, als würden wir uns von ihm entfernen und in eine Gegend kommen, wo rechts und links hohe Wände emporragen, wo manchmal zu beiden Seiten nur schroffes Gestein ist und man sich vorkommt wie auf dem Boden einer hohen Schachtel. Kleine, stachelige Tannen sprießen aus jeder Felsspalte und um ihre Wurzeln winden sich gelbe, dornige Ranken. Man sieht und hört Eidechsen mit messerscharfen Schuppen auf dem Rücken, die uns anzischen, während wir an ihnen vorübergehen. Beißen!, sagen sie drohend. Beißen! Beißen!

Alles, was man hier anfassen kann, schneidet in die Haut.

Nach vielleicht zwanzig, dreißig Minuten wird der Weg breiter, ein paar richtige Bäume wachsen da, der Wald beginnt wieder, ein richtiger Wald zu werden, das Gras steht wieder so niedrig, das wir uns hinsetzen können. Und genau das tun wir auch. Wir setzen uns hin.

Ich hole ein bisschen von dem getrockneten Hammelfleisch aus meinem Rucksack und schneide es mit dem Messer in Streifen für mich, für Manchee und für Viola. Sie nimmt wortlos ihre Ration entgegen und wir sitzen schweigend nebeneinander und essen.

Ich bin Todd Hewitt, denke ich und schließe die Augen und kaue und schäme mich wegen meines Lärms, nun, da ich weiß, dass sie ihn hören kann, nun, da ich weiß, dass sie sich darüber Gedanken machen kann.

Sich Gedanken darüber machen kann, ohne dass ich etwas davon weiß.

Ich bin Todd Hewitt.

In neunundzwanzig Tagen werde ich ein Mann sein.

Das stimmt, fällt mir ein, als ich meine Augen wieder aufmache. Die Zeit vergeht, selbst wenn man gar nicht auf sie achtet.

Ich beiße noch ein Stück von dem Fleischstreifen ab. »Den Namen Viola habe ich noch nie gehört«, sage ich nach einer Weile, ohne den Kopf zu heben, ich schaue stur auf mein Essen. Sie schweigt, also hebe ich den Kopf, obwohl ich das eigentlich gar nicht will.

Und stelle fest, dass sie mich anschaut.

»Was ist?«, frage ich.

»Dein Gesicht«, antwortet sie.

Ich runzle die Stirn. »Was ist mit meinem Gesicht?«

Sie ballt beide Hände zu Fäusten und tut so, als würde sie sich selbst schlagen.

Ich merke, wie ich rot werde. »Ja, und?«

»Und die Verletzung davor«, sagt sie. »Als ...« Sie hält inne.

»Aaron«, sage ich.

»Aaron«, bellt Manchee.

Das Mädchen zuckt zusammen. »So heißt er, ja?«

Ich nicke, kaue weiter auf meinem Hammelfleisch herum. »Klar. So heißt er.«

»Er hat es niemals ausgesprochen, aber ich wusste, es war so.«

»Willkommen in New World.« Ich beiße in das Fleisch, reiße ein besonders zähes Stück ab, das an einer der vielen wunden Stellen in meinem Mund hängen bleibt. »Aua.« Ich spucke den Bissen wieder aus und jede Menge Blut dazu.

Sie sieht, wie ich spucke, und legt das Essen beiseite. Sie macht ihre Tasche auf und zieht eine kleine blaue Schachtel hervor, nur wenig größer als das grüne Feuerkästchen. Sie drückt auf einen Knopf auf der Vorderseite und holt etwas heraus, was aussieht wie ein weißer Plastiklappen, dazu ein kleines Metallmesser. Sie steht auf und kommt zu mir.

Ich bleibe sitzen, aber als sie mein Gesicht mit ihren Händen berührt, lehne ich mich zurück.

»Ein Verband«, sagt sie.

»Ich habe selbst Verbandsmaterial.«

»Das hier ist besser.«

Ich lehne mich noch weiter zurück. »Du ...«, sage ich und blase die Luft durch die Nase aus. »Du bist so ruhig ...« Ich schüttle leicht den Kopf.

»Und das beunruhigt dich?«

»Ja.«

»Ich weiß«, sagt sie. »Halt still.«

Sie untersucht mein Gesicht rund um das geschwollene Auge, dann schneidet sie mit dem kleinen Skalpell einen Streifen vom Verband ab. Sie will ihn auf mein Auge legen, aber ich kann nichts dafür, ich muss vor ihrer Berührung zurückweichen. Sie sagt nichts, hält nur die Hände ausgestreckt und wartet. Ich hole tief Luft, schließe die Augen und halte ihr mein Gesicht hin.

Ich spüre, wie sie den Verband auf meine geschwollene Gesichtshälfte legt, die augenblicklich kühler wird, der Schmerz lässt sofort nach, als wäre alles wie von Zauberhand weggewischt. Sie legt noch ein Stück auf eine Wunde an meinem Haaransatz, und ihre Finger streichen über mein Gesicht, als sie ein drittes Stück direkt unter meine Unterlippe legt. Es ist so angenehm, dass ich meine Augen geschlossen halte.

»Für deine Zähne habe ich nichts«, sagt sie.

»Schon in Ordnung.« Es klingt fast wie ein Wimmern. »Mann, dieser Verband ist wirklich besser als meiner.«

»Er besteht teilweise aus lebenden Zellen«, erklärt sie mir. »Es ist synthetisches menschliches Gewebe. Wenn deine Wunden geheilt sind, stirbt es ab.«

»Ah ja«, sage ich und tue so, als ob ich mir darunter etwas vorstellen könnte.

Eine Zeit lang schweigen wir, lang genug, dass ich meine Augen wieder aufschlage. Sie ist zurück zu dem Felsen gegangen, auf dem sie saß, und beobachtet mich.

Wir warten. Es scheint im Augenblick das einzig Richtige zu sein.

Und tatsächlich ist es richtig, denn nach einer Weile beginnt sie zu reden.

»Wir sind abgestürzt«, sagt sie leise und sieht mich dabei nicht an. Dann räuspert sie sich und wiederholt ihre Worte. »Wir sind abgestürzt. Es hat gebrannt, wir flogen niedrig, und wir dachten schon, wir seien in Sicherheit, aber irgendetwas ging schief mit den Notlandungsvorrichtungen und …« Sie breitet die Hände aus, um anzudeuten, was nach dem »Und« passiert ist. »Wir sind abgestürzt.«

»Waren das deine Mutter und dein Vater?«, frage ich nach einer Weile.

Sie blickt zum Himmel, der sich weit und blau über uns spannt; Wölkchen treiben darüber, die wie Knochen aussehen. »Als die Sonne aufging«, fährt sie dann fort, »kam dieser Mann.«

»Aaron.«

»Es war so unheimlich. Er hat geschrien und getobt und dann ist er wieder *verschwunden*. Und ich habe versucht wegzulaufen.« Sie verschränkt die Arme. »Ich habe es immer wieder *versucht*, aber ich bin im Kreis gelaufen. Egal wo ich mich verstecken wollte, der Mann war schon da, ich weiß nicht, wie er das gemacht hat. Schließlich fand ich diese eigenartigen Hütten.«

»Die Häuser der Spackle«, erkläre ich, aber sie hört mir nicht richtig zu.

»Und dann bist du gekommen.« Sie blickt zu Manchee. »Du und dein sprechender Hund.«

»Manchee!«, bellt Manchee.

Ihr Gesicht ist bleich, und als sich mich anschaut, glitzern Tränen darin. »Wo bin ich hier?« Ihre Stimme klingt heiser. »Warum sprechen die Tiere? Warum höre ich dich sprechen, obwohl du deinen Mund gar nicht bewegst? Warum höre ich so viele von euren Stimmen, eine lauter als die andere, so als ob neun Millionen von euch auf einmal sprächen? Warum sehe ich Dinge, wenn ich dich anschaue? Warum habe ich gesehen, was dieser Mann …«

Ihre Stimme erstirbt. Sie zieht die Knie an die Brust und schlingt die Arme darum. Ich glaube, ich sollte jetzt lieber ganz schnell etwas sagen, ehe sie wieder anfängt, sich hin und her zu wiegen.

»Wir sind Siedler.« Sie sieht auf, umschlingt noch immer ihre Knie, aber wenigstens schaukelt sie nicht. »Wir *waren* Siedler«, fahre ich fort. »Wir sind vor ungefähr zwanzig Jahren hier gelandet, um New World zu gründen. Aber es gab hier schon Bewohner. Die Spackle. Sie … sie wollten uns nicht hierhaben.« Ich erzähle ihr, was jeder kleine Junge in Prentisstown weiß, erzähle ihr die Geschichte, die sogar der dümmste Bauerntölpel im Schlaf aufsagen kann. »Die Menschen haben jahrelang versucht, Frieden zu schließen, aber die Spackle wollten nicht. Und so begann der Krieg.«

Als ich das Wort »Krieg« ausspreche, schaut sie nach unten. Ich rede weiter.

»Die Spackle, musst du wissen, setzten Krankheitserreger ein. Das waren ihre Waffen. Sie setzten Keime frei, die alles Mögliche anrichteten. Einer davon sollte offensichtlich unsere Nutztiere töten, stattdessen bewirkte er, dass die Tiere auf einmal sprechen konnten.« Ich werfe Manchee einen Blick zu. »Was nicht so lustig ist, wie es sich anhört.« Dann schaue ich wieder das Mädchen an. »Das andere war der Lärm.«

Ich warte. Sie sagt kein Wort. Aber wir beide wissen, was jetzt kommt, denn so weit waren wir ja schon mal.

Ich hole tief Luft. »Dieser Keim tötete die Hälfte der Männer und alle Frauen, auch meine Ma, und er bewirkte, dass die Gedanken der Männer, die überlebten, für den Rest der Welt nicht länger verborgen waren.«

Sie vergräbt ihr Kinn hinter ihren Knien. »Manchmal kann ich es ganz deutlich hören«, sagt sie. »Manchmal weiß ich genau, was du denkst. Aber nur manchmal. Meistens höre ich nur diesen ...«

»Lärm«, sage ich.

Sie nickt. »Und die Ureinwohner?«

»Es gibt keine mehr.«

Wieder nickt sie. Wir bleiben eine Zeit lang sitzen und verdrängen die Frage, die in der Luft liegt, bis wir es nicht mehr aushalten.

»Werde ich sterben?«, fragt sie leise. »Wird dieser Bazillus auch mich töten?«

In ihrer Aussprache klingen die Worte irgendwie anders als bei mir, aber wir meinen verdammt noch mal das Gleiche, und mein Lärm kann nur antworten »Wahrscheinlich«, aber ich schaffe es, meinen Mund sagen zu lassen: »Ich weiß es nicht.«

Sie wartet darauf, dass ich weiterspreche.

»Ich weiß es *wirklich* nicht«, sage ich und meine es auch so. »Wenn du mich in der letzten Woche gefragt hättest, wäre ich ganz sicher gewesen, aber jetzt ...« Ich schaue auf meinen Rucksack, in dem sich das Buch befindet. »Ich weiß es nicht.« Ich blicke sie an. »Ich hoffe nicht.«

Aber mein Lärm sagt: *Wahrscheinlich. Wahrscheinlich wirst du sterben,* und ich versuche es mit anderem Lärm zu überdecken, aber es ist so vertrackt, der Gedanke kommt immer wieder an die Oberfläche, egal wie stark man ihn unterdrückt.

»Es tut mir leid«, sage ich.

Sie antwortet nicht.

»Aber vielleicht, wenn wir zur nächsten Siedlung gehen ...« Ich spreche den Satz nicht zu Ende, denn ich kenne die Antwort. »Du bist noch nicht krank. Das ist doch schon mal was.«

»Du musst sie warnen«, sagt sie hinter ihren Knien hervor. »Was?«

»Vorhin, als du versucht hast dieses Buch zu lesen ...«

»Ich habe es nicht versucht«, sage ich viel zu laut.

»Ich habe die Worte in deinem was auch immer gelesen und sie lauteten: ›Du musst sie warnen‹.«

»Das weiß ich! Ich weiß es genau.«

Natürlich heißt es »Du musst sie warnen«. Natürlich, du Idiot.

Viola sagt: »Es schien so, als ob du ...«

»Ich kann lesen.«

Sie hebt die Hände. »Schon in Ordnung.«

»Ich kann es wirklich!«

»Ich wollte nur sagen ...«

»Dann hör auf mit deinem ›Ich-wollte-nur-sagen‹«, sage ich stirnrunzelnd. Mein Lärm tobt so laut, dass Manchee aufspringt. Ich stehe ebenfalls auf. Ich nehme meinen Rucksack und hänge ihn über die Schulter. »Wir sollten weitergehen.«

»Wen warnen?«, fragt das Mädchen und bleibt sitzen. »Wovor warnen?«

Ich komme nicht dazu, eine Antwort zu geben (aber ich weiß sie sowieso nicht), weil wir über unseren Köpfen ein lautes Klicken hören, ein lautes, scharfes Klicken, das in Prentisstown nur eine Ursache haben kann.

Einen Gewehrkolben, der gespannt wird.

Auf dem Felsen über uns steht jemand mit einem geladenen Gewehr in den Händen und zielt auf uns.

»Im Augenblick würde mich eins noch brennend interessieren«, sagte eine Stimme hinter dem Gewehr. »Was fällt euch zwei Frischlingen ein, meine Brücke abzufackeln?«

14

DAS FALSCHE ENDE DES GEWEHRS

»GEWEHR! GEWEHR! GEWEHR!«, bellt Manchee und hüpft aufgeregt hin und her.

»Ich an deiner Stelle würde den Kleinen da lieber beruhigen«, sagt die Stimme hinter dem Gewehr. »Wäre doch schade, wenn ihm gerade jetzt was passiert, oder?«

»Ruhig, Manchee!«, befehle ich ihm.

Er blickt mich an. »Gewehr, Todd?«, bellt er. »Peng, peng!«

»Ich weiß. Halt die Klappe.«

Er hört auf zu bellen und ist ruhig.

Abgesehen von meinem Lärm ist es ruhig.

»Ich bin mir sicher, dass ich einem ganz bestimmten Paar Frischlingen eine Frage gestellt habe«, sagt die Stimme, »und ich warte noch immer auf eine Antwort.«

Ich schaue mich nach dem Mädchen um. Es zuckt die Achseln, denn wir beide haben die Hände bereits oben. »Was denn?«, frage ich das Gewehr.

Die Stimme lässt ein ärgerliches Grunzen hören. »Ich habe, wohl wahr, gefragt, wer euch die Erlaubnis erteilt hat, anderer Leute Brücken abzubrennen?«

Ich schweige.

Auch das Mädchen sagt nichts.

»Haltet ihr das Ding hier etwa für einen Stecken?« Die Mündung hüpft auf und ab.

»Sie sind hinter uns her«, sage ich, weil mir sonst nichts einfällt.

»Hinter euch her, was ihr nicht sagt!«, ertönt die Stimme hinter dem Gewehr. »Und wer genau?«

Ich weiß nicht, was ich darauf antworten soll. Ist es gefährlicher, die Wahrheit zu sagen, als zu lügen? Gehört die Stimme hinter dem Gewehr zu den Verbündeten des Bürgermeisters? Würde er uns ausliefern? Hat der bewaffnete Mann überhaupt jemals etwas von Prentisstown gehört?

Wenn man zu wenig weiß, ist die Welt ein gefährliches Pflaster.

Wenn man zum Beispiel nicht weiß, warum es so ruhig ist.

»Oh, wohl wahr, von Prentisstown hab ich schon gehört«, sagt die Stimme hinter dem Gewehr, und ihr Besitzer liest mit nervtötender Leichtigkeit in meinem Lärm. Der Abzugshahn klickt wieder. »Wenn du tatsächlich von dort kommst …«

Da mischt sich das Mädchen ein, es sagt etwas, weswegen es in meinen Gedanken plötzlich zu »Viola« wird und »das Mädchen« verschwindet.

»Er hat mir das Leben gerettet.«

Ich habe ihr das Leben gerettet.

Sagt Viola.

Komisch, nicht wahr?

»Hat er das?«, fragt das Gewehr. »Und woher weißt du, dass er es nicht nur gerettet hat, um es für sich zu haben?«

Das Mädchen, Viola, schaut zu mir, runzelt die Stirn. Jetzt bin ich es, der die Achseln zuckt.

»Aber nein.« Die Stimme hinter dem Gewehr ändert plötzlich ihren Tonfall. »Nein, wohl wahr, für so einen halte ich dich nicht. Stimmt's, Junge? Du bist ja noch ein Frischling, nicht wahr?«

Ich schlucke. »In neunundzwanzig Tagen werde ich ein Mann sein.«

»Nichts, worauf du dir was einbilden könntest, Kleiner. Jedenfalls dort, wo du herkommst.«

Und dann lässt er das Gewehr sinken.

Und jetzt weiß ich, warum es so ruhig ist.

Er ist eine Frau.

Er ist eine erwachsene Frau.

Er ist eine alte Frau.

»Ich wäre dir dankbar, wenn du mich als ›sie‹ bezeichnen würdest«, sagt die Frau, sie hält die Waffe auf Brusthöhe und zielt auf uns. »Und ich bin immer noch jung genug, um auf euch zu schießen.«

Sie mustert uns aufmerksam, betrachtet mich von Kopf bis Fuß, liest meinen Lärm, wie es nur Ben konnte. Dabei schneidet sie alle möglichen Grimassen, als wollte sie mich auf die Probe stellen; so wie Cillian immer das Gesicht verzog, wenn er aus meinem Lärm herausfiltern wollte, ob ich log. Aber diese Frau verströmt nicht das kleinste bisschen Lärm, keine Ahnung, was in ihr vorgeht, vielleicht singt sie gerade ein Lied.

Dann betrachtet sie Viola schweigend.

»Wie das so ist bei Frischlingen«, sagt sie zu mir gewandt, »dich kann man so einfach lesen wie ein Neugeborenes, mein Junge.« Dann blickt sie zu Viola hinüber. »Aber du, meine Kleine, deine Geschichte ist keine gewöhnliche, nicht wahr?«

»Ich erzähle dir gerne meine Geschichte, wenn du endlich aufhörst, mit dem Gewehr auf uns zu zielen«, antwortet Viola gelassen.

Dieser Querschuss kommt so überraschend, dass sogar Manchee aufblickt. Ich starre Viola mit offenem Mund an.

Von oben hören wir ein Kichern. Die alte Frau lacht in sich hinein. Ihre Kleider sehen aus, als wären sie aus schmutzigem Leder, ungezählte Jahre lang getragen, zerknittert, dazu ein breitkrempiger Hut und Stiefel, die schmutzig werden dürfen. Sie sieht aus wie ein einfacher Farmer.

Aber sie hat ein Gewehr und das ist noch immer auf uns gerichtet.

»Du bist aus Prentisstown weggelaufen, stimmt's?«, fragt sie und liest wieder meinen Lärm. Es hat keinen Zweck, es zu leugnen, also ergreife ich die Flucht nach vorn und lasse sie wissen, wovor wir weggelaufen sind, was an der Brücke passiert ist und wer uns auf den Fersen war. Sie sieht alles, ich weiß, dass sie es sieht, aber ich sehe nur, wie sie die Lippen zusammenpresst und kurz blinzelt.

»Nun gut«, sagt sie, senkt die Waffe und kommt langsam von dem Felsen herab auf uns zu. »Wohl wahr, ich kann meine Wut darüber nicht verhehlen, dass ihr meine Brücke abgebrannt habt. Ich habe den Knall sogar noch auf meiner Farm gehört, oh ja.« Sie bleibt nicht weit entfernt von uns stehen, ihre ausgeprägte, erwachsene Stille erfasst mich mit solcher Wucht, dass ich ein paar Schritte zurücktrete, obwohl ich das gar nicht will. »Aber, wohl wahr, der einzige Ort, den man über diese Brücke erreichen konnte, ist schon seit mindestens zehn Jahren keinen Besuch mehr wert. Ich habe die Brücke stehen lassen, weil ich die

Hoffnung nicht aufgeben wollte.« Sie mustert uns wieder. »Wer will mir das verdenken?«

Wir strecken die Arme noch immer in die Höhe, denn diese Frau macht ja einen eher verworrenen Eindruck.

»Ich frage euch nur einmal«, spricht die Frau weiter und hebt die Waffe. »Werde ich dieses Ding hier brauchen?«

Viola und ich werfen uns einen Blick zu.

»Nein«, antworte ich.

»Nein, Madam«, antwortet Viola.

Madam? Hat sie das wirklich gesagt?

»Das ist so ähnlich wie *Sir,* mein guter Junge.« Die Frau hängt das Gewehr mit dem Riemen über die Schulter. »Wohl wahr, so und nicht anders hat man eine Lady anzusprechen.« Sie bückt sich zu Manchee hinab. »Und wie heißt du wohl, mein Kleiner?«

»Manchee!«, bellt er.

»Oh ja, keine Frage, so heißt du, nicht wahr?«, sagt die Frau und krault ihn kräftig. »Und ihr beiden?«

Viola und ich sehen einander an. Es widerstrebt uns, unsere Namen preiszugeben, aber vielleicht ist es ja ein fairer Tausch dafür, dass sie ihre Waffe weggenommen hat.

»Ich bin Todd. Das ist Viola.«

»Ja, wohl wahr, so heißt ihr, und das ist so wahr, wie die Sonne am Morgen aufgeht«, antwortet die Frau, die Manchee dazu gebracht hat, sich auf den Rücken zu legen, damit sie seinen Bauch kraulen kann.

»Gibt es noch einen anderen Weg über diesen Fluss?«, frage ich. »Oder noch eine Brücke? Denn diese Männer ...«

»Ich bin Mathilde«, unterbricht mich die alte Frau, »aber nur Leute, die mich nicht kennen, nennen mich so, ihr könnt also

Hildy zu mir sagen, und eines Tages dürft ihr mir vielleicht sogar die Hand schütteln.«

Ich blicke Viola fragend an. Woher soll man wissen, ob jemand, der keinen Lärm verbreitet, verrückt ist oder nicht?

Die alte Frau kichert in sich hinein. »Du bist ein ulkiges Kerlchen, Junge.« Sie steht wieder auf, und Manchee wälzt sich auf den Bauch und starrt sie ergeben an. Er ist ihr schon verfallen. »Und um deine Frage zu beantworten: Ein paar Tagreisen flussaufwärts ist eine flache Furt, aber Brücken gibt es hier meilenweit nicht, weder flussaufwärts noch flussabwärts.«

Ihr Blick ist ruhig und heiter, um ihre Lippen spielt ein Lächeln. Bestimmt liest sie wieder meinen Lärm, aber bei ihr fühle ich mich nicht ganz so ausgesetzt wie bei den Männern.

Und so, wie sie mich anschaut, wird mir allmählich einiges klar, und ich fange an, mir die Dinge zusammenzureimen. Prentisstown wurde also wegen des Lärmerregers unter Quarantäne gestellt. Denn hier ist eine erwachsene Frau, die nicht daran gestorben ist, die mich freundlich, aber reserviert behandelt, eine Frau, die jeden, der aus meiner Gegend kommt, mit der Waffe in der Hand empfängt.

Wenn ich also andere anstecken kann, dann hat Viola sich bestimmt schon angesteckt, und sie könnte sterben, womöglich noch während wir uns hier unterhalten, und dann heißt das, dass ich wahrscheinlich in dieser Siedlung alles andere als willkommen bin und man mir ganz sicher sagen wird, dass ich einen möglichst weiten Bogen um den Ort machen soll, und das ist wahrscheinlich das Ende meiner Reise. Sie endet, noch ehe ich einen Ort gefunden habe, an den ich flüchten könnte.

»Wohl wahr, man wird dich in der Siedlung nicht mit offenen

Armen empfangen«, sagt die Frau. »So viel ist sicher. Aber«, sie zwinkert mir zu, sie zwinkert mir tatsächlich zu, »wenn niemand etwas weiß, kann auch niemand etwas dagegen haben.«

»Darauf würde ich mich nicht verlassen«, sage ich.

Sie dreht sich um und klettert die Felsen auf demselben Weg empor, auf dem sie gekommen ist. Wir folgen ihr mit unseren Blicken, bis sie oben angelangt ist und sich umdreht.

»Worauf wartet ihr noch?«, ruft sie, als hätte sie uns eingeladen mitzukommen und wir ließen sie nur unnötig warten.

Viola ruft hinauf: »Sollen wir mit in die Siedlung kommen?« Dann sieht sie mich von der Seite an. »Egal, ob wir willkommen sind oder nicht?«

»Oh, ihr werdet schon noch zur Siedlung kommen«, antwortet die Frau, »aber was ihr beiden Frischlinge zuerst braucht, ist ein gutes Bett und eine ordentliche Mahlzeit. Das sieht selbst ein Blinder.«

Der Gedanke an ein Bett und warmes Essen ist sehr verlockend. So vergesse ich für einen Moment völlig, dass diese Frau uns vor Kurzem noch eine Waffe vor die Nase gehalten hat. Aber nur für einen Moment. Denn es gibt andere Sachen, über die ich mir jetzt den Kopf zerbrechen muss. Deshalb treffe ich eine Entscheidung für uns beide.

»Wir sollten auf der Straße bleiben«, sage ich leise zu Viola.

»Ich habe nicht die leiseste Ahnung, wohin wir gehen«, flüstert sie zurück. »Du etwa?«

»Ben hat gesagt …«

»Ihr Frischlinge kommt mit auf meine Farm, esst etwas Anständiges, schlaft in einem Bett, das sicher nicht weich ist, das kann ich euch versprechen, und morgen in der Frühe gehen wir in die *Siedlung.*« Sie spricht das Wort irgendwie seltsam aus, so als würde sie sich über uns lustig machen.

Wir rühren uns nicht vom Fleck.

»Betrachtet die Sache mal von der anderen Seite«, sagt die alte Frau. »Ich habe ein Gewehr.« Sie fuchtelt damit in der Luft herum. »Aber ich *bitte* euch höflich mitzukommen.«

»Warum gehen wir nicht einfach mit?«, raunt Viola mir zu. »Nur, um mal zu sehen.«

Vor Überraschung wird mein Lärm ein bisschen lauter. »Um was zu sehen?«

»Ich hätte ein Bad nötig«, sagt sie. »Und ein bisschen Schlaf wäre auch gut.«

»Mir geht's auch nicht viel besser«, erwidere ich. »Aber uns verfolgen Männer, die sich von einer eingestürzten Brücke kaum aufhalten lassen werden, und außerdem wissen wir nichts über diese Frau. Sie könnte ebenso gut eine *Mörderin* sein.«

»Ich glaube, sie ist in Ordnung.« Viola blickt zu der Alten hinauf. »Ein bisschen verrückt vielleicht, aber ich habe den Eindruck, als ob ihre Verrücktheit ungefährlich ist.«

»Sie macht überhaupt keinen Eindruck.« Ich bin, ehrlich gesagt, ein wenig verärgert. »Leute ohne Lärm machen überhaupt keinen Eindruck.«

Viola schaut mich an, sie hat die Augenbrauen hochgezogen, und ihr Mund ist verkniffen.

»Ich habe nicht von *dir* geredet«, sage ich schnell.

»Jedes Mal ...«, fängt sie an, aber dann schüttelt sie nur den Kopf.

»Was ist jedes Mal?«, flüstere ich, aber Viola kneift unwillig die Augen zusammen.

»Vergiss es«, sagt sie ungehalten. »Gib mir lieber meine Sachen.«

»Hey!«, rufe ich. Schon vergessen, dass ich einer ganz bestimmten Person das Leben gerettet habe? »Warte einen Augenblick. Wir müssen der Straße folgen. Wir müssen in die Siedlung.«

»Eine Straße ist nie der schnellste Weg, um anzukommen«, sagt die Frau. »Wusstest du das nicht?«

Viola runzelt die Stirn und sagt kein Wort. Schweigend nimmt sie ihre Tasche. Sie ist bereit mitzugehen; sie ist bereit, der ersten lärmfreien Person zu folgen, die sie hier getroffen hat; sie ist bereit, mich zurückzulassen, wenn der Erstbeste sie herbeiwinkt.

Und sie übersieht das Wichtigste, weil es genau das ist, was ich kaum über die Lippen bringe.

»Ich kann nicht gehen, Viola«, sage ich leise zwischen zusammengebissenen Zähnen, und ich hasse mich selbst ein wenig dafür. Mein Gesicht wird ganz heiß, was dazu führt, dass eines der Pflaster herunterfällt. »Ich trage den Bazillus in mir. Ich bin eine Gefahr.«

Sie blickt mich an und ihre Stimme klingt scharf. »Dann solltest du vielleicht besser nicht mitkommen.«

Ich stehe da, mit offenem Mund, und kann's nicht fassen. »Das könntest du tun? Du könntest einfach *gehen*?«

Viola weicht meinem Blick aus, aber ehe sie antworten kann, spricht die alte Frau.

»Kleiner«, sagt sie, »wenn du Angst hast, dass du ansteckend bist, dann kann deine Freundin mit der guten alten Hildy ein Stück vorausgehen, und du bleibst ein paar Schritte zurück, und das Hündchen passt auf dich auf.«

»Manchee!«, bellt Manchee.

»Soll mir recht sein«, sagt Viola, dreht sich um und klettert die Felsen hoch zu der alten Frau.

»Und ich hab's dir schon einmal gesagt«, ruft die Frau zu mir herunter. »Ich bin *Hildy* und nicht *die alte Frau*.«

Viola steht jetzt neben ihr, und sie gehen weg, verschwinden wortlos aus meinem Blickfeld, einfach so.

»Hildy«, sagt Manchee zu mir.

»Halt die Schnauze«, sage ich zu ihm.

Da bleibt mir wohl nichts anderes übrig, als den beiden hinterherzuklettern.

So machen wir uns auf den Weg, auf einem viel schmaleren Pfad, über Geröll und durch Gestrüpp, Viola und Hildy bleiben dicht beisammen, Manchee und ich trotten in großem Abstand hinter ihnen her, stolpern wer weiß welcher neuen Gefahr entgegen, und ständig blicke ich über die Schulter zurück, erwarte jeden Moment, den Bürgermeister, Prentiss junior und Aaron zu sehen, die uns auf den Fersen sind.

Ich weiß es nicht. Woher soll ich es auch wissen? Wie konnten Ben und Cillian davon ausgehen, dass ich auf so etwas vorbereitet sein würde? Sicher, der Gedanke an ein Bett und ein warmes Essen ist so verlockend, dass man sich gerne dafür erschießen lassen würde, aber vielleicht ist die Einladung ein Hinterhalt, und wir sind so dumm, dass wir es nicht besser verdienen, als hineinzutappen.

Nicht zu vergessen die Leute, die hinter uns her sind und vor denen wir schleunigst davonlaufen sollten.

Aber vielleicht gibt es wirklich keinen anderen Weg, um über den Fluss zu kommen.

Außerdem, Hildy hätte uns zwingen können, aber sie hat es

nicht getan. Und Viola meint, dass sie in Ordnung ist, und vielleicht kann ja eine Person ohne Lärm in den Gedanken einer anderen Person ohne Lärm lesen?

Also. Woher soll ich es wissen?

Und überhaupt, wen interessiert es, was Viola sagt?

»Schau dir die da oben an«, sage ich zu Manchee. »Sie sind sich ja schrecklich schnell einig geworden. Als würden sie sich schon seit ewigen Zeiten kennen.«

»Hildy«, sagt Manchee. Ich will ihm einen Klaps auf den Rücken geben, treffe aber seinen Kopf.

Viola und Hildy unterhalten sich, aber ich höre nur hie und da ihr Murmeln. Ich weiß überhaupt nicht, worüber sie sprechen. Wären sie ganz normale, lärmende Menschen, dann würde es keine Rolle spielen, wie weit ich hinter ihnen hergehe, wir könnten uns unterhalten, und keiner von uns könnte Geheimnisse vor den anderen haben. Alles würde ausgeplaudert, ob wir es wollten oder nicht.

Und keiner würde ausgelassen. Niemand würde bei der erstbesten Gelegenheit allein gelassen.

Wir laufen weiter und weiter.

Ich fange an, mir noch mehr Gedanken zu machen.

Und ich lasse die Entfernung zwischen ihnen und mir größer werden.

Und ich mache mir noch mehr Gedanken.

Denn mit der Zeit wird der Kopf klarer.

Jetzt, wo wir Hildy gefunden haben, kann sie sich vielleicht um Viola kümmern. Sie passen gut zusammen. Sie sind ganz anders als ich. Und vielleicht kann Hildy ihr helfen, dorthin zurückzukehren, wo sie herkommt, denn das kann ich ganz bestimmt nicht. Offenbar gibt es für mich keinen anderen Ort, an dem ich leben kann, als Prentisstown. Denn ich trage einen Bazillus in mir, der Viola töten wird, der sie noch immer töten kann, der jeden, dem ich begegne, töten kann; einen Krankheitskeim, der es mir vielleicht für immer unmöglich macht, einen Fuß in diese Siedlung zu setzen; der es mir noch nicht einmal erlaubt, in Hildys Scheune zwischen den Schafen und den Kartoffelvorräten zu schlafen.

»Das war's, nicht wahr, Manchee?« Ich bleibe stehen, meine Brust krampft sich zusammen. »Hier draußen gibt es keinen Lärm, außer jemand bringt ihn hierher.« Ich wische mir ein paar Schweißtropfen von der Stirn. »Es gibt keinen Ort, wohin wir gehen könnten. Wir können nicht weiter. Wir können nicht umkehren.«

Ich setze mich auf einen Felsbrocken und plötzlich stürzt die ganze Wahrheit auf mich ein.

»Für uns gibt es keinen Platz«, sage ich. »Wir haben gar nichts.«

»Habe Todd«, sagt Manchee und wedelt mit dem Schwanz.

Das ist nicht fair.

Das ist einfach nicht fair.

Der einzige Ort, an den man gehört, ist ein Ort, zu dem man nie wieder zurückkehren kann.

Und so ist man immer alleine, immer und ewig.

Warum hast du das gemacht, Ben? Was habe ich denn Schlimmes verbrochen?

Ich wische mir mit dem Arm über die Augen.

Ich wünschte, Aaron und der Bürgermeister kämen.

Ich wünschte, es wäre alles schon vorüber.

»Todd?«, bellt Manchee. Er hält mir seine Schnauze vors Gesicht und schnüffelt an mir.

»Lass mich in Frieden«, sage ich und schubse ihn weg.

Hildy und Viola gehen immer weiter, und wenn ich jetzt nicht aufstehe, dann werde ich die beiden völlig aus den Augen verlieren.

Aber ich stehe nicht auf.

Ich kann sie immer noch reden hören, obwohl ihre Unterhaltung mit jedem Schritt leiser wird, keine von beiden vergewissert sich, ob ich ihnen noch folge.

Hildy, höre ich, und **kleines Mädchen** und **verflixtes, undichtes Rohr** und wieder **Hildy** und dann **brennende Brücke.**

Ich hebe den Kopf.

Denn da ist eine neue Stimme.

Eine Stimme, die ich nicht höre. Nicht mit den Ohren. Hildy und Viola entfernen sich immer weiter, aber da ist jemand, der auf sie zukommt, jemand, der die Hand hebt und sie grüßt.

Jemand, dessen Lärm sagt: **Hallo.**

15

LEIDENSGENOSSEN

Es ist ein alter Mann, er trägt ebenfalls eine Waffe, aber sie hängt an seiner Seite, der Lauf zeigt zum Boden. Sein Lärm wird lauter, als er sich Hildy nähert, und bleibt laut, als er den Arm um sie legt und ihr zur Begrüßung einen Kuss gibt, knistert dann leicht, als der Mann sich umdreht und Viola vorgestellt wird, die überrascht scheint über den freundlichen Empfang.

Die verrückte Hildy ist mit einem Mann verheiratet, der Lärm aussendet.

Mit einem erwachsenen Mann, der so lärmend herumläuft, wie man sich's nur vorstellen kann.

Wie kann das sein?

»He, Frischling!«, ruft Hildy. »Willst du den ganzen Tag herumstehen und an der Nase zupfen oder willst du mit uns zu Abend essen?«

»Abendessen, Todd!«, bellt Manchee und rennt schnurstracks zu ihnen.

Ich kann keinen klaren Gedanken fassen, so belämmert bin ich.

»Noch so ein lauter Bursche!« Der alte Mann geht an Viola und Hildy vorbei auf mich zu.

Sein Lärm strömt aus ihm heraus wie ein fröhlicher Festzug aus unwillkommenen, willkommenen und aufdringlich guten Gefühlen. Kleiner und Brücke und undichtes Rohr und Leidensgenosse und Hildy, meine Hildy. Er hat zwar die Waffe bei sich, aber als er vor mir steht, streckt er mir seine Hand entgegen.

Ich bin so verblüfft, dass ich sie ergreife und schüttele.

»Ich heiße Tam!«, sagt der Alte lautstark. »Und wer bist du wohl?«

»Todd«, sage ich knapp.

»Freut mich dich kennenzulernen, Todd!« Er legt den Arm um meine Schultern und zieht mich energisch mit sich fort. Ich stolpere neben ihm her, falle beinahe hin, was ihn nicht hindert, mich zu Hildy und Viola zu zerren und dabei unaufhörlich zu reden. »Wohl wahr, wir hatten schon viele Monde lang keine Gäste mehr zum Abendessen, ihr müsst also mit unseren bescheidenen Verhältnissen vorliebnehmen. Von der anderen Flussseite ist schon viele Jahre keiner mehr hier gewesen, so um die zehn müssen es wohl sein, aber seid willkommen, ihr beiden, seid willkommen!«

Wir gesellen uns zu Viola und Hildy, und ich weiß noch immer nicht, was ich sagen soll. Ratlos wandert mein Blick erst zu Hildy, dann zu Viola und schließlich zu Tam und wieder zurück.

Ich will nichts weiter, als die Welt verstehen, was ist daran falsch?

»Gar nichts ist daran falsch, Frischling«, sagt Hildy freundlich.

»Wie kommt es, dass du sie nicht mit dem Lärmbazillus angesteckt hast?« Die Worte in meinem Kopf kommen mir endlich auch über die Lippen.

Plötzlich hüpft mein Herz wie verrückt, es hüpft so hoch, dass es mir fast die Augen aus dem Gesicht drückt. Ich habe einen dicken Kloß im Hals und mein Lärm schäumt weiß vor lauter Hoffnung.

»Habt ihr ein Gegenmittel?«, frage ich, und meine Stimme versagt beinahe. »Gibt es Heilung?«

»Wenn es die gäbe«, erwidert Tam, immer noch ziemlich laut, »meinst du, ich würde dann meiner Umwelt den Müll zumuten, der mir aus dem Kopf sprudelt?«

»Das verhüte der Himmel«, sagt Hildy lächelnd.

»Und der Himmel verhüte, dass du mir nicht mehr sagen kannst, was ich denken soll.« Tam lächelt zurück, die Liebe, die in seinem Lärm mitschwingt, ist nicht zu überhören. »Falsch, mein Junge«, sagt er zu mir. »Dagegen gibt's kein Heilmittel, jedenfalls keines, von dem ich weiß.«

»Nun ja«, sagt Hildy. »In Haven arbeitet man angeblich daran. Zumindest sagen das die Leute.«

»Welche Leute?«, fragt Tam zweifelnd.

»Talia sagt das«, meint Hildy. »Susan F. Meine Schwester.«

Tam bläst die Luft aus. »Darauf gebe ich nichts. Gerüchte, nichts als Gerüchte, mehr ist das nicht. Deiner Schwester kann man nicht mal glauben, wenn sie nur ihren Namen sagt, noch viel weniger, wenn es um etwas Wichtiges geht.«

»Aber …«, beginne ich, und mein Blick huscht ungläubig zwischen beiden hin und her, »aber wie kommt es, dass Hildy noch am Leben ist? Der Lärm tötet die Frauen. Er tötet alle Frauen.«

Tam und Hildy werfen einander wissende Blicke zu, und ich höre, nein, ich spüre, wie Tam etwas in seinem Lärm zusammenquetscht.

»Nein, das stimmt nicht, Todd«, erwidert Hildy betont sanft. »Wie ich schon deiner Freundin Viola gesagt habe: Sie ist hier sicher.«

»Sicher? Wie kann sie hier sicher sein?«

»Frauen sind immun dagegen«, erwidert Tam. »Haben Glück gehabt, diese Weibsleute.«

»Nein, das sind sie nicht«, sage ich, und meine Stimme überschlägt sich. »Das sind sie *nicht*! Die Frauen in Prentisstown haben sich mit dem Lärm angesteckt und alle sind daran *gestorben*! Meine *Mutter* ist daran gestorben! Vielleicht ist der Bazillus, den die Spackle bei uns verbreitet haben, stärker als bei euch, aber …«

»Todd, mein Junge.« Tam legt mir beruhigend die Hand auf die Schulter.

Ich schüttle sie ab, ich weiß nicht, was ich noch sagen soll. Viola hat die ganze Zeit über geschwiegen. Ich schaue sie Hilfe suchend an, aber sie weicht meinem Blick aus. »Was ich weiß, das weiß ich«, sage ich laut, aber genau darin liegt ja ein Teil des Problems.

Wie kann das stimmen?

Wie in aller Welt *kann das stimmen?*

Wieder sehen Tam und Hildy sich so merkwürdig an. Ich will in seinem Lärm lesen, aber er ist so wahnsinnig gewieft darin, seine Gedanken vor der Neugier anderer zu verbergen. Deshalb stoße ich nur auf freundliche Worte.

»Prentisstown hat eine traurige Vergangenheit, Kleiner«, sagt er. »Dort ist eine ganze Menge schiefgelaufen.«

»Da irrst du dich«, antworte ich, aber meine Stimme verrät meine eigenen Zweifel.

»Jetzt ist nicht der rechte Augenblick, um darüber zu sprechen, Todd«, wirft Hildy ein. Sie reibt Violas Schulter und Viola lässt es geschehen. »Ihr braucht etwas zu essen und ein bisschen Schlaf. Unsere Vi hier sagt, dass ihr auf eurer langen Reise kaum etwas gegessen habt. Wenn ihr satt und ausgeschlafen seid, sieht die Welt ganz anders aus.«

»Und ich bin wirklich keine Gefahr für sie?«, frage ich und gebe mir größte Mühe, Vi dabei nicht anzusehen.

»Nun, was den Lärm angeht, ganz sicher nicht«, versichert Hildy. Ein Lächeln huscht über ihr Gesicht. »Und ob sie auch sonst keine Angst vor dir haben muss, nun, das weißt du selbst am besten.«

Ich wünsche mir so sehr, dass sie recht hat, und zugleich möchte ich ihr sagen, dass sie sich irrt, deshalb sage ich gar nichts.

»Komm mit«, sagt Tam und beendet das Schweigen. »Schlagen wir uns den Bauch voll.«

»Nein!«, sage ich, weil mir alles, was wir erlebt haben, plötzlich wieder ganz deutlich vor Augen steht. »Wir haben keine Zeit, uns *die Bäuche vollzuschlagen*. Wir werden verfolgt, Viola, falls du das schon vergessen hast, von Leuten, die sich keinen Deut um dein Wohlbefinden scheren.« Und zu Hildy sage ich: »Ich bin überzeugt, dein Essen ist ganz wunderbar, aber …«

»Todd, Jüngelchen …«, unterbricht mich Hildy.

»Ich bin kein Jüngelchen!«, plärre ich los.

Hildy verzieht missbilligend den Mund, aber ihre hochgezogenen Augenbrauen zeigen, dass sie nachsichtig ist. »Todd, Kleiner«, beginnt sie erneut, diesmal ein wenig leiser. »Kein Mensch von jenseits des Flusses würde je seinen Fuß an dieses Ufer setzen, kapierst du das denn nicht?«

»Stimmt«, sagt Tam. »Genau so ist es.«

Ich schaue von einem zum anderen. »Aber …«

»Seit mehr als zehn Jahren bewache ich diese Brücke«, fährt Hildy fort. »Und auch schon Jahre zuvor war ich die Wächterin. Zu meinen Aufgaben gehört es zu beobachten, ob jemand kommt.« Sie blickt zu Viola hinüber. »Niemand wird kommen. Ihr beide seid sicher hier.«

»Sag ich doch«, erklärt Tam und wippt auf den Zehen.

»Trotzdem …«, beharre ich, aber Hildy lässt mich erst gar nicht zu Wort kommen.

»Zeit für ein gutes Essen.«

Und damit ist, wie es scheint, das Thema erledigt. Viola meidet stur meinen Blick und hält die Arme vor der Brust verschränkt. Hildy hat den Arm um sie gelegt und gemeinsam gehen sie weg. Ich bleibe bei Tam, der darauf wartet, dass ich mitkomme. Ich kann nicht gerade behaupten, dass ich große Lust habe, auch nur einen Schritt weiterzugehen, aber alle anderen tun es, also tu ich's auch.

Tam schwatzt unentwegt und macht so viel Lärm wie eine ganze Stadt.

»Hildy sagt, ihr habt unsere Brücke in die Luft gejagt.«

»*Meine* Brücke«, mischt Hildy vor uns sich ein.

»Stimmt, sie hat sie gebaut«, bestätigt Tam. »Nicht dass jemand sie jemals überquert hätte.«

»Niemand?«, frage ich und denke an all jene, die über die Jahre hinweg aus Prentisstown verschwunden sind, all jene, die auf einmal nicht mehr da waren. Keiner von ihnen ist also bis hierher gekommen.

»Recht ordentliches Bauwerk, diese Brücke«, redet Tam weiter, als hätte er mich nicht gehört, und vielleicht hat er mich ja wirklich nicht gehört, was kein Wunder wäre, so laut, wie er spricht. »Ein wenig schade ist es schon, dass sie jetzt nicht mehr da ist.«

»Uns blieb keine andere Wahl«, erkläre ich.

»Oh, es gibt immer mehr als nur eine Möglichkeit, Jüngelchen, aber nach allem, was ich gehört habe, hast du die richtige Entscheidung getroffen.«

Eine Weile laufen wir schweigend weiter. »Und du bist sicher, dass uns auf dieser Seite nichts passieren kann?«, frage ich noch einmal.

»Sicher ist gar nichts«, sagt er. »Aber Hildy hat recht.« Er grinst, es ist ein trauriges Grinsen, wie ich finde. »Es sind nicht nur niedergebrannte Brücken, die die Menschen von dieser Seite des Flusses fernhalten.«

Ich versuche in seinem Lärm zu lesen, um herauszufinden, ob er die Wahrheit sagt, aber da ist es hell und klar, es ist ein angenehmer, warmer Ort, an dem alles, was man möchte, wahr sein könnte. Ganz anders als bei den Männern in Prentisstown.

»Das verstehe ich nicht«, überlege ich weiter. »Dann gibt es also verschiedene Arten von Lärmbazillen?«

»Klingt mein Lärm anders als deiner?« Tam scheint ernsthaft an einer Antwort interessiert zu sein.

Ich schaue ihn an und lausche eine Sekunde lang. Hildy und Prentisstown und Kartoffeln und Schafe und Siedler und undichtes Rohr und Hildy.

»Du denkst oft an deine Frau.«

»Sie ist der hellste Stern an meinem Himmel, mein Junge. Ich wäre untergegangen in meinem eigenen Lärm, hätte sie nicht ihre Hand ausgestreckt und mich gerettet.«

»Wie meinst du das?«, frage ich verblüfft. »Bist du im Krieg gewesen?«

Die Frage trifft ihn unerwartet. Sein Lärm wird so grau und eintönig wie ein Regentag und ich kann gar nichts mehr darin lesen.

»Ich habe im Krieg gekämpft«, sagt er schließlich. »Aber Krieg ist nichts, worüber man in der freien Natur an einem schönen Sonnentag spricht.«

»Warum nicht?«

»Ich bete zu allen meinen Göttern, dass du das nie herausfinden musst.« Er legt mir eine Hand auf die Schulter und diesmal schüttle ich sie nicht ab.

»Wie machst du das?«, frage ich ihn.

»Was?«

»Dass du deinen Lärm so gleichförmig hältst, dass ich gar nichts darin lesen kann.«

Er lächelt. »Hab jahrelange Übung darin, gewisse Dinge vor einer alten Frau zu verheimlichen.«

»Deshalb kann ich seinen Lärm so gut lesen«, ruft Hildy von vorn. »Er wird immer besser im Verstecken, ich werde immer besser im *Aufspüren.*«

Beide lachen. Ich ertappe mich dabei, wie ich versuche Violas Blick zu erhaschen und dabei die Augen zu verdrehen wegen der beiden komischen Alten, aber Viola schaut nicht zu mir her, und ich versuche es kein zweites Mal.

Der Pfad ist jetzt nicht mehr ganz so steinig, er führt zu einer letzten Anhöhe, und plötzlich liegt eine Farm vor uns, ein sanft geschwungenes Gelände mit Weizen- und Kohlfeldern und einer Weide mit ein paar Schafen.

»Hallo, Schafe!«, ruft Tam.

»Schaf!«, antworten die Schafe.

Zuerst kommen wir zu einer großen Holzscheune, wetterfest und massiv gebaut wie die Brücke. Sie würde, wenn nötig, für alle Zeiten hier stehen.

»Wohl wahr, aber nur, wenn ihr sie nicht in die Luft jagt«, sagt Hildy vergnügt.

»Das möchte ich mal sehen, wie die Frischlinge sich damit abplagen«, erwidert Tam lachend.

Langsam gehen sie mir ein bisschen auf die Nerven, weil sie über jede verdammte Kleinigkeit lachen.

Dann kommen wir zum Farmhaus, das völlig anders aussieht als gewohnt.

Es scheint aus Metall zu sein wie die Tankstelle und die Kirche bei uns zu Hause, ist allerdings viel weniger zerbeult. Ein Teil des Hauses glänzt und blitzt und schwingt sich wie ein Segel himmelwärts, auch einen Schornstein gibt es, er ist seltsam gebogen und oben abgeknickt, und Rauch steigt aus ihm auf. Der andere Teil ist aus Holz, er wurde direkt an das Metall angebaut und ist ebenso massiv wie die Scheune, hat jedoch eine ganz eigenartige Form ...

»Flügel!«, rufe ich verwundert.

»Stimmt, es sind Flügel«, sagt Tam. »Und weißt du auch, zu welchem Vogel sie gehören?«

Ich schaue genauer hin. Das Farmhaus sieht aus wie ein Vogel, der Schornstein ist der Kopf und der Hals, darunter befinden sich die glänzende Brust und hölzerne Schwingen, ja, das Gebilde sieht aus wie ein Vogel im Wasser.

»Das ist ein Schwan, Todd«, sagt Tam.

»Ein was?«

»Ein Schwan.«

»Was ist das, ein Schwan?«, frage ich, ohne den Blick von dem Haus wenden.

Einen Moment lang klingt sein Lärm verblüfft, dann spüre ich einen Anflug von Traurigkeit bei ihm.

»Was ist?«, frage ich.

»Nichts, Jüngelchen«, sagt er. »Nur Erinnerungen an längst vergangene Zeiten.«

Viola und Hildy sind uns schon ein gutes Stück voraus, aber jetzt bleibt Viola stehen, Augen und Mund weit offen, wie ein Fisch.

»Na, was habe ich dir gesagt?«, fragt Hildy.

Viola rennt zum Gartenzaun. Sie starrt das Haus an, lässt ihren Blick über die Metallteile schweifen, mustert es von oben bis unten, von allen Seiten. Ich hole sie ein, bleibe neben ihr stehen. Mir fällt nichts ein, was ich sagen könnte (halt die Klappe).

»Das soll ein Schwan sein«, sage ich schließlich. »Was auch immer ein Schwan ist.«

Sie beachtet mich nicht und fragt Hildy: »Ist das eine Expansion 3/500?«

»Eine was?« Ich verstehe kein Wort.

»Sogar noch älter, mein Kind«, antwortet Hildy. »Das ist eine X 3/200.«

»Die Neueste, die wir hatten, war aus der Siebenerreihe«, sagt Viola.

»Das wundert mich nicht«, entgegnet Hildy.

»Was, zum Teufel, redet ihr da?«, frage ich. »Expansion X irgendwas?«

»Schafe!«, hören wir Manchee da in einiger Entfernung bellen.

»Das Schiff, mit dem wir hergekommen sind«, antwortet Hildy erstaunt über meine Unwissenheit. »Eine Expansion Klasse drei, Serie 200.«

Ich blicke ratlos in die Runde. In Tams Lärm erkenne ich ein fliegendes Raumschiff mit einer Bugverkleidung, die genauso aussieht wie das Haus, nur auf dem Kopf stehend.

»Ach ja«, sage ich, denn jetzt fallen mir Bens Worte wieder ein, und ich tue so, als hätte ich es die ganze Zeit gewusst. »Man baut die Häuser mit dem, was gerade zur Hand ist.«

»Ganz genau, Jüngelchen«, sagt Tam. »Man kann aber auch Kunstwerke daraus machen, wenn man Lust dazu hat.«

»Und wenn man eine Frau hat, die eine so gute Technikerin ist, dass sie selbst die verrücktesten Dinge zusammenbaut«, wirft Hildy ein.

»Woher kennst du das alles?«, frage ich Viola.

Sie schweigt und weicht meinem Blick aus.

»Heißt das ...«, fange ich an, frage dann aber nicht weiter.

Denn jetzt verstehe ich.

Natürlich, jetzt verstehe ich.

Viel zu spät wie immer, aber ich fange endlich an, alles zu verstehen.

»Du bist eine Siedlerin«, sage ich. »Ein neue Siedlerin.«

Sie zuckt mit den Schultern.

»Aber das abgestürzte Raumschiff ist doch viel zu klein.«

»Wir waren nur Kundschafter«, erklärt sie. »Das Schiff, von dem ich komme, ist eine Expansion Klasse sieben.«

Sie schaut Hildy und Tam an, die beide schweigen. Tams Lärm ist dröhnend und voller Neugier. Von Hildy kann ich gar nichts hören. Irgendwie beschleicht mich das Gefühl, dass Hildy bereits Bescheid wusste und ich nicht, dass Viola ihr die Geschichte ihres Absturzes erzählt hat und mir nicht, vielleicht nur deshalb, weil ich nicht gefragt habe, trotzdem ist es bitter.

Ich schaue zum Himmel auf.

»Dort oben ist sie, nicht wahr?«, frage ich. »Die Expansion Klasse sieben.«

Viola nickt.

»Und da sind noch mehr Siedler. Menschen, die nach New World wollen.«

»Als wir abgestürzt sind, ist alles kaputtgegangen«, erzählt Viola. »Ich habe keine Möglichkeit, mit ihnen Kontakt aufzunehmen. Keine Möglichkeit, sie zu warnen, damit sie fortbleiben.« Sie schaut mit einem leisen Stöhnen nach oben. »›Du musst sie warnen‹«.

»Das hat er nicht gemeint«, sage ich schnell, »auf gar keinen Fall.«

Viola verzieht das Gesicht. »Und warum nicht?«

»Wer hat was gemeint?«, fragt Tam.

»Wie viele?«, frage ich und lasse Viola dabei nicht aus den Augen, denn ich spüre, gleich wird sich die Welt für immer verändern. »Wie viele Siedler werden kommen?«

Viola holt tief Luft, und ich gehe jede Wette ein, dass sie das noch nicht mal Hildy erzählt hat.

»Tausende«, sagt sie. »Es sind Tausende.«

16

DIE NACHT OHNE VERGEBUNG

»Wohl wahr, es werden Monate vergehen, bis sie herkommen«, sagt Hildy und häuft mir eine weitere Portion zerstampfter Kartoffeln auf den Teller. Viola und ich haben ganz dicke Backen, so viel stopfen wir in uns hinein, und so sind es Hildy und Tam, die reden.

Wohl wahr, sie *reden*.

»Reisen im Weltraum sind ganz anders, als du es von den Videos kennst«, sagt Tam, und dabei rinnt ein Bächlein Bratensoße über seinen Bart. »Man braucht Jahre, Jahre und nochmals Jahre, um irgendwohin zu kommen. Vierundsechzig allein von der alten Welt bis hier zu uns in New World.«

»*Vierundsechzig Jahre?*«, frage ich mit vollem Mund.

Tam nickt. »Die Reise verbringt man in einer Kältestarre, dabei vergeht die Zeit, ohne dass man es merkt, allerdings nur, wenn man unterwegs nicht stirbt.«

Ich schaue Viola an. »Du bist vierundsechzig Jahre alt?«

»Vierundsechzig Jahre in der alten Welt«, sagt Tam und rechnet mit den Fingern. »Das wären … wie viele? Ungefähr achtundfünfzig, neunundfünfzig in New World …«

Viola schüttelt den Kopf. »Ich bin im Raumschiff auf die Welt gekommen. Ich habe niemals geschlafen.«

»Dann muss entweder dein Vater oder deine Mutter ein Betreuer gewesen sein«, sagt Hildy und beißt ein Stück von einem rübenartigen Gewächs ab. »Das ist jemand, der wach bleibt und das Raumschiff kontrolliert«, erklärt sie mir dann.

»Ja, mein Dad«, sagt Viola, »und vor ihm war es seine Mutter und davor sein Großvater.«

»Moment mal«, sage ich, ein bisschen schwer von Begriff wie immer. »Wenn wir jetzt also ungefähr zwanzig Jahre in New World sind ...«

»Dreiundzwanzig«, unterbricht mich Tam. »Kommt mir viel länger vor.«

»Dann bist du aufgebrochen, noch ehe *wir* hier waren«, überlege ich weiter. »Genauer gesagt, dein Vater oder Großvater oder wer auch immer.«

Ich blicke in die Runde, um festzustellen, ob noch jemand außer mir über diese Tatsache verblüfft ist. »Wieso?«, frage ich. »Wieso wolltet ihr hierher, ohne zu wissen, was euch erwartet?«

»Warum sind die *ersten* Siedler gekommen?«, fragt mich Hildy. »Warum suchen Menschen überhaupt einen neuen Ort zum Leben?«

»Weil man an dem Ort, an dem man bisher gelebt hat, nicht mehr länger bleiben will«, sagt Tam. »Weil es in deinem Heimatort so schlimm ist, dass du ihn verlassen musst.«

»Wohl wahr, die alte Welt ist dreckig, gewalttätig und übervölkert«, sagt Hildy und wischt sich mit einem Tuch übers Gesicht. »Sie zerfällt in ihre Einzelteile, die Menschen dort hassen und töten sich, sie sind erst dann zufrieden, wenn sie auch noch den Letzten ins Elend gestürzt haben. Zumindest war es so vor vielen, vielen Jahren.«

»Ich weiß nichts von der alten Welt«, sagt Viola, »ich selbst habe das nicht miterlebt. Mein Vater und meine Mutter ...« Sie verstummt.

Ich denke darüber nach, wie es wohl ist, in einem Raumschiff auf die Welt gekommen zu sein, einem *echten Raumschiff*. Wie es ist, zwischen Sternen aufzuwachsen und zu fliegen, wohin man will, statt auf einem abscheulichen Planeten festzusitzen, auf dem man nicht willkommen ist. Man kann überall hingehen. Wenn einem ein Ort nicht gefällt, sucht man sich einen anderen. Man ist frei, zu tun und zu lassen, was man will. Oh Mann, was könnte besser sein?

Erst jetzt merke ich, dass alle am Tisch verstummt sind. Hildy streicht Viola über den Rücken, und Violas Augen sind voller Tränen, und sie wiegt sich wieder vor und zurück.

»Was ist?«, frage ich. »Stimmt was nicht?«

Viola verzieht das Gesicht.

»*Was?*«, frage ich.

»Ich denke, wir haben fürs Erste genug über Violas Eltern geredet«, sagt Hildy liebevoll. »Höchste Zeit, dass Mädchen und Jungs die Augen zumachen.«

»Aber es ist noch gar nicht so spät«, protestiere ich und schaue aus dem Fenster. Die Sonne ist noch nicht einmal ganz untergegangen. »Wir müssen zur Siedlung ...«

»Die Siedlung heißt Farbranch«, sagt Hildy. »Und morgen gehen wir gleich in aller Frühe dorthin.«

»Aber diese Leute ...«

»Wohl wahr, Junge, ich habe hier schon für Frieden und

Ordnung gesorgt, als du noch gar nicht auf der Welt warst«, sagt Hildy freundlich, aber bestimmt. »Ich werde mit allem fertig, was kommt oder was nicht kommt.«

Ich sage nichts, und Hildy überhört einfach, was mein Lärm von sich gibt.

»Darf ich fragen, was euch nach Farbranch führt?«, mischt Tam sich ein. Er pickt an seinem Maiskolben herum, und seine Frage klingt weit weniger neugierig, als sein Lärm vermuten lässt.

»Nichts Besonderes, wir müssen einfach hin«, antworte ich.

»Alle beide?«

Ich sehe Viola an. Sie hat aufgehört zu weinen, aber ihr Gesicht ist verquollen. Diesmal beantworte ich Tams Frage nicht.

»Nun ja, dort gibt es viel zu tun«, sagt Hildy. Sie steht auf und nimmt ihren Teller. »Wenn ihr Arbeit sucht, in den Obstgärten wird immer jemand gebraucht, der mit anpackt.«

Auch Tam steht auf. Gemeinsam decken sie den Tisch ab, tragen das Geschirr in die Küche und lassen Viola und mich alleine zurück. Wir hören, wie sie sich in der Küche unterhalten, laut genug, um den Lärm zu übertönen, und leise genug, dass wir nichts mitkriegen.

»Meinst du wirklich, wir sollten die Nacht über hierbleiben?«, frage ich gedämpft.

Als hätte ich kein Wort gesagt, faucht Viola mich an. »Nur weil meine Gedanken und Gefühle nicht wie ein endloser Schrei die Welt überschwemmen, heißt das nicht, dass ich keine habe.«

Ich wende mich ihr verdutzt zu. »*Hey?*«

Sie bringt es fertig, leise und zornig zugleich zu sein. »Jedes Mal, wenn du denkst: *Ach, in ihr ist nichts als Leere.* Oder: *Sie denkt und fühlt ja gar nichts.* Oder: *Ich kann sie bei Tam und Hildy zurücklassen,* dann höre ich das, kapiert? Ich höre jeden Mist, den du denkst. Und ich verstehe viel mehr, als mir lieb ist.«

»Ach ja?«, flüstere ich, obwohl mein Lärm alles andere als ein Flüstern ist. »Jedes Mal, wenn *du* etwas denkst oder fühlst oder wenn du einen verrückten Einfall hast, dann höre ich das *nicht,* also wie soll ich, verdammt noch mal, etwas von dir wissen? Wie soll ich wissen, was los ist, wenn du es vor mir verbirgst?«

»Tu ich ja gar nicht«, zischt sie wütend. »Ich bin vollkommen *normal.*«

»Hier bist du nicht normal, Vi.«

»Woher willst du das wissen? Glaubst du, ich merke nicht, dass so gut wie alles, was die beiden sagen, neu für dich ist? Warst du nicht auf einer Schule? Hast du denn *überhaupt nichts* gelernt?«

»Geschichtskenntnisse sind nicht so wichtig, wenn's ums Überleben geht«, presse ich zwischen den Zähnen hervor.

»Genau dann sind sie am *wichtigsten*«, widerspricht Hildy, die plötzlich am Kopfende des Tisches steht. »Und falls dieser alberne Streit zwischen euch beiden noch nicht Beweis genug dafür ist, wie müde ihr seid, dann seid ihr sogar zu müde, um eure fünf Sinne beisammenzuhaben. Kommt mit.«

»Todd!«, bellt Manchee aus seiner Ecke hervor, macht sich aber weiter über den Hammelknochen her, den Tam ihm gegeben hat.

»Unsere Gästezimmer werden schon seit Langem für andere Zwecke genutzt«, erklärt Hildy. »Ihr müsst mit den Schlafbänken vorliebnehmen.«

Wir helfen ihr schweigend dabei, Laken und Betttücher zurechtzumachen, Viola noch immer mürrisch, ich mit flirrend rotem Lärm.

»Und jetzt«, sagt Hildy, als wir fertig sind, »entschuldigt ihr euch jeder bei dem anderen.«

»Was?«, fragt Viola. »*Warum?*«

»Das ist eine Sache, die nur uns beide angeht«, sage ich abweisend.

»Geht niemals zerstritten zu Bett«, sagt Hildy. Sie hat die Hände in die Hüften gestützt und macht ganz den Eindruck, als würde sie keinen Schritt zurückweichen, ja als warte sie geradezu auf Widerspruch. »Nicht, wenn ihr Freunde bleiben wollt.«

Viola und ich sagen nichts.

»Er hat dein Leben gerettet?«, fragt Hildy Viola.

Viola schaut auf den Boden, schließlich sagt sie: »Ja.«

»Stimmt, genauso war es«, erkläre ich.

»Und sie hat bei der Brücke dein Leben gerettet, nicht wahr?«, fährt Hildy fort.

Oh.

»Ja«, sagt Hildy. »Oh. Und das ist doch etwas wert, meint ihr nicht auch?«

Wir schweigen.

Hildy seufzt. »Na schön. Zwei Frischlinge sollten selbst entscheiden, in welcher Form sie sich entschuldigen, schätze ich.« Sie geht hinaus, ohne auch nur Gute Nacht zu sagen.

Ich kehre Viola den Rücken zu, sie kehrt mir den Rücken zu. Ich ziehe die Schuhe aus und krieche unter eine Decke auf Hildys Schlafbank, was nur eine ulkige Umschreibung für »Sofa« ist. Viola legt sich ebenfalls hin. Manchee springt zu mir herauf und rollt sich zu meinen Füßen zusammen.

Außer meinem Lärm und dem Knistern eines Feuers, für das es viel zu warm ist, ist nichts zu hören. Die Sonne kann gerade mal untergegangen sein, aber die weichen Kissen und die weiche Decke und das Zuviel an Wärme machen, dass mir ganz schnell die Augen zufallen.

»Todd?«, ruft Viola von ihrem Sofa auf der gegenüberliegenden Seite des Zimmers.

Ich schrecke aus dem Halbschlaf hoch. »Was ist?«

Einen Moment lang sagt sie gar nichts, und ich vermute, sie denkt über eine Entschuldigung nach.

Aber nein.

»Steht in deinem Buch auch, was du machen sollst, wenn du in Farbranch bist?«

Mein Lärm glüht noch etwas rötlicher. »Kümmere dich nicht darum, was in meinem Buch steht. Das geht nur mich etwas an.«

»Erinnerst du dich, als du mir im Wald die Landkarte gezeigt hast?«, fährt sie ungerührt fort. »Du sagtest, wir müssten zu dieser Siedlung gehen. Weißt du noch, was unter der Karte geschrieben stand?«

»Klar weiß ich das.«

»Und was war es?«

Da ist zwar kein offener Spott in ihrer Frage, zumindest höre ich keinen, aber was soll es denn sonst sein? Was anderes sollte sie tun, außer sich über mich lustig machen?

»Schlaf einfach, okay?«, sage ich.

»Es war *Farbranch*«, erwidert sie. »Das war der Name der Siedlung, zu der wir gehen sollen.«

»Halt doch die Klappe.« Mein Lärm fängt wieder an zu schwirren.

»Es ist doch nichts dabei, wenn man nicht ...«

»Ich habe gesagt, du sollst die Klappe halten!«

»Ich könnte dir helfen …«

Mit einem Satz springe ich auf und stoße Manchee von der Schlafbank, dass er auf den Boden plumpst. Ich klemme das Laken und die Decke unter den Arm, stapfe wütend in den Raum, in dem wir gegessen haben, werfe das Bettzeug auf den Boden und lege mich hin, möglichst weit weg von Viola und ihrer nichtssagenden, üblen Stille.

Manchee bleibt bei Viola im Zimmer. Typisch.

Ich schließe die Augen, doch ich kann um nichts in der Welt einschlafen.

Bis ich dann doch irgendwie einschlafe.

Denn ich laufe einen Pfad entlang, ich bin im Sumpf, aber gleichzeitig bin ich auch in Prentisstown, und unsere Farm ist auch da, und Ben und Cillian und Viola, und sie fragen mich: »Was machst du hier, Todd?«, und Manchee bellt: »Todd! Todd!« Und Ben packt mich am Arm und zieht mich zur Tür hinaus, und Cillian hat den Arm um meine Schulter gelegt und schiebt mich fort, und Viola stellt das Feuerkästchen an unsere Haustür, und das Pferd des Bürgermeisters stampft geradewegs hindurch und tritt sie platt, und hinter Bens Rücken bäumt sich ein Krokodil auf, das Aarons Gesicht hat, und ich schreie: »Nein!« Und …

… und ich richte mich auf und bin schweißgebadet. Mein Herz rast wie ein galoppierendes Pferd, und ich erwarte jeden Augenblick, dass der Bürgermeister und Aaron sich über mich beugen.

Aber es ist nur Hildy. Sie steht an der Tür und sagt: »Was zum Teufel machst du hier drinnen?« Die Morgensonne strahlt hinter ihr so hell, dass ich mir die Hände vor die Augen halten muss, um nicht geblendet zu werden.

»Bequemer hier«, murmle ich, aber mein Herz hämmert.

»Darauf wette ich«, sagt sie und liest meinen soeben erwachenden Lärm. »Frühstück wartet.«

Der Geruch nach gebratenem Hammelspeck weckt auch Viola und Manchee auf. Ich lasse Manchee hinaus, damit er seinen morgendlichen Haufen machen kann, aber Viola und ich schweigen einander an. Während wir essen, gesellt sich Tam zu uns, er kommt von draußen, wo er vermutlich die Schafe gefüttert hat. Genau das Gleiche würde ich jetzt auch tun, wenn ich zu Hause wäre.

Zu Hause, denke ich.

Egal.

»Halt dich ran, Kleiner«, sagt Tam und stellt geräuschvoll eine Tasse Kaffee vor mich hin. Mit gesenktem Kopf trinke ich davon.

»Ist da draußen jemand?«, murmele ich in meine Tasse.

»Nicht das leiseste Flüstern«, antwortet Tam. »Und es ist ein wunderschöner Tag.«

Ich blicke zu Viola hinüber, aber sie beachtet mich nicht. Ja, wirklich, während wir essen, uns die Gesichter waschen, uns umziehen und die Taschen neu packen, spricht keiner ein Wort mit dem anderen.

»Viel Glück, ihr beiden«, sagt Tam, als wir im Begriff sind, mit Hildy nach Farbranch aufzubrechen. »Wohl wahr, es ist immer schön, wenn zwei Menschen, die ganz allein sind, Freunde werden.«

Auch darauf erwidern wir nichts.

»Kommt schon, ihr Frischlinge«, drängt Hildy, »wir vergeuden unsere Zeit.«

Wir gehen den Pfad zurück, der nach kurzer Zeit auf die Straße stößt, die vermutlich zur Brücke geführt hat.

»Das war einmal die Hauptverbindungsstraße von Farbranch nach Prentisstown«, sagt Hildy, die ein kleines Bündel bei sich trägt. »Oder auch New Elizabeth, wie es damals hieß.«

»Wie was damals hieß?«, frage ich.

»Prentisstown«, erklärt sie.

»So hieß es nie«, sage ich mit hochgezogenen Augenbrauen. Hildy blickt mich an und ihre hochgezogenen Augenbrauen machen sich über meine lustig. »Ach nein? Dann muss ich mich täuschen.«

»Scheint so«, sage ich.

Viola schnaubt spöttisch. Ich werfe ihr einen Blick zu, der töten könnte.

»Gibt es dort jemanden, bei dem wir unterkommen können?«, fragt sie Hildy, ohne mich zu beachten.

»Ich bringe euch zu meiner Schwester«, sagt Hildy. »Dieses Jahr ist sie die stellvertretende Bürgermeisterin, müsst ihr wissen.«

»Und was machen wir dort?«, frage ich und wirble mit den Fußspitzen Staub auf.

»Schätze, das hängt von euch ab«, sagt Hildy. »Ihr habt euer Schicksal selbst in der Hand.«

»Bis jetzt nicht«, höre ich Viola leise sagen, und das sind genau dieselben Worte, die auch in meinem Lärm herumschwirren, sodass wir beide aufschauen und unsere Blicke sich treffen.

Beinahe hätten wir gelächelt. Aber wir tun's nicht.

Im selben Augenblick hören wir den Lärm.

»Ah«, sagt Hildy, die ihn ebenfalls hört. »Das ist Farbranch.«

Die Straße führt eine Anhöhe hinauf, von der man in ein kleines Tal schauen kann.

Und da liegt sie.

Die andere Siedlung. Die andere Siedlung, die es eigentlich gar nicht geben dürfte.

Der Ort, zu dem Ben uns geschickt hat. Und wo wir vielleicht in Sicherheit sind.

Das Erste, was ich auf dem Weg, der sich durch Obstgärten ins Tal schlängelt, sehe, sind schnurgerade Baumreihen, durchzogen von Fußwegen und Bewässerungsanlagen. Sie erstrecken sich bis zu den Gebäuden am Fuße des Tals, bis zu einem Bach, der flach und gemächlich dahinplätschert, um dann irgendwo in einen größeren Fluss zu münden.

Und überall sind Männer und Frauen.

Die meisten haben sich in den Obstgärten verteilt, sie tragen grobe Arbeitskittel, die Männer Hemden mit langen Ärmeln, die Frauen lange Kleider. Mit großen Messern schneiden sie eine Art Pinienfrucht, tragen sie in Körben davon, oder sie sind mit den Bewässerungsrohren beschäftigt.

Männer und Frauen, Frauen und Männer.

Grob geschätzt sind es ein paar Dutzend Männer, weniger als in Prentisstown.

Wer weiß, wie viele Frauen es sind?

An einem Ort, der ganz anders ist als Prentisstown.

Ihr Lärm (und ihre Stille) zieht wie eine Nebelwolke zu uns herauf.

Zwei bitte und Meiner Meinung nach und Unkrauthaufen und Vielleicht sagt sie Ja, vielleicht auch nicht und Wenn der Gottesdienst um eins zu Ende ist, dann kann ich immer noch und so weiter und so weiter, ohne Ende, Amen.

Ich bleibe einen Augenblick lang auf der Straße stehen und schaue nur, denn ich bin noch nicht bereit hinunterzugehen. Es ist seltsam.

Um ehrlich zu sein, es ist mehr als nur seltsam.

Es ist so, ich weiß auch nicht, so *ruhig*. Es hört sich an wie ein normaler Schwatz, den man mit Freunden hält. Da ist nichts Böses oder Beleidigendes.

Und alle scheinen zufrieden zu sein.

Nirgendwo findet sich diese schreckliche, angsteinflößende, verzweifelte Sehnsucht, so weit ich hören und fühlen kann.

»Teufel noch mal, hier ist es ganz bestimmt nicht wie in Prentisstown«, sage ich halblaut zu Manchee.

Keine Sekunde später höre ich, wie der Lärm vom Feld nebenan zu uns herüberdringt: Prentisstown?

Und dann höre ich den Namen an ganz verschiedenen Orten. Prentisstown? und Prentisstown? und dann sehe ich, dass die Männer in den umliegenden Gärten aufgehört haben, Obst oder was auch immer einzusammeln. Sie stehen auf. Sie schauen uns an.

»Kommt weiter«, sagt Hildy. »Lauft einfach weiter. Das ist nur Neugierde.«

Das Wort Prentisstown breitet sich wie ein Lauffeuer über die Felder aus. Manchee drückt sich dichter an meine Beine. Während wir weitergehen, starrt man uns von allen Seiten an. Sogar Viola rückt ein wenig näher heran, sodass wir ein kleines Grüppchen bilden.

»Nichts, worüber man sich Gedanken machen müsste«, versichert Hildy. »Hier gibt es jede Menge Leute, die euch kennenlernen …«

Sie bricht mitten im Satz ab.

Ein Mann hat sich uns in den Weg gestellt.

Seiner Miene nach zu urteilen, will er alles andere, als uns kennenlernen.

»Prentisstown?«, sagt er, und sein Lärm wird unangenehm rot, unangenehm schnell.

»Morgen, Matthew«, sagt Hildy. »Ich bringe euch …«

»Prentisstown«, unterbricht der Mann sie, und diesmal ist es keine Frage, und er sieht auch nicht mehr Hildy an.

Sondern mich.

»Du bist hier nicht willkommen«, sagt er. »Ganz und gar nicht willkommen.«

Und in der Hand hält er die größte Machete, die ich je gesehen habe.

17

BEGEGNUNG IM OBSTGARTEN

MEINE HAND TASTET NACH HINTEN zu meinem Messer.

»Lass es sein, Todd, mein Junge«, sagt Hildy, den Blick unverwandt auf den Mann gerichtet. »So geht das nicht.«

»Was bringst du uns da, Hildy?«, sagt der Mann, die Machete in der Hand wiegend. Er starrt mich an und in seiner Frage schwingt Überraschung mit und ...

... und etwa auch Schmerz?

»Wohl wahr, ich bringe euch zwei Frischlinge, einen Jungen und ein Mädchen«, sagt Hildy. »Sie wissen nicht, wohin. Also mach Platz, Matthew.«

»Ich sehe keinen Jungen«, sagt Matthew mit blitzenden Augen. Er ist außerordentlich groß, hat Schultern wie ein Ochse und buschige Augenbrauen, die eher Verwirrung ausdrücken als Raffinesse oder Zorn. Trotzdem sieht er aus wie ein wandelnder, sprechender Gewittersturm. »Ich seh da einen Prentisstown-Mann. Einen Prentisstown-Mann mit Prentisstown-Dreck in seinem Prentisstown-Lärm.«

»Nein, das stimmt nicht«, entgegnet ihm Hildy. »Hör genau hin.«

Aber Matthews Lärm ist schon da, bedrängt mich, legt würgende Hände um meinen Hals, dringt in meine Gedanken ein, plündert sie. Sein Lärm ist zornig, fragend, schrill wie ein Feuer und so flackernd, dass ich gar nichts von seinen Gedanken mitkriege.

»Du kennst das Gesetz, Hildy«, sagt Matthew.

Das Gesetz?

»Das Gesetz ist für Männer«, sagt Hildy. Ihre Stimme bleibt dabei ganz ruhig, so als plauderten wir übers Wetter. Merkt diese Frau denn nicht, wie rot der Lärm dieses Mannes wird? Rot ist nicht die passende Farbe für eine Plauderei. »Der Kleine ist kein richtiger Mann.«

»Ich habe noch achtundzwanzig Tage«, sage ich, ohne nachzudenken.

»Deine Zahlenspielerei kannst du bleiben lassen, Junge«, stößt Matthew hervor. »Mir ist egal, wie viele Tage du noch vor dir hast.«

»Immer mit der Ruhe, Matthew«, sagt Hildy schärfer, als mir lieb ist. Zu meiner Verblüffung sieht Matthew sie niedergeschlagen an und weicht einen Schritt zurück. »Der Junge ist aus Prentisstown abgehauen«, fährt sie etwas sanfter fort. »Er ist auf der Flucht.«

Misstrauisch sieht Matthew zuerst Hildy, dann mich an. Schließlich lässt er die Machete sinken. Zumindest ein wenig.

»Genau wie du«, sagt Hildy.

Was?

»Bist du etwa aus Prentisstown?«, platze ich heraus.

Sofort ist das Buschmesser wieder oben. Matthew macht einen Schritt auf mich zu, so drohend, dass Manchee anfängt zu bellen. »Zurück! Zurück! Zurück!«

»Ich komme aus *New Elizabeth*«, knurrt Matthew mit zusammengebissenen Zähnen. »Aber ganz bestimmt *nicht* aus Prentisstown, Junge. Merk dir das.«

Inzwischen sehe ich klarer in seinem Lärm. Da ist von unglaublichen Erlebnissen die Rede, sie schwappen aus ihm hervor wie eine Flutwelle, die er nicht aufhalten kann, Taten, schlimmer als in den schlimmsten Videos, die Mr Hammar heimlich den ältesten, gewalttätigsten Jungs der Stadt gezeigt hat, wo Menschen tatsächlich zu sterben scheinen, auch wenn man's nicht mit Sicherheit sagen konnte. Bilder und Wörter und Blut und Schreie und …

»Hör sofort auf damit!«, ruft Hildy. »Reiß dich zusammen, Matthew Lyle. Reiß dich *gefälligst* zusammen.«

Matthews Lärm verklingt jäh, aber er ist noch da, schäumt, der Mann hat nicht so viel Selbstbeherrschung wie Tam, aber sehr viel mehr als jedermann in Prentisstown.

Sobald ich an die Stadt denke, ist die Machete wieder oben. »Du wirst dieses Wort hier bei uns nicht mehr aussprechen, Junge«, blafft er mich an. »Nicht, wenn dir dein Leben lieb ist.«

»Niemand bedroht meine Gäste in meiner Gegenwart«, sagt Hildy laut und deutlich. »Ist das klar?«

Matthew schaut sie an, er nickt nicht, sagt nicht Ja, aber alle haben begriffen, dass er begriffen hat. Was nicht heißt, dass es ihm passt. Sein Lärm pikst mich und rempelt mich an, würde mich am liebsten schlagen. Nach einer Weile nimmt er sich Viola vor.

»Was ist das für eine?«, fragt er und deutet mit dem Buschmesser auf sie.

Und dann, ich schwör's, dann passiert es, ohne dass ich so recht weiß, wie.

Gerade noch stehe ich etwas abseits und gleich darauf werfe ich mich zwischen Matthew und Viola und richte mein gezücktes Messer gegen ihn. Mein Lärm poltert wie eine Lawine, und ich schreie Matthew an: »Weg von ihr, und zwar schnell!«

»Todd!«, ruft Hildy.

»Todd!«, bellt Manchee.

»Todd!«, schreit Viola.

Aber da bin ich, da bin ich mit dem Messer, und mein Herz trommelt wie verrückt, so als würde es erst jetzt begreifen, was ich gerade tue.

Denn ich weiche nicht zurück.

Was soll man, bitte, dazu sagen?

»Nur zu, Prentiss-Junge«, knurrt Matthew und lässt das Buschmesser kreisen. »Komm, gib mir einen Grund ...«

»Schluss jetzt!«, sagt Hildy.

Diesmal ist eine solche Bestimmtheit in ihrem Ton, dass Matthew sich zurückzieht. Er umklammert seine Waffe, starrt erst mich an, danach Hildy, und sein Lärm pocht wie eine Wunde.

Dann verzerrt sich sein Gesicht.

Und dann fängt er doch tatsächlich an zu weinen.

Bemüht, die Tränen zu unterdrücken, grollend, stark wie ein Bulle, die Machete in der Hand, steht er da und weint.

Und das ist so ziemlich das Letzte, was ich erwartet habe.

»Steck das Messer weg, Todd«, sagt Hildy leise zu mir.

Matthew lässt das Buschmesser fallen. Er fährt sich mit dem Arm über die Augen und schnieft und schluchzt und stöhnt. Ich schaue zu Viola. Sie starrt Matthew an, vermutlich ist sie genauso ratlos wie ich.

Ich lasse den Arm sinken, halte das Messer aber fest umklammert. Ich lasse es nicht los, noch nicht.

Matthew holt tief Luft, Schmerz und Trauer tropfen aus seinem Lärm und auch Wut darüber, dass er vor allen anderen die Selbstbeherrschung verloren hat. »Ich dachte, es ist vorbei«, keucht er. »Lange vorbei.«

»Ich weiß«, erwidert Hildy und legt die Hand auf seinen Arm.

»Was geht hier vor?«, frage ich.

»Das braucht dich nicht zu kümmern, Kleiner«, sagt Hildy. »Prentisstown hat eine traurige Geschichte.«

»Das hat Tam auch schon gesagt«, erwidere ich. »Als ob ich das nicht selbst wüsste.«

Matthew sieht mich an. »Du weißt gar nichts, Kleiner«, sagt er mit zusammengebissenen Zähnen.

»Das reicht«, erklärt Hildy. »Der Junge ist nicht dein Feind.« Und mit strengem Blick fügt sie hinzu: »Und aus genau diesem Grund legt er jetzt sein Messer weg.«

Ich drehe das Messer in der Hand hin und her, aber schließlich stecke ich es doch in die Scheide zurück. Matthew beäugt mich finster, aber er tritt ganz eindeutig den Rückzug an, und ich frage mich, wer Hildy ist, dass er ihr gehorcht.

»Sie sind beide unschuldige Lämmchen, Matthew«, sagt Hildy.

»Keiner ist unschuldig«, erwidert Matthew bitter und schnieft noch einmal kräftig, ehe er die Machete aufhebt. »Keiner.«

Dann geht er, ohne sich noch ein einziges Mal umzudrehen, in den Obstgarten zurück.

Alle anderen rühren sich nicht vom Fleck und starren uns an.

»Wenn ihr weiter so rumsteht, ist der Tag bald vorbei.« Hildy dreht sich im Kreis und mustert einen nach dem anderen.

»Später ist noch genug Zeit, um einander näher kennenzulernen, wohl wahr.«

Viola und ich sehen zu, wie die Leute zu den Bäumen und den Obstkörben oder was auch immer zurückkehren. Manche lassen uns trotzdem nicht aus den Augen, die meisten jedoch wenden sich ihrer Arbeit zu.

»Hast du hier das Sagen oder so?«, frage ich.

»Oder so, Frischling, oder so. Komm, du hast die Stadt ja noch gar nicht richtig gesehen.«

»Von welchem Gesetz hat er gesprochen?«

»Das ist eine lange Geschichte, mein Junge«, sagt sie. »Ich erzähle sie dir später.«

Der Weg windet sich durch die Obstgärten talwärts. Er ist breit genug, dass Menschen mit ihren Fahrzeugen und Pferden Platz haben, wobei ich jedoch ausschließlich Leute zu Fuß sehe.

»Was für eine Frucht ist das?«, fragt Viola, als zwei Frauen vor uns mit prall gefüllten Körben die Straße überqueren.

»Pinienzapfen«, erklärt Hildy. »Zuckersüß, viele Vitamine.«

»Die kenne ich ja gar nicht«, sage ich.

»Nein«, sagt Hildy. »Woher auch?«

Mein Blick schweift über Baumreihen, die viel zu zahlreich sind für eine kleine Ortschaft mit kaum mehr als fünfzig Einwohnern, wie ich vermute. »Esst ihr das alles selbst?«

»Natürlich nicht«, sagt Hildy. »Wir treiben Handel mit anderen Orten.«

Die Verblüffung ist so deutlich aus meinem Lärm herauszulesen, dass Viola ein wenig lachen muss.

»Dachtest du etwa, es gibt nur zwei Siedlungen in New World?«, fragt Hildy.

»Nein«, antworte ich und spüre, wie ich rot werde. »Aber die anderen wurden im Krieg dem Erdboden gleichgemacht.«

»Hm«, brummt Hildy und beißt sich auf die Unterlippe. Sie nickt, sagt aber kein Wort mehr.

»Hast du von Haven gesprochen?«, fragt Viola leise.

»Haven was?«, frage ich.

»Die andere Siedlung«, sagt Viola, ohne mich anzuschauen. »Hildy hat gesagt, in Haven könnte es ein Heilmittel gegen den Lärmbazillus geben.«

»Ach«, seufzt Hildy. »Das sind nur Gerüchte und Vermutungen.«

»Haven gibt es also wirklich?«, frage ich.

»Es ist die größte und älteste Siedlung von allen«, erklärt Hildy. »Fast so etwas wie eine Großstadt in New World. Meilen von hier entfernt. Nichts für einfache Bauern wie uns.«

»Die kenne ich ja gar nicht«, sage ich wieder.

Keiner sagt etwas darauf, und mich beschleicht das Gefühl, dass sie nur höflich sein wollen. Viola hat mich nicht mehr richtig angesehen, seit ich mich zwischen sie und Matthews Machete gestellt habe. Ehrlich gesagt, weiß ich nicht so recht, wie ich mich verhalten soll.

Also gehen wir einfach weiter.

Farbranch besteht aus etwa sieben Häusern. Sie sind kleiner als die von Prentisstown, aber es sind Häuser, obgleich sie ganz anders aussehen und man fast meinen könnte, wir wären gar nicht mehr in New World.

Das erste Gebäude, an dem wir vorbeikommen, ist eine kleine steinerne Kirche, sauber und einladend und so ganz anders als das düstere Gehäuse, in dem Aaron seine Predigten hält.

Einige Schritte weiter befindet sich ein Gemischtwarenladen und daneben eine Mechanikerwerkstatt, obwohl ich nirgends größere Fahrzeuge sehe. Auch kein Atomkraftrad, nicht mal ein ausrangiertes. Das nächste Gebäude sieht aus wie eine Versammlungshalle, bei einem anderen deutet eine in die Tür geschnitzte Schlange auf einen Arzt hin, und zwei scheunengroße Gebäude scheinen Vorratslager zu sein.

»Nicht sehr viel«, sagt Hildy. »Aber es ist ein Zuhause.«

»Nicht für dich«, erwidere ich. »Du lebst weit draußen.«

»Wie die meisten anderen Leute auch«, sagt Hildy. »Auch wenn man sich daran gewöhnt hat, ist es trotzdem angenehmer, nur den eigenen Lärm um sich zu haben. Hier ist zu viel Getöse.«

Ich lausche, warte auf das Getöse, aber es ist *nichts* im Vergleich zu Prentisstown. Natürlich gibt es in Farbranch Lärm, die Männer gehen den üblichen, langweiligen Alltagsgeschäften nach, ihr Kopf schnattert bedeutungsloses Zeug: **Hacken, hacken, hacken** und **Ich gebe dir allerhöchstens sieben fürs Dutzend** und **Hör doch nur, wie sie singt, hör doch** und **Heute Abend muss ich den Hühnerstall reparieren** und **Gleich fällt er runter** und so weiter und so weiter. Das alles kommt mir so nebensächlich und harmlos vor, es ist wie ein wohliges Bad verglichen mit dem schwarzen Lärm, den ich gewohnt bin.

»Oh, manchmal wird er auch hier schwarz«, sagt Hildy. »Denn auch hier haben Männer ihre Launen. Und Frauen nicht weniger.«

»Manche Leute würden es unhöflich nennen, den Lärm eines Mannes zu belauschen«, sage ich.

»Stimmt, Frischling«, sagt Hildy schmunzelnd. »Aber du hast ja selbst gesagt, dass du noch keiner bist.«

Wir überqueren die Hauptstraße, und dabei begegnen wir ein paar Männern und Frauen, einige tippen grüßend an den Hut, als sie Hildy sehen, die meisten jedoch starren uns an.

Ich starre zurück.

Wenn man genau hinhört, hört man die Frauen fast genauso deutlich wie die Männer. Sie sind wie Felsen, über die der Lärm hinwegflutet, und wenn man erst einmal daran gewöhnt ist, filtert man ihre Stille heraus, sie ist in einzelnen, verstreuten Punkten nicht viel anders als Viola und Hildy. Ich wette, wenn ich stehen bliebe, könnte ich ganz genau feststellen, wie viele Frauen in jedem Haus sind.

Und was soll ich sagen? Mit dem Lärm so vieler Männer vermischt fühlt sich die Stille der Frauen nur halb so einsam an.

Da bemerke ich zwei sehr kleine Menschen, die uns aus einem Gebüsch anstarren.

Kinder.

Kinder, kleiner als ich, *jünger* als ich.

Die ersten Kinder, die ich je zu Gesicht bekommen habe.

Eine Frau mit einem Tragekorb wird auf sie aufmerksam und scheucht sie mit einer Handbewegung fort. Sie runzelt die Stirn und gleichzeitig lächelt sie. Die Kinder verschwinden kichernd hinter der Kirche.

Ich schaue ihnen nach und meine Brust wird eng.

»Kommst du?«, ruft Hildy mich.

»Gleich«, sage ich und starre auf die Stelle, an der die Kinder verschwunden sind. Schließlich gehe ich weiter, aber mein Kopf wendet sich immer wieder um.

Kinder. Echte Kinder. Das ist ein Ort, an dem Kinder *sicher* sind, also könnte vielleicht auch Viola hier sicher sein, bei diesen freundlich wirkenden Männern und diesen Frauen und Kindern. Ich ertappe mich dabei, wie ich überlege, ob sie hier sicher wäre, auch wenn ich selbst es ganz offensichtlich nicht bin.

Bestimmt wäre sie es.

Ich blicke zu Viola hin und sehe gerade noch, wie sie ganz schnell wegschaut.

Hildy führt uns zu dem Haus, das am weitesten von der Ortsmitte entfernt ist. Einige Stufen führen zum Vordereingang hinauf und an einem Pfosten flattert eine kleine Fahne im Wind.

Ich bleibe jäh stehen. »Das ist das Haus des Bürgermeisters, stimmt's?«

»Stellvertretender Bürgermeister«, sagte Hildy und poltert die Stufen hinauf. »Und dazu noch meine Schwester.«

»Und das ist meine Schwester«, sagt eine Frau und öffnet die Tür. Vor uns steht eine plumpere, jüngere, sorgenvollere Ausgabe von Hildy.

»Francia«, sagt Hildy.

»Hildy«, sagt Francia.

Sie nicken sich zu. Sie umarmen sich nicht oder schütteln sich die Hände, sie nicken nur.

»Was fällt dir ein, solche Unruhe in mein Dorf zu bringen?«, sagt Francia und mustert uns.

»Ach, ist das neuerdings dein Dorf?«, erwidert Hildy, und mit einem Blick auf uns fügt sie hinzu: »Wie ich bereits zu Matthew Lyle gesagt habe, es sind nur zwei Frischlinge, die Zuflucht bei uns suchen.« Zu ihrer Schwester gewandt fügt sie hinzu: »Und wenn Farbranch keine Zuflucht ist, Schwester, was dann?«

»Ich spreche nicht von den beiden«, sagt Francia und verschränkt die Arme. »Sondern von der Armee, die ihnen folgt.«

18

FARBRANCH

»ARMEE?«, SAGE ICH. Bei diesem Wort verkrampft sich mein Magen. Viola spricht das Wort zur selben Zeit aus wie ich, aber diesmal ist es ernst.

»Welche Armee?«, fragt Hildy stirnrunzelnd.

»Gerüchte erreichen uns, dass sich auf der anderen Seite des Flusses eine Armee sammelt«, antwortet Francia. »Männer auf Pferden. Prentisstown-Männer.«

Hildy schürzt die Lippen. »Wohl wahr, fünf Männer auf ihren Pferden«, sagt sie. »Keine Armee. Das ist nur der Spähtrupp, den man unseren beiden Frischlingen hinterhergeschickt hat.«

Francia wirkt nicht sonderlich überzeugt, ich habe noch nie so energisch verschränkte Arme gesehen.

»Eine Brücke über die Schlucht gibt's nicht mehr«, fährt Hildy fort. »Es wird also so schnell keiner nach Farbranch gelangen.« Sie wirft uns einen Blick zu. »Eine *Armee*«, sagt sie kopfschüttelnd. »Also wirklich.«

»Wenn es eine Bedrohung gibt, Schwester«, sagt Francia, »dann ist es meine Pflicht ...«

Hildy verdreht die Augen. »Erzähl mir nichts von deinen

Pflichten, Schwester«, sagt sie und geht an Francia vorbei zur Tür. »Schließlich habe ich diese Pflichten *eingeführt*. Kommt schon, ihr zwei, jetzt werden wir euch erst einmal ins Haus bringen.«

Viola und ich rühren uns nicht vom Fleck. Francia macht keine Anstalten, uns hineinzubitten. »Todd?«, bellt Manchee zu meinen Füßen.

Ich hole tief Luft und gehe die Stufen hinauf. »Wie geht's, Midim?«, frage ich.

»Madam«, flüstert Viola mir von hinten zu.

»Wie geht's, Madam«, sage ich ungerührt. »Ich bin Todd. Das ist Viola.« Francias Arme sind immer noch so fest verschränkt, als bekäme sie einen Preis dafür. »Es waren wirklich nur fünf Männer«, versichere ich ihr, obwohl das Wort »Armee« noch in meinem Lärm nachhallt.

»Und das soll ich dir glauben?«, sagt Francia. »Einem Jungen, der gesucht wird?« Sie blickt zu Viola hinunter, die am Fuß der Treppe verharrt. »Wohl wahr, ich kann's mir schon denken, weshalb sie hinter *dir* her sind.«

»Jetzt hör endlich auf, Francia!«, mischt Hildy sich ein und hält die Tür für uns auf.

Francia dreht sich um und schubst Hildy beiseite. »Vielen Dank auch, aber ich darf wohl noch selbst entscheiden, wer mein Haus betritt«, sagt sie. Zu uns gewandt fügt sie hinzu: »Na, dann kommt mal rein.«

Und so erfahren wir doch noch die Gastfreundschaft von Farbranch. Kaum sind wir im Haus, fangen die Schwestern an zu streiten, wo Francia uns für die Dauer unseres Aufenthalts unterbringen kann. Hildy trägt den Sieg davon und Francia zeigt

Viola und mir zwei nebeneinanderliegende kleine Kammern im Obergeschoss.

»Dein Hund muss draußen schlafen«, erklärt Francia.

»Aber er ist …«

»Keine Widerrede«, sagt sie und verlässt das Zimmer.

Ich gehe ihr nach bis zum Treppenabsatz. Sie dreht sich kein einziges Mal um, als sie die Stufen hinabsteigt. Kaum ist sie unten, höre ich, wie sie und Hildy sich bereits wieder zanken, auch wenn sich die beiden offensichtlich bemühen, leise zu sein. Viola kommt aus ihrem Zimmer und hört ebenfalls zu. Wir stehen da und überlegen.

»Was hältst du davon?«, frage ich sie nach einer Weile.

Sie schaut mich gar nicht erst an. Dann ändert sie ihre Meinung und sieht mich doch an.

»Ich weiß nicht«, sagt sie. »Was hältst denn du davon?«

Ich zucke mit den Schultern. »Sie scheint nicht sehr erfreut darüber zu sein, uns hierzuhaben. Trotzdem fühle ich mich sicherer als zuvor. Hinter festen Mauern, du weißt schon.« Wieder zucke ich die Schultern. »Außerdem wollte Ben, dass wir hierhergehen.«

Was ja auch stimmt. Was aber andererseits nichts daran ändert, dass ich meine Zweifel habe, ob dieser Plan richtig war.

Viola verschränkt die Arme so wie Francia und zugleich ganz anders als sie. »Ich weiß, was du meinst.«

»Fürs Erste ist es also wohl in Ordnung so.«

»Ja«, stimmt Viola mir zu. »Fürs Erste.«

Wieder lauschen wir der Auseinandersetzung.

»Was du da vorhin getan hast …«, fängt Viola an.

»Das war dumm«, unterbreche ich sie rasch. »Ich will nicht darüber reden.«

Mein Gesicht fängt an zu brennen und ich ziehe mich eilig in mein Zimmer zurück.

Ich stehe da und kaue auf meiner Lippe herum. Der Raum sieht aus, als habe ein alter Mensch hier gewohnt. Irgendwie riecht es auch so, aber wenigstens gibt es ein richtiges Bett. Ich schnüre meinen Rucksack auf.

Ich schaue mich um, ob mir jemand gefolgt ist, dann ziehe ich das Buch hervor und betrachte die Landkarte, die Pfeile mitten durch den Sumpf bis zum Fluss und auf die andere Seite hinüber. Eine Brücke ist nicht eingezeichnet, aber die Siedlung ist markiert. Und darunter steht ein Wort.

»Farr…«, fange ich an zu lesen. »Farrr-bran-sch.«

Was wohl Farbranch heißen soll.

Mit einem lauten Schnauben mache ich mich daran, die Rückseite zu lesen. *Du musst sie warnen* (natürlich, *ganz klar,* also halt die Klappe). Der Satz steht unten auf der Rückseite, dick unterstrichen. Aber, wie Viola schon sagte, die Frage ist: Wen soll ich warnen? Farbranch? Hildy?

»Und weshalb?«, überlege ich laut. Ich blättere das Buch durch, da sind Seiten voll mit allem möglichen Zeug, Seiten über Seiten, Wörter über Wörter über Wörter über Wörter, wie zu Papier gebrachter Lärm, unverständlich und wirr. Wie soll ich da jemanden warnen?

»Ach, Ben«, seufze ich. »Was hast du dir dabei gedacht?«

»Todd?«, ruft Hildy von unten. »Vi?«

Ich klappe das Buch zu. Die Fragen müssen warten. Später mache ich mich bestimmt daran.

Bestimmt.

Später.

Ich lege das Buch weg und gehe nach unten, wo Viola bereits wartet. Hildy und Francia, die schon wieder die Arme verschränkt hat, warten ebenfalls.

»Ich muss zurück auf die Farm, Kinder«, sagt Hildy. »Es gibt eine Menge Arbeit, die getan werden will. Francia hat sich bereit erklärt, ein Auge auf euch zu haben, bis ich heute Abend wiederkomme, um nach dem Rechten zu sehen.«

Viola und ich schauen uns an. Wir wollen nicht, dass Hildy geht.

»Schönen Dank auch«, sagt Francia und zieht eine Grimasse. »Was auch immer meine Schwester über mich gesagt hat, ein Ungeheuer bin ich nicht.«

»Sie hat ...«, fange ich an, breche aber sofort ab, doch da vollendet mein Lärm schon den Satz für mich: *Sie hat überhaupt nichts gesagt.*

»Ja, das ist mal wieder typisch«, sagt Francia und wirft Hildy einen finsteren Blick zu, wirkt aber nicht allzu verärgert. »Ihr könnt vorerst hierbleiben. Pa und Tantchen sind schon lange tot, ihre Zimmer werden im Moment nicht gebraucht.«

Also hatte ich recht. Ein Alte-Leute-Zimmer.

»In Farbranch wird gearbeitet«, fährt Francia fort und mustert abwechselnd Viola und mich. »Ich erwarte von euch, dass ihr euren Unterhalt verdient, selbst wenn es nur für einen Tag oder zwei ist, während ihr überlegt, wie's weitergehen soll.«

»Das wissen wir selbst nicht genau«, sagt Viola.

»Hmpf«, macht Francia. »Falls ihr länger bleibt, dann wartet gleich beim Obstgarten die Schule auf euch.«

»Die Schule?«, frage ich.

»Die Schule und die Kirche«, sagt Hildy. »Falls ihr so lange bleibt.« Ich schätze, sie liest mal wieder meinen Lärm. »Also, was ist, bleibt ihr so lange?«

Ich sage nichts, Viola sagt nichts, und Francia brummelt.

»Bitte, Missus Francia ...«, sagt sie, als Francia Anstalten macht, etwas mit Hildy zu besprechen.

»Francia genügt, mein Kind«, sagt die Frau ein wenig überrascht. »Was gibt's?«

»Kann ich hier irgendwo eine Nachricht zu meinem Schiff senden?«

»Deinem Schiff ...«, sagt Francia. »Meinst du ein Siedlerschiff irgendwo da draußen im dunklen Blau?« Ihr Mund wird ganz schmal. »Mit vielen, vielen Leuten an Bord?«

Viola nickt. »Wir sollen Meldung machen. Damit sie wissen, was wir hier vorgefunden haben.«

Violas Stimme ist so leise und ihre Miene so hoffnungsvoll, so offen und so in Erwartung einer Enttäuschung, dass ich erneut diesen Sog von Traurigkeit verspüre, der meinen Lärm aufsaugt und sich anfühlt wie ein großer Kummer, wie vollkommene Verlorenheit. Ich muss mich mit der Hand an der Sitzbank abstützen.

»Ah, meine Kleine«, sagt Francia, und ihre Stimme wird wieder verdächtig sanft. »Ich nehme an, ihr wolltet mit uns hier unten in New World Kontakt aufnehmen, als ihr zu diesem Planeten kamt?«

»Ja«, bestätigt Viola. »Aber niemand antwortete.«

Hildy und Francia nicken einander zu. »Du darfst nicht vergessen, dass wir Siedler der Kirche sind«, sagt Francia. »Wir wollten viele weltliche Dinge hinter uns lassen, um unser eigenes kleines Utopia zu schaffen. Jede Art von Apparat oder Maschine haben wir dem Zerfall überlassen, denn es ging zuallererst ums Überleben.«

Violas Augen werden ein wenig größer. »Heißt das, es gibt keine Möglichkeit, von hier aus mit irgendjemandem Kontakt aufzunehmen?«

»Wir haben diese Möglichkeit ja nicht einmal von Ortschaft zu Ortschaft«, sagt Francia. »Und erst recht nicht darüber hinaus.«

»Wir sind Bauern, Mädchen«, sagt Hildy. »Einfache Bauern, die ein einfaches Leben anstreben. Einzig und allein aus diesem Grund haben wir damals die aberwitzig lange Reise hierher angetreten. Wir wollten alles abstreifen, was den Menschen in der alten Welt Unfrieden gebracht hat.« Sie trommelt mit den Fingern auf die Tischplatte. »Was nicht so ganz geklappt hat.«

»Mit anderen Siedlern haben wir nie gerechnet«, fährt Francia fort. »Nicht angesichts der Verhältnisse in der alten Welt.«

»Das bedeutet, ich sitze hier fest?«, fragt Viola, und ihre Stimme zittert leicht.

»Bis dein Schiff hier ist«, sagt Hildy. »Ich fürchte, genau so ist es.«

»Wie weit draußen sind sie?«, fragt Francia.

»Systemeintritt in vierundzwanzig Wochen«, sagt Viola ruhig. »Perihelabstand vier Wochen später. Orbittransfer zwei Wochen danach.«

»Tut mir leid, Kind«, sagt Francia. »Wie es aussieht, wirst du die nächsten sieben Monate hierbleiben müssen.«

Viola wendet sich ab, um diese Neuigkeit zu verdauen.

In sieben Monaten kann viel passieren.

»Nun gut«, sagt Hildy betont munter. »Wie ich hörte, haben sie in Haven alle möglichen Sachen. Atomautos und breite

Straßen und mehr Geschäfte, als man braucht. Vielleicht hast du dort mehr Glück, also gib die Hoffnung noch nicht auf.«

Hildy wirft ihrer Schwester einen bedeutungsvollen Blick zu, woraufhin Francia zu mir sagt: »Junge, was hältst du davon, in der Scheune mitzuhelfen? Du bist doch ein Farmjunge, Todd, oder nicht?«

»Aber ...«, fange ich an.

»Arbeit gibt es auf einer Farm genug«, unterbricht mich Francia. »Aber das weißt du ja ...«

Vor sich hin plaudernd schiebt Francia mich durch die Hintertür. Ich werfe einen Blick über die Schulter und sehe, wie Hildy Viola mit sanften Worten tröstet, unhörbaren Worten, und wieder einmal werden Dinge gesagt, die ich nicht verstehe.

Francia macht die Tür hinter uns zu und führt mich und Manchee über die Hauptstraße zu einer der großen Lagerhallen, an denen wir zuvor vorbeigekommen sind. Mehrere Männer schieben Handkarren zum vorderen Tor und einer lädt die Körbe mit den Früchten aus dem Obstgarten ab.

»Das ist die Ostscheune«, sagt Francia. »Hier werden die Waren gelagert, die zum Verkauf bestimmt sind. Warte hier draußen.«

Ich warte und sie geht zu einem Mann, der Körbe von einem Karren lädt. Sie sprechen eine Minute lang miteinander, und ich höre klar und deutlich Prentisstown? in seinem Lärm und auch die jähe Gefühlsaufwallung, die dieses Wort begleitet. Noch ehe ich sie richtig deuten kann, ist es auch schon vorbei, und Francia kehrt zu mir zurück.

»Ivan sagt, du kannst hinten in der Scheune den Fußboden kehren.«

»*Den Fußboden kehren?*«, sage ich entrüstet. »Ich kenne mich mit Farmarbeit aus, Midim, und ich …«

»Daran zweifle ich nicht, aber dir ist sicher nicht entgangen, dass Prentisstown nicht gerade unser beliebtester Nachbar ist. Es ist besser, du hältst dich ein wenig abseits, bis sich die Leute an dich gewöhnt haben. Einverstanden?«

Sie sieht immer noch streng aus, hält immer noch die Arme verschränkt, aber was sie sagt, klingt vernünftig, und auch wenn ihre Miene nicht wirklich freundlich scheint, so ist sie es in Wahrheit doch.

»Meinetwegen«, sage ich.

Francia nickt und führt mich zu Ivan, der etwa in Bens Alter ist, allerdings kleiner und dunkelhaarig. Seine Arme sind verdammt noch mal so dick wie Baumstämme.

»Ivan, das ist Todd«, sagt Francia.

Ich strecke die Hand zur Begrüßung aus, aber Ivan ergreift sie nicht. Er starrt mich nur mit wildem Blick an.

»Du arbeitest hinten«, sagt er. »Und sieh zu, dass weder du noch dein Hund mir in die Quere kommen.«

Francia verabschiedet sich, Ivan nimmt mich mit in die Scheune, deutet auf einen Besen, und ich mache mich an die Arbeit. So verbringe ich meinen ersten Tag in Farbranch: in einer dunklen Scheune, in der nur am anderen Ende ein Spalt blauer Himmel bei der Tür zu sehen ist, Staub von einer Ecke in die andere kehrend.

Was für ein Vergnügen.

»Kacken, Todd«, sagt Manchee.

»Nicht hier drin, untersteh dich!«

Es ist eine ziemlich große Scheune, vielleicht 75 bis 80 Meter lang, und etwa zur Hälfte vollgestellt mit Körben. In einem Teil der Scheune stapeln sich Pressballen mit Silagefutter bis an die Decke und in einem anderen dicke Weizengarben, die darauf warten, zu Mehl verarbeitet zu werden.

»An wen verkauft ihr das Zeug?«, rufe ich zu Ivan.

»Plaudern können wir später«, ruft er zurück.

Ich sage kein Wort, aber noch ehe ich es verhindern kann, schwappt etwas sehr Ungehobeltes in meinem Lärm hoch, und ich mache mich rasch wieder ans Fegen.

Der Morgen tröpfelt dahin. Ich denke an Ben und Cillian. Ich denke an Viola. Ich denke an Aaron und den Bürgermeister. Ich denke an das Wort *Armee* und mein Magen verkrampft sich dabei.

Ich weiß auch nicht.

Irgendwie ist es nicht richtig, hier aufgehalten zu werden. Nicht nach all dieser Rennerei.

Alle tun so, als wären wir in Sicherheit, aber ... ich weiß auch nicht.

Manchee trottet zum hinteren Tor rein und raus, während ich fege, hin und wieder jagt er rosafarbene Falter, die ich aus den hintersten Ecken aufscheuche. Ivan hält sich von mir fern und ich mich von ihm, aber ich bemerke, wie die vielen Leute, die zu ihm ans Tor kommen und Körbe abliefern, in das Halbdunkel spähen, um einen Blick auf mich zu werfen, mich, den Prentisstown-Jungen.

Sie hassen Prentisstown, das habe ich mittlerweile kapiert. *Ich* hasse Prentisstown und ich habe mehr Grund für meinen Kummer als sie alle.

Im Laufe des Morgens fallen mir manche Dinge auf. Obwohl Männer und Frauen schwere Arbeit tun, sind es doch meist die

Frauen, die Anweisungen erteilen, und meist Männer, die sie ausführen. Und da Francia die stellvertretende Bürgermeisterin ist und Hildy was weiß ich nicht was, drängt sich mir der Schluss auf, dass in Farbranch die Frauen das Sagen haben. Ich höre ihre Stille, wenn sie draußen vorbeigehen, und ich höre im Lärm der Männer, wie sie darauf reagieren, manchmal entrüstet, meistens jedoch gelassen.

Zudem ist Männerlärm hier *sehr viel* verhaltener als das, was ich gewohnt bin. Bei so vielen Frauen in unmittelbarer Nähe wäre der Himmel in Prentisstown voll von Lärmfetzen, in denen Frauen ohne Kleider die erstaunlichsten Dinge tun. Und tatsächlich hört man hier und da etwas in der Art, Männer sind eben Männer, aber meistens sind es Lieder oder Gebete, oder die Gedanken drehen sich um die Arbeit, die gerade verrichtet wird.

Sie sind ruhig hier in Farbranch, aber auch ein wenig unheimlich.

Hin und wieder versuche ich Viola zu hören (besser gesagt: sie nicht zu hören).

Aber da ist nichts.

Um die Mittagszeit taucht Francia auf und bringt ein belegtes Brot und einen Krug Wasser.

»Wo ist Viola?«, frage ich sie.

»Gern geschehen«, erwidert Francia.

»Was ist gern geschehen?«

Francia seufzt und sagt: »Viola ist im Garten und sammelt Fallobst ein.«

Ich würde sie gern fragen, wie es Viola geht, aber ich tue es nicht, und Francia weigert sich, die Frage in meinem Lärm zu lesen.

»Wie kommst du voran?«, fragt sie stattdessen.

»Ich kann verdammt noch mal mehr als nur kehren.«

»Sprich nicht so, Bengel. Keine Sorge, du wirst noch richtig schuften.«

Sie bleibt nicht lange, sondern geht zum Tor, spricht kurz mit Ivan, und dann ist sie auch schon wieder weg, um den Geschäften eines stellvertretenden Bürgermeisters nachzugehen.

Was soll ich sagen? Es ist eigenartig, aber irgendwie mag ich sie. Vielleicht weil sie mich an Cillian erinnert und an seine Art, die mich immer so zum Wahnsinn getrieben hat. Erinnerungen können manchmal ganz schön blöd sein.

Ich mache mich über das Brot her und bin eifrig am Kauen, als ich Ivans Lärm näher kommen höre.

»Ich fege die Krümel später weg«, sage ich rasch.

Zu meiner Überraschung lacht er auf eine raue Art. »Ich bin sicher, das tust du.« Er beißt von seinem eigenen Brot ab. »Francia sagt, heute Abend ist eine Dorfversammlung«, verkündet er nach einer Weile.

»Geht es um mich?«

»Um euch beide. Um dich und das Mädchen. Und darum, dass ihr aus Prentisstown kommt.«

Sein Lärm ist seltsam. Behutsam und kräftig zugleich. Und er forscht mich aus. Feindseligkeit lese ich nicht darin, zumindest nicht mir gegenüber, trotzdem sickert da *irgendetwas* heraus.

»Werden wir die anderen Dorfbewohner kennenlernen?«, frage ich.

»Schon möglich. Alle reden nur noch von euch.«

»Wenn es zu einer Abstimmung kommt«, sage ich und kaue auf meinem Brot herum, »dann steht es für mich nicht zum Besten.«

»Du hast Hildy auf deiner Seite«, sagt er. »In Farbranch zählt das sehr viel.« Er schluckt seinen Bissen hinunter. »Und die Menschen hier sind freundlich und gut. Wir haben schon früher Leute aus Prentisstown bei uns aufgenommen. In letzter Zeit nicht mehr, aber früher in den schlechten Zeiten.«

»Im Krieg?«, frage ich.

Er sieht mich an, sein Lärm versucht herauszufinden, was ich weiß. »Ja«, sagt Ivan schließlich. »Im Krieg.« Er sieht sich wie beiläufig um, aber ich habe das Gefühl, er will nur prüfen, ob wir allein sind. Dann richtet er seinen Blick auf mich. Es ist ein Blick, der nach etwas sucht. »Allerdings ...«, sagt er zögernd, »sind nicht alle ein und derselben Meinung.«

»Worüber?«, frage ich. Sein Blick gefällt mir nicht. Das Knistern in seinem Lärm auch nicht.

»Über das Vergangene.« Er spricht gedämpft, seine Augen bohren sich in meine, und er beugt sich näher zu mir heran.

Ich lehne mich zurück. »Ich weiß nicht, wovon du sprichst.«

»Prentisstown hat immer noch Verbündete«, flüstert er. »An Orten, wo man sie gar nicht vermuten würde.«

In seinem Lärm tauchen Bilder auf, ganz klein nur, so als würde sein Lärm nur zu mir allein sprechen, sie werden deutlicher, sie leuchten, sind nass, werden schnell, die Sonne scheint rot ...

»Welpen! Welpen!«, bellt Manchee aus einer Ecke. Ich springe auf. Auch Ivan erschrickt und die Bilder in seinem Lärm erlöschen jäh. Manchee bellt weiter, und dann höre ich ein Kichern, das nicht von ihm kommt. Ich sehe mich suchend um.

Eine Schar Kinder kniet auf dem Boden und späht durch ein loses Brett in der Holzwand. Sie lächeln, lachen vor Aufregung, schubsen sich gegenseitig näher ans Guckloch.

Und sie zeigen auf mich.

Sie sind so klein.

So klein.

Mann, *schaut* sie euch nur an.

»Raus mit euch, ihr Ratten!«, ruft Ivan, aber sein Tonfall und auch sein Lärm sind heiter, alle Spuren des Vorherigen sind verschwunden. Mit lautem Kreischen laufen die Kinder in alle Richtungen davon.

Und dann sind sie weg.

Man könnte meinen, ich hätte sie mir nur ausgedacht.

»Welpen, Todd!«, bellt Manchee. »Welpen!«

»Ich weiß«, sage ich und kraule seinen Kopf. »Ich weiß.«

Ivan klatscht in die Hände. »Die Mittagszeit ist vorüber. Zurück an die Arbeit.« Er sieht mich noch einmal bedeutungsvoll an, ehe er wieder ans vordere Scheunentor eilt.

»Was war das denn jetzt?«, frage ich Manchee.

»Welpen«, murmelt er und vergräbt sein Gesicht in meiner Hand.

Der Nachmittag kommt, und er ist nicht anders als der Morgen: Ich fege, es kommen Leute vorbei, ich mache eine Pause, in der ich einen Schluck Wasser trinke und Ivan kein Wort zu mir sagt, ich fege.

Eine Zeit lang denke ich darüber nach, was wir als Nächstes tun sollen. Falls es überhaupt ein *Wir* gibt. Farbranch wird über unser Schicksal befinden, und bestimmt wird Viola bleiben dürfen, bis ihr Schiff kommt, das ist ja sonnenklar, aber was ist mit mir?

Und falls ich bleiben darf, will ich es überhaupt?

Und dann mein Auftrag, die Leute hier zu warnen.

Sobald ich an das Buch denke, fängt mein Magen an zu brennen, also denke ich an etwas anderes.

Es kommt mir wie eine Ewigkeit vor, bis die Sonne untergeht. Ich habe verdammt noch mal alles gefegt, was zu fegen ist. Ich habe mich durch die ganze Scheune durchgearbeitet, sogar mehr als einmal, ich habe die Körbe einmal gezählt und dann noch ein zweites Mal, ich habe versucht das lose Brett zu reparieren, obwohl es mir niemand aufgetragen hat. Irgendwann ist so ziemlich alles erledigt, wenn man in einer Scheune festsitzt und nicht herauskann.

»Wohl wahr«, sagt Hildy, die plötzlich neben mir steht.

»Niemand sollte sich an andere heranschleichen«, sage ich. »Besonders nicht ihr stillen Leute.«

»Bei Francia zu Hause wartet eine Mahlzeit auf dich – und Viola. Warum gehst du nicht rüber und isst etwas?«

»Während ihr eure Versammlung abhaltet?«

»Während wir unsere Versammlung abhalten, Frischling«, sagt Hildy. »Viola ist schon im Haus und verzehrt vermutlich gerade deine Portion gleich mit.«

»Hungrig, Todd!«, bellt Manchee.

»Für dich ist auch was da, Hundefrischling«, sagt Hildy und beugt sich zu ihm herab, um ihn zu streicheln. Worauf er sich sofort vor ihr auf den Rücken wirft. Dieser Hund hat kein bisschen Würde.

»Worum geht es wirklich bei dieser Versammlung?«, frage ich.

»Oh, um die Siedler, die bald kommen werden. Das ist eine riesengroße Neuigkeit.« Sie hat sich über Manchee gebeugt, aber jetzt schaut sie zu mir hoch. »Und natürlich auch, damit die anderen über euch Bescheid wissen. Damit sie sich mit dem Gedanken anfreunden, euch willkommen zu heißen.«

»Und werden sie uns *willkommen heißen?*«

»Die Leute haben Angst vor dem Fremden, Todd, mein Junge«,

sagt sie und steht auf. »Wenn sie euch erst einmal kennengelernt haben, wird es keine Schwierigkeiten geben.«

»Heißt das, wir können bleiben?«

»Ich nehme es an«, sagt sie. »Wenn du möchtest.«

Ich gebe ihr keine Antwort.

»Geh jetzt«, sagt sie. »Ich komme und hole euch, wenn es so weit ist.«

Ich nicke stumm. Sie winkt kurz und geht zur Scheune hinaus, in der es immer dunkler wird. Ich hänge den Besen weg. Meine Schritte hallen auf dem Boden. Ich höre den Lärm der Männer und die Stille der Frauen, während sich die Dorfbewohner im Versammlungssaal einfinden. Das Wort Prentisstown sickert heraus, und mein Name und auch der von Viola und Hildy.

Obwohl Angst aus den Köpfen herauszulesen ist und Misstrauen, spüre ich doch nirgends tiefe Ablehnung. Es gibt nur viele Fragen und wenig Zorn.

Und das ist, na ja, vielleicht doch ganz gut.

»Komm, Manchee«, sage ich. »Lass uns was essen.«

»Essen, Todd«, bellt er und weicht mir nicht von der Seite.

»Wie Violas Tag wohl gewesen ist?«, überlege ich.

Gerade als ich zum Tor gehen will, fällt mir auf, wie sich eine einzelne Lärmquelle aus dem allgemeinen Gemurmel löst.

Eine einzelne Lärmwelle, die vom Gedankenstrom abzweigt und sich in Richtung Scheune bewegt.

Bis er sich direkt davor befindet.

Ich bleibe stehen, in der tiefen Dunkelheit der Scheune.

Ein Schatten erscheint am Tor.

Matthew Lyle.

Und sein Lärm sagt: Du gehst nirgendwohin, Junge.

19

UND WIEDER LÄSST MIR DAS MESSER DIE WAHL

»ZURÜCK! ZURÜCK! ZURÜCK!«, bellt Manchee aufgeregt.

Das fahle Licht der Monde lässt Matthews Buschmesser aufblitzen.

Ich greife nach hinten. Das Messer in der Scheide habe ich beim Arbeiten unters Hemd geschoben. Ich ziehe es heraus und halte es mit leicht gesenktem Arm fest in der Hand.

»Diesmal ist kein altes Mütterchen da, das dich beschützt«, sagt Matthew und schwingt die Machete vor und zurück, so als wolle er die Luft in Streifen schneiden. »Kein Rock, hinter dem du dich verstecken kannst, damit niemand sieht, was du getan hast.«

»Ich habe nichts getan.« Ich weiche einen Schritt zurück und versuche angestrengt, meinen Lärm zu beherrschen, um den rettenden Gedanken an die hintere Scheunentür nicht zu verraten.

»Das spielt keine Rolle«, sagt Matthew und macht jedes Mal einen Schritt vorwärts, sobald ich einen zurückmache. »Wir haben hier ein Gesetz.«

»Ich habe mit dir nichts zu schaffen«, sage ich.

»Aber ich mit *dir*, Junge«, erwidert er, und sein Lärm brüllt vor Zorn, aber da ist auch dieser seltsame Kummer, dieser wilde

Schmerz, den man beinahe auf der Zunge schmecken kann. Matthew strahlt eine nervöse Unruhe aus, auch wenn er es zu verbergen sucht.

Ich ziehe mich weiter in die Dunkelheit zurück.

»Ich bin kein schlechter Mann, weißt du?«, sagt er plötzlich, schwingt aber immer noch die Machete. »Ich habe eine Frau. Ich habe eine Tochter.«

»Sie würden es nicht wollen, dass du einen unschuldigen Jungen verletzt, da bin ich sicher …«

»Sei still!«, schreit er, und ich höre, wie er ganz hart schluckt.

Er ist unsicher. Er zweifelt an dem, was er vorhat.

Was geht hier vor?

»Keine Ahnung, warum du so wütend bist«, sage ich. »Tut mir leid, aber was immer es auch sein mag …«

»Ich möchte, dass du weißt, wofür du bezahlst«, unterbricht er mich laut, damit er nicht hören muss, was ich sage. »Du sollst eines wissen, Junge. Du sollst wissen, dass der Name meiner Mutter Jessica war.«

Ich bleibe stehen. »Ich verstehe nicht …«

»Der Name meiner Mutter«, knurrt er. »Sie hieß Jessica.«

Das alles ergibt überhaupt keinen Sinn.

»Was soll das?«, sage ich. »Ich weiß nicht, was …«

»Hör zu, Junge«, brüllt er. »Hör einfach zu!«

Und dann öffnet er seinen Lärm ganz weit.

Und ich sehe …

Ich sehe …

Ich sehe …

Ich sehe, was er mir zeigt.

»Das ist eine Lüge«, flüstere ich. »Das ist eine verdammte Lüge.«

Leider habe ich genau das Falsche gesagt.

Mit einem Aufschrei kommt Matthew durch die Scheune direkt auf mich zu.

»Lauf, Manchee!«, rufe ich und renne zur Hintertür. (Halt die Klappe, oder glaubst du etwa, mein Messer kann es mit einer Machete aufnehmen?) Ich höre Matthew schreien, sein Lärm explodiert hinter mir, ich erreiche die Tür und reiße sie auf – und da erst merke ich es.

Manchee ist nicht da.

Ich drehe mich um. Als ich gesagt habe: Lauf!, ist Manchee in die andere Richtung gerannt und hat sich mit linkischer Wildheit auf meinen Angreifer gestürzt.

»Manchee!«, brülle ich.

Es ist so verflucht dunkel in der Scheune, und ich höre Knurren und Bellen und ein Klirren, und dann höre ich Matthew vor Schmerz aufschreien, also hat Manchee ihn wohl gebissen.

Braver Hund, denke ich. Verdammt braver Hund.

Aber natürlich kann ich ihn jetzt nicht im Stich lassen.

Ich renne in die düstere Scheune zurück, wo ich Matthew sehe und Manchee, der wie ein Schatten zwischen seinen Beinen tanzt, dem blitzenden Buschmesser ausweicht und sich um Kopf und Kragen bellt.

»Todd! Todd! Todd!«, ruft er immerzu.

Ich bin noch fünf Schritte entfernt, als Matthew die Machete mit beiden Händen umklammert, ausholt und sie mit solcher Wucht nach unten sausen lässt, dass die Spitze im Bretterboden stecken bleibt. Ich höre Manchee aufheulen, ohne Worte, in reinem Schmerz, und dann ist er auch schon in einer dunklen Ecke verschwunden.

Brüllend krache ich in Matthew hinein und wir gehen beide zu Boden. Wir sind nur noch ein Gewirr aus verkeilten Ellbogen und Kniegelenken. Der Aufprall tut weh, aber zum Glück lande ich mit einem Teil meines Körpers auf Matthew.

Wir rollen voneinander weg, und ich höre, wie er vor Schmerz aufschreit. Ich springe auf, das Messer in der Hand, ein paar Meter von ihm entfernt, zur hinteren Tür ist es zu weit, die vordere wird von Matthew versperrt. Ich höre Manchee wimmern.

Und ich höre Lärm, er bewegt sich von der Dorfstraße in Richtung Versammlungssaal, aber ich habe keine Zeit, um darüber nachzudenken.

»Ich habe keine Angst, dich zu töten«, sage ich, obwohl ich eine Heidenangst habe, und ich kann nur hoffen, dass mein Lärm und sein Lärm inzwischen so aufgepeitscht und ineinander verdreht sind, dass er meine Panik nicht herauslesen kann.

»Dann sind wir schon zu zweit«, sagt er und versucht die Waffe aus dem Holzboden zu ziehen. Sie gibt nicht gleich nach, so fest steckt sie. Ich nutze die Gelegenheit und renne in die Ecke.

»Manchee?«, rufe ich und sehe mich hastig zwischen den Garben und den Obstkörben um. Matthew stößt ein Grunzen aus und zerrt an seinem Buschmesser. Das Lärmgewirr vom Dorf wird lauter.

»Todd?« Der Laut kommt aus der hintersten Ecke, wo sich die Pressballen stapeln. Dort befindet sich eine kleine Nische direkt an der Wand.

»Manchee?«, rufe ich und stecke den Kopf in die Nische.

Aber dann richte ich mich gleich wieder auf.

Matthew hat die Machete herausgezogen.

»Todd?«, sagt Manchee verwirrt und ängstlich. »Todd?«

Und da kommt Matthew, er geht langsam auf uns zu, so als habe er keine Eile mehr, sein Lärm schwappt voraus und lässt keine Zweifel zu.

Mir bleibt keine Wahl. Ich zwänge mich in die Nische und halte das Messer schützend vor mich.

»Ich werde gehen«, sage ich mit sich überschlagender Stimme. »Ich nehme meinen Hund mit und werde gehen.«

»Zu spät«, sagt Matthew und kommt näher.

»Du willst das doch gar nicht. Ich weiß es genau.«

»Halt den Mund.«

»Bitte«, sage ich und fuchtle mit dem Messer. »Ich will dir nicht wehtun müssen.«

»Sehe ich vielleicht aus, als würde ich mich fürchten, Junge?«

Näher, näher, Schritt um Schritt.

Plötzlich ertönt draußen ein lauter Knall, irgendwo in der Ferne. Die Leute rennen umher und rufen, aber keiner von uns beiden macht sich die Mühe nachzuschauen.

Ich drücke mich in die Nische, die nicht breit genug für mich ist. Ich sehe mich nach einem Fluchtweg um.

Der nirgendwo zu finden ist.

Mein Messer muss also den Kampf entscheiden. Es muss eingreifen, selbst wenn sein Gegner eine Machete ist.

»Todd?«, höre ich hinter mir.

»Keine Angst, Manchee«, sage ich. »Es kommt alles wieder in Ordnung.«

Wer weiß schon genau, wie vertrauensselig ein Hund ist?

Matthew ist fast da.

Ich packe das Messer fester.

Matthew bleibt stehen, er ist jetzt so nah, dass ich seine Augen glitzern sehe.

»Jessica«, sagt er.

Er hebt die Machete über den Kopf.

Ich weiche zurück, so weit ich kann mit erhobenem Messer, und wappne mich …

Aber er zögert …

Er zögert …

… auf eine Art und Weise, die mir nur allzu vertraut ist.

Und das genügt.

Ich schicke ein Stoßgebet zum Himmel, dass sie nicht mit dem gleichen Zeug eingeschmiert sind wie auf der Brücke, hole mit dem Messer aus und schneide mitten durch die Seile (danke, danke), mit denen die Pressballen verschnürt sind. Die vorderen Seile sind entzwei und die restlichen reißen bei dem zusätzlichen Gewicht. Schützend halte ich die Arme über den Kopf und springe zur Seite, als die Pressballen ins Rollen kommen.

Ich höre einen dumpfen Aufprall und ein Stöhnen, und dann sehe ich Matthew, er ist unter den Pressballen begraben, mit weit ausgestrecktem Arm, die Machete ist ihm aus der Hand gefallen. Rasch versetze ich ihr einen Tritt, dann suche ich Manchee.

Er ist in der Ecke hinter den aufgetürmten Pressballen.

»Todd?«, sagt er. »Schwanz, Todd?«

»Manchee?« Es ist so dunkel, ich muss mich neben ihn kauern, um zu sehen, was los ist. Sein Schwanz ist zwei Drittel kürzer als zuvor, überall ist Blut, und trotzdem versucht Manchee, Gott segne ihn, mit dem Schwanz zu wedeln.

»Aua, Todd?«

»Alles in Ordnung, Manchee«, sage ich, und meine Stimme

und mein Lärm schluchzen vor Erleichterung, dass es zum Glück nur sein Schwanz ist. »Das kriegen wir schon wieder hin.«

»Okay, Todd?«

»Ja, ich bin okay«, sage ich und streichle seinen Kopf. Er schnappt nach meiner Hand, aber ich weiß, er kann nicht anders, weil es so wehtut. Er leckt mich ab, um sich zu entschuldigen, und schnappt gleich darauf noch einmal. »Aua, Todd«, sagt er.

»Todd Hewitt!«, erklingt der Ruf vom vorderen Scheunentor.

Francia.

»Ich bin hier!«, rufe ich zurück und stehe auf. »Alles in Ordnung. Aber Matthew ist durchgedreht ...«

Ich rede nicht weiter, denn sie hört mir nicht zu.

»Todd, mein Junge, du musst zurück ins Haus«, sagt Francia eilig. »Du musst ...«

Sie hält inne, als sie Matthew unter den Pressballen sieht.

»Was ist passiert?«, fragt sie und fängt an, die Ballen wegzurollen, zuerst den über seinem Gesicht, um nachzusehen, ob er noch atmet.

Ich deute auf die Machete. »*Das* ist passiert.«

Francia schaut erst die Waffe, dann sehr lange mich an, ihr Gesichtsausdruck spricht von etwas, was ich nicht verstehe, ja nicht einmal erahnen kann. Ich weiß nicht, ob Matthew tot oder lebendig ist, werde es auch nie mehr herausfinden.

»Wir werden angegriffen, Junge«, sagt Francia und steht auf.

»Wir werden *was?*«

»Männer«, sagt sie. »Prentisstown-Männer. Der Spähtrupp, der euch verfolgt hat. Sie greifen das Dorf an.«

Mein Magen dreht sich um.

»Oh nein«, sage ich. Und dann noch einmal: »Oh nein.«

Francia sieht mich unverwandt an. Ich habe nicht die geringste Ahnung, was ihr durch den Kopf geht.

»Liefert uns nicht aus«, sage ich flehentlich. »Sie werden uns töten.«

Bei diesen Worten runzelt Francia die Stirn. »Wofür hältst du mich?«

»Ich weiß nicht«, sage ich. »Das ist ja das Problem.«

»Ich werde dich ganz bestimmt nicht ausliefern, also wirklich. Und Viola ebenso wenig. Die meisten im Dorf waren in der Tat dafür, euch bei uns aufzunehmen und vor dem drohenden Angriff zu schützen.« Sie wirft einen Blick auf Matthew. »Ein Versprechen, das wir nun womöglich nicht einhalten können.«

»Wo ist Viola?«

»In meinem Haus«, sagt Francia, und ganz plötzlich kommt wieder Leben in sie. »Komm, ich bringe dich zu ihr.«

»Einen Moment noch.« Ich zwänge mich hinter die Pressballen, wo Manchee in seiner Ecke kauert und sich den Schwanz leckt. Er hebt den Kopf und bellt, es ist nur ein sehr kurzes Bellen, es reicht nicht einmal für ein einziges Wort. »Ich werde dich jetzt hochheben«, sage ich zu ihm. »Versuch bitte, mich nicht allzu fest zu beißen, okay?«

»Okay, Todd«, wimmert er, und jedes Mal, wenn er mit seinem Schwanzstummel wedelt, jault er leise auf.

Ich schiebe meine Arme unter seinen Bauch und hebe ihn hoch an meine Brust. Er jault, beißt ganz fest in mein Handgelenk und leckt es sofort.

»Alles in Ordnung, Kumpel«, sage ich und halte ihn, so behutsam ich kann.

Francia wartet an der Scheunentür auf mich und ich folge ihr hinaus auf die Hauptstraße.

Überall rennen Menschen hin und her. Da sind Männer und Frauen mit Gewehren, sie laufen zu den Obstgärten, andere Männer und Frauen scheuchen Kinder (da sind sie wieder) in die Häuser zurück. In der Ferne hört man es knallen, rufen und schreien.

»Wo ist Hildy?«, frage ich.

Francia sagt kein Wort. Wir sind bei den Treppenstufen angelangt.

»Was ist mit Hildy?«, frage ich noch einmal, während wir hinaufhasten.

»Sie ist weggegangen, um zu kämpfen«, sagt Francia, ohne mich anzusehen. Sie öffnet die Tür. »Bei ihrer Farm waren sie zuerst. Tam war alleine da.«

»Oh nein!«, sage ich wieder, dämlich, wie ich bin. Als ob ein »Oh nein«! auch nur irgendetwas nützen würde.

Viola kommt die Treppe heruntergerannt.

»Wieso hast du so lange gebraucht?« Ihre Stimme ist ganz schrill. Ich weiß nicht, wen von uns beiden sie meint. Als sie Manchee erblickt, ringt sie keuchend nach Luft.

»Wir brauchen einen Verband«, sage ich knapp. »Mit deiner Wundermedizin.«

Sie nickt und eilt die Treppe hinauf.

»Ihr beide bleibt hier«, sagt Francia zu mir. »Geht nicht nach draußen, ganz gleich, was ihr auch hört.«

»Aber wir müssen fliehen!«, protestiere ich, denn ich begreife gar nichts mehr. »Wir müssen weg von hier!«

»Nein, Todd, mein Junge«, sagt sie. »Wenn Prentisstown dich

haben will, dann ist das Grund genug für uns, dich nicht auszuliefern.«

»Aber sie haben Gewehre.«

»Die haben wir auch«, unterbricht sie mich. »Kein Spähtrupp aus Prentisstown wird es schaffen, dieses Dorf einzunehmen.«

Viola ist zurückgekehrt und kramt in ihrer Tasche nach dem Verbandszeug.

Ich unternehme einen neuen Versuch. »Francia ...«

»Bleibt im Haus«, sagt sie. »Wir werden euch beschützen. Euch beide.«

Sie blickt uns eindringlich an, um herauszufinden, ob wir auch tun werden, was sie sagt, dann dreht sie sich um und geht. Um ihr Dorf zu verteidigen, wie ich annehme.

Einen Augenblick lang starren wir auf die geschlossene Tür, dann fängt Manchee wieder an zu wimmern, und ich muss ihn absetzen. Viola holt ein viereckiges Verbandsstück hervor und ihr kleines Skalpell.

»Ich bin mir nicht sicher, ob es auch bei Hunden wirkt«, sagt sie.

»Es ist besser als nichts«, erwidere ich.

Sie schneidet einen kleinen Streifen ab, und ich muss Manchees Kopf festhalten, während sie den Verband um seinen geschundenen Schwanz wickelt. Er knurrt und entschuldigt sich und knurrt und entschuldigt sich, bis Viola die Wunde ganz fest verbunden hat. Kaum lasse ich ihn los, fängt er an am Verband zu lecken.

»Hör auf damit«, sage ich.

»Juckt«, sagt Manchee.

»Dummer Hund.« Ich kraule seine Ohren. »Dummer, bescheuerter Hund.«

Viola tätschelt ihn auch, um ihn daran zu hindern, den Verband wegzulecken.

»Glaubst du, wir sind hier sicher?«, fragt sie nach einer Weile leise.

»Keine Ahnung.«

In der Ferne knallt es wieder. Wir zucken beide zusammen. Mehr Leute, die rufen. Mehr Lärm.

»Kein Zeichen von Hildy seither«, sagt Viola.

»Ich weiß.«

Wieder herrscht Schweigen, während wir beide Manchee wie verrückt tätscheln. In den Obstgärten des Dorfes ist Unruhe zu spüren.

Es scheint alles sehr weit weg zu sein, es scheint nicht wirklich zu geschehen.

»Francia hat gesagt, man gelangt nach Haven, wenn man immer dem Fluss folgt«, sagt Viola.

Ich sehe sie an und frage mich, ob ich sie wohl richtig verstanden habe.

Ich glaube, das habe ich.

»Du willst weg?«, frage ich.

»Sie werden uns immer verfolgen«, antwortet sie. »Wir bringen die Menschen um uns herum in Gefahr. Meinst du nicht auch, dass unsere Verfolger auf jeden Fall dranbleiben werden, jetzt, wo sie schon so weit gekommen sind?«

Ja, das glaube ich auch. Ich sage es nicht laut, aber vermutlich ist es so.

»Die Leute von Farbranch haben versprochen, uns zu beschützen«, erwidere ich stattdessen.

»Glaubst du das?«

Darauf habe ich keine Antwort. Ich muss an Matthew Lyle denken.

»Ich glaube, wir sind hier nicht mehr sicher«, sagt sie.

»Und ich glaube, wir sind *nirgendwo* sicher«, sage ich. »Nicht auf diesem Planeten.«

»Ich muss Kontakt zu meinem Schiff aufnehmen, Todd«, sagt sie fast flehentlich. »Die andern warten auf eine Nachricht von mir.«

»Und deshalb rennst du blindlings ins Ungewisse?«

»Du doch auch«, sagt sie. »Das merke ich doch.« Sie weicht meinem Blick aus. »Wenn wir zusammen gehen ...«

Bei diesen Worten mustere ich sie genau, ich versuche es zu sehen, versuche es zu erkennen, wirklich und wahrhaftig.

Sie schweigt, sieht mich nur an.

Und das ist genug.

»Lass uns gehen«, sage ich.

Ohne ein weiteres Wort zu verlieren, packen wir in Windeseile unsere Sachen zusammen. Ich schultere meinen Rucksack, sie ihre Tasche, Manchee springt auf, und los geht's, durch die Hintertür hinaus. Wir gehen, so einfach ist das. Es ist sicherer für Farbranch, das ganz bestimmt. Aber ob wir da draußen sicherer sind, wer weiß?

Wer weiß schon, ob wir das Richtige tun? Angesichts dessen, was Hildy und Francia uns angeboten haben, fällt es nicht leicht fortzugehen.

Aber wir tun es. Genau das tun wir.

Denn am Ende entscheiden wir selbst. Ich habe es nicht so gern, wenn jemand sagt, was er alles für mich tun will, auch wenn es noch so gut gemeint ist.

Inzwischen ist draußen dunkle Nacht, nur die beiden Monde leuchten hell. Alle im Dorf sind mit irgendetwas beschäftigt, daher hält uns keiner auf. Eine kleine Brücke führt über den Bach. »Wie weit ist es bis nach Haven?«, frage ich leise, während wir die Brücke überqueren.

»Ziemlich weit«, flüstert Viola zurück.

»Wie weit ist ziemlich weit?«

Einen Augenblick lang sagt sie nichts.

»*Wie* weit?«, wiederhole ich.

»Ein paar Wochen Fußmarsch«, antwortet sie, ohne sich umzudrehen.

»Ein paar *Wochen*!«

»Was bleibt uns anderes übrig?«, sagt sie ruhig.

Darauf weiß ich auch keine Antwort und so marschieren wir einfach weiter.

Auf der anderen Seite des Bachs führt die Straße bis zu den weiter entfernten Hügeln am Rand des Tals. Wir schlagen diesen Weg ein, weil man so am schnellsten aus dem Dorf herauskommt, um nach Süden in Richtung Fluss zu gehen und dessen Lauf zu folgen. Bens Landkarte endet in Farbranch, daher haben wir nur den Fluss als Anhaltspunkt.

Während wir Farbranch hinter uns lassen, begleiten uns so viele Fragen. Fragen, auf die wir wohl nie eine Antwort erhalten werden. Aus welchem Grund reiten der Bürgermeister und einige seiner Männer meilenweit, um in so kleiner Zahl irgendein verdammtes Dorf anzugreifen? Warum sind sie immer noch hinter uns her? Warum sind wir so wichtig für sie? Und was ist mit Hildy passiert?

Und habe ich Matthew Lyle getötet?

Und ist das, was er mich in seinem Gedankenlärm hat sehen lassen, am Ende tatsächlich wahr?

War das die wahre Geschichte von Prentisstown?

»Welche wahre Geschichte?«, fragt Viola, während wir den Weg entlanghasten.

»Nichts«, sage ich. »Hör auf, mich zu belauschen.«

Wir erreichen den letzten Hügelgrat genau in dem Moment, als eine Gewehrsalve im Tal widerhallt. Wir bleiben stehen und blicken zurück.

Und da sehen wir es.

Oh Mann, wir sehen es.

»Mein Gott«, flüstert Viola.

Das Tal funkelt im Lichtschein der beiden Monde, von den Häusern des Dorfs bis zu den Hügeln auf der anderen Seite mit den ausgedehnten Obstgärten.

Wir sehen, wie die Männer und Frauen von Farbranch den Hügel hinunterrennen.

Sie sind auf der Flucht.

Und oben auf dem Hügel tauchen Reiter auf. Fünf, zehn, fünfzehn Männer auf Pferden.

Das ist kein kleiner Spähtrupp. Ganz und gar nicht.

»Das ist Prentisstown.« Ich habe das Gefühl, als würde die Welt vor meinen Füßen zerbröckeln. »Das ist verdammt noch mal jeder einzelne Bewohner von Prentisstown.«

Sie haben dreimal mehr Leute, als es Bewohner in Farbranch gibt.

Schüsse sind zu hören, und wir sehen die Männer und Frauen von Farbranch fallen beim Versuch, in ihre Häuser zu fliehen.

Sie werden das Dorf überrennen. Und zwar noch ehe die nächste Stunde schlägt.

Denn die Gerüchte stimmen. Die Gerüchte, von denen Francia sprach.

Es war das richtige Wort.

Sie sind eine Armee.

Eine richtige Armee.

Sie haben Viola und mir eine Armee hinterhergeschickt.

TEIL IV

20

EINE ARMEE VON MÄNNERN

Wir verstecken uns hinter Büschen. Obwohl es dunkel ist, obwohl die Armee auf der anderen Seite des Tals liegt, obwohl die Männer nicht einmal wissen, dass wir hier oben sind, und sie bei der Aufregung, die hier herrscht, meinen Lärm bestimmt nicht hören können, verstecken wir uns. Du würdest es auch so machen.

»Kann man mit deinem Fernglas im Dunkeln sehen?«, flüstere ich.

Statt einer Antwort kramt Viola das Fernglas aus ihrer Tasche und hält es an die Augen. »Was geht da vor sich?«, fragt sie und drückt ein paar Knöpfe. »Wer sind diese Männer?«

»Sie kommen aus Prentisstown«, sage ich und strecke die Hand aus. »Scheint so, als wäre jeder aus diesem Scheißkaff mit von der Partie.«

»Wie kommt es, dass sich der ganze Ort aufgemacht hat?« Sie schaut noch ein, zwei Sekunden durchs Fernglas, dann reicht sie es mir. »Wozu soll das gut sein?«

»Woher soll ich das wissen?« Die Nachteinstellung des Fernglases taucht das Tal und alles andere in ein grünliches Licht.

Ich sehe Reiter, die den Hügel hinabgaloppieren und dabei ihre Gewehre abfeuern, ich sehe, wie die Menschen in Farbranch das Feuer erwidern, aber die meisten von ihnen fliehen, fallen, sterben. Die Armee aus Prentisstown scheint keine Gefangenen zu machen.

»Wir müssen so schnell wie möglich von hier verschwinden, Todd«, sagt Viola.

»Ja«, sage ich und spähe weiter durch das Fernglas. Wenn alles grün leuchtet, ist es schwer, Gesichter zu erkennen. Ich drücke auf ein paar Knöpfe, bis ich denjenigen gefunden habe, der das Bild vergrößert.

Der Erste, den ich zweifelsfrei wiedererkenne, ist Prentiss junior. Er führt den Haufen an, und wenn er gerade nichts findet, auf das er schießen kann, feuert er in die Luft. Dann entdecke ich Mr Morgan und Mr Collins, sie verfolgen ein paar Männer aus Farbranch in die Vorratsscheunen und schießen auf sie. Auch Mr O'Hare ist da und ein paar von des Bürgermeisters Lieblingen: Mr Edwin, Mr Henratty, Mr Sullivan. Und dort ist Mr Hammar, das Lächeln auf seinen Lippen wirkt aus dieser Entfernung grün und böse, als er fliehenden Frauen in den Rücken schießt, kleine Kinder fortjagt, und obwohl mein Magen leer ist, muss ich wegschauen, um mich nicht zu übergeben.

Diejenigen, die zu Fuß sind, marschieren in die Stadt ein. Unter ihnen Mr Phelps, der Krämer. Das ist komisch, denn früher wirkte er kein bisschen kriegerisch. Und dann ist da noch Dr. Baldwin. Und Mr Fox. Und Mr Cardiff, der unser bester Melker war. Und dann Mr Tate, der die meisten Bücher verbrennen musste, damals, als der Bürgermeister sie geächtet und verboten hatte. Und Mr Kearny, der den Weizen für die ganze Stadt gemahlen hat und der immer leise sprach und jedem Jungen in Prentisstown Holzspielzeug zum Geburtstag gebastelt hat.

Was haben ausgerechnet diese Männer in der Armee zu suchen?

»Todd!«, ruft Viola und zupft mich am Ärmel.

Ich glaube, keiner von denen, die dort marschieren, ist besonders glücklich. Sie wirken düster, kaltherzig und erschreckend, aber anders als Mr Hammar, eher so, als wäre jegliches Mitgefühl in ihnen erstorben.

Trotzdem marschieren sie weiter. Und schießen weiter. Und treten weiter Türen ein.

»Da ist Mr Gillooly«, sage ich und drücke das Fernglas an die Augen. »Er kann nicht mal das Schlachtvieh in seiner eigenen Metzgerei zerlegen.«

»*Todd!*«, ruft Viola, und ich merke, wie sie hinter mir aus dem Gebüsch kriecht. »Lass uns gehen.«

Was geht hier vor? Zugegeben, Prentisstown ist ein Ort, der so schrecklich ist, dass man es sich nicht einmal in seinen kühnsten Albträumen ausmalen mag, aber wie kommt es, dass plötzlich alle Bewohner zu einer Armee geworden sind? Es gibt Männer in Prentisstown, die durch und durch verkommen sind, aber doch nicht alle. Mr Gillooly mit einem Gewehr in der Hand ist ein Anblick, der so widersinnig ist, dass mir davon beinahe die Augen wehtun.

Und dann begreife ich es.

Bürgermeister Prentiss hat nicht einmal ein Gewehr in der Hand, mit der einen hält er die Zügel seines Pferds, die andere hängt schlaff herab. Er reitet in die Stadt ein wie bei einem abendlichen Spazierritt. Er sieht zu, wie Farbranch verwüstet wird, als wäre dieses Grauen nur ein Videofilm und noch nicht einmal ein besonders guter. Er lässt die anderen die Drecksarbeit machen und kehrt so unmissverständlich den Anführer heraus, dass niemand auf den Gedanken kommt, er könnte sich die Finger schmutzig machen.

Wie bringt er es fertig, so viele Männer nach seiner Pfeife tanzen zu lassen?

Ist er etwa gegen jede Kugel gefeit, weil er so furchtlos daherreitet?

»Todd«, ruft Viola, »ich schwöre dir, ich gehe ohne dich.«

»Nein, das wirst du nicht«, sage ich. »Einen Augenblick noch.«

Ich präge mir jedes einzelne Gesicht ein, ich lasse meinen Blick von einem Prentisstown-Mann zum nächsten wandern, genau das tue ich. Denn wenn sie in Farbranch einmarschieren und bald genug feststellen, dass weder Viola noch ich dort sind. Wenn sie hinter uns her sind, dann muss ich es wissen.

Ich muss es wissen.

Ich muss jeden kennen, der hier einmarschiert, brennt und mordet. Mr Wallace, Mr Asbjornsen, Mr St. James, Mr Belgraves, Mr Smith senior, Mr Smith junior, Mr Smith, der nur noch neun Finger hat, sogar Mr Majoribanks, der nur noch schwankt und taumelt, aber dennoch marschiert, marschiert, marschiert. Ein Prentisstown-Mann nach dem anderen, mein Herz krampft sich zusammen und schmerzt beim Anblick eines jeden, den ich wiedererkenne.

»Sie sind nicht dabei«, sage ich mehr zu mir selbst.

»Wer ist nicht dabei?«, fragt Viola.

»Nicht dabei«, bellt Manchee und leckt seinen Schwanzstummel.

Sie sind nicht dabei.

Ben und Cillian sind nicht unter ihnen.

Das ist großartig, oder? Natürlich machen sie keine gemeinsame Sache mit dieser Mörderbande. *Natürlich* nicht, auch wenn alle anderen Männer aus Prentisstown mitmachen. Sie nicht. Niemals, unter keinen Umständen.

Es sind gute Männer, *einzigartige* Männer, alle beide, sogar Cillian.

Aber wenn das stimmt, dann stimmt auch das andere, nicht wahr?

Wenn sie nicht hier sind, dann ist es aus und vorbei mit ihnen.

Und was lernen wir daraus?

Es gibt nichts Gutes, auf das nicht etwas wirklich Schlechtes folgt.

Ich hoffe, sie haben ihnen den härtesten Kampf ihres Lebens geliefert.

Ich setze das Fernglas ab und wische mir rasch mit dem Ärmel über die Augen, ehe ich es Viola zurückgebe. »Lass uns gehen.«

Sie nimmt das Fernglas und zappelt herum, als könne sie es kaum erwarten, endlich von hier wegzukommen. Doch dann sagt sie: »Es tut mir leid«, sie muss in meinem Lärm gelesen haben, was mir durch den Kopf geht.

»Das Schlimmste ist ohnehin schon passiert«, sage ich mit gesenktem Kopf, während ich mir den Rucksack zurechtrücke. »Komm, lass uns gehen, ehe ich uns in noch größere Gefahr bringe.«

Ich schlage den Pfad ein, der hügelaufwärts führt, mit gesenktem Kopf und großen Schritten, Viola ein Stück hinter mir und natürlich Manchee, der versucht, seinen verbundenen Schwanz nicht zu berühren, während wir laufen.

Wir sind noch nicht weit gekommen, da hat Viola uns schon eingeholt. »Hast du ihn gesehen?«, fragt sie zwischen zwei Atemzügen.

»Aaron?«

Sie nickt.

»Nein«, sage ich. »Jetzt, wo du es sagst, nein, ich habe ihn nicht gesehen. Dabei könnte man meinen, er wäre ganz vorne mit dabei.«

Wir hasten eine Minute schweigend weiter und fragen uns, was dieser Umstand zu bedeuten hat.

Der Weg diesseits des Tals ist breiter, und wir geben uns Mühe, im Dunkeln zu bleiben, während er sich immer weiter hinaufwindet. Die einzigen Lichter, die uns leuchten, sind die beiden Monde, sie sind hell genug, dass wir Schatten werfen, und das ist zu hell, wenn man auf der Flucht ist. In Prentisstown habe ich niemals Ferngläser für die Nacht gesehen, aber ich habe dort auch keine Armee gesehen, deshalb laufen wir beide geduckt, obwohl keiner von uns gesagt hat, dass wir uns beim Laufen ducken sollen. Manchee rennt vor uns her, die Schnauze dicht am Boden, und bellt: »Hier entlang! Hier entlang!«, als wüsste er besser als wir, wohin wir gehen.

Dann, auf dem Gipfel des Hügels, gabelt sich der Weg.

Das passt ja mal wieder.

»Soll das ein Witz sein?«, murmle ich.

Der eine Weg führt nach links, der andere nach rechts.

(Es sieht aus wie eine *Gabel.*)

»Der Bach in Farbranch floss rechts«, überlegt Viola, »und nachdem wir die Brücke überquert haben, war der Fluss auch immer rechts von uns, also müssen wir die Abzweigung nach rechts nehmen, wenn wir wieder zum Fluss zurückwollen.«

»Aber der Weg nach links sieht aus, als würde er viel häufiger benutzt werden«, stelle ich fest. Und das stimmt. Der linke Weg ist glatter, ebener, so wie Straßen, über die Fuhrwerke rollen. Der Weg rechts ist schmaler, am Rand mit dichterem Gebüsch bewachsen, und obwohl es Nacht ist, kann man deutlich sehen, wie staubig er ist. »Hat Francia etwas von einer Weggabelung gesagt?« Ich blicke über die Schulter zurück ins Tal, das von hier aus zu sehen ist.

»Nein«, sagt Viola und folgt meinem Blick. »Sie sagte nur, Haven sei die allererste Siedlung gewesen, alle späteren wurden entlang des Flusses gegründet, als die Menschen nach Westen zogen. Prentisstown war am weitesten draußen, weiter noch als Farbranch.«

»Dieser Weg führt wahrscheinlich zum Fluss«, sage ich und deute erst nach rechts, dann nach links, »und der hier führt vermutlich nach Haven.«

»Wohin erwarten sie, dass wir uns wenden? Was glaubst du?«

»Wir müssen uns entscheiden«, sage ich. »Und zwar sofort.«

»Nach rechts«, beschließt sie, dann kommen ihr Zweifel, und sie fragt: »Nach rechts?«

Wir hören ein lautes *PENG!*, das uns zusammenfahren lässt. Über Farbranch steigt eine qualmende Rauchwolke auf. Die Scheune, in der ich den ganzen Tag über gearbeitet habe, steht in Flammen.

Vielleicht wird unser Schicksal eine andere Wendung nehmen, wenn wir nach links gehen, vielleicht wird sich das Unglück, das auf uns wartet, nicht ereignen, vielleicht wartet am Ende der linken Gabelung das Glück auf uns mit einer warmen Stube und Menschen, die uns lieben, ohne Lärm und ohne Stille, aber mit

Essen in Hülle und Fülle, und niemand stirbt dort, niemand, niemals.

Vielleicht.

Aber ich glaube nicht daran.

Ich bin nicht gerade das, was man einen Glückspilz nennt.

»In Ordnung«, beschließe ich. »Dann gehen wir eben nach rechts.«

Wir laufen los. Manchee hat sich an unsere Fersen geheftet, die Nacht und eine staubige Straße liegen vor uns, eine Armee und eine Katastrophe liegen hinter uns, dazwischen gehen Viola und ich, Seite an Seite.

Wir rennen, bis wir nicht mehr können, dann gehen wir schnell, bis wir wieder rennen können. Bald sind hinter uns die Geräusche von Farbranch verstummt, und alles, was wir noch hören, sind unsere eigenen Schritte, mein Lärm und Manchees Bellen. Falls es hier Nachtgetier gibt, vertreiben wir es jetzt ganz bestimmt.

Was wahrscheinlich gar nicht schlecht ist.

»Wie heißt die nächste Siedlung?«, keuche ich, nachdem wir eine gute halbe Stunde lang mal gelaufen, mal gerannt sind. »Hat Francia etwas davon gesagt?«

»Shining Beacon«, antwortet Viola, die wie ich nach Luft ringt. »Oder Shining Light.« Sie legt die Stirn in Falten. »*Blazing* Light? Oder war es Blazing Beacon?«

»Das hilft uns wirklich weiter.«

»Warte.« Sie bleibt jäh stehen, beugt sich vor, um nach Luft zu ringen. »Ich brauche Wasser.«

Ich hebe die Hände, als wollte ich sagen: *Na und?* Stattdessen sage ich: »Ich auch. Hast du welches?«

Sie sieht mich mit hochgezogenen Augenbrauen an. »Oh.«

»Bis jetzt war immer ein Fluss in unserer Nähe.«

»Ich denke, dann sollten wir ihn schleunigst suchen.«

»Das denke ich auch.« Ich hole tief Luft, um wieder loszurennen.

»Todd«, sagt sie. »Ich habe nachgedacht.«

»Und?«, frage ich.

»Das mit Blazing Light oder was auch immer ...«

»Ja?«

»Genau genommen ...« Sie spricht leiser, klingt traurig und nervös, zögert, setzt von Neuem an. »Genau genommen haben wir beide die Armee erst nach Farbranch gelockt.«

Ich lecke mir über die trockenen Lippen, schmecke Staub. Und ich weiß genau, was sie sagen will.

»*Du musst sie warnen*«, sagt sie leise in die Dunkelheit hinein. »Es tut mir leid, aber ...«

»Wir können in keine andere Siedlung gehen«, beende ich den Satz für sie.

»Das glaube ich auch.«

»Nicht bis Haven.«

»Nicht, ehe wir in Haven sind«, sagt sie. »Wir können nur hoffen, dass dieser Ort groß genug ist, um es mit der Armee aufzunehmen.«

Das wäre nun also geklärt. Nicht dass wir es nicht ohnehin schon gewusst hätten: Wir sind ganz auf uns allein gestellt. Wirklich und wahrhaftig. Ich und Viola und Manchee und die Dunkelheit, die uns Gesellschaft leistet. Da ist niemand, der uns unterwegs helfen könnte, wenn überhaupt jemals, bei dem Wahnsinnsglück, das wir bisher hatten ...

Ich schließe die Augen.

Ich bin Todd Hewitt, denke ich. Um Mitternacht sind es noch siebenundzwanzig Tage, bis ich ein Mann bin. Ich bin der Sohn meiner Mutter und meines Vaters, mögen sie in Frieden ruhen, ich bin der Sohn von Ben und Cillian, mögen sie …

Ich bin Todd Hewitt.

»Ich bin Viola Eade«, sagt Viola.

Ich öffne die Augen. Sie streckt die Hand aus, mit der Handfläche nach unten streckt sie mir ihre Hand entgegen.

»Das ist mein Nachname«, sagt sie. »Eade. E-A-D-E.«

Einen Moment lang schaue ich sie an, betrachte ihre ausgestreckte Hand. Dann ergreife ich sie, drücke sie fest und lasse sie sofort wieder los.

Ich bewege die Schultern, um meinen Rucksack zurechtzurücken. Mit der Hand taste ich nach dem Messer, um es zu spüren, mich zu vergewissern, dass es noch da ist. Ich blicke zu dem armen, hechelnden Manchee mit seinem verstümmelten Schwanz hin und dann zu Viola.

»Viola Eade«, sage ich.

Sie nickt.

Und dann rennen wir los, tief in die Nacht hinein.

21

DER REST DER WELT

»KANN ES WIRKLICH NOCH SO WEIT SEIN?«, fragt Viola. »Das ergibt doch überhaupt keinen logischen Sinn.«

»Kennst du vielleicht einen anderen Sinn?«

Sie legt die Stirn in Falten. Ich auch. Wir sind müde und werden immer müder. Wir versuchen, nicht an das zu denken, was wir in Farbranch gesehen haben, und wir laufen, wir rennen, es kommt uns vor, als wären wir die halbe Nacht gerannt, und noch immer haben wir den Fluss nicht erreicht. Ich habe langsam Angst, dass wir die falsche Abzweigung genommen haben, aber das lässt sich nun nicht mehr ändern, denn Umkehren ist nicht.

»Umkehren *geht* nicht«, höre ich Viola verhalten hinter mir sagen.

Ich wirble herum, sehe sie mit Riesenaugen an. »Das ist aus zwei Gründen falsch«, sage ich. »Erstens: Wenn du andauernd den Lärm anderer Leute liest, wirst du dir hier nicht viele Freunde machen.«

Sie verschränkt die Arme vor der Brust und drückt die Schultern zurück. »Und zweitens?«

»Zweitens rede ich, wie es mir passt.«

»Ja«, sagt Viola, »das tust du.«

Mein Lärm wird ein wenig lauter, und ich hole tief Luft, doch dann sagt sie: »Pst!«, und ihre Augen blitzen im Mondlicht, als sie an mir vorbeischaut.

Das Geräusch von fließendem Wasser.

»Fluss!«, bellt Manchee.

Wir laufen los, um eine Biegung herum, einen Abhang hinunter, wieder um eine Biegung, und dann liegt der Fluss vor uns, breiter, flacher und träger, als wir ihn zum letzten Mal gesehen haben. Wir sprechen kein Wort, knien uns auf die Steine am Ufer und trinken. Manchee geht bis zum Bauch ins Wasser, ehe er zu schlabbern anfängt.

Viola kniet neben mir, und während ich das Wasser schlürfe, ist ihre Stille ganz nah. Das ist eine Sache mit zwei Seiten. So deutlich sie meinen Lärm hört, hier draußen, wo wir ganz allein sind, weit weg von jedem Geplapper und dem Lärm der Stadt, so deutlich höre ich ihre Stille, sie ist wie ein Dröhnen, sie erfasst mich wie eine große Trauer, und dann will ich die Stille ergreifen, mich selbst hineinpressen und einfach für immer in diesem Nichts verschwinden.

Welch eine Erlösung das wäre. Welch ein Segen.

»Ich kann nicht anders, als dich zu hören, weißt du«, sagt sie, steht auf und öffnet ihre Tasche. »Wenn es ruhig ist und nur wir zwei da sind.«

»Und ich kann nicht anders, als dich nicht zu hören«, erwidere ich. »So ist das nun mal.« Ich pfeife Manchee herbei. »Raus aus dem Wasser! Vielleicht sind Schlangen drin.«

Er duckt sich in die Strömung und wedelt, bis sich der Verband löst und davonschwimmt. Dann springt er aus dem Wasser und beginnt sofort, seinen Schwanz zu lecken.

»Lass mich mal sehen«, sage ich. Er bellt: »Todd!«, um mir zu sagen, dass er nichts dagegen hat, aber als ich näher komme, zieht er den Schwanz ein, soweit das in diesem verstümmelten Zustand überhaupt geht. Vorsichtig ziehe ich seinen Schwanz unter dem Bauch hervor, während Manchee ununterbrochen »Schwanz, Schwanz« vor sich hin murmelt.

»Na also«, sage ich zufrieden. »Dieser Verband wirkt auch bei Hunden.«

Viola hat zwei seltsame Scheiben aus ihrer Tasche gefischt. Sie drückt mit den Daumen darauf und sofort blasen sie sich zu Wasserflaschen auf. Sie kniet sich ans Ufer, füllt beide mit Wasser und wirft mir eine zu.

»Vielen Dank«, sage ich, ohne in ihre Richtung zu schauen.

Sie wischt das Wasser ab, das an der Flasche heruntergelaufen ist. Einen Augenblick lang bleiben wir noch am Ufer stehen, dann verstaut sie die Wasserflasche in ihrer Tasche und schweigt so, wie sie es immer tut, bevor sie etwas Schwieriges sagen will.

»Ich will dir nicht zu nahe treten«, beginnt sie, »aber vielleicht ist es an der Zeit, dass ich die Notiz auf der Landkarte lese.«

Sogar im Dunkeln merke ich, wie ich rot werde, und ich spüre, dass ich zum Streiten aufgelegt bin.

Aber dann seufze ich. Ich bin müde, und es ist spät, und wir müssen weiter, und sie hat ja recht. Das zu leugnen wäre schäbig.

Ich lasse den Rucksack zu Boden fallen, hole das Buch hervor und falte die Karte auf, die im vorderen Buchdeckel steckt. Ohne Viola anzublicken, gebe ich ihr die Karte. Sie holt die

Taschenlampe und richtet den Lichtkegel auf das Papier, dann direkt auf die Botschaft, die Ben geschrieben hat. Zu meiner Verblüffung beginnt sie laut und flüssig zu lesen, und obwohl ich ihre Stimme höre, ist es, als würde Ben zu mir sprechen aus Prentisstown, über den Fluss herüber, und es trifft mich wie ein Faustschlag gegen die Brust.

»*Geh zu der Siedlung, die flussabwärts liegt, und überquere die Brücke*«, liest sie vor. »*Die Siedlung heißt Farbranch und die Menschen dort werden dich gut aufnehmen.*«

»Das haben sie«, sage ich. »Wenigstens einige von ihnen.«

»*Es gibt Teile unserer Vergangenheit, Todd, von denen du nichts weißt*«, fährt Viola fort. »*Das tut mir leid, aber wenn du Bescheid wüsstest, würdest du in großer Gefahr schweben. Du wirst nur dann willkommen sein, wenn du unwissend und unschuldig bist.*«

Ich spüre, wie ich noch mehr erröte, aber zum Glück ist es so dunkel, dass man es nicht sehen kann.

»*Aus dem Buch deiner Mutter wirst du mehr erfahren, aber zuerst musst du den Rest der Welt warnen, Todd. Prentisstown rüstet sich. Die Pläne dazu wurden schon vor Jahren geschmiedet, man wartet nur noch darauf, bis der letzte Junge zum Mann geworden ist.*« Sie blickt von der Karte auf. »Bist du das?«

»Ja«, sage ich. »Ich war der Jüngste. In siebenundzwanzig Tagen werde ich dreizehn Jahre alt und dann bin ich nach dem Gesetz von Prentisstown ein Mann.«

Ich kann nicht anders, ich muss daran denken, was Ben mir in seinem Lärm gezeigt hat. Darüber, wie ein Junge zum Mann wird … Aber ich verdränge den Gedanken ganz schnell und sage: »Ich habe keine Ahnung, weshalb sie gerade auf mich gewartet haben sollen.«

»Der Bürgermeister will Farbranch erobern, und wer weiß, was sonst noch alles. Sillian und ich …«

»Cillian«, verbessere ich sie. »Das C am Anfang wird wie ein K gesprochen.«

»Cillian und ich werden versuchen, sie so lange wie möglich aufzuhalten, aber wir werden es nicht verhindern können. Farbranch ist in großer Gefahr und du musst die Menschen dort warnen. Vergiss niemals, dass wir dich lieben, als wärst du unser eigener Sohn. Dich wegzuschicken ist das Schlimmste, was ich je zu tun gezwungen war. Wenn möglich, sehen wir uns wieder, aber das Allerwichtigste ist, dass du schnell nach Farbranch gehst. Du musst sie warnen. Ben.« Viola schaut auf. »Den letzten Abschnitt hat er unterstrichen.«

»Ich weiß.«

Und dann sagen wir eine Minute lang gar nichts. Ein Vorwurf liegt in der Luft, aber vielleicht bilde ich mir das auch nur ein.

Wer wird schon aus einem Mädchen schlau, das still ist?

»Meine Schuld«, sage ich. »Alles meine Schuld.«

Viola liest die Anmerkung noch einmal still für sich. »Sie hätten es dir *sagen* müssen«, erklärt sie schließlich. »Sie hätten nicht warten dürfen, bist du es selbst liest, noch dazu, wo du …«

»Wenn sie es mir gesagt hätten, dann hätte es ganz Prentisstown in meinem Lärm gehört, und dann hätten alle gewusst, dass ich es weiß. Dann hätten wir nicht einmal den kleinen Vorsprung, den wir jetzt haben.« Ich schaue sie an und dann gleich wieder weg. »Ich hätte das Buch jemandem geben sollen, der es mir vorliest, das ist alles. Ben ist ein guter Kerl.« Und mit leiser Stimme setze ich hinzu: »Er war ein guter Kerl.«

Viola faltet die Karte zusammen und gibt sie mir zurück. Im

Augenblick nützt sie uns nichts, trotzdem verwahre ich sie sorgfältig in der vorderen Umschlagseite des Buches.

»Ich könnte es dir vorlesen«, sagt Viola. »Das Buch deiner Mutter. Wenn du willst.«

Ich kehre ihr den Rücken zu und verstaue das Buch im Rucksack. »Wir müssen weiter«, sage ich. »Wir haben schon viel zu viel Zeit verschwendet.«

»Todd ...«

»Eine Armee ist hinter uns her«, erinnere ich sie. »Zum Vorlesen ist keine Zeit.«

Also machen wir uns auf. Wir rennen, so schnell und so weit wir nur können, aber als die Sonne aufgeht, langsam, träge und kalt, wir keinen Augenblick geschlafen haben nach einem Tag voll harter Arbeit, sind wir auch mit einer Armee dicht auf den Fersen nur mit Mühe in der Lage, unser Tempo zu halten.

Aber wir schaffen es, den ganzen nächsten Morgen lang.

Wie wir gehofft haben, folgt die Straße dem Flusslauf. Das Gelände wird flacher, und große, grasbewachsene Ebenen erstrecken sich bis zu niedrigen Hügelketten, hinter denen höhere Berge aufragen, und hinter diesen, zumindest im Norden, sogar richtig hohe Berge.

Und alles ist Brachland. Nirgends Zäune, nirgendwo Getreidefelder, nirgends der Hinweis auf eine Siedlung oder auf Menschen, abgesehen von der staubigen Straße selbst. Einerseits ist das gut, andererseits auch ein wenig unheimlich.

Wenn der Rest von New World also tatsächlich nicht ausgelöscht wurde, wo sind dann all die Menschen?

»Glaubst du, wir sind auf dem richtigen Weg?«, frage ich, als wir wieder um eine staubige Kehre biegen, hinter der nichts als weitere staubige Kehren liegen. »Glaubst du, wir sind hier richtig?«

Viola stößt nachdenklich die Luft aus. »Mein Dad sagte immer: *Es gibt nur den Weg nach vorn, Vi, und dann heißt es: Kopf hoch und durch.*«

»Immer nur den Weg nach vorn«, wiederhole ich.

»Und dann Kopf hoch und durch«, fügt sie hinzu.

»Was für ein Mensch war er denn, dein Pa?«, frage ich.

Sie senkt den Blick und von der Seite bemerke ich so etwas wie ein Lächeln auf ihrem Gesicht. »Er roch immer wie frisches Brot«, sagt sie, dann geht sie wortlos weiter.

Aus dem Morgen wird Nachmittag, aber sonst bleibt alles gleich. Wenn wir können, rennen wir, und wenn wir nicht rennen können, gehen wir schnell. Wir ruhen uns nur dann aus, wenn es nicht anders geht. Der Fluss liegt immer noch ruhig und behäbig vor uns, so wie das braungrüne Land, das ihn umgibt. Hoch oben sehe ich Blaufalken, die lautlos schwebend auf ihre Beute lauern, aber das sind schon alle Anzeichen von Leben, die es hier gibt.

»Was für ein leerer Planet«, sagt Viola, als wir uns niedersetzen, um hastig etwas zu essen. Wir lehnen uns an Felsbrocken und blicken von da aus auf ein natürliches Stauwehr.

»Glaub mir, er ist voll genug«, erwidere ich und kaue auf einem Stück Käse herum.

»Ich glaube dir. Ich wollte damit nur sagen, dass ich verstehen kann, weshalb die Menschen sich hier angesiedelt haben. Weites fruchtbares Ackerland. So viele Möglichkeiten, um ein neues Leben zu beginnen.«

Ich kaue weiter. »Was für ein Irrtum.«

Sie reibt sich den Nacken und betrachtet Manchee, der zum Wehr hinübergelaufen ist und dort herumschnüffelt, vermutlich riecht er die Waldweber, die im Untergrund ihre Baue gegraben haben.

»Wieso wird man hier mit dreizehn zum Mann?«, fragt Viola.

Ich blicke sie überrascht an. »Was?«

»Diese Notiz«, sagt sie. »Ein Dorf wartet darauf, dass der letzte Junge zum Mann wird. Warum?«

»Das ist schon immer so gewesen in New World. Es hat was mit der Heiligen Schrift zu tun. Aaron hat immer davon gefaselt, dass diese Feier den Tag symbolisiert, an dem man vom Baum der Erkenntnis isst und vom Stand der Unschuld in den der Sünde wechselt.«

Sie blickt mich so seltsam an. »Das hört sich ja scheußlich an.«

Ich zucke mit den Schultern. »Ben sagt, der eigentliche Grund für die frühe Aufnahme in die Gemeinschaft ist, dass eine kleine Gruppe von Menschen auf einem einsamen Planeten so viele Erwachsene braucht wie möglich, deshalb fängt man mit dreizehn an, Verantwortung zu übernehmen.« Ich werfe einen Stein ins Wasser. »Frag mich nicht. Ich weiß nur, dass dreizehn die Grenze ist. Dreizehn Zyklen zu je dreizehn Monaten.«

»*Dreizehn* Monate?«, fragt sie mit hochgezogenen Augenbrauen.

Ich nicke.

»Ein Jahr hat aber nur zwölf«, sagt sie.

»Nein, hat es nicht. Es hat dreizehn.«

»Mag sein, dass es hier so ist«, erwidert sie. »Aber wo ich herkomme, sind es zwölf.«

Ich kneife die Augen zusammen. »Dreizehn Monate in einem

Jahr in New World«, sage ich und komme mir aus irgendeinem Grund ziemlich dumm vor.

Sie sieht mich nachdenklich an. »Je nachdem, wie lange ein Tag oder ein Monat auf diesem Planeten dauert, könntest du also schon vierzehn Jahre alt sein.«

»So geht das bei uns nicht«, sage ich ziemlich ernst, denn was sie sagt, passt mir nicht. »In siebenundzwanzig Tagen werde ich dreizehn.«

»Vierzehn Jahre und *einen Monat* in der alten Welt, um genau zu sein«, fährt sie fort. »Wie soll man da sicher sein, wie alt jemand ist ...«

»Siebenundzwanzig Tage bis zu meinem Geburtstag«, sage ich entschieden. Ich stehe auf und schultere meinen Rucksack. »Komm jetzt. Wir haben keine Zeit zum Plaudern.«

Die Sonne ist schon unter die Baumwipfel gesunken, als wir das erste Zeichen von Menschenhand sehen: eine verlassene Wassermühle am Flussufer, das Dach ist vor wer weiß wie vielen Jahren abgebrannt. Wir laufen nun schon so lange, dass wir kein Wort sagen, uns nicht einmal nach möglichen Gefahren umsehen, sondern einfach hineingehen, unser Gepäck gegen die Wand lehnen und uns dort, wo wir gerade stehen, auf den Boden fallen lassen, als hätten wir das weichste aller Betten gefunden. Manchee, der nie müde zu werden scheint, springt herum, hebt das Bein an sämtlichen Pflanzen, die durch die rissigen Holzbretter emporgewachsen sind.

»Meine Füße.« Ich ziehe die Schuhe aus und zähle fünf, nein sechs Blasen.

Viola stößt einen erschöpften Seufzer aus. »Wir müssen schlafen«, sagte sie. »Egal, was ist.«

»Ich weiß.«

Sie schaut mich an. »Du kannst sie doch hören«, sagt sie. »Falls sie überhaupt kommen.«

»Oh ja, ich werde sie hören«, erwidere ich. »Ich werde sie ganz bestimmt hören.«

Wir beschließen, abwechselnd zu schlafen. Ich schlage vor, als Erster zu wachen, und Viola kann nicht mal mehr Gute Nacht sagen, so schnell ist sie eingeschlafen. Ich betrachte sie, wie sie schläft, während es um uns herum immer dunkler wird. Dass wir uns in Hildys Haus gewaschen haben, ist längst nicht mehr zu erkennen. Ich sehe bestimmt genauso aus wie Viola, das Gesicht dreckverschmiert, habe dunkle Ringe unter den Augen und schmutzige Fingernägel.

Das bringt mich ins Grübeln.

Ich kenne sie erst seit drei Tagen. Drei verdammte Tage in meinem ganzen Leben, und doch gleicht dieses Erlebnis nichts anderem in meinem bisherigen Leben. Als ob alles eine große Lüge gewesen wäre, die nur darauf gewartet hat, dass ich sie entdecke. Nein, nicht »als ob«, es war tatsächlich eine große Lüge, und dies hier ist das wahre Leben, das weder Antworten noch Sicherheiten bietet; das nur einfach weitergeht, immer und immer weitergeht.

Ich nehme einen Schluck Wasser und lausche den Grillen, die *Sex Sex Sex* zirpen, und ich frage mich, wie Violas Leben verlaufen ist bis zu den letzten drei Tagen. Wie ist es, in einem Raumschiff aufzuwachsen? An einem Ort, an dem man immer wieder nur dieselben Menschen trifft, an einem Ort, den man niemals verlassen kann.

Im Grunde ist das Raumschiff ein Ort wie Prentisstown. Wer von dort verschwindet, taucht auch nie wieder auf.

Ich blicke zu Viola hinüber. Aber sie ist hier aufgetaucht. Sie hat das Mutterschiff für *sieben Monate* verlassen, zusammen mit ihrer Ma und ihrem Pa, in der kleinen Raumkapsel, die zerschellt ist.

Ich frage mich, warum.

»Man muss Erkundungsschiffe ausschicken und damit den Planeten aus der Nähe erforschen, um die besten Landeplätze zu finden«, antwortet sie, ohne sich aufzusetzen, ja, ohne auch nur den Kopf zu heben. »Wie kann ein Mensch jemals schlafen in dieser Welt voller Lärm?«

»Man gewöhnt sich dran«, antworte ich. »Aber weshalb so lange? Warum sieben Monate lang?«

»So lange dauert es, ein erstes Lager zu bauen.« Erschöpft legt sie die Hände auf die Augen. »Meine Mutter, mein Vater und ich sollten die besten Landeplätze für die Raumschiffe finden und das erste Camp errichten. Dann sollten wir damit beginnen, die notwendigen Vorrichtungen zu bauen. Einen Kontrollturm, ein Lagerhaus, ein Krankenhaus.«

Sie sieht mich durch ihre Finger hindurch an. »Das ist die Standardprozedur.«

»Ich habe in New World noch nie Kontrolltürme gesehen«, sage ich.

Bei diesen Worten setzt sie sich auf. »Das *weiß* ich. Es ist unglaublich, aber ihr habt hier ja nicht einmal Kommunikatoren, mit denen ihr euch von Ort zu Ort unterhalten könnt.«

»Also seid ihr keine Siedler, die aus religiöser Überzeugung gekommen sind«, sage ich besonders gescheit.

»Was hat das damit zu tun?«, fragt sie. »Warum sollten sich Kirchenmitglieder vor der gesamten Außenwelt abschotten?«

»Ben sagte, die Siedler seien auf diesen Planeten gekommen,

um ein einfacheres Leben zu führen. Zu Beginn der Besiedlung wurde darüber gestritten, ob man die Atomgeneratoren zerstören sollte oder nicht.«

Viola wirft mir einen entsetzten Blick zu. »Hättet ihr das getan, wärt ihr alle gestorben.«

»Vermutlich hat man sie deshalb nicht zerstört«, sage ich achselzuckend. »Nicht einmal, nachdem Bürgermeister Prentiss beschlossen hat, so gut wie alles andere loszuwerden.«

Viola reibt ihre Schienbeine und blickt zu den Sternen hinauf, die durch das Loch im Dach hereinscheinen. »Mein Vater und meine Mutter waren so voller Vorfreude«, erzählt sie. »Eine völlig neue Welt, ein ganz neuer Anfang, die Träume von Frieden und Glück.« Sie hält inne.

»Es tut mir leid, dass es anders gekommen ist«, sage ich.

Sie blickt auf ihre Füße hinab. »Würde es dir etwas ausmachen, so lange draußen zu warten, bis ich eingeschlafen bin?«

»Nein, ist schon in Ordnung.« Ich nehme meinen Rucksack und trete durch die Öffnung, wo einst die Eingangstür war. Manchee, der zusammengerollt dagelegen hat, steht auf und kommt mir nach. Als ich mich hinsetze, rollt er sich zu meinen Füßen zusammen und schläft ein, dann furzt er und seufzt nach Hundeart. Wie einfach es ist, ein Hund zu sein.

Ich sehe die Monde aufgehen, die Sterne ziehen hinter ihnen her, es sind dieselben Monde und dieselben Sterne wie in Prentisstown, sogar hier draußen, am Ende der Welt. Ich hole das Buch hervor. Der geölte Einband glänzt im Mondlicht. Ich blättere durch die Seiten.

Ob meine Mutter auch voller Vorfreude war, als sie hier landete? Dachte auch sie nur an Frieden, Hoffnung und Glück?

Hat sie ein wenig dieses Glücks gefunden, bevor sie starb?

Meine Brust wird eng, deshalb stecke ich das Buch in den Rucksack zurück und lehne den Kopf gegen die Holzbretter der Mühle. Ich lausche auf den Fluss, auf die Bäume, die sich etwas zuwispern, ich betrachte die Silhouetten der Berge in der Ferne und die Umrisse der Wälder dort.

Ich warte ein paar Minuten, dann gehe ich wieder hinein und schaue, ob es Viola gut geht.

Meine nächste Erinnerung beginnt, als sie mich Stunden später aufweckt. Ich bin völlig verwirrt, bis ich sie sagen höre: »Lärm, Todd, ich höre Lärm.«

Ich bin auf den Beinen, noch ehe ich richtig wach bin, um Viola zu beruhigen und einen erschöpften Manchee, der seinen Unmut laut herausbellt. Dann lausche ich in die Nacht.

Flüster Flüster Flüster höre ich wie ein Lüftchen, Flüster Flüster, ohne Worte, weit entfernt, doch schwebend, wie eine Sturmwolke hinter einem Berg: Flüster Flüster Flüster.

»Wir müssen gehen«, sage ich und schnappe mir den Rucksack.

»Ist das die Armee?«, fragt Viola und greift nach ihrer Tasche.

»Armee!«, bellt Manchee.

»Keine Ahnung«, antworte ich. »Schon möglich.«

»Könnte es nicht auch von der nächsten Siedlung kommen?« Viola tritt zu mir, die Tasche über der Schulter. »Sie kann nicht mehr allzu weit entfernt sein.«

»Weshalb haben wir dann nichts gehört, als wir bierhergekommen sind?«

Sie beißt sich auf die Lippe. »Verdammt.«

»Genau«, sage ich. »Verdammt.«

Und so vergeht die zweite Nacht nach unserem Aufbruch von Farbranch so wie die erste, wir laufen durch die Dunkelheit, knipsen unsere Taschenlampe an, wenn wir sie brauchen, versuchen an nichts zu denken. Unmittelbar vor Sonnenaufgang verlässt der Fluss die Ebene und fließt durch ein kleines Tal wie das in Farbranch, ganz sicher liegt dort Blazing Beacon oder wie immer es auch heißt, vielleicht wohnen dort tatsächlich Menschen.

Hier gibt es Obstgärten und Weizenfelder, aber sie sind weniger gepflegt als die bei Farbranch. Zu unserem Glück liegt der Ort auf dem Gipfel eines kleinen Bergs, und eine Straße, wie es aussieht, sogar eine größere, verläuft mitten hindurch, vielleicht ist es ja die linke Weggabelung, die hierherführt. Fünf, sechs Häuser stehen dort, die meisten von ihnen könnten etwas Farbe vertragen. Weiter unten, dort, wo unser staubiger Weg am Fluss entlang verläuft, sind nur ein paar Boote, wurmzerfressene Stege und Bootshäuser und was man sonst noch an einem Flussufer baut.

Wir können niemanden um Hilfe bitten. Und selbst wenn man uns helfen würde, käme die Armee trotzdem hinter uns her. Wir sollten die Bewohner des Ortes warnen, doch was, wenn hier mehr Matthew Lyles wohnen als Hildys? Was, wenn wir sie warnen und so erst die Armee hierherlocken, weil man uns in jedermanns Lärm hört? Was, wenn die Siedler wissen, dass die Armee unseretwegen kommt, und beschließen, uns auszuliefern?

Aber man muss sie doch warnen, oder nicht?

Aber was, wenn wir uns selbst damit in Gefahr bringen?

Siehst du, wie soll man da die richtige Antwort kennen!

Also schleichen wir wie Diebe weiter, laufen von einem Bootshaus zum nächsten, verstecken uns, damit man uns vom Dorf aus nicht sieht, verharren so still wie möglich, als wir eine dürre Frau sehen, die einen Korb in ein Hühnerhaus trägt, das auf dem Hügel neben ein paar Bäumen steht. Die Siedlung ist so klein, dass wir sie durchquert und auf der anderen Seite wieder verlassen haben, noch ehe die Sonne richtig aufgegangen ist. Wir sind wieder auf unserem Weg, als hätte es gar keine Siedlung gegeben, als wäre dies alles nicht wahr, nicht einmal wir selbst können es glauben.

»Das also ist die Siedlung«, flüstert Viola, als wir uns umdrehen und die Häuser hinter einer Biegung verschwinden sehen. »Wir werden nie erfahren, wie sie heißt.«

»Ab jetzt wissen wir wirklich nicht mehr, was vor uns liegt«, flüstere ich zurück.

»Wir gehen einfach weiter, bis wir in Haven sind.«

»Und dann?«

Sie antwortet nicht auf meine Frage.

»Wir legen viel Zuversicht in ein einziges Wort«, sage ich.

»Dort muss es etwas geben, Todd«, sagt sie mit ernster Miene. »*Irgendetwas* muss dort sein.«

Ich schweige einen Augenblick, bevor ich antworte: »Wir werden es sicher erfahren.«

Und so bricht ein neuer Morgen an. Zweimal sehen wir Männer, die mit Pferdewagen unterwegs sind. Beide Male verstecken wir uns schnell im Wald, Viola hält Manchee die Schnauze zu, und ich versuche in meinem Lärm so wenig wie möglich an Prentisstown zu denken, bis sie wieder weg sind.

Die Stunden fließen zäh dahin. Wir hören kein Flüstern mehr von der Armee, wenn es überhaupt von ihr stammte, aber es gibt sowieso keine Möglichkeit, das herauszufinden. Aus dem Morgen ist schon wieder Nachmittag geworden, als wir eine Siedlung auf einem Berg erspähen. Wir stehen auf einer Anhöhe, der Fluss zwängt sich hinunter ins Tal und fließt dann in einem breiteren Bett in eine weite Ebene, die wir durchqueren müssen.

Viola richtet ihr Fernglas auf die Siedlung, dann reicht sie es an mich weiter. Der Ort besteht aus zehn bis fünfzehn Häusern, und selbst aus der Ferne ist zu erkennen, wie armselig und heruntergekommen alles ist.

»Ich verstehe das nicht«, sagt Viola. »Nach dem üblichen Siedlungsplan sollte der Selbstversorger-Anbau schon seit Jahren abgeschlossen sein. Handel wird auch getrieben, wie wir wissen, also weshalb herrscht hier solche Armut?«

»Du weißt nicht besonders viel über das Leben der Siedler. Kann das sein?«, frage ich etwas verdrossen.

Sie verzieht den Mund. »Diese Dinge habe ich in der Schule gelernt. Seit ich fünf Jahre alt war, weiß ich, wie man eine funktionierende Kolonie gründet.«

»Schule und Leben sind zweierlei.«

»Tatsächlich?«, fragt sie und zieht die Augenbrauen spöttisch hoch.

»*Hast du nicht gehört, was ich gesagt habe?*«, blaffe ich sie an. »Ein paar von uns waren dermaßen damit beschäftigt, ihr Überleben zu sichern, dass sie nichts über Selbstsorger-Anbau lernen konnten.«

»Es heißt *Selbstversorger*.«

»Ist mir doch egal.« Ich gehe einfach weiter.

Viola stapft hinter mir her. »Wenn unser Raumschiff hier ankommt, dann bringen wir euch das ein oder andere bei«, sagt sie. »Darauf kannst du dich verlassen.«

»Oh ja, und danach stellen wir dummen Bauerntölpel uns in eine Reihe, um voller Dankbarkeit euren Hintern zu küssen«, sage ich, und mein Lärm tobt, und ich sage natürlich nicht »Hintern«.

»Bestimmt werdet ihr das«, sagt sie mit erhobener Stimme. »Ihr wart ja nicht grade erfolgreich damit, die Uhr zurückzudrehen und die finsteren Zeiten wieder aufleben zu lassen. Wenn wir erst hier sind, zeigen wir euch, wie man es richtig macht.«

»Bis dahin sind es noch sieben Monate«, herrsche ich sie an. »Bis dahin wirst du genügend Gelegenheit haben herauszufinden, wie andere leben.«

»Todd!«, bellt Manchee und erschreckt uns, bevor er wie der geölte Blitz lossaust.

»Manchee!«, rufe ich ihm hinterher. »Komm zurück!«

Und dann hören wir es.

22

WILF UND DAS MEER AUS BIESTERN

Es ist geradezu unheimlich, der Lärm scheint überall zu sein, allerdings enthält er kaum Worte. Er erklimmt den Berg vor uns, rollt wieder hinab, er ist wie ein einziger Gedanke und scheint dennoch aus unzähligen Hirnen zu kommen, er ist wie Tausende von Stimmen, die alle dasselbe Lied singen.

Ja, genau.

Sie singen.

»Was ist das?«, fragt Viola ebenso entgeistert wie ich. »Das ist nicht die Armee, oder? Sie können uns doch unmöglich so schnell den Weg abgeschnitten haben.«

»Todd!«, bellt Manchee von der kleinen Anhöhe herab. »Kühe, Todd! Riesenkühe!«

Viola verzieht den Mund. »Riesenkühe?«

»Keine Ahnung«, sage ich, und schon renne ich den Hügel hinauf.

Denn das Geräusch …

Wie soll ich es beschreiben?

So klingen vielleicht Sterne. Oder Monde. Aber keine Berge. Für Berge ist der Ton zu schwebend. Es ist, als sänge ein Planet einem anderen etwas vor, hoch, lang gezogen und in vielen verschiedenen Stimmen, deren jede bei einem anderen Ton einsetzt, um dann in einem tieferen aufzugehen. Doch alle vereinigen sich zu einer Lautkette, die traurig klingt, und auch wieder nicht, träge und auch wieder nicht, und jede Stimme singt nur ein Wort.

Ein einziges Wort.

Wir erreichen die Hügelkuppe, unter uns erstreckt sich eine weitere Ebene, der Fluss stürzt sich hinab, durchzieht sie wie eine silberne Ader das Felsgestein, und überall entlang des Flusses bis zum Horizont bahnen sich Tiere ihren Weg.

Tiere, wie ich sie nie zuvor gesehen habe.

Kräftig sind sie, keine Frage, und glatt vier Meter hoch. Ihr Fell ist zottig und schimmert silbrig, der Schwanz ist dick und zerzaust, hinter den Brauenwülsten erhebt sich ein Paar weißer, gebogener Hörner. Mit ihren langen Nacken auf breiten Schultern beugen sie sich zum Gras hinunter, kauen es in ihren breiten Mäulern, während sie über trockene Erde trotten. Sie schlürfen Wasser, während sie den Fluss durchqueren, und es sind Tausende, Tausende, vom Horizont zu unserer Rechten bis zum Horizont zur Linken, und ihr Lärm singt nur ein einziges Wort in verschiedenen Tönen, aber dieses eine Wort verbindet sie, schweißt sie zu einer Gemeinschaft zusammen, während sie immer weiter über die Ebene laufen.

»*Hier*«, sagt Viola irgendwo neben mir. »Sie singen *hier*.«

Sie singen **Hier**. Sie rufen es sich in ihrem Lärm gegenseitig zu.

Hier bin ich.

Hier sind wir.

Hier gehen wir.

Hier ist alles, was zählt.

Hier.

Es ist …

Wie soll ich sagen?

Es ist wie das Lied einer Familie voller Harmonie, es ist ein Lied der Zugehörigkeit, man gehört dazu, sobald man es nur hört, es ist ein Lied, das einen umhegt und umschmeichelt und einen nie verlässt. Wenn du ein Herz hast, wird es brechen, wenn dein Herz gebrochen ist, wird es wieder heil.

Es ist …

Wow!

Ich werfe Viola einen Blick zu, sie hat die Hand auf den Mund gepresst, ihre Augen sind feucht, aber durch die Finger hindurch sehe ich, wie sie lächelt, und ich will mit ihr reden.

»Kommter nich weit zu Fuß«, sagt da plötzlich eine Stimme neben uns.

Wir wirbeln herum, meine Hand tastet nach dem Messer. Von einem schmalen Pfad aus beobachtet uns ein Mann. Er sitzt auf einem leeren Ochsenkarren, sein Mund ist offen, als hätte er vergessen, ihn zuzumachen.

Auf dem Sitz neben ihm liegt ein Gewehr, das er vermutlich eben erst dorthin gelegt hat.

Von irgendwoher bellt Manchee: »Kuh!«

»Umen Wagen machen sie 'nen Bogen«, erklärt der Mann. »Zu Fuß nich sicher. Zerquetscht wie nix.«

Und wieder lässt er den Mund sperrangelweit offen. Sein Lärm, der von den vielen Hier der Herde beinahe zugeschüttet wird, sagt nichts anderes als sein Mund. Ich bemühe mich so sehr, nicht an bestimmte Wörter zu denken, dass mir der Kopf richtig wehtut.

»Kann euch mitnehmen«, sagt er. »Wenns wollt.«

Er deutet auf die staubige Landstraße, die unter den Hufen der Tiere kaum zu sehen ist. Dass die Tiere uns den Durchgang versperren und dass niemand so verrückt sein wird, sich einen Weg durch diese Herde bahnen zu wollen, versteht sich von selbst.

Ich drehe mich um und will etwas sagen, *irgendetwas*, um möglichst schnell von hier wegzukommen.

Stattdessen geschieht etwas Verblüffendes.

Viola schaut den Mann an und sagt: »Ich bin Hildy.« Dann zeigt sie auf mich. »Das is Ben.«

»Was?«, stoße ich hervor und belle dabei fast so wie Manchee.

»Wilf«, sagt der Mann zu Viola, und ich brauche eine Weile, ehe mir klar wird, dass er so heißt.

»Holla, Wilf«, sagt sie. Ihre Stimme ist kein bisschen mehr ihre Stimme, es ist eine völlig andere, sie dehnt sich und verschluckt die Silben, sie biegt sich und ordnet die Buchstaben neu, und je mehr Viola spricht, desto fremder klingt sie.

Desto mehr klingt sie wie Wilf.

»Sin von Farbranch. Und du?«

Wilf zeigt unbeholfen mit dem Daumen über die Schulter. »Bar Vista«, sagt er. »Unterwegs nach Brockley Falls. Vorräte holen.«

»So ein Glück«, sagt Viola. »Wollmer auch hin.«

Meine Kopfschmerzen werden schlimmer. Ich presse die Hände gegen die Schläfen, um meinen Lärm einzudämmen, um nicht falsche Gedanken in die Welt hinauspurzeln zu lassen. Zum Glück baden wir geradezu im Hier.

»Dann mal rauf«, ruft Wilf achselzuckend.

»Komm, Ben«, sagt Viola, geht zur Rückseite des Karrens und wuchtet ihre Tasche hinauf. »Wilf nimmt uns mit.«

Sie springt auf den Wagen, Wilf schnalzt mit den Zügeln und lässt die Ochsen anziehen. Sie trotten langsam los, und Wilf würdigt mich keines Blickes, als er an mir vorüberfährt. Ich stehe verdattert da, sehe auch Viola an mir vorbeifahren, die wie wild gestikuliert, damit ich mich endlich neben sie setze. Mir bleibt eben nichts anderes übrig. Ich laufe los und stemme mich auf den Karren hinauf.

Ich setze mich neben sie und starre sie mit weit aufgerissenem Mund an, mein Unterkiefer muss sich irgendwo bei meinen Knöcheln befinden. »*Was soll das?*«, raunze ich viel zu laut, denn eigentlich sollte es ein Flüstern sein.

»*Pst!*«, flüstert sie und schaut über die Schulter nach vorne zu Wilf, aber nach seinem Lärm zu schließen, könnte er ebenso gut bereits vergessen haben, dass er uns mitgenommen hat. »Ich weiß nicht«, raunt sie mir ins Ohr. »Mach das Spiel einfach mit.«

»Welches Spiel?«

»Wenn wir es schaffen, auf die andere Seite der Herde zu kommen, dann haben wir die Herde zwischen uns und der Armee.«

Daran habe ich noch gar nicht gedacht. »Was hast du vor? Und was haben Ben und Hildy damit zu tun?«

»Er hat ein Gewehr«, flüstert sie und wirft Wilf einen argwöhnischen Blick zu. »Du hast selbst gesagt, wie unberechenbar manche Leute reagieren, wenn sie erfahren, wo du herkommst. Es ist mir irgendwie rausgerutscht.«

»Aber du hast mit seiner Stimme gesprochen.«

»Nicht sehr gut.«

»Gut genug«, sage ich schon wieder lauter, als ich es eigentlich will.

»*Pst!*«, zischt sie, aber bei dem Geräuschteppich, den die vorbeitrottende Herde produziert, und in Anbetracht von Wilfs offensichtlicher Beschränktheit könnten wir uns ebenso gut in normaler Lautstärke unterhalten.

»Wie machst du das?« Meine Verblüffung schwappt zu ihr hinüber.

»Ganz einfach, Todd. Ich lüge«, sagt sie und vollführt eine Geste, die mich zum Schweigen bringen soll. »Lügt ihr hier denn nicht?«

Natürlich lügen wir. New World und der Ort, aus dem ich stamme (ich vermeide es tunlichst, den Namen zu sagen, ich vermeide es sogar, ihn zu denken), scheinen ein einziges *Lügengebäude* zu sein. Aber das ist etwas anderes. Wie schon gesagt, Männer lügen unaufhörlich, sie belügen sich selbst, sie belügen andere Männer, sie belügen die ganze Welt. Wer kann also schon mit Gewissheit sagen, wann etwas Wahres aus deinem Kopf in die Welt purzelt? Jedermann weiß, dass du lügst, aber alle lügen genau wie du. Was ist denn schon dabei zu lügen? Was ändert es? Lügen sind Teil des endlos dahinfließenden menschlichen Lebens, sie sind Teil des Lärms. Manchmal kann man sie heraushören und manchmal nicht.

Aber auch wenn der Mensch lügt, hört er niemals auf, er selbst zu sein.

Alles, was ich von Viola weiß, ist das, was sie über sich gesagt hat. Die einzige Wahrheit, die ich kenne, ist die aus ihrem Mund. Als sie sagte, unsere Namen seien Hildy und Ben und wir kämen aus Farbranch, und als wir genauso redeten wie Wilf (obwohl er gar nicht aus Farbranch kommt), schien es mir, als wäre das alles wahr. Für einen kurzen Moment veränderte sich die Welt, eine Sekunde lang bestand sie nur aus Violas Stimme, und diese Stimme beschrieb nichts, sondern sie erschuf etwas. Viola machte aus jedem von uns beiden eine andere Person, einfach indem sie uns falsche Namen gab.

Oh, mein Kopf.

»Todd! Todd!« Jäh taucht Manchee hinten am Fuhrwerk auf und lugt verwegen zwischen unseren Füßen hindurch hoch. »Todd!«

»Mist«, sagt Viola.

Ich springe vom Wagen und packe Manchee, mit einer Hand halte ich seine Schnauze zu, mit der anderen ziehe ich mich wieder auf den Wagen hoch. »Td?«, stößt er zwischen zusammengepressten Kiefern hervor.

»Ruhe, Manchee!«, befehle ich.

»Ich weiß gar nicht, ob das überhaupt nötig ist«, sagt Viola lauter als sonst.

Ich blicke auf.

»Kh«, nuschelt Manchee.

Eines der Tiere läuft ganz nah an uns vorbei.

Jetzt sind wir mittendrin, eingeschlossen von der Herde.

Eingeschlossen von dem Lied.

Und für eine Weile denke ich nicht mehr ans Lügen.

Ich habe das Meer noch nie gesehen, nur in Videos. Dort, wo ich aufgewachsen bin, gibt es nicht einmal einen See, nur den Fluss und den Sumpf. Vielleicht fuhren dort irgendwann einmal Boote, aber das muss vor meiner Zeit gewesen sein.

Wenn ich mir vorstellen müsste, wie es auf dem Meer ist, dann würde ich es mir so vorstellen wie jetzt. Die Herde umschließt uns, verschluckt alles, und übrig bleiben nur der Himmel und wir. Sie gleitet an uns vorbei wie eine unaufhaltsame Strömung, manchmal nimmt sie Notiz von uns, meistens aber genügt sie ganz sich selbst und dem **Hier**. Und dieses Wort tönt hier, mitten in der Herde, so laut, als habe es die Herrschaft über dich übernommen, als ließe es ganz allein dein Herz schlagen und deine Lunge atmen.

Nach einer Weile stelle ich fest, dass ich Wilf und die ... die anderen Dinge völlig vergesse. Ich liege einfach auf der Pritsche des Karrens und sehe zu, wie die Tiere an mir vorüberziehen. Einige davon schnüffeln herum, kauen, stoßen einander hin und wieder mit den Hörnern an, ich sehe die Kleinen, die alten Bullen, die Riesen und die Zwerge, Tiere mit Narben oder mit zerzaustem Fell.

Viola liegt die ganze Zeit über dicht neben mir. Manchees kleiner Hundeverstand ist restlos überwältigt, mit hängender Zunge schaut er zu, wie die Herde vorbeitrottet, und einen winzigen Augenblick lang, während Wilf uns über die Ebene schaukelt, ist dieser Anblick alles, was es gibt auf der Welt.

Alles, was es gibt.

Ich blicke zu Viola hinüber und sie blickt zu mir. Sie lächelt, schüttelt den Kopf und wischt sich mit dem Ärmel die Tränen aus den Augen.

Hier.

Hier.

Wir sind **hier** und nirgendwo anders.

Denn es gibt nichts anderes außer **hier**.

»Also dieser ... Aaron«, sagt Viola nach einer Weile leise, und ich weiß genau, weshalb sie gerade jetzt beginnt von ihm zu sprechen.

Im Innern von **Hier** ist es so sicher und geborgen, dass wir über jede Gefahr sprechen können, wenn wir wollen.

»Ja«, frage ich zurück, ebenso leise wie sie, und sehe einer kleinen Tierfamilie zu, die hinter dem Wagen herläuft. Das Muttertier stupst sein neugieriges Junges vor sich her, das uns unentwegt anstarrt.

Viola dreht sich von ihrem Platz aus zu mir und fragt: »Aaron war euer Geistlicher?«

Ich nicke. »Der einzige in Prentisstown.«

»Worüber hat er denn gepredigt?«

»Das Übliche«, antworte ich. »Fegefeuer. Verdammnis. Jüngstes Gericht.«

Sie sieht mich schräg von der Seite an. »Scheint mir nicht gerade das Übliche zu sein.«

»Er war überzeugt, dass das Ende der Welt naht«, sage ich achselzuckend. »Wer kann ihm das Gegenteil beweisen?«

Sie schüttelt den Kopf. »Der Prediger auf dem Raumschiff war ganz anders. Pastor Marc. Er war nett und freundlich, und man hatte bei ihm immer den Eindruck, dass alles, was geschah, gut war.«

Ich pruste los. »Nein, das klingt ganz und gar nicht wie Aaron. Er sagte immer ›Gott hört alles‹ und ›Wenn einer von uns fällt, fallen wir alle‹. Es klang, als würde er sich darauf freuen.«

»Ich habe gehört, wie er das gesagt hat.« Sie verschränkt die Arme vor dem Körper.

Das **Hier** hüllt uns noch immer ein, es umschließt uns von allen Seiten.

»Hat er … hat er dir wehgetan? Damals, im Sumpf?«

Sie schüttelt den Kopf und seufzt. »Er hat mich angeschrien

und vor sich hin gemurmelt. Vielleicht war es eine Predigt, aber jedes Mal, wenn ich weglaufen wollte, kam er hinter mir her und hat noch mehr gewettert, und ich habe geweint und ihn gebeten, mir zu helfen, aber er hat mich nicht beachtet und weitergepredigt, und ich habe Bilder von mir selbst in seinem Lärm gesehen, damals, als ich noch nicht wusste, was ›Lärm‹ war. Ich habe noch nie im Leben solche Angst gehabt, nicht einmal, als unsere Raumkapsel abstürzte.«

Wir blicken beide hinauf zur Sonne.

»*Wenn einer von uns fällt, fallen wir alle*«, wiederholt sie. »Was soll das überhaupt bedeuten?«

Wenn ich so darüber nachdenke, weiß ich es selbst nicht genau. Deshalb schweige ich und wir lassen uns einfach wieder in das **Hier** zurückfallen und uns noch ein wenig weitertragen.

Hier sind wir.

Und nirgendwo sonst.

Nach einer Stunde (oder war es eine Woche oder eine Sekunde?) werden die Tiere allmählich weniger, wir sind am anderen Ende der Herde angelangt. Manchee springt vom Karren. Wir fahren so langsam, dass er keinerlei Gefahr läuft zurückzubleiben, deshalb lasse ich ihn tun, was er will. Viola und ich bleiben auf der Pritsche liegen, uns ist noch nicht nach Aufstehen.

»Das war wunderbar«, sagt Viola leise. Das Lied der Herde wird allmählich schwächer. »Ich habe gar nicht mehr gemerkt, wie weh meine Füße tun.«

»Ja«, stimme ich ihr zu.

»Was *genau* war das eigentlich?«

»Riesenviecher«, sagt Wilf, ohne sich umzudrehen. »Viecher, mehr nicht.«

Viola und ich tauschen Blicke, beinahe haben wir vergessen, dass er da ist.

Wie viel wir wohl von uns verraten haben?

»So Viecher, ham die 'nen Namen?« Viola setzt sich auf und beginnt wieder mit ihrem Lügenspiel.

»Sicher«, antwortet Wilf und gibt nun den Ochsen die Zügel frei, da wir die Herde hinter uns gelassen haben. »Zottelpack oder Feldbiester oder Antafants.« Von hinten sehen wir, wie er die Schultern zuckt. »Ich sag ›Viecher‹.«

»Viecher«, sagt Viola.

»Vieh«, sage ich.

Wilf blickt über die Schulter. »Heda, kommt er aus Farbranch?«, fragt er.

»So isses«, antwortet Viola mit einem schnellen Seitenblick auf mich.

Wilf nickt ihr zu. »Habter Armee gesehen?«

Mein Lärm braust auf, ehe ich es verhindern kann, aber auch jetzt nimmt Wilf keinerlei Notiz davon. Viola wirft mir einen sorgenvollen Blick zu.

»Was für 'ne Armee soll'n das sein, Wilf?«, fragt sie, und diesmal hat sie sich offenbar nicht ganz in der Gewalt.

»'ne Armee vonner verdammten Stadt«, antwortet er und fährt ungerührt weiter, als sprächen wir über Gemüsesorten. »Armee is aus'm Sumpf, will was von andren Siedlern, wird größer unterwegs, habter gesehen?«

»Woher weißt'n das, Wilf?«

»Geschichten«, antwortet Wilf. »Geschichten, werden entlang vom Fluss erzählt. Leute reden, wisster. Geschichten. Habter gesehen?«

Ich will Viola ein Zeichen geben und schüttle den Kopf, aber sie sagt: »Ja.«

Wilf blickt wieder über die Schulter. »Isse groß?«

»Sehr groß«, sagt Viola und schaut ihn mit ernster Miene an. »Musst dich drauf vorbereiten, Wilf. Große Gefahr kommt auf euch zu. Du musst Brockley Hills warnen.«

»Brockley Falls«, korrigiert sie Wilf.

»Musst sie warnen, Wilf.«

Wir hören, wie Wilf vor sich hin brummt, und dann merken wir, dass er lacht. »Sag euch was, auf Wilf hört keiner«, sagt er wie zu sich selbst, dann gibt er den Ochsen die Peitsche.

Wir brauchen beinahe den ganzen restlichen Nachmittag, um die Talsohle zu durchqueren. Mit Violas Fernglas sehen wir die Viecher in der Ferne entlangziehen, von Süd nach Nord, die Herde scheint einfach kein Ende zu nehmen. Wilf sagt kein Wort mehr über die Armee. Viola und ich reden nur das Nötigste, damit wir nichts über uns verraten. Es ist so anstrengend, den Lärm unverdächtig zu halten, ich brauche fast meine ganze Konzentration dafür. Manchee trottet hinter uns her, verrichtet seine Geschäfte und beschnüffelt jedes Blümchen.

Als die Sonne schon tief am Horizont steht, kommt der Karren endlich quietschend zum Stehen.

»Brockley Falls«, sagt Wilf und nickt mit dem Kinn in Richtung eines kleinen Wasserfalls bei einer Felsklippe. Um den Talsee, den der Wasserfall bildet, ehe er sich als Fluss davonschlängelt, drängen sich fünfzehn, zwanzig Häuser. Ein Weg dorthin zweigt von unserer Straße ab.

»Wir steigen hier ab«, sagt Viola.

Wir springen herunter und nehmen unsere Taschen vom Wagen.

»Dacht's mir schon«, sagt Wilf über die Schulter.

»Dank dir, Wilf«, sagt Viola.

»Is schon gut«, antwortet er und starrt in die Ferne. »Stellter euch besser unter. Is bald da, der Regen.«

Unwillkürlich blicken Viola und ich nach oben. Kein Wölkchen steht am Himmel.

»Hm«, brummt Wilf. »Keiner hört auf Wilf.«

Viola schaut ihn an, und ihre Stimme gehört wieder ihr, als sie mit Nachdruck sagt: »Du musst sie warnen, Wilf. Bitte. Wenn man dir sagt, dass eine Armee anrückt, dann stimmt das, und die Menschen müssen darauf vorbereitet sein.«

Wilf brummt nur ein »Hm«, ehe er die Zügel schnalzen lässt und die Ochsen Richtung Brockley Falls lenkt. Er dreht sich nicht einmal nach uns um.

Wir blicken ihm eine Weile hinterher, dann machen wir uns zu Fuß auf den Weg.

»Autsch«, sagt Viola und schüttelt die Beine.

»Ich weiß«, sage ich. »Meine auch.«

»Glaubst du, er hat recht?«, fragt Viola.

»Inwiefern?«

»Dass die Armee Verstärkung bekommt.« Sie ahmt Wilf nach: »*Wird größer unterwegs.*«

»Wie *machst* du das?«, frage ich sie. »Dabei bist du nicht einmal von hier.«

»Das ist ein Spiel, das ich immer mit meiner Mutter gespielt habe«, sagt sie schulterzuckend. »Wir haben uns Geschichten erzählt. Jeder Person, die darin vorkam, haben wir eine eigene Stimme gegeben.«

»Kannst du meine Stimme auch nachmachen?«

Sie grinst. »*Damit du verdammt noch mal mit dir selber reden kannst, wie?*«

Ich lege die Stirn in Falten. »Das klingt ganz und gar nicht nach mir.«

Wir gehen zurück auf der Straße, Brockley Falls verschwindet hinter uns. Es war schön auf dem Wagen, aber wir haben nicht geschlafen. Wir versuchen so schnell zu gehen wie nur möglich, aber meist kommen wir nur im Schritttempo vorwärts. Vielleicht wird die Armee ja wirklich hinter uns aufgehalten, vielleicht muss sie ja wirklich warten, bis all die Tiere vorbeigezogen sind.

Vielleicht. Vielleicht auch nicht. Aber jetzt rate mal, was nach nicht einmal einer halben Stunde passiert?

Es fängt an zu regnen.

»Die Leute sollten tatsächlich auf Wilf hören«, meint Viola und blickt nach oben.

Die Straße verläuft jetzt wieder neben dem Fluss, und wir finden einen passenden Platz, wo wir uns unterstellen können. Wir essen zu Abend, mal seh'n, ob der Regen aufhört. Wenn nicht, dann bleibt uns nichts anderes übrig, als im Regen weiterzulaufen. Keine Ahnung, ob Ben Ölzeug für mich eingepackt hat.

»Was meinst du mit ›Ölzeug‹?«, fragt Viola, als wir uns niedersetzen und sich jeder an einen Baumstamm lehnt.

»Einen Regenmantel«, sage ich und durchwühle meinen Rucksack. Keine Spur davon. Na großartig. »Und was habe ich gesagt, von wegen ›zu nahe lauschen‹?«

Ehrlich gesagt, ich bin immer noch ganz ruhig innendrin, obwohl ich das vielleicht gar nicht sein sollte. Das **Hier** klingt immer noch nach, auch wenn ich es nicht mehr hören kann, auch wenn wir schon meilenweit weg sind. Ich ertappe mich dabei, wie ich es vor mich hin summe. Obwohl ich die Melodie gar nicht kenne, versuche ich die wechselseitige Verbundenheit wieder aufleben zu lassen, das Gefühl, man könne jemandem einfach sagen, dass man **hier** ist.

Ich schaue zu Viola hinüber. Sie hat Obst aus ihrer Tasche geholt.

Ich muss an das Buch meiner Mutter denken, das in meinem Rucksack liegt.

Geschichten aus Stimmen, denke ich.

Könnte ich es ertragen, die Stimme meiner Mutter zu hören?

Viola zerknüllt die Trockenobsttüte, die sie gerade leer gegessen hat. »Das war die letzte.«

»Ich habe noch ein bisschen Käse«, sage ich, »und ein wenig getrocknetes Fleisch. Aber wir müssen unterwegs Proviant beschaffen.«

»Du meinst *stehlen?*«, fragt sie und zieht die Augenbrauen hoch.

»Ich meine *jagen*«, antworte ich. »Aber wenn's sein muss, dann stehlen wir auch. Hier gibt es wilde Früchte, und ich kenne einige Wurzeln, die wir essen können, wenn wir sie vorher kochen.«

»Hm«, sagt Viola stirnrunzelnd. »In einem Raumschiff gibt es nicht viele Gelegenheiten zum Jagen.«

»Ich kann's dir beibringen.«

»Okay«, sagt sie und versucht fröhlich zu wirken. »Braucht man dazu nicht ein Gewehr?«

»Nicht wenn man ein guter Jäger ist. Hasen kann man ganz einfach mit Schlingen fangen, Fische mit Schnüren. Man kann auch Eichhörnchen mit dem Messer fangen, aber an denen ist nicht viel Fleisch dran.«

»Pferd, Todd«, bellt Manchee leise.

Ich lache, mir kommt es vor, als lachte ich überhaupt zum ersten Mal. Auch Viola lacht. »Wir jagen keine *Pferde,* Manchee.« Ich strecke die Hand nach ihm aus, will ihn kraulen. »Dummer Hund.«

»Pferd«, bellt er wieder. Er steht auf und späht in die Richtung, aus der wir gekommen sind.

Da vergeht uns das Lachen.

23

EIN MESSER IST NUR SO GUT WIE DERJENIGE, DER ES FÜHRT

Auf der Strasse sind Hufschläge zu hören, weit entfernt noch, aber sie kommen schnell näher.

»Vielleicht jemand aus Brockley Hills?«, sagt Viola, und in ihrer Frage mischen sich Hoffnung und Zweifel.

»Brockley *Falls*«, verbessere ich und stehe auf. »Wir müssen uns verstecken.«

Eilig packen wir unsere Sachen zusammen. Zum Rasten haben wir vorhin in einem schmalen Baumstreifen zwischen Fluss und Straße Schutz gesucht. Die Straße zu überqueren wagen wir nicht, und hinter uns liegt der Fluss, daher entpuppt sich ein umgestürzter Baumstamm als einzig mögliches Versteck. Wir kriechen hinter den Stamm, ich halte Manchee zwischen den Knien fest, überall rinnt der Regen herab.

Ich hole mein Messer hervor.

Die Hufschläge kommen näher, schnell werden sie lauter und lauter.

»Es ist nur ein einziges Pferd«, flüstert Viola. »Es ist nicht die Armee.«

»Ja«, antworte ich, »aber hör doch, wie schnell es ist!«

Tam-tata-tamm, tata-tamm. Durch die Bäume hindurch sehen wir ein Pünktchen, das immer näher kommt. Pferd und Reiter sind in vollem Galopp unterwegs, obwohl es regnet und die Nacht hereinbricht. Niemand, der Gutes im Schilde führt, reitet so daher.

Viola blickt zum Fluss hinter uns. »Kannst du schwimmen, Todd?«

»Ja.«

»Gut«, sagt sie. »Ich kann es nämlich nicht.«

Tam-tata-tamm, tata-tamm.

Der Lärm des Reiters fängt an zu summen, aber im Moment wird er von den galoppierenden Hufen übertönt.

»Pferd«, sagt Manchee zwischen meinen Knien.

Jetzt ist es da. Lärmschleier zwischen den einzelnen Hufschlägen. Wortfetzen, die ich aufschnappe. **Los** und **dunkel** und **dumm** und so fort.

Ich fasse das Messer fester. Viola sagt keinen Ton mehr.

Tam-tata-tamm, tata-tamm tata …

Schneller und **Sonnenuntergang** und **Schuss** und **Was auch immer.**

Er nähert sich unaufhaltsam, nimmt eine hundert Meter entfernte kleine Biegung, die wir auch genommen haben, er beugt sich nach vorn.

Tam-tata …

Ich lasse das Messer in meiner Hand kreisen, denn …

Alle erschossen und **ein niedliches Ding** und **dunkel hier.**

Tam-TATA …

Das kommt mir doch bekannt vor …

TAM -TATA -TAMM, TATA -TAMM …

Er kommt näher und näher, bis er beinahe …

Und dann …

Todd Hewitt? Die Worte dringen klar und schneidend durch den Regen, wie auch das Hufgetrappel und das Rauschen des Flusses.

Viola stößt einen unterdrückten Schrei aus.

Und ich sehe, wen wir vor uns haben.

»Junior«, bellt Manchee.

Es ist Prentiss junior.

Wir ducken uns noch tiefer hinter den Baumstamm, aber es ist sinnlos, denn wir sehen schon, wie er ungestüm die Zügel herumreißt und sein Pferd zum Stehen bringt, sodass es sich aufbäumt und ihn beinahe abwirft.

Aber nur beinahe.

Und es bäumt sich auch nicht hoch genug, dass er die Flinte fallen lässt, die er unter den Arm geklemmt hat.

Verdammter TODD HEWITT!, brüllt sein Lärm.

Ich höre, wie Viola sagt: »Oh, Scheiße«, und ich weiß genau, was sie meint.

»HOOO-HEE!« Prentiss junior ist dicht vor uns, wir können das Grinsen auf seinem Gesicht sehen und die Erregung in seiner Stimme hören. »Du bist mitten auf der STRASSE, statt dich heimlich durchs GEBÜSCH zu schlagen!?«

Viola und ich sehen einander an. Was hätten wir denn anderes tun sollen?

»Ich habe deinen Lärm fast dein ganzes, blödes Leben lang gehört, Junge!« Er drängt das Pferd mal dahin, mal dorthin, versucht herauszufinden, wo genau wir uns verstecken. »Du denkst wohl, ich höre nichts, nur weil du dich VERSTECKST?«

Freude schwingt in seinem Lärm mit. Aufrichtige Freude, so als könnte er sein Glück selbst kaum fassen.

»Warte mal …« Wir hören, wie er sein Pferd von der Straße weg ins Gehölz lenkt. »Was ist das neben dir, dieses Nichts?«

Er sagt es in einem so widerlichen Ton, dass Viola zusammenzuckt. Ich habe immer noch das Messer in der Hand, aber er sitzt auf einem Pferd, und wir wissen, dass er ein Gewehr hat.

»Das stimmt, verdammt noch mal, genau, ich habe ein Gewehr, Kleiner.« Er sucht uns nicht mehr, er kommt geradewegs auf uns zu, treibt sein Pferd über Stock und Stein. »Und ich habe noch ein ganz anderes Gewehr, ein ganz besonderes, extra für deine kleine Freundin, Todd.«

Ich schaue zu Viola hinüber. Ich weiß, sie hört jetzt seinen Lärm, sieht die Bilder, die er ausschwitzt. Ich weiß es, denn ihre Miene versteinert. Ich stoße gegen ihren Arm und schaue nach rechts, die einzige Richtung, in die wir fliehen können.

»Oh ja, *bitte*, lauf weg, Kleiner«, ruft Prentiss junior. »Gib mir einen Grund, dir wehzutun.«

Jetzt ist das Pferd so nahe, dass wir seinen Lärm hören können, es ist unruhig und überreizt.

Tiefer können wir uns nicht mehr ducken.

Er ist jetzt beinahe über uns.

Ich umklammere das Messer und drücke Violas Hand einmal fest, der Händedruck soll uns Glück bringen.

Jetzt oder nie.

Und dann …

»JETZT!«, schreie ich.

Wir springen auf, ein Gewehrschuss zerschneidet die Luft, die Äste über unseren Köpfen splittern, aber wir rennen los.

»IHNEN NACH!«, schreit Prentiss junior und meint damit sein Pferd.

In zwei Sätzen wendet er das Tier und treibt es zurück auf die Straße, während wir rennen und rennen. Der schmale Streifen zwischen Straße und Fluss wird nicht breiter, jeder kann jeden sehen. Äste peitschen uns, Pfützenwasser spritzt hoch, unsere Füße rutschen, und er prescht die Straße entlang, lässt uns keinen Schritt Vorsprung.

Wir können ihm nicht entkommen, keine Chance.

Aber wir versuchen es trotzdem, springen im Zickzack über gefallene Baumstämme, kämpfen uns durch Gestrüpp. Manchee, der sich an unsere Fersen geheftet hat, keucht und bellt, der Regen prasselt auf uns nieder, die Straße rückt immer näher, dann macht sie eine scharfe Biegung hin zum Fluss. Und uns bleibt nichts anderes übrig, als direkt vor Prentiss junior die Straße zu überqueren, um in den Wald auf der anderen Straßenseite zu gelangen. Ich sehe, wie Viola mit rudernden Armen auf die Straße rennt und Prentiss junior um die Kurve kommt. Er schwingt etwas in seinen Händen, wir hechten auf die andere Straßenseite, aber das Pferd ist schon über uns, und plötzlich spüre ich, wie etwas meine Beine umklammert, sie so fest und stark gegeneinanderpresst, dass ich der Länge nach hinfalle.

»Aaah!«

Mit dem Gesicht voran lande ich in Schlamm und Laub, der Rucksack rutscht mir über den Kopf, es reißt mir fast die Arme aus, als er in hohem Bogen wegfliegt. Viola sieht mich stürzen, sie hat es fast über die Straße geschafft, aber dann merke ich, wie Schlamm aufspritzt an der Stelle, in die sie ihre Füße bohrt, um innezuhalten, und ich schreie: »NEIN! LAUF! LAUF!« Sie sucht meinen Blick, etwas in ihrem Gesicht verändert sich, aber wer weiß schon, was das heißt, aber als das Pferd auf sie zurast, wirbelt sie herum und verschwindet im Unterholz, und Manchee rennt zu mir zurück und bellt: »Todd! Todd!«, aber ich bin gefangen, gefangen, gefangen.

Denn Prentiss junior ist über mir, keuchend, hoch auf seinem weißen Pferd sitzend, die Waffe entsichert und auf mich gerichtet. Ich weiß, was los ist. Er hat ein Seil nach mir geworfen, ein Seil mit Gewichten an jedem Ende, hat genau auf meine Beine gezielt. Die Gewichte haben sich um meine Beine gewickelt und mich gefesselt; das war gekonnt, so wie es die Jäger mit dem Sumpfwild machen. Jetzt liege ich bäuchlings im Schlamm, gefangen wie ein Stück Vieh.

»Mein Vater wird sich bestimmt freuen, dich wiederzusehen«, sagt er, während sein Pferd nervös auf der Stelle tänzelt. Ich höre, wie es **Regen** denkt und **Ist das eine Schlange?**

»Eigentlich wollte ich mich nur mal umhören, ob irgendwelche Gerüchte über dich kursieren«, sagt Prentiss junior hämisch. »Und dann erwische ich dich leibhaftig.«

»Du bist ein Haufen …«, sage ich, und du kannst Gift drauf nehmen, dass ich auch noch gesagt habe, was für ein Haufen er ist.

Ich halte das Messer noch immer in der Hand.

»Aus lauter Angst vor deinem Messer zittere ich wie Espenlaub«, sagt er und hält mir sein Gewehr vors Gesicht, dass ich in den Lauf blicken kann. »Wirf das Ding weg!«

Ich strecke den Arm aus und lasse das Messer los. Es fällt in den Schlamm, ich liege noch immer auf dem Bauch.

»Deine kleine Freundin hat dir ja nicht gerade die Treue gehalten, was?« Prentiss junior springt vom Pferd und beruhigt es mit der freien Hand. Manchee knurrt, aber Prentiss junior lacht einfach darüber. »Was ist denn mit seinem Schwanz passiert?«

Manchee fletscht die Zähne und springt ihn an, aber Prentiss junior ist schneller, er tritt ihm mit dem Stiefel in die Schnauze. Manchee jault auf vor Schmerzen und verkriecht sich im Gebüsch.

»Wo du auch hinschaust, überall lassen dich deine Freunde im Stich, Todd.« Er kommt auf mich zu. »Aber du hast hoffentlich eines daraus gelernt: Hunde sind Hunde, und Frauen sind auch nicht besser.«

»Halt die Fresse!«, stoße ich zwischen zusammengebissenen Zähnen hervor.

Sein Lärm ist voll geheuchelter Anteilnahme und Schadenfreude. »Armer, armer, kleiner Todd. Ist die ganze Zeit mit einer Frau unterwegs, und ich schätze, du hast noch nicht rausgekriegt, was man mit so einer anfängt.«

»Hör auf, dir das Maul zu zerreißen.« Ich liege noch immer auf dem Bauch, meine Beine sind noch immer gefesselt.

Aber ich merke, dass ich meine Knie anwinkeln kann.

Sein Lärm wird widerlicher, lauter, aber sein Gesicht bleibt so ausdruckslos wie die Fratze in einem Albtraum. »Ich gebe dir einen guten Rat, Todd«, sagt er und kauert sich neben mich. »Halte dich an die Weiber, die Huren sind, und knall die anderen ab, die keine sind.«

Er beugt sich näher zu mir. Ich sehe den kläglichen Flaum auf seiner Oberlippe, den nicht einmal das Regenwasser so dunkel machen kann, dass man ihn für einen Bart hält. Nur zwei Jahre ist Junior älter als ich. Nur zwei Jahre größer.

Schlange?, denkt das Pferd.

Ich lege die Hände langsam auf den Boden, drücke sie in den schlammigen Untergrund.

»Wenn ich dich gefesselt habe«, raunt er höhnisch, »werde ich deine kleine Freundin suchen, und dann finde ich für dich heraus, zu welcher Sorte Weib sie gehört.«

Genau in diesem Moment springe ich auf.

Ich stoße mich mit den Händen ab, schnelle nach vorn, ziele direkt auf sein Gesicht. Mein Schädel kracht gegen seine Nase, er stürzt nach hinten, ich komme auf ihm zu liegen. Mit beiden Fäusten schlage ich ihm ins Gesicht, so fest ich kann, während er noch viel zu verdutzt ist, um zu reagieren, und dann ramme ich ihm mein Knie zwischen die Beine, dorthin, wo es einem Mann am meisten wehtut.

Er krümmt sich wie ein Wurm, stößt einen dumpfen Zornesschrei aus, aber ich rolle mich von ihm weg, dorthin, wo mein Messer liegt, ich hebe es auf, komme auf die Beine, versetze seinem Gewehr einen Fußtritt und springe vor das Pferd, das »Schlange! Schlange!« wiehert, und fuchtle mit den Armen. Das zeigt sofort Wirkung: Das Pferd macht kehrt und jagt den Weg zurück, entsetzlich wiehernd, reiterlos, im strömenden Regen.

Ich schaue mich um, und – WUMM! – haut mir Prentiss junior mit der Faust auf den Nasenrücken. Aber ich stürze nicht, und er schreit: »Du Drecks...«, und ich hole mit dem Messer in der Hand aus, er weicht zurück, und ich schlage erneut nach ihm, Wasser rinnt mir aus den Augen, von dem heftigen Schlag und auch vom Regen, und jetzt steht er ein paar Schritte vor mir, sucht nach seinem Gewehr, sieht es im Schlamm liegen, dreht sich danach um, will es aufheben – aber da stürze ich mich schon auf ihn, schlage ihn nieder, er trifft mich mit seinem Ellenbogen, doch ich gehe nicht zu Boden, und mein Lärm tobt und seiner auch.

Keine Ahnung, wie ich es geschafft habe, aber jetzt liegt er auf dem Rücken, und ich drücke die Spitze meines Messers unter sein Kinn.

Wir beide hören auf zu kämpfen.

»Warum bist du hinter uns her?«, schreie ich ihn an. »Warum jagst du uns?«

Ich schreie meine Worte in sein blödes, kümmerliches, bartloses Grinsen.

Dann stoße ich ihm wieder mein Knie zwischen die Beine. Er stöhnt und spuckt mich an, aber ich habe noch immer das Messer in der Hand, das ihn jetzt geritzt hat.

»Mein Vater will dich haben«, sagt er schließlich.

»Warum?«, frage ich. »Warum will er uns haben?«

»*Uns?*« Er reißt die Augen auf. »Es gibt kein Scheiß-Uns. Er will dich, Todd. Dich ganz allein.«

Ich kann es nicht glauben. »Was?«, frage ich. »*Warum?*«

Er gibt keine Antwort. Er schaut in meinen Lärm. Er schaut und sucht.

»Hey!«, sage ich und schlage ihm mit dem Handrücken ins Gesicht. »Hey! Ich hab dich was gefragt.«

Aber er grinst nur. Ich kann es verdammt noch mal nicht glauben, aber er grinst mich einfach nur an.

»Weißt du, was mein Vater zu sagen pflegt, Todd Hewitt?«, fragt er mit lauerndem Blick. »Er sagt: Ein Messer ist nur so gut wie derjenige, der es führt.«

»Halt die Klappe«, sage ich.

»Du bist ein Kämpfer, keine Frage.« Prentiss junior grinst

weiter, er blutet immer noch leicht am Kinn. »Aber du bist kein Killer.«

»Halt die Schnauze!«, schreie ich, aber ich weiß, er kann in meinem Lärm lesen, dass ich genau diese Worte schon einmal von Aaron gehört habe.

»Ach, ja?«, fragt er. »Und was wirst du jetzt machen? Mich töten?«

»DAS WERDE ICH!«, brülle ich. »Ich werde DICH TÖTEN!«

Er leckt sich ein paar Regentropfen von den Lippen und lacht. Ich halte ihn am Boden fest, drücke ihm mein Messer unters Kinn – und er lacht.

»HÖR AUF!«, schreie ich und drücke ein wenig fester mit dem Messer zu.

Er lacht weiter, dann schaut er mich an und sagt ...

Er sagt ...

Er sagt ...

»Willst du wissen, wie Ben und Cillian um Gnade gewinselt haben, bevor ich ihnen in den Kopf geschossen habe?«

Mein Lärm schäumt rot.

Ich fasse das Messer fester und will endlich zustechen. Ich werde ihn umbringen.

Ich werde ihn umbringen.

Und dann ...

Und dann ...

Und dann ...

Gerade, als ich ganz weit aushole ...

Gerade in dem Augenblick, in dem ich zustoßen will ...

Gerade in dem Augenblick, in dem ich die Oberhand habe und alles tun kann, was ich will ...

Zögere ich …

Schon wieder.

Ich zögere …

Nur eine Sekunde lang …

Aber plötzlich bin ich verdammt noch mal wieder ganz allein …

Verdammt und verdammt und verdammt …

Denn genau in dieser Sekunde tritt er zu, schleudert mich zur Seite und stößt mir den Ellenbogen gegen den Hals. Nach Luft schnappend kippe ich vornüber, und ich merke nur noch, wie er mir das Messer entreißt. So leicht, wie man einem kleinen Jungen seinen Lutscher wegnimmt.

»Und jetzt, Todd«, sagt er und richtet sich auf, »jetzt zeige ich dir, wie man mit so einem Messer umgeht.«

24

TOD EINES NICHTSNUTZIGEN FEIGLINGS

ICH VERDIENE ES. ICH HABE ALLES falsch gemacht. Ich verdiene es. Wenn ich mein Messer noch hätte, würde ich mich damit umbringen. Außer dass ich auch dazu viel zu feige bin.

»Du bist mir schon einer, Todd Hewitt«, sagt Prentiss junior und betrachtet das Messer genauer.

Ich kauere am Boden, im Dreck kniend, japsend, die Hand gegen den Hals gedrückt.

»Du hättest den Kampf gewonnen, aber dann hast du's vermasselt.« Mit dem Finger streicht er ganz langsam über die Klinge. »Nicht nur feig, sondern auch dämlich.«

»Bring es endlich zu Ende«, murmle ich.

»Was?«, erwidert Prentiss junior, und da ist es wieder, dieses Grinsen. Sein Lärm lodert hell.

»Bring's ZU ENDE!«, keuche ich etwas lauter.

»Oh, ich werde dich ganz bestimmt nicht umbringen«, sagt er mit blitzenden Augen. »Das würde meinem Pa gar nicht gefallen.«

Er tritt ganz nah an mich heran und hält mir das Messer vors Gesicht. Mit der Spitze pikst er mich in die Nase, ich muss den Kopf immer weiter zurückbeugen.

»Mit einem Messer kann man eine ganze Menge anfangen«, sagt er, »auch wenn man niemanden damit umbringen will.«

Ich such gar nicht erst nach einem Fluchtweg, ich blicke ihm geradewegs in die Augen. Sie sind wach und lebhaft, es sind die Augen eines Gewinners, und so ist auch sein Lärm. Darin sehe ich ihn in Farbranch, sehe ihn daheim auf unserer Farm, sehe, wie ich vor ihm knie.

In meinem Lärm hingegen ist nichts als meine eigene riesengroße Dummheit, meine Nichtswürdigkeit, mein Hass.

Es tut mir leid, Ben.

Es tut mir so unendlich leid.

»Andererseits«, überlegt er weiter, »bist du ja *noch gar kein* Mann, stimmt's?« Er senkt die Stimme. »Und du wirst niemals einer werden.«

Er lässt das Messer in seiner Hand hin- und hergleiten und streift mit der Klinge meine Wange.

Ich schließe die Augen.

Und dann spüre ich, wie von hinten Stille über mich hinwegschwappt.

Ich reiße die Augen auf.

»Ach, sieh mal einer an«, sagt Prentiss junior und blickt über meinen Kopf hinweg. Ich knie mit dem Rücken zum Wald, dem Fluss gegenüber, und ich spüre Violas Stille so deutlich, als ob sie vor mir stünde.

»Lauf weg!«, brülle ich sie an, ohne mich umzudrehen.

Sie kümmert sich nicht um mich. »Zurück da«, höre ich sie zu Prentiss junior sagen. »Ich warne dich.«

»Du warnst *mich?*«, fragt er mit seinem widerwärtigen Grinsen und deutet mit dem Messer auf sich.

Dann zuckt er leicht zusammen, als etwas gegen seine Brust schlägt und dort hängen bleibt. Es sieht aus wie ein Gewirr aus dünnen Kabeln an einem Plastikkolben. Prentiss junior schiebt das Messer darunter und versucht das Ding abzuschneiden, doch es bleibt hängen. Er schaut zu Viola hoch und grinst zynisch. »Was immer das sein soll, Schwester«, sagt er, »es funktioniert nicht.«

Und dann – ZACK!

Ein greller Blitz flammt vor meinen Augen auf, ich spüre, wie mich eine Hand von hinten am Kragen packt und wegzerrt, bis es mir die Luft abschnürt und ich zu keuchen anfange.

Ich falle zur Seite, als Prentiss junior am ganzen Körper zu zucken beginnt. Er schleudert das Messer fort, Funken stieben aus den Drähten, springen auf ihn über. Rauch und Qualm steigen auf, aus seinen Ärmeln, seinem Kragen, seiner Hose. Viola hat mich immer noch am Kragen gepackt, zerrt mich weiter. Da stürzt er wie ein gefällter Baum zu Boden, mit dem Gesicht zuerst in den Schlamm, genau auf sein Gewehr.

Jetzt erst lässt sie mich los und wir beide taumeln zu einer kleinen Böschung am Straßenrand. Ich fasse mir an die Kehle, wir bleiben einen Augenblick lang reglos liegen, atmen schwer. Der Funkenregen erlischt und Prentiss junior zuckt und windet sich im Schlamm.

»Ich hatte Angst«, beginnt Viola zwischen zwei tiefen Atemzügen, »bei dem vielen Wasser, das hier überall ist«, sie schnappt nach Luft, »dass es dich und mich auch erwischen könnte«, sie schnappt erneut nach Luft, »aber er wollte gerade mit dem Messer …«

Wortlos stehe ich auf, besänftige meinen Lärm, den Blick auf das Messer gerichtet.

»Todd …«, sagt Viola.

Ich hebe das Messer auf und stelle mich über ihn. »Ist er tot?«, frage ich, ohne den Blick von ihm zu wenden.

»Er müsste eigentlich noch leben«, antwortet sie. »Es war nur die Spannung einer …«

Ich hole mit dem Messer aus.

»Nein, Todd!«

»Nenn mir einen einzigen Grund«, fordere ich sie auf, das Messer hocherhoben, Junior noch immer fest im Visier.

»Du bist kein Mörder, Todd«, sagt sie.

Ich wirble herum, mein Lärm tobt wie ein wildes Tier. »SAG DAS NICHT! SAG DAS NIE WIEDER!«

»Todd …« Sie streckt ihre Hand nach mir aus, ihre Stimme will mich beruhigen.

»ICH bin daran schuld, dass wir in der Patsche sitzen! Sie sind nicht hinter DIR her. Hinter MIR sind sie her!« Ich deute auf Prentiss junior. »Wenn ich einen von ihnen umbringe, sind wir vielleicht …«

»Nein, Todd, hör zu«, bettelt sie und kommt näher. »Hör zu!« Ich schaue sie an. Mein Lärm ist so abstoßend, und mein Gesicht ist so verzerrt, dass sie einen Moment lang zögert, doch dann kommt sie noch etwas näher. »Hör zu, was ich dir sage.«

Und dann sprudeln mehr Wörter aus ihr heraus, als ich jemals von ihr gehört habe.

»Als du mich damals gefunden hast, im Sumpf, da rannte ich vor diesem Mann weg, vor Aaron, schon vier Tage lang war ich vor ihm auf der Flucht gewesen, und du warst erst das zweite Wesen, das ich auf diesem Planeten erblickt habe. Du kamst mit ebendiesem Messer auf mich zu, und wie ich annehmen musste, konntest du nur so sein wie er.«

Sie streckt die Hände hoch, als wäre ich das längst in der Ferne verschwundene Pferd von Prentiss junior und sie müsste es beruhigen.

»Ehe ich noch recht verstand, was es mit dem Lärm, was es mit Prentisstown und mit allem, was du mir erzählt hast, auf sich hat, wusste ich etwas über dich. Die Leute sehen es dir an, Todd. Sie sehen, dass du ihnen nicht wehtun willst. Das ist nicht deine Art.«

»Du hast mir einen Ast übergezogen«, erwidere ich.

Sie stemmt die Hände in die Hüften. »Was hast du denn erwartet? Du bist mit einem Messer auf mich losgegangen. Aber ich habe nicht so stark zugeschlagen, dass ich dich ernsthaft verletzt hätte, oder?«

Ich antworte nicht.

»Und ich habe recht behalten«, fährt sie fort. »Du hast meinen Arm verbunden. Du hast mich vor Aaron in Sicherheit gebracht, obwohl du das gar nicht tun musstest. Du hast mich aus dem Sumpf herausgeführt, wo ich sicher umgekommen wäre. Du hast mich vor dem Mann im Obstgarten in Schutz genommen. Du hast mich begleitet, als wir Farbranch verlassen mussten.«

»Nein«, antworte ich leise. »Nein, du verstehst nicht. Wir müssen nur deshalb fliehen, weil ich ...«

»Im Gegenteil, ich fange endlich an zu *begreifen,* Todd«, unterbricht sie mich. »Warum verfolgen sie dich so gnadenlos? Warum ist eine Armee auf der Suche nach dir, warum jagt sie dich durch Dörfer, Flüsse, Täler kreuz und quer über diesen dummen Planeten?« Sie zeigt auf Prentiss junior. »Ich habe gehört, was er gesagt hat. Hast du dich noch nie gefragt, weshalb sie dich um jeden Preis haben wollen?«

Das Loch in mir wird immer schwärzer und finsterer. »Weil ich derjenige bin, der nicht zu ihnen passt.«

»Ganz genau.«

Meine Augen werden noch größer. »Und was soll daran gut sein? Eine Armee ist hinter mir her, die mich umbringen will, weil ich kein Mörder bin.«

»Falsch«, antwortet sie. »Hinter dir ist eine Armee her, die dich zum Mörder *machen* will.«

Ich kneife die Augen zu. »Was sagst du da?«

Sie macht einen Schritt auf mich zu. »Wenn es ihnen gelingen sollte, dich zu einem Mann zu machen, wie sie ihn sich vorstellen …«

»Zu einem Jungen«, verbessere ich sie. »Ich bin noch kein Mann.«

Sie winkt ungeduldig ab. »Wenn sie den Teil von dir ausradieren können, der gut ist, den Teil von dir, der nicht töten kann, dann haben sie gewonnen, verstehst du denn nicht? Und wenn es ihnen bei dir gelingt, dann wird es ihnen auch bei allen anderen gelingen. Und sie werden gewinnen. Sie werden gewinnen!«

Sie ist jetzt ganz nahe bei mir, streckt ihre Hand aus und legt sie auf meinen Arm, auf den Arm, dessen Hand noch immer das Messer umklammert hält.

»Aber wir werden ihnen einen Strich durch die Rechnung machen«, sagt sie, »*du* wirst das. Denn du wirst nicht so werden, wie sie es wollen.«

Ich beiße die Zähne zusammen. »Er hat Ben und Cillian getötet.«

Sie schüttelt den Kopf. »Nein, er hat *gesagt,* er habe Ben und Cillian getötet. Und du hast ihm geglaubt.«

Wir schauen auf ihn hinunter. Er zuckt nicht mehr. Auch der Qualm löst sich allmählich auf.

»Ich kenne diese Sorte«, fährt sie fort. »Sogar in Raumschiffen findet man Jungen wie ihn. Er ist ein Lügner.«

»Er ist ein Mann.«

»Wie kannst du *so etwas behaupten?*«, fragt sie, und ihre Stimme klingt jetzt bissig. »Wie kannst du behaupten, dass er ein Mann sei und du nicht? Nur wegen dieses blödsinnigen *Geburtstags?* Wenn du aus meiner Heimat kämst, wärst du schon vierzehn Jahre und einen Monat alt.«

»Aber ich komme nicht aus deiner Heimat«, schreie ich. »Ich bin von *hier* und hier ist es eben so!«

»Dann ist es eben *falsch,* so wie es hier ist.« Viola lässt meinen Arm los und kniet sich neben Prentiss junior hin. »Wir werden ihn fesseln. Wir werden ihn fest und sicher verschnüren, und dann verschwinden wir so schnell wie möglich von hier, einverstanden?«

Ich gebe das Messer nicht aus der Hand.

Ich werde das Messer nie aus der Hand geben, ganz egal, was sie sagt, ganz egal, wie sie es sagt.

Sie blickt sich um. »Wo ist Manchee?«

Oh nein.

Wir finden ihn im Gebüsch. Er knurrt uns an, wortlos, knurrt einfach, wie Tiere knurren. Er drückt sein linkes Auge zu und seine Schnauze ist blutverschmiert. Nach ein paar vergeblichen Versuchen kann ich ihn schließlich einfangen, während Viola ihren Erste-Hilfe-Wunderkasten hervorholt. Ich halte ihn fest, und sie zwingt ihn, eine Pille zu schlucken, die ihn müde macht, dann reinigt sie seine frischen Zahnlücken und tupft eine Salbe in sein Auge. Anschließend verbindet sie es, und er wirkt so winzig und zerschlagen, dass ich ihn, als er mich aus einem Auge matt anschaut und leise murmelt: »Doooddd?«, einfach an mich drücken muss, mich mit ihm hinsetze, unter die Büsche, geschützt vor dem Regen, während Viola alles wieder einpackt und meinen Rucksack aus dem Schlamm zieht.

»Deine Kleidung ist durchweicht«, sagt sie nach einer Weile. »Und das Essen ist zerdrückt. Aber das Buch ist noch in seiner Hülle. Das Buch ist in Ordnung.«

Der Gedanke daran, dass meine Mutter wissen könnte, was für ein Feigling ihr Sohn geworden ist, weckt in mir das Verlangen, das Buch in den Fluss zu werfen.

Aber ich tu's nicht.

Stattdessen fesseln wir Prentiss junior mit seinem eigenen Seil, und dabei stellen wir fest, dass die Stromschläge die Holzbeschläge an seinem Gewehr weggesprengt haben. Was ärgerlich ist, denn Holz hätten wir gut brauchen können.

»Womit hast du ihm diese Stromschläge versetzt?«, frage ich keuchend, während wir ihn an den Straßenrand schleppen. Leute, die man bewusstlos geschlagen hat, sind schwer.

»Es war ein Gerät, das dem Raumschiff mitteilen kann, wo ich mich auf diesem Planeten aufhalte«, sagt sie. »Es hat eine Ewigkeit gedauert, es zu zerlegen.«

Ich stehe auf. »Und woher sollen die Leute in deinem Raumschiff jetzt erfahren, wo du bist?«

Sie zuckt mit den Schultern. »Wir müssen einfach darauf hoffen, dass es in Haven auch so ein Gerät gibt.«

Ich schaue zu, wie sie zu ihrer Tasche geht und sie aufhebt, und hoffe inständig, dass es in Haven auch nur die Hälfte der Dinge gibt, die sie erwartet.

Wir brechen auf. Prentiss junior hatte recht gehabt: Es war ausgesprochen dumm, auf der Straße zu bleiben, deshalb halten wir uns jetzt zwanzig, dreißig Meter entfernt, auf der dem Fluss abgewandten Seite, versuchen aber dennoch, die Straße so gut wie möglich im Auge zu behalten. Während es langsam Nacht wird, tragen wir abwechselnd Manchee.

Wir reden kaum.

Vielleicht hat sie ja recht? Vielleicht sind die Männer genau darauf aus: Wenn sie mich dazu bringen, dass ich mich ihnen anschließe, dann bringen sie jeden dazu. Womöglich bin ich so eine Art Test für sie, wer weiß, die Leute von Prentisstown sind verrückt genug, um einen solchen Unsinn zu glauben.

Wenn einer von uns fällt, fallen wir alle.

Aber zum einen erklärt das nicht, weshalb Aaron hinter uns her ist, und zweitens habe ich selbst gehört, wie gut sie lügen kann. Was sie sagt, klingt gut, aber wer weiß schon, ob sie die Wahrheit, die sie mir verkündet, nicht schlicht und einfach selbst erfunden hat?

Denn ich werde mich *niemals* der Armee anschließen, und Bürgermeister Prentiss muss das doch wissen, nach allem, was sie Ben und Cillian angetan haben, und dabei ist es auch ganz egal, was im Lärm von Prentiss junior zu lesen ist. Nein, da ist Viola gründlich auf dem Holzweg. Was immer sie von mir wollen, was immer der Grund für meine Schwäche ist, die mich daran hindert, einen Menschen zu töten, auch wenn er es noch so sehr verdient – es muss sich etwas daran ändern, damit ich ein Mann werde. Es muss, denn wie soll ich sonst jemals einem anderen Menschen in die Augen schauen können?

Mitternacht geht vorüber, und ich bin noch fünfundzwanzig Tage und eine Million Jahre weit davon entfernt, ein Mann zu werden.

Wenn ich Aaron getötet hätte, wüsste Bürgermeister Prentiss jetzt nicht, wo Aaron mich zuletzt gesehen hat.

Wenn ich zu Hause auf der Farm in der Lage gewesen wäre, Prentiss junior zu töten, hätte er die Männer des Bürgermeisters nicht zu Ben und Cillian führen können, und er hätte Manchee nicht so wehgetan.

Wenn ich nur etwas von einem Mörder in mir gehabt hätte, wäre ich geblieben und hätte Ben und Cillian geholfen, sich zu verteidigen.

Wenn ich ein Mörder wäre, wären sie vielleicht noch am Leben.

Darüber denke ich jeden Tag von Neuem nach.

Wenn es sein muss, werde ich zum Mörder werden.

Du wirst schon sehen.

Das Gelände wird steiler, weil sich der Fluss wieder in eine Schlucht vergräbt. Wir ruhen uns für kurze Zeit unter einem Felsvorsprung aus und verzehren den Teil der Vorräte, der beim Kampf mit Prentiss junior keinen Schaden genommen hat.

Ich lege Manchee quer über meinen Schoß. »Was war das für eine Pille?«

»Eine klitzekleine Portion von einem Schmerzmittel für Menschen«, antwortet sie. »Ich hoffe, es war nicht zu viel für ihn.«

Ich streiche ihm übers Fell. Er ist warm und schläft, also ist er wenigstens noch am Leben.

»Todd …«, beginnt sie, aber ich unterbreche sie sofort.

»Ich möchte so lange weitergehen wie möglich«, sage ich. »Ich weiß, wir sollten jetzt schlafen, aber lass uns weitergehen, bis wir nicht mehr können.«

Sie schweigt eine Minute, dann sagt sie: »In Ordnung«, und dann sagen wir nichts mehr, sondern essen schweigend unseren letzten Proviant auf.

Es regnet die ganze Nacht über. Man kann sich kaum etwas Mühsameres vorstellen, als im strömenden Regen durch den Wald zu stapfen, wo eine Milliarde Regentropfen von einer Milliarde Blätter fällt, während der Fluss anschwillt und dröhnt und der Schlamm unter den Füßen schmatzt. In der Ferne ist hin und wieder Lärm zu hören, wahrscheinlich kommt er von den Waldtieren, aber sie lassen sich niemals sehen. Jedes Mal, wenn wir uns nähern, verstummt der Lärm.

»Lauern hier Gefahren?«, fragt mich Viola. Sie muss lauter sprechen, um den Regen zu übertönen.

»Zu viele, als dass man sie zählen könnte«, antworte ich. Ich deute auf Manchee, den sie im Arm hält. »Ist er schon aufgewacht?«

»Noch nicht.« Ihre Stimme klingt besorgt. »Ich hoffe wirklich, ich ...«

Und so sind wir völlig unvorbereitet, als wir um einen Felsvorsprung biegen und mitten in ein Lager platzen.

Wir bleiben wie vom Donner gerührt stehen und starren auf das Bild, das sich uns bietet.

Ein Feuer brennt.

Darüber hängt frisch gefangener Fisch an einem Spieß.

Über einem Stein gebeugt steht ein Mann, der einem zweiten Fisch die Schuppen abzieht.

Der Mann blickt auf, als er ein Geräusch hört.

So wenig Zeit, wie ich brauchte, um zu wissen, dass Viola ein Mädchen ist, obgleich ich noch nie zuvor eines gesehen hatte, so schnell begreife ich in demselben Augenblick, den ich brauche, um mein Messer zu ziehen, dass dies auf gar keinen Fall ein Mensch ist.

Er ist ein Spackle.

25

MÖRDER

Die Welt steht still.

Der Regen hört auf zu fallen, das Feuer hört auf zu brennen, mein Herz hört auf zu schlagen.

Ein Spackle.

Es gibt keine Spackle mehr.

Alle sind in den Kriegen umgekommen.

Es gibt keine Spackle mehr.

Hier steht einer, direkt vor mir.

Er ist groß und dünn, er sieht aus wie in den Videos, an die ich mich erinnere: weiße Haut, lange Finger, der Mund mitten im Gesicht, wo er gar nicht hingehört, die Ohren hängen bis zum Unterkiefer herab, die Augen schwärzer als die Steine im Sumpf, dort, wo Kleidung sein sollte, wachsen Flechten und Moos.

Fremdartig. So fremdartig, wie etwas nur fremdartig sein kann.

Heilige Scheiße. Man könnte die Welt, wie ich sie kenne, auch gleich zusammenknüllen und wegschmeißen.

»Todd?«, sagt Viola fragend.

»Rühr dich nicht«, flüstere ich.

Denn durch das Plätschern des Regens hindurch kann ich den *Lärm* des Spackle hören.

Er enthält keine richtigen Wörter, es sind nur Bilder, merkwürdig verzerrt und entstellt, in völlig falschen Farben, aber es sind Bilder von mir und von Viola, wir stehen vor ihm und schauen entsetzt.

Es sind Bilder des Messers, das ich jetzt in der ausgestreckten Hand halte.

»Todd«, sagt Viola wieder, diesmal schwingt eine leise Warnung darin mit.

In seinem Lärm verbirgt sich noch mehr. Er hat Gefühle, sie sind ein einziges Durcheinander.

Angstgefühle.

Ich spüre seine Furcht.

Gut.

Mein Lärm färbt sich rot.

»Todd«, sagt Viola wieder.

»Hör auf, meinen Namen zu sagen«, herrsche ich sie an.

Der Spackle richtet sich langsam auf. Er hat sein Lager unter einem Felsvorsprung an einem Hang errichtet. Ein Großteil des Lagers ist trocken geblieben, da liegen Bündel und eine zusammengerollte Matte aus Moos, vielleicht sein Bett.

An der Felswand lehnt etwas Langes, Glänzendes.

Ich lese in seinem Lärm, dass der Spackle daran denkt.

Es ist der Speer, mit dem er im Fluss Fische gefangen hat.

»*Tu's nicht*«, sage ich zu ihm.

Ich denke eine Sekunde darüber nach, wirklich nur *eine* Sekunde, wie klar und deutlich ich dies alles vor mir sehe, wie deutlich ich ihn vor mir sehe, wie er noch vor Kurzem mit dem Speer im Fluss stand, wie leicht ich seinen Lärm verstehe, selbst wenn er nur aus Bildern besteht.

Aber diese Sekunde vergeht wie ein Blitz.

Denn ich sehe, dass der Spackle vorhat, sich auf den Speer zu stürzen.

»Todd?«, sagt Viola. »Leg das Messer hin.«

Er springt los.

Im selben Moment springe ich.

(Siehst du?)

»Nein!« schreit Viola, aber mein Lärm tobt viel zu laut, ihr Schrei ist für mich kaum mehr als ein Flüstern.

Denn alles, was mir durch den Kopf schießt, während ich mit langen Schritten auf ihn zurenne, das Messer zum Stoß erhoben, und mich dann auf ihn stürze, auf den Spackle mit seinen dürren Knien und Ellbogen, der nun auch noch stolpert, als er seinen Speer holen will, alles, was ich denke und womit ich ihn überschütte in meinem roten, tiefroten Lärm, sind Bilder, Worte und Gefühle, die sich aus allem Erlebten, allem Wissen speisen, aus den Augenblicken, in denen ich gezögert habe, das Messer zu gebrauchen, und jede Faser meines Körpers schreit …

Ich zeig dir, wer ein Mörder ist.

Ich erreiche ihn, ehe er bei seinem Speer ist, meine Schulter rammt ihn in vollem Lauf. Mit einem dumpfen Aufschlag stürzen wir zu Boden, ein Boden, der an dieser Stelle weniger feucht ist als die Umgebung, und die Arme und Beine des Spackle sind überall. Sie sind lang, ich kämpfe gegen eine Spinne, er versetzt mir einen Schlag gegen den Kopf, aber es ist nicht viel mehr als ein Klaps, und mir wird klar, mir wird klar, mir wird klar …

Mir wird klar, dass er schwächer ist als ich.

»Hör auf, Todd!«, höre ich Viola schreien.

Er kriecht weg von mir, und ich treffe ihn mit der Faust an der Schläfe; er ist so leicht, dass der Schlag ihn einfach umwirft, er fällt auf Steine, er schaut zu mir hoch, und aus seinem Mund kommt ein zischender Laut, und aus seinem Lärm strömt nur noch Entsetzen.

»HÖR AUF!«, schreit Viola. »Siehst du nicht, wie sehr er sich fürchtet?«

»Dazu hat er auch allen Grund!«, schreie ich zurück.

Denn mein Lärm ist jetzt nicht mehr aufzuhalten.

Ich gehe auf ihn zu, er versucht wegzukriechen, aber ich bekomme ihn an seinem langen weißen Fußgelenk zu fassen und ziehe ihn zu mir her; er stößt sein schreckliches, scharfes Zischen aus, und ich zücke mein Messer.

Viola muss Manchee irgendwo abgelegt haben, denn sie packt mich am Arm, reißt mich zurück, will mich daran hindern, den Spackle aufzuschlitzen, aber ich werfe mich mit meinem ganzen Gewicht auf sie, will sie abschütteln, aber sie lässt nicht los, und wir taumeln gemeinsam weg von dem Spackle, der sich bei den Felsen niederkauert und sein Gesicht mit den Händen bedeckt.

»Lass mich los!«, schreie ich.

»Bitte, Todd!«, schreit sie zurück, zerrt mich am Arm, verdreht mir den Arm. »Hör auf damit, bitte!«

Ich schüttle sie ab, stoße sie mit meiner freien Hand beiseite, und als ich mich umdrehe, huscht der Spackle schon wieder geduckt über den Boden …

Auf seinen Speer zu …

Berührt den Schaft schon mit den Fingern …

Und der ganze Hass, der sich in mir angestaut hat, bricht aus mir hervor wie aus einem Vulkan in grellem Rot …

Und ich stürze mich auf ihn.

Und ich stoße ihm das Messer in die Brust.

Es knirscht, als sich die Klinge in seinen Körper bohrt, sie rutscht ab, als sie auf einen Knochen trifft, der Spackle stößt ein entsetzliches Gurgeln aus, und dunkelrotes Blut (*rot*, es ist tatsächlich rot, sie bluten rot) spritzt aus der Wunde. Er hebt seinen langen Arm und kratzt mir quer übers Gesicht, und ich ziehe meinen Arm zurück und stoße ein zweites Mal zu, sein Atem geht rasselnd und röchelnd, die Arme und Beine zappeln immer noch, und er schaut mich aus seinen schwarzen, tiefschwarzen Augen an, und sein Lärm ist nur noch Schmerz und Angst …

Und ich wühle mit dem Messer in ihm …

Und er will nicht sterben, er will nicht, er will einfach nicht sterben.

Und dann stöhnt er und zittert und stirbt.

Sein Lärm verstummt.

Ich spüre ein Würgen in meiner Kehle und ich ziehe das Messer heraus und wanke weg von ihm.

Ich betrachte meine Hände, mein Messer. Überall ist Blut. Das Messer ist voller Blut, sogar der Griff ist blutverschmiert, meine Hände, meine Arme, Hemd und Hose, ein Spritzer ist auch auf meinem Gesicht, ich wische ihn weg, dabei vermischt sich das Blut des Spackle mit meinem Blut, das aus dem Kratzer hervorsickert.

Obwohl der Regen auf mich niederprasselt, klebt mehr Blut an mir, als man für möglich halten sollte.

Der Spackle liegt dort, wo ich …

… wo ich ihn getötet habe.

Viola keucht und würgt. Ich schaue zu ihr hoch, und als ich sie ansehe, weicht sie vor mir zurück.

»Du hast keine Ahnung!«, schreie ich. »Du hast von nichts eine Ahnung! Sie haben mit dem Krieg angefangen. Sie haben meine Mutter getötet. An allem, an allem, was geschehen ist, sind sie schuld!«

Und dann muss ich mich übergeben.

Und ich kann nicht aufhören, mich zu übergeben.

Und als sich mein Lärm endlich zu beruhigen scheint, übergebe ich mich wieder.

Mein Kopf berührt fast den Boden.

Die Welt steht still.

Die Welt steht immer noch still.

Von Viola höre ich keinen Laut, da ist nur ihre Stille. Mein Rucksack drückt mir schwer gegen den Nacken, als ich mich nach vorn beuge. Ich schaue nicht zu der Stelle, wo der Spackle liegt.

»Er hätte uns umgebracht«, sage ich schließlich und blicke nicht vom Boden auf.

Viola erwidert nichts.

»Er hätte uns umgebracht.«

»Er hatte Angst!«, schreit Viola mit versagender Stimme. »Sogar ich habe gesehen, wie sehr er sich gefürchtet hat.«

»Er wollte seinen Speer holen«, sage ich und hebe den Kopf.

»Weil du ihn mit einem Messer bedroht hast!«

Jetzt sehe ich sie an. Ihre Augen sind weit aufgerissen, ihr Blick wird immer leerer, wie damals, als sie alles um sich herum vergaß und sich hin- und herzuwiegen begann.

»Sie haben jeden in New World getötet«, sage ich.

Wütend schüttelt sie den Kopf. »Du Idiot, du blöder, gottverdammter SCHEISSIDIOT!«

Sie sagt es genau so und nicht anders.

»Wie oft hast du schon festgestellt, dass das, was man dir erzählt hat, nicht stimmt?«, fragt sie mit verzerrtem Gesicht und weicht immer weiter zurück. »Wie oft schon?«

»Viola ...«

»Hat man nicht alle Spackle im Krieg umgebracht?«, fragt sie, und, mein Gott, wie ich die Furcht in ihrer Stimme hasse. »Na? *Hat man das nicht gesagt?*«

Da verglimmt auch das allerletzte Fünkchen Zorn in meinem Lärm, und ich merke, dass ich schon wieder zum Narren gehalten wurde.

Ich drehe mich zu dem Spackle um.

Ich lasse meinen Blick über sein Lager schweifen.

Ich sehe die Fische, die er an Schnüren zum Trocknen aufgehängt hat.

Und (nein, nein, nein, nein!) ich denke an die Angst, die mir aus seinem Lärm entgegengeschrien hat (nein, nein, nein, bitte nein!).

Ich bin innen völlig leer und muss mich trotzdem übergeben.

Ich bin ein Mörder.

Ich bin ein Mörder.

Ich bin ein Mörder.

(Oh nein, bitte nein!) Ich bin ein Mörder.

Ich fange an zu zittern. Ich schlottere so sehr, dass ich nicht mehr aufstehen kann. Ich höre mich immer wieder Nein sagen und die Angst im Lärm des Spackle hallt in meinem wider. Es gibt keinen Ort, an den ich vor ihm fliehen könnte, an dem ich vor ihm sicher wäre, der Lärm ist einfach da und dort und überall, und ich zittere so sehr, dass ich mich nicht einmal auf allen vieren halten kann. Ich falle hin, immer noch sehe ich überall Blut, und der Regen spült es nicht fort.

Ich kneife die Augen zu, so fest ich kann.

Um mich ist Schwärze.

Schwärze und Leere.

Wieder einmal habe ich alles kaputt gemacht. Wieder einmal habe ich alles falsch gemacht.

Wie aus weiter Ferne höre ich Viola meinen Namen rufen.

Sie ist so weit weg.

Und ich bin allein. Ich bin hier und für immer allein. Wieder höre ich meinen Namen.

Etwas zupft mich am Arm.

Ich schlage die Augen erst auf, als ich Lärmfetzen höre, die nicht von mir stammen.

»Ich glaube, hier draußen sind noch mehr von ihnen.« Viola hat sich zu mir heruntergebeugt und flüstert mir ins Ohr.

Ich hebe den Kopf. Mein eigener Lärm ist so mit Dreck und Entsetzen angefüllt, dass es mir schwerfällt, die Lärmfetzen zu verstehen. Es regnet dicke Tropfen, und ich frage mich einen törichten Augenblick lang, ob wir jemals wieder trocken sein werden, und dann höre ich es auch, ein undeutliches Murmeln zwischen den Bäumen, unmöglich zu sagen, woher es kommt, aber es ist da, ohne Zweifel.

»Wenn sie uns vorher nicht töten wollten«, sagt Viola, »dann ganz sicher jetzt.«

»Wir müssen weg von hier.« Ich versuche auf die Beine zu

kommen. Ich zittere wie verrückt und brauche deshalb ein, zwei Anläufe, aber dann schaffe ich es.

Ich halte noch immer das Messer in der Hand. Es ist klebrig vom Blut.

Ich werfe es weg.

Viola sieht schrecklich aus, ihr Gesicht ist zerquält von Trauer, Angst und Entsetzen, alles darin springt mich an, springt mich direkt an, aber es ist wie immer, wir haben keine Wahl. Deshalb sage ich einfach nur: »Wir müssen weg«, und ich gehe und hole Manchee, dort wo sie ihn hingelegt hat, an der trockenen, windgeschützten Seite des Felsvorsprungs, unter dem der Spackle hauste.

Ich hebe ihn hoch, er schläft noch, zittert vor Kälte, aber ich kann nicht anders, ich vergrabe mein Gesicht in seinem Fell und atme seinen vertrauten Hundegestank ein.

»*Beeil dich!*«, drängt Viola.

Ich drehe mich um. Sie späht in alle Richtungen, der Lärm flüstert von allen Seiten durch die Bäume, und der Regen und die Angst kleben an ihrem Gesicht.

Sie sucht meinen Blick, aber ich kann ihr nicht in die Augen sehen.

Und als ich wegschauen will, bemerke ich eine Bewegung hinter ihr.

Und ich sehe, wie sich die Büsche teilen.

Und ich sehe, wie sie sieht, dass sich meine Miene ändert. Sie dreht sich gerade noch rechtzeitig um, um zu sehen, wie Aaron aus dem Gebüsch hervortritt.

Er packt sie mit einer Hand am Nacken, mit der anderen presst er ihr ein Tuch auf Nase und Mund, und als ich aufschreie und auf sie zugehen will, stößt sie unter dem Tuch einen Schrei aus und versucht ihn mit den Händen abzuwehren, aber Aaron hält sie fest, und bei meinem zweiten und dritten Schritt hat das Zeug auf dem Tuch sie schon bewusstlos gemacht, und beim vierten und fünften lässt er sie auf den Boden fallen. Und ich trage Manchee noch immer auf dem Arm, bei meinem sechsten Schritt greift er hinter sich, und ich habe das Messer nicht zur Hand, und ich habe Manchee auf dem Arm, und ich kann nichts tun, als auf ihn zuzugehen, und beim siebten Schritt sehe ich, wie er ein hölzernes Ding hervorzieht, das er sich auf den Rücken geschnallt hat, und weit damit ausholt, und dann trifft er mich voll an der Schläfe, und es macht ganz laut …

KNACK!

Ich falle, und Manchee rutscht von meinem Arm, ich klatsche vornüber auf den Boden, mein Kopf brummt so laut, und die Welt um mich herum beginnt zu schwanken und wird grau, und ich spüre nur noch Schmerz, und ich liege auf dem Boden, und alles gerät ins Rutschen, meine Arme und Beine sind viel zu schwer, mein Gesicht liegt halb im Schlamm, und ich sehe, wie Aaron mich betrachtet, wie ich daliege, und ich sehe seinen Lärm, Viola ist darin, ich sehe, wie er mein Messer anschaut, das rot im Schlamm aufblitzt, er hebt es auf, und ich will wegkriechen, aber mein Körper ist so schwer, dass ich mich nicht vom Fleck rühren kann. Ich kann nur daliegen und zusehen, wie er über mir steht.

»Ich kann dich nicht mehr brauchen, Junge«, sagt er und holt mit dem Messer aus.

Er hält es hoch über seinen Kopf, und das Letzte, was ich sehe, ist, wie er es mit aller Kraft auf mich niedersausen lässt.

TEIL V

26

DAS ENDE VON ALLEM

ICH FALLE NEIN ICH FALLE bitte nicht hilf mir *ich falle* Das Messer *das Messer* Spackle die Spackle sind tot alle Spackle, tot VIOLA es tut mir leid bitte es tut mir leid *er hat einen Speer* ICH FALLE Bitte bitte *Aaron ist hinter dir! Er kommt!* kann dich nicht mehr brauchen Junge *Viola ich falle* Viola Eade Spackle *das Schreien und das Blut und nein* SIEH NUR HER sieh nur nein *bitte* sieh nur her er hätte uns umgebracht *Ben* bitte es tut mir leid *Aaron! Lauf!* E-A-D-E noch mehr von ihnen *wir müssen weg von hier* ICH FALLE falle dunkles Blut *Das Messer* tot lauf *ich bin ein Mörder bitte nicht Viola Viola Viola …*

»Viola!« Ich will sie rufen, aber da ist nur Schwärze, geräuschlose Schwärze, nur Schwärze, und ich bin gefallen und habe keine Stimme mehr.

»Viola!«, versuche ich es noch einmal. Ich habe das Gefühl, in meiner Lunge ist Wasser, meine Eingeweide tun weh – da ist Schmerz, Schmerz, Schmerz …

»Aaron«, flüstere ich mir selbst und sonst keinem zu. »Lauf, es ist Aaron.«

Und dann versinke ich in Dunkelheit … …

»Todd?« …

Manchee.

»Todd?«

Ich spüre die Zunge eines Hundes, sie leckt über mein Gesicht, das heißt, ich spüre mein Gesicht, das heißt, ich weiß, wo es ist, und dann strömt Luft in mich hinein, und ich schlage die Augen auf.

Manchee steht neben meinem Kopf, er tritt von einer Pfote auf die andere, leckt sich nervös über Lefzen und Schnauze, über seinem Auge klebt noch der Verband, aber er sieht ganz verschwommen aus, und es ist so schwer …

»Todd?«

Ich will ihn beim Namen rufen, damit er sich beruhigt, aber es kommt nur ein Husten heraus. Ein stechender Schmerz fährt mir durch den Rücken. Ich liege auf dem Bauch, genau dort, wo ich hingefallen bin, als Aaron …

… als Aaron mich mit dem Prügel am Kopf traf.

Ich versuche den Kopf zu heben. Ein betäubender Schmerz breitet sich in der rechten Schädelhälfte aus bis zum Unterkiefer, und ich muss liegen bleiben, beiße eine Minute lang die Zähne zusammen, ertrage den Schmerz und das Stechen, bis ich es wagen kann zu sprechen.

»Todd?«, winselt Manchee.

»Ich bin hier, Manchee«, murmle ich, die Worte klingen wie ein Knurren, das sich seinen Weg erst durch den Schleim tief in meiner Brust bahnen muss, und sie machen, dass ich noch stärker husten muss.

Was schlecht ist, denn dann tut mein Rücken so weh.

Mein Rücken.

Ein entsetzliches Gefühl breitet sich vom Magen her in meinem ganzen Körper aus.

Das Letzte, was ich gesehen habe, ehe …

Nein.

Oh nein.

Ich huste ganz leicht, versuche keinen einzigen Muskel zu bewegen, es misslingt, ich lasse den Schmerz über mich ergehen, bis er so weit nachlässt, wie er nachlassen will, und dann strenge ich mich an, meinen Mund zu bewegen, ohne mich dabei selbst umzubringen.

»Steckt ein Messer in mir, Manchee?«, frage ich meinen Hund röchelnd.

»Messer, Todd«, bellt er voller Sorge. »Rücken, Todd.«

Er kommt auf mich zu und leckt mir wieder übers Gesicht. Auf seine Hundeart versucht er mich wieder heil zu machen. Eine Minute lang atme ich nur, bewege mich nicht. Ich schließe die Augen und hole tief Luft, gegen den Widerstand meiner Lunge, die schwer wiegt und zum Platzen gefüllt ist.

Ich bin Todd Hewitt, denke ich, aber das ist ein Fehler, denn plötzlich ist alles Geschehene wieder da und zieht mich nach unten, das Blut des Spackle, Violas Gesicht so voller Entsetzen über mich und Aaron, der aus dem Wald kommt und sie packt.

Ich fange an zu weinen, aber es tut so weh, dass ich eine Minute lang wie gelähmt bin und der Schmerz wie ein Feuersturm durch Arme und Rücken fegt. Ich kann nichts dagegen tun, als ihn auszuhalten und zu warten, bis er nachlässt.

Langsam, langsam, ganz langsam ziehe ich den Arm unter meinem Körper hervor. Kopf und Arme tun so weh, dass ich kurz das Bewusstsein verliere, aber ich komme wieder zu mir, und langsam, langsam, ganz langsam taste ich mit der Hand über meinen Rücken, lasse die Finger über das nasse, verdreckte Hemd nach oben wandern, weiter bis zu dem nassen, verdreckten Rucksack, den ich, ist es zu fassen, noch immer auf dem Rücken trage, und weiter nach oben und wieder zurück, bis ich ihn mit den Fingerspitzen ertaste.

Den Griff des Messers. Der nun aus meinem Rücken hervorragt.

Aber dann müsste ich eigentlich tot sein.

Ich müsste *tot* sein.

Bin ich tot?

»Nicht tot, Todd«, bellt Manchee. »Sack! Sack!«

Das Messer steckt in mir, ganz oben zwischen meinen Schulterblättern, der Schmerz lässt überhaupt keinen Zweifel zu, aber das Messer hat zuerst den Rucksack durchstoßen, und etwas im Rucksack hat das Messer daran gehindert, noch tiefer in mich einzudringen.

Das Buch.

Das Buch meiner Mutter.

Ich taste noch einmal, so langsam wie möglich, und ja, es stimmt, Aaron hat mit dem Arm ausgeholt und zugestochen, durch das Buch im Rucksack, und das Buch hat verhindert, dass das Messer glatt durch mich hindurchgestochen hat (anders als bei dem Spackle).

Ich schließe die Augen und versuche ganz tief Atem zu holen, dann halte ich die Luft an, bis ich den Messergriff mit den Fingern umschließen kann, und dann muss ich wieder tief Luft holen und warten, bis der Schmerz nachlässt, und dann probiere ich, das Messer rauszuziehen, doch das ist das Schwierigste überhaupt, und ich muss warten und tief atmen und es erneut versuchen und wieder ziehen, und der Schmerz in meinem Rücken wird immer stärker, als würde man mit Gewehrkugeln auf mich schießen, und ich schreie, ich kann mich nicht beherrschen, als ich spüre, wie das Messer aus meinem Rücken kommt.

Eine Minute lang keuche ich nur und schnappe nach Luft und gebe mir Mühe, nicht wieder zu weinen, dabei halte ich das Messer fest, das immer noch im Buch und im Rucksack feststeckt.

Manchee leckt mir übers Gesicht.

»Guter Junge«, sage ich und weiß selbst nicht, warum.

Es kommt mir wie eine Ewigkeit vor, bis ich die Riemen über die Arme gestreift habe und endlich den Rucksack und das Messer wegstoßen kann. Ans Aufstehen ist gar nicht zu denken, stattdessen verliere ich schon wieder das Bewusstsein. Manchee leckt mir übers Gesicht und ich muss die Augen aufmachen und husten, husten, immer wieder husten. Aber ich lebe.

Während ich im Schlamm liege, wünsche ich mir nichts sehnlicher, als dass mich Aarons Messer durchbohrt hätte, dass ich tot wäre wie der Spackle, dass ich endlich am Grunde des schwarzen Lochs angekommen wäre, tief, tief, tief unten, wo nur noch Schwärze ist, tief unten im Nichts, wo es keinen Todd mehr gibt, der an allem schuld ist, der alles falsch macht, der Ben enttäuscht hat und auch Viola. Dann könnte ich endlich im Nichts aufgehen und brauchte mich um nichts mehr zu kümmern.

Aber da ist Manchee, der nicht aufhört, mich abzulecken.

»Hau ab, lass mich in Ruhe!« Ich strecke den Arm aus, um ihn wegzuschubsen.

Aaron hätte mich töten können, es wäre so einfach für ihn gewesen.

Das Messer in meinen Nacken, das Messer durch mein Auge, das Messer, das mir die Kehle aufschlitzt. Ich war ihm ausgeliefert und er hat mich nicht getötet. Er hat genau gewusst, was er tat. Es war Absicht.

Hat er mich hier liegen lassen, damit der Bürgermeister mich findet? Aber weshalb war er der Armee so weit voraus? Wie hat er es geschafft, den ganzen Weg, anders als Prentiss junior, ohne Pferd zurückzulegen? Wie lange war er uns schon auf den Fersen?

Wie lange war er schon hinter uns her, als er aus dem Wald trat und Viola mitnahm?

Ich stöhne leise auf.

Deshalb also hat er mich am Leben gelassen. Damit ich weiterlebe in der Gewissheit, dass er Viola mitgenommen hat. So also will er mich besiegen. So will er mich leiden lassen. Ich soll weiterleben und das, was geschehen ist, immer in meinem Lärm herumtragen.

Eine neue Kraft durchströmt mich, und ich setze mich auf, ich achte nicht auf den Schmerz und atme, bis ich versuchen kann aufzustehen. Das Rasseln in meiner Lunge und der Schmerz im Rücken zwingen mich stärker zu husten, aber ich beiße die Zähne zusammen und stehe es durch.

Weil ich sie finden muss.

»Viola«, bellt Manchee.

»Viola«, sage ich und beiße die Zähne noch fester zusammen, denn ich muss aufstehen.

Aber das ist zu viel Anstrengung, der Schmerz reißt mir die Beine weg, ich sacke zurück in den Schlamm und liege einfach nur da, alles drückt mich zu Boden. Ich ringe nach Luft, meine

Gedanken wirbeln wirr durcheinander, und in meinem Lärm laufe und laufe und laufe ich ohne Ziel, mir ist heiß, ich schwitze am ganzen Körper, und hinter den Bäumen höre ich Ben. Ich laufe ihm entgegen, und er singt das Lied, er singt mein Schlaflied, das Lied, das nur für Jungen ist, nicht für Männer, aber als ich es höre, wird mein Herz ganz weit, und es ist »Früh am Morgen, wenn die Sonn' aufgeht«.

Ich fasse mich und das Lied kommt zu mir zurück.

Es geht so:

Früh am Morgen, wenn die Sonn' aufgeht,
Eine Maid vom Tal zu mir fleht,
Ach, betrüg mich nie, ach, verlass mich nie.

Ich mache die Augen auf.

Ach, betrüg mich nie, ach, verlass mich nie.

Enttäusch mich nicht. Lass mich nicht allein.

Ich muss sie finden.

Ich muss sie finden.

Ich schaue auf. Die Sonne steht am Himmel, aber ich habe keine Vorstellung davon, wie viel Zeit vergangen ist, seit Aaron Viola mitgenommen hat. Es war kurz vor Sonnenuntergang. Jetzt ist es bewölkt, aber taghell, also muss es später Vormittag oder früher Nachmittag sein. Vielleicht ist seitdem mehr als nur ein Tag verstrichen – ein Gedanke, den ich sofort beiseiteschiebe.

Ich schließe die Augen und lausche. Es hat aufgehört zu regnen, es tropft und prasselt nicht mehr, aber der einzige Lärm, den ich höre, ist mein eigener und der von Manchee und das ferne, wortlose Geschnatter der Waldtiere, die ihr Leben weiterleben, das so gar nichts mit meinem zu tun hat.

Kein Laut von Aaron. Keine Stille von Viola.

Ich schlage die Augen auf und mein Blick fällt auf die Tasche.

Sie hat sie fallen gelassen, als sie mit Aaron kämpfte, für ihn war sie uninteressant und nutzlos, deshalb liegt sie da, ist ohne Besitzer, und es scheint völlig egal zu sein, dass sie Viola gehörte.

Die Tasche, die so voller nutzloser und nützlicher Dinge steckt.

Meine Brust wird ganz klein und ich muss husten.

Da ich offenbar nicht aufstehen kann, krieche ich vorwärts, keuche vor lauter Schmerzen in Kopf und Rücken, aber ich arbeite mich weiter voran, Manchee bellt ganz besorgt: »Todd, Todd«, und ich brauche ewig, ich brauche *verdammt noch mal* viel zu lange, aber ich schaffe es bis zur Tasche, auch wenn ich einen Augenblick lang zusammengekrümmt verharre, ehe ich überhaupt etwas mit ihr anfangen kann. Als ich wieder Luft bekomme, öffne ich sie und taste darin herum, bis ich die Schachtel mit dem Verbandszeug finde. Nur noch ein Verband ist übrig, er muss genügen. Dann mache ich mich daran, mein Hemd auszuziehen. Ich muss immer wieder innehalten, Atem holen, Zentimeter für Zentimeter ziehe ich es hoch, und schließlich habe ich es über meinen brennenden Rücken gestreift und dann auch über meinen brennenden Kopf, es ist überall mit Blut und Schlamm verschmiert.

Ich nehme das kleine Skalpell aus dem Erste-Hilfe-Set und schneide den Verband in zwei Hälften. Die eine Hälfte lege ich auf meinen Kopf und halte sie fest, bis sie von alleine kleben bleibt, dann führe ich die Hand langsam nach hinten und lege mir die andere Hälfte auf den Rücken. Anfangs wird der Schmerz sogar noch heftiger, als das Zeug, die menschlichen Zellen oder was zum Teufel auch immer das ist, in die Wunden dringt und sie verschließt. Ich beiße die Zähne zusammen, doch dann beginnt die Arznei zu wirken, und eine kühle Welle schwappt durch meine Adern. Ich warte, bis die Wirkung so stark ist, dass ich aufstehen kann. Ich bin wackelig auf den Beinen, aber es gelingt mir immerhin, eine ganze Minute lang stehen zu bleiben.

Noch eine weitere Minute, und ich mache schon einen ersten Schritt, dann einen zweiten.

Aber wohin soll ich gehen?

Ich habe keine Ahnung, wohin er sie gebracht hat. Ich habe keine Ahnung, wie viel Zeit seither vergangen ist. Er könnte inzwischen wieder bei der Armee sein.

»Viola?«, winselt Manchee.

»Ich weiß es nicht, Kumpel. Lass mich überlegen.«

Sogar mit dem Verband kann ich nicht lange aufrecht stehen. Aus den Augenwinkeln sehe ich den toten Spackle. Ich drehe mich zur Seite, um ihn nicht anschauen zu müssen.

Ach, betrüg mich nie, ach, verlass mich nie.

Enttäusch mich nicht. Lass mich nicht allein.

Ich seufze, denn ich weiß, was ich tun muss.

»Es geht nicht anders«, sage ich zu Manchee. »Wir müssen zur Armee zurück.«

»Todd?«, winselt er.

»Es geht nicht anders«, wiederhole ich und schlage mir selbst alles andere aus dem Kopf, denke nur noch ans Marschieren.

Aber zuallererst brauche ich ein neues Hemd.

Mit dem Rücken zum Spackle mache ich mich an meinem Rucksack zu schaffen.

Das Messer steckt noch in dem Rucksackstoff und im Buch. Ich möchte es eigentlich gar nicht anfassen, und nicht einmal in meiner Benommenheit möchte ich wissen, wie es jetzt aussieht, aber ich muss das Messer rausziehen, also halte ich den Rucksack mit den Füßen fest und ziehe. Es klappt nicht sofort, aber dann gleitet das Messer heraus, und ich werfe es auf die Erde.

Ich betrachte es, wie es auf dem nassen Moos liegt. Überall klebt noch Blut. Spackle-Blut. Aber das helle Blut an der Spitze stammt von mir. Ich überlege, ob das Blut des Spackle in mein Blut gelangt ist, als Aaron auf mich einstach. Ich frage mich, ob es besondere Viren gibt, mit denen man sich nur so anstecken kann.

Aber ich habe keine Zeit für solche Fragen.

Ich öffne den Rucksack und hole das Buch heraus.

Mittendurch, auf der einen Seite hinein, auf der anderen Seite wieder hinaus, geht ein messergroßer Stich. Das Messer ist so scharf, und Aaron muss so kräftig zugestochen haben, dass das Buch fast unbeschädigt geblieben ist. Durch alle Seiten, von der ersten bis zur letzten, geht ein Schlitz. An den Rändern sind kleine Flecken, mein Blut und Spackle-Blut, aber man kann es noch immer gut lesen.

Ich könnte es immer noch lesen, könnte es mir immer noch vorlesen lassen.

Falls ich das je verdiene.

Ich wische diesen Gedanken beiseite und hole ein sauberes Hemd aus dem Rucksack. Dabei muss ich husten, und sogar mit Verband tut es so weh, dass ich eine Weile warte, bis der Schmerz nachlässt. Ich habe das Gefühl, dass meine Lunge voller Wasser ist und dass ich einen Berg aus Flusskieseln in der Brust habe, aber ich ziehe das Hemd an und nehme alle brauchbaren Sachen, die ich tragen kann, aus meinem Rucksack, ein paar Kleidungsstücke, mein eigenes Erste-Hilfe-Set, alles, was der Regen und Prentiss junior heil gelassen haben, und packe es mitsamt dem Buch in Violas Tasche, denn ich kann beim besten Willen keinen Rucksack mehr tragen.

Trotzdem bleibt da die alles entscheidende Frage.

Wohin soll ich gehen?

Ich werde auf der Straße zurückgehen, zu der Armee, das ist es, was ich tun werde.

Ich werde der Armee entgegenlaufen und Viola retten, selbst wenn ich mich im Austausch für sie gefangen nehmen lassen muss.

Aber da kann ich nicht unbewaffnet gehen, oder?

Nein, das kann ich nicht.

Ich betrachte das Messer, es liegt auf dem Moos, ein Gegenstand ohne Eigenschaften, ein Ding aus Metall, so anders als der Körper eines Jungen, wie es anders gar nicht sein könnte, ein Ding, das alle Schuld von sich weist und auf den Jungen schiebt, der es benutzt.

Ich will es nicht anfassen. Um keinen Preis. Niemals wieder. Aber ich muss es nehmen und das Blut, so gut es geht, abwischen, mit ein paar nassen Blättern, und ich muss es in das Futteral stecken, das an meinem Gürtel hängt.

Ich muss es tun. Ich habe keine andere Wahl. Der Spackle drängt sich in mein Gesichtsfeld, aber ich schaue nicht hin, als ich das Messer nehme.

»Komm, Manchee.« Vorsichtig schultere ich Violas Tasche.

Enttäusch mich nicht. Lass mich nicht allein.

Es ist an der Zeit aufzubrechen.

»Wir werden sie finden«, verspreche ich.

Ich mache mich auf in Richtung Straße. Am besten ist es, ihnen so schnell wie möglich entgegenzugehen. Ich werde sie kommen hören, kann ihnen also rechtzeitig ausweichen, und dann werde ich mir etwas einfallen lassen, um Viola zu retten. Irgendetwas.

Was auch heißen kann, dass ich mich ihnen entgegenstellen muss.

Ich bahne mir einen Weg durchs Gebüsch und höre, wie Manchee bellt: »Todd?«

Ich drehe den Kopf und vermeide es, zum Spackle-Lager zu sehen. »Komm schon, alter Junge.«

»Todd!«

»Ich habe gesagt: Komm! Und das meine ich auch so.«

»Dahin, Todd«, bellt er und wedelt mit seinem halben Schwanz.

Ich drehe mich ganz um. »Was hast du gesagt?«

Er zeigt in eine völlig andere Richtung als die, die ich einschlagen wollte. »Dahin«, bellt er. Mit der Pfote reibt er sich über den Verband an seinem Auge, reißt ihn ab und blinzelt mich aus seinem verletzten Auge an.

»Was soll das heißen: dahin?«, frage ich und spüre Verunsicherung.

Er neigt den Kopf, trippelt mit den Vorderpfoten in eine Richtung, die nicht nur von der Straße wegführt, sondern auch von der Armee. »Viola«, bellt er, dreht sich einmal im Kreis, um dann wieder in diese Richtung zu schauen.

»Kannst du sie riechen?«, frage ich, und meine Stimmung hebt sich.

Er bellt, es hört sich wie ein Ja an.

»Du kannst sie *riechen?*«

»Dahin, Todd.«

»Nicht zur Straße zurück?«, frage ich. »Nicht zurück zur Armee?«

»Todd!« Er spürt, wie mein Lärm lauter wird, auch er wird immer aufgeregter.

»Bist du sicher?«, frage ich. »Du musst ganz sicher sein, Manchee. Ganz sicher.«

»Dahin!«

Und weg ist er.

Er rennt durchs Gebüsch, einen Flusspfad entlang, weg von der Armee.

Auf Haven zu.

Keine Ahnung, warum er das macht, aber in dem Augenblick, in dem ich loslaufe, so gut ich es mit meinen Verletzungen kann, in dem Augenblick, in dem ich ihn vorausrennen sehe, denke ich im Stillen: braver Hund, verdammt braver Hund.

27

WEITER GEHT'S

»Dahin, Todd«, bellt Manchee und führt mich um einen Felsvorsprung herum.

Seit wir den Lagerplatz des Spackle hinter uns gelassen haben, ist das Gelände immer zerklüfteter geworden. Schon seit ein, zwei Stunden ziehen sich die Wälder bis hoch in die Berge hinauf und wir folgen ihnen nach oben und wieder nach unten. Manchmal klettern wir mehr, als dass wir laufen. Wir erreichen eine weitere Anhöhe, und wieder fällt der Blick auf Hügelketten, die sich vor uns in sanften Wellen ausbreiten, von Wald bedeckt, einige von ihnen so steil, dass man sie nicht erklimmen kann, sondern mühsam umrunden muss. Dazwischen schlängeln sich die Straße und der Fluss auf so gewundenen Pfaden, dass ich sie manchmal sogar aus den Augen verliere.

Die Verbände tun sicher ihre Wirkung, trotzdem habe ich bei jedem Schritt Schmerzen in Kopf und Rücken, und hin und wieder muss ich stehen bleiben; manchmal kommt mir mein leerer Magen hoch.

Aber wir gehen weiter.

Schneller, denke ich, lauf schneller, Todd Hewitt!

Sie haben mindestens einen halben Tag Vorsprung, vielleicht sogar eineinhalb Tage, und ich weiß nicht, wohin sie gehen, was Aaron vorhat und wann sie ihr Ziel erreicht haben, deshalb laufen wir immer weiter.

»Bist du sicher?«, frage ich Manchee immer wieder.

»Dahin«, bellt er dann jedes Mal.

Ich bin vollkommen verwundert, dass wir fast denselben Weg gehen, den Viola und ich ohnehin genommen hätten, dem Fluss folgend, abseits der Straße, und immer nach Osten, Richtung Haven. Ich weiß nicht, warum Aaron da hinwill, ich weiß nicht, weshalb er sich von der Armee entfernt, aber Manchee wittert, dass die beiden diesen Weg genommen haben, und deshalb folgen wir dieser Richtung.

Mittag ist vorüber, und wir laufen immer noch, bergauf, bergab, immer weiter, durch Wälder, deren Baumblätter jetzt nicht mehr so breit sind wie in der Ebene, sondern größer, lang und spitz wie Pfeile. Hier riechen sogar die Bäume anders, sie erfüllen die Luft mit einem scharfen Geruch, den ich auf meiner Zunge schmecke. Manchee und ich springen über Bäche und Rinnsale, die dem Fluss zuströmen, und hin und wieder bleibe ich stehen, um die Wasserflaschen nachzufüllen, dann geht's weiter.

Ich versuche an gar nichts zu denken. Ich konzentriere mich auf das, was vor uns liegt, auf Viola und darauf, wie wir sie finden können. Ich versuche, nicht daran zu denken, wie sie aussah, als ich den Spackle getötet habe. Ich versuche, nicht daran zu denken, wie sie sich vor mir gefürchtet hat und zurückgewichen ist. Ich versuche, nicht daran zu denken, wie sehr sie sich gefürchtet haben muss, als Aaron hinter ihr her war und ich ihr nicht zu Hilfe kommen konnte.

Und ich versuche, nicht an den Lärm des Spackle zu denken und an die Furcht, die daraus sprach, oder daran, wie überrascht er gewesen sein muss, dass er nur deshalb getötet wurde, weil er Fische gefangen hat, ich versuche auch, nicht an das Knirschen zu denken, das mir durch den Arm fuhr, als das Messer in ihn eindrang, oder daran, wie dunkelrot sein Blut war, das auf mich tropfte, oder an die Verwirrung, die aus ihm heraus in meinen Lärm strömte, als er starb, als er starb, als er …

Ich denke einfach nicht daran.

Und weiter geht's, immer weiter.

Der Nachmittag ist vorüber, und der frühe Abend bricht an, der Wald, die Hügel scheinen kein Ende zu nehmen, und jetzt stehen wir vor einem weiteren Problem.

»Essen, Todd?«

»Wir haben nichts mehr.« Staub wirbelt unter meinen Füßen auf, als wir einen Abhang hinunterschlittern.

Ich weiß nicht, wie lange es schon her ist, seit ich zum letzten Mal etwas gegessen habe, ich weiß nicht, wie lange es her ist, seit ich zum letzten Mal richtig geschlafen habe, denn hin und wieder ohnmächtig zu werden hat nichts mit schlafen zu tun.

Ich habe zu zählen vergessen, wie viele Tage es noch dauert, bis ich ein Mann sein werde, aber noch nie habe ich mich weiter entfernt davon gefühlt als jetzt.

»Eichhörnchen!« Blitzschnell verschwindet Manchee hinter dem Stamm eines Nadelbaums in ein Dickicht aus Farnen. Ich habe das Eichhörnchen nicht bemerkt, aber ich höre, wie es ruft: Zappelhund und Manchees lautes »Eichhörnchen!« und Zappler, Zappler, Zappler – und dann ist es mit einem Mal still.

Manchee kommt aus den Farnen und trägt ein Eichhörnchen im Maul, größer und brauner als die im Sumpf. Er lässt es vor mir auf den Boden fallen, ein knorpeliges, blutiges Häufchen, und plötzlich bin ich gar nicht mehr so hungrig.

»Essen?«, bellt er.

»Schon in Ordnung, alter Junge.« Ich schaue überallhin, nur nicht auf sein Maul. »Du kannst es haben.«

Ich schwitze stärker als sonst und nehme große Schlucke aus der Wasserflasche, während Manchee sich über das Eichhörnchen hermacht. Wolken kleiner Mücken umschwirren uns in Schwärmen, die fast unsichtbar sind, und ich muss sie immerzu verscheuchen. Ich fange wieder an zu husten, aber ich achte nicht auf die Schmerzen in meinem Rücken, in meinem Kopf, und als Manchee fertig ist und bereit zum Weitergehen, schwanke ich ein wenig, aber wir gehen weiter.

Vorwärts, Todd Hewitt. Lauf weiter.

Ich wage es nicht zu schlafen. Aaron schläft wahrscheinlich nicht, also kann ich es auch nicht. Weiter und immer weiter, die Wolken ziehen vorbei, ohne dass ich davon Notiz nehme, die Monde gehen auf, die Sterne funkeln. Wir erreichen den Fuß eines kleinen Hügels, und ich scheuche eine Herde auf, die mir den Weg versperrt, die Tiere sehen aus wie Rehe, aber ihr Geweih ist ganz anders als bei den Rehen, die ich von Prentisstown kenne, trotzdem fliehen sie vor mir und dem bellenden Manchee und verschwinden zwischen den Bäumen, noch ehe ich richtig mitbekomme, dass sie da sind.

Weiter geht's, Mitternacht ist schon vorüber (sind es noch vierundzwanzig Tage? Dreiundzwanzig Tage?). Wir sind den ganzen Tag über marschiert, ohne dass wir Geräusche oder Lärm von anderen Siedlungen gehört, geschweige denn jemanden gesehen haben, sogar als wir ziemlich nahe an Straße und Fluss waren. Aber als wir eine weitere bewaldete Anhöhe erreichen und die beiden Monde direkt über uns stehen, höre ich den Lärm von Männern, laut und deutlich.

Wir bleiben stehen und ducken uns, obwohl es Nacht ist.

Ich schaue mich um. Im Mondlicht sehe ich zwei lang gezogene Hütten auf zwei verschiedenen Lichtungen am Fuß der nächsten Hügelkette. Aus einer von ihnen dringt das unruhige Lärmmurmeln eines schlafenden Mannes. Julia? und zu Pferd und Sag ihm, es war anders und nach Tagesanbruch den Fluss hinauf und eine Menge anderer Gedankenfetzen, die keinen Sinn ergeben, denn der Lärm aus Träumen ist der eigenartigste von allen. Aus der anderen Hütte dringt Stille, es ist die quälende Stille, die von Frauen ausgeht, ich spüre sie bis hierher. Männer in der einen Hütte, Frauen in der anderen, vermutlich ist das eine Möglichkeit, das Schlafproblem zu lösen. Die Stille, die von der Frauenhütte zu mir herüberdringt, lässt mich an Viola denken, und ich muss mich für eine Weile Halt suchend an einen Baumstamm lehnen.

Aber wo Menschen sind, da ist auch Essen.

»Findest du den Weg zurück zu deiner Fährte, wenn wir sie jetzt verlassen?«, flüstere ich Manchee zu und unterdrücke einen Hustenanfall.

»Finde Fährte«, bellt Manchee ernst zurück.

»Bist du sicher?«

»Todd riecht«, bellt er, »Manchee riecht.«

»Dann los, und sei still.« Wir schleichen den Hügel hinunter, bewegen uns so vorsichtig wie möglich zwischen Bäumen und

Büschen, bis wir eine Talsohle erreichen. Über uns sind die Hütten, sie schmiegen sich schlafend an die Hangseite.

Ich höre, wie sich mein Lärm in diese Welt ergießt, heiß und stickig wie der Schweiß, der an mir herabrinnt, und ich versuche ihn unverdächtig und leise zu halten, so wie es Tam gemacht hat, Tam, der den Lärm besser beherrscht, als irgendein Mann in Prentisstown es je könnte.

Und hier ist der Beweis.

Prentisstown?, tönt es mir aus der Hütte der Männer beinahe augenblicklich entgegen.

Wir bleiben wie angewurzelt stehen. Meine Schultern erschlaffen. Ich höre hier immer noch den Lärm aus Träumen, aber die Worte pflanzen sich in den schlafenden Männern fort wie Echos in einem Tal. Prentisstown? und Prentisstown? und Prentisstown?, es klingt, als wüssten sie nicht, was das Wort bedeutet.

Doch wenn sie aufwachen, wissen sie es.

Du Idiot.

»Gehen wir«, sage ich, und wir schleichen auf demselben Weg zurück, auf dem wir gekommen sind.

»Essen?«, bellt Manchee.

»Komm schon.«

Also immer noch nichts zu essen für mich, aber wir laufen weiter durch die Nacht, so schnell wir können.

Schneller, Todd. Beweg dich!

Weiter, immer weiter eilen wir, manchmal muss ich mich an Pflanzen festklammern, um mich daran hinaufzuziehen, dann wieder klammere ich mich an Felsen, um nicht abzustürzen. Wir halten uns weitab von allem, von den flacheren Gegenden unten am Fluss oder von der Straße, wo das Fortkommen für uns einfacher wäre, und ich muss husten, manchmal stolpere ich auch, und als sich die ersten Strahlen der Morgensonne am Horizont zeigen, kommt der Augenblick, an dem ich einfach nicht mehr weiterkann, an dem nichts mehr geht, an dem meine Beine unter mir einknicken und ich mich hinsetzen muss.

Ich muss mich einfach hinsetzen.

(Es tut mir leid.)

Mein Rücken schmerzt, mein Kopf schmerzt, und ich schwitze unerträglich stark, und ich habe solchen Hunger. Ich muss mich einfach hinsetzen und mich an einen Baumstamm lehnen, wenn es auch nur für eine Minute ist, ich muss es einfach, es tut mir leid, es tut mir leid, leid, leid.

»Todd?«, murmelt Manchee und kommt zu mir.

»Mir geht's gut, alter Junge.«

»Heiß, Todd«, sagt er und meint mich damit.

Ich huste laut, und mein Atem rasselt wie Geröll, das ins Tal poltert.

Steh auf, Todd Hewitt. Heb deinen verdammten Arsch und geh weiter.

Mir schwinden die Sinne, ich kann mich nicht dagegen wehren, ich versuche an Viola zu denken, aber meine Gedanken schweifen schon wieder ab, und ich bin noch klein, ich liege krank im Bett, und mir geht es *wirklich* schlecht, und Ben bleibt bei mir im Zimmer, denn im Fieber sehe ich merkwürdige Sachen, schreckliche Sachen, leuchtende Wände, Menschen, die gar nicht da sind, Ben wachsen Reißzähne und Arme, alles Mögliche, und ich schreie und will mich losreißen, aber Ben ist bei mir, und er singt das Lied für mich, und er gibt mir frisches Wasser, und er holt Tabletten …

Tabletten.

Ben gibt mir Tabletten.

Das ist es.

Ich hebe den Kopf und durchwühle Violas Tasche, krame ihr Erste-Hilfe-Set hervor. Es sind alle möglichen Sorten Tabletten darin, viel zu viele. Die kleinen Packungen tragen Aufschriften, aber ich verstehe sie nicht, und ich kann es nicht riskieren, die Beruhigungspillen zu schlucken, die Manchee außer Gefecht gesetzt haben. Ich öffne mein eigenes Erste-Hilfe-Päckchen, das lange nicht so gut ist wie ihres, aber darin sind weiße Tabletten, von denen ich weiß, dass sie zumindest die Schmerzen lindern, auch wenn sie schmuddelig und selbst gemacht sind. Ich nehme zwei davon und dann noch mal zwei.

Steh auf, du nutzloser Haufen Scheiße!

Ich setze mich auf, ringe nach Luft und kämpfe, kämpfe, kämpfe gegen den Schlaf, warte darauf, dass die Tabletten ihre Wirkung tun, und als die Sonne langsam über den Gipfel eines fernen Berges steigt, habe ich das Gefühl, dass es mir ein wenig besser geht.

Ich weiß nicht, ob es wirklich stimmt, aber ich habe keine andere Wahl.

Steh auf, Todd Hewitt. Beweg dich, VERDAMMT NOCH MAL.

»Okay«, sage ich zu mir selbst, keuchend und meine Knie reibend. »Wo entlang, Manchee?«

Und weiter geht's.

Die Witterung, die Manchee aufgenommen hat, führt uns auf einen ähnlichen Weg wie früher, weg von der Straße, weg von Häusern in der Ferne, aber immer vorwärts, immer in Richtung

Haven, weshalb, das weiß nur Aaron. Am Vormittag stoßen wir auf einen kleinen Bach, der zum Fluss hinfließt. Ich suche den Bach nach Krokodilen ab, obwohl er viel zu klein für Krokodile ist, und fülle die Wasserflaschen nach. Manchee watet im Wasser, schlürft es, schnappt vergeblich nach den kleinen metallisch leuchtenden Fischen, die vorbeischwimmen und sein Fell anknabbern.

Ich knie mich hin und wasche mir den Schweiß vom Gesicht. Das Wasser ist kalt und wirkt wie eine Ohrfeige und es macht mich ein bisschen munterer. Ich wünschte, ich wüsste, ob wir ihnen schon näher gekommen sind. Ich wünschte, ich wüsste, wie weit sie uns voraus sind.

Und ich wünschte, er hätte uns niemals gefunden.

Und ganz besonders wünschte ich, er hätte Viola nicht gefunden.

Und ich wünschte, Ben und Cillian hätten mich nicht angelogen.

Und ich wünschte, Ben wäre jetzt hier.

Und ich wünschte, ich wäre wieder daheim in Prentisstown.

Ich setze mich auf die Fersen und schaue hoch in die Sonne.

Nein, nein. Es stimmt nicht. Ich wünsche mir nicht, wieder zu Hause in Prentisstown zu sein. Das möchte ich nie mehr. Nie mehr.

Und wenn Aaron sie damals nicht gefunden hätte, dann hätte ich sie vielleicht auch nicht gefunden, und das wäre doch auch nicht gut gewesen.

»Komm weiter, Manchee.« Ich drehe mich um und will die Tasche aufheben.

Und da sehe ich die Schildkröte, die sich auf einem Felsen sonnt.

Ich rühre mich nicht vom Fleck.

So eine Schildkröte habe ich noch nie gesehen. Ihr Panzer ist scharf gezackt, an den Seiten sind dunkelrote Streifen. Die Schildkröte hat ihren Panzer geöffnet, um so viel Wärme wie möglich zu bekommen, ihr weiches Hinterteil liegt völlig frei.

Da, wo ich herkomme, isst man Schildkröten.

Ihr Lärm besteht nur aus einem langen Aaaaaah, zu dem sie das warme Sonnenlicht verführt. Sie scheint sich nicht sonderlich um uns zu kümmern, wahrscheinlich denkt sie, sie kann ihren Panzer blitzartig verschließen und unter Wasser wegtauchen, ehe wir auch nur in ihre Nähe kommen.

Und selbst wenn wir sie erwischen, können wir ihren Panzer nicht aufbrechen, um sie zu verspeisen.

Es sei denn, ich hätte ein Messer, mit dem ich sie töten könnte.

»Schildkröte!«, bellt Manchee. Er weicht zurück, denn die Sumpfschildkröten, die wir kennen, schnappen nach Hunden. Aber die Schildkröte sitzt einfach da und nimmt uns gar nicht ernst.

Ich greife hinter mich, um mein Messer hervorzuholen.

Ich habe es fast erreicht, als ich den Schmerz zwischen meinen Schultern spüre.

Ich halte inne. Ich schlucke.

(Spackle und Schmerz und Verwunderung.)

Ich schaue ins Wasser, sehe mich, mein Haar wirr wie ein Vogelnest, der halbe Kopf ist bandagiert, ich bin schmutziger als ein altes Schaf.

Mit einer Hand greife ich nach meinem Messer.

(Rotes Blut und Angst und Angst und Angst.)

Ich halte inne.

Ich nehme die Hand weg.

Ich stehe auf.

»Komm, Manchee«, sage ich.

Ich blicke nicht zur Schildkröte hinüber, höre nicht auf ihren Lärm. Manchee bellt sie noch ein paarmal an, aber ich bin schon auf der anderen Seite des Bachs, und weiter geht's, weiter, immer weiter.

Ich kann nicht jagen.

Und ich kann auch nicht in die Nähe von Siedlungen gehen.

Und wenn ich Viola und Aaron nicht bald finde, dann verhungere ich, es sei denn, dieser Husten bringt mich vorher um.

»Großartig«, sage ich zu mir, denn ich kann nichts tun, als so schnell wie möglich weiterzugehen.

Nicht schnell genug, Todd. Heb deine Scheißfüße, du Schwachkopf!

Der Morgen wird zum Mittag, der Mittag zum Nachmittag. Ich schlucke Tabletten, wir laufen weiter, kein Essen, keine Pause, einfach vorwärts, vorwärts, immer nur vorwärts. Der schmale Weg führt wieder bergab, wenigstens das. Aarons Witterung ist jetzt näher an der Straße, aber ich fühle mich so schlecht, dass ich nicht einmal aufschaue, als ich in der Ferne hin und wieder Lärm vernehme.

Es ist nicht sein Lärm, und da ist auch keine Stille, die zu ihr gehört, also weshalb soll ich mich beunruhigen?

Aus Nachmittag wird Abend, und wir steigen gerade einen steilen Bergabhang hinunter, als ich stürze.

Meine Beine rutschen weg, und ich bin nicht schnell genug, um mich festzuhalten, ich stürze, rutsche, pralle gegen Büsche, werde schneller, spüre ein Reißen im Rücken, und ich strecke die Hand aus, damit ich mich festhalten kann, aber meine Hände sind zu langsam, um irgendetwas zu greifen, und ich schlittere, schlittere, schlittere durch Laub und Gras, und dann pralle ich gegen ein Hindernis, werde in die Luft geschleudert, komme auf meinen Schultern auf, Schmerzen rasen hindurch, ich schreie laut auf und falle immer weiter, bis ich schließlich in ein Brombeergebüsch krache.

»Todd! Todd! Todd!«, höre ich Manchee, der mir hinterherrennt, aber alles, was ich tun kann, ist, den Schmerz ein weiteres Mal auszuhalten, die Müdigkeit auszuhalten, den Schleim in meiner Lunge auszuhalten und den Hunger, der an meinen Eingeweiden nagt. Die Brombeerdornen kratzen mich am ganzen Körper, und ich würde weinen, wenn ich nur die Kraft dazu hätte.

»Todd?« Manchee springt aufgeregt hin und her und versucht, sich einen Weg zu mir zu bahnen.

»Lass mir eine Minute Zeit«, sage ich und stütze mich auf. Aber dann falle ich gleich wieder hin, vornüber, auf mein Gesicht.

Steh auf, denke ich, steh auf, du Drecksack, STEH ENDLICH AUF!

»Hunger, Todd!«, sagt Manchee und meint damit, dass ich derjenige bin, der Hunger hat. »Essen. Essen, Todd.«

Ich stütze mich mit den Händen am Boden ab, huste, während ich mich langsam aufsetze, spucke mehrere Handvoll Schleim aus.

Nach einer Weile habe ich es bis auf die Knie geschafft.

»Essen, Todd.«

»Ich weiß«, sage ich. »Ich weiß.«

Mir ist so schwindlig, ich muss meinen Kopf wieder auf den Boden legen. »Lass mir noch eine Sekunde Zeit«, sage ich, flüstere es eigentlich nur in das Laub am Boden. »Nur eine winzige Sekunde.«

Und ich stürze wieder in ein schwarzes Loch.

Ich weiß nicht, wie lange ich ohnmächtig gewesen bin, aber ich wache auf, als Manchee bellt.

»Leute!«, bellt er. »Leute! Todd, Todd, Todd! Leute!«

Ich schlage die Augen auf. »Was für Leute?«, frage ich.

»Dort«, bellt er. »Leute. Essen. Essen. Todd. Essen!«

Ich atme flach, huste in einem fort, mein Körper wiegt neunzig Millionen Pfund, und ich krieche auf der anderen Seite aus dem Gestrüpp.

Ich hebe den Kopf, sehe mich um.

Ich liege in einem Graben, gleich neben der Straße.

Links sehe ich Karren, in einer langen Reihe, gezogen von Ochsen und Pferden, wie sie einer nach dem anderen hinter einer Kurve verschwinden.

»Hilfe!«, krächze ich, aber meine Stimme ist nur ein Röcheln, nicht laut genug, wer soll das schon hören.

Steh auf.

»Hilfe«, rufe ich wieder, aber nur ich allein höre es. Steh auf.

Es ist aus. Ich kann nicht mehr stehen. Ich kann mich nicht mehr bewegen. Es ist aus.

Steh auf.

Es ist aus.

Der letzte Wagen verschwindet hinter der Biegung und es ist aus.

... gib auf.

Ich lasse den Kopf auf die Straße sinken, Kies und Steine bohren sich in meine Wange. Ein Schauder packt mich, ich wälze mich auf die Seite, ich rolle mich zusammen, ziehe die Beine an die Brust. Ich habe wieder versagt, ich habe versagt, und bitte, lass mich nicht einfach in der Dunkelheit versinken, bitte, bitte, bitte …

»Bist du es, Ben?«

Ich öffne die Augen.

Es ist Wilf.

28

DER GERUCH NACH WURZELN

»Alles in Ordnung, Ben?«, fragt er und greift mir unter die Achsel, um mir beim Aufstehen zu helfen, aber sogar mit seiner Hilfe kann ich kaum stehen, geschweige denn den Kopf ein Stückchen heben, deshalb packt er mich auch noch mit der anderen Hand. Aber selbst das reicht nicht, also geht er noch einen Schritt weiter und wuchtet mich über seine Schulter. Ich schaue nach unten, sehe Beine von hinten, während er mich zu seinem Wagen trägt.

»Wer isses, Wilf?«, höre ich eine Frauenstimme fragen.

»Ben«, antwortet Wilf. »Schlimm beinander.«

Das Nächste, was ich mitbekomme, ist, dass er mich auf der Ladefläche seines Karrens absetzt. Darauf türmen sich in einem wilden Durcheinander Kisten und Schachteln, die mit Lederplanen abgedeckt sind, dazwischen stehen Möbelstücke und große Körbe.

»Es ist zu spät«, sage ich. »Es ist aus.«

Die Frau ist inzwischen vom Sitz gestiegen und zur Rückseite des Wagens gekommen, um mich in Augenschein zu nehmen. Sie ist stämmig, ihre Kleider sind verschlissen, das Haar wirr, in den Augenwinkeln hat sie Krähenfüße, und sie spricht so piepsig und schnell, dass ich an eine Maus denken muss. »Was is passiert, Kleiner?«

»Sie ist weg.« Mein Kinn fängt an zu zittern und meine Kehle wird ganz eng. »Ich hab sie verloren.«

Ich spüre, wie sich eine kühle Hand auf meine Stirn legt, es ist ein so gutes Gefühl, dass ich meine Stirn dagegendrücke. Sie zieht die Hand wieder weg und sagt zu Wilf: »Fieber.«

»Ja«, brummt Wilf.

»Am besten ist ein Umschlag«, fährt die Frau fort, und ich glaube, sie steigt in den Straßengraben, aber das scheint mir völlig sinnlos.

»Wo ist Hildy, Ben?«, fragt Wilf und versucht meinen Blick festzuhalten. In meinen Augen sind so viele Tränen, dass ich ihn gar nicht richtig erkennen kann.

»Sie heißt nicht Hildy«, sage ich.

»Weiß schon«, sagt Wilf, »aber so habters gesagt.«

»Sie ist nicht mehr da.« Meine Augen quellen fast über und mein Kopf sinkt auf die Brust. Ich spüre, wie Wilf mir die Hand auf die Schulter legt und mich drückt.

»Todd?«, höre ich Manchee bellen, irgendwo abseits der Straße.

»Ich heiße nicht Ben«, sage ich zu Wilf, ohne ihn anzuschauen.

»Weiß schon«, sagt Wilf wieder. »Aber so ham wer zu dir gesagt.«

Ich schaue hoch. Sein Gesicht und sein Lärm sind so ausdruckslos, wie ich sie in Erinnerung habe, aber eines habe ich für alle Zeiten gelernt: Selbst wenn man weiß, was ein Mann denkt, kennt man ihn trotzdem noch nicht.

Wilf schweigt und geht wieder nach vorn. Die Frau kommt zurück, übel riechende Lumpen in der Hand. Sie stinken nach Wurzeln, Schlamm und widerlichen Kräutern, aber ich bin so erschöpft, dass ich mich nicht wehre, als die Frau sie mir um die Stirn wickelt, direkt auf den Verband, der an meiner Schläfe klebt.

»Is gut gegen Fieber«, sagt sie und klettert auf den Karren. Wir beide rutschen ein Stück nach vorn, als Wilf mit den Zügeln schnalzt und die Ochsen anziehen. Mit großen Augen schaut mich die Frau prüfend an. »Rennst wohl auch wegen der Armee weg?«

Die Stille, die sie ausstrahlt, erinnert mich so sehr an Viola, dass ich mich beherrschen muss, um mich nicht einfach an sie zu lehnen. »So ähnlich«, sage ich.

»Du hastes Wilf erzählt, was?«, fragt sie. »Du und das Mädchen, ihr habt was von der Armee gesagt und dassers allen sagen soll, damit se fliehen, was?«

Ich blicke zu ihr hoch, über mein Gesicht rinnt stinkender, brauner Wurzelsud, dann drehe ich mich um und sehe Wilf oben auf dem Bock sitzen und sein Ochsengespann lenken. Er merkt, dass ich ihn anschaue. »Diesmal hamse auf Wilf gehört«, sagt er.

Ich blicke an ihm vorbei auf die Straße vor uns. Als wir um eine Kurve biegen, höre ich nicht nur rechts von mir den Fluss rauschen wie einen alten Freund oder einen alten Feind, ich sehe auch eine Wagenkolonne, die sich mindestens bis zur nächsten Kurve hinzieht, Wagen, voll bepackt mit Habseligkeiten, so wie der von Wilf, und auf den Karren sitzen alle möglichen Leute und halten sich fest, damit sie nicht runterfallen.

Es ist eine Karawane. Wilf fährt am Ende des langen Zugs. Es sind Männer und Frauen und sogar Kinder, glaube ich, falls der Gestank, den das Ding um meinen Kopf verströmt, mir nicht den Verstand vernebelt. Ihr Lärm und ihre Stille steigt auf, wogt hin und her wie ein großes, geräuschvolles Wesen.

Armee höre ich oft. Armee und Armee und nochmals Armee.

Und verfluchter Ort.

»Brockley Falls?«, frage ich.

»Auch Bar Vista«, sagt die Frau und nickt. »Und andere. Ging alles schnell wie der Wind. Da is 'ne Armee aus der verfluchten Stadt, hats geheißen, sie kommt näher und näher und wird immer größer, weil Männer ihre Waffen holen und mitmachen.«

Eine Armee, größer und größer, je näher sie kommt, wiederhole ich in Gedanken.

»Sollen schon Tausende sein«, sagt die Frau.

Wilf schnaubt höhnisch. »Zwischen hier und der verfluchten Stadt gibt's gar nicht so viele Leute.«

Die Frau schürzt die Lippen. »Ich sag nur, was alle sagen.«

Ich blicke zurück auf die Straße, die verlassen hinter uns liegt, Manchee hechelt etwas abseits davon hinter uns her, und ich muss an Ivan denken, den Mann in der Scheune von Farbranch, der sagte, dass nicht alle das Gleiche über die Vergangenheit denken, dass Pren…, dass meine Stadt noch immer Verbündete hat. Vielleicht nicht Tausende, aber täglich mehr. Dann wird die Armee größer und größer, bis es so viele sind, dass sich keiner mehr gegen sie auflehnen kann.

»Wir fahren nach Haven«, sagt die Frau. »Die Leute dort werden uns beschützen.«

»Haven«, murmle ich leise vor mich hin.

»Die Leute dort sollen sogar ein Mittel gegen den Lärm haben«, sagt die Frau. »Na, das wär mal was, das möcht ich sehen.« Sie lacht laut. »Oder lieber *hören*, hm?« Sie klatscht sich auf die Schenkel.

»Gibt es dort Spackle?«, frage ich.

Die Frau sieht mich überrascht an. »Spackle gehn nich in die Nähe von Menschen«, sagt sie. »Jetzt nich mehr, nich seit dem Krieg. Sie bleiben unter sich und wir unter uns, und das sichert den Frieden.« Es klingt, als hätte sie den letzten Satz auswendig gelernt. »Aber es gibt sowieso kaum noch welche.«

»Ich muss gehen.« Ich stütze mich mit den Händen ab und will aufstehen. »Ich muss sie finden.«

Aber ich verliere das Gleichgewicht und falle vom Wagen herunter. Die Frau ruft Wilf zu, dass er anhalten soll, und beide heben mich wieder auf den Karren, die Frau hebt auch Manchee hinauf. Sie schiebt ein paar Kisten beiseite, damit ich mich hinlegen kann, und Wilf fährt wieder los. Er schlägt ein bisschen fester mit der Peitsche auf die Ochsen ein, und ich merke, dass wir schneller fahren, schneller jedenfalls, als ich laufen kann.

»Iss«, sagt die Frau und hält mir ein paar Scheiben Brot vors Gesicht. »Ohne was zu essen, schaffst du's nirgendwohin.«

Ich nehme das Brot und beiße hinein, dann schlinge ich den Rest so hungrig hinunter, dass ich sogar vergesse, Manchee davon etwas abzugeben. Aber die Frau holt noch mehr Brot hervor und gibt uns beiden davon, mit großen Augen verfolgt sie jede meiner Bewegungen.

»Danke«, sage ich.

»Ich bin Jane.« Ihre Augen sind immer noch so groß, sie scheint förmlich darauf zu brennen, etwas loszuwerden. »Haste die Armee gesehen?«, fragt sie. »Mit eignen Augen?«

»Ja«, sage ich. »In Farbranch.«

Sie holt tief Luft. »Dann isses also wahr.« Es ist eine Feststellung, keine Frage.

»Habder doch *gesagt*, es is wahr«, ruft Wilf vom Bock her.

»Es heißt, sie schlagen Leuten die Köpfe ab und kochen die Augen«, sagt Jane.

»Jane!«, blafft Wilf sie an.

»Ich *sag* doch nur.«

»Sie töten Menschen«, sage ich leise. »Das ist genug.«

Janes Augen wandern über mein Gesicht und suchen in meinem Lärm, aber dann sagt sie nur: »Wilf hat mir alles erzählt von dir«, und ich weiß beim besten Willen nicht, was ihr Lächeln zu bedeuten hat.

Ein Tröpfchen aus dem Lumpenverband schafft es bis zu meinem Mund, ich würge und speie und huste. »Was ist das?« Ich drücke mit dem Finger gegen den Lumpen und zucke zusammen, so widerlich ist der Gestank.

»Ein Umschlag«, sagt Jane. »Gegen Fieber und Schüttelfrost.«

»Es *stinkt.*«

»Böser Gestank vertreibt böses Fieber«, erwidert sie in einem Ton, als wüsste das jedes Kind.

»Böse?«, frage ich. »Fieber ist nicht böse. Fieber ist einfach *Fieber.*«

»So isses. Und Umschläge vertreiben es.«

Ich starre sie an. Und weil sie ihre Augen gar so weit aufreißt, fühle ich mich allmählich unbehaglich. Genauso schaut auch Aaron, wenn er einen zu Boden drückt, so schaut er, wenn er predigt, wenn er einem die Predigt mit den Fäusten einbläut, dass man sich in einem Mauseloch verkriechen und niemals mehr rauskommen möchte.

Es ist der Blick einer Irren, wird mir klar.

Ich versuche herauszufinden, was sie denkt, aber Jane lässt sich nicht anmerken, ob sie meinen Gedanken gehört hat.

»Ich muss gehen«, sage ich wieder. »Danke für Essen und Umschläge, aber ich muss jetzt weiter.«

»Du kannst nicht einfach gehen, hier in den Wäldern, was glaubst du denn?« Sie starrt mich immer noch an, ohne einmal mit der Wimper zu zucken. »Sind gefährliche Wälder hier, sehr gefährlich.«

»Wieso sind die Wälder gefährlich?« Ich rücke ein Stückchen von ihr weg.

»Da gibt's Dörfer«, sagt sie, die Augen noch weiter aufgerissen als sonst und mit einem Lächeln, als könne sie es nicht abwarten, mir davon zu erzählen. »Die Leute dort sind verrückt wie sonst noch was. Der Lärm hat ihren Verstand geholt. Hab von einem gehört, wo alle Masken aufhaben, damit keiner das Gesicht des anderen sieht. Und es gibt eines, da singen sie den lieben langen Tag, so verrückt sind die. Und in einem anderen sind die Wände aus Glas, und keiner hat was an, weil man wegen des Lärms sowieso nichts verbergen kann.«

Sie ist jetzt näher an mich herangerückt. Ich kann ihren Atem riechen, der schlimmer stinkt als der Lumpen, und ich spüre die Stille in ihren Worten. Wie ist das möglich? Wie kann Stille so schrill sein?

»Man kann auch im Lärm Geheimnisse haben«, sage ich. »Man kann alles Mögliche für sich behalten.«

»Lass den Jungen in Ruhe«, ruft Wilf von seinem Kutschbock aus nach hinten.

Janes Gesicht wird schlaff. »Tut mir leid«, grummelt sie.

Ich richte mich ein wenig auf und merke, wie gut es mir tut, etwas im Magen zu haben, ganz egal, ob dieser stinkende Lumpen nun geholfen hat oder nicht.

Wir sind weiter zum Ende der Karawane aufgerückt, nahe genug, um die Köpfe von hinten zu sehen und den Lärmwirrwarr der Männer zu hören und die Stille der Frauen, die wie ein Stein in einem Bach zwischen ihnen liegt.

Ab und zu dreht sich einer von ihnen, meistens ein Mann, nach uns um, ich glaube, sie wollen mich ausforschen, wollen wissen, woran sie mit mir sind.

»Ich muss sie finden«, sage ich.

»Dein Mädchen?«, fragt Jane.

»Ja«, sage ich. »Vielen Dank für alles, aber ich muss gehen.«

»Aber dein Fieber! Und die Dörfer!«

»Ich pass schon auf.« Ich ziehe an dem schmutzigen Lumpen um meinen Kopf. »Komm, Manchee.«

»Du kannst nicht gehen«, sagt Jane, ihre Augen sind weiter aufgerissen als je zuvor, ich lese Sorge darin. »Die Armee ...«

»Ich werde mich vor der Armee schon in Acht nehmen.« Ich richte mich vollends auf und will herunterspringen. Aber ich bin noch wacklig auf den Beinen. Ich muss erst ein-, zweimal tief Luft holen, ehe ich es wagen kann.

»Aber die werden dich erwischen!«, sagt Jane etwas lauter. »Du bist doch einer aus Prentisstown ...«

Mein Kopf schnellt hoch.

Jane schlägt erschrocken die Hand vor den Mund.

»*Frau!*«, schreit Wilf von vorne.

»Das wollt ich nicht«, flüstert sie.

Aber es ist zu spät. Schon rast das Wort wie ein Lauffeuer

durch die Karawane, seine Wirkung ist mir so vertraut, und es ist nicht nur das Wort, das sie hervorruft, sondern das, was mir dadurch anhaftet, was jedermann weiß oder über mich zu wissen glaubt. Schon wenden sich die ersten Gesichter um, Blicke richten sich auf den letzten Wagen des Zugs, Ochsen und Pferde werden angehalten, damit die Leute uns genauer betrachten können.

Die Blicke und der Lärm der anderen sind jetzt auf uns gerichtet.

»Wen hast du hinten auf deinem Wagen, Wilf?«, fragt ein Mann, der im Wagen direkt vor uns sitzt.

»'nen Jungen, der Fieber hat«, ruft Wilf zurück. »Ganz wirr im Kopf vor Krankheit. Weiß nicht, was er redet.«

»Bist du dir sicher?«

»Aber allemal«, erwidert Wilf. »Nur ein kranker Junge.«

»Bring ihn her«, ruft eine Frau. »Zeig ihn uns.«

»Und wenn er ein Spion ist?«, ruft eine andere Frau dazwischen, ihre Stimme überschlägt sich fast. »Wenn er die Armee zu uns führt?«

»Wir brauchen keine Spione!«, ruft ein Mann.

»Es ist Ben«, beruhigt sie Wilf. »Aus Farbranch. Hat Albträume, weil die aus der verfluchten Stadt seine Leute getötet haben. Für den leg ich meine Hand ins Feuer.«

Eine Minute lang sagt niemand etwas, aber der Lärm der Männer summt wie ein Bienenschwarm. Alle Augen sind auf uns gerichtet. Ich gebe mir Mühe, fiebriger dreinzuschauen und ganz fest an den Überfall auf Farbranch zu denken. Es fällt mir nicht schwer und es macht mich traurig.

Eine Weile lang sagt niemand ein Wort und diese Stille ist so laut wie eine kreischende Menschenmenge.

Und dann ist es vorbei. Langsam setzen sich die Ochsen und Pferde wieder in Bewegung, die Menschen schauen zwar immer noch zurück, aber wenigstens sind sie uns nicht mehr so nahe. Wilf zieht die Zügel seines Ochsengespanns an, aber er lässt es langsamer rollen als die übrigen Wagen, lässt die Lücke zwischen uns und den anderen größer werden.

»Tut mir leid«, sagt Jane atemlos. »Wilf hat mir verboten, davon zu reden. Er hat's gesagt, aber ...«

»Ist schon in Ordnung.« Ich möchte nur, dass sie endlich zu reden aufhört.

»Tut mir so leid.«

Es gibt einen Ruck, Wilf hat den Wagen angehalten. Er wartet, bis der Zug sich ein Stück entfernt hat, dann springt er vom Sitzbock und kommt nach hinten.

»Keiner hört auf Wilf«, sagt er, und vielleicht lächelt er sogar ein wenig dabei. »Aber wenn doch, dann glauben sie ihm auch.«

»Ich muss gehen«, sage ich.

»Ja«, sagt er. »Du bist hier nicht mehr sicher.«

»Tut mir leid«, sagt Jane wieder.

Ich springe vom Karren, Manchee hinterher. Wilf nimmt Violas Tasche und öffnet sie. Er schaut Jane an, die sofort versteht. Sie holt einen Armvoll Früchte und Brot und stopft sie hinein, dann holt sie eine Portion gedörrtes Fleisch und steckt es dazu.

»Danke«, sage ich.

»Hoffe, du findest sie«, sagt Wilf, während ich die Tasche schließe.

»Das hoffe ich auch.«

Mit einem Kopfnicken geht Wilf nach vorn, setzt sich auf den Karren und schnalzt mit den Zügeln.

»Sei vorsichtig«, ruft Jane im lautesten Flüsterton, den ich je gehört habe. »Nimm dich vor den Irren in Acht.«

Ich bleibe eine Minute lang stehen und sehe zu, wie sie fahren, ich huste noch immer, habe noch immer Fieber, aber mir geht es besser, weil ich etwas im Magen habe. Ich hoffe, dass Manchee die Witterung wieder aufnehmen kann, und ich frage mich, wie man mich wohl empfangen wird, sollte ich jemals nach Haven kommen.

29

TAUSENDMAL AARON

Im Wald dauert es eine kleine Weile, eine schreckliche kleine Weile, bis Manchee die Witterung wieder aufnimmt, aber dann bellt er: »Dorthin!«, und schon sind wir wieder auf unserem Weg.

Er ist ein verdammt guter Hund, habe ich das schon gesagt?

Inzwischen ist es ganz dunkel geworden, ich schwitze immer noch und huste immer noch so stark, dass ich jeden Wettbewerb damit gewinnen könnte, meine Füße bestehen fast nur aus Blasen, und mein Kopf schwirrt von fiebrigem Lärm, aber ich habe etwas Essen im Magen und so viel Essen in der Tasche, dass ich ein paar Tage damit auskomme. Also kann ich mich um das Wichtigste kümmern, das irgendwo vor uns liegt.

»Kannst du sie riechen, Manchee?«, frage ich, als wir über einen Baumstamm balancieren, um den Fluss zu überqueren. »Lebt sie noch?«

»Viola riechen«, bellt er und springt ans andere Ufer. »Viola Angst.«

Das versetzt mir einen Stich und ich lege einen Schritt zu. Wieder wird es Mitternacht. (Sind es noch zweiundzwanzig

Tage? Noch dreiundzwanzig?) Und außerdem ist die Batterie meiner Taschenlampe leer. Ich hole Violas Batterie heraus, es ist die letzte, die mir geblieben ist. Es kommen noch mehr, noch steilere Hügel. Wir laufen durch die Nacht, es ist jetzt schwieriger aufwärts- und gefährlicher abwärtszugehen, aber wir streben immer weiter. Manchee erschnüffelt den Weg, frisst von Wilfs gedörrtem Fleisch, ich huste immerzu, ruhe mich so wenig wie möglich aus, lehne mich meist nur gegen einen Baum, und es dauert nicht lange, da erscheinen die ersten Strahlen hinter dem Hügel, und wir laufen geradewegs in die aufgehende Sonne.

Als uns das helle Licht trifft, beginnt die Welt um uns zu schimmern.

Ich bleibe stehen und klammere mich Halt suchend an einen Farn. Einen Augenblick lang sehe ich alles wie durch einen Nebel, und ich muss die Augen schließen, aber es hilft nicht, denn hinter meinen Augenlidern sprühen und funkeln die Farben, mein Körper ist wie Gallert und schwankt im Wind, der vom Gipfel herabweht. Doch als der Hauch an mir vorbeistreicht, vergeht er nicht ganz, und die Welt bleibt eigenartig hell, so als wäre man plötzlich mitten in einem Traum.

»Todd?«, bellt Manchee sorgenvoll, bestimmt hat er alles Mögliche in meinem Lärm gelesen.

»Es ist das Fieber«, sage ich und huste wieder. »Ich hätte diesen stinkenden Lappen nicht wegwerfen sollen.«

Aber das hilft jetzt nichts.

Ich nehme die letzte Schmerztablette aus meinem Erste-Hilfe-Päckchen und wir gehen weiter.

Wir erreichen den Gipfel, und einen Augenblick lang hüpfen die Hügel und Berge vor mir auf und ab, dann auch der Fluss und die Straße, so als lägen sie auf einer großen Decke, die jemand an den Enden gepackt hat und schüttelt. Ich gebe mir Mühe, dieses Bild wegzublinzeln, bis alles wieder so ruhig ist, dass wir weiterlaufen können.

Manchee winselt zu meinen Füßen. Ich falle beinahe kopfüber, als ich versuche ihn zu kraulen, deshalb verwende ich danach alle meine Kraft darauf, den nächsten Abhang hinunterzusteigen, ohne zu fallen.

Ich muss wieder an das Messer denken, an das Blut, das daran klebte, als es in meinen Körper fuhr, und an mein Blut, das sich mit Spackle-Blut vermischt hat, und an was weiß ich nicht was, das nun durch meine Eingeweide pulsiert, seit Aaron auf mich eingestochen hat.

»Ich frage mich, ob er es wusste«, sage ich zu Manchee, zu mir selbst, zu niemandem, als wir unten angelangt sind und ich mich gegen einen Baumstamm lehne, damit die Welt zur Ruhe kommt. »Ich frage mich, ob er mich langsam töten wollte.«

»Natürlich wollte ich das«, sagt Aaron und schaut hinter einem Baum hervor.

Mit einem Aufschrei weiche ich zurück. Ich fuchtle mit den Armen, um ihn zu vertreiben, ich falle rückwärts auf den Boden und rutsche zurück, und als ich das nächste Mal nach oben schaue … ist er weg.

Manchee stupst mich mit der Schnauze an und blickt mich fragend an. »Todd?«

»Aaron«, sage ich nur, und mein Herz pocht wie wild.

Manchee schnüffelt in der Luft, beschnuppert den Boden um sich herum. »Fährte«, bellt er und tritt ungeduldig von einer Pfote auf die andere.

Ich schaue mich um, huste und huste, die Welt um mich herum ist fleckig und schwankt.

Keine Spur von ihm, kein Lärm außer meinem, nichts zu hören von Violas Stille. Ich schließe die Augen.

Ich bin Todd Hewitt, denke ich, um die wirbelnde Welt anzuhalten. Ich bin Todd Hewitt.

Mit geschlossenen Augen taste ich nach der Wasserflasche und nehme einen Schluck, dann ziehe ich ein Stück von Wilfs Brot heraus und zerkaue es. Erst dann mache ich die Augen wieder auf.

Nichts.

Nichts als Wald und noch mehr Hügel, die wir überqueren müssen. Und flirrendes Sonnenlicht.

Der Morgen geht vorbei und am Fuß eines weiteren Hügels finde ich einen Bach. Ich fülle die Wasserflaschen auf und schöpfe ein paar Schluck kaltes Wasser mit den Händen.

Mir geht es *schlecht*, man kann's nicht anders sagen, meine Haut kribbelt, manchmal fröstle ich, manchmal schwitze ich, und manchmal ist mein Kopf eine Million Pfund schwer. Ich beuge mich über den Bach und bespritze mich mit dem kalten Wasser.

Ich setze mich auf. Im Wasser spiegelt sich Aaron.

»*Mörder*«, sagt er mit einem Lächeln auf seinem zerfetzten Gesicht.

Ich krieche fort und suche mein Messer (ganz egal, ob der Schmerz mir durch die Schulter schießt), aber als ich wieder aufschaue, ist Aaron nicht mehr da, und Manchee fängt noch immer Fische.

»Ich werde dich finden«, sage ich in die schimmernde Luft hinein, die sich im Wind wellt.

Manchee hebt den Kopf aus dem Wasser. »Todd?«

»Ich werde dich finden, und wenn es das Letzte ist, was ich tue.«

Wieder flüstert es im Wind: *»Mörder.«*

Ich lege mich für ein paar Sekunden hin, den Atem schwer vom Husten, aber ich halte die Augen offen. Dann kehre ich zum Bach zurück und bespritze mich mit so viel kaltem Wasser, dass mir die Brust wehtut.

Ich stehe mühsam auf und wir gehen weiter.

Das kalte Wasser wirkt eine Weile, und wir schaffen noch ein paar Hügel, bis die Sonne mittags matt am Himmel steht. Als die Welt um mich herum zu schwanken beginnt, machen wir eine Pause und essen etwas.

»Mörder«, schallt es mir aus einem Gebüsch entgegen, dann wieder aus einem anderen Teil des Waldes. *»Mörder.«* Und wieder aus einer ganz anderen Ecke: *»Mörder.«*

Ich blicke nicht auf, esse einfach weiter. Das kommt nur von dem Spackle-Blut, rede ich mir ein. Das sind nur das Fieber und die Krankheit, mehr nicht.

»Mehr nicht?«, fragt Aaron von der anderen Seite der Lichtung aus. *»Wenn ich nicht viel mehr bin als das, weshalb jagst du mich dann?«*

Er trägt seinen Sonntagsstaat, die Wunden in seinem Gesicht sind völlig verheilt. Er sieht aus wie damals in Prentisstown, die Hände vor der Brust gefaltet, als wollte er mit uns beten, er leuchtet in der Sonne und lächelt auf mich herab.

An seine lächelnde Faust erinnere ich mich gut.

»Der Lärm schweißt uns alle zusammen, kleiner Todd«, sagt er, und seine Stimme klingt aalglatt. *»Wenn einer von uns fällt, fallen wir alle.«*

»Du bist gar nicht da«, stoße ich zwischen zusammengepressten Zähnen hervor.

»Hier, Todd«, bellt Manchee.

»Wirklich nicht?«, fragt Aaron und verschwindet wie von Zauberhand.

Mein Kopf weiß, dass ich mir diesen Aaron nur einbilde, aber mein Herz kümmert sich nicht darum, mein Herz pocht und rast. Es ist anstrengend, Atem zu holen, und ich vergeude Zeit, indem ich einfach nur darauf warte, dass ich wieder aufstehen und weiter in den Nachmittag hineinlaufen kann.

Das Essen hat mir gutgetan, Gott segne Wilf und seine verrückte Frau, aber manchmal kann ich nicht mehr als voranstolpern. Wo ich gehe und stehe, sehe ich Aaron aus den Augenwinkeln, er versteckt sich hinter Bäumen, lehnt sich an Felsen, steht im Unterholz, aber ich schaue einfach weg und stapfe weiter.

Und dann sehe ich, wie unter mir die Straße den Fluss kreuzt. Die Landschaft wackelt so sehr, dass mir übel wird, aber dort unten ist zweifellos eine Brücke, und sie führt ans andere Ufer.

Für einen kurzen Moment muss ich an die Weggabelung in Farbranch denken, und an die Straße, der wir nicht gefolgt sind. Ich frage mich, in welche Wildnis sie wohl geführt hat. Von der Anhöhe aus blicke ich nach rechts, aber so weit das Auge reicht, erstrecken sich nur noch mehr Wälder und Hügel, die schwanken, wie Hügel nicht schwanken sollten. Ich muss für eine Minute die Augen schließen.

Wir machen uns auf den Weg nach unten, langsam, viel zu langsam, die Witterung führt uns zu der Brücke, eine hohe, schwankende Brücke mit einem Geländer an beiden Seiten.

Dort, wo die Straße in die Brücke mündet, hat sich Wasser angesammelt, überall sind Pfützen und Schlamm.

»Ist er über den Fluss gegangen, Manchee?« Ich stütze mich mit den Händen auf den Knien ab, um Atem zu schöpfen und zu husten.

Manchee schnüffelt am Boden wie ein Besessener, von einer Seite zur anderen und wieder zurück, sucht bis zur Brücke, von dort wieder bis zu mir. »Wilfgeruch«, bellt er. »Karrengeruch.«

»Aber da sind keine Wagenspuren.« Ich reibe mir mit den Händen übers Gesicht. »Was ist mit Viola?«

»Viola!«, bellt Manchee. »Dorthin!«

Er läuft von der Straße weg, bleibt aber in Flussnähe. »Braver Hund«, keuche ich abgehackt. »Braver Hund.«

Ich folge ihm über Stock und Stein, wir sind dem Flusslauf so nahe wie seit Tagen nicht mehr.

Und dann stolpere ich mitten in eine kleine Siedlung.

Wie vom Donner gerührt bleibe ich stehen und fange vor Überraschung gleich wieder an zu husten.

Der Ort ist völlig zerstört.

Von den acht bis zehn Häusern sind nur noch verkohlte Balken und Asche übrig und nirgendwo ist auch nur der leiseste Lärm zu hören.

Erst vermute ich, dass die Armee hier gewesen sein muss, aber dann sehe ich, dass es zwischen den ausgebrannten Gebäuden schon wieder zu grünen beginnt und kein Rauchkringel von einem Glutherd aufsteigt und der Wind durch die Siedlung streicht wie durch eine Totenstadt. Ich blicke mich um und sehe ein paar verfallene Bootsstege am Fluss gleich unterhalb der Brücke, in der Strömung schlägt ein einsames, altes Boot gegen die

Planken. Halb am Ufer, halb im Fluss stapeln sich weitere ramponierte Boote in der Nähe eines Gebäudes, das früher vielleicht eine Mühle war, ehe es zu einem Haufen verkohlten Holzes wurde.

Alles ist kalt und längst verlassen. Noch ein Ort in New World, der es nicht bis zum Selbstversorger-Anbau gebracht hat.

Ich drehe mich um und da steht Aaron.

Sein Gesicht sieht so aus wie damals, als die Krokodile es zerfleischt haben, mit klaffenden Wunden, seine Zunge hängt zu einem Loch in der Wange heraus.

Er grinst.

»*Komm zu uns, kleiner Todd*«, sagt er. »*Die Kirche steht immer für dich offen.*«

»Ich bringe dich um«, sage ich. Der Wind weht meine Worte davon, aber ich weiß, dass Aaron mich hört, denn auch ich kann jedes seiner Worte hören.

»*Das wirst du nicht.*« Er kommt auf mich zu, die Fäuste in die Hüften gestemmt. »*Denn ich sage dir, du bist kein Mörder, Todd Hewitt.*«

»Lass es nicht darauf ankommen.« Meine Stimme klingt ganz fremd und metallisch.

Er grinst wieder, seine Zähne blitzen durch das Loch in seiner Wange hervor, und ehe ich mich's versehe, steht er direkt vor mir. Er greift sich mit den blutenden Händen an den Kragen und reißt ihn so weit auf, dass ich seine entblößte Brust sehe.

»*Das ist die Gelegenheit für dich, Todd Hewitt, um vom Baum der Erkenntnis zu essen.*« Seine Stimme dröhnt in meinem Kopf. »*Töte mich.*«

Der Wind lässt mich frösteln, aber gleichzeitig ist mir heiß. Ich schwitze und bekomme fast keine Luft mehr. Mein Kopf schmerzt so sehr, dass auch kein Essen mehr dagegen hilft, und wenn ich meinen Kopf schnell drehe, dann muss sich alles, was ich sehe, beeilen, damit es schnell wieder an seinen Platz kommt.

Ich beiße die Zähne zusammen. Ich glaube, ich sterbe.

Aber er wird zuerst sterben.

Ohne auf die Schmerzen in meiner Schulter zu achten, greife ich hinter mich und ziehe das Messer aus dem Futteral. Frisches Blut glänzt daran, es blitzt im Sonnenlicht, obwohl ich im Schatten stehe.

Aaron setzt ein Grinsen auf, das breiter ist als sein Gesicht.

Ich richte das Messer gegen ihn.

»Todd?«, bellt Manchee. »Messer, Todd?«

»Na los, mach schon, Todd«, sagt Aaron, und ich schwöre, ich rieche seinen Schweiß. *»Beschreite den Pfad von der Unschuld zur Sünde, wenn du dazu in der Lage bist.«*

»Ich hab's schon getan«, entgegne ich. »Ich habe bereits getötet.«

»Einen Spackle zu töten ist etwas anderes, als einen Menschen zu töten«, sagt er und grinst über meine Dummheit. *»Spackle sind Teufel, die hierhergesandt wurden, um uns zu versuchen. Einen von ihnen zu töten ist, als ob man eine Schildkröte tötet.«* Er reißt die Augen auf. *»Aber nicht einmal das kannst du, habe ich recht?«*

Ich packe das Messer ganz fest, stoße ein tiefes Knurren aus, und wieder dreht sich alles um mich herum.

Aber ich lasse das Messer nicht fallen.

Ich höre ein gurgelndes Geräusch. Blutiger Schleim trieft aus dem Loch in Aarons Gesicht, und ich begreife, dass er lacht.

»Es hat sehr, sehr lange gedauert, bis sie tot war«, flüstert er.

Und ich schreie auf vor Schmerz.

Und ich hebe das Messer höher.

Und ich richte es auf sein Herz.

Und er grinst noch immer.

Und ich steche zu.

Und ich bohre es mitten durch Violas Brust.

»Nein!«, schreie ich im selben Moment, aber es ist schon zu spät.

Sie blickt auf das Messer und dann zu mir. Ihr Gesicht ist schmerzverzerrt, wirrer Lärm dringt aus ihr wie aus dem Spackle, den ich …

(Den ich getötet habe.)

Sie sieht mich an mit Tränen in den Augen, sie öffnet den Mund und sagt: *»Mörder.«*

Als ich meine Hand nach ihr ausstrecken will, ist sie verschwunden, an ihrer Stelle ist nur noch ein Schimmern.

Aber das Messer, an dem kein Blut mehr klebt, halte ich noch immer in der Hand.

Ich falle auf die Knie, dann stürze ich vornüber und liege auf dem Boden, liege mitten zwischen den niedergebrannten Häusern, huste und weine und winsle, und die Welt um mich herum löst sich auf, so sehr, dass ich glaube, es gibt keinen festen Platz mehr auf ihr.

Ich bringe es nicht fertig, ihn zu töten.

Ich will es ja. Ich wünsche mir *nichts* sehnlicher. Aber ich bringe es nicht fertig.

Denn sonst wäre ich nicht der, der ich bin. Denn sonst würde ich sie verlieren.

Ich kann es nicht. Ich kann es nicht, ich kann es nicht, ich kann es nicht.

Ich überlasse mich diesem Schimmern, verliere mich darin.

Es ist der gute, alte Manchee, der treueste aller Freunde, der mir übers Gesicht leckt und mich aufweckt. In seinem Lärm und in seinem Winseln murmelt er voller Angst ein einziges Wort.

»Aaron«, jault er, leise und drängend. »Aaron.«

»Hör auf damit, Manchee.«

»Aaron«, winselt er und hört nicht auf, mich zu lecken.

»Er ist gar nicht da«, sage ich und versuche, mich aufzusetzen. »Es ist nur so etwas wie ...«

Es ist nur etwas, was Manchee nicht sehen kann.

»Wo ist er?« Ich stehe viel zu schnell auf, um mich herum färbt es sich hellrosa und orange, und zugleich taumle ich vor dem, was ich jetzt sehe, zurück.

Ich sehe hundert Aarons an hundert verschiedenen Orten. Ich sehe Violas, verängstigt, mich um Hilfe anflehend, ich sehe Spackle, denen mein Messer in der Brust steckt, und sie alle reden auf mich ein, ihre Stimmen schwellen an zu einem einzigen, abscheulichen Chor.

»Feigling«, sagen sie alle. »Feigling.« Immer und immer wieder.

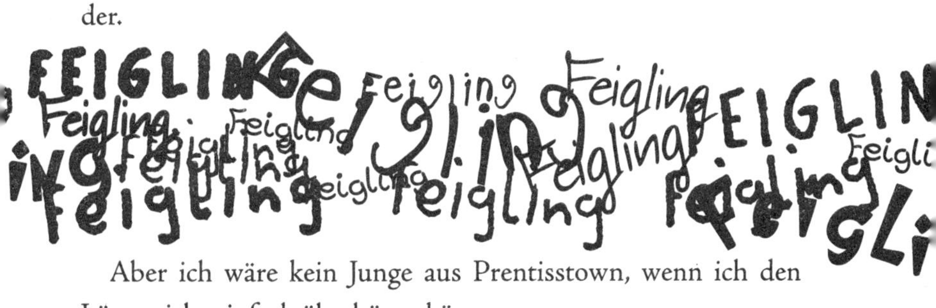

Aber ich wäre kein Junge aus Prentisstown, wenn ich den Lärm nicht einfach überhören könnte.

»Wo, Manchee?« Ich stehe auf, versuche nicht hinzusehen, weil alles schwankt und rutscht.

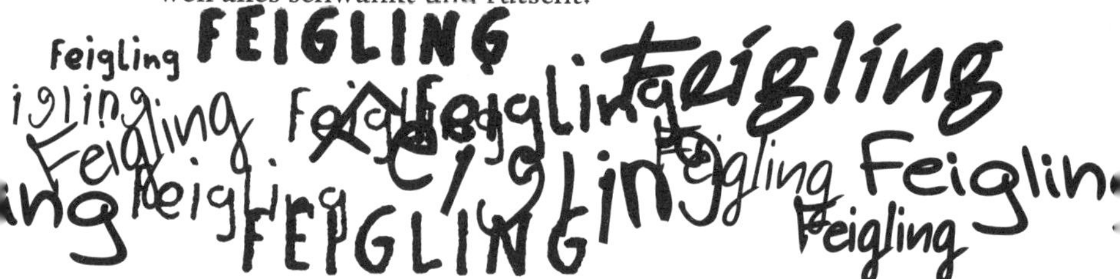

»Dorthin«, bellt er. »Den Fluss hinunter.«

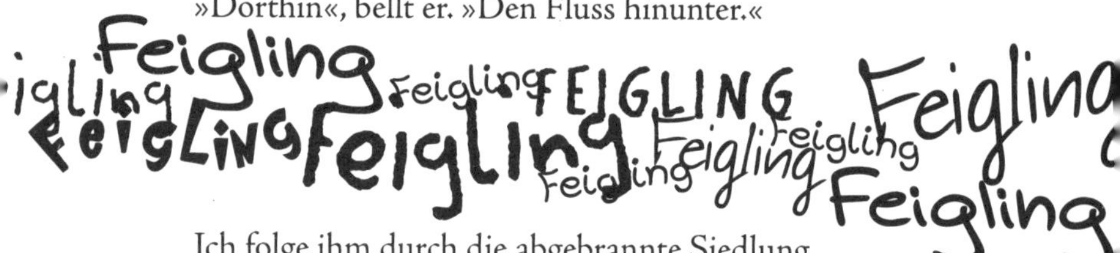

Ich folge ihm durch die abgebrannte Siedlung.

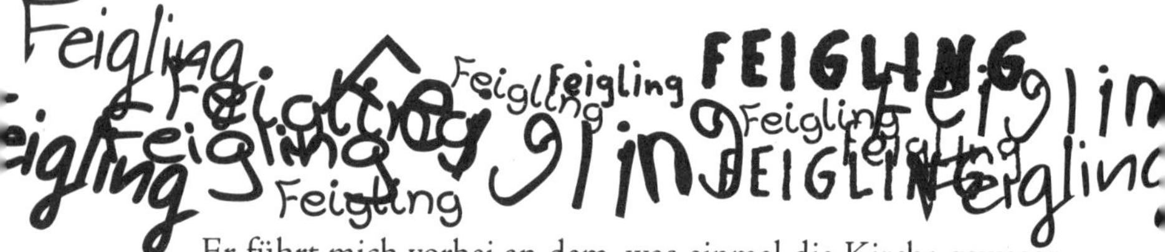

Er führt mich vorbei an dem, was einmal die Kirche gewesen sein muss, aber ich sehe nicht hin, dann flitzt er eine Anhöhe hinauf, der Wind heult jetzt stärker, und die Bäume biegen sich. Das kann ich mir doch nicht nur einbilden, denn Manchee muss sogar lauter bellen, damit ich ihn verstehe.

»Aaron!« Er hält die Nase in die Luft. »Gegen den Wind.«

Auf dem kleinen Hügel kann ich zwischen den Bäumen hindurch zum Fluss hinuntersehen. Ich sehe tausend Violas, die mich voller Angst anstarren.

Ich sehe tausend Spackle, die mein Messer tötet.

Ich sehe tausend Aarons, die mich Feigling nennen, mit dem schlimmsten Grinsen im Gesicht, das man sich nur vorstellen kann.

Und hinter ihnen, in einem Lager am Ufer des Flusses, sehe ich einen Aaron, der sich ganz und gar nicht nach mir umschaut.

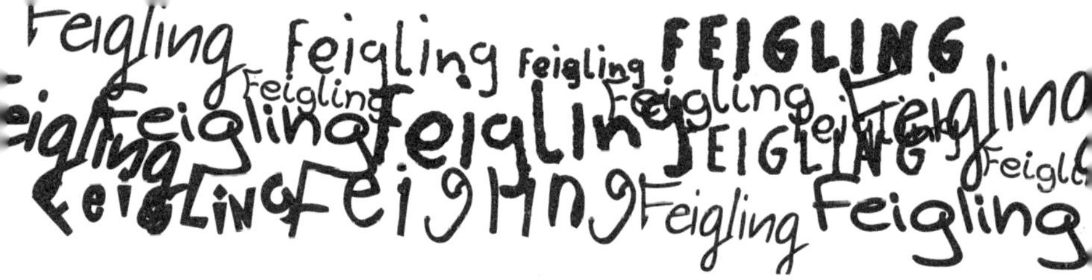

Ich sehe einen Aaron, der sich zum Gebet niederkniet.

Und ich sehe Viola, die vor ihm auf dem Boden liegt.

»Aaron«, bellt Manchee.

»Aaron«, sage ich.

Feigling.

30

EIN JUNGE NAMENS TODD

»WAS MACHEN WIR JETZT?«, fragt der Junge und kriecht an meine Schulter.

Ich hebe den Kopf und lasse das kalte Wasser über meinen Rücken laufen. Ich bin von der kleinen Anhöhe gestiegen, habe mich durch Menschenmassen hindurchgeboxt, die mich alle einen Feigling nannten, bin zum Ufer gegangen und habe meinen Kopf ins Wasser getaucht. Jetzt zittere ich heftig, so kalt ist es, aber das eisige Wasser hat die kullernde Welt angehalten. Ich weiß, es wird nicht lange so bleiben, das Fieber und die Infektion mit dem Spackle-Blut werden den Sieg davontragen, aber zuerst einmal muss ich alles so klar und deutlich sehen wie möglich.

»*Wie kommen wir zu ihnen hin?*«, fragt der Junge, der jetzt an meine andere Seite getreten ist. »*Er wird unseren Lärm hören.*«

Das Zittern macht, dass ich husten muss, alles macht, dass ich husten muss, ich spucke grünen Schleim, aber dann halte ich die Luft an und tauche wieder unter.

Das kalte Wasser presst meinen Kopf wie in einem Schraubstock zusammen, aber ich lasse ihn trotzdem unten. Ich höre, wie es gurgelt und rauscht, ich höre das wortlose Bellen eines kummervollen Hundes, der um meine Füße springt. Ich spüre, wie sich der Verband um meine Stirn löst und von der Strömung mitgerissen wird. Mir fällt Manchee ein, der an einer anderen Stelle im Fluss die Bandage an seinem Schwanz abgestreift hat, und ich vergesse, dass ich meinen Kopf unter Wasser halte, und fange an zu lachen.

Ich tauche wieder auf, würge, schnappe nach Luft und huste noch mehr.

Ich öffne die Augen. Die Welt glitzert, wie sie es eigentlich gar nicht dürfte, und am Himmel stehen Sterne aller Art, obwohl die Sonne noch nicht untergegangen ist, aber wenigstens schwankt der Boden nicht mehr unter mir, und die vielen Aarons und Violas und Spackle sind verschwunden.

»*Werden wir es wirklich alleine schaffen?*«, fragt der Junge.

»Uns bleibt nichts anderes übrig«, sage ich zu mir selbst.

Und ich drehe mich um und schaue ihn an.

Er hat einen Rucksack auf den Schultern, ein braunes Hemd so wie ich, ein Buch in der rechten und ein Messer in der linken Hand. Ich zittere immer noch vor Kälte. Es kostet mich Mühe, aufrecht zu stehen, aber ich atme und huste und zittere und starre ihn an.

»Komm mit, Manchee«, sage ich, dann mache ich mich auf den Weg durch die verlassene Siedlung zurück zur Anhöhe. Es fällt mir schwer, auch nur zu gehen, der Boden kann jeden Augenblick unter mir einbrechen, denn ich bin schwerer als ein Berg, aber leichter als eine Feder. Ich laufe weiter, bis zur Anhöhe, erklimme sie, klammere mich an Ästen fest, ziehe mich daran hoch, lehne mich gegen einen Baumstamm und schaue mich um.

»Ist er es tatsächlich?«, fragt der Junge hinter mir. Ich spähe zwischen den Bäumen hindurch zum Fluss hinunter.

Und da ist noch immer das Lager, es liegt immer noch am Ufer, aber es ist so weit weg, dass ich nicht viel mehr als kleine Pünktchen sehe. Ich krame Violas Fernglas hervor, halte es vor die Augen, aber ich zittre so sehr, dass ich fast nichts sehe. Sie sind weit genug entfernt, dass der Wind seinen Lärm verschluckt, aber ich bin mir sicher, dass ich ihre Stille bis hier oben spüre.

Ich bin mir ganz sicher.

»Aaron«, sagt Manchee. Und: »Viola.«

Ich weiß jetzt, dass es keine Einbildung ist, und trotz meines Zitterns sehe ich, wie er sich hinkniet, ein Gebet spricht, während Viola auf dem Boden vor ihm liegt.

Ich habe keine Ahnung, was passiert, keine Ahnung, was er vorhat. Aber er ist es, ohne jeden Zweifel.

All das viele Laufen und Herumstolpern und Husten und Sterben, und nun sind sie es wirklich, bei Gott, sie sind es wirklich.

Also ist es doch noch nicht zu spät. Und wie sich meine Brust hebt und meine Kehle eng wird, begreife ich auf einmal, welch große Angst ich bis zu dieser Sekunde vor dem Zuspätkommen hatte.

Ich komme nicht zu spät. Vornübergebeugt stehe ich da (halt bloß die Klappe) und weine, ich weine und weine, aber das muss aufhören, ich muss mir etwas ausdenken, ich muss mir etwas einfallen lassen, es hängt ganz allein von mir ab, ich muss einen Ausweg finden, ich muss sie retten, ich muss sie retten …

»Was sollen wir tun?«, fragt der Junge. Er steht ein paar Schritte von mir entfernt, in einer Hand das Buch, in der andern das Messer.

Ich presse die Handflächen gegen die Augen und reibe sie, versuche an nichts anderes zu denken, mich zu konzentrieren, auf nichts zu hören.

»*Was, wenn dies das Opfer ist?*«, fragt der Junge.

Ich blicke auf. »Welches Opfer?«

»*Das Opfer, das du in seinem Lärm gesehen hast*«, sagt der Junge. »*Das Opfer, das –*«

»Weshalb ausgerechnet hier?«, frage ich. »Warum sollte er einen so weiten Weg zurücklegen, um dann mitten in einem blöden Wald anzuhalten, und es hier tun?«

Die Miene des Jungen bleibt ausdruckslos. »*Vielleicht muss er es jetzt tun*«, sagt er, »*bevor sie stirbt.*«

»Stirbt? Woran denn?« Meine Stimme überschlägt sich, mein Kopf schmerzt und dröhnt.

»*An ihrer Angst*«, sagt der Junge und tritt einen Schritt zurück. »*Und aus Enttäuschung.*«

Ich wende mich ab. »Dir höre ich gar nicht zu.«

»Zuhören, Todd?«, bellt Manchee. »Viola dort, Todd.«

Ich lehne mich wieder an den Baumstamm. Ich muss nachdenken. Ich muss verdammt noch mal nachdenken.

»Wir können uns nicht anschleichen«, sage ich mit belegter Stimme. »Er hört uns kommen.«

»*Wenn er uns kommen hört, bringt er sie um*«, sagt der Junge.

»Mit dir rede ich nicht.« Ich würge Schleim herauf, das macht mich schwindelig, und ich muss noch stärker husten. »Ich rede mit meinem Hund«, stoße ich hervor.

»Manchee«, sagt Manchee und leckt meine Hand.

»Und ich kann ihn nicht töten«, sage ich.

»*Du kannst ihn nicht töten*«, sagt der Junge.

»Nicht einmal, wenn ich wollte.«

»Nicht einmal, wenn er es verdiente.«

»Also muss es einen anderen Weg geben.«

»Wenn sie sich nicht zu sehr vor dir ängstigt.«

Ich sehe ihn an. Noch immer ist er da, mit Buch, Messer und Rucksack.

»Du musst gehen«, sage ich. »Du musst mich verlassen und darfst niemals wieder zurückkommen.«

»Wahrscheinlich kommst du zu spät, um sie zu retten.«

»Du bist mir überhaupt keine Hilfe.« Meine Stimme wird lauter.

»Aber ich bin ein Mörder«, entgegnet er. An seinem Messer klebt Blut.

Ich schließe die Augen und knirsche mit den Zähnen. »Du bleibst hier und kommst nicht mit«, sage ich. »Du bleibst *hier* zurück.«

»Manchee?«, bellt Manchee.

Ich schlage die Augen auf. Der Junge ist nicht mehr da. »Du nicht, Manchee.« Ich strecke die Hand aus und kraule ihn hinter den Ohren. »Du nicht«, sage ich noch einmal.

Ich denke nach. Zwischen den dicken Wolken, den Wirbeln, dem Flimmern, dem Licht und den Schmerzen, dem Dröhnen, Zittern und Husten, denke ich nach.

Und ich denke.

Ich kraule meinen Hund hinter den Ohren, meinen blöden, gottverdammten, räudigen, großartigen Hund, der plötzlich da war, obwohl ich ihn niemals haben wollte. Der mir durch den Sumpf gefolgt ist und Aaron gebissen hat, als er versuchte, mich zu erwürgen, und der Viola gefunden hat, als sie sich verlaufen hatte. Der meine Hand leckt mit seiner kleinen rosafarbenen Zunge und dessen Auge noch halb zugeschwollen ist, weil Prentiss junior ihn getreten hat, und dessen Schwanz jetzt viel, viel kürzer ist, weil Matthew Lyle ihn verstümmelt hat, als mein Hund – *mein Hund* – hinter einem Mann mit einer Machete herrannte, um mich zu retten. Mein Hund, der immer da ist, wenn mich jemand aus der Dunkelheit zerren muss, in die ich manchmal stürze. Jemand, der mir sagt, wer ich bin, wann immer ich es vergesse.

»Todd.« Er reibt sein Gesicht an meiner Hand und trippelt auf der Stelle.

»Ich habe eine Idee«, sage ich.

»*Was ist, wenn sie nicht funktioniert?*«, fragt der Junge hinter einem Baum hervor.

Ich beachte ihn gar nicht und hole das Fernglas. Ich zittere, aber ich finde Aarons Lagerplatz wieder und suche seine Umgebung ab. Sie sind nahe am Ufer. Auf dieser Seite des Flusses, nicht weit von ihnen entfernt, steht ein gespaltener Baum, ausgebleicht, ohne Blätter, als hätte ihn vor Zeiten der Blitz getroffen.

Der wird genügen.

Ich setze das Fernglas ab und nehme Manchees Kopf in beide Hände. »Wir werden sie retten«, sage ich zu meinem Hund. »Wir beide.«

»Retten, Todd«, bellt er und wedelt mit seinem Schwanzstummel. »Viola retten.«

»*Es wird nicht klappen*«, sagt die Stimme hinter mir.

»Dann bleib einfach hier«, sage ich zu mir selbst und werde von einem Hustenanfall geschüttelt. In Gedanken schicke ich dabei meinem Hund Bilder, die ihm erklären, was zu tun ist. »Ganz einfach, Manchee: Lauf, lauf einfach.«

»Laufen und laufen!«, bellt er.

»Guter Junge.« Ich kraule ihn wieder hinter den Ohren. »Guter Junge.«

Ich raffe mich auf, gehe, rutsche und stolpere bis zu der verlassenen Siedlung. Mein Kopf schwirrt, ich höre das vergiftete Blut in meinen Adern pochen, und die ganze Welt hallt davon wider. Wenn ich die Augen zusammenkneife, quälen mich die tanzenden Lichter nicht mehr so arg, und alles andere scheint an dem Platz zu bleiben, an den es gehört.

Zuallererst brauche ich einen Stock. Manchee und ich durchsuchen die ausgebrannten Häuser. Drinnen sind alle Gegenstände schwarz und krümelig, aber das kommt mir gerade recht.

»Pffogg, Tdd?«, fragt Manchee. In seiner Schnauze klemmt ein Stock, halb so lang wie er selbst, er hat ihn aus einem Stapel verbrannter Stühle hervorgezogen. Was mag hier geschehen sein?

»Bestens.« Ich nehme ihm den Stock ab.

»Das wird nicht funktionieren«, sagt der Junge, der sich in einem dunklen Winkel versteckt hat. Ich sehe das Messer in seiner Hand aufblitzen. *»Du wirst sie nicht retten.«*

»Ich werde sie retten.« Ich breche ein paar große Späne von dem Stecken ab. Nur ein Ende ist völlig verkohlt – genau das, was ich brauche. »Kannst du das tragen?«, frage ich Manchee und halte ihm den Stock hin.

Er nimmt ihn in die Schnauze, rollt ihn ein bisschen hin und her, um ihn besser fassen zu können, aber dann hat er ihn fest im Maul. »Ja!«, bellt er.

»Großartig.« Ich richte mich auf, falle dabei aber fast um. »Jetzt brauchen wir noch ein Feuer.«

»Du kannst kein Feuer machen«, sagt der Junge, er ist schon draußen und wartet auf uns. *»Das Kästchen, mit dem man Feuer machen kann, ist kaputt.«*

»Du hast keine Ahnung«, sage ich, ohne ihn eines Blickes zu würdigen. »Ben hat es mir beigebracht.«

»Ben ist tot«, entgegnet der Junge.

»Frü-ü-üh am Mo-horgen«, singe ich laut und deutlich. Die wirbelnde Welt um mich herum funkelt so seltsam, aber ich singe trotzdem weiter. »Wenn die So-ho-honn' aufgeht.«

»Du hast nicht genug Kraft, um ein Feuer anzufachen.«

»Eine Maid vom Ta-hal zu mir fle-he-het.« Ich finde ein langes, flaches Holzstück und schneide mit dem Messer ein kleines Loch hinein. »Ach, betrüg mich nie-ie.« Dann mache ich ein Ende eines kleineren Holzes rund. »Ach, verlass mich nie-ie.«

»Wie kannst du mich Arme so missachten, wie?«, beendet der Junge das Lied.

Ich beachte ihn gar nicht. Ich stecke das abgerundete Ende des Steckens in das Loch und fange an, es ganz schnell zwischen meinen Handflächen zu drehen. Ich drehe im selben Takt, in dem mein Kopf dröhnt, und ich sehe mich, wie ich mit Ben im Wald bin, wir beide drehen um die Wette. Wer das erste kleine Rauchwölkchen hinkriegt, hat gewonnen. Er war immer der Erste und jeder zweite Versuch von mir ging völlig daneben. Das waren Zeiten, damals.

Das waren Zeiten.

»Komm schon«, mache ich mir selbst Mut. Ich schwitze, ich huste, und mir ist schwindelig, aber ich höre nicht auf zu drehen.

Manchee bellt das Holz an, er will auch beim Feuermachen helfen.

Und dann steigt ein kleiner Rauchkringel auf.

»Ha!«

Mit der Hand schütze ich ihn vor dem Wind und blase behutsam hinein, damit der Funke überspringt. Ich nehme etwas trockenes Moos, das besser brennt, und als das erste Flämmchen auflodert, bin ich so glücklich wie seit Langem nicht mehr. Ich werfe ein paar kleine Späne darauf, warte, bis auch sie brennen, dann ein paar größere, und es dauert nicht lange, und vor mir flackert ein richtiges Feuer. Wirklich und wahrhaftig ein Feuer.

Ich lasse es eine Minute lang brennen. Ich verlasse mich darauf, dass der Wind in unsere Richtung weht und Aaron den Rauch nicht bemerkt. Und ich verlasse mich auch aus anderen Gründen auf den Wind.

Ich taumle zum Flussufer, halte mich an Baumstämmen fest, um nicht zu stürzen, bis ich den Anlegesteg erreicht habe. »Komm schon, komm schon«, stoße ich zwischen den Zähnen hervor, als ich vorsichtig den Steg entlanggehe. Er knarrt unter meinen Schritten, und einmal falle ich fast kopfüber ins Wasser, aber schließlich erreiche ich doch das Boot, das dort festgemacht ist.

»Es wird untergehen«, sagt der Junge, der bis zu den Knien im Wasser steht.

Ich springe in das kleine Boot und nach vielem Schwanken und Husten stehe ich endlich sicher darin. Es ist wackelig und eng und der Boden ist uneben.

Aber es schwimmt.

»Du kannst überhaupt kein Boot steuern.«

Ich klettere heraus, balanciere über den Steg, kehre zu den Häusern zurück und suche alles ab, bis ich ein Stück Holz gefunden habe, das flach genug ist, damit ich es als Ruder benutzen kann.

Mehr brauche ich nicht.

Wir sind so weit.

Der Junge steht da und hält meine Sachen in der Hand, den Rucksack hat er auf den Rücken geschnallt, sein Gesicht ist ohne jede Regung, ich höre nicht den geringsten Fetzen Lärm.

Ich blicke ihm fest in die Augen. Er sagt kein Wort.

»Manchee?«, rufe ich, aber er ist schon neben mir.

»Hier, Todd!«

»Guter Junge.« Wir gehen zum Feuer. Ich nehme den Stecken, den Manchee gefunden hat, und stochere mit dem brennenden Ende darin herum. Nach einer Minute glüht und raucht er, die Flammen züngeln aus dem Holz.

»Bist du sicher, dass du das tragen kannst?«, frage ich.

Er nimmt den Stecken ins Maul, an dem Ende, das noch nicht brennt, und wartet. Der verdammt beste Hund im ganzen Universum ist bereit, das Feuer zum Feind zu tragen.

»Bist du so weit, mein Freund?«, frage ich.

»Sweit, Tdd!«, antwortet er. Er wedelt so heftig mit dem Schwanz, dass der Stummel vor meinen Augen verschwimmt.

»Er wird Manchee töten«, sagt der Junge.

Ich stehe da, die Welt dreht sich und flimmert, mein Körper gehorcht mir nicht mehr, ich huste, dass meine Lunge fast birst, mein Kopf dröhnt, meine Beine wanken, mein Blut kocht, aber ich stehe.

Verdammt noch mal, ich stehe.

»Ich bin Todd Hewitt«, sage ich zu dem Jungen. »Und ich lasse dich hier zurück.«

»Das schaffst du nie«, sagt er.

Aber ich wende mich um und sage zu Manchee: »Los geht's, alter Junge.«

Er rast die Anhöhe hinauf und auf der anderen Seite wieder hinab, das brennende Holzstück im Maul, und ich zähle bis hundert, so laut, dass ich niemanden mehr reden höre, auch keinen Jungen, und dann zähle ich noch einmal bis hundert. Jetzt ist es genug, ich torkle, so schnell ich kann, zum Steg, springe ins Boot, lege das Ruder in meinen Schoß. Mit dem Messer schneide ich das letzte, zerschlissene Stück Seil entzwei, das das kleine Boot noch festhält.

»Du kannst mich nicht hier zurücklassen«, sagt der Junge. Er steht auf dem Bootssteg, in der einen Hand hält er das Buch, in der anderen das Messer.

»Und ob«, sage ich.

Er wird kleiner und kleiner in dem schimmernden, schwindenden Licht, während das Boot vom Steg wegtreibt und sich auf die Reise flussabwärts macht.

Zu Aaron.

Zu Viola.

Zu allem, was mich dort erwartet.

31

DIE NIEDERTRÄCHTIGEN WERDEN IHRE STRAFE ERHALTEN

In Prentisstown gibt es auch Boote, aber seit ich denken kann, hat nie jemand eines benutzt. Wir haben den Fluss in der Nähe, natürlich, es ist derselbe, auf dem ich jetzt hin und her schaukle, aber bei uns ist er mit Felsbrocken übersät und reißend, und wo er wieder gemächlicher und breit dahinströmt, wartet ein Sumpf voller Krokodile. Danach kommt bewaldetes Marschland. Deshalb habe ich niemals in einem Boot gesessen. Auch wenn es so einfach aussieht, mit dem Boot den Fluss hinabzufahren, so ist es das in Wahrheit ganz und gar nicht. Glücklicherweise fließt der Fluss hier ziemlich träge dahin, auch wenn der Wind hin und wieder das Wasser ein wenig aufpeitscht. Das Boot treibt in die Strömung hinaus, wird von ihr erfasst und gleitet flussabwärts, egal was ich tue, deshalb versuche ich mit letzter Kraft zu verhindern, dass sich das Boot um die eigene Achse dreht.

Ich brauche eine Weile, ehe mir das gelingt.

»Verdammt«, flüstere ich vor mich hin. »Scheißding.«

Nachdem ich mit dem Ruder im Wasser gestochert habe (und mich ein- oder zweimal im Kreis gedreht habe – halt die Klappe), finde ich heraus, wie man das Boot einigermaßen auf Kurs hält. Als ich wieder aufschaue, merke ich, dass ich wahrscheinlich schon die Hälfte des Wegs zurückgelegt habe.

Ich schlucke und zittere und huste.

Und das ist mein Plan. Es ist wahrscheinlich kein guter Plan, aber zu mehr ist mein flackerndes, irrlichterndes Hirn nicht fähig.

Manchee wird das brennende Stück Holz irgendwo ablegen, wo der Wind den Rauch in die Luft bläst. Wenn das Feuer sich ausbreitet, wird Aaron denken, dass ich ein Lager aufgeschlagen habe. Dann wird Manchee zu Aaron rennen, wie wild zu bellen anfangen und so tun, als wolle er mir mitteilen, dass er Aaron gefunden hat. Das ist ganz einfach, denn er muss nichts weiter tun, als meinen Namen zu bellen, was er ohnehin immer macht.

Aaron wird ihm nachjagen. Er wird versuchen ihn umzubringen. Aber Manchee wird schneller sein. (Lauf, was du kannst, Manchee, lauf, was du kannst!) Dann wird Aaron den Rauch bemerken. Aaron, der nicht ein Fünkchen Angst vor mir hat, wird darauf zugehen, um mich ein für alle Mal fertigzumachen.

Ich treibe derweil flussabwärts, komme von der Uferseite her zu seinem Lager, während er im Wald ist und mich sucht. Ich rette Viola, und dann werde ich Manchee mitnehmen, der Aaron in großem Bogen umrundet hat und zu mir zurückrennt. (Lauf, was du kannst!)

Okay, das ist der Plan.

Ich weiß.

Ich *weiß*. Aber wenn er nicht klappt, dann werde ich ihn töten müssen.

Und wenn es dazu kommt, dann ist es egal, was aus mir wird, und dann es ist auch egal, was Viola darüber denkt.

Wenn es sein muss, werde ich es tun.

Ich hole mein Messer hervor.

An der Klinge klebt an einigen Stellen getrocknetes Blut, mein Blut und Spackle-Blut, ansonsten glänzt es, schimmert und blitzt, blitzt und schimmert. Die Spitze ragt hervor wie ein hässlicher Daumen, die Zacken an der Seite stehen wie Reißzähne hervor, und die Schneide pulsiert wie ein pralles Blutgefäß.

Das Messer lebt.

Solange ich es in der Hand halte, solange ich es benutze, lebt das Messer, lebt, um Leben zu nehmen, aber es muss gezähmt werden, es braucht mich, damit ich ihm sage, wen es töten soll, und es will töten, es will eintauchen und zustoßen und schneiden und stechen und durchbohren, aber ich muss es ebenso wollen, sein Wille muss auch mein Wille sein.

Ich bin derjenige, der ihm erlaubt zu töten, und ich bin derjenige, der die Verantwortung dafür trägt.

Aber wenn das Messer selbst es will, das Töten, dann ist alles einfacher.

Wenn es so weit kommt, werde ich wieder versagen?

»*Nein*«, flüstert mir das Messer zu.

»*Ja*«, flüstert mir der Wind zu, der über den Fluss weht.

Ein Tropfen Schweiß fällt von meiner Stirn auf die Klinge, und das Messer ist wieder nur ein Messer, nur ein Werkzeug, nur ein Stück Metall in meiner Hand.

Nur ein Messer.

Ich lege es auf den Boden im Boot.

Ich zittere und huste. Wieder, immer noch. Ich drehe mich

um, mir ist egal, ob die Welt unter mir schwankt, und ich lasse mich vom Wind abkühlen. Der Fluss macht eine Kehre und ich lasse mich darauf zutreiben.

Jetzt kommt die Stelle, denke ich. Jetzt gibt es kein Zurück mehr.

Ich schaue nach oben zu den Baumwipfeln.

Meine Zähne klappern.

Ich sehe noch keinen Rauch.

Komm schon, Junge, jetzt muss es passieren!

Kein Rauch zu sehen.

Kein Rauch zu sehen.

Die Flussbiegung kommt näher.

Komm schon, Manchee!

Kein Rauch zu sehen.

Klapper, klapper, klapper, schlagen meine Zähne aufeinander. Ich schlinge die Arme um mich.

Und da ist er. *Rauch!*

Die ersten kleinen Wölkchen, sie steigen etwas weiter flussabwärts in die Luft wie Wattebällchen.

Braver Hund, denke ich und beiße die Zähne zusammen. Braver Hund.

Das Boot treibt in die Flussmitte, deshalb rudere ich, so gut ich kann, und steuere es wieder in Ufernähe.

Ich zittere so sehr, dass ich das Ruder kaum festhalten kann.

Die Flussbiegung kommt näher.

Und da ist auch der gespaltene Baum, der Baum, den der Blitz getroffen hat, er taucht zu meiner Rechten auf.

Jetzt weiß ich, dass ich es fast geschafft habe.

Aaron wird direkt daruntersitzen.

Hier ist er.

Ich huste und schwitze und zittere, aber ich lasse das Ruder nicht los. Ich mache noch ein paar Schläge, rudere näher ans Ufer heran. Wenn Viola aus irgendeinem Grund nicht laufen kann, muss ich das Boot in den Ufersand setzen, um sie zu holen.

Ich achte darauf, dass mein Lärm so leer wie möglich ist, und kann nur hoffen, dass der Wind laut genug ist und dass Manchee …

»Todd! Todd! Todd!«, höre ich aus der Ferne. Mein Hund bellt meinen Namen, um Aaron wegzulocken. »Todd! Todd! Todd!«

Der Wind steht so, dass ich Aarons Lärm nicht hören kann, deshalb weiß ich nicht, ob dieser Teil meines Plans überhaupt funktioniert, aber da am Ufer ist der gespaltene Baum, mir bleibt nichts anderes übrig, als …

»Todd! Todd!«

Mach schon, *mach schon* …

Der gespaltene Baum gleitet an mir vorbei.

Ich ducke mich ins Boot.

»Todd! Todd!« Die Stimme wird schwächer, entfernt sich. Äste knacken.

Dann höre ich es.

»TODD HEWITT!«, brüllt jemand so laut wie ein Löwe.

Wie ein Löwe, der *sich schnell wegbewegt*.

»Mach schon«, murmle ich vor mich hin, »mach schon, mach schon, mach schon.«

Meine geballten Fäuste umklammern das Ruder und …

Da ist schon die Biegung.

Der Lagerplatz kommt in Sicht.

Da ist sie.

Da ist sie.

Aaron ist weg, aber sie ist da.

Sie liegt in der Mitte auf dem Boden.

Sie rührt sich nicht.

Mein Herz ist in Aufruhr, und ich huste, aber ich bemerke es nicht einmal. »Bitte, bitte, bitte.« Ich rudere wie wild, steuere das Boot näher ans Ufer, ich stehe auf, springe ins Wasser und klatsche der Länge nach hin, aber ich bekomme den Bug des Boots noch mit den Händen zu fassen. »Bitte, bitte, bitte!« Ich stehe auf und ziehe das Boot weit genug ans Ufer, lasse es los, renne und stolpere und renne zu Viola, Viola, Viola …

»Bitte!«, stoße ich beim Rennen hervor. »*Bitte!*«

Endlich bin ich bei ihr. Sie hat die Augen geschlossen, der Mund ist leicht geöffnet. Ich lege ihr die Hand auf die Brust und achte nicht darauf, wie mein Lärm dröhnt, höre nicht, wie der Wind pfeift, wie jemand meinen Namen bellt und ein anderer ihn in den Wald hinausschreit.

»Bitte«, flüstere ich.

Bumm, bumm!

Sie lebt.

»Viola«, flüstere ich aufgeregt. Vor meinen Augen tanzen kleine, blitzende Pünktchen, aber ich achte nicht auf sie. »Viola!«

Ich rüttle sie an den Schultern, nehme ihr Gesicht in meine Hände und schüttle es auch.

»Wach auf!«, sage ich leise. »Wach auf, wach auf, wach auf!«

Ich kann sie nicht tragen. Ich zittere zu sehr, ich schwanke zu sehr, ich bin zu schwach.

Aber, verdammt noch mal, wenn's sein muss, werde ich sie eben doch tragen.

»Todd! Todd! Todd!«, höre ich Manchee im Wald bellen.

»Todd Hewitt!«, höre ich Aaron brüllen.

Und dann höre ich von unten ein schwaches: »Todd?«

»Viola?« Meine Kehle ist ganz verknotet und vor meinen Augen verschwimmt alles.

Sie schaut mich an.

»Du siehst nicht gut aus«, sagt sie mit schwerer Zunge. Ihre Augen blicken müde.

Aber sie schaut mich an. Viola hat blaue Flecken unter den Augen, bei deren Anblick sich mein Magen vor Wut verkrampft.

»Du musst aufstehen«, sage ich leise.

»Er hat mir ein Betäubungsmittel …«, fängt sie an und schließt dann erschöpft die Augen.

»Viola?« Ich schüttle sie noch einmal. »Er wird bald zurückkommen. Wir müssen weg von hier.«

Ich höre kein Bellen mehr.

»Wir müssen weg«, beschwöre ich sie. »Sofort!«

»Ich bin zu schwer«, murmelt sie undeutlich.

»Bitte, Viola«, flehe ich. Eigentlich *weine* ich die Worte eher hervor, als dass ich sie spreche. »*Bitte.*«

Sie blinzelt. Schaut mir in die Augen.

»Du bist gekommen, um mich zu holen.«

»Ja«, krächze ich.

»Du bist meinetwegen gekommen«, sagt sie und verzieht das Gesicht ein wenig.

Und jetzt stürzt Manchee aus dem Gebüsch und bellt meinen Namen, als ginge es um sein Leben.

»TODD! TODD! TODD!«, jault er und rast an uns vorbei. »Aaron! Er kommt! Aaron!«

Viola schreit kurz auf, und mit einem Ruck, der mich beinahe umwirft, springt sie auf die Füße. Sie hält mich gerade noch fest, als ich falle, wir halten uns aneinander fest, und ich schaffe es mit Mühe, auf das Boot zu deuten.

»Dorthin!«, keuche ich.

Wir rennen darauf zu ...

... quer über den Lagerplatz ...

... auf das Boot und auf den Fluss zu.

Manchee rennt voraus und springt mit einem Satz in den Bug des Boots.

Viola stolpert vor mir her.

Es sind noch fünf,

vier,

drei Schritte bis zum Boot.

Aaron springt zwischen den Bäumen hervor auf uns zu.

Sein Lärm dröhnt so sehr, dass ich mich nicht einmal umblicken muss.

»TODD HEWITT!«

Viola ist beim Boot angelangt und lässt sich hineinfallen.

Noch zwei Schritte.

Noch einer.

Ich bin am Boot, schiebe es mit aller Kraft zurück in den Fluss.

Er brüllt: »TODD HEWITT!«

Und er kommt näher.

Das Boot bewegt sich nicht von der Stelle.

»ICH WERDE DIE NIEDERTRÄCHTIGEN STRAFEN!«

Er kommt näher.

Und das Boot bewegt sich nicht.

Sein Lärm trifft mich wie ein Schlag in die Magengrube.

Und das Boot *bewegt* sich …

Schritt für Schritt, ich stehe im Wasser, das Boot bewegt sich …

Ich falle.

Ich habe nicht mehr die Kraft, mich ins Boot zu ziehen.

Ich falle ins Wasser, während das Boot davonzutreiben beginnt.

Viola packt mich am Hemd und zieht mich hoch, zerrt an mir, bis endlich mein Kopf und meine Schultern über die Bordwand hängen.

»NEIN, LASS DAS!«, brüllt Aaron.

Viola schreit auf, packt mich fester, mein Oberkörper ist im Boot.

Aaron ist schon im Wasser.

Er zerrt an meinen Füßen.

»Nein!«, schreit Viola.

Sie zieht mich fester, zieht mit aller Kraft.

Dann werde ich in die Luft geschleudert.

Und das Boot hält an.

Violas Gesicht ist vor Anstrengung verzerrt. Dieses Tauziehen kann nur Aaron gewinnen.

Und dann höre ich, wie jemand so schrecklich »TODD!« schreit, dass ich einen Augenblick lang fürchte, ein Krokodil wäre aus dem Wasser gekommen.

Aber es ist Manchee.

Es ist Manchee.

Es ist mein Hund, mein Hund, mein Hund, er rennt an Viola vorbei, und ich spüre den Stoß gegen meinen Rücken, als er abspringt und sich auf Aaron stürzt, knurrend, jaulend, er bellt »TODD!«, und Aaron schreit vor Wut auf …

… und lässt meine Füße los.

Viola taumelt rückwärts, aber sie lässt mich nicht los, ich torkle ins Boot und begrabe sie unter mir.

Der Ruck hat uns weiter hinaus auf den Fluss gebracht. Das Boot beginnt zu treiben.

In meinem Kopf wirbelt alles hin und her, ich muss mich auf Hände und Knie stützen, um das Gleichgewicht zu halten, aber ich richte mich trotzdem auf, beuge mich über den Bootsrand und rufe: »Manchee!«

Aaron ist in den weichen Sand am Ufer gefallen, er hat sich mit den Beinen in seiner Kleidung verheddert.

Manchee stürzt sich auf sein Gesicht, mit Zähnen und Krallen, Knurren und Fauchen. Aaron versucht ihn abzuwehren, aber Manchee beißt sich an Aarons Nase fest und schüttelt seinen Kopf hin und her.

Mit einem Ruck reißt er Aaron die Nase aus dem Gesicht.

Aaron brüllt vor Schmerz, das Blut läuft überall an ihm herunter.

»Manchee!«, rufe ich. »Schnell, Manchee!«

»Manchee!«, ruft Viola.

»Komm schnell, Junge!«

Manchee schaut hoch und begreift, dass ich ihn rufe.

Und diese Gelegenheit lässt sich Aaron nicht entgehen.

»Nein!«, schreie ich auf.

Er packt Manchee am Genick und reißt ihn hoch.

»Manchee!«

Ich höre ein Klatschen, nehme aber nur am Rand wahr, wie Viola das Ruder in die Hand nimmt, um zu verhindern, dass unser Boot noch weiter in die Flussmitte treibt. Die Welt verschwimmt vor meinen Augen, denn …

Denn Aaron hat meinen Hund gepackt.

»KOMM SOFORT HIERHER ZURÜCK!«, schreit Aaron und hält Manchee auf Armeslänge vor sich. Er ist viel zu schwer, man kann ihn nicht einfach am Genick hochheben. Manchee jault vor Schmerz, schafft es aber nicht, den Kopf so weit nach hinten zu drehen, um Aaron in den Arm zu beißen.

»Lass ihn los!«, schreie ich.

Aaron lässt seinen Kopf auf die Brust sinken.

Aus dem Loch, wo zuvor seine Nase gewesen ist, schießt das Blut, und obwohl die Wunde in seiner Wange schon etwas verheilt ist, kann man noch immer seine Zähne dahinter sehen. Diese Fratze wiederholt immer und immer wieder, inzwischen ganz ruhig, aber gurgelnd von Blut: »Komm zurück zu mir, Todd Hewitt.«

»Todd?«, jault Manchee.

Viola rudert wie besessen, damit uns die Strömung nicht mitreißt, aber die Betäubungsmittel haben sie geschwächt, und lange kann sie das nicht durchhalten. »Nein«, höre ich sie sagen. »Nein.«

»Lass ihn los!«, schreie ich.

»Entweder das Mädchen oder der Hund, Todd«, ruft Aaron wieder mit dieser inneren Ruhe, die viel unheimlicher ist als jedes Gebrüll. »Du hast die Wahl.«

Ich zücke das Messer und halte es vor mich, aber in meinem Kopf dreht sich alles, meine Hände rutschen ab, und ich schlage mit den Zähnen gegen die Sitzbank des Bootes.

»Todd?«, sagt Viola fragend, sie rudert gegen die Strömung an, aber das Boot schaukelt hin und her und tanzt auf dem Wasser.

Ich setze mich auf, schmecke mein Blut, alles dreht sich so schnell, dass ich beinahe wieder hinfalle.

»Ich bringe dich um.« Ich sage es so leise, dass ich es ebenso gut zu mir selber sagen könnte.

»Die letzte Chance, Todd.« Aaron klingt jetzt nicht mehr ganz so ruhig.

»Todd?«, jault Manchee. »Todd?«

Nein, bitte nicht …

Meine Stimme ist nur noch ein Flüstern.

Nein …

Aber mir bleibt keine andere Wahl.

Das Boot treibt davon.

Ich blicke zu Viola, die noch gegen die Strömung ankämpft, Tränen rinnen ihr über ihre Wangen.

Sie schaut zu mir.

Mir bleibt keine andere Wahl.

»Nein, oh nein«, flüstert sie mit erstickender Stimme. »Oh nein, Todd …«

Ich lege meine Hand auf ihren Arm, damit sie aufhört zu rudern.

Aarons Lärm brüllt auf, rot und schwarz.

»Es tut mir leid!« Ich weine, während uns der Fluss mit sich fortträgt. Wie Fetzen werden die Worte aus mir herausgerissen, meine Brust ist so verkrampft, dass ich kaum atmen kann. »Es tut mir leid, Manchee!«

»*Todd?*«, bellt er, ratlos und ängstlich. Er schaut zu, wie ich ihn zurücklasse. »Todd?«

»Manchee!«, schreie ich.

Aaron fasst mit seiner freien Hand nach meinem Hund. »MANCHEE!«

»*Todd?*«

Aaron verdreht die Hände, und ich höre ein KRACHEN und einen Schrei und ein ersterbendes Jaulen, das mir für immer und ewig das Herz zerreißt.

Der Schmerz ist zu groß, zu groß, zu groß, ich presse die Hände an den Kopf, lasse mich zurücksinken, mein Mund ist weit aufgerissen in einem endlosen, stummen Wehklagen, das aus der Schwärze tief in mir kommt.

Ich stürze hinab in diese Finsternis.

Und ich weiß von nichts mehr, als uns der Fluss weiter- und weiter- und weitertreibt.

TEIL VI

32

FLUSSABWÄRTS

Das Rauschen von Wasser.

Und Vogelgezwitscher.

Wo bin ich geborgen?, singen sie. Wo bin ich geborgen?

Und dahinter ist Musik zu hören.

Ich schwöre es, da ist Musik.

Fetzen von Musik, schwebend, fremd und doch vertraut.

Und vor der Dunkelheit fließen Lichtschleier, weiße und gelbe.

Und Wärme.

Und etwas Weiches auf meiner Haut.

Und neben mir ist Stille, die mich so kräftig umspült wie immer.

Ich schlage die Augen auf.

Ich liege in einem Bett, unter einer Decke, in einem kleinen, rechteckigen Zimmer mit weiß getünchten Wänden. Wenigstens zwei Fenster sind geöffnet, durch die das Sonnenlicht und das Rauschen des Flusses zu mir hereindringen, und in den Bäumen flattern Vögel (und Musik, ist das Musik?). Einen Augenblick lang weiß ich nicht einmal, *wer* ich bin, geschweige denn, wo ich bin oder was geschehen ist oder warum ich solche Schmerzen …

Mein Blick fällt auf Viola, sie kauert zusammengerollt auf einem Sessel gleich neben dem Bett und atmet durch den offenen Mund. Die Hände hat sie zwischen die Schenkel gepresst.

Ich bin zu schwach, um selbst etwas zu sagen, deshalb rufe ich sie nur in meinem Lärm. Ich muss ihren Namen aber dennoch laut genug gesagt haben, denn sie öffnet blinzelnd die Augen, und wie ein Blitz ist sie aus ihrem Sessel aufgesprungen, schlingt die Arme um mich und drückt meine Nase gegen ihr Schlüsselbein.

»Oh mein Gott«, ruft sie und zieht mich so fest an sich, dass es fast wehtut. »*Todd!*«

Ich lege meine Hand auf ihren Rücken und atme Violas Duft ein.

Blumen.

»Ich dachte schon, du würdest nie mehr aufwachen«, sagt sie und drückt mich noch fester. »Ich dachte, du wärst tot.«

»War ich das nicht?«, krächze ich und versuche mich zu entsinnen.

»Du warst krank.« Viola lehnt sich zurück, die Knie hat sie gegen mein Bett gestützt. »*Sehr* krank. Doktor Snow war nicht sicher, ob du jemals wieder aufwachen würdest, und wenn ein Doktor so etwas sagt …«

»Wer ist Doktor Snow?« Ich sehe mich in dem kleinen Zimmer um. »Wo sind wir? Sind wir in Haven? Und woher kommt diese Musik?«

»Wir sind in einer Siedlung, die Carbonel Downs heißt«, sagt sie. »Wir sind den Fluss hinabgetrieben und …«

Sie unterbricht sich, denn sie bemerkt, wie ich zum Fußende des Betts blicke.

Dorthin, wo Manchee nicht ist.

Ich erinnere mich wieder.

Meine Brust wird eng, meine Kehle schnürt sich zusammen. In meinem Lärm höre ich ihn bellen. *»Todd?«*, fragt er, verwundert, dass ich ihn zurücklasse. *»Todd?«*, mit einem Fragezeichen, so wie er immer gefragt hat, wenn er wissen wollte, wohin ich ohne ihn gehe.

»Er ist tot«, sage ich zu mir selbst.

Viola scheint etwas antworten zu wollen, aber als ich zu ihr hochschaue, glitzert es in ihren Augen, und sie nickt nur. Das war die Antwort, mehr wollte ich gar nicht hören.

Er ist tot.

Er ist tot.

Und ich weiß nicht, was ich sagen soll.

»Ist das Lärm, was ich da höre?«, fragt eine laute Stimme durch eine Tür hindurch, die sich jetzt am Fußende des Betts öffnet. Ein Mann, dessen eigener Lärm ihm vorauseilt, kommt herein, ein großer Mann, hochgewachsen und breitschultrig, mit einer Brille, die seine Augen hervortreten lässt, mit wirrem Haar und einem schiefen Lächeln. Sein Lärm spricht so von Erleichterung und Freude, dass ich mich beherrschen muss, um nicht aus dem Fenster hinter mir zu klettern.

»Doktor Snow«, stellt Viola den Mann vor und hüpft schnell vom Bett, um ihm Platz zu machen.

»Schön, dich endlich richtig kennenzulernen, Todd«, begrüßt mich Doktor Snow mit breitem Grinsen. Er setzt sich aufs Bett und holt ein Gerät aus der Hemdtasche hervor. Zwei Enden davon steckt er sich in die Ohren, das andere Ende drückt er mir wortlos auf die Brust.

»Kannst du mir einen Gefallen tun und tief atmen?«

Ich tue gar nichts, schaue ihn nur an.

»Ich will nachsehen, ob deine Lunge wieder frei ist«, sagt er.

Ich weiß jetzt, was mir an ihm auffällt. Er spricht die Wörter fast genauso aus wie Viola.

»Nicht genau so«, bestätigt er, »aber sehr ähnlich.«

»Er ist es, der dich gesund gemacht hat«, fügt Viola hinzu.

Ich schweige und hole tief Luft.

»Gut so«, sagt Doktor Snow und legt sein Gerät an eine andere Stelle auf meiner Brust. »Noch einmal.« Ich atme ein und aus. Und stelle fest, dass ich tatsächlich aus- und einatmen kann, bis meine Lunge prall gefüllt ist.

»Du warst sehr krank«, sagt er. »Ich war mir nicht sicher, ob wir deine Krankheit besiegen würden. Bis gestern war sogar dein Lärm verstummt.« Er schaut mich an. »So etwas ist mir seit Langem nicht mehr untergekommen.«

»Ähm, ja«, sage ich.

»Von einem Angriff der Spackle habe ich seit langer, langer Zeit nichts mehr gehört.«

Ich antworte nicht, atme nur tief durch. »Das ist gut so, Todd«, lobt der Arzt. »Könntest du dein Hemd ausziehen?«

Ich schaue ihn an, dann Viola.

»Ich warte draußen«, sagt sie, und schon ist sie weg.

Ich fasse über den Kopf, um mir das Hemd über die Schultern zu ziehen, und dabei fällt mir auf, dass ich gar keine Schmerzen mehr zwischen meinen Schulterblättern verspüre.

»Hab ein paar Stiche dafür gebraucht«, sagt Doktor Snow

und tritt hinter mich. Er drückt mir den Apparat auf den Rücken.

Ich zucke zurück. »Das ist kalt.«

»Sie ist nicht von deiner Seite gewichen«, fährt er ungerührt fort und hört meine Lunge an verschiedenen Stellen ab. »Nicht einmal zum Schlafen.«

»Wie lange bin ich schon hier?«

»Heute ist der fünfte Morgen.«

»Fünf Tage?« Ich warte seine Antwort erst gar nicht ab, sondern schlage die Decke zurück und stehe auf.

»Wir müssen fort von hier.« Ich bin noch etwas wackelig auf den Beinen, aber immerhin, ich stehe.

Viola lehnt am Türrahmen. »Ich habe versucht es ihnen zu erklären, Todd.«

»Ihr seid hier sicher«, sagt Doktor Snow.

»Das haben wir schon einmal gehört.« Mit einem Blick suche ich Violas Unterstützung, aber sie unterdrückt ein Lächeln, und erst jetzt fällt mir auf, dass ich in löchrigen und fürchterlich abgetragenen Unterhosen vor ihr stehe, die weniger verhüllen, als sie sollten. »Hey!«, rufe ich und bedecke schnell die entscheidenden Stellen mit den Händen.

»Ihr seid hier sicherer als irgendwo sonst«, sagt Doktor Snow hinter mir. Er reicht mir eine Hose, die ordentlich gefaltet auf einem Stoß gewaschener Wäsche hinter meinem Bett lag. »Im Krieg verlief hier eine der wichtigsten Frontlinien. Wir wissen also, wie wir uns verteidigen müssen.«

»Damals waren es Spackle.« Ich drehe mich von Viola weg und ziehe die Hose an. »Aber jetzt sind es Männer. *Tausende* Männer.«

»Stimmt, wenn man den Gerüchten glauben darf«, erwidert Doktor Snow. »Obwohl eine so große Anzahl eigentlich gar nicht möglich ist.«

»Keine Ahnung«, antworte ich. »Aber sie haben Gewehre.«

»Die haben *wir* auch.«

»Und Pferde.«

»Auch die haben wir.«

»Gibt es hier Leute, die sich ihnen anschließen werden?«, frage ich herausfordernd.

Er erwidert nichts, wie ich zufrieden bemerke – und zugleich auch enttäuscht. Ich knöpfe meine Hose zu. »Wir müssen gehen.«

»Ihr müsst euch ausruhen«, sagt der Arzt.

»Wir werden nicht einfach hierbleiben und warten, bis die Armee auftaucht.« Ich wende mich um, denn ich will sehen, ob ich auch für Viola spreche. Ich drehe mich, ohne nachzudenken, dorthin um, wo mein Hund gewartet hätte, damit ich auch ihn fragen kann.

Als mein Lärm das Zimmer mit Gedanken an Manchee überflutet, herrscht einen Augenblick Stille, nur Manchee ist im Raum, hier neben mir, er bellt und bellt und muss mal kacken und bellt noch mehr.

Und stirbt.

Ich weiß nicht, was ich sagen soll.

(Er ist tot, er ist tot.)

Ich fühle mich so leer. So völlig leer.

»Niemand wird dich zwingen, etwas zu tun, was du nicht willst, Todd«, sagt Doktor Snow freundlich. »Aber die Männer des Ältestenrats würden gerne mit dir reden, ehe du uns verlässt.«

Meine Lippen werden schmal. »Worüber?«

»Über alles, was uns helfen könnte.«

»Wie könnte *ich* helfen?« Ich schnappe mir ein gewaschenes Hemd. »Die Armee wird kommen und jeden umbringen, der sich ihr nicht anschließt. So einfach ist das.«

»Hier ist unsere Heimat, Todd«, sagt der Arzt. »Wir werden sie verteidigen. Wir haben keine andere Wahl.«

»Mit mir könnt ihr nicht rechnen«, erwidere ich, da hören wir: »Daddy?«

Ein kleiner Junge steht in der Tür, gleich neben Viola.

Ein richtiger Junge.

Er sieht mich mit weit aufgerissenen Augen an. Sein Lärm ist ein ulkiges, helles, weites Etwas, und ich komme darin vor, **dürr** und **Narbe** und **schlafender Junge** höre ich, und zugleich sind da alle möglichen liebevollen Gedanken an seinen Vater, ausgedrückt allein durch das Wort **Daddy**, das immer wieder vorkommt und alles heißt, was man sich vorstellen kann: Fragen über mich und Freude darüber, seinen Vater zu sehen, dass er ihn liebt, alles in einem Wort.

»Hallo, mein Freund«, begrüßt ihn Doktor Snow. »Jacob, das ist Todd. Er ist gerade aufgewacht.«

Daumen lutschend steht Jacob da und betrachtet mich mit ernster Miene, dann nickt er fast unmerklich. »Die Ziege gibt keine Milch«, sagt er ruhig.

»Sie gibt keine Milch?«, fragt Doktor Snow und steht auf. »Nun, dann müssen wir wohl gleich zu ihr gehen und ihr gut zureden.«

Daddy Daddy Daddy, tanzt Jacobs Lärm.

»Ich kümmere mich um die Ziege«, sagt Doktor Snow zu mir. »Und dann rufe ich die anderen Ältesten zusammen.«

Ich kann nicht aufhören, Jacob anzugaffen. Der nicht aufhören kann, mich anzugaffen.

Er ist mir so viel näher, als die Kinder in Farbranch es waren.

Und er ist so *klein*.

Ob ich auch einmal so klein war?

Doktor Snow redet immer noch. »Ich werde die Ältesten herbringen, und dann werden wir sehen, ob du uns helfen kannst.« Er beugt sich zu mir, bis ich ihn ansehe. »Und ob wir dir helfen können.«

Sein Lärm ist aufrichtig, wahrhaftig. Ich glaube, er meint, was er sagt. Ich glaube trotzdem, dass er sich irrt.

»Vielleicht«, sagt er mit einem Lächeln. »Vielleicht aber auch nicht. Du hast den Ort hier noch nicht einmal gesehen. Komm mit, Jake.« Er nimmt seinen Sohn bei der Hand. »In der Küche ist Essen. Ich wette, ihr sterbt schon vor Hunger. In einer Stunde bin ich wieder da.«

Ich gehe zur Tür und sehe ihnen nach. Jacob, den Daumen immer noch im Mund, blickt sich nach mir um, bis sich hinter ihm und seinem Vater die Tür schließt.

»Wie alt er wohl ist?«, frage ich Viola. »Ich weiß gar nicht, wie alt er ist.«

»Jacob ist vier«, antwortet sie. »Er hat es mir ungefähr achthundertmal erzählt. Aber er ist ein bisschen jung, um Ziegen zu melken.«

»Nicht hier in New World«, sage ich. Ich drehe mich zu ihr um. Sie hat die Hände in die Hüften gestützt und sieht mich ernst an.

»Komm und iss«, sagt sie. »Und dann müssen wir reden.«

33

CARBONEL DOWNS

Sie führt mich in eine Küche, die ebenso sauber und aufgeräumt ist wie das Schlafzimmer. Draußen rauscht immer noch der Fluss vorbei, außerdem hört man den Lärm der Vögel, die Musik …

»Was *ist* das für Musik?«, frage ich und trete ans Fenster. Manchmal glaube ich, dass sie mir bekannt vorkommt, aber wenn ich dann aufmerksamer lausche, höre ich nur Stimmen, die sich mit anderen Stimmen vermischen.

»Sie kommt aus Lautsprechern in der Ortsmitte«, erklärt Viola und stellt eine Platte mit kaltem Braten vor mich hin.

Ich setze mich an den Tisch. »Ist hier ein Fest im Gange?«

»Nein«, antwortet sie mit einer Stimme, die sagen will: *Warte einen Moment.* Sie holt Brot und orangefarbene Früchte, die ich noch nie zuvor gesehen habe, dazu ein rotes Getränk, das nach Beeren und Zucker schmeckt.

Ich lange kräftig zu. »Dann erzähl es mir.«

»Doktor Snow ist ein guter Mensch«, beginnt sie. »Er ist durch und durch gut und freundlich. Er hat sich so sehr angestrengt, dich zu retten, Todd, das kannst du mir glauben.«

»Okay. Und was weiter?«

»Die Musik spielt Tag und Nacht«, sagt sie und sieht mir zu, wie ich esse. »Hier im Haus hört man sie nur leise, aber in der Ortsmitte verstehst du deinen eigenen Gedanken nicht mehr.«

Ich höre auf zu kauen und sage mit vollem Mund: »Wie in der Kneipe.«

»In welcher Kneipe?«

»In der Kneipe in Prent... Woher, glauben die Leute hier, kommen wir?«

»Aus Farbranch.«

»Ich werde mir Mühe geben«, seufze ich und mache mich über das Obst her. »In der Kneipe der Stadt, aus der ich komme, spielte die Musik den ganzen Tag. Sie sollte den Lärm ertränken.«

Sie nickt. »Ich habe Doktor Snow gefragt, weshalb man es hier macht, und er gab mir zur Antwort: ›Damit die Männer ihre Gedanken für sich behalten können.‹«

Ich zucke die Schultern. »Es ist ein fürchterlicher Radau, aber in gewisser Hinsicht ist das doch nicht verkehrt, meinst du nicht? Das ist eben *eine* Art, mit dem Lärm umzugehen.«

»Mit dem Lärm der *Männer*, Todd«, sagt sie. »*Männer*. Ist dir aufgefallen, dass er sagte, er wolle die *Männer* des Ältestenrats bitten, herzukommen und dich zu befragen?«

Mir kommt ein schrecklicher Gedanke. »Sind hier auch alle Frauen gestorben?«

»Oh nein, es gibt Frauen hier«, sagt sie und hantiert mit einem kleinen Küchenmesser. »Sie waschen und kochen, sie bringen die Kinder zur Welt, und alle wohnen in einem großen Haus vor der Stadt, wo sie den Männern nicht in die Quere kommen.«

Ich lasse meine Gabel mit Fleisch wieder sinken. »So etwas

Ähnliches habe ich gesehen, als ich dich suchte. Die Männer schliefen in einem Haus, die Frauen in einem anderen.«

»Todd«, sagt sie und schaut mich an, »sie haben nicht auf mich gehört. Sie haben mir kein Sterbenswörtchen geglaubt. Nichts von dem, was ich ihnen über die Armee berichtet habe. *Kleines Mädchen,* sagen sie zu mir und tätscheln mir den Kopf.« Sie verschränkt die Arme vor der Brust. »Der einzige Grund, weshalb sie jetzt mir dir sprechen wollen, ist, weil Flüchtlingskarawanen auf der Straße am Fluss aufgetaucht sind.«

»Wilf«, sage ich.

Sie mustert mich, liest in meinem Lärm. »Oh«, sagt sie. »Nein, den habe ich nicht gesehen.«

»Warte einen Augenblick.« Ich nehme noch einen Schluck von dem Getränk. Ich habe das Gefühl, dass ich schon seit Jahren nichts mehr zu trinken bekommen habe. »Wie ist es möglich, dass wir der Armee so weit voraus sind? Wie kommt es, dass ich schon fünf Tage hier bin und sie uns noch nicht eingeholt haben?«

»Wir fuhren eineinhalb Tage mit dem Boot.« Sie kratzt mit dem Fingernagel über etwas, was auf dem Tisch kleben geblieben ist.

»Einen ganzen Tag und einen halben«, wiederhole ich nachdenklich. »Wir haben bestimmt viele Meilen zurückgelegt.«

»Ja«, bestätigt sie. »Ich habe das Boot einfach treiben lassen. Ich hatte viel zu viel Angst, um irgendwo anzulegen. Du hättest manchmal deinen Augen nicht getraut ...« Sie schüttelt den Kopf.

Mir fallen Janes Warnungen wieder ein. »Nackte Menschen und Häuser aus Glas?«, frage ich.

Viola wirft mir einen verwunderten Blick zu. »Nein. Nur Armut, schreckliche Armut. Manche Leute haben so ausgeschaut, als würden sie uns auf der Stelle auffressen wollen, deshalb bin ich weitergefahren, und du wurdest dabei kränker und immer kränker, und dann, am zweiten Morgen, sah ich Doktor Snow und Jacob. Sie waren beim Fischen, und in ihrem Lärm konnte ich lesen, dass er Arzt ist, und so seltsam dieser Ort auch sein mag, was die Frauen angeht: Er ist wenigstens sauber.«

Ich blicke mich in der sauberen, so sauberen Küche um. »Wir können nicht bleiben.«

»Nein, das können wir nicht.« Sie stützt den Kopf in die Hände. »Ich hatte solche Angst um dich.« Ich höre das Mitgefühl, das in ihren Worten mitschwingt. »Ich hatte solche Angst, dass die Armee kommt und mir niemand glaubt.« Verzweifelt schlägt sie mit der Faust auf den Tisch. »Und ich habe mich so elend gefühlt wegen …«

Sie unterbricht sich. Verzieht das Gesicht. Schaut weg.

»Manchee.« Ich spreche seinen Namen laut aus, das erste Mal, seit er …

»Es tut mir so leid, Todd.« In ihren Augen stehen Tränen.

»Du kannst nichts dafür.« Ich springe auf und schiebe meinen Stuhl zurück.

»Er hätte dich getötet«, sagt sie, »und danach hätte er Manchee getötet, einfach nur, weil er die Gelegenheit dazu hatte.«

»Hör auf, davon zu reden, bitte.« Ich gehe zurück ins Schlafzimmer. Viola folgt mir. »Ich werde mit diesen Alten reden.« Ich hebe Violas Tasche vom Boden auf und stopfe alles hinein, was an gewaschener Kleidung daliegt. »Und dann gehen wir. Wie weit ist es noch bis Haven, weißt du das?«

Ein Lächeln huscht über Violas Gesicht. »Zwei Tage.«

Überrascht halte ich inne. »So weit flussabwärts sind wir gefahren?«

»So weit sind wir gefahren.«

Ich stoße einen leisen Pfiff aus. Zwei Tage. Nur noch zwei Tage bis nach Haven. Was uns auch immer dort erwarten mag.

»Todd?«

»Was ist?«, frage ich und werfe mir ihre Tasche über die Schulter.

»Ich danke dir«, sagt sie.

»Wofür?«

»Dass du zurückgekommen bist und mich geholt hast.«

Alles ist auf einmal ganz still.

»Ist doch klar.« Ich spüre, wie mein Gesicht zu glühen beginnt, und drehe den Kopf weg. Auch Viola sagt nichts weiter. »Wie ist es dir ergangen?«, frage ich, ohne sie dabei anzuschauen. »Nachdem er dich mitgenommen hat.«

»Ich will wirklich nicht …«, beginnt sie, da hören wir eine Tür zufallen, und ein Singsang Daddy Daddy Daddy kommt vom Hauseingang auf uns zu. Jacob klammert sich am Türrahmen fest, betritt das Zimmer jedoch nicht.

»Daddy hat mich geschickt, ich soll dich holen«, sagt er.

»Oh?« Ich schaue den Jungen mit hochgezogenen Augenbrauen an. »Heißt das, ich soll die andern Männer jetzt gleich treffen?«

Jacob nickt ernst.

»Wenn das so ist, dann kommen wir.« Ich rücke die Tasche auf meinen Schultern zurecht und werfe Viola einen Blick zu. »Und danach gehen wir.«

»Ganz genau«, sagt Viola, und die Art, wie sie es sagt, stimmt mich fröhlich. Wir folgen Jacob hinaus, aber an der Haustür hält er uns auf.

»Nur du«, sagt er und schaut mich an.

»Ich soll was?«

Viola verschränkt die Arme. »Er meint, nur du sollst mit den Ältesten sprechen.«

Jacob nickt, auch diesmal mit größtem Ernst.

Ich blicke zu Viola, dann wieder zu Jacob. »Nun gut«, sage ich und kauere mich nieder, sodass ich genauso groß bin wie er. »Warum gehst du nicht inzwischen zu deinem Vater und sagst ihm, dass wir beide, Viola und ich, gleich kommen werden. Okay?«

Jacob sperrt den Mund auf. »Aber er hat gesagt ...«

»Es ist mir eigentlich egal, was er gesagt hat«, erkläre ich ihm freundlich. »Geh nur.«

Er gibt einen erschrockenen Laut von sich und flitzt zur Tür hinaus.

»Ich glaube, ich muss mir inzwischen nicht mehr von Männern sagen lassen, was ich tun soll.« Ich bin überrascht, wie müde ich klinge, und plötzlich möchte ich nur noch zurück in dieses Bett und noch einmal fünf Tage schlafen.

»Geht es dir so gut, dass du bis nach Haven laufen kannst?«, fragt Viola.

»Versuch mich davon abzuhalten«, erwidere ich, und sie lächelt wieder.

Ich gehe zur Tür hinaus.

Und warte vergebens darauf, dass Manchee mit nach draußen stürmt.

Seine Abwesenheit ist umso qualvoller, je mehr ich ihn noch neben mir spüre. Alle Luft entweicht meiner Lunge und ich muss stehen bleiben, tief einatmen und schlucken.

»Oh Mann«, stöhne ich auf.

Sein letztes *Todd?* wühlt in meinem Lärm wie in einer Wunde.

Das ist auch noch so etwas Seltsames am Lärm. Alles, was dir jemals widerfahren ist, spricht darin einfach weiter, für immer und ewig.

Ich sehe gerade noch die Staubwolke, die Jacob hinter sich herzieht, als er den Weg zwischen den Bäumen hindurch zur Ortsmitte rennt. Ich schaue mich um. Das Haus von Doktor Snow ist nicht gerade groß, aber es reicht bis zu einer Plattform, von der aus man den Fluss überschauen kann. Ein kleiner Anlegesteg und eine winzige Brücke verbinden den breiten Weg, der aus Carbonel Downs kommt, mit der Flussstraße auf der anderen Seite. Die Straße, auf der wir so lange entlanggewandert sind, verschwindet beinahe hinter einer kleinen Allee, aber sie folgt dem Flusslauf und wird uns in zwei Tagesmärschen nach Haven führen.

»Mein Gott«, entfährt es mir. »Verglichen mit dem Rest von New World ist das hier ein Paradies.«

»Zu einem Paradies gehört mehr als nur hübsche Häuser«, sagt Viola.

Doktor Snow hat einen sehr gepflegten Vorgarten angelegt. Entlang des Wegs in die Ortsmitte reihen sich Häuser zwischen den Bäumen und ich höre wieder diese Musik.

Diese unheimliche Musik. Ständig eine andere Melodie, vermutlich, damit man sich nicht an eine gewöhnt. Mir kommt nichts davon bekannt vor, aber hier draußen ist sie viel lauter, ich glaube, man soll auch gar nichts wiedererkennen, aber ich schwöre, ich habe etwas in diesen Tönen wiedererkannt, als ich aufgewacht bin.

»In der Mitte der Ortschaft ist es beinahe unerträglich«, sagt Viola. »Den meisten Frauen käme es gar nicht in den Sinn, das Heim verlassen zu wollen.« Sie zieht die Stirn in Falten. »Ich glaube, das ist der eigentliche Sinn der Sache.«

»Wilfs Frau hat mir mal von einer Siedlung erzählt, in der jeder ...«

Ich breche ab, denn die Musik hat sich verändert. Nur dass sie sich gar nicht verändert hat.

Die Musik aus der Siedlung ist gleich geblieben, wirr plappernd und verdreht wie ein gelenkiger Affe.

Aber da ist noch etwas.

»Hörst du das?«, frage ich.

Ich drehe mich um.

Dann noch einmal. Und auch Viola lauscht und wendet sich um.

»Vielleicht hat jemand einen Lautsprecher jenseits des Flusses aufgestellt?«, überlegt sie. »Damit die Frauen erst gar nicht auf dreiste Ideen kommen.«

Ich höre ihr schon nicht mehr zu.

»Nein«, murmle ich. »Das kann doch nicht sein.«

»Was?«, flüstert Viola, ihre Stimme klingt jetzt ganz anders.

»Pst.« Ich lausche aufmerksam, versuche meinen Lärm leise zu halten, damit ich es hören kann.

»Es kommt vom Fluss her«, raunt Viola.

»Pst.« Mein Herz beginnt zu klopfen, mein Lärm beginnt zu summen, er brummt so laut, dass er mich beim Lauschen stört.

Dort draußen, über dem Rauschen des Wassers und dem Lärm der Vögel, dort draußen ertönt …

»Ein Lied«, sagt Viola leise. »Jemand singt.«

Jemand singt.

Und was er singt, das ist …

Frü-ü-üh am Mo-horgen, wenn die So-ho-honn aufgeht, eine Maid …

Mein Lärm wallt hoch, als ich den Namen rufe.

»Ben.«

34

ACH, VERLASS MICH NIE

Ich rennte zum Ufer, bleibe stehen, lausche.

»Ach, betrüg mich nie.«

»Ben?« Ich will flüstern und schreien, alles zur gleichen Zeit.

Viola kommt keuchend hinter mir her. »Etwa *dein* Ben?«, fragt sie. »Ist es dein Ben?«

Ich winke ab, sie soll still sein. Angestrengt lauschend versuche ich die Geräusche des Flusses, der Vögel, meinen eigenen Lärm herauszufiltern, und dazwischen …

Ach, verlass mich nie.

»Auf der anderen Uferseite«, sagt Viola und läuft über die Brücke, bei jedem Schritt erbebt das Holz. Ich folge ihr, überhole sie, lausche und schaue und lausche und schaue und dort und dort …

Dort, in dem dichten Gebüsch auf der anderen Seite des Gewässers …

Ben.

Es ist Ben.

Er hat sich hinter dem Blattwerk versteckt. Mit einer Hand an einen Baumstamm gelehnt, steht er da und beobachtet mich, wie ich zu ihm komme, beobachtet, wie ich über die Brücke renne, und als ich bei ihm bin, entspannt sich seine Miene, und sein Lärm öffnet sich so weit für mich wie seine Arme, und ich springe auf ihn zu, springe von der Brücke in das Gebüsch. Beinahe werfe ich ihn um, und mein Herz will mir aus dem Leib springen, und mein Lärm ist so klar wie der weite, offene Himmel über uns und …

… alles wird jetzt wieder gut werden.

Alles wird gut werden.

Alles wird gut werden.

Es ist Ben.

Er hält mich fest und sagt: »Todd«, und Viola steht ein paar Schritte hinter uns und wartet, bis wir uns begrüßt haben, und ich drücke ihn an mich, drücke ihn an mich, es ist Ben, großer Gott, es ist Ben, Ben, Ben.

»Ich bin's«, sagt er und lacht ein bisschen, denn ich ersticke ihn beinahe. »Wie schön es ist, dich zu sehen, Todd.«

»Ben«, sage ich und trete einen Schritt zurück. Ich weiß nicht, wohin mit meinen Händen, also packe ich ihn einfach am Hemd und schüttle ihn, um ihm zu zeigen, wie sehr ich ihn liebe. »Ben«, sage ich wieder.

Er nickt und grinst.

Aber um seine Augen sehe ich Falten, und schon höre ich, wie es in ihm hochsteigt, sodass es bald alles andere übertönt, und ich muss ihn fragen: »Cillian?«

Er sagt kein Wort, aber er lässt mich daran teilhaben. Ben, wie er zum Farmhaus zurückrennt, das schon in Flammen steht, schon niederbrennt, ein paar Männer des Bürgermeisters sind noch im Haus, aber Cillian auch, und Ben, es schmerzt ihn, es schmerzt ihn noch immer so sehr.

»Oh nein«, stöhne ich. Mein Magen rebelliert, obwohl ich all das längst vermutet habe.

Aber etwas zu vermuten und etwas zu wissen ist zweierlei.

Ben nickt wieder, langsam und traurig, und ich bemerke erst jetzt, dass er schmutzig ist und an seiner Nase Blut klebt. Er wirkt, als habe er seit einer Woche nichts gegessen, aber es ist immer noch Ben. Er kann noch immer wie kein anderer in meinem Lärm lesen, denn schon fragt er mich stumm nach Manchee, und ich zeige ihm, was geschehen ist. Dabei steigen mir die Tränen in die Augen, und er schließt mich in die Arme, und ich weine – um meinen Hund, um Cillian und um das Leben, das hinter uns liegt.

»Ich habe ihn zurückgelassen«, wiederhole ich immer wieder, hustend und mit rotztriefender Nase. »Ich habe ihn zurückgelassen.«

»Ich weiß«, sagt er, und es stimmt, denn ich höre das Gleiche in seinem Lärm. Ich habe ihn zurückgelassen, denkt er.

Aber nach nur einer Minute stößt er mich sanft zurück und sagt: »Hör zu, Todd, wir haben nicht viel Zeit.«

»Nicht viel Zeit wofür?«, schniefe ich, aber ich merke, dass er zu Viola hinüberschaut.

»Hallo«, sagte sie zögernd und misstrauisch.

»Hallo«, sagt Ben, »das bist sicher du.«

»Ja, das bin ich«, sagt sie.

»Du hast auf Todd aufgepasst?«

»Wir haben aufeinander aufgepasst.«

»Gut«, sagt Ben, und sein Lärm wird warm und traurig. »Gut.«

»Komm mit.« Ich fasse ihn am Arm, will ihn zur Brücke ziehen. »Wir besorgen dir etwas zu essen. Und hier ist ein Arzt ...«

Aber Ben rührt sich nicht vom Fleck.

»Kannst du für uns Wache stehen?«, fragt er Viola. »Sag uns, wenn du irgendetwas siehst, egal was. Ob in der Siedlung oder auf der Straße.«

Viola nickt und wirft mir einen letzten Blick zu, ehe sie uns allein lässt.

»Alles ist viel schlimmer als gedacht«, beginnt Ben leise, seine Stimme ist dumpf, die Worte stechen wie ein Herzanfall. »Ihr müsst nach Haven. So schnell ihr könnt.«

»Das weiß ich, Ben«, sage ich. »Warum bist du …«

»Eine Armee ist hinter dir her.«

»Ich weiß. Und Aaron noch dazu. Aber jetzt, wo du da bist, können wir doch …«

»Ich kann nicht mitkommen«, sagt er.

Mein Mund bleibt offen stehen. »Was? *Natürlich* kannst du.«

Er schüttelt den Kopf. »Du weißt, dass es nicht geht.«

»Wir werden einen Weg finden.« Doch schon beginnt mein Lärm wie rasend zu zappeln, zu denken, zu erinnern.

»Ein Mann aus Prentisstown ist nirgendwo in New World willkommen«, sagt Ben.

Ich nicke. »Auch über *Jungen* aus Prentisstown ist man nicht allzu erfreut.«

Er fasst mich am Arm. »Hat dir jemand wehgetan?«

Ich blicke ihn an. »Viele Leute haben das«, antworte ich ruhig.

Er beißt sich auf die Unterlippe und sein Lärm wird noch trauriger.

»Ich habe dich gesucht«, sagt er. »Tag und Nacht. Ich bin der Armee gefolgt, habe mich an ihr vorbeigeschlichen, habe sie überholt, habe mich überall erkundigt nach einem Jungen und einem

Mädchen, die alleine unterwegs sind. Und jetzt habe ich dich gefunden und du bist wohlauf. Ich wusste, dass es so sein würde. Ich wusste es.« Er seufzt, und in seinem Seufzer schwingt so viel Liebe und Trauer mit, dass ich weiß, er spricht die Wahrheit. »Aber ich bin eine Gefahr für dich in New World.« Er deutet auf das Gebüsch, in dem wir uns verstecken – wie die Diebe. »Den Rest des Wegs musst du alleine schaffen.«

»Ich bin nicht allein«, sage ich, ohne nachzudenken.

Er lächelt, es ist noch immer ein trauriges Lächeln. »Nein«, sagt er, »das bist du nicht.« Er schaut sich um, späht durch das Blattwerk über den Fluss, zu Doktor Snows Haus. »Du warst krank?«, fragt er. »Gestern Morgen habe ich deinen Lärm gehört, wie er zum Fluss herabgeweht kam, aber er klang fiebrig und verschlafen. Seitdem habe ich hier gewartet. Ich hatte Angst, irgendetwas wäre nicht in Ordnung.«

»Ich war krank«, sage ich. Scham überzieht meinen Lärm wie zäher Nebel.

Ben blickt mich prüfend an. »Was ist geschehen, Todd?« Er liest einfühlsam in meinen Gedanken, wie er es immer getan hat. »Was ist geschehen?«

Ich öffne meinen Lärm für ihn, lasse ihn teilhaben an allem, was mir bisher widerfahren ist. Ich zeige ihm die Krokodile, die Aaron angegriffen haben, die Flucht durch den Sumpf, Violas Raumschiff, die Hetzjagd des Bürgermeisters auf mich, die Brücke, Hildy und Tam, Farbranch und alles, was sich dort ereignet hat, die Weggabelung, Wilf und die zotteligen Viecher, die immerzu *Hier* sangen, Prentiss junior und Viola, die mich gerettet hat.

Und den Spackle.

Und das, was ich ihm angetan habe.

Ich kann Ben nicht in die Augen schauen.

»Todd«, sagt er.

Ich kann nicht aufblicken.

»Todd«, sagt er wieder. »Schau mich an.«

Ich schaue hoch. Seine Augen sind so strahlend blau wie immer. »Wir alle haben Fehler gemacht, Todd. Jeder von uns.«

»Ich habe es umgebracht«, sage ich. Ich schlucke. »Ich habe *ihn* umgebracht. Er war ein lebendes Wesen.«

»Du hast es nicht anders gewusst. Du hast das getan, was du für das Beste hieltest.«

»Und das *reicht* als Entschuldigung?«

Aber in seinem Lärm ist noch etwas. Etwas, was unbedingt erzählt werden will.

»Was ist, Ben?«

Er holt tief Luft. »Es ist an der Zeit, dass du Bescheid weißt, Todd«, beginnt er. »Es ist an der Zeit, dass du die Wahrheit erfährst.«

Äste knacken und Viola kommt zu uns gerannt. »Ein Pferd, auf der Straße«, stößt sie atemlos hervor.

Wir lauschen angespannt. Hufgetrappel auf der Flussstraße, es nähert sich schnell. Ben verzieht sich tiefer ins Gebüsch. Wir folgen ihm, aber der Reiter ist so schnell, er scheint sich nicht im Geringsten für uns zu interessieren. Wir hören, wie er vorbeidonnert und auf die Brücke galoppiert, die Hufe klappern auf den Brettern, dann auf dem staubigen Weg, bis die Musik aus den Lautsprechern sie verschluckt hat.

»Er bringt bestimmt keine guten Neuigkeiten«, vermutet Viola.

»Wahrscheinlich von der Armee«, sagt Ben. »Inzwischen dürfte sie nicht mehr als ein paar Stunden von hier entfernt sein.«

»Was!?« Entsetzt springe ich auf, Viola ebenso.

»Ich habe dir doch gesagt, wir haben nicht viel Zeit«, sagt Ben.

»Dann müssen wir *sofort* gehen!«, fordere ich ihn auf. »Du musst mitkommen. Wir werden den Leuten in Carbonel Downs sagen …«

»Nein«, unterbricht er mich. »Seht zu, dass ihr nach Haven kommt. Das ist alles, was ihr tun könnt. Das ist das Beste.«

Unsere Fragen prasseln nur so auf ihn herab.

»Sind wir in Haven sicher?«, fragt Viola. »Auch vor einer ganzen Armee?«

»Stimmt es, dass es dort ein Heilmittel gegen den Lärm gibt?«

»Existieren dort Funkgeräte? Werde ich mit meinen Leuten im Raumschiff sprechen können?«

»Meinst du *wirklich*, dass wir dort sicher sind?«

Ben hebt abwehrend die Hände. »Ich weiß es nicht. Ich war seit zwanzig Jahren nicht mehr dort.«

Viola baut sich vor ihm auf.

»Zwanzig Jahre?«, fragt sie ungläubig. *»Zwanzig Jahre?«* Ihre Stimme wird schrill. »Wie sollen wir dann wissen, was uns dort erwartet? Wie sollen wir wissen, ob es Haven überhaupt noch gibt?«

Ich wische mir mit der Hand übers Gesicht, und ich glaube, es ist die Leere, die Manchee hinterlassen hat, die mich auf einmal erkennen lässt, was ich mir zuvor nie eingestanden habe.

»Das weiß keiner«, sage ich, und in diesem Moment sage ich nichts als die reine Wahrheit. »Wir wissen es nicht und haben es nie gewusst.«

Viola schluchzt leise auf. Sie lässt die Schultern sinken. »Nein«, sagt sie dann. »Ich schätze, du hast recht.«

»Aber es gibt immer Hoffnung«, sagt Ben. »Du darfst nie aufhören zu hoffen.«

Wir schauen ihn an, es muss wohl ein Wort dafür geben, wie wir ihn anschauen, aber ich kenne es nicht. Wir schauen ihn an, als spräche er in einer fremden Sprache zu uns, als hätte er gerade beschlossen, auf einen der Monde auszuwandern, als würde er uns versichern, dass alles nur ein schlimmer Traum gewesen ist, und jetzt gibt's Süßigkeiten für alle.

»Da draußen ist nicht viel Hoffnung, Ben«, sage ich schließlich.

Er schüttelt den Kopf. »Was, glaubt ihr, hat euch immer weitergehen lassen? Was, glaubt ihr, hat euch bis hierher gebracht?«

»Angst«, antwortet Viola.

»Verzweiflung«, antworte ich.

»Nein«, sagt er. »Nein. Ihr seid viel weiter gekommen, als die meisten Leute auf diesem Planeten ihr ganzes Leben lang kommen werden. Ihr habt Hindernisse und tödliche Gefahren überwunden. Ihr habt eine Armee abgewehrt und einen Irren, du hast eine tödliche Krankheit überstanden und Dinge gesehen, die nur wenige sehen werden. Wie, glaubst du, hättest du so weit kommen können ohne Hoffnung?«

Viola und ich blicken einander an.

»Ich verstehe, was du uns sagen willst, Ben«, fange ich an, »aber …«

»Hoffnung«, fährt er fort und drückt dabei meinen Arm ganz fest. »Es ist die Hoffnung. Ich stehe hier und sage dir, es gibt

Hoffnung für euch, Hoffnung für euch beide.« Er schaut Viola an, dann mich. »Die Hoffnung, dass alles gut wird.«

»Aber keine Gewissheit«, wirft sie ein. Und so gern ich diesen Gedanken unterdrücken möchte, mein Lärm gibt ihr recht.

»Das stimmt«, sagt Ben, »aber ich glaube fest daran. Ich glaube es um euretwillen. Und das nennt man Hoffnung.«

»Ben ...«

»Selbst wenn ihr es nicht glaubt«, fährt er fort, »dann glaubt wenigstens, dass ich es tue.«

»Es fiele mir leichter zu glauben, wenn du mit uns kämst«, sage ich.

»Heißt das: Mitkommen ist nicht?«, fragt Viola. Sie ist über sich selbst verwundert und verbessert rasch: »Dass er nicht mitkommt?«

Ben öffnet den Mund zu einer Antwort, überlegt es sich dann aber anders.

»Was ist die Wahrheit, Ben?«, frage ich. »Die Wahrheit, die ich kennen muss.«

Ben holt tief durch die Nase Luft. »Okay«, sagt er dann.

Auf der anderen Seite des Flusses ruft jemand laut: »Todd?«

Jetzt fällt uns auf, dass die Musik in Carbonel Downs im Wettstreit liegt mit dem Lärm von Männern, die gerade die Brücke überqueren.

Dem Lärm von vielen Männern.

Das ist der andere Zweck der Musik, denke ich. Dass man die Männer nicht kommen hört.

»Viola?« Es ist Doktor Snow. »Was macht ihr beiden dort drüben?«

Ich richte mich auf. Doktor Snow kommt über die Brücke, er

hat den kleinen Jacob an der Hand. Ihm folgen ein paar Männer, die weniger freundlich dreinschauen als er, sie beäugen uns argwöhnisch, und sie sehen Ben und mich und beobachten, wie ich und Viola mit ihm sprechen.

Als sie begreifen, was sie da sehen, nimmt ihr Lärm plötzlich eine völlig andere Farbe an.

Und ich begreife, dass einige von ihnen Gewehre haben.

»Ben?«, frage ich leise.

»Ihr müsst fliehen«, raunt er halblaut. »Ihr müsst sofort fliehen, *jetzt.*«

»Ich werde dich nicht verlassen. Nicht schon wieder.«

»Todd …«

»Zu spät«, sagt Viola.

Denn sie sind schon da, sie haben die Brücke überquert und kommen auf uns zu.

Doktor Snow ist als Erster bei uns. Er mustert Ben von Kopf bis Fuß. »Wen haben wir denn hier?«

Und sein Lärm klingt alles andere als freundlich.

35

DAS GESETZ

»DAS IST BEN«, SAGE ICH und plustere meinen Lärm auf, damit ich sämtliche Fragen der Männer abschneiden kann.

»Und was ist Ben normalerweise?«, fragt Doktor Snow, der ihn aus hellwachen Augen prüfend anblickt.

»Ben ist mein Pa«, antworte ich. Das ist doch wahr, oder nicht? Er ist es, und zwar in jeder Beziehung. »Mein Vater.«

Ich höre, wie Ben hinter mir sagt: »Todd«, in seinem Lärm vermischen sich alle möglichen Gefühle, aber am deutlichsten höre ich die Warnungen heraus.

»Dein Vater?«, fragt ein bärtiger Mann, der hinter Doktor Snow steht, seine Finger umklammern den Schaft seines Gewehrs, aber er legt es nicht an. Noch nicht.

»Du solltest dir gut überlegen, von wem du behauptest, er sei dein Vater, Todd«, sagt Doktor Snow langsam und zieht Jacob ein Stückchen näher an sich.

»Du hast gesagt, der Junge komme aus Farbranch«, mischt sich ein Dritter ein. Er hat ein dunkelrotes Muttermal unter dem Auge.

»Das hat das Mädchen jedenfalls gesagt. So ist es doch, Vi?«

Viola weicht seinem Blick nicht aus, aber sie schweigt.

»Man kann nichts darauf geben, was die Weibsleute behaupten«, sagt der Bärtige. »Jede Wette, der hier kommt aus Prentisstown.«

»Und führt die Armee direkt zu uns«, fügt der mit dem Muttermal hinzu.

»Der Junge ist unschuldig«, sagt Ben. Als ich mich umdrehe, sehe ich, dass er seine Hände erhoben hat. »Ich bin derjenige, den ihr haben wollt.«

»Falsch«, sagt der Bärtige, und seine Stimme wird immer wütender. »Du bist derjenige, den wir hier eben nicht haben wollen.«

»Einen Augenblick, Fergal«, sagt Doktor Snow. »Irgendetwas stimmt hier nicht.«

»Du kennst das Gesetz«, sagt das Muttermal.

Das Gesetz.

In Farbranch haben sie auch vom Gesetz geredet.

»Ich weiß aber auch, dass dies keine normalen Zeiten sind«, sagt Doktor Snow. »Sie sollten wenigstens die Gelegenheit haben, uns alles zu erklären.«

Ich höre, wie Ben tief Luft holt. »Nun, ich …«

»Du nicht«, unterbricht ihn der Bärtige.

»Also, was hast du uns zu erzählen, Todd?«, fordert mich Doktor Snow auf. »Es ist äußerst wichtig, dass du uns die Wahrheit erzählst.«

Ich schaue von Viola zu Ben und zurück.

Welche Wahrheit soll ich ihnen erzählen?

Ich höre, wie der Abzugshahn eines Gewehrs gespannt wird. Der Bärtige hat seine Waffe angelegt. Und ein, zwei Männer hinter ihm ebenfalls.

»Je länger du wartest«, sagt der Bärtige, »desto mehr macht ihr euch als Spione verdächtig.«

»Wir sind keine Spione«, beteure ich sofort.

»Die Armee, von der dein Mädchen gesprochen hat, wurde am Fluss gesichtet«, erzählt Doktor Snow. »Einer unserer Kundschafter hat gerade berichtet, dass sie weniger als eine Stunde von uns entfernt ist.«

Ich höre, wie Viola flüstert: »Oh nein.«

»Sie ist nicht mein Mädchen«, sage ich leise.

»Wie bitte?«, fragt Doktor Snow.

»Was?«, fragt Viola.

»Sie gehört niemandem, nur sich selbst«, sage ich.

Viola schaut mich an, wie sie mich *noch nie* angesehen hat.

»Wie auch immer«, sagt der mit dem Muttermal. »Eine Armee aus Prentisstown marschiert auf unsere Stadt zu, und ein Mann aus Prentisstown versteckt sich hier im Gebüsch, zusammen mit einem Jungen aus Prentisstown, der in der letzten Woche in unserer Mitte gelebt hat. Wenn ihr mich fragt, die Sache stinkt zum Himmel.«

»Er war krank«, sagt Doktor Snow. »Er hätte es fast nicht überlebt.«

»Das behauptest du«, erwidert der mit dem Muttermal.

Doktor Snow dreht sich langsam zu ihm um. »Willst du damit andeuten, dass ich ein Lügner bin, Duncan? Hast du vergessen, dass du mit dem Vorsitzenden des Ältestenrats sprichst?«

»Willst du mir erzählen, das hier ist keine abgekartete Sache, Jackson?«, fragt der mit dem Muttermal. Er lässt sich nicht einschüchtern, sondern hebt seine Waffe. »Wir werden zu Zielscheiben. Wer weiß, welche Hinweise sie ihrer Armee gegeben haben.« Er richtet seine Waffe auf Ben. »Aber damit ist jetzt Schluss.«

»Wir sind keine *Spione*«, beteure ich noch einmal. »Wir sind auf der Flucht vor dieser Armee und das solltet ihr auch sein.«

Die Männer werfen einander fragende Blicke zu.

In ihrem Lärm höre ich den Gedanken: lieber vor der Armee weglaufen als die Stadt verteidigen. Ich sehe auch, wie die Wut in ihnen hochkocht, die Wut darüber, eine solche Entscheidung treffen zu müssen, die Wut darüber, nicht zu wissen, wie man die Stadt und seine Familie am besten beschützen soll. Und ich sehe, wie sich ihre Wut auf ein einziges Ziel richtet: nicht auf die Armee, nicht auf ihre eigene Verbohrtheit, die sie trotz Violas zahlreicher Warnungen unvorbereitet bleiben ließ, nicht auf den Zustand, in dem sich die Welt befindet.

Ihre ganze Wut richtet sich gegen Ben.

Die ganze Wut, die sie auf Prentisstown haben, richten sie auf einen einzigen Mann.

Doktor Snow kniet sich neben Jacob, damit er eben so groß ist wie er. »Hallo, mein Freund«, sagt er zu seinem Sohn. »Wie wär's, wenn du schon mal ins Haus gehst?«

Daddy Daddy Daddy höre ich in Jacobs Lärm. »Warum, Daddy?«, fragt er und starrt mich dabei an.

»Na ja, ich wette, die Ziege fühlt sich langsam einsam«, sagt Doktor Snow. »Und wer möchte schon eine Ziege haben, die sich langweilt, hm?«

Jacob schaut seinen Vater an, dann wieder mich, dann schaut er die Männer an, die um uns herumstehen. »Warum seid ihr so zornig?«, fragt er.

»Ach«, sagt Doktor Snow, »wir versuchen gerade, uns über

einige Dinge klar zu werden, mehr nicht. Das wird sich alles sehr bald lösen. Aber jetzt musst du nach Hause laufen und dich um die Ziege kümmern.«

Jacob denkt einen Moment darüber nach, dann sagt er: »Einverstanden, Daddy.«

Doktor Snow drückt ihm einen Kuss auf den Scheitel und zerzaust sein Haar. Jacob rennt über die Brücke zurück zum Haus. Als der Arzt sich umdreht, folgen ihm sämtliche Gewehre und zeigen auf uns.

»Du siehst selbst, es steht nicht zum Besten, Todd«, sagt er, und in seiner Stimme schwingt aufrichtige Trauer mit.

»Er weiß nichts«, sagt Ben.

»Halt die Klappe, du Mörder«, blafft der Bärtige und fuchtelt mit seinem Gewehr herum.

Mörder?

»Sag mir die Wahrheit«, wendet sich Doktor Snow an mich. »Seid ihr aus Prentisstown?«

»Er hat mich vor den Leuten aus Prentisstown *gerettet*«, mischt Viola sich ein. »Wenn er nicht gewesen wäre …«

»Halt den Mund, Mädchen«, sagt der Bärtige.

»Jetzt ist nicht die Zeit, dass Frauen sprechen, Vi«, sagt auch Doktor Snow.

»Aber …«, sagt Viola und läuft rot an.

»Bitte«, sagt der Arzt zu ihr, dann wendet er sich wieder an Ben. »Was hast du eurer Armee erzählt? Wie viele Leute wir hier haben? Welche Verteidigungsmaßnahmen wir treffen?«

»Ich bin vor der Armee *geflohen*«, beteuert Ben mit erhobenen Händen. »Schaut mich doch an. Sehe ich etwa aus wie ein Soldat? Ich habe ihnen gar nichts erzählt. Ich war auf der Flucht, ich habe meinen …« Er zögert, und ich weiß auch, warum. »Ich habe meinen Sohn gesucht«, sagt er schließlich.

»Und das hast du getan, obwohl du das Gesetz kennst?«, fragt Doktor Snow.

»Ich kenne es«, bestätigt Ben. »Wie sollte ich nicht?«

»Welches verdammte GESETZ?«, schreie ich hinaus. »Wovon, zum Teufel, sprecht ihr alle?«

»Todd ist unschuldig«, beteuert Ben. »Hört in seinen Lärm hinein, solange ihr wollt, ihr werdet sehen, dass ich nicht lüge.«

»Man darf ihnen nicht trauen«, sagt der Bärtige und behält sein Gewehr im Anschlag. »Ihr wisst, dass man ihnen nicht trauen darf.«

»Wir wissen gar nichts«, widerspricht ihm Doktor Snow. »Schon seit mehr als zehn Jahren nicht.«

»Wir wissen, dass sie sich zu einer Armee zusammengerottet haben«, beharrt der mit dem Muttermal.

»Ja, aber ich sehe nicht, welchen Verbrechens sich dieser Junge schuldig gemacht haben soll«, sagt Doktor Snow. »Ihr etwa?«

In dutzendfacher Verstärkung prasselt ihr Lärm auf mich ein wie Stockhiebe.

Dann wendet der Arzt sich Viola zu. »Und alles, was sich dieses Mädchen zuschulden kommen ließ, ist eine Lüge, mit der sie das Leben ihres Freundes retten wollte.«

Viola schaut weg, ihr Gesicht ist noch immer rot vor Zorn.

»Außerdem haben wir viel größere Probleme«, fährt Doktor Snow fort. »Eine Armee rückt gegen uns vor, und wir haben keine Ahnung, ob sie etwas über unsere Verteidigungsmöglichkeiten wissen.«

»Wir sind keine SPIONE!«, schreie ich.

»Nehmt den Jungen und das Mädchen mit in die Stadt zurück«, sagt Doktor Snow ruhig. »Das Mädchen kann bei den Frauen bleiben, und der Junge ist kräftig genug, dass er mit uns kämpfen kann.«

»So wartet doch!«, schreie ich noch lauter.

Doktor Snow beachtet mich nicht und sagt stattdessen zu Ben: »Ich bin überzeugt davon, dass du nichts weiter bist als ein Mann, der seinen Sohn gesucht hat. Aber Gesetz ist nun mal Gesetz.«

»Du hast also eine Entscheidung getroffen?«, fragt der Bärtige.

»Wenn die Ältesten einverstanden sind«, sagt Doktor Snow. Alle nicken, zögernd, ernst, knapp. Doktor Snow sieht mich an. »Es tut mir leid, Todd.«

»Wartet!«

Aber der mit dem Muttermal ist schon zu mir getreten und packt mich am Arm.

»Lass mich los!«

Ein anderer will Viola festhalten, aber sie wehrt sich ebenso sehr wie ich.

»Ben!«, rufe ich und wende den Kopf. »Ben!«

»Geh, Todd«, sagt er nur.

»Nein, Ben!«

»Vergiss nicht, ich liebe dich.«

»Was haben sie mit dir vor?« Ich versuche mich loszureißen, blicke Doktor Snow flehend an. »Was macht ihr mit ihm?«

Er gibt mir keine Antwort, aber ich kann es in seinem Lärm lesen. Was das Gesetz verlangt.

»Zur HÖLLE mit euch!«, schreie ich, und mit meiner freien Hand greife ich nach meinem Messer. Ich hole aus, treffe die

Hand des Mannes mit dem Muttermal und versetze ihm einen Schnitt quer über den Handrücken. Er schreit auf und lässt mich los.

»Lauf!«, rufe ich Ben zu. »Lauf endlich!«

Ich sehe, wie Viola dem Mann, der sie festhält, in die Hand beißt. Er schreit auf und taumelt zurück.

»Du auch!«, rufe ich. »Lauf!«

»Das würde ich nicht tun«, sagt der Bärtige. Überall knacken die Gewehre.

Der mit dem Muttermal stößt einen Fluch aus und holt mit dem Arm nach mir aus, aber ich halte das Messer vor mich. »Versuch's doch!«, zische ich. »*Na los!*«

»ES REICHT!«, schreit Doktor Snow.

In der schlagartig eingetretenen Stille hören wir plötzlich Hufgetrappel.

Tam-tata-tamm, tata-tamm.

Pferde. Vielleicht fünf. Zehn. Vielleicht fünfzehn.

Sie donnern die Straße entlang, als wäre der Teufel selbst hinter ihnen her.

»Kundschafter?«, frage ich Ben, obwohl ich weiß, dass es keine Kundschafter sind.

Er schüttelt den Kopf. »Ein Voraustrupp.«

»Sie sind sicher bewaffnet«, sage ich zu Doktor Snow und den Männern und überlege fieberhaft. »Sie haben bestimmt so viele Gewehre wie ihr.«

Doktor Snow überlegt. Ich sehe, wie sein Lärm flirrt, sehe, dass er überlegt, wie viel Zeit ihnen bleibt, bis die Reiter hier sind, wie viele Schwierigkeiten ich und Ben und Viola ihnen bereiten könnten, wie viel Zeit wir sie kosten könnten.

Und ich sehe, wie er einen Entschluss fasst.

»Lasst sie laufen.«

»Was?«, sagt der Bärtige. In Gedanken brennt er geradezu darauf abzudrücken. »Er ist ein Verräter und ein Mörder.«

»Wir haben eine Stadt zu verteidigen«, sagt Doktor Snow entschlossen. »Ich habe einen Sohn, den ich beschützen muss. Und du auch, Fergal.«

Der Bärtige sieht ihn stirnrunzelnd an, sagt jedoch kein Wort.

Tam-tata-tamm, tata-tamm, tönt es von der Straße her.

»Geht«, sagt der Arzt zu uns. »Ich kann nur hoffen, dass nicht ihr es wart, die unser Schicksal besiegelt habt.«

»Das haben wir nicht«, versichere ich ihm, »und das ist die reine Wahrheit.«

Doktor Snow presst die Lippen zusammen. »Ich möchte dir gern glauben.« Dann befiehlt er den Männern: »Los! Auf eure Posten! Schnell!«

Die Männer eilen nach Carbonel Downs zurück, der Bärtige und der mit dem Muttermal sind noch im Fortgehen zornig auf uns, sie suchen noch immer eine Gelegenheit abzudrücken, doch wir bieten ihnen keine. Wir sehen nur zu, wie sie abziehen.

Ich merke, dass ich zittere.

»Verfluchter Mist!«, sagt Viola. Sie scheint wacklig auf den Beinen.

»Wir müssen von hier verschwinden«, sage ich zu ihr. »Die Armee interessiert sich mehr für uns als für die anderen.«

Ich habe Violas Tasche bei mir, obwohl darin nur noch ein paar Kleidungsstücke, die Wasserflaschen, das Fernglas und das Buch meiner Mutter in dem Plastikbeutel stecken. Alles, was uns auf dieser Welt geblieben ist.

Wir sind also bereit zum Aufbruch.

»So etwas wird uns immer wieder passieren«, sagt Ben. »Ich darf nicht mit euch gehen.«

»Natürlich kommst du mit«, sage ich. »Du kannst später weggehen, aber jetzt wirst du uns begleiten. Wir werden dich nicht der Armee in die Hände fallen lassen.« Ich blicke Viola an. »Stimmt's?«

Sie drückt die Schultern zurück und setzt einen entschlossenen Blick auf. »Stimmt«, antwortet sie.

»Das wäre also abgemacht«, stelle ich fest.

Ben runzelt die Stirn. »Aber nur, bis ich weiß, dass ihr in Sicherheit seid.«

»Wir reden zu viel«, sage ich. »Wir sollten besser laufen.«

36

ANTWORTEN AUF FRAGEN

Wir marschieren mitten durch den Wald und halten uns aus naheliegenden Gründen von der Flussstraße fern – wie immer in Richtung Haven und weg von Carbonel Downs, so schnell uns die Füße tragen.

Keine zehn Minuten sind vergangen, als wir die ersten Schüsse hören.

Wir blicken nicht zurück. Wir blicken nicht zurück.

Wir laufen und die Schüsse werden leiser.

Wir laufen und laufen.

Viola und ich sind schneller als Ben, deshalb werden wir manchmal langsamer, damit er aufholen kann.

Wir kommen an einer, dann zwei verlassenen, kleinen Siedlungen vorbei. Hier haben die Einwohner die Gerüchte, die der Armee vorausgeeilt sind, offenbar ernster genommen als in Carbonel Downs. Die ganze Zeit über bleiben wir in dem Wald zwischen Fluss und Straße, sehen jedoch nirgendwo eine Flüchtlingskarawane. Die Menschen müssen sich sehr beeilt haben, um nach Haven zu kommen.

Es wird Nacht und wir marschieren weiter.

»Ist alles in Ordnung mit dir?«, frage ich Ben, als wir am Ufer haltmachen, um die Wasserflaschen nachzufüllen.

»Weiter«, antwortet er keuchend. »Geht weiter.«

Viola wirft mir einen besorgten Blick zu.

»Tut mir leid, dass wir nichts zu essen haben«, sage ich, aber er schüttelt nur den Kopf und schnauft: »Weiter.«

Also laufen wir weiter.

Es wird Mitternacht und wir laufen weiter.

(Keine Ahnung, wie lange wir noch so laufen müssen. Aber wen interessiert das überhaupt?)

Irgendwann sagt Ben: »Wartet.«

Er bleibt stehen, stützt die Hände auf die Knie und atmet schwer und ungesund.

Ich sehe mich im Licht der beiden Monde um. Viola ebenfalls. Dann zeigt sie mit dem Finger. »Dort.«

»Da hinauf, Ben«, sage ich und deute auf den kleinen Hügel, den Viola gemeint hat. »Oben hat man eine gute Sicht.«

Ben nickt, holt tief Luft und folgt uns. Die Bäume stehen sehr dicht, aber wir finden einen häufig benutzten Pfad, und oben befindet sich eine Lichtung.

Als wir die Anhöhe erreichen, sehen wir auch, warum hier so viele hinaufgelaufen sind.

»Ein Friedhof«, sage ich.

»Ein was?«, fragt Viola. Sie lässt den Blick über die viereckigen Steinplatten schweifen, die auf den Gräbern liegen. Es sind hundert, vielleicht sogar zweihundert, alle sauber aufgereiht, dazwischen kurz geschnittenes Gras. Das Leben der Siedler ist beschwerlich und oft kurz, viele Bewohner von New World haben den Überlebenskampf verloren.

»Es ist ein Ort, an dem man Tote begräbt«, erkläre ich ihr.

Sie reißt die Augen auf. »Ein Ort wofür?«

»Sterben die Menschen im Weltraum nicht?«, frage ich.

»Doch«, sagt sie und verzieht das Gesicht. »Aber wir verbrennen sie. Wir legen sie nicht in *Löcher*.« Sie schaut sich auf dem Friedhof um. »Hygienisch ist das nicht gerade.«

Ben schweigt noch immer. Er lässt sich neben einen Grabstein fallen und ringt nach Luft. Ich nehme einen Schluck aus der Wasserflasche, dann reiche ich sie ihm. Von hier oben kann man einen Teil der Straße überblicken und auch den Fluss, der jetzt links von uns fließt. Der Himmel ist klar, die Sterne leuchten, die Monde über uns sind im Zunehmen.

»Ben?«, frage ich und schaue in die Nacht hinaus.

»Ja?«, antwortet er und trinkt.

»Geht's dir gut?«

»Ja.« Sein Atem ist fast wieder normal. »Ich bin ein Mann für die Farmarbeit. Ich bin kein Läufer.«

Ich betrachte die beiden Monde. Der kleinere scheint den größeren zu jagen. Die beiden Gestirne spenden genug Licht, um Schatten zu werfen, und sie kümmern sich nicht um die Mühsal der Menschen.

Ich lausche in mich hinein, versenke mich in meinen Lärm. Und ich erkenne, dass ich bereit bin.

Jetzt ist die letzte Gelegenheit.

Und ich bin bereit.

»Ich glaube, es ist so weit.« Ich suche Bens Blick. »Wenn überhaupt, dann jetzt.«

Er leckt sich über die Lippen und trinkt. Dann schraubt er die Flasche zu. »Ich weiß«, sagt er.

»Wovon sprecht ihr?«, wundert sich Viola.

»Wo soll ich anfangen?«, fragt Ben.

»Wo du willst«, sage ich mit einem Schulterzucken. »Hauptsache, es ist die Wahrheit.«

Ich höre, wie sich Bens Lärm sammelt, wie er die Geschichte umspannt, wie er einen Faden nach dem anderen aufnimmt und schließlich jenen ergreift, an dem die ganze Geschichte hängt. Es ist der Faden, der die Wahrheit enthält und so lange und so tief verborgen war, dass ich während meiner Kindheit nicht einmal etwas von seiner Existenz wusste.

Violas Stille ist noch tonloser als sonst, auch sie hält den Atem an.

»Der Lärmbazillus war keine Kriegslist der Spackle«, beginnt Ben. »Das gleich zu Anfang. Der Bazillus war schon da, als wir landeten. Er ist eine Naturerscheinung. Er ist da, war da und wird immer da sein. Wir stiegen aus unseren Raumschiffen, und schon am nächsten Tag konnte jeder hören, was der andere denkt. Stellt euch die Verblüffung vor.«

Gedankenversunken hält er inne.

»Nicht *jeder*«, sagt Viola.

»Nur die Männer«, sage ich.

Ben nickt. »Niemand weiß, warum. Bis heute. Die meisten Wissenschaftler, die uns begleiteten, verstanden nur etwas von Landwirtschaft, und die Ärzte fanden keine Erklärung, deshalb herrschte eine Zeit lang heillose Verwirrung, ihr könnt es euch gar nicht vorstellen. Chaos und Durcheinander und Lärm, Lärm, Lärm.« Er kratzt sich am Kinn. »Viele Männer machten sich auf und siedelten in weit abgelegenen Gegenden, sie wollten weg von Haven, so schnell wie man nur Straßen bauen konnte. Aber bald erkannten die Leute, dass sie machtlos waren gegen den Lärm, und deshalb versuchten wir alle für eine Weile, mit dem Lärm zu leben, so gut es eben ging. Wir fanden verschiedene Möglichkeiten, damit fertigzuwerden, in manchen Orten ging man völlig eigene Wege. So auch wir, als wir erkannten, dass selbst unser Vieh redete, unsere Haustiere, die einheimischen Lebewesen.«

Er blickt zum Himmel, dann über den Friedhof, den Fluss und die Straße.

»Alles auf diesem Planeten spricht zueinander«, fährt er fort. »Einfach alles. Das ist es, was New World ausmacht: Informationen, immerzu, nie versiegend, ob du willst oder nicht. Die Spackle wussten das, sie entwickelten sich damit weiter, aber wir waren nicht geschaffen für so ein Leben. Nicht einmal annähernd. Zu viel Information kann einen Menschen in den Wahnsinn treiben. Zu viel Information wird zu Lärm. Und der hört nie, nie auf.«

Er hält inne, aber der Lärm macht natürlich keine Pause, so wie immer, sein Lärm und mein Lärm, und dazu gesellt sich Violas Stille, die ihn nur noch lauter erscheinen lässt.

»Mit den Jahren«, fährt Ben fort, »wurde das Leben überall in New World schwerer und schwerer. Missernten und Krankheiten, nirgends Wohlstand, nirgends ein Garten Eden. Alles andere als ein Garten Eden. Da begann eine Irrlehre sich im Land auszubreiten, ein Gift, ein Wahn, der die Schuld für das Unglück bei anderen suchte.«

»Sie machten die Außerirdischen dafür verantwortlich«, rät Viola.

»Die Spackle«, sage ich, und da spüre ich sie wieder, meine Scham.

»Sie machten die Spackle dafür verantwortlich«, bestätigt Ben.

»Und aus der Irrlehre wurde eine Bewegung und aus der Bewegung wurde Krieg.« Er schüttelt den Kopf. »Sie hatten nicht die leiseste Chance. Wir hatten Gewehre, sie nicht, und das war das Ende der Spackle.«

»Nicht von allen«, sage ich.

»Nein«, stimmt er mir zu. »Nicht von allen. Aber sie haben ihre Lehren daraus gezogen und kommen den Menschen nicht mehr allzu nahe, das kannst du mir glauben.«

Ein Windhauch weht über die Lichtung, und als er sich legt, kommt es mir vor, als seien wir drei die letzten Menschen in New World. Wir und die Geister auf dem Friedhof.

»Aber mit dem Krieg ist die Geschichte noch nicht zu Ende«, sagt Viola leise.

»Nein«, sagt Ben. »Damit ist die Geschichte noch nicht zu Ende, sie ist noch nicht einmal zur Hälfte erzählt.«

Ich weiß, wie sie weitergeht. Ich weiß, worauf alles hinausläuft.

Ich habe es mir anders überlegt. Ich will nicht, dass er sie zu Ende erzählt.

Und ich will es doch.

Ich suche Bens Blick, lese in seinem Lärm.

»Mit den Spackle war der Krieg noch nicht zu Ende«, sage ich. »Nicht in Prentisstown.«

Ben fährt sich mit der Zunge über die Lippen, ich spüre Unsicherheit in seinem Lärm, Hunger und Kummer, und ich merke, dass er schon an unseren bevorstehenden Abschied denkt.

»Der Krieg ist ein Ungeheuer«, spricht er weiter. »Krieg ist ein Teufel. Wenn er einmal sein Maul öffnet, dann frisst und frisst und frisst er immer weiter.« Er blickt mich an. »Krieg macht aus ganz normalen Menschen Ungeheuer.«

»Sie konnten die Stille nicht ertragen«, sagt Viola leise. »Die Männer konnten es nicht ertragen, dass Frauen alles über sie wussten, sie aber nichts über die Frauen.«

»*Manche* Männer dachten so«, bestätigt Ben. »Aber nicht alle. Ich nicht und Cillian auch nicht. Es gab auch rechtschaffene Männer in Prentisstown.«

»Aber es gab auch genügend andere«, sage ich.

»Ja«, nickt er.

Schweigen tritt ein. Ehe sich uns die ganze Wahrheit offenbart. Endlich. Und endgültig.

Viola schüttelt den Kopf. »Willst du damit sagen … Willst du damit wirklich sagen …?«

Und jetzt liegt er offen vor uns.

Der Kern der Geschichte.

Das ist es, was langsam in meinem Kopf Gestalt angenommen hat, seit ich den Sumpf durchquert habe. Das ist es, was ich in den Lärmfetzen der Männer las, die mir begegnet sind, am deutlichsten bei Matthew Lyle, aber auch im Verhalten all jener, die nur das Wort »Prentisstown« hörten.

Das ist sie.

Die Wahrheit.

Ich möchte sie nicht wissen.

Aber ich spreche sie dennoch aus.

»Nachdem sie die Spackle getötet hatten«, sage ich, »töteten die Männer aus Prentisstown die Frauen.«

Viola stößt einen entsetzten Schrei aus, obwohl auch sie es schon geahnt haben muss.

»Nicht *alle* Männer«, sagt Ben. »Aber viele. Sie ließen sich von Bürgermeister Prentiss' und Aarons Hetzreden beeinflussen, der behauptete, dass alles, was uns verborgen ist, von Übel sein muss. Sie töteten die Frauen und alle Männer, die sie beschützen wollten.«

»Meine Mutter«, sage ich.

Ben nickt.

Ich fühle Übelkeit in mir aufsteigen.

Meine Mutter musste sterben. Und sie wurde getötet von Menschen, die ich Tag für Tag gesehen habe.

Ich muss mich auf einen der Grabsteine setzen.

Ich muss an etwas anderes denken, an irgendetwas. Ich muss etwas anderes in meinen Lärm mischen, um diesen Gedanken ertragen zu können.

»Wer war Jessica?«, frage ich, denn ich erinnere mich an Matthew Lyles Lärm, an die Gewalt, die ich darin sah und die für mich mit einem Mal einen Sinn bekommt, obwohl sie so völlig sinnlos ist.

»Einige Leute sahen voraus, was auf uns zukommen würde«, erzählt Ben. »Jessica Elizabeth war unsere Bürgermeisterin. Sie erkannte, woher der Wind wehte.«

Jessica Elizabeth, denke ich. New Elizabeth.

»Sie ermöglichte einigen Mädchen und Jungen die Flucht durch den Sumpf«, erzählt Ben weiter. »Aber ehe sie selbst mit den Frauen und jenen Männern, die noch nicht den Verstand verloren hatten, nachkommen konnte, griffen die Leute des Bürgermeisters an.«

»Und das war das Ende«, sage ich benommen. »Aus New Elizabeth wurde Prentisstown.«

»Deine Mutter wollte nie glauben, dass so etwas geschehen könnte«, sagt Ben und hängt traurig lächelnd einer Erinnerung nach. »So voller Liebe war diese Frau, so voller Glauben an das Gute im Menschen.«

Sein Lächeln ist wie weggewischt, als er weiterspricht. »Und dann kam der Augenblick, an dem es zu spät war zu fliehen. Du warst noch zu jung, man konnte dich nicht einfach fortschicken, also brachte sie dich zu uns und bat uns, für deine Sicherheit zu sorgen, egal, was auch geschehen möge.«

Ich blicke ihn fragend an. »Wie konnte man in Prentisstown bleiben und zugleich sicher sein?«

Bens Lärm ist so schwer von Trauer, es ist ein Wunder, dass sie ihn nicht erdrückt.

»Warum bist du nicht weggegangen?«, frage ich.

Er wischt sich übers Gesicht. »Weil wir nicht glaubten, dass sie angreifen würden. Ich jedenfalls habe das nicht geglaubt. Wir hatten die beiden Farmen zusammengelegt, und ich dachte, der Sturm würde vorüberziehen, ehe etwas wirklich Schlimmes passierte. Ich hielt alles nur für dummes Gerede und Verfolgungswahn, ich nahm die Ängste deiner Mutter nicht ernst genug. Bis zuletzt glaubte ich es nicht.« Er verzieht das Gesicht. »Ich habe mich getäuscht. Ich war töricht. Ich habe absichtlich die Augen davor verschlossen.«

Mir fallen seine Worte wieder ein, mit denen er mich getröstet hat, als er von dem Spackle erfuhr.

Wir alle machen Fehler, Todd. Wir alle.

»Und dann war es zu spät«, spricht Ben weiter. »Das Verbrechen war geschehen und die Nachricht von den Ereignissen in Prentisstown verbreitete sich wie ein Lauffeuer. Vor allem durch die wenigen, denen es gelungen war zu entkommen. Alle Männer aus Prentisstown wurden zu Verbrechern erklärt. Danach konnten wir die Stadt nicht mehr verlassen.«

Viola hat die Arme vor der Brust verschränkt. »Und weshalb hat euch niemand geholt? Warum sind die Menschen von New World nicht in Prentisstown eingerückt?«

»Was hätten sie tun sollen?«, fragt Ben müde. »Noch einen Krieg führen, diesmal gegen schwer bewaffnete Männer? Uns alle in ein riesiges Gefängnis einsperren? Sie erließen ein Gesetz, nach dem jeder Mann aus Prentisstown, der sich jenseits des Sumpfs blicken lässt, hingerichtet wird. Und dann überließen sie uns uns selbst.«

Viola streckt hilflos die Hände aus. »Aber die anderen müssen doch … irgendetwas getan haben!«

»Wenn etwas nicht vor deiner eigenen Haustür passiert«, sagt Ben, »dann ist es am einfachsten, du sagst: *Weshalb soll ich mich einmischen und mir Ärger einhandeln?* Zwischen uns und dem Rest von New World liegt der Sumpf. Der Bürgermeister ließ verkünden, dass Prentisstown eine verschlossene Stadt sei, verdammt dazu, eines langsamen Todes zu sterben. Wir mussten uns damit einverstanden erklären, die Stadt niemals zu verlassen, und falls wir es je täten, würde er uns gnadenlos verfolgen und uns mit eigener Hand töten.«

»Haben es die Leute denn nicht versucht?«, fragt Viola. »Haben sie denn nicht versucht zu fliehen?«

»*Und ob* sie es versucht haben«, sagt Ben. »Es war nichts Ungewöhnliches, wenn Leute verschwanden.«

»Aber du und Cillian, ihr wart doch unschuldig«, protestiere ich.

»Wir waren *nicht* unschuldig«, widerspricht mir Ben, und plötzlich hat sein Lärm einen bitteren Beigeschmack. Er seufzt. »Das waren wir nicht.«

»Was meinst du damit?« Die Übelkeit in meinem Magen will nicht weggehen. »Was meinst du mit: Ihr wart nicht unschuldig?«

»Ihr habt es geschehen lassen«, sagt Viola. »Ihr seid nicht zusammen mit den andern Männern gestorben, die die Frauen beschützen wollten.«

»Wir haben nicht gekämpft«, gibt er zu, »und wir sind nicht mit den anderen gestorben.« Er schüttelt den Kopf. »Wir sind ganz und gar nicht unschuldig.«

»Warum habt ihr nicht gekämpft?«, frage ich.

»Cillian wollte kämpfen«, sagt Ben rasch. »Ich möchte, dass du das weißt. Er wollte alles tun, was er konnte, um ihnen Einhalt zu gebieten. Er hätte sein Leben dafür gegeben.« Er schaut zur Seite. »Aber ich ließ es nicht zu.«

»Warum nicht?«

»Ich verstehe«, flüstert Viola.

Ich schaue sie an, denn ich kapiere gar nichts. »Was verstehst du?«

Viola wendet ihren Blick nicht von Ben ab, als sie leise zu mir sagt: »Entweder mussten sie für das, was Recht war, sterben und dich als schutzloses Baby zurücklassen, oder sie machten sich zu Komplizen des Unrechts, um dein Leben zu beschützen.«

Ich weiß nicht, was Komplizen sind, aber ich kann's mir vorstellen.

Sie haben es für mich getan. Sie haben den Schrecken auf sich genommen. Für mich.

Ben und Cillian. Cillian und Ben.

Sie haben es getan, damit ich lebe.

Ich weiß nicht, was ich davon halten soll.

Es müsste doch so einfach sein, recht zu handeln.

Gerechte Taten dürften doch nicht im gleichen Unheil enden wie unrechte.

»Also warteten wir«, erzählt Ben weiter. »In einem Gefängnis so groß wie eine ganze Stadt. Voll von dem widerlichsten Lärm, den man je gehört hat, ehe Männer ihre eigene Vergangenheit verleugneten und ehe der Bürgermeister mit seinen größenwahnsinnigen Plänen auftrat. Also warteten wir auf den Tag, an dem du alt genug sein würdest, um auf eigene Faust zu fliehen, und dabei solltest du so unschuldig sein wie nur möglich.« Er fährt sich mit der Hand über den Kopf. »Aber der Bürgermeister hat auch gewartet.«

»Auf mich?«, frage ich, obwohl ich es genau weiß.

»Auf den letzten Jungen, der zum Mann wird«, sagt Ben. »Wenn ein Junge zum Mann wurde, dann hat man ihm die Wahrheit gesagt. Oder was sie für die Wahrheit hielten, egal. Und damit wurde er zum Mitwisser gemacht.«

Ich erinnere mich an seinen Lärm, damals auf der Farm, an seine Gedanken über meinen Geburtstag und darüber, wie ein Junge zum Mann wird.

Ich weiß nun, was Komplizenschaft in Wahrheit bedeutet und wie man jemanden zum Komplizen machen kann.

Wie diese Mitwisserschaft nur darauf wartete, an mich weitergegeben zu werden.

Ich sehe die Männer, die …

Ich will nicht mehr daran denken.

»Das ist doch Unsinn«, sage ich.

»Du warst der Letzte«, erklärt Ben. »Wenn er es schafft, jeden Jungen in Prentisstown nach seinen eigenen Vorstellungen zum

Mann zu machen, dann ist er wie Gott, nicht wahr? Wir alle sind seine Geschöpfe und wir alle unterliegen seinem Willen.«

»*Wenn einer von uns fällt*«, sage ich.

»*Dann fallen wir alle*«, beendet Ben den Satz. »Deshalb ist er hinter dir her. Du bist ein Symbol. Du bist der letzte unschuldige Junge aus Prentisstown. Wenn er dich zu Fall bringt, dann ist seine Armee vollständig und ganz nach seinem Willen geformt.«

»Und wenn nicht?«, frage ich, wenngleich ich nicht weiß, ob ich nicht bereits gefallen bin.

»Wenn nicht«, sagt Ben, »wird er dich umbringen.«

»Also ist Bürgermeister Prentiss ebenso wahnsinnig wie Aaron«, sagt Viola.

»Nicht ganz«, sagt Ben. »Aaron ist wahnsinnig. Aber der Bürgermeister ist klug genug, den Wahnsinn für seine Ziele einzusetzen.«

»Und welche sind das?«, fragt Viola.

»Diese Welt«, antwortet Ben ruhig. »Er will alles.«

Ich öffne den Mund, um noch mehr Fragen zu stellen, auf die ich eigentlich gar keine Antwort haben will, doch da hören wir es.

Tam-tat-ta-tam-tata-tam. Es kommt von der Straße, es ist wie ein Witz, der nie ein Ende findet.

»Das kann nicht sein«, sagt Viola.

Ben ist schon aufgesprungen. Er lauscht. »Klingt, als ob es nur ein Pferd wäre.«

Wir starren auf die Straße, die schwach im Mondlicht glänzt.

»Das Fernglas«, sagt Viola. Sie steht jetzt dicht neben mir. Wortlos angle ich es aus der Tasche, schalte auf Nachtsicht und spähe hindurch. Ich suche nach der Quelle des Hufgetrappels, das die Nachtluft zu uns trägt.

Tam-tata-tamm, tata-tamm.

Ich suche die Straße ab, bis zurück zu …

Und da ist der Reiter.

Da ist *er*.

Wer sonst?

Prentiss junior, er lebt, sitzt auf seinem Pferd, ohne Fesseln.

»Verdammt«, höre ich Viola sagen, denn sie hat es in meinem Lärm gelesen. Ich reiche ihr das Fernglas.

»Ist es *Davy Prentiss?*«, fragt Ben, der meinen Lärm ebenfalls gelesen hat.

»Der und kein anderer.« Ich verstaue unsere Wasserflaschen in Violas Tasche. »Wir müssen gehen.«

Viola gibt Ben das Fernglas und er überzeugt sich selbst. Als er es wieder absetzt, betrachtet er es kurz. »Nettes Gerät«, sagt er.

»Wir müssen uns beeilen«, drängt Viola. »Wie schon so oft.«

Ben schaut uns an, das Fernglas in der Hand. Er schaut von einem zum anderen und ein Bild formt sich in seinem Lärm.

»Ben …«, will ich ihm zuvorkommen.

»Nein«, sagt er. »Hier verlasse ich euch.«

»*Ben* …«

»Ich komme mit diesem Davy Dreckskerl Prentiss schon zurecht.«

»Er hat ein Gewehr«, sage ich. »Du nicht.«

Ben tritt ganz nah an mich heran. »Todd …«

»Nein, Ben.« Meine Stimme wird schrill. »Ich höre dir jetzt nicht zu.«

Er schaut mir direkt in die Augen, und mir fällt auf, dass er sich dabei gar nicht mehr bücken muss.

»Todd«, sagt er wieder. »Ich habe meine Fehler gutmachen wollen, indem ich für dich gesorgt habe.«

»Du darfst mich nicht verlassen, Ben!«, flehe ich, und meine Stimme wird tränennass (halt die Klappe). »Nicht noch einmal.«

Er schüttelt den Kopf. »Ich kann nicht mit euch nach Haven gehen. Ich kann nicht. Ich bin der Feind.«

»Wir können alles erklären, was geschehen ist.«

Er schüttelt den Kopf.

»Das Pferd kommt näher«, sagt Viola.

Tam-tata-tamm, tata-tamm.

»Wenn ich mich überhaupt ›Mann‹ nennen darf«, sagt Ben, und seine Stimme ist fest wie ein Fels, »dann nur, weil ich dafür gesorgt habe, dass du selbst zum Mann geworden bist.«

»Ich bin doch noch kein Mann, Ben«, sage ich mit belegter Stimme (halt die Klappe). »Ich weiß nicht einmal, wie viele Tage es bis dahin noch sind.«

Er lächelt mich an, und dieses Lächeln sagt mir, dass es im Grunde schon vorüber ist.

»Sechzehn«, sagt er. »Sechzehn Tage sind es noch bis zu deinem Geburtstag.« Er fasst mich am Kinn und hebt es hoch. »Aber du bist schon seit Langem ein Mann. Lass dir von *niemandem* etwas anderes erzählen.«

»Ben …«

»Geht.« Er reicht Viola hinter mir das Fernglas und dann umarmt er mich. »Kein Vater könnte stolzer auf dich sein«, flüstert er mir ins Ohr.

»Nein!« Meine Worte sind ganz verschwommen. »Das Schicksal ist nicht fair.«

»Nein, das ist es nicht.« Er reißt sich los. »Aber die Hoffnung stirbt zuletzt. Denk daran.«

»Geh nicht«, bitte ich.

»Ich muss. Die Gefahr kommt immer näher.«

»Sie ist schon fast da«, sagt Viola mit dem Fernglas an den Augen.

Tam-tata-tamm, tata-TAMM.

»Ich werde ihn aufhalten. Das verschafft euch Zeit.« Ben schaut Viola an. »Pass auf ihn auf«, sagt er. »Gibst du mir dein Wort darauf?«

»Ich gebe dir mein Wort«, antwortet Viola.

»Ben, bitte«, flüstere ich. »Bitte.«

Ein letztes Mal fasst er mich an den Schultern. »Denk dran«, sagt er. *»Hoffnung.«*

Dann dreht er sich um und hastet zur Straße hinunter. Als er dort angelangt ist, blickt er sich noch einmal nach uns um.

»Worauf wartet ihr?«, ruft er. »Lauft!«

37

WOZU?

Ich werde nicht über das Sprechen, was mir durch den Sinn geht, als wir in die entgegengesetzte Richtung laufen, weg von Ben, und diesmal für immer. Wie soll das Leben nur weitergehen?

Leben ist Weglaufen, und vielleicht wissen wir erst, wenn wir einmal nicht mehr weglaufen, dass das Leben endgültig vorüber ist.

»Komm schon, Todd«, ruft Viola über die Schulter. »Beeil dich!«

Ich sage nichts.

Ich laufe.

Wir sind am Fuß des Hügels, zurück an unserem Fluss. Wieder einmal. Rechts von uns: die Straße. *Wieder einmal.*

Es ist immer das Gleiche.

Der Fluss rauscht lauter als zuvor, er fließt hier ungestümer, aber wen interessiert das jetzt schon noch? Was spielt das für eine Rolle?

Das Leben ist nicht gerecht.

Wirklich nicht.

Niemals.

Es ist sinnlos und dumm, und es hält nur Leiden und Schmerz bereit und Menschen, die dir Schmerz zufügen wollen. Man darf nichts oder niemanden lieben, denn all das wird dir ohnehin wieder weggenommen oder kaputt gemacht, und du bleibst allein zurück und musst kämpfen, fliehen, alles nur, um das nackte Leben zu retten.

Nichts ist gut in diesem Leben. Es gibt überhaupt nichts Gutes.

Wozu das Ganze?

»Der Sinn …« Viola bleibt mitten in dichtem Gestrüpp stehen und schlägt mir kräftig auf die Schulter, »der Sinn besteht darin, dass Ben sich um dich gekümmert hat, dass er jetzt sogar sein Leben für dich aufs Spiel setzt. Und wenn du nun einfach *AUFGIBST*«, sie schreit das Wort förmlich heraus, »dann zeigst du damit, dass dir dieses Opfer *nichts* wert ist!«

»Aua«, sage ich und reibe mir die Schulter. »Aber weshalb muss er sich opfern? Weshalb muss ich ihn schon wieder verlieren?«

Sie kommt ganz nahe heran. »Glaubst du etwa, du bist der Einzige, der einen anderen Menschen verloren hat?«, faucht sie mich an. »Hast du vergessen, dass meine Eltern tot sind?«

Das habe ich.

Ich habe es wirklich vergessen.

Und ich bin ganz still.

»Du bist alles, was ich jetzt noch habe«, sagt sie wütend. »Und du hast jetzt nur noch mich. Ich bin auch verzweifelt, dass Ben nicht bei uns ist, und ich bin verzweifelt, weil meine Eltern gestorben sind, und ich bin vor allem verzweifelt, dass wir je auf die

Idee gekommen sind, auf diesen Planeten auszuwandern, aber so ist es nun einmal, und es ist ein verdammter Mist, dass es gerade uns getroffen hat, aber wir können nichts daran ändern.«

Ich bin immer noch still.

Da steht sie vor mir, und ich schaue sie an, ich schaue sie *wirklich* an, wahrscheinlich zum ersten Mal, seit ich sie neben dem Baumstamm kauern sah, damals im Sumpf, als ich sie für einen Spackle hielt.

Es kommt mir vor, als sei dies alles in einem anderen Leben gewesen.

Seit den Tagen in Carbonel Downs sieht sie irgendwie immer noch sauber aus (das war gestern, wirklich erst gestern), aber auf ihren Wangen ist etwas Schmutz, und sie ist dünner geworden, und unter ihren Augen sind dunkle Ringe, ihre Haare sind wirr und zerzaust, ihre Hände sind kohlschwarz, auf ihrem Hemd leuchtet vorn ein großer Grasfleck, den sie sich bei einem Sturz geholt hat, und ihre Lippen sind aufgerissen, wo sie von einem Ast getroffen wurde, als wir mit Ben wegrannten (wir haben keinen Verband mehr für die Wunde). So steht sie da und schaut mich …

Und erklärt mir, dass sie alles ist, was ich auf der Welt habe.

Und dass ich alles bin, was *sie* auf der Welt hat.

Und ein wenig wird mir klar, was das bedeutet.

Mein Lärm verfärbt sich.

Sie spricht sanfter, aber nur ein bisschen. »Ben hat uns verlassen, Manchee ist tot, und meine Eltern sind tot«, sagt sie. »Ich *hasse* das alles. Ich hasse es. Aber wir sind beinahe am Ziel. Wir haben's fast geschafft. Und wenn du nicht aufgibst, dann werde ich auch nicht aufgeben.«

»Glaubst du, dass es am Ende dieser Straße Hoffnung für uns gibt?«, frage ich.

»Nein«, sagt sie unumwunden. »Nein, das glaube ich nicht, aber ich mache weiter.« Sie wirft mir von der Seite einen Blick zu. »Machst du mit?«

Eine Antwort ist unnötig.

Wir werden rennen.

Wieder einmal.

Aber.

»Wir sollten die Straße nehmen«, sage ich und biege einen Zweig zurück.

»Und die Armee?«, wendet sie ein. »Und die Pferde?«

»Sie wissen, dass wir hier sind. Wir wissen, dass sie hier sind. Wir sind alle auf derselben Straße unterwegs.«

»Wir werden sie hören, wenn sie anrücken«, sagt sie. »Und auf der Straße kommen wir am schnellsten voran.«

»Auf der Straße geht es am schnellsten.«

»Dann lass uns einfach auf dieser Scheißstraße nach Haven gehen.«

Ich muss lächeln, aber nur ein wenig. »Du hast *Scheiße* gesagt. Du hast es wirklich gesagt.«

Und so folgen wir der Scheißstraße, so schnell, wie unsere Müdigkeit es zulässt. Es ist immer noch dieselbe staubige, gewundene, manchmal schlammige Straße am Fluss, wie sie es schon vor vielen, vielen Meilen war, und um uns herum ist dieselbe grüne, waldreiche New World.

Wenn man gerade eben hier gelandet wäre und rein gar nichts über diesen Planeten wüsste, könnte man ihn glatt für den Garten Eden halten.

Vor uns tut sich ein weites Tal auf, in dessen Sohle der Fluss dahinfließt. Zu beiden Seiten steigt das Gelände bis zu einer Hügelkette in weiter Ferne an. Nur das Mondlicht fällt auf das Land, nirgends die Spur einer Siedlung, so weit das Auge reicht, nirgendwo brennt ein Licht.

Auch von Haven ist weit und breit nichts zu sehen. Allerdings sind wir jetzt am niedrigsten Punkt des Tals angelangt und die gewundene Straße bietet weder nach vorn noch nach hinten eine gute Sicht. Außerdem zieht sich Wald an beiden Ufern entlang. Man könnte meinen, New World hätte die Fensterläden zugeschlagen und alle wären gegangen und hätten nur diese eine Straße zurückgelassen.

Wir gehen weiter.

Und weiter.

Wir halten erst an, als sich die Morgendämmerung hervorwagt, erst dann schöpfen wir Wasser aus dem Fluss.

Wir trinken. Nur mein Lärm und das Rauschen des Flusses sind zu hören. Keine Hufschläge. Kein anderer Lärm.

»Das heißt, es hat geklappt«, sagt Viola, ohne mich anzuschauen. »Was auch immer er gemacht hat, er hat den Mann auf dem Pferd aufgehalten.«

Ich brumme nur ein *Hmh* und nicke.

»Wir haben keine Gewehrschüsse gehört.«

Ich mache wieder *Hmh* und nicke dazu.

»Es tut mir leid, dass ich dich vorhin angeschrien habe«, sagt sie. »Ich wollte nur, dass du weitergehst. Ich wollte nicht, dass du aufgibst.«

»Ich weiß.«

Wir lehnen uns gegen einen Baum, mit dem Rücken zur

Straße. Auf der anderen Seite des Flusses ist Wald, dahinter steigt das Gelände an, und über uns ist nur noch der Himmel, der immer heller und blauer und größer und leerer wird, bis sogar die Sterne verschwinden.

»Als wir das Schiff verließen«, sagt Viola, und wir blicken gemeinsam über den Fluss, »war ich niedergeschlagen, weil ich meine Freunde zurücklassen musste. Es waren nur wenige, die Kinder anderer Betreuer-Familien, aber trotzdem. Ich dachte, ich würde in den nächsten sieben Monaten niemanden treffen, der so alt ist wie ich.«

Ich trinke einen Schluck Wasser. »Daheim in Prentisstown hatte ich gar keine Freunde.«

Sie schaut mich neugierig an. »Wie meinst du das? Du musst doch Freunde gehabt haben.«

»Eine Zeit lang hatte ich welche. Jungen, die ein paar Monate älter waren als ich. Aber sobald Männer aus ihnen werden, reden sie nicht mehr mit Jüngeren.« Achselzuckend füge ich hinzu: »Ich war der letzte Junge. Zuletzt waren nur noch ich und Manchee da.«

Sie starrt hinauf zu den Sternen, die langsam verblassen. »Das ist eine dumme Sitte.«

»Das ist es wirklich.«

Dann schweigen wir, Viola und ich, wir sitzen am Ufer, ruhen uns aus, während ein neuer Morgen anbricht.

Nur sie und ich.

Nach einer Weile recken wir uns, bereit weiterzugehen.

»Morgen könnten wir in Haven sein«, sage ich. »Wenn wir keine Zeit verlieren.«

»Morgen«, sagt Viola und nickt. »Ich hoffe, wir finden dort etwas zu essen.«

Sie ist an der Reihe, die Tasche zu tragen, also gebe ich sie ihr schweigend.

Die Sonne geht gerade über dem Tal auf, und es sieht so aus, als würde der Fluss geradewegs in sie hineinfließen.

Als das Sonnenlicht die Hügel vor uns streift, fällt mir dort etwas auf.

Viola hört das Knistern in meinem Lärm und dreht sich zu mir um. »Was ist?«

Schützend halte ich die Hand vor die Augen. Vom Kamm der fernen Berge steigt eine dünne Staubfahne auf.

Und sie bewegt sich.

»Was ist das?«, frage ich.

Viola kramt das Fernglas hervor. »Ich kann's nicht richtig erkennen«, sagt sie. »Bäume verdecken die Sicht.«

»Ein Reisender?«

»Vielleicht ist da die andere Straße. Die von der Gabelung abzweigt und die wir nicht genommen haben.«

Wir beobachten ein, zwei Minuten lang, wie der Staub aufsteigt und langsam, wie eine hohe Quellwolke, in Richtung Haven wandert. Es ist unheimlich, wie lautlos er dahinzieht.

»Ich wünschte, ich wüsste, wo die Armee gerade ist«, sage ich. »Wie weit sie noch hinter uns sind.«

»Vielleicht war die Gegenwehr in Carbonel Downs heftiger als erwartet.«

Viola späht mit dem Fernglas flussaufwärts, um den Weg abzusuchen, auf dem wir gekommen sind, aber sie sieht nur Bäume. Bäume und Himmel und Stille und eine lautlose Staubfahne, die sich über die Hügelkämme zieht.

»Wir sollten lieber aufbrechen«, schlage ich vor. »Mir ist das nicht ganz geheuer.«

»Dann lass uns gehen«, sagt Viola leise.

Wieder auf der Straße.

Wieder auf der Flucht.

Wir haben nichts mehr zu essen, deshalb besteht unser Frühstück aus gelben Früchten, die Viola auf den Bäumen entdeckt hat und von denen sie schwört, sie habe sie auch in Carbonel Downs gegessen. Sie sind unser Mittagessen. Besser als nichts.

Ich muss wieder an das Messer denken, das im Futteral steckt.

Könnte ich damit jagen, wenn wir Zeit dazu hätten?

Aber wir haben keine Zeit.

Wir laufen den ganzen Mittag, und am Nachmittag laufen wir immer noch. Die Welt um uns herum ist verlassen und unheimlich.

Es scheint nur mich und Viola zu geben, keine Siedlung weit und breit, keine Flüchtlinge, keine Viehgespanne, kein anderes Geräusch, das laut genug wäre, das Rauschen des Flusses zu übertönen, das mehr und mehr anschwillt, bis es schwierig ist, den eigenen Lärm zu hören, und Viola und ich schreien müssen, wenn wir miteinander reden wollen.

Aber wir sind viel zu hungrig, um miteinander zu sprechen. Wir sind zu müde, um miteinander zu sprechen. Wir laufen zu schnell, als dass wir miteinander sprechen könnten.

Also heißt es weitergehen.

Ich ertappe mich dabei, wie ich Viola anschaue.

Die Staubwolke auf dem Bergkamm folgt uns, überholt uns langsam, als der Tag voranschreitet, und verschwindet schließlich in der Ferne. Und währenddessen sehe ich Viola dabei zu, wie sie die Wolke beobachtet. Ich sehe ihr zu, wie sie neben mir herläuft, wie sie das Gesicht verzieht, weil ihre Beine schmerzen. Ich sehe ihr zu, wie sie die Beine massiert, wenn wir uns ausruhen, und betrachte sie, wenn sie aus der Wasserflasche trinkt.

Jetzt, da ich sie einmal angesehen habe, kann ich nicht mehr damit aufhören.

Sie erwischt mich. »Was ist?«

»Nichts«, sage ich und schaue weg, denn ich weiß es auch nicht.

Fluss und Straße verlaufen jetzt geradliniger, weil das Tal zu beiden Seiten schmaler und steiler wird. Wir können nun die Strecke, auf der wir gekommen sind, besser zurückverfolgen. Noch immer ist keine Armee zu sehen, geschweige denn Reiter. Die Stille hier ist unheimlicher, als es der Lärm von Männern wäre.

Der Abend dämmert herauf. Die Sonne geht hinter uns im Tal unter, dort wo die Armee jetzt vielleicht ist, über dem, was von New World noch übrig ist. Ihr ist es gleich, was aus den Männern geworden ist, die gegen die Armee gekämpft haben, oder aus denen, die sich ihr angeschlossen haben.

Ihr ist es gleich, was aus den Frauen geworden ist.

Viola läuft vor mir her.

Ich sehe ihr zu, wie sie läuft.

Gerade als es dunkel geworden ist, erreichen wir eine Siedlung. Wieder eine mit Anlegestegen am Fluss, wieder eine, die verlassen ist. Nur fünf Häuser stehen entlang der Straße, eines davon scheint ein kleiner Laden zu sein, der Aufschrift auf der Vorderseite nach zu urteilen.

»Halt«, sagt Viola und bleibt stehen.

»Abendessen?«, frage ich schnaufend.

Sie nickt.

Mit sechs Fußtritten haben wir die Tür aufgebrochen, und obwohl sicher kein Mensch da ist, schaue ich mich trotzdem um und erwarte, dass man mich bestraft. Drinnen finden wir vor allem Konservendosen, aber auch einen trockenen Laib Brot, überreifes Obst und ein paar Streifen Dörrfleisch.

»Das ist nicht älter als ein, zwei Tage«, meint Viola zwischen zwei großen Bissen. »Vermutlich sind sie gestern oder vorgestern nach Haven geflohen.«

»Die Gerüchte über eine Armee haben eine verheerende Wirkung«, murmle ich undeutlich. Ich habe den letzten Bissen Dörrfleisch vor dem Hinunterschlucken nicht gut genug gekaut und würge ein Stückchen davon wieder hoch.

Wir schlagen uns, so gut es geht, die Bäuche voll, den Rest stopfe ich in Violas Tasche, die nun prall gefüllt über meiner Schulter hängt. Dabei fällt mein Blick auf das Buch. Es ist noch da, es ist noch immer in die Plastikhülle gewickelt, noch immer geht der messerförmige Riss von vorn bis hinten durch.

Ich greife in die Plastikhülle und fahre mit den Fingern über den Einband. Er fühlt sich weich an, die Buchdeckel riechen noch ein wenig nach Leder.

Das Buch meiner Mutter. Es hat uns bis hierher begleitet. Hat seine Verwundungen überlebt. Genau wie wir.

Ich schaue Viola an.

Schon wieder ertappt sie mich dabei.

»*Was?*«, fragt sie.

»Nichts.« Ich stecke das Buch zurück in die Tasche mit den Vorräten.

»Lass uns gehen.«

Zurück auf die Straße, zurück zum Fluss, Richtung Haven.

»Ich schätze, das ist unsere letzte Nacht«, sagt Viola. »Wenn Doktor Snow recht hat, sind wir morgen da.«

»Ja«, sage ich, »und dann ist alles anders.«

»Wieder einmal«, sagt sie.

»Wieder einmal«, sage ich.

Wir gehen weiter.

»Hast du wieder Hoffnung?«, fragt sie, und in ihrer Stimme liegt Neugier.

»Nein.« Ich versuche angestrengt meinen Lärm zu verstellen. »Du etwa?«

Sie schüttelt den Kopf. »Nein, nein.«

»Aber wir gehen trotzdem.«

»Natürlich«, sagt Viola, »egal, ob Tod oder Teufel auf uns warten.«

»Wahrscheinlich beides«, sage ich.

Die Sonne geht unter, wieder gehen die Monde auf, ihre Sicheln sind schmaler als am Tag zuvor. Der Himmel ist wieder klar, die Sterne scheinen wieder, die Welt ist auch heute wieder still, nur das Rauschen des Flusses ist zu hören.

Mitternacht kommt.

Fünfzehn Tage.

Fünfzehn Tage bis …

Bis was?

Wir laufen durch die Nacht. Der Himmel versinkt langsam hinter uns in Dunkelheit, und wir versinken in Schweigen, weil sich der Hunger wieder meldet und Müdigkeit uns überfällt.

Kurz vor dem Morgengrauen stoßen wir auf zwei umgestürzte Wagen am Straßenrand, überall sind Weizenkörner verstreut, und leere Körbe liegen kreuz und quer durcheinander auf dem Boden.

»Sie haben sich nicht einmal die Zeit genommen, alles wieder einzusammeln«, stellt Viola fest.

»Dieser Platz ist so gut wie jeder andere, um zu frühstücken.« Ich drehe einen leeren Korb um, ziehe ihn dorthin, wo man den Fluss im Blick hat, und setze mich darauf.

Viola nimmt einen zweiten Korb, stellt ihn rechts neben mich und setzt sich ebenfalls. Am Himmel zeigt sich ein schwacher Lichtschein, dort, wo die Sonne aufgehen will. Der Weg führt uns geradewegs darauf zu, auch der Fluss rauscht dem morgendlichen Schimmer entgegen.

Ich mache die Tasche auf und hole die Vorräte aus dem Laden heraus, gebe etwas davon Viola und esse meinen Teil. Wir trinken aus den Wasserflaschen.

Die Tasche liegt offen auf meinem Schoß. Da sind die wenigen Kleidungsstücke, die uns noch geblieben sind, und da liegt das Fernglas.

Und das Buch.

Ich spüre Violas Stille neben mir. Sie zerrt an mir. Und da ist die Leere in meiner Brust, in meinem Bauch, in meinem Kopf, und ich muss wieder an den Schmerz denken, den ich bisher verspürte, wenn sie mir zu nahe kam, weil es sich wie Trauer anfühlte, wie ein Verlust, so als ob ich fiele. Mir war so, als würde ich ins Nichts fallen, weil es mich einschnürte, mich fast zum *Weinen* brachte, obwohl ich es nicht wollte.

Aber jetzt …

Jetzt nicht mehr.

Ich schaue sie an.

Sie muss doch wissen, was sich in meinem Lärm abspielt. Ich bin der einzige Mensch weit und breit, und sie versteht es immer besser, meinen Lärm zu lesen, egal wie laut der Fluss rauscht.

Aber sie sitzt nur da, isst still und wartet darauf, dass ich etwas sage.

Sie wartet darauf, dass ich sie frage.

Denn ich habe mir etwas überlegt.

Wenn die Sonne aufgeht, bricht der Tag an, an dem wir nach Haven kommen, der Tag, an dem wir an einen Ort kommen, an dem sich mehr Menschen aufhalten, als ich jemals in meinem Leben gesehen habe, an einen Ort, an dem es so vor Lärm dröhnt, dass man nie für sich sein kann, es sei denn, die Bewohner hätten ein Mittel dagegen gefunden. Aber in diesem Fall wäre ich der Einzige mit Lärm und das wäre noch schlimmer.

Wir werden nach Haven kommen, wir werden in diese Stadt eintauchen.

Dann gibt es nicht mehr nur Todd und Viola, die beiden einzigen Menschen auf diesem Planeten, die bei Sonnenaufgang am Fluss sitzen und frühstücken.

Dann werden alle dort sein, alle auf einmal.

Vielleicht ist dies unsere letzte Chance.

Ich schaue sie nicht an, als ich die Frage stelle.

»Weißt du, diese Sache mit den Stimmen, die du so gut nachmachen kannst?«

»Ja«, sagt sie leise.

Ich hole das Buch hervor.

»Glaubst du, du könntest auch eine aus Prentisstown nachmachen?«

38

EINE MAID VOM TAL ZU MIR FLEHT

»*Liebster Todd* …«, liest Viola vor und ahmt Bens Akzent nach, so gut es geht, und das ist verdammt gut.

»Liebster Sohn.«

Die Stimme meiner Ma. Meine Ma spricht zu mir.

Ich verschränke die Arme und starre auf den am Boden verstreuten Weizen.

»Ich beginne diese Aufzeichnungen am Tag deiner Geburt, dem Tag, an dem du meinen Leib verlassen hast und ich dich zum ersten Mal in den Armen halte. Du strampelst draußen genauso viel wie drinnen! Und du bist das Schönste, was es im ganzen Universum gibt. In New World bist du sowieso das Schönste, und in New Elizabeth bist du ohne jede Konkurrenz, so viel ist sicher.«

Ich werde rot, das weiß ich genau, aber die Sonne steht noch nicht hoch genug, dass es jemandem auffallen könnte.

»Ich wünschte, dein Pa wäre hier, um dich zu sehen, Todd, aber New World und unser Herr im Himmel haben es so gefügt, dass er vor fünf Monaten von einer Krankheit dahingerafft wurde, und wir beide müssen nun auf ein Wiedersehen in einer andren Welt warten. Du siehst aus wie er. Nun ja, Säuglinge sehen eigentlich in erster

Linie wie Säuglinge aus, dennoch kann ich dir versichern, dass du aussiehst wie er. Du wirst groß werden, Todd, denn dein Pa war ebenfalls groß. Du wirst stark werden, denn dein Pa war stark. Und du wirst hübsch werden, oh, so hübsch. Die Damen in New World haben noch keine Ahnung, was auf sie zukommt.«

Viola blättert die Seite um. Ich sehe sie nicht an, und ich spüre, dass auch sie mich nicht ansieht, was ganz gut ist, denn im Augenblick möchte ich ganz bestimmt nicht ihr lächelndes Gesicht sehen.

Denn wieder einmal ist das Verrückte passiert.

Ihre Worte sind nicht ihre Worte, sie kommen aus ihrem Mund und klingen wie eine Lüge, sind aber eine neue Wahrheit, erschaffen eine andere Welt, in der meine Ma mit mir redet, in der Viola mit einer Stimme spricht, die nicht die ihre ist, in der, zumindest für eine kleine Weile, diese Welt mir gehört, weil sie ganz für mich allein erschaffen worden ist.

»Lass mich dir etwas über deinen Geburtsort erzählen, Sohn. Es ist New World, ein Planet der Hoffnung …«

Viola hält kurz inne, nur eine Sekunde lang, dann liest sie weiter.

»Vor genau zehn Jahren sind wir hier gelandet, auf der Suche nach einem neuen Leben, einem sauberen und einfachen, einem aufrichtigen und guten Leben, das in jeder Beziehung anders ist als jenes in der alten Welt. Die Menschen sollten sicher und in Frieden zusammen wohnen, gelenkt von Gott, in Liebe zum Nächsten.

Manche Hindernisse waren zu überwinden. Ich möchte diese Aufzeichnungen nicht mit einer Lüge beginnen, Todd, leicht war es nämlich nie nicht.

Ach herrje, hör sich das einer an, leicht war's nie nicht. Was schreibe ich da meinem Sohn? Aber das ist das Siedlerleben, vermute ich. Man hat keine Zeit für gedrechselte Worte und sinkt leicht auf den Stand jener, die auf keinerlei Manieren Wert legen. Da sind ein paar schlampige Ausdrücke wohl zu verzeihen. Nun gut, lassen wir das. Mein erster Ausrutscher als Mutter. Rede du nur immer, wie dir der Schnabel gewachsen ist, mein Sohn, ich werde dich nicht maßregeln.«

Viola verzieht den Mund, aber als ich eisern schweige, liest sie weiter.

»Es dauerte nicht lange, da hielten Kümmernis und Krankheit Einzug in New World und in New Elizabeth. Hier auf diesem Planeten gibt es den Lärm. Er hat die Männer befallen, kaum dass wir gelandet waren, und so seltsam es mir auch erscheint, aber du bist einer der Jungen in der Siedlung, die es von Anfang an nicht anders kennen. Umso schwerer ist es, dir zu beschreiben, wie das Leben vorher war und warum es jetzt so kompliziert ist, obwohl wir uns so gut wie möglich damit abfinden.

Ein Mann namens David Prentiss – er hat übrigens einen Sohn, der nur wenig älter ist als du, Todd – ist einer, der das Heft in die Hand nimmt. Wenn ich mich nicht täusche, war er Betreuer auf dem Schiff …«

Wieder hält Viola inne, und diesmal bin ich es, der darauf wartet, dass sie etwas sagt. Was sie nicht tut.

»Dieser David Prentiss überredete Jessica Elizabeth, unsere Bürgermeisterin, hinter einem ausgedehnten Sumpfland diese kleine Siedlung zu gründen, damit der Lärm von New World uns nicht überschwemmt, es sei denn, wir wollten es selbst. Lärm gibt es in New Elizabeth trotzdem noch genug, aber es ist unser eigener, von Leuten, die wir kennen, von Leuten, denen wir vertrauen. Größtenteils.

Meine Aufgabe hier ist es, auf einer Farm im Norden der Siedlung Weizenfelder zu bestellen. Seit dem Tod deines Vaters gehen mir zwei gute Freunde zur Hand, Ben und Cillian. Sie haben einen Hof gleich in der Nähe. Ich kann es kaum erwarten, dass du sie kennenlernst. Aber halt, du kennst sie ja bereits. Sie haben dich im Arm gehalten und dich begrüßt. Was sagt man dazu, kaum einen Tag auf der Welt, und schon hast du zwei Freunde! Das ist ein guter Start ins Leben, Sohn.

Ich bin überzeugt davon, dass du deinen Weg machen wirst, denn du bist zwei Wochen zu früh gekommen. Du hattest wohl genug vom Warten und wolltest endlich herausfinden, was die Welt dir zu bieten hat. Ich kann's dir nicht verdenken. Der Himmel ist so weit und blau, und die Bäume sind so grün, und es ist eine Welt, in der die Tiere sprechen, du kannst mit ihnen reden, und es gibt so viel Staunenswertes, so viel, das nur darauf wartet, sich dir zu zeigen. Ich kann es kaum aushalten, dass es noch eine Weile dauert, bist du das alles erleben darfst, am liebsten würde ich dir alles auf einmal zeigen.«

Viola holt Luft und sagt: »Da hat sie etwas Platz gelassen und dann steht da ›Später‹. Sieht aus, als wäre sie unterbrochen worden.« Sie schaut mich prüfend an. »Alles okay?«

»Jaja«, sage ich. »Weiter.«

Es wird heller, die Sonne ist über dem Horizont, deshalb drehe ich mich ein wenig zur Seite, weg von Viola.

Sie liest weiter.

»Tut mir leid, mein Sohn, ich musste kurz unterbrechen, ich hatte Besuch von unserm Geistlichen, Aaron.«

Viola hört auf zu lesen und fährt sich mit der Zunge über die Lippen.

»Wir können froh sein, ihn hier bei uns zu haben, obwohl ich zugeben muss, dass er in letzter Zeit Dinge sagt, mit denen ich nicht

einverstanden bin. Es geht dabei um die Ureinwohner von New World. Wir nennen sie Spackle und sie haben sich als eine Riesenüberraschung erwiesen. Das lag daran, dass sie anfangs sehr scheu waren, sodass weder die ersten Siedlungsplaner aus der alten Welt noch die Forschertrupps sie jemals zu Gesicht bekamen.

Sie sind von sehr freundlicher Natur. Natürlich sind sie anders, vielleicht sogar primitiv – so weit wir wissen, verfügen sie weder über eine gesprochene noch eine geschriebene Sprache –, aber ich kann einigen Leuten hier nicht zustimmen, die behaupten, die Spackle seien Tiere und keinesfalls vernunftbegabte Lebewesen. Aaron predigt neuerdings, dass Gott eine Trennlinie gezogen hat zwischen uns und den anderen …

Aber das ist nun wirklich nichts, was man sich an seinem ersten Lebenstag durch den Kopf gehen lassen sollte, nicht wahr? Aaron geht ganz in seinem Glauben auf, und er ist in all den Jahren eine große Stütze gewesen, und falls jemand dieses Buch in die Hände bekommt und es liest, dann sei an dieser Stelle gesagt, dass ich es als große Wertschätzung empfinde, wenn ein solcher Mann dich an deinem allerersten Lebenstag segnet.

Trotzdem wollte ich dir an deinem ersten Tag auch etwas über den Reiz der Macht sagen, damit du Bescheid weißt, noch ehe du alt genug dafür bist, denn genau das unterscheidet den Jungen vom Mann, wenn auch nicht so, wie die meisten Männer glauben.

Mehr sage ich dazu nicht. Augen und Ohren sind überall.

Mein Sohn, die Welt ist voller Wunder. Lass dir von niemandem etwas anderes einreden. Ich gebe zu, das Leben in New World ist hart, denn ich möchte von Anfang an ehrlich mit dir sein. Ich gestehe ein, ich war der Verzweiflung nahe. Die Verhältnisse sind schwieriger, als ich es dir jetzt erklären kann. Du wirst noch früh genug deine eigenen Erfahrungen machen, ob es mir passt oder nicht. Die Nahrungsmittel waren knapp und es traten Krankheiten auf. Das Leben war schon schwer genug, bevor ich deinen Vater verlor, und danach habe ich fast aufgegeben.

Aber dann habe ich weitergemacht. Ich habe nicht aufgegeben, und der Grund dafür warst du, mein wunderwunderhübscher Junge, mein prächtiger Sohn. Du, der etwas Gutes aus seinem Leben machen kann und den ich, das verspreche ich hiermit, in Liebe und Hoffnung großziehen werde, damit die Welt ein wenig besser wird.

Denn als ich dich heute Morgen zum ersten Mal in meinen Armen hielt und dich an meinem Körper nährte, verspürte ich eine solche Liebe. Sie war so überwältigend wie ein großer Schmerz, ich konnte sie fast nicht ertragen.

Aber nur fast.

Ich habe dir ein Lied vorgesungen, das schon meine Mutter früher für mich gesungen hat und deren Mutter für sie, und es geht so …«

Und jetzt, man glaubt es nicht, fängt Viola an zu singen.

Ja, sie singt.

Ich kriege eine Gänsehaut und meine Brust wird wieder mal ganz eng. Bestimmt hat sie die Melodie in meinem Lärm gehört, und natürlich hat Ben genau dieses Lied gesungen, also singt sie, und es klingt wie Glockenklang.

Violas Stimme verwandelt die Welt für mich, indem sie zur Stimme meiner Ma wird.

Früh am Morgen, wenn die Sonn' aufgeht,
Eine Maid vom Tal zu mir fleht,
Ach, betrüg mich nie, ach, verlass mich nie,
Wie kannst du mich Arme so missachten, wie?

Ich schaffe es nicht, Viola anzusehen.

Ich schaffe es nicht, sie anzusehen.

Ich vergrabe den Kopf in meinen Händen.

»Es ist ein trauriges Lied, Todd, aber es ist auch ein Versprechen. Ich werde dich nie betrügen, und ich werde dich nicht verlassen, das verspreche ich dir. Dann kannst auch du eines Tages einem anderen Menschen dieses Versprechen geben und weißt, dass es die Wahrheit ist.

Oje, Todd! Jetzt fängst du an zu schreien. Kein Zweifel, du schreist in deinem Kinderbettchen. Du bist aufgewacht aus dem allerersten Schlaf deines allerersten Tages und forderst die Welt auf, zu dir zu kommen.

Daher werde ich das Buch für heute schließen.

Du rufst mich, Sohn, und ich komme.«

Eine Weile sind nur das Rauschen des Flusses und mein Lärm zu hören.

»Da steht noch mehr«, sagt Viola schließlich, als ich einfach nicht den Kopf hebe. Sie blättert durch die Seiten. »Noch viel mehr.« Sie schaut mich an. »Soll ich weiterlesen?« Sie blickt auf das Buch. »Soll ich das Ende lesen?«

Das Ende.

Die letzten Sätze, die meine Ma geschrieben hat, bevor sie …

»Nein«, sage ich rasch.

Du rufst mich, Sohn, und ich komme.

Für immer aufbewahrt in meinem Lärm.

»Nein«, sage ich noch einmal. »Für heute lassen wir's dabei.«

Ihr Gesicht ist genauso traurig wie mein Lärm. Ihre Augen sind nass, und ihr Kinn bebt, unmerklich fast, nur ein Zittern im Morgenlicht. Sie merkt, dass ich sie beobachte, merkt, dass mein Lärm sie beobachtet, und dreht sich weg von mir.

Und da, an diesem Morgen, am Beginn eines neuen Tags, begreife ich etwas.

Mir wird etwas klar.

Es ist etwas so Wichtiges, dass ich, als ich es ganz und gar begreife, nicht länger sitzen bleiben kann und aufstehen muss.

Ich weiß, was sie denkt.

Ich weiß *genau*, was sie denkt.

Sogar wenn sie mir den Rücken zudreht, weiß ich, was sie denkt und fühlt und was in ihr vorgeht.

Die Art, wie sie sich von mir wegdreht, die Art, wie sie den Kopf hält und ihre Hände und das Buch in ihrem Schoß, die Art, wie sie den Rücken steif macht, sobald sie meine Gedanken in meinem Lärm hört.

Ich kann es lesen.

Ich kann *sie* lesen.

Sie denkt daran, wie ihre eigenen Eltern hergekommen sind, voller Hoffnung, so wie meine Ma. Sie überlegt, ob sich diese Hoffnung am Ziel unseres Wegs als ebenso trügerisch erweisen wird wie die meiner Ma. Und sie stellt sich vor, wie ihre Mutter und ihr Vater genau die Worte zu ihr sagen, die sie vorgelesen hat. Sie hört, wie sie ihr sagen, dass sie sie lieben und sie vermissen und ihr nur das Beste wünschen. Und sie lauscht dem Lied meiner Ma und verwebt es mit ihren eigenen Gefühlen, bis es auch zu ihrem traurigen Lied wird.

Das tut weh, aber der Schmerz ist richtig, er muss so sein, aber es tut weh, und es ist gut, und es tut weh.

Es tut weh.

All das weiß ich.

Ich *weiß* es ganz genau.

Weil ich sie lesen kann.

Ich kann ihren Lärm lesen, obwohl sie gar keinen hat.

Ich weiß, wer sie ist.

Ich kenne Viola Eade.

Ich schiebe die Hände ein wenig zur Seite und stütze meinen Kopf damit.

»Viola«, flüstere ich mit zittriger Stimme.

»Ich weiß«, sagt sie ruhig und schlingt die Arme um sich. Aber sie dreht sich nicht zu mir um.

Da sitzt sie und schaut über den Fluss, und wir warten darauf, dass der Tag anfängt, und wir wissen voneinander.

Viola und ich, wir kennen uns.

39

DER WASSERFALL

Die Sonne steigt langsam höher und der Fluss rauscht jetzt sehr laut. In Stromschnellen fließt er dem Ende des Tals zu und wirbelt Gischt hoch.

Viola ist es, die endlich den Bann bricht. »Du weißt, was das bedeutet, oder?« Sie nimmt das Fernglas und schaut flussabwärts. Sie muss die Hand darüberhalten, um nicht geblendet zu werden.

»Was ist?«, frage ich.

Sie drückt ein, zwei Knöpfe, dann schaut sie wieder hindurch.

»Was siehst du?«, frage ich.

Wortlos drückt sie mir das Fernglas in die Hand.

Ich folge dem Flusslauf, den Stromschnellen, den Schaumwolken bis …

Bis zum Ende.

Ein paar Meilen vor uns endet der Fluss mitten in der Luft.

»Ein Wasserfall«, sage ich.

»Er scheint viel größer zu sein, als der, den wir mit Wilf gesehen haben«, sagt sie.

»Keine Sorge, die Straße macht dort bestimmt einen Bogen«, sage ich.

»Das meine ich nicht.«

»Was dann?«

»Ich meine«, sagt sie und runzelt die Stirn angesichts meiner Begriffsstutzigkeit, »dass am Fuß eines Wasserfalls, der so groß ist wie dieser, bestimmt eine Stadt liegt. Wenn man auf einem fremden Planeten einen Ort sucht, an dem man die erste Siedlung baut, dann ist ein Tal am Fuß eines Wasserfalls der vollkommene Platz dafür. Dort gibt es fruchtbares Ackerland und genügend Wasser.«

Mein Lärm schreckt hoch, aber nur ein kleines bisschen.

Denn wer wollte es auch nur zu denken wagen?

Ich spreche den Namen aus. »Haven.«

»Jede Wette, dass wir es gefunden haben«, sagt sie. »Ich bin sicher, wenn wir am Wasserfall stehen, werden wir die Stadt unter uns liegen sehen.«

»Wenn wir rennen, könnten wir schon zum Frühstück dort sein«, sage ich.

Zum ersten Mal, seit sie aus dem Buch meiner Mutter vorgelesen hat, schaut sie mich direkt an.

Sie fragt: »Was heißt hier *wenn?*«

Und dann lächelt sie.

Ein richtiges Lächeln.

Ich weiß auch, was es zu bedeuten hat.

Wir packen unsere wenigen Habseligkeiten und gehen.

Schneller als zuvor.

Meine Füße sind wund und müde. Ihre bestimmt nicht weniger. Ich habe Blasen und sie tun mir weh. Mein Herz ist schwer von allem, was mir fehlt und was ich verloren habe. Ihres auch.

Aber wir laufen.

Oh Mann, und wie wir laufen!

Denn vielleicht (halt die Klappe) ...

Nur vielleicht (denk nicht dran) ...

Vielleicht wartet die Hoffnung doch noch am Ende der Straße auf uns.

Der Fluss wird breiter und gerader, und die Talwände rücken enger zusammen, auf unserer Seite führt die Straße schon halb den Abhang hoch. Die Stromschnellen sprühen Nebelwolken in die Luft. Unsere Kleider werden feucht, unsere Gesichter, unsere Hände. Das Rauschen der Strömung geht in ein Donnern über, das alle anderen Geräusche überlagert und fast wie ein Lebewesen klingt, allerdings nicht drohend oder böse. Es ist, als bade man in diesem Donner, um den Lärm abzuwaschen.

Und ich denke bei mir: *Bitte, lass es Haven sein, das am Fuße des Wasserfalls liegt.*

Bitte!

Denn ich sehe, wie sich Viola nach mir umschaut, während wir rennen, ihr Gesicht strahlt, sie nickt, lächelt, ermuntert, und ich wundere mich, wie es der Hoffnung gelingt, uns derart anzutreiben, aber gleichzeitig wird mir klar, dass die Hoffnung schmerzhaft und gefährlich ist, dass sie die ganze Welt herausfordert.

Aber wann hat uns die Welt je gewinnen lassen?

Bitte, lass dort unten Haven liegen!

Oh bitte, oh bitte, oh bitte!

Wir brauchen mehr als eine Stunde, bis wir den Wasserfall erreicht haben, obwohl wir die ganze Zeit nur gerannt sind, aber schließlich steigt die Straße langsam an, während unten das Wasser zwischen felsübersäten Stromschnellen tost. Zwischen uns und dem Fluss sind jetzt keine Bäume mehr. Rechts erhebt sich eine

Bergwand und wird immer steiler, je mehr sich das Tal verengt, bis schließlich nur noch der Fluss und der Wasserfall vor uns liegen.

»Wir haben's fast geschafft«, ruft Viola. Ihr Haar weht ihr beim Laufen um die Schultern und über allem scheint die Sonne.

Und dann.

Dann macht die Straße einen scharfen Knick nach rechts und führt über eine Kuppe steil bergab.

Genau an dieser Stelle bleiben wir stehen.

Der Wasserfall ist riesig, gut und gern eine halbe Meile breit. Tosend donnert das Wasser über die Kante und sendet seinen Nebel aus feinen Wassertröpfchen scheinbar endlos in die Tiefe und hoch hinauf, überallhin. Es durchnässt unsere Kleider und die aufgehende Sonne malt einen Regenbogen dazu.

»Todd«, sagt Viola fast tonlos.

Aber ich brauche sie nicht zu hören.

Ich weiß, was sie sagen will.

Da, wo der Wasserfall endet, öffnet sich das Tal, es wird so weit wie der Himmel selbst, es empfängt den Fluss, der am Fuße des Wasserfalls seinen Lauf neu beginnt, zuerst als Wildwasser, ehe er sich wieder sammelt und zur Ruhe kommt und zu einem gewöhnlichen Fluss wird.

Und er fließt nach Haven.

Haven.

Das muss es sein.

Es liegt ausgebreitet vor uns wie ein reich gedeckter Tisch.

»Da ist es«, sagt Viola.

Ich spüre, wie ihre Finger sich mit meinen verschränken.

Links von uns der Wasserfall, über uns Gischt und Regenbogen, vor uns die Sonne, unter uns das Tal.

Und Haven.

Es scheint nur auf uns zu warten.

Verdammt noch mal, es liegt vor uns.

Ich schaue zu der Stelle zurück, wo die Straße eine scharfe Kehre macht, um dann im Zickzack steil nach unten zu führen, wie ein Reißverschluss, der den Berghang teilt.

»Das muss ich sehen«, sagt Viola. Sie lässt meine Hand los und holt das Fernglas hervor. Sie schaut hindurch, wischt die Feuchtigkeit von den Linsen und schaut wieder. »Es ist wunderschön«, sagt sie, mehr nicht, und sie schaut und wischt.

Nach einer Minute, in der sie wortlos in die Weite geschaut hat, reicht sie mir das Fernglas, und ich werfe den ersten Blick auf Haven.

Der Sprühnebel ist so dicht, selbst wenn man ihn wegwischt, erkennt man keine Einzelheiten wie etwa Menschen, aber ich sehe alle möglichen Häuser, die sich um etwas gruppieren, was aussieht wie eine große Kirche mitten in der Stadt, und da sind auch andere große Gebäude und gepflegte Straßen, gesäumt von Bäumen, und noch mehr Häuser.

Es müssen mindestens fünfzig Häuser sein.

Vielleicht sogar *hundert*.

Das ist das Beeindruckendste, was ich in meinem ganzen Leben gesehen habe.

»Ich muss sagen«, ruft Viola, »die Stadt ist kleiner, als ich sie mir vorgestellt habe.«

Aber ich höre ihr gar nicht zu.

Mit dem Fernglas folge ich dem Flusslauf von der Stadt bis zu uns, und ich stoße auf etwas, was aussieht wie eine Straßensperre und eine Art befestigter Zaun.

»Sie machen sich bereit«, sage ich. »Sie machen sich bereit zum Kämpfen.«

Viola schaut mich besorgt an. »Glaubst du, die Stadt ist groß genug? Glaubst du, wir sind dort sicher?«

»Hängt ganz davon ab, ob die Gerüchte über die Armee stimmen.«

Ohne nachzudenken, drehe ich mich um, als sei dort die Armee und warte nur darauf, dass wir weitergehen.

Von einem Hügel hat man sicher eine gute Sicht. »Sehen wir mal nach«, schlage ich vor.

Wir laufen ein Stück zurück, suchen nach einer Stelle, an der man gut klettern kann, finden auch eine und machen uns auf den Weg nach oben. Meine Beine sind so leicht, mein Lärm ist so gleichmäßig wie seit Tagen nicht.

Ich bin traurig wegen Ben, ich bin traurig wegen Cillian, ich bin traurig wegen Manchee und wegen allem, was Viola und mir widerfahren ist.

Aber Ben hatte recht.

Am Fuß des größten Wasserfalls liegt Haven und das bedeutet Hoffnung. Und vielleicht tut sie gar nicht so weh.

Der Hang ist steil, und wir müssen uns an Kletterpflanzen festhalten und an Felsbrocken hochziehen, um weit genug hinaufzukommen, damit wir das Tal überblicken können.

Ich habe noch das Fernglas. Damit spähe ich zum Fluss hinunter, das Tal entlang, über die Baumwipfel hinweg. Selbst hier muss ich Wassertröpfchen von den Linsen wischen.

»Kannst du sie sehen?«, fragt Viola.

Der Fluss wird immer kleiner, je weiter ich zurückblicke.

»Nein.«

Ich suche.

Und suche wieder.

Und …

Dort.

In der engsten Windung der Straße im tiefsten Abschnitt des Tales, im entferntesten Schatten, den die Sonne wirft, sind sie.

Menschen. Es kann nur die Armee auf dem Vormarsch sein. Allerdings ist sie noch so weit weg, dass ich sie überhaupt nur erkenne, weil sie wie dunkles Wasser aussieht, das sich in ein trockenes Flussbett ergießt. Es ist unmöglich, aus dieser Entfernung Einzelheiten auszumachen, ich erkenne weder Männer noch Pferde.

Es ist nur eine Masse, eine Masse, die sich die Straße entlangwälzt.

»Wie groß ist die Armee jetzt?«, fragt Viola. »Wie stark ist sie angewachsen?«

»Ich weiß es nicht«, antworte ich. »Dreihundert Reiter? Vierhundert? Keine Ahnung. Wir sind zu weit entfernt …«

Ich breche ab, denn mir wird klar, was das heißt.

»Wir sind zu weit entfernt«, sage ich dann noch einmal und muss plötzlich lächeln. »Viele, viele Meilen weit.«

»Wir haben gewonnen«, sagt Viola, und auch über ihr Gesicht huscht ein Lächeln. »Wir sind gerannt, und sie haben uns gejagt, und wir sind schneller gewesen als sie.«

»Wir gehen nach Haven und warnen jeden, der etwas zu sagen hat«, sprudelt es aus mir hervor. Mein Lärm wird laut vor Aufregung. »Sie haben Befestigungslinien, und der Zugang zur Stadt ist schmal, die Armee braucht mindestens noch den Rest des Tages, vielleicht sogar die Nacht, und ich schwöre, es sind nicht einmal tausend Mann.«

Ich schwöre es.

(Aber …)

Viola hat das müdeste, glücklichste Lächeln, das ich jemals gesehen habe. Sie greift nach meiner Hand. »Wir werden gewinnen.«

Doch dann ist wieder die Unsicherheit da, die in der Hoffnung liegt, und mein Lärm wird grau. »Gut, aber wir sind noch nicht dort, und wir wissen nicht, ob Haven …«

Viola schüttelt den Kopf. »Nein, nein«, sagt sie. »Wir werden sie besiegen. Du hörst jetzt auf mich und bist fröhlich, Todd Hewitt. Wir haben die ganze Zeit nichts anderes gewollt, als die Armee zu überlisten. Und weißt du was? Wir haben es geschafft.«

Sie blickt mich an, lächelt, erwartet eine Antwort von mir darauf.

Mein Lärm summt, er ist fröhlich und warm und müde und erleichtert und immer noch ein bisschen besorgt, aber ich denke: Vielleicht hat sie recht, vielleicht siegen wir, vielleicht sollte ich den Arm um sie legen, wenn ich mir dabei nicht komisch vorkomme, aber ich glaube, das wäre genau das Richtige, denn ich bin wirklich ihrer Meinung.

»Wir schlagen sie«, sage ich.

Und dann ist sie es, die die Arme um mich schlingt und mich an sich drückt, dass wir beinahe hinfallen, und wir stehen einfach auf dem glitschigen Berghang und atmen ein bisschen.

Sie riecht nicht mehr ganz so sehr nach Blumen, aber das macht nichts.

Ich schaue mich um. Unter uns der schäumende Wasserfall, vor uns Haven, das durch den sonnendurchfluteten Nebel schimmert, und hinter uns spiegelt sich der obere Flusslauf im hellen Licht, das ihn erglänzen lässt wie eine Schlange aus glühendem Metall.

Ich erlaube kleinen Fünkchen von Glück, sich in meinen Lärm zu mischen, und ich lasse meinen Blick den ganzen Fluss entlangwandern und …

Nein.

Jeder Muskel in mir spannt sich.

»Was ist?«, fragt Viola misstrauisch.

Ihr Blick schnellt in die Richtung, in die auch ich schaue.

»*Was?*«, fragt sie wieder.

Und dann sieht sie es.

»Nein«, stöhnt sie. »Nein, das darf nicht sein.«

Ein Boot kommt den Fluss herab.

Man braucht kein Fernglas, um es zu sehen.

Es ist nahe genug, um das Gewehr und die Robe zu erkennen.

Nahe genug, um die Narben und die selbstgerechte Wut zu sehen.

Mit wilden Schlägen rudert er auf uns zu.

Die Rache in Person.

Aaron.

40

DAS OPFER

»HAT ER UNS GESEHEN?«, fragt Viola voller Anspannung.

Ich richte das Fernglas aus. Aaron drängt sich ins Bild, gewaltig und Furcht einflößend. Ich drücke mehrere Knöpfe und lasse ihn kleiner erscheinen. Er blickt nicht in unsere Richtung, sondern rudert wie eine Maschine, um das Boot ans Ufer zu steuern.

Sein Gesicht ist völlig zerstört, es sieht schrecklich aus, dreckverklebt, blutverschmiert, mit dem Loch in der Wange und einem zweiten, wo früher seine Nase gewesen ist. Trotzdem ist sein Blick wild und gierig und ohne Erbarmen, es ist ein Blick, der sich nie, nie ändern wird.

Wie hat Ben gesagt? *Der Krieg verwandelt Menschen in Ungeheuer.*

Ein Ungeheuer kommt auf uns zu.

»Ich glaube nicht, dass er uns gesehen hat«, sage ich. »Noch nicht.«

»Können wir ihn abhängen?«, fragt Viola.

»Er hat ein Gewehr«, antworte ich, »und von hier bis nach Haven kann man die ganze Straße überblicken.«

»Dann halten wir uns eben abseits der Straße und gehen durch den Wald.«

»Es gibt da nicht viel Wald. Wir müssen sehr schnell sein.«

»Ich kann schnell sein«, sagt sie.

Wir schlittern den Hügel hinunter, über Sträucher, Gras und nasse Ranken, und halten uns, so gut es geht, an Felsbrocken fest. Der Baumwuchs ist spärlich, wir können bis zum Fluss hinuntersehen, wo Aaron rudert.

Wenn er in die richtige Richtung schaut, kann er uns ebenfalls sehen.

»Beeil dich!«, sagt Viola.

Nach unten.

Weiter nach unten.

Wir stolpern und rutschen.

Wir waten durch den Schlamm am Wegrand.

Als wir die Straße wieder erreichen, haben wir ihn aus den Augen verloren.

Aber nur für einen kurzen Augenblick.

Denn da ist er wieder.

Die Strömung treibt ihn schnell …

Er kommt den Fluss herab.

Deutlich zu sehen.

Er schaut genau in unsere Richtung.

Das Donnern des Wasserfalls ist so laut, es verschlingt alles, aber ich höre es trotzdem.

Ich würde es selbst dann hören, wenn ich auf der anderen Seite dieses Planeten wäre.

»TODD HEWITT!«

Er greift nach seiner Waffe.

»Lauf!«, schreie ich.

Viola läuft, was sie kann, und ich bin dicht hinter ihr. Wir müssen es bis zu der Stelle schaffen, von wo aus die Straße im Zickzack nach unten führt.

Es sind noch fünfzehn Schritte, vielleicht zwanzig, dann sind wir hinter der Kuppe verschwunden.

Wir rennen, als hätten wir uns zwei Wochen lang nur ausgeruht.

Unsere Füße *trommeln, trommeln, trommeln.*

Ich schaue über die Schulter zurück.

Und sehe Aaron, wie er versucht, das Gewehr mit einer Hand zu fassen.

Wie er versucht, sein Gleichgewicht zu halten und das Boot nicht kentern zu lassen.

Es tanzt auf den Stromschnellen, es wirft ihn hin und her.

»Er kann das nicht«, rufe ich. »Er kann nicht rudern und schießen zur gleichen Zeit ...«

PENG!

Schlamm spritzt dicht neben Violas Füßen auf und direkt vor mir.

Ich schreie, und Viola schreit, und wir ducken uns, ohne nachzudenken.

Schneller und schneller.

Trommel, trommel, trommel ...

Lauf, lauf, lauf, lauf, lauf, röhrt mein Lärm.

Nicht zurückschauen.

Noch fünf Schritte.

Lauf, lauf!

Drei ...

PENG!

Viola stürzt.

»NEIN!«, schreie ich.

Sie fällt von der Kuppe zur anderen Seite hinab, überschlägt sich im Fallen.

»NEIN!«, schreie ich wieder und springe hinterher.

Rutsche und purzle.

Nein.

Nicht das.

Nicht jetzt.

Nicht, wo wir gerade …

Bitte nicht!

Sie prallt gegen eine Reihe niedriger Büsche am Straßenrand, rollt weiter und bleibt kopfüber darin liegen.

Ich renne zu ihr, obwohl ich fast keine Kontrolle mehr über mich habe, schon knie ich und packe sie und rolle sie auf den Rücken und sehe, wie sie blutet, und ich schaue nach der Schussverletzung, und ich schluchze: *»Nein, nein, nein, nein, nein!«*

Ich bin fast blind vor Wut und Verzweiflung und enttäuschter Hoffnung, und *nein, nein, nein –!*

Sie schlägt die Augen auf.

Sie schlägt die Augen auf, klammert sich an mich und sagt: »Ich bin nicht getroffen. Ich bin nicht getroffen.«

»Nicht getroffen?«, frage ich und schüttle sie leicht. »Bist du sicher?«

»Ich bin nur gestürzt«, antwortet sie. »Ich schwör dir, ich habe gespürt, wie die Kugel an meinen Augen vorbeigeflogen ist, und dann bin ich gestürzt. Ich bin nicht verletzt.«

Ich atme tief, tief, tief.

»Gott sei Dank«, sage ich. »Gott sei Dank!«

Alles um mich herum beginnt sich zu drehen und mein Lärm wirbelt im Kreis.

Aber sie steht schon wieder auf und ich tue es ihr gleich.

Links von uns tost das Wasser und vor uns schlängelt sich die Straße bis zum Fuß des Wasserfalls. Nichts stört hier die Sicht. Kein Baum, nur niedrige Büsche.

»Hier sind wir ein leichtes Ziel für ihn«, stellt Viola fest. Sie späht nach oben, dorthin, wo die Straße abzufallen beginnt und wir Aaron noch nicht entdecken können, aber ohne Zweifel steuert er gerade auf das Ufer zu, pflügt mit seinem Boot durchs Wasser, läuft auf dem Wasser, wenn's sein muss.

»TODD HEWITT!«, hören wir eine dumpfe Stimme durch das Donnern des Wasserfalls, die doch laut genug ist, um das Universum zu erschüttern.

»Wir können uns hier nirgends verstecken«, sagt Viola. »Nur unten im Tal.«

Ich sehe mich suchend um. Die Berghänge sind zu steil, die Straße liegt weit einsehbar da, der Bewuchs zwischen den Zickzackkehren ist zu niedrig.

Nirgends können wir uns verstecken.

»TODD HEWITT!«

Viola zeigt nach oben. »Wir könnten hinauf zu den Bäumen auf dem Gipfel.«

Aber da steigt der Hang viel zu steil an, ich höre in ihren Worten, dass sie selbst nicht daran glaubt.

Ich drehe mich im Kreis, suche …

Und dann sehe ich ihn.

Ein kleiner Pfad, schmal und fast unsichtbar, zweigt vom

Weg ab und führt zum Wasserfall. Nach ein paar Schritten verschwindet er plötzlich, aber mein Blick folgt der Richtung, in die er führen könnte.

Er führt direkt zum Klippenrand.

Zu einer Stelle, ganz dicht neben, fast unter der Wasserwand.

Bis zu einem Felsvorsprung, der kaum zu erkennen ist.

Ein Vorsprung, der hinter den Vorhang aus Wasser führt.

Ich kehre zur Straße zurück. Der kleine Pfad ist von dort nicht zu sehen.

Ebenso der Felsvorsprung.

»Was ist los?«, fragt Viola.

Ich versuche es ein zweites Mal und kehre wieder zurück.

»Dort«, sage ich und zeige es ihr. »Siehst du es?«

Sie blinzelt in die Richtung, in die ich deute. Der Wasserfall wirft einen schwachen Schatten auf den Felsvorsprung und lässt ihn dort, wo der Pfad endet, etwas dunkler erscheinen.

»Von hier aus kann man ihn sehen«, sage ich, »aber von der Straße aus nicht.« Ich schaue sie an. »Wir haben ein Versteck.«

»Er wird dich hören«, sagt sie. »Er wird uns finden.«

»Nicht bei diesem Getöse, nicht, wenn ich meinen Lärm still halte.«

Mit gerunzelter Stirn schaut sie nach unten, wo die Straße nach Haven führt, und dann hinauf, wo Aaron jede Sekunde auftauchen muss.

»Wir sind so nahe am Ziel«, sagt sie.

Ich packe sie am Arm und ziehe sie mit. »Komm. Nur so lange, bis er vorbeigegangen ist. Nur, bis es dunkel ist. Wenn wir Glück haben, denkt er, wir haben uns in den Bäumen dort oben versteckt.«

»Wenn er uns findet, sitzen wir in der Falle.«

»Wenn wir Richtung Stadt laufen, erschießt er uns.« Ich blicke sie beschwörend an. »Es ist ein Ausweg. Vielleicht der *einzige*.«

»Todd …«

»Komm mit.« Ich verströme so viel Hoffnung, wie ich nur aufbringen kann. *Ach, verlass mich nie.* »Ich verspreche es dir, ich bringe dich heute Abend noch nach Haven.« Ich drücke ihren Arm. *Ach, betrüg mich nie.* »Ich verspreche es.«

Sie schaut mich an, hört mir zu, und dann nickt sie, kurz und entschlossen, und wir rennen zu dem kleinen Pfad und weiter …

»TODD HEWITT!«

Er hat den Wasserfall schon fast erreicht.

Wir hangeln uns die steile Böschung hinab, gleich neben dem Grat, an dem das Wasser in die Tiefe stürzt.

Über uns ragt die Felswand auf.

Vor uns der Wasserfall.

Ich beuge mich vor und dann … weiche ich zurück, suche Halt bei Viola, denn vor mir geht es senkrecht in die Tiefe.

Sie packt mich am Hemd und hält mich fest.

Direkt vor uns braust das Wasser.

Auch der Felsvorsprung, der unter dem Wasser hindurchführt, liegt vor uns.

Aber nur ein Sprung ins Nichts bringt uns dorthin.

»Das habe ich von oben nicht gesehen«, sage ich.

Viola fasst mich um die Hüfte, damit wir nicht in die Tiefe stürzen.

»TODD HEWITT!«

Er ist nahe, so schrecklich nahe.

»Jetzt oder nie, Todd«, sagt Viola mir ins Ohr.

Sie lässt mich los.

Ich springe hinüber.

Ich bin in der Luft.

Ich bin hinter dem Wasserfall.

Ich habe wieder festen Boden unter den Füßen.

Ich drehe mich um.

Sie springt hinterher.

Ich packe sie fest, wir stürzen beide der Länge nach auf die Felsnase.

Wir bleiben liegen, atmen schwer.

Wir lauschen.

Eine Weile lang hören wir nur das Donnern des Wassers über unseren Köpfen.

Und dann, kaum vernehmlich im Getöse …

»TODD HEWITT!«

Plötzlich klingt es so, als wäre er meilenweit entfernt.

Viola liegt auf mir, und ich atme schwer in ihr Gesicht, und sie atmet schwer in meines.

Wir schauen einander in die Augen.

Es ist zu laut, als dass sie meinen Lärm hören könnte. Nach einer kleinen Weile stützt sie sich mit beiden Händen rechts und links ab und richtet sich auf. Dabei fällt ihr Blick nach oben und ihre Augen werden riesengroß.

Ich höre nur, wie sie »Wow!« sagt.

Ich folge ihrem Blick.

Wow!

Der Felsvorsprung ist alles andere als klein. Sein Sims führt bis weit hinter den Wasserfall. Wir stehen am Eingang eines Tunnels, dessen eine Wand aus Felsen und dessen andere aus

Wasser besteht, das weiß und unverschmutzt ins Tal stürzt – mit einer solchen Schnelligkeit, dass man es beinahe für eine echte Mauer halten könnte.

»Komm«, sage ich und bin schon auf dem Weg. Meine Schuhe saugen sich mit Wasser voll und rutschen, denn der Untergrund ist steinig, nass und glitschig. Wir halten uns so dicht am Felsen wie nur möglich und bleiben dem tosenden Wasser fern.

Der Krach ist fürchterlich, er verschlingt einfach alles.

Er ist so laut, dass er jeden Lärm verschluckt.

Er ist so laut, dass ich mir noch nie leiser vorgekommen bin. Wir tasten uns voran über Felsbrocken und Pfützen, in denen schleimige, grüne Pflanzen wachsen. Von den Felsen über uns hängen Wurzeln herab.

»Kommt es dir nicht auch so vor, als ob wir über Stufen gingen?«, ruft Viola. In dem Getöse verstehe ich sie kaum.

»TODD HEWITT!«, hören wir, die Stimme scheint eine Million Meilen weit entfernt.

»Wird er uns finden?«, fragt Viola.

»Ich weiß nicht«, antworte ich. »Ich glaube nicht.«

Die Felswand hinter dem Wasser verläuft nicht gerade und der Sims folgt den Windungen. Wir triefen vor Nässe, das Wasser ist eiskalt, und wir schaffen es nur mit Mühe, uns an den Wurzeln festzuhalten, um das Gleichgewicht nicht zu verlieren.

Plötzlich fällt der Felsvorsprung steil ab und wird breiter. Die aus dem Stein gehauenen Stufen sind nun nicht mehr zu übersehen. Sie sehen aus wie ein Treppenhaus, das nach unten führt.

Hier müssen schon Menschen gewesen sein.

Wir steigen die Stufen hinunter, während das Wasser nur eine Handbreit von uns entfernt in die Tiefe braust.

Wir erreichen das Ende der Treppe.

»Oooh«, sagt Viola hinter mir, und ich weiß genau, sie schaut jetzt nach oben.

Der Tunnel öffnet sich unerwartet. Der Felssims verbreitert sich und wird zu einer Höhle hinter Wasser. Die Felswände reichen bis hoch über unsere Köpfe, und der Wasserfall scheint sich zu blähen wie ein Segel, das uns einhüllt.

Aber das ist es nicht, worüber sie staunt.

»Das hier ist eine Kirche«, sage ich.

Es ist tatsächlich eine Kirche. Irgendjemand hat den Felsen behauen, sodass grob bearbeitete Bankreihen entstanden sind, mit einem Gang in der Mitte. Davor liegt ein Felsklotz, der eine Kanzel bildet, eine Kanzel mit einem flachen Podest, auf dem ein Priester predigen kann, mit einer gleißend weißen Wasserwand im Rücken. Die Morgensonne verwandelt sie in einen Vorhang aus Sternen und zaubert Fünkchen auf die nassen, schimmernden Wände, bis ganz nach hinten, wo etwas auf die Felswand gemalt ist. Ein Kreis, von zwei kleineren Kreisen flankiert: New World und seine beiden Monde, das Land der Hoffnung und der Verheißung, in weißer Farbe unauslöschlich und leuchtend auf die Felswand gebannt.

Die Kirche unter dem Wasserfall.

»Das ist wunderschön«, sagt Viola.

»Sie wird nicht mehr benutzt«, stelle ich fest, denn nach dem ersten Staunen fällt mir auf, dass ein paar der Sitzreihen umgestoßen und nicht wieder aufgerichtet wurden. Schmierereien überziehen die Wände, einige wurden mit scharfen Gegenständen eingeritzt, andere in der gleichen wasserfesten Farbe gepinselt wie das Abbild von New World. Meist sind es nur

Albernheiten wie *P. M. + M. A.* und *Willz & Chillz auf ewig* und *Lasst alle Hoffnung fahren* und so weiter.

»Das waren Kinder«, sagt Viola. »Sie haben sich hierhergeschlichen und die Höhle für sich in Besitz genommen.«

»Meinst du? Machen Kinder so etwas?«

»Im Raumschiff gab es einen ungenutzten Belüftungsschacht, in den haben wir uns immer heimlich geschlichen«, erzählt sie. »Wir haben die Wände viel schlimmer beschmiert als diese hier.«

Staunend sehen wir uns weiter um. Die Decke über uns, dort wo das Wasser über die Klippe stürzt, ist gut und gern zehn Meter hoch, und der Felssims misst hier bestimmt fünf Meter in der Breite.

»Es war eine natürliche Höhle«, sage ich. »Sie haben sie entdeckt und für ein Wunder gehalten.«

Viola verschränkt die Arme vor der Brust. »Bis sie herausgefunden haben, dass dieser Raum als Kirche doch nicht so praktisch war.«

»Zu nass«, sage ich. »Und zu kalt.«

»Ich wette, das war, kurz nachdem sie hier gelandet sind«, sagt sie und blickt hinüber zu der weißen Zeichnung. »Ich wette, es war noch im ersten Jahr. Alles war neu und verheißungsvoll.« Sie dreht sich um sich selbst, prägt sich alles ein. »Und dann hat die Wirklichkeit sie eingeholt.«

Auch ich drehe mich langsam. Ich kann mir genau vorstellen, was die Menschen damals gedacht haben. Wie die Sonne die Wasserfälle beschien und den Fels in gleißendes Licht tauchte, wie alles laut und zugleich still war. Sogar ohne Kanzel und Bänke fühlte man sich wie in einer Kirche. Es war ein Ort, der schon heilig war, bevor ihn ein Mensch betreten hatte.

Und dann sehe ich, dass es hinter den letzten Bänken nicht mehr weitergeht. Das Felsplateau endet hier, danach geht es steil in die Tiefe.

Also müssen wir hier warten.

Also müssen wir hier hoffen.

In einer Kirche unter dem Wasser.

»TODD HEWITT!«, hallt es schon viel weniger dumpf durch den Tunnel bis zu uns. Ich merke, dass Viola zittert.

»Was machen wir jetzt?«, fragt sie.

»Wir warten, bis es Nacht ist«, antworte ich. »Dann schleichen wir uns nach draußen und hoffen, dass er uns nicht sieht.«

Ich setze mich auf eine Steinbank. Viola setzt sich neben mich. Sie streift die Tasche über den Kopf und stellt sie auf dem steinernen Boden ab.

»Was, wenn er den Pfad entdeckt?«, fragt sie.

»Lass uns hoffen, dass das nicht passiert.«

»Aber wenn doch?«

Ich greife hinter mich und hole das Messer hervor.

Das Messer.

Wir beide starren es an, das weiße Wasser blitzt auf der Klinge, die Feuchtigkeit sammelt sich bereits als Tröpfchen darauf und lässt es aufleuchten wie eine kleine Fackel.

Das Messer.

Wir sagen kein Wort, sehen es nur an, wie es mitten in einer Kirche glänzt.

»TODD HEWITT!«

Viola blickt zum Eingang und schlägt die Hände vors Gesicht. Ich sehe, wie sie die Zähne zusammenbeißt.

»Was will er überhaupt?«, bricht es plötzlich aus ihr hervor.

»Wenn es die Armee nur auf dich abgesehen hat, was *will* er dann von mir? Weshalb hat er auf mich geschossen? Ich verstehe das alles nicht.«

»Verrückte brauchen keine Gründe«, sage ich.

Aber in meinem Lärm sehe ich plötzlich vor mir, wie er Viola im Sumpf opfern wollte. Das »Zeichen«, so hat er sie genannt.

Ein Gottesgeschenk.

Ich weiß nicht, ob Viola das gehört hat oder ob sie sich selbst gerade daran erinnert hat, denn sie sagt: »Ich glaube nicht, dass ich das Opfer bin.«

»Wie bitte?«

Sie dreht sich zu mir um und sieht mich ein wenig ratlos an. »Ich glaube nicht, dass ich es bin«, wiederholt sie. »Er hat mich fast die ganze Zeit lang in tiefem Schlaf gehalten, und wenn ich doch einmal aufgewacht bin, habe ich andauernd wirre Dinge in seinem Lärm gesehen, Dinge, die keinen Sinn für mich ergaben.«

»Er ist verrückt«, sage ich. »Verrückter als die anderen.«

Sie schweigt und starrt in den Wasserfall.

Und dann greift sie nach meiner Hand.

»TODD HEWITT!«

Ich spüre, wie ihre Hand in dem Augenblick zusammenzuckt, als mein Herz einen Satz macht.

»Das war näher an uns dran«, sagt sie. »Er kommt näher.«

»Er wird uns nicht finden.«

»Er wird.«

»Dann werden wir mit ihm fertigwerden.«

Wir betrachten das Messer.

»TODD HEWITT!«

»Er hat den Eingang gefunden«, sagt sie.

»Noch nicht.«

»Wir waren beinah am Ziel«, schluchzt sie, und fast versagt ihr die Stimme. »Beinahe.«

»Wir werden es erreichen.«

»TODD HEWITT!«

Kein Zweifel, es tönt jetzt viel lauter.

Er hat den Tunnel gefunden.

Ich umklammere mein Messer und beobachte Viola. Sie lässt den Tunnel nicht aus den Augen, und aus ihrem Blick spricht so viel Angst, dass mir die Brust wehtut.

Ich packe das Messer fester.

Wenn er sie auch nur *anrührt* ...

Mein Lärm kehrt dahin zurück, wo unsere Reise begonnen hat: zu Viola, noch ehe sie ein Wort gesprochen hat, zu Viola, als sie mir schließlich ihren Namen sagte, zu Viola, als sie mit Tam und Hildy sprach, als sie Wilfs Aussprache nachmachte, als Aaron sie verschleppte, als ich in Doktor Snows Haus erwachte, als sie Ben ihr Versprechen gab, als sie mit der Stimme meiner Mutter sprach und damit die Welt für mich veränderte, wenn auch nur für eine kleine Weile.

Mein Lärm kehrt zurück zu allem, was wir gemeinsam durchlitten haben.

Wie sie weinte, als wir Manchee zurücklassen mussten.

Wie sie mir sagte, ich sei alles, was sie hat auf dieser Welt.

Wie ich feststellte, dass ich ihre Gedanken lesen konnte, Stille hin oder her.

Wie ich glaubte, Aaron habe sie erschossen.

Wie ich mich fühlte in diesem entsetzlichen Augenblick.

Wie es wäre, wenn ich sie verlöre.

Der Schmerz und die Ungerechtigkeit.

Die Wut.

Wie ich wünschte, ich wäre an ihrer Stelle.

Ich betrachte das Messer in meiner Hand.

Und ich erkenne, dass sie recht hat.

Ich erkenne nun, was schon immer feststand, so verrückt es klingen mag.

Sie ist nicht das Opfer.

Sie ist es nicht.

Wenn einer von uns fällt, fallen wir alle.

»Ich weiß jetzt, was er will«, sage ich und stehe auf.

»Was?«, fragt Viola.

»Todd Hewitt!«

Kein Zweifel, er kommt jetzt durch den Tunnel.

Wir können nirgendwohin fliehen.

Er kommt.

Auch Viola steht nun auf. Ich stelle mich zwischen sie und den Tunnelausgang.

»Kriech hinter eine Bank«, sage ich. »Versteck dich.«

»Todd ...«

Ich gehe von ihr weg, meine Hand ruht auf ihrem Arm, solange es geht.

»Wo willst du hin?«, fragt sie. Ihre Stimme klingt gepresst.

Ich schaue zurück in den Tunnel aus Fels und Wasser.

Jede Sekunde wird er hier sein.

»TODD HEWITT!«

»Er wird dich *sehen*«, sagt sie.

Ich halte das Messer vor mich ausgestreckt.

Das Messer, das uns so oft in Schwierigkeiten gebracht hat.

Das Messer, das solch große Macht besitzt.

»Todd!«, ruft Viola. »Was hast du vor?«

Ich drehe mich zu ihr um. »Er wird dir nichts tun«, sage ich. »Nicht, wenn er weiß, dass ich weiß, was er will.«

»Und was will er?«

Ich betrachte sie aufmerksam, wie sie da zwischen den Bänken steht und der weiße Planet und die beiden Monde auf sie herabscheinen und wie das Wasser schlieriges Licht über sie breitet.

Ich schaue aufmerksam in ihr Gesicht, achte auf die Sprache ihres Körpers, als sie dasteht und mich anblickt, und ich erkenne, dass ich noch immer weiß, wer sie ist, dass sie noch immer Viola Eade ist, dass ihre Stille sich nicht aus Leere speist und dem auch nie so war.

Ich blicke in ihre leuchtenden Augen.

»Ich werde ihm wie ein Mann entgegentreten«, sage ich. Und obwohl es viel zu laut ist und sie meinen Lärm ganz bestimmt nicht hören und meine Gedanken ganz bestimmt nicht lesen kann, erwidert sie meinen Blick.

Und ich sehe darin, dass sie verstanden hat.

Sie richtet sich auf. »Ich werde mich nicht verstecken«, sagt sie. »Wenn du es nicht tust, dann will auch ich es nicht tun.«

Mehr muss ich nicht wissen.

Ich nicke.

»Bereit?«, frage ich.

Sie schaut mich an.

Dann nickt sie, kurz und entschieden.

Ich drehe mich zum Tunneleingang.

Ich schließe die Augen.

Ich atme tief durch.

Und mit dem letzten Lufthauch in meiner Lunge und mit der Kraft des Lärms in meinem Kopf richte ich mich auf.

Und ich schreie, so laut ich kann.

»AARON!!!!!«

Ich mache die Augen auf und warte, dass er kommt.

41

WENN EINER VON UNS FÄLLT

DAS ERSTE, WAS ICH SEHE, sind seine Füße. Sie schlittern die Stufen herunter, nicht hastig, eher gemächlich, jetzt, da er weiß, dass wir hier sind.

Ich halte das Messer in meiner rechten Hand, die linke ist ausgestreckt und erwartet ihn ebenfalls. Ich stehe zwischen den kleinen Steinbänken so weit in der Mitte der Kirche, wie es nur geht. Viola ist nur ein paar Schritte hinter mir in einer der Sitzreihen.

Ich bin bereit.

Ich weiß, ich *bin* bereit.

Alles, was bisher geschehen ist, hatte nur den einen Zweck, mich hierherzuführen, an diesen Ort, mit dem Messer in der Hand, zusammen mit etwas, was es verdient, beschützt zu werden.

Mit jemandem, der es verdient, beschützt zu werden.

Und wenn ich die Wahl habe zwischen ihr und ihm, dann ist das keine Wahl, und die ganze Armee kann mir verdammt noch mal gestohlen bleiben.

Deshalb bin ich bereit.

So bereit, wie ich nur sein kann.

Denn ich weiß, was er will.

»Komm«, sage ich leise.

Aarons Beine werden sichtbar, dann seine Arme, in der einen Hand hält er die Waffe, mit der anderen stützt er sich im Gehen an der Wand ab.

Dann sein Gesicht.

Sein schreckliches, schreckliches Gesicht.

Von dem nicht mehr viel übrig ist. Durch das Loch in seiner Wange sieht man die Zähne, und statt der Nase klafft eine Wunde, die ihn kaum mehr wie einen Menschen aussehen lässt.

Aber er grinst.

Bei seinem Anblick überkommt mich alle Angst der Welt.

»Todd Hewitt«, sagt er. Es klingt beinahe wie ein Gruß.

Ich spreche so laut, dass ich das Tosen des Wasserfalls übertöne, und bemühe mich, meine Stimme fest klingen zu lassen. »Du brauchst deine Waffe nicht, Aaron.«

»Ach, brauche ich sie nicht?«, sagt er und reißt die Augen auf, als er sieht, dass Viola hinter mir steht. Ich drehe mich nicht nach ihr um, aber ich weiß, sie sieht Aaron an, tritt ihm mit allem Mut entgegen, den sie aufbringen kann.

Und das gibt mir Kraft.

»Ich weiß, was du willst«, sage ich. »Ich habe es jetzt herausgefunden.«

»Hast du das, kleiner Todd?«, fragt Aaron. Er kann nicht widerstehen, er sucht in meinem Lärm, so wenig er auch in diesem Getöse davon hören kann.

»Sie ist nicht das Opfer«, sage ich.

Er antwortet nicht, sondern geht ein paar Schritte aus dem Tunnel in die Kirche hinein, schaut zum Kreuz hinauf, auf die Bänke, die Kanzel.

»Und auch ich bin nicht das Opfer«, sage ich.

Sein böses Grinsen wird breiter. Das Loch in seiner Wange reißt weiter auf, Blut sickert hervor, und der Sprühnebel verwischt es. »Ein kluger Kopf ist der Freund des Teufels«, sagt er, und ich nehme an, das ist seine Art, mir zu sagen, dass ich recht habe.

Ich suche festen Tritt und lasse ihn nicht aus den Augen, als er zur Kanzel geht.

»Du bist es«, sage ich. »Das Opfer bist du.«

Und ich öffne meinen Lärm ganz weit, damit nicht nur er, sondern auch Viola hören kann, dass ich die Wahrheit sage.

Ben hat es mir damals erklärt, bevor ich die Farm verließ. Ich weiß jetzt, wie ein Junge in Prentisstown zum Mann wird. Und warum Jungen, die Männer geworden sind, nicht mehr mit Jungen sprechen, die noch keine Männer sind. Warum Jungen, die Männer geworden sind, zu Komplizen der Stadt werden.

Der Grund dafür ist …

Der Grund ist …

Ich zwinge mich, es auszusprechen.

Sie töten einen Menschen.

Ganz allein.

Diese Männer, die verschwanden. Die versuchten zu verschwinden.

Sie sind in Wirklichkeit gar nicht verschwunden.

Mr Royal, mein alter Lehrer, der sich betrank und dann selbst erschoss. Er hat sich gar nicht *selbst* erschossen. Seb Mundy hat ihn erschossen, an seinem dreizehnten Geburtstag, er musste sich ganz allein vor ihn hinstellen und den Abzug drücken, während die Männer von Prentisstown zusahen.

Mr Gault, dessen Schafherde wir übernommen haben, als er vorletzten Winter verschwand, er hat nur *versucht* zu verschwinden. Bürgermeister Prentiss hat ihn erwischt, als er durch den Sumpf fliehen wollte, und Bürgermeister Prentiss hielt sich an das Gesetz von New World und erschoss ihn, nur dass er damit so lange wartete, bis Prentiss junior dreizehn Jahre alt wurde und sein Sohn Mr Gault ohne jede fremde Hilfe zu Tode gequält hatte.

Und so weiter und so fort. Männer, die ich jeden Tag gesehen habe, wurden von Jungen getötet, die ich jeden Tag gesehen habe, damit diese selbst zu Männern wurden. Wenn die Leute des Bürgermeisters einen Flüchtigen einfingen und ihn einem Jungen zum dreizehnten Geburtstag anboten, umso besser. Wenn nicht, wählten sie einen in Prentisstown aus, den sie nicht leiden konnten, und behaupteten einfach, er wäre verschwunden.

Das Leben eines Mannes wurde in die Hand eines Jungen gelegt, damit er es ganz allein beende.

Ein Mann stirbt, ein anderer wird geboren.

Jeder ist ein Mitwisser. Jeder ist schuldig.

Nur ich nicht.

»Oh mein Gott«, höre ich Viola sagen.

»Aber bei mir sollte es anders sein, nicht wahr?«, frage ich.

»Du warst der Letzte, Todd Hewitt«, antwortet Aaron. »Der letzte Soldat in Gottes vollkommener Armee.«

»Erzähl mir nicht, dass Gott irgendetwas mit deiner Armee zu tun hat«, sage ich. »Leg dein Gewehr hin. Ich weiß, was ich tun muss.«

»Bist du ein Bote, Todd?« Er legt den Kopf schief und sein entsetzliches Grinsen wird noch breiter. »Oder bist du ein Schwindler?«

»Lies in meinem Lärm«, sage ich. »Lies in mir, wenn du mir nicht glaubst, dass ich dazu fähig bin.«

Jetzt steht er an der Kanzel und schaut durch den Mittelgang zu mir, er lässt seinen Lärm anschwellen, wälzt ihn auf mich zu, verdeckt alles, und ich höre das Opfer und Gottes vollkommenes Werk und das Martyrium der Heiligen.

»Vielleicht, kleiner Todd«, antwortet er.

Und er legt sein Gewehr auf die Kanzel.

Ich muss schlucken, umklammere das Messer noch fester. Er blickt zu Viola und lacht leise vor sich hin. »Nein«, sagt er. »Kleine Mädchen könnten das ausnutzen, nicht wahr?«

Und wie beiläufig schleudert er das Gewehr über den Felsvorsprung in den Wasserfall.

Es geht so schnell, aber dann ist es weg.

Jetzt gibt es nur noch mich und Aaron.

Und das Messer.

Er breitet die Arme aus, und mir wird klar, dass er jetzt der Priester ist, dass er jetzt auf seiner eigenen Kanzel steht, daheim in Prentisstown. Er lehnt sich mit dem Rücken gegen den Stein und hebt die geöffneten Hände, hebt die Augen zu dem weißen, glänzenden Dach aus Wasser über uns.

Lautlos bewegt er seine Lippen.

Er *betet.*

»Du bist wahnsinnig«, sage ich.

Er schaut mich an. »Ich bin auserwählt.«

»Du willst, dass ich dich töte.«

»Falsch, Todd Hewitt«, sagt er und kommt einen Schritt auf mich zu. »Der Hass ist der Schlüssel zu allem. Der Hass ist es, der alles in Gang hält. Hass ist das reinigende Feuer, das ein Soldat durchschreiten muss. Hassen muss der Soldat.«

Er kommt einen weiteren Schritt auf mich zu.

»Ich will nicht, dass du mich tötest«, sagt er. »Ich will, dass du mich ermordest.«

Ich weiche ein Stück zurück.

Um seine Lippen zuckt es spöttisch. »Hat der Junge den Mund zu voll genommen?«

»Weshalb?«, frage ich und weiche noch etwas weiter zurück. Auch Viola weicht zurück bis an die Wand mit dem Bild von New World. »Weshalb tust du das? Was hat das für einen Sinn?«

»Gott hat mir meinen Weg offenbart«, sagt er.

»Ich bin nun schon fast dreizehn Jahre alt«, sage ich, »und alles, was ich gehört habe, kam von Männern.«

»Gott wirkt durch die Männer«, erwidert Aaron.

»Das Böse auch«, sagt Viola.

»Ah«, sagt Aaron. »Es spricht Worte der Versuchung, um uns einzulullen ...«

»Halt den Mund!«, herrsche ich ihn an. »Sprich nicht mit ihr.«

Jetzt bin ich hinter der letzten Bankreihe angelangt. Ich weiche nach rechts aus, Aaron folgt mir, bis wir uns langsam im Kreis bewegen. Aarons Hände sind noch immer zum Gebet erhoben, mein Messer ist ausgestreckt. Viola ist hinter mir, in einem Nebel, der alles benetzt. Die Kirche dreht sich langsam um uns, der Fels ist noch immer glitschig, die Sonne lässt die Wand aus Wasser noch immer gleißend hell erscheinen.

Und das Dröhnen, das unaufhörliche Dröhnen.

»Du solltest die letzte Bewährungsprobe sein«, sagt Aaron. »Der letzte Junge. Derjenige, der uns zu einem Ganzen schmiedet.

Wenn du in der Armee bist, dann gibt es kein schwaches Glied mehr. Dann sind wir wahrlich auserwählt. Wenn einer von uns fällt, dann fallen wir alle, Todd. Und wir alle müssen fallen.« Er ballt die Fäuste und blickt nach oben. »Nur dann werden wir neu geboren! Nur dann können wir diese verfluchte Welt verwandeln ...«

»Ich hätte es nicht getan«, unterbreche ich ihn. »Ich hätte niemanden getötet.«

»Ach ja, Todd Hewitt«, sagt Aaron. »Und deshalb glaubst du, du bist etwas ganz Besonderes, nicht wahr? Der Junge, der nicht töten kann.«

Ich riskiere einen Seitenblick zu Viola, die nur ein paar Schritte entfernt neben mir steht. Wir laufen immer noch im Kreis durch die Kirche.

Viola und ich sind jetzt an der Stelle, an der sich der Tunnel öffnet.

»Aber Gott verlangt nach einem Opfer«, redet Aaron weiter. »Gott will einen Märtyrer. Und wen sollte dieser ganz besondere Junge töten, wenn nicht den Verkünder Gottes höchstpersönlich?«

»Ich glaube nicht, dass Gott dir auch nur irgendetwas offenbart«, sage ich. »Obwohl ich mir vorstellen kann, dass er nichts dagegen hätte, wenn du tot wärst.«

Aarons Blick wird so wahnsinnig und leer, dass es mir eiskalt über den Rücken läuft. »Ich werde ein Heiliger sein«, sagt er mit einer Stimme, in der ein Feuer lodert. »Denn dazu bin ich berufen.«

Er ist am Ende des Mittelgangs angekommen und folgt uns bis hinter die letzte Bankreihe.

Viola und ich weichen zurück.

Fast bis zum Tunnel.

»Aber wie bringt man den Jungen dazu?«, fährt Aaron fort, und seine Augen sind wie tiefe Löcher. »Wie macht man ihn zum Mann?«

Ich kann seinen Lärm lesen, der lauter ist als der Donner.

Ich starre ihn mit großen Augen an.

Meine Eingeweide rutschen nach unten.

Meine Schultern sacken nach unten.

Ich fühle mich nur noch schwach.

Ich sehe es. Es ist ein Wahnbild, eine Lüge, aber die Lügen der Männer sind so klar und deutlich wie ihre Wahrheiten, und ich sehe sie in allen Einzelheiten vor mir.

Er wollte Ben ermorden.

Und mich auf diese Weise zwingen, ihn zu töten. So wollten sie es machen. Damit ihre Armee vollkommen ist und ich zum Mörder werde, wollten sie Ben ermorden.

Und ich sollte zusehen.

Damit mein Hass groß genug sein würde, um Aaron zu töten.

Mein Lärm brüllt auf. *»Du verdammtes Stück …«*

»Aber dann sandte Gott ein Zeichen«, spricht Aaron weiter und schaut Viola an. Blut fließt aus der Nasenwunde. »Das Mädchen. Ein Geschenk des Himmels.«

»Schau sie nicht an!«, schreie ich. »Schau sie *ja nicht* an!«

Aaron richtet seinen Blick auf mich und grinst. »Ja, Todd, ja«, sagt er. »Das ist dein Weg. Das ist die Bestimmung, der du folgen wirst. Der Junge mit dem mitleidigen Herzen, der Junge, der nicht töten konnte. Um welchen Preis würde er töten? Wen würde er beschützen?«

Noch einen Schritt zurück, noch einen Schritt näher zum Tunnel.

»Und als ihre verfluchte, böse Stille unseren Sumpf entweihte, dachte ich zuerst, Gott habe mir jemanden geschickt, den ich opfern könnte, ein letztes Zeugnis des Bösen, das sich überall verbirgt und das ich zerstören und fortwaschen könnte.« Er wirft den Kopf in den Nacken. »Aber dann enthüllte sich mir ihre wahre Bestimmung.« Er schaut Viola an, dann mich. »Todd Hewitt würde die Hilflose beschützen.«

»Sie ist nicht hilflos«, sage ich.

»Und dann bist du davongelaufen.« Aaron reißt die Augen auf, spielt den Erstaunten. »Du bist davongelaufen, anstatt deine Bestimmung zu erfüllen.« Er hebt die Augen zur Decke. »Aber damit hast du den Sieg, den wir über dich davontragen, nur größer gemacht.«

»Du hast noch lange nicht gewonnen«, erwidere ich.

»Tatsächlich?« Er lächelt wieder. »Komm, Todd. Komm zu mir, mit Hass in deinem Herzen.«

»Das *werde* ich«, sage ich. »Das werde ich.«

Und mache einen Schritt rückwärts.

»Du warst schon kurz davor, mich zu töten, kleiner Todd«, sagt Aaron. »Im Sumpf, du hattest das Messer schon erhoben, als ich das Mädchen töten wollte. Aber nein. Du hast gezögert. Du verletzt, aber du tötest nicht. Und dann habe ich es dir weggenommen und du hast es wieder aufgespürt. Ich wusste, du würdest es finden. Du hast Schmerzen erlitten durch die Wunde, die ich dir zugefügt habe, aber auch diesmal: Es hat nicht gereicht. Eher hast du deinen geliebten Hund geopfert, als zuzusehen, wie das Mädchen Schaden nimmt. Du hast lieber zugesehen, wie ich ihm jeden Knochen im Leib gebrochen habe, als deiner wahren Bestimmung zu folgen.«

»Hör auf!«, schreie ich ihn an.

Er streckt mir seine offene Hand entgegen.

»Hier bin ich, Todd«, sagt er. »Erfülle deine Bestimmung. Werde ein Mann.« Er senkt den Kopf, bis mich sein Blick trifft. »*Falle.*«

Ich presse die Lippen zusammen, richte mich kerzengerade auf.

»Ich *bin* bereits ein Mann«, antworte ich.

Und mein Lärm sagt dasselbe.

Er starrt mich an. Er starrt durch mich hindurch.

Und dann stößt er einen Seufzer aus.

Als wäre er *enttäuscht*.

»Du bist noch kein Mann«, sagt er, und sein Gesichtsausdruck ist völlig verändert. »Vielleicht wirst du nie einer.«

Ich bleibe stehen.

»Schade«, sagt er.

Und er springt auf mich zu.

»Todd!«, schreit Viola auf.

»Lauf!«, schreie ich.

Aber ich weiche keinen Schritt.

Ich werfe mich nach vorn.

Und der Kampf beginnt.

Ich greife ihn an, er stürzt sich auf mich. Ich habe das Messer in der Hand, aber im letzten Augenblick weiche ich aus, und er kracht gegen die Felswand.

Er wirbelt herum. Sein Gesicht ist nur noch eine Grimasse. Er holt zum Schlag aus, aber ich ducke mich und schlitze ihm mit dem Messer den Unterarm auf, doch das stört ihn nicht im Geringsten.

Er holt mit der anderen Hand aus und trifft mich am Unterkiefer. Die Wucht des Schlags schleudert mich nach hinten.

»Todd!«, schreit Viola.

Ich taumle rückwärts, gegen die letzte Bank.

Aaron dreht sich zu Viola um. Sie ist dort, wo die Treppen beginnen.

»Lauf!«, schreie ich.

Aber sie hat einen großen, flachen Stein in der Hand und zielt auf Aaron. Der duckt sich, will ihn mit einer Hand abwehren, aber der Stein trifft ihn an der Stirn, Aaron torkelt bis zum Felsvorsprung, hin zur Vorderseite der Kirche ...

»Schnell!«, schreit Viola.

Ich komme mühsam auf die Beine.

Aber Aaron hat sich schon umgedreht.

Blut strömt ihm übers Gesicht.

Sein Mund ist zu einem Schrei geöffnet.

Wie eine Spinne schnellt er vorwärts und packt Violas rechten Arm.

Sie schlägt wie besessen mit ihrer linken Hand auf ihn ein, besudelt sich mit Blut von seinem Gesicht.

Aber er lässt sie nicht los.

Ich schreie auf und stürze auf sie zu.

Mit gestrecktem Messer.

Wieder lasse ich es in letzter Sekunde sinken.

Und pralle mit ihm zusammen.

Wir fallen auf die untersten Stufen. Viola rollt weg, ich liege auf Aaron, er schlägt nach mir, kommt mir mit seinem entsetzlichen

Gesicht nahe und beißt mich in eine ungeschützte Stelle an meinem Hals.

Ich schreie auf und versetze ihm einen Schlag mit dem Handrücken. Ich krieche von ihm weg, zurück in die Kirche, die Hand gegen den Hals gepresst.

Er kommt hinterher, seine Faust holt aus.

Trifft mich am Auge.

Mein Kopf fliegt nach hinten.

Ich stolpere zwischen den Bankreihen in die Kirchenmitte.

Noch ein Faustschlag.

Ich hebe die Hand mit dem Messer, um irgendwie die Schläge abzuwehren.

Aber ich richte die Klinge nicht auf ihn.

Und er trifft mich wieder.

Ich krieche über die nassen Steine von ihm fort.

Den Gang entlang, zur Kanzel hin.

Zum dritten Mal trifft mich seine Faust im Gesicht.

Ich merke, wie mir zwei Zähne aus dem Mund fliegen. Beinahe falle ich.

Und dann falle ich wirklich.

Und schlage mit Kopf und Rücken an der Kanzel auf.

Und lasse das Messer fallen.

Es schlittert auf die Felskante zu.

Es nützt mir nichts, wie immer.

»*Dein Lärm verrät dich!*«, kreischt Aaron. »*Dein Lärm verrät dich!*« Er kommt auf mich zu, steht jetzt über mir. »*Von dem Augenblick an, an dem ich diesen heiligen Ort betrat, wusste ich, dass es so ablaufen würde!«* Er bleibt neben meinen Füßen stehen, starrt auf mich herab. Seine Fäuste triefen von meinem Blut, sein Gesicht von seinem eigenen. »Du wirst *nie* ein Mann werden, Todd Hewitt. *Niemals!*«

Aus den Augenwinkeln heraus sehe ich, wie Viola fieberhaft noch mehr Steine sucht.

»Ich bin bereits ein Mann«, sage ich. Aber ich habe versagt, ich habe das Messer fallen lassen, und jetzt versagt mir sogar meine Stimme den Dienst, ich presse meine Hand an den blutenden Hals.

»Du hast mich um mein Opfer gebracht!« Seine Augen sind jetzt wie brennende Diamanten, sein Lärm flammt rot und so heiß, dass die Feuchtigkeit um ihn herum zu verdampfen scheint. »Ich werde dich töten.« Er neigt den Kopf zu mir. »Und im Sterben sollst du wissen, dass ich sie langsam getötet habe.«

Ich beiße die Zähne aufeinander und versuche auf die verdammten Füße zu kommen.

»Trau dich doch«, knurre ich.

Aaron stößt einen Schrei aus und macht einen Schritt auf mich zu.

Er streckt die Hände nach mir aus.

Ich warte auf ihn.

Und Viola schmettert einen Stein gegen seine Schläfe, der so groß ist, dass sie ihn fast nicht heben kann.

Er taumelt ...

Stützt sich auf die Sitzbänke ...

Fängt sich wieder ...

Taumelt erneut.

Aber er fällt nicht.

Er fällt, *verdammt noch mal,* nicht hin.

Er steht zwischen mir und Viola, reckt sich, wendet Viola den Rücken zu, das Blut schießt über sein Gesicht, aber verdammt noch mal, er steht immer noch da, er ist so verflucht groß wie die Schreckgestalt eines Albtraums.

Er ist wirklich ein Ungeheuer.

»Du bist kein Mensch«, sage ich zu ihm.

»Das habe ich dir doch gesagt, kleiner Todd«, gibt er mir zur Antwort. Seine Stimme ist leise und grauenvoll, sein Lärm glüht so vor Wut, dass es mich fast niederwirft. »Ich bin ein Heiliger.«

Er holt aus und schlägt nach Viola, ohne überhaupt hinzusehen. Er trifft sie mitten aufs Auge, sie schreit auf und fällt und fällt und fällt, torkelt über eine Bank, schlägt mit dem Kopf hart auf den Felsen auf.

Und bleibt liegen.

»Viola!«, schreie ich.

Ich renne an ihm vorbei.

Er hält mich nicht auf.

Ich bin bei ihr.

Ihre Füße liegen auf einer Steinbank.

Ihr Kopf liegt auf dem Steinboden.

Blut tritt in einem Rinnsal daraus hervor.

»Viola!«, rufe ich und hebe sie hoch.

Und ihr Kopf fällt zurück.

»VIOLA!«, schreie ich.

Da höre ich ein Knurren hinter mir.

Es ist ein Lachen.

Aaron lacht.

»Du hast sie betrogen«, sagt er. »Aber das war vorauszusehen.«

»HALT den Mund!«

»Und weißt du auch, warum?«

»ICH BRING DICH UM!«

Er dämpft seine Stimme zu einem Flüstern.

Es ist ein Flüstern, das mir durch Mark und Bein geht.

»Du bist bereits gefallen.«

Mein Lärm lodert feuerrot.

So rot, wie er noch nie war.

Mörderisch rot.

»Ja, Todd«, zischt Aaron. »Ja, genau so ist es.«

Ich lege Viola vorsichtig hin und stehe auf.

Mein Hass auf ihn ist so groß, er füllt die ganze Höhle aus.

»Komm schon, Junge«, sagt er. »Läutere dich selbst.«

Ich schaue auf das Messer.

Es liegt in einer Pfütze.

Neben der Kanzel, hinter Aaron.

Dort, wo ich es habe fallen lassen.

Ich höre, wie es mir zuruft.

Nimm mich, ruft es.

Nimm mich und gebrauche mich.

Aaron breitet seine Arme aus.

»Töte mich«, sagt er. »Werde ein Mann.«

Lass mich niemals los, ruft das Messer.

»Es tut mir leid«, flüstere ich, obwohl ich gar nicht weiß, warum.

Es tut mir leid.

Und ich mache einen Satz.

Aaron rührt sich nicht von der Stelle, er hat die Arme ausgebreitet, als wolle er mich umarmen.

Ich ramme ihn mit meiner Schulter.

Er wehrt sich nicht.

Mein Lärm brüllt rot auf.

Wir stürzen hinter der Kanzel auf die Felsnase.

Ich liege auf ihm.

Er wehrt sich noch immer nicht.

Ich schlage ihm ins Gesicht.

Noch einmal.

Und noch einmal.

Und noch einmal.

Zerstöre es noch mehr.

Schlage es in blutige Fetzen.

Aus meinen Fäusten spricht der blanke Hass.

Und ich schlage ihn.

Mitten ins Gesicht.

Schlage weiter, als die Knochen brechen.

Schlage weiter, als die Knorpel reißen.

Zerquetsche mit den Knöcheln ein Auge.

Bis ich meine Hände nicht mehr spüre.

Und trotzdem schlage ich weiter auf ihn ein.

Und ich bin über und über von seinem Blut bespritzt.

Seine Röte ist so rot wie mein Lärm.

Und dann lehne ich mich zurück, sitze auf ihm, in sein Blut gebadet.

Und er lacht, er lacht, er lacht tatsächlich noch immer.

Und zwischen seinen ausgeschlagenen Zähnen hervor gurgelt er: »Ja, ja.«

Und das Rot kocht in mir hoch.

Ich kann es nicht länger zurückhalten.

Und den Hass.
Und ich schaue hinüber.
Dorthin, wo das Messer liegt.
In Reichweite.
Auf dem Felsvorsprung.
Neben der Kanzel.
Es ruft mich.
Ruft.
Und diesmal weiß ich …
Diesmal weiß ich …
Ich werde es benutzen.

Und ich mache einen großen Satz.
Meine Hand ist ausgestreckt.
Mein Lärm ist so rot, dass ich fast blind bin.
Ja, sagt das Messer zu mir.

Ja.

Nimm mich.
Nimm die Macht in deine Hand.

Aber eine andere Hand kommt mir zuvor.

Viola.

Und da wallt etwas in mir auf.
Es wallt durch meinen Lärm.
Wallt auf, weil ich sie sehe.

Weil ich sie lebend vor mir sehe.
Und es ist größer als das Rot in meinem Lärm.
»Viola«, sage ich.
Einfach nur: »Viola.«

Und sie hebt das Messer auf.

Die Wucht des Sprungs bringt mich aus dem Gleichgewicht, ich taumle auf den Grat zu und versuche Halt zu finden, und ich sehe, wie sie das Messer hochhebt und vortritt, und ich falle, meine Finger finden keinen Halt auf dem nassen Stein, und ich sehe, wie sich Aaron aufsetzt, er hat jetzt nur noch ein Auge und starrt damit auf Viola, die mit dem Messer ausholt, und ich kann sie nicht davon abhalten, und Aaron versucht aufzustehen, und Viola geht auf ihn zu, und ich bleibe mit der Schulter am Felsvorsprung hängen, kurz bevor ich abstürze, bleibe liegen und schaue, und was von Aarons Lärm noch übrig ist, verströmt Wut und Angst, und sein Lärm schreit: »Nein!«

Er schreit: »Nein!«

Und Viola holt aus.

Holt mit dem Messer aus.

Lässt es herabsausen.

Herab.

Herab.

Und stößt es in Aarons Hals.

So heftig, dass die Spitze auf der anderen Seite wieder herauskommt.

Und da ist ein Knirschen, ein Knirschen, das ich nie vergessen werde.

Durch die Wucht des Stichs fällt Aaron vornüber. Viola lässt das Messer los.

Weicht zurück.

Ihr Gesicht ist kreidebleich.

Ich höre sogar durch das Donnern des Wassers hindurch, wie schwer sie atmet.

Ich stütze mich auf die Hände und stehe auf.

Und dann sehen wir es.

Aaron richtet sich mühsam auf.

Er richtet sich auf, eine Hand umklammert das Messer, aber es steckt fest in seinem Hals. Sein eines Auge ist weit aufgerissen, die Zunge hängt ihm aus dem Mund.

Er kommt auf die Knie.

Dann auf die Füße.

Viola schreit auf und macht einen Schritt zurück.

Geht noch weiter zurück, bis sie ganz dicht neben mir steht.

Wir hören, wie er versucht zu schlucken.

Wie er versucht zu atmen.

Er macht einen Schritt, aber er fällt gegen die Kanzel.

Er schaut uns an.

Seine Zunge schwillt und zuckt.

Er will etwas sagen.

Er will mir etwas sagen.

Er versucht ein Wort hervorzubringen.

Aber es geht nicht.

Sein Lärm besteht aus bizarren Farben, aus Bildern und Dingen, die ich niemals wiedergeben kann.

Er schaut mir in die Augen.

Und dann ist sein Lärm still.

Ganz still.
Endlich.
Die Schwerkraft gewinnt die Oberhand und er fällt auf die Seite.
Weg von der Kanzel.
Über die Klippe.
Er verschwindet hinter der Wand aus Wasser.
Und das Messer nimmt er mit sich.

42

DER SCHNELLSTE WEG NACH HAVEN

VIOLA LÄSST SICH SCHWER ATMEND neben mich fallen. Sie starrt wie blind zu der Stelle, an der gerade noch Aaron gewesen ist. Sonnenstrahlen lassen die Wassergischt in allen Farben funkeln und tauchen Violas Gesicht in ein schimmernd milchiges Licht, aber das ist auch die einzige Regung, die ich darin erkenne.

»Viola?«, sage ich und kauere mich neben sie.

»Er ist fort«, sagt sie leise.

»Ja«, sage ich. »Das ist er.«

Sie holt ganz tief Luft.

Mein Lärm knirscht wie ein zerschellendes Raumschiff, er ist so voller Rot und Weiß und so voller anderer Dinge, dass ich das Gefühl habe, mir reißt der Kopf entzwei.

Ich hätte es getan. Für sie hätte ich es getan.

Stattdessen ...

»Ich hätte es getan«, sage ich. »Ich war dazu bereit.«

Sie sieht mich an, ihre Augen sind riesengroß. »Todd?«

»Ich hätte ihn getötet.« Meine Stimme klingt unnatürlich hoch. »Ich war bereit dazu.«

Und dann fängt ihr Kinn an zu zittern, nicht so, als würde sie gleich anfangen zu weinen, es *zittert* einfach, und dann fangen auch ihre Schultern an zu zittern, und ihre Augen werden immer größer, und sie zittert noch stärker, und mein Lärm ist ganz verschlossen, nichts dringt heraus, alles ist noch drin, aber etwas anderes kommt plötzlich dazu, und es hat mit ihr zu tun, und ich nehme sie in die Arme und drücke sie an mich, und wir wiegen uns vor und zurück, vor und zurück, damit sie so lange zittern kann, wie sie möchte.

Aus ihrem Mund kommt kein einziges Wort, nur ein kleiner Schluchzer, der aus ihrem tiefsten Inneren zu dringen scheint, und ich muss daran denken, wie es war, als ich den Spackle umgebracht habe, wie ich danach immer wieder den Stoß in meinem Arm fühlte und sein Blut vor mir sah, wie ich ihn immer wieder sterben sah.

Auch jetzt noch.

(Ich hätte es getan.)

(Ich war bereit dazu.)

(Aber das Messer war nicht da.)

»Jemanden zu töten ist ganz anders als in den Geschichten, die man sich erzählt«, murmle ich in ihre Haare hinein. »Ganz anders.«

(Ich hätte es getan.)

Sie zittert noch immer und wir sitzen noch immer neben einem tosenden Wasserfall. Die Sonne steht höher am Himmel, in der Kirche ist es jetzt düsterer, und wir sind nass und blutig und blutig und nass.

Es ist kalt und wir zittern.

»Komm.« Ich versuche aufzustehen. »Wir müssen das nasse Zeug ausziehen.«

Ich ziehe sie hoch.

Ich hole die Tasche, die immer noch auf dem Boden zwischen zwei Sitzbänken liegt, kehre zu Viola zurück und strecke die Hand nach ihr aus.

»Die Sonne steht im Zenit«, sage ich. »Es ist bestimmt warm draußen.«

Eine Minute lang starrt sie auf meine Hand und rührt sich nicht.

Aber dann ergreift sie sie doch.

Wir gehen um die Kanzel herum, und gegen unseren Willen müssen wir beide zu der Stelle hinschauen, an der Aaron abgestürzt ist. Sein Blut ist schon fortgewaschen von der Gischt.

(Ich hätte es getan.)

(Aber das Messer.)

Ein Zittern durchläuft meine Hand, und ich weiß nicht, ob es von Viola oder von mir ausgeht.

Wir gehen zu den Stufen und sind schon zur Hälfte oben, als sie endlich etwas sagt.

»Mir ist schlecht.«

»Ich weiß«, sage ich.

Wir bleiben stehen und sie beugt sich über den Wasserfall und muss sich übergeben.

Muss sich heftig übergeben.

Ich schätze, das passiert einfach, wenn man jemanden getötet hat.

Wieder beugt sie sich vor, ihre Haare sind nass und strähnig. Sie spuckt.

Als sie redet, schaut sie mich nicht an.

»Ich durfte nicht zulassen, dass du es tust«, sagt sie. »Dann hätte er gewonnen.«

»Ich hätte es getan«, sage ich.

»Ich weiß«, murmelt sie in ihre Haare, in das Wasser. »Darum habe ich es getan.«

Ich muss ganz tief ausatmen. »Du hättest es mich tun lassen sollen.«

»Nein. Das konnte ich nicht zulassen. *Auf keinen Fall.*« Sie wischt sich über den Mund und hustet. »Aber das allein ist es gar nicht.«

»Was dann?«, frage ich.

Sie sieht mich an. Ihre Augen sind weit aufgerissen und blutunterlaufen vom Würgen.

Und sie wirken viel älter als noch vor Kurzem.

»Ich *wollte* es tun, Todd«, sagt sie und verzieht den Mund. »Ich *wollte* es. Ich *wollte* ihn töten.« Sie schlägt die Hände vors Gesicht. »Oh mein Gott!«, keucht sie. »Oh mein Gott, oh mein Gott, oh mein Gott!«

»Hör auf.« Ich ziehe ihre Hände weg. »Hör auf. Er war böse. Er war *verrückt* und *böse.*«

»Ich weiß«, schreit sie. »Aber ich sehe ihn vor mir. Ich sehe, wie das Messer in ihn eindringt ...«

»Also gut, du wolltest es tun«, unterbreche ich sie, bevor sie sich noch mehr aufregt. »Und wenn schon? Ich wollte es auch. Er hat dich dazu *gebracht,* es zu wollen. Er hat dafür gesorgt, dass es nicht anders ausgehen konnte, es hieß: entweder er oder wir. Denn er war durch und durch böse. Nicht was ich getan habe oder was du getan hast, war böse, sondern was er getan hat.«

»Er hat eingelöst, was er angekündigt hat«, sagt sie schon etwas ruhiger. »Er hat mich dazu gebracht zu fallen.«

Sie stöhnt auf und presst die Hand vor den Mund. In ihren Augen stehen Tränen.

»Nein«, sage ich. »Nein, denn weißt du, ich sehe die Sache so …«

Mein Blick wandert über den Wasserfall und den Tunnel, und ich weiß selbst nicht genau, was ich denke, aber da steht sie, ich sehe sie hier vor mir, und wie soll ich wissen, was sie denkt, *aber ich weiß genau, was sie denkt,* und sie ist da, steht am Rand eines Abgrunds, und sie schaut mich an, fleht mich an, sie zu retten.

Sie zu retten, wie sie mich gerettet hat.

»Also ich sehe die Sache so …« Meine Worte werden entschlossener, die Gedanken kommen, sie sprudeln in meinen Lärm hinein, raunen die Wahrheit. »Vielleicht ist es so, dass *jeder* irgendwann zu Fall kommt«, sage ich. »Jeder von uns. Und das ist auch gar nicht die entscheidende Frage.«

Ich zupfe sie sanft am Arm, damit sie mir auch gut zuhört.

»Die Frage ist doch, ob wir danach wieder aufstehen.«

Neben uns rauscht das Wasser, und wir zittern nicht nur vor Kälte, und sie starrt mich an, und ich warte und hoffe.

Und dann tritt sie einen Schritt vom Abgrund weg.

»Todd«, sagt sie, und es ist keine Frage.

Es ist nur mein Name.

Der, der ich bin.

»Komm«, sage ich. »Haven wartet auf uns.«

Ich nehme sie bei der Hand, und wir steigen die Stufen hinauf und kehren zurück zu der Stelle, die zur Böschung führt. Der Sprung ist diesmal schwieriger, weil wir so nass und geschwächt sind, aber ich schaffe es mit einem Anlauf und ziehe die stolpernde Viola hinter mir her.

Und dann sind wir im hellen Sonnenlicht.

Wir atmen es gierig ein, ziehen die nassen Sachen aus, ehe wir uns daranmachen, die Böschung hinaufzusteigen und den Pfad zurückzugehen bis zur Straße.

Wir schauen ins Tal, folgen dem Zickzack des Hügelpfads.

Es ist noch da. Haven ist noch da.

»Letzte Etappe«, sage ich.

Viola reibt sich die Arme trocken. Sie blinzelt, sieht mich prüfend an. »Dein Gesicht hat schlimm was abgekriegt, weißt du das?«

Ich taste es ab. Mein Auge schwillt zu, und da ist ein Riss im Mundwinkel, wo jetzt ein, zwei Zähne fehlen.

»Danke«, sage ich. »Es hat nicht wehgetan, bis du mich darauf hingewiesen hast.«

»Tut mir leid.« Sie lächelt schwach, fasst sich an den Hinterkopf und zuckt zusammen.

»Und wie steht's mit dir?«, frage ich.

»Tut weh«, antwortet sie. »Aber ich bin am Leben.«

»Du bist unverwüstlich, weißt du das?«

Wieder lächelt sie.

Plötzlich fährt ein merkwürdiges *SIRREN* durch die Luft. Viola keucht und sagt leise: »Oh …«

Für eine Sekunde begegnen sich unsere Blicke, wir sind verwundert und wissen nicht, warum.

Dann folge ich ihrem Blick nach unten.

Da ist Blut auf ihrem Hemd.

Ihr eigenes Blut.

Neues Blut.

Es quillt aus einem kleinen Loch rechts vom Nabel. Sie berührt das Blut und hält die Hand hoch.

»Todd?«, sagt sie.

Dann sackt sie zusammen.

Ich fange sie gerade noch auf, knicke fast unter ihrem Gewicht ein.

Mein Blick gleitet an ihr vorbei.

Hinauf zu dem Klippengrat, dort, wo die Straße ist.

Und Prentiss junior.

Auf einem Pferd.

Mit ausgestrecktem Arm.

Und einer Pistole in der Hand.

»Todd?«, murmelt Viola gegen meine Brust gepresst. »Ich glaube, jemand hat mich *angeschossen*, Todd.«

Dafür gibt es keine Worte.

Keine Worte, weder in meinem Kopf noch in meinem Lärm.

Prentiss junior treibt sein Pferd an und lenkt es den Pfad hinunter.

Die Pistole ist immer noch auf uns gerichtet.

Einen Fluchtweg gibt es nicht.

Und ich habe kein Messer.

Die Welt breitet sich vor mir aus, deutlich und langsam, wie der schrecklichste Schmerz. Viola atmet schwer gegen meine Brust. Prentiss junior kommt den Pfad entlanggeritten, und mein Lärm brodelt in der Gewissheit, dass wir am Ende sind, dass es diesmal keinen Ausweg gibt, dass, wenn die Welt dich verschlingen will, sie es so lange versucht, bis es ihr gelingt.

Wer bin ich, dass ich mich dagegen auflehnen kann? Wer bin ich, dass ich es ändern kann, wenn die Welt es doch so offensichtlich will? Wer bin ich, dass ich das Ende aufhalten kann, wenn es doch einfach kommen will?

»Ich glaube, sie will dich *böse* haben«, sagt Prentiss junior hämisch.

Ich beiße ganz fest die Zähne zusammen.

Mein Lärm flammt in Rot und Purpur.

Ich bin verdammt noch mal Todd Hewitt.

Verflucht, genau der bin ich.

Ich schaue ihm direkt in die Augen, schleudre ihm meinen Lärm entgegen und knurre heiser: »Es ist angebracht, dass man mich Mister Hewitt nennt.«

Prentiss junior zuckt zurück, er *zuckt tatsächlich zurück*. Unwillkürlich zieht er die Zügel an und sein Pferd steigt.

»Ganz ruhig«, sagt er. Seine Stimme klingt jetzt gar nicht mehr so selbstsicher.

Und er weiß, dass ich es weiß.

»Hände hoch«, sagt er. »Ich bringe dich jetzt zu meinem Vater.«

In diesem Moment tue ich etwas Erstaunliches.

Etwas so Erstaunliches, wie ich es nie zuvor getan habe.

Ich beachte ihn nicht.

Ich knie mich neben Viola hin.

»Es brennt, Todd«, sagt sie leise.

Ich lege sie hin und lasse die Tasche fallen. Ich ziehe mein Hemd aus und presse es gegen das Einschussloch. »Drück es ganz fest dagegen, hörst du?«, sage ich. Mein Zorn ist wie heiße Lava. »Ich bin gleich wieder da.«

Ich schaue hinauf zu Davy Prentiss.

»Steh auf«, sagt er. Sein Pferd tänzelt unruhig, meine Zorneshitze macht es nervös. »Ich sage es nicht zweimal, Todd.« Ich stehe auf.

»Ich sagte, Hände hoch.« Davys Pferd wiehert und stampft.

Ich gehe darauf zu.

Schneller.

Ich renne.

»Ich erschieße dich!«, ruft Davy und fuchtelt mit der Pistole herum, während er versucht sein Pferd zu zügeln, in dessen Lärm **Angriff! Angriff!** widerhallt.

»Nein, das tust du nicht!«, schreie ich und renne direkt vor das Pferd. Mein Lärm brüllt laut.

SCHLANGE!

»Verflucht noch mal, Todd!«, brüllt Davy, während er mit der freien Hand versucht, sein Pferd zu beruhigen.

Ich versetze dem Tier einen Schlag gegen die Schulter und springe sofort zurück. Das Pferd wiehert und steigt auf.

»Du bist ein toter Mann«, schreit Davy und dreht sich mit dem Pferd, das ausschlägt und sich aufbäumt, einmal im Kreis.

»Das stimmt *nur zur Hälfte*«, sage ich.

Und dann ist die Gelegenheit da.

Das Pferd wiehert laut, wirft den Kopf vor und zurück.

Ich warte ab.

Davy zerrt am Zaumzeug.

Ich weiche aus.

Ich warte.

»Scheißpferd!«, schreit Davy.

Er reißt an den Zügeln.

Das Pferd dreht sich um die eigene Achse.

Ich warte.

Es bringt Davy zu mir, es galoppiert, und er fällt fast aus dem Sattel.

Und da ist sie, meine Chance.

Meine Faust wartet auf ihn.

WUMM!

Ich treffe ihn mitten ins Gesicht wie mit einem Schmiedehammer.

Und ich schwöre, ich spüre, wie sein Nasenbein unter diesem Schlag bricht.

Er schreit auf vor Schmerz und stürzt aus dem Sattel.

Die Pistole fällt in den Staub.

Ich mache einen Satz rückwärts.

Davys Füße verfangen sich in den Steigbügeln.

Das Pferd dreht sich um seine eigene Achse.

Ich schlage ihm aufs Hinterteil, so fest ich kann.

Und da hat das Pferd genug.

Es rast den Hügel hinauf zurück zur Straße. Davys Füße hängen in den Steigbügeln fest, er schlägt hart auf den Felsen und der staubigen Straße auf, als ihn das Pferd den Anstieg hinaufschleift.

Die Pistole liegt da.

Ich will sie holen.

»Todd?«

Jetzt bleibt keine Zeit mehr.

Keine Sekunde bleibt mehr.

Ich lasse die Pistole liegen und renne zurück zu Viola, die neben einem Busch liegt.

»Ich glaube, ich muss sterben«, sagt sie.

»Du wirst nicht sterben«, versichere ich ihr und schiebe die Arme unter ihre Schultern und ihre Knie.

»Mir ist kalt.«

»Du wirst, verdammt noch mal, nicht sterben!«, sage ich. »Nicht heute!«

Und da stehe ich, halte sie in den Armen, an der Stelle, wo der Zickzackpfad hinunter nach Haven führt.

Aber das wird nicht schnell genug gehen.

Ich muss den geraden Weg nehmen. Mitten durchs Gestrüpp.

»Komm schon!«, sage ich laut. Mein Lärm vergisst sich selbst, und alles, was es auf der ganzen Welt noch gibt, sind meine Beine, die laufen.

Komm schon!

Ich renne.

Durch Gestrüpp.

Über die Straße.

Durch noch mehr Gestrüpp.

Und wieder über die Straße, als sie eine Kehre macht.

Bergab, bergab.

Ich trete Erdklumpen los, springe über Sträucher.

Stolpere über Wurzeln.

Schneller!

»Halt durch«, sage ich zu Viola. »Halt bitte durch, hörst du?«

Jedes Mal, wenn wir irgendwo hart aufkommen, stöhnt Viola.

Aber das bedeutet, sie atmet noch.

Bergab.

Und bergab.

Schneller!

Bitte.

Ich rutsche auf Farnkräutern aus.

Aber ich stürze nicht.

Straße und Gestrüpp.

Es ist so steil, meine Beine tun schon weh.

Gestrüpp und Straße.

Bergab.

Bitte!

»Todd?«

»Halte durch!«

Ich komme am Fuß des Hügels an und ich renne weiter.

Sie ist so leicht.

So leicht.

Ich laufe weiter bis zu der Stelle, an der die Straße wieder auf den Fluss trifft, die Straße nach Haven.

»Halte durch!«, sage ich noch einmal und renne weiter.

Schneller!

Bitte.

Die Straße hat so viele Windungen und Kurven.

Zwischen Bäumen hindurch und längs des Ufers.

Vor mir sehe ich die Befestigungsanlage, die ich von oben durch das Fernglas erspäht habe, es sind große, hölzerne Böcke, die aussehen wie ein X. Sie sind hintereinander aufgereiht bis auf einen Durchgang für die Straße.

»HILFE!«, rufe ich, als wir uns ihnen nähern. »WIR BRAUCHEN HILFE!«

Ich renne.

Schneller.

»Ich glaube, ich kann nicht mehr«, sagt Viola mit erstickter Stimme.

»Natürlich KANNST du noch«, schreie ich sie an. »WAGE ES NICHT aufzugeben!«

Ich renne.

Wir erreichen die Straßensperren.

Aber da ist niemand.

Kein Mensch ist da.

Ich renne durch die freie Passage und bleibe gerade lange genug stehen, um mich umzusehen.

Kein Mensch.

»Todd?«

»Wir sind gleich da«, beruhige ich sie.

»Ich werde ohnmächtig, Todd.«

Ihr Kopf fällt zurück.

»Nein, das wirst du NICHT!«, schreie ich. »DU WACHST AUF, Viola Eade. Du machst deine verdammten Augen auf.«

Und sie versucht es. Ich sehe, wie sie es versucht.

Ihre Augen öffnen sich, einen Spalt nur, aber sie öffnen sich.

Und ich renne weiter, so schnell ich kann.

Und ich rufe: »HILFE!«, während ich laufe.

»HILFE!«

Bitte.

»HILFE!«

Ihr Atem geht nur noch stoßweise.

»Helft uns!«

Bitte nicht.

Und ich sehe keinen Menschen.

Die Häuser, an denen ich vorbeikomme, sind verriegelt und verlassen. Aus der staubigen Landstraße ist inzwischen eine gepflasterte Straße geworden und immer noch ist weit und breit keine Menschenseele zu sehen.

»HILFE!«

Meine Füße trommeln über das Pflaster.

Die Straße führt zu einer großen Kirche auf einer kleinen Anhöhe, der Kirchturm blickt auf einen Marktplatz herab.

Und auch hier ist niemand.

Nein.

»HILFE!«

Ich renne auf den Platz, überquere ihn, schaue mich nach allen Seiten um, höre mich um.

Nein, bitte nicht.

Alles verlassen.

In meinen Armen ringt Viola nach Luft.

Und ganz Haven ist verlassen.

Ich stehe jetzt mitten auf dem Platz.

Ich drehe mich im Kreis.

»HILFE!«, weine ich.

Aber niemand hört mich.

Haven ist menschenleer.

Hier gibt es nicht ein Fünkchen Hoffnung.

Viola entgleitet mir fast, ich muss mich hinknien, um sie wieder richtig zu fassen. Mein Hemd ist von ihrer Wunde gerutscht und ich halte es mit einer Hand fest.

Uns ist nichts geblieben. Nicht die Tasche, nicht das Fernglas, nicht das Buch meiner Mutter. Alles liegt noch oben auf dem Berg.

Nur Viola und ich sind da, wir sind alles, was uns noch geblieben ist.

Und sie blutet *so stark.*

»Todd?«, sagt sie leise und undeutlich.

»Bitte.« Meine Augen quellen über, meine Stimme überschlägt sich.

»Bitte.«

Bitte bitte bitte bitte bitte –

»Wenn du so schön bittest …«, schallt es über den Platz.

Um die Ecke der Kirche biegt ein Pferd.

Mit einem Reiter.

»Nein«, flüstere ich.

Nein.

»Doch, Todd«, sagt Bürgermeister Prentiss. »Du kannst deinen Augen ruhig trauen.«

Lässig kommt er über den Platz auf mich zugeritten. Er ist so ungerührt wie immer, kein Schweißfleck ist auf seiner Kleidung, sogar Reithandschuhe trägt er, auf seinen Stiefeln liegt kein Stäubchen.

Das kann nicht sein.

Das ist ganz und gar ausgeschlossen.

»Wie ist das möglich?«, frage ich mit erhobener Stimme. »Wie –«

»Jeder Einfaltspinsel weiß, dass es zwei Straßen gibt, die nach Haven führen«, antwortet er sanft, aber auch ein wenig hämisch.

Die Staubwolke, die wir gesehen haben. Die Staubwolke, die wir gestern gesehen haben, wie sie sich auf Haven zubewegte.

»Aber *wie?*« Ich bin so fassungslos, dass ich kaum ein Wort hervorbringe. »Die Armee ist doch mindestens einen Tagesmarsch entfernt.«

»Manchmal haben die Gerüchte, dass eine Armee anrückt, genau die gleiche Wirkung wie die Armee selbst, mein Junge«, gibt er mir zur Antwort. »Die Bedingungen der Kapitulation waren äußerst milde. Eine davon war, die Straßen frei zu halten, damit ich dich hier persönlich willkommen heißen konnte.« Er blickt zum Wasserfall hinauf. »Obgleich ich natürlich davon ausging, dass mein Sohn dich hierherbringen würde.«

Ich schaue mich auf dem Platz um, und jetzt sehe ich Gesichter, Gesichter hinter den Fenstern, hinter Türen.

Und ich bemerke vier andere Männer, die hinter der Kirche hervorgeritten kommen.

Ich wende mich wieder Bürgermeister Prentiss zu.

»*Präsident Prentiss* heißt das jetzt«, erklärt er. »Du tätest gut daran, das nicht zu vergessen.«

Und dann fällt es mir auf.

Ich kann seinen Lärm nicht hören.

Ich kann *niemandes* Lärm hören.

»Ja«, sagt er, »das ist eine interessante Geschichte, wenn auch nicht unbedingt das, was du vielleicht ...«

Viola rutscht noch etwas weiter aus meinen Armen, der Ruck lässt sie aufstöhnen. »Bitte«, bettle ich. »Rettet sie! Ich werde alles tun, was ihr verlangt. Ich werde zur Armee gehen! Ich werde –«

»Dem Geduldigen wird Gnade zuteil«, sagt der Bürgermeister leicht verdrossen.

Leichtfüßig springt er in einem Satz vom Pferd und streift seine Handschuhe ab, einen Finger nach dem anderen.

Und ich weiß, wir haben verloren.

Alles ist verloren.

Alles ist aus.

»Als frisch gekürter Präsident dieses schönen Planeten«, beginnt der Bürgermeister und streckt seine Hand aus, als wolle er mir eine Welt zu Füßen legen, »lass mich der Erste sein, der euch in der neuen Hauptstadt begrüßt.«

»Todd?«, flüstert Viola mit geschlossenen Augen.

Ich drücke sie ganz fest an mich.

»Es tut mir leid«, flüstere ich. »Es tut mir so leid.«

Wir sitzen in der Falle.

Wir sind bis ans Ende der Welt geflohen.

»Willkommen«, sagt der Bürgermeister. »Willkommen in New Prentisstown.«

Autor

Patrick Ness wuchs in den Vereinigten Staaten und auf Hawaii auf. Für seine Kinder- und Jugendbücher wurde er mehrfach ausgezeichnet, er gewann unter anderem den renommierten *Costa Children's Book Award* und als erster Autor überhaupt gleichzeitig die *Carnegie Medal* und den *Kate Greenaway Award* sowie neben unzähligen anderen Auszeichnungen den *Deutschen Jugendliteraturpreis.*

Von Patrick Ness sind bei cbj erschienen:

Sieben Minuten vor Mitternacht (40191)
Mehr als das (12515)
Das Morgen ist immer schon jetzt (18978)
Chaos Walking – Die Mission (E-Short; 24360)

Übersetzerin

Petra Koob-Pawis studierte in Würzburg und Manchester Anglistik und Germanistik, arbeitete anschließend an der Universität und ist seit 1987 als Übersetzerin tätig. Sie wohnt in der Nähe von München, und wenn sie gerade nicht übersetzt, lebt sie wild und gefährlich, indem sie Museen durchstreift, Vögel beobachtet und ihren einäugigen Kater daran zu hindern versucht, sämtliche Möbel zu ruinieren.